ELIN HILDERBRAND
Inselschwestern

*Buch*

Die Zwillingsschwestern Harper und Tabitha sind als Kinder unzertrennlich. Doch als die Eltern sich scheiden lassen, nimmt der Vater ein Mädchen mit nach Martha's Vineyard, das andere bleibt bei der Mutter auf Nantucket. Beide Schwestern würden gerne mit dem Vater gehen, und so lassen sie letztendlich eine Runde »Schere, Stein, Papier« über ihr Schicksal entscheiden – und Harper gewinnt. Vierzehn Jahre ist das jetzt her, und Tabitha hegt seitdem einen Groll gegen ihre Schwester. Aus einst engsten Vertrauten werden Fremde, und schließlich bricht der Kontakt vollends ab. Doch dann stirbt der Vater, und die beiden Schwestern sind zum ersten Mal seit vielen Jahren wieder vereint …

Weitere Informationen zu Elin Hilderbrand
sowie zu lieferbaren Titeln der Autorin
finden Sie am Ende des Buches.

# Elin Hilderbrand
# Inselschwestern

Roman

Aus dem Englischen
von Almuth Carstens

**GOLDMANN**

Die englische Originalausgabe erschien 2017 unter dem Titel
»The Identicals« bei Little, Brown and Company
in der Hachette Book Group, New York.

Sollte diese Publikation Links auf Webseiten Dritter enthalten, so übernehmen wir für deren Inhalte keine Haftung, da wir uns diese nicht zu eigen machen, sondern lediglich auf deren Stand zum Zeitpunkt der Erstveröffentlichung verweisen.

Dieses Buch ist auch als E-Book erhältlich.

Verlagsgruppe Random House FSC® N001967

2. Auflage
Deutsche Erstveröffentlichung Mai 2018
Copyright © der Originalausgabe 2017 by Elin Hilderbrand
Copyright © der deutschsprachigen Ausgabe 2018
by Wilhelm Goldmann Verlag, München,
in der Verlagsgruppe Random House GmbH,
Neumarkter Str. 28, 81673 München
Umschlaggestaltung: UNO Werbeagentur, München
Umschlagmotiv: Getty Images/A. Green
Redaktion: Ann-Catherine Geuder
em · Herstellung: eR
Satz: omnisatz GmbH, Berlin
Druck und Bindung: GGP Media GmbH, Pößneck
Printed in Germany
ISBN: 978-3-442-48762-2
www.goldmann-verlag.de

Besuchen Sie den Goldmann Verlag im Netz

*Für Eric, Randy, Heather und Doug*
*Gemeinsam sind wir stark*

## NANTUCKET

Wie Tausende kluge, gebildete Menschen haben Sie beschlossen, Ihre Sommerferien auf einer Insel vor der Küste von Massachusetts zu verbringen. Sie wünschen sich Bilderbuchstrände. Sie möchten in yankeeeblauen Gewässern schwimmen, segeln und surfen. Sie möchten Muschel-Chowder und Hummerbrötchen essen und hätten es gern, dass Ihnen diese Gerichte von jemandem serviert werden, der sie *Chowdah* und *Hummah* ausspricht. Sie möchten in einem Jeep mit offenem Verdeck fahren, Ihren Golden Retriever, der Charles Emerson Winchester III. heißt, neben sich. Sie möchten einen Traum leben. Sie wünschen sich einen amerikanischen Sommer.

Aber halt! Sie sind hin- und hergerissen. Sollen Sie sich für Nantucket entscheiden ... oder für Martha's Vineyard? Ist das überhaupt wichtig? *Gleichen* sich die beiden Inseln nicht ziemlich?

Diese Annahme, die von so vielen geteilt wird, können wir nur belächeln. Vermutlich kennen Sie den Autoaufkleber nicht (ein Bestseller im Hub in der Main Street, stolz präsentiert auf den Fahrzeugen fast aller Insulaner von Rang und Namen, darunter die Geschäftsführerin der Handelskammer von Nantucket), auf dem steht: GOTT SCHUF DEN VINEYARD ... ABER ER WOHNT AUF NANTUCKET.

Wenn Sie von derartig schamloser Propaganda nicht zu beeinflussen sind, hier die wichtigsten Fakten:

**Nantucket Island**
Besiedelt: 1659

Ursprungsbevölkerung: Wampanoag-Indianer
Entfernung von Hyannis: 30 Meilen
Fläche: 45 Quadratmeilen
Einwohner: 11.000 ganzjährig, 50.000 im Sommer
Anzahl der Städte: 1
Berühmte Einwohner: möchten lieber nicht genannt werden

**Martha's Vineyard**
Besiedelt: 1642 (Wir sagen: »Alter vor Schönheit.«)
Ursprungsbevölkerung: Wampanoag-Indianer
Entfernung von Woods Hole: 11 Meilen (Wir sagen: »Gehört praktisch zum Festland.«)
Fläche: 100 Quadratmeilen (Wir sagen: »Doppelt so groß.«)
Einwohner: 16.535 ganzjährig, 100.000 im Sommer (Wir sagen: »Doppelt so viele.«)
Anzahl der Städte: 6 (Wir sind sprachlos [!!!] – und kann uns bitte jemand verraten, was mit Chappaquiddick ist?)
Berühmte Einwohner: Meg Ryan, Lady Gaga, Skip Gates, Vernon Jordan, Carly Simon, James Taylor und … John Belushi, beerdigt auf dem Abel's Hill Cemetery

Gibt es auf Martha's Vineyard einen Teil, der es mit unseren Kopfsteinpflasterstraßen aufnehmen kann oder der würdevollen Pracht der Three Bricks, Wohnhäuser, die der Waltranhändler Joseph Starbuck zwischen 1837 und 1840 für seine drei Söhne errichten ließ? Besitzt der Vineyard eine Enklave aus winzigen rosenumrankten Cottages – putzig wie Puppenhäuser –, wie wir sie in Form des pittoresken Dörfchens Sconset haben? Gehört zu »MVY« eine geschützte Landzunge aus goldenem Sandstrand wie Great Point, unsere Nordspitze, Heimat von Regenpfeifern und einer Seehundkolonie? Hat die Insel Ausblicke wie den über den Sesachacha Pond auf den

Leuchtturm von Sankaty Head zu bieten? Gibt es hier einen so glamourös-schmuddeligen Tanzschuppen wie die Chicken Box, wo man in einer Woche Grace Potter hören kann und Trombone Shorty in der nächsten? Und von der Überlegenheit unserer Restaurants wollen wir gar nicht erst anfangen. Wenn es unser letzter Abend auf Erden wäre, wer von uns könnte sich dann zwischen dem Cheeseburger mit Knoblauch-Fritten im Languedoc Bistro und dem Taco mit Jakobsmuscheln und rotem Krautsalat bei Millie's entscheiden?

Uns ist klar, warum Sie uns *hier* vielleicht mit unseren Landsleuten *dort* verwechseln – schließlich wird unsere gesamte Region pauschal als »Cape Cod und die Inseln« bezeichnet –, doch wir sind zwei unterschiedliche Nationen, jede mit ihrer eigenen Lebensweise, ihren eigenen Gewohnheiten, Traditionen, Geheimnissen, ihrer eigenen Geschichte, ihrem eigenen Geflecht aus Tratsch und Skandalen. Betrachten Sie die beiden Inseln wie ein Zwillingspaar. Äußerlich gleichen wir uns, aber unter der Oberfläche ... sind wir Individuen.

## *MARTHA'S VINEYARD*

Es gibt einen Autoaufkleber – dem Inhaber von Alley's General Store zufolge ein Bestseller –, auf dem GOTT SCHUF NANTUCKET, ABER ER WOHNT AUF DEM VINEYARD steht. Manchen von uns wäre es lieber, wenn da ABER ER WOHNT IN CHILMARK stünde, denn wer möchte schon gern mit dem Trubel der Spelunken in den Touristenzentren in einen Topf geworfen werden?

Doch wir wollen uns nicht den Zwistigkeiten zwischen den Vineyardern widmen. Heben wir lieber hervor, in welchen Punkten wir Nantucket überlegen sind. Der Vineyard zeichnet sich durch Vielfalt aus – an Rassen, an Meinungen, an Geländeformen. Wir haben den Methodist Campground mit seinen bunten Zuckerbäckerhäuschen, den Tabernakel, Ocean Park, Inkwell Beach und Donovan's Reef, Heimat des Dirty Banana – und da sprechen wir nur von Oak Bluffs! Wir haben Dutzende Farmen, die eine Fülle von Bioprodukten anbauen; wir haben die Jaws Bridge und die Klippen von Aquinnah; wir haben East Chop und West Chop, den Flugplatz von Katama und einen Nachbarn in Edgartown, der in seinem Vorgarten Lamas hält. Wir haben Chappaquiddick, das weitaus mehr ist als der Ort, wo Edward Kennedy Mary Jo Kopechne von der Dike Bridge in den Tod stürzte oder auch nicht. Immerhin gibt es einen japanischen Garten auf Chappy! Und wenn wir ein wenig Luft aus den Reifen unseres Jeeps lassen und zweihundert Dollar für eine Genehmigung bezahlen, können wir uns an der wilden, windumtosten Schönheit von Cape Poge erfreuen.

Wir haben Hügellandschaften, Laubbäume und niedrige Steinmauern. Wir haben Menemsha, das beste Fischerdorf der zivilisierten Welt, wo man die frischesten Meeresfrüchte, die cremigste Muschelsuppe und die saftigsten Venusmuscheln bekommt. Haben Sie etwa noch nie vom Bite gehört? Von Larsen's? Von The Home Port? Das sind Orte mit Kultstatus, Legenden.

Wir haben die schönsten Feste: Illumination Night, Ag Fair, das August-Feuerwerk. Was gibt es auf Nantucket schon zu feiern außer der gelungenen Landung eines Flugzeugs auch bei dichtestem Nebel oder dass man endlich das Glück hatte, ein Paar Shorts in der richtigen Altrosa-Schattierung zu finden?

Was den Vineyard aber wirklich speziell macht, sind seine Menschen. Die Insel kann sich einer großen und aktiven Community von Mittel- und Oberschichts-Afroamerikanern rühmen. Wir haben eine brasilianische Kirche. Wir haben auch Prominente, doch die Hälfte von ihnen würden Sie nie erkennen, weil sie ebenso wie alle anderen im »Back Door Doughnuts« Schlange stehen müssen und an den Five Corners in Vineyard Haven im Stau stecken.

Die meisten von uns fahren nur aus einem Grund nach Nantucket: zum Island Cup. Wir wollen hier nichts über das Footballspiel selbst sagen, denn keiner mag Aufschneider, aber jedes Mal, wenn wir dort unsere Highschool-Spieler anfeuern, müssen wir uns darüber wundern, wie unsere Nachbarinsulaner es ertragen, auf einem so flachen, öden und nebligen Felsen so weit draußen im Meer zu leben.

Dennoch besteht eine Verbindung zwischen uns, die schwer zu widerlegen ist. Geologen vermuten, dass noch vor dreiundzwanzigtausend Jahren Martha's Vineyard, Nantucket und Cape Cod Teil einer einzigen Landmasse waren. Vielleicht sollten wir uns als Schwestern begreifen – Zwillinge sogar –, geboren von derselben Mutter. Dabei sehen wir Martha's Vineyard gern als ihr Lieblingskind.

Doch natürlich sieht sich auch Nantucket als ihr Lieblingskind.

## *MARTHA'S VINEYARD: HARPER*

Als Harper Frosts Vater Billy am Freitag, dem 16. Juni, um 19:00 Uhr seinen letzten Atemzug tut, hat Reed Zimmer keine Bereitschaft. Dr. Zimmer ist mit der Familie seiner Frau bei einem Picknick in Lambert's Cove; anscheinend veranstalten sie dieses Treffen jedes Jahr zu Beginn des Sommers – mit Lagerfeuer, Kartoffelsalat, Hähnchen auf dem tragbaren Grill. Franklin Phelps, Sadie Zimmers Bruder, ist einer der populärsten Gitarristen auf dem Vineyard – Harper hört ihn sich immer an, wenn er im Ritz spielt –, und Harper malt sich aus, wie Dr. Zimmer, die Füße in den kalten Sand gegraben, zusammen mit Franklin »Wagon Wheel« singt.

Harper sitzt noch am Bett ihres Vaters, als sie Dr. Zimmer eine SMS schickt. Sie lautet: *Billy ist tot.* Sie stellt sich seinen Schock vor, gefolgt von Schuldgefühlen; er hat Harper versprochen, dass es nicht heute Abend passieren würde. Er meinte, Billy habe noch Zeit.

»Schau nach ihm wie immer«, sagte Dr. Zimmer am Nachmittag, als er sich von Harpers Bett erhob, dessen weiße Laken zerwühlt waren von ihrem Liebesspiel. »Aber ansonsten genieß ruhig dein Wochenende.« Er sah aus dem Fenster auf den Fliederstrauch, der sich über Nacht, so schien es, in eine prahlerische Blütenwolke verwandelt hatte. »Ich fasse es nicht, dass alles wieder von vorn anfängt. Wieder ein Sommer.«

*Genieß ruhig dein Wochenende?*, dachte Harper. Sie hasste es, wenn Reed mit ihr redete, als sei sie lediglich die Tochter seines Patienten, also praktisch eine Fremde – aber ist sie das nicht eigentlich auch?

Reed und Harper sehen sich nur, wenn sie im Krankenhaus am Bett ihres Vaters sitzt oder wenn sie sich in ihrer Maisonette lieben. Sie gehen nicht zusammen aus, sie treffen sich nie zufällig bei Cronig's; Reed behauptet, er habe sie noch nie in ihrem Rooster-Lieferwagen bemerkt, auch nicht, wenn sie ihm zuwinkt wie eine Ertrinkende. Harper und Reed schlafen erst seit letztem Oktober miteinander, deshalb ist sie sich nicht sicher, was »wieder ein Sommer« für ihn bedeutet. Einen ersten Hinweis bekam sie heute: Die Eltern seiner Frau, die älteren Phelps, wohnen jetzt in ihrem Haus in Katama, nachdem sie vor kurzem aus Vero Beach eingetroffen sind. Es wird also familiäre Verpflichtungen geben, so wie dieses Picknick, bei denen es für Harper sein wird, als lebte Reed auf einem anderen Planeten.

Harper wartet ein bisschen, bevor sie weitere Nachrichten verschickt. Ihr Vater liegt neben ihr, und doch ist er nicht mehr da. Sein Gesicht ist schlaff; es wirkt *leer* wie ein unbewohntes Haus. Billy starb, während Harper mit ihm über Dustin Pedroia von den Red Sox sprach; er tat einen tiefen, zitternden Atemzug, dann noch einen, dann schaute er Harper direkt in die Augen, ins Herz, in die Seele und sagte: »Tut mir leid, Kindchen.« Und das war's. Harper legte ihm ein Ohr an die Brust. Die Maschine gab ihr anhaltendes Piepsen von sich. Ein Zeichen, dass das Spiel aus war.

Reed schreibt nicht zurück. Harper versucht sich zu erinnern, ob es in Lambert's Cove Handyempfang gibt. Sie findet ständig Entschuldigungen für ihn, denn von den drei noch in ihrem Leben verbliebenen Männern ist er derjenige, in den sie verliebt ist.

Sie schickt denselben Text – *Billy ist tot* – an Sergeant Drew Truman vom Edgartown Police Department. Harper und Drew treffen sich seit drei Wochen miteinander. Zu ihrem ersten Date hat er sie eingeladen, als sie beide auf der Fähre nach Chappy waren, und Harper dachte: *Warum nicht?* Drew Truman entstammt einer der angesehensten afroamerikanischen Familien in Oaks Bluff.

Yvonne Truman, seine Mutter, war über zehn Jahre lang Stadträtin. Sie ist eine der fünf Snyder-Schwestern, die alle bunt gestrichene, makellos instand gehaltene Zuckerbäcker-Cottages mit Blick auf den Ocean Park besitzen. Harper kannte Drew schon, als er noch zur Highschool ging und dort zu den besten Athleten gehörte. Über ihn war jede Woche auf den Sportseiten der *Vineyard Gazette* berichtet worden. Danach hatte er das College und die Polizeiakademie besucht, bevor er nach Dukes County zurückgekehrt war, um zu dienen und zu beschützen.

Harper glaubte, dass es die Qual, mit einem verheirateten Mann liiert zu sein, vielleicht lindern würde, wenn sie jemand Neuen datete. Sie und Drew haben sich bisher sechsmal getroffen: Sie haben im Sharky's (Drews Lieblingslokal, was Harper nicht so recht begreift) viermal mexikanisch gegessen, waren einmal zum Lunch im Diner am Flugplatz von Katama verabredet, und ihr letztes Date war ein »schicker« Abend im Seafood Shanty – Surf and Turf, Blick aufs Wasser, singende Kellner. Harper weiß, dass Drew anschließend Sex erwartete, doch bisher hat sie es geschafft, ihn sich mit der Begründung, ihr Vater liege im Sterben, vom Leib zu halten.

Drew möchte Harper unbedingt seiner Mutter, seinem Bruder, der Frau seines Bruders, seinen Nichten und Neffen, seinen Tanten, seinen Cousins und Cousinen sowie deren Kindern vorstellen – also dem gesamten Snyder-Truman-Clan –, aber auch zu diesem Schritt ist Harper noch nicht bereit. Zwar sehnt sie sich irgendwie danach, aufgenommen, bemuttert und gehätschelt, bekocht, bewundert und verwöhnt oder auch kritisiert und schief angesehen zu werden, weil ihre Haut weiß ist. Kurz gesagt, hätte es seinen Reiz, »offiziell« mit Drew zusammen zu sein. Doch die unumstößliche Wahrheit ist nach wie vor die: Harper liebt Reed und nur Reed.

Sie seufzt. Drew fährt heute Abend Streife. Die Arbeitsstunden an den Wochenenden werden doppelt angerechnet – aber ist es das wert bei all den Typen, die jetzt unterwegs sind, um die ersten Sommertage zu genießen und zu viel trinken? Er wird dreißig Einsätze haben, schätzt sie, von denen es bei siebenundzwanzig um Trunkenheit und Ruhestörung gehen wird und bei dreien um Unfälle, an denen Taxifahrer beteiligt sind, die sich auf der Insel noch nicht auskennen.

Der dritte Mann, der Harper in ihrem Leben bleibt, ist ihr lieber, schwer angeschlagener Freund Brendan Donegal, der drüben auf Chappy im Exil lebt. Harper würde Brendan gern mitteilen, dass Billy tot ist, aber Brendan schafft das Texten nicht mehr. Das Alphabet umschwärmt ihn wie sechsundzwanzig Killerwespen. Er benutzt das Handy nur noch, um nachzusehen, wie spät es ist.

Nichts von Dr. Zimmer. Wird Harper gezwungen sein, von sich aus anzurufen? Sie ruft Dr. Zimmer ständig an, weil sie zahlreiche berechtigte Fragen zum Gesundheitszustand ihres Vaters hat – zu Leberinsuffizienz, Niereninsuffizienz, kongestiver Herzinsuffizienz. Billy Frosts Ende war eine Abfolge von Insuffizienzen.

Sicher wird keiner Harper einen Vorwurf machen, wenn sie Reed jetzt anruft, da ihr Vater *tot* ist. Doch sie hat eine ungute Vorahnung. Sie wartet.

Billy Frost ist im Alter von dreiundsiebzig Jahren gestorben. Harper versucht sich im Geiste an seinem Nachruf, während die Schwestern hereinkommen, um ihn zu waschen und auf die vergnügliche Fahrt zur Leichenhalle vorzubereiten. *William O'Shaughnessy Frost, Elektrikermeister und leidenschaftlicher Red-Sox-Fan, starb gestern Abend im Martha's Vineyard Hospital in Oak Bluffs. Er hinterlässt seine Tochter Harper Frost.*

Und ... seine Tochter Tabitha Frost ... und seine Enkelin Ainsley Cruise ... und seine Exfrau Eleanor Roxie-Frost, alle wohnhaft auf Nantucket, Massachusetts. Was wird die Leute am meisten überraschen?, fragt sich Harper. Dass Billy eine Tochter hat, die genauso aussieht wie die niedliche Versagerin, die für Rooster Express Pakete ausliefert, aber vollkommen anders ist? Oder dass Billy früher mit der berühmten Bostoner Modedesignerin Eleanor Roxie-Frost, besser bekannt als ERF, verheiratet war? Oder wird es der Schocker sein, dass die andere Hälfte von Billys Familie auf der rivalisierenden Insel wohnt – jener schicken, exklusiven Zuflucht für Milliardäre? Harpers Zwillingsschwester Tabitha hat seit vierzehn Jahren keinen Fuß mehr auf Martha's Vineyard gesetzt, und Harpers Mutter Eleanor war seit ihren Flitterwochen im Jahr 1968 nicht mehr hier. Harpers Nichte Ainsley war noch *nie* hier. Billy war traurig darüber; wenn er Ainsley sehen wollte, musste er nach Nantucket fahren, was er jeden August gewissenhaft tat.

*Bist du sicher, dass du nicht mitkommen willst?*, fragte er Harper dann immer.

*Ich bin sicher*, sagte Harper. *Das wäre Tabitha nicht recht.*

*Lernt ihr Mädels denn nie dazu?*, entgegnete Billy, und Harper formte zusammen mit ihm mit dem Mund die Worte: *Familie ist eben Familie.*

*Familie ist eben Familie*, denkt Harper. Das ist das Problem.

Keine Antwort von Reed. Harper stellt sich vor, dass er Pie isst. Seine Ehefrau Sadie ist berühmt für ihre Pies; ihre Mutter hatte früher einen Straßenstand, und Sadie hat aus der Hobbybäckerei eine Goldgrube gemacht. Sie hat in Vineyard Haven – eine knappe Meile entfernt von Harpers Wohnung – eine kleine kommerzielle Küche mit Laden gemietet und verkauft dort ihre Pies: Erdbeer-Rhabarber, Blaubeer-Pfirsich, Hummer. Eine Hummerpie kostet zweiundvierzig Dollar. Das weiß Harper, weil Billy gegen Ende seines Lebens ein Fan davon wurde. Eine seiner Verehrerinnen (von denen es viele gab) brachte ihm eine duftende Hummerpie, noch warm und gefüllt mit dem

Fleisch aus Scheren und Gelenken, in einer dicken, cremigen Sherrysauce unter golden gebackenem Teig, und Billy meinte, er sei wohl gestorben und gegen alle Erwartungen in den Himmel gekommen. Als es ihm richtig schlecht ging, er aber noch essen konnte, fühlte Harper sich verpflichtet, ihm eine Hummerpie zu kaufen. Sie betrat Sadies Geschäft – das Upper Crust hieß – voller Beklommenheit, da sie wusste, dass sie sich höchstwahrscheinlich gleich zum ersten Mal der Frau ihres Liebhabers gegenübersehen würde.

So war sie zwar gewappnet, doch Sadies Anblick überraschte sie trotzdem. Sie war viel kleiner, als Harper erwartet hatte; ihr Kopf überragte die Vitrine mit den Pies kaum. Ihre Haare waren kurz geschnitten wie die eines Jungen, und ihre Augen traten hervor, was ihr den Gesichtsausdruck einer dauerhaft erstaunten Comicfigur verlieh.

Sadie schien keine Ahnung zu haben, wer Harper war. Sie zeigte keinen Argwohn, nur ein freundliches Lächeln, das eine Lücke zwischen ihren Schneidezähnen sichtbar werden ließ. Harper wusste, dass manche Männer eine solche Lücke sexy fanden, obwohl sie das nicht verstand. Wenn ihre Zähne so ausgesehen hätten, wäre sie schnurstracks zum Kieferorthopäden gerannt.

»Kann ich Ihnen helfen?«, fragte Sadie.

»Mein Vater liegt im Sterben«, platzte es aus Harper heraus.

Sadies Augen traten noch ein wenig weiter hervor.

»Er möchte eine Hummerpie«, sagte Harper. »Er ist ganz wild darauf. Mrs Tobias hat letzte Woche eine für ihn abgegeben, und er redet über nichts anderes mehr.«

»Mrs Tobias ist eine sehr gute Kundin«, sagte Sadie und legte den Kopf schief. »Ist Ihr Vater zufällig Billy *Frost*?«

»Ja«, sagte Harper. Sie hatte das Gefühl, in einer Achterbahn zu sitzen, die sich dem höchsten Punkt nähert …

»Mrs Tobias hat mir erzählt, dass er krank ist. Wissen Sie, er hat einige Lichtleitungen für mich verlegt, als ich dieses Geschäft eröffnete. Er war der einzige Elektriker, der dazu bereit war. Alle anderen meinten, ich sollte mich an den Handwerker wenden, der die Anschlüsse gelegt hat, als das hier noch ein Laden für Duftkerzen war, aber der Typ saß schon lange im Gefängnis.«

»Buttons«, sagte Harper fast automatisch. Billy hatte einen Großteil von Buttons Jones' Kundschaft übernommen, als Buttons wegen Steuerhinterziehung verhaftet wurde.

Sadie holte eine Hummerpie aus dem Ofen. Eine Sekunde lang dachte Harper, die Pie wäre gratis, ein Geschenk für einen Mann, der Sadie Zimmer einst einen Gefallen getan hatte.

»Das sind dann zweiundvierzig Dollar«, sagte Sadie.

Harper fällt es schwer, sich Reed und Sadie zusammen zu Hause vorzustellen. Sie weiß, welches Haus sie bewohnen – es liegt in West Tisbury, nahe der Field Gallery –, aber sie ist nie drinnen gewesen. Leichter gelingt es ihr, sich auszumalen, wie die Zimmers in Lambert's Cove nebeneinander vor dem Feuer im Sand sitzen. Vielleicht hat Sadie eine schöne Singstimme, während Harper – obwohl sie in dem Lieferwagen von Rooster Express nur allzu gern Lieder schmettert – keine Melodie halten kann. Es ist kein Wettbewerb, das weiß Harper, bei dem die Pros und Kontras aufgelistet werden. Die Liebe ist ein Rätsel.

Harpers Lieblingskrankenschwester Dee steckt den Kopf ins Zimmer. »Wie geht's?«

Harper versucht zu nicken – *Okay* –, doch sie kann nur starren. »Ich erreiche Dr. Zimmer nicht«, sagt sie, dann hat sie Angst, sich verraten zu haben. »Ich meine, ich weiß, dass er keine Bereitschaft hat, aber ich dachte, ich sollte ihm Bescheid geben. Billy war sein Lieblingspatient.«

Dee schenkt ihr ein nachsichtiges Lächeln, und Harper rechnet fast damit, dass sie sagt, Dr. Zimmer habe *nur* Lieblingspatienten, das sei das Wunderbare an ihm. Dann befürchtet Harper, Dee könne darauf warten, dass sie das Zimmer räumt. Schließlich ist sie keine zahlende Kundin mehr.

Doch stattdessen sagt Dee: »Sie waren gut zu ihm, Harper. Wahrscheinlich werden Sie merken, dass sein Tod ein Segen ist.«

*Ein Segen?*, denkt Harper wütend. Am liebsten würde sie Dee sagen, sie solle doch einfach noch ein bisschen Kuchen essen, aber dann fragt sie sich, ob Dee womöglich Recht hat. In den letzten zehn Monaten hat sich Harpers ganzes Leben um die Angst davor gedreht, dass Billy sterben würde. Jetzt, da er tot ist, ist sie in gewisser Weise frei. Es gibt nichts mehr, um das sie sich sorgen muss. Aber sie bleibt mit einer schweren Bürde des Kummers zurück, einer Traurigkeit so intensiv und durchdringend, dass sie eine andere Bezeichnung haben müsste. Seit der Scheidung ihrer Eltern, bei der sie siebzehn war, war Billy »ihr« Elternteil. Er war ihr Freund, ihr Held, ihr unfehlbarer Verbündeter, ihr täglicher Gefährte. Sie hätte sich keinen besseren Vater erträumen können – und jetzt ist er tot.

Tot.

Harper wischt sich die Tränen ab, atmet tief ein und sagt, ganz die tapfere Soldatin, für die Billy sie hielt: »Weiter geht's.«

»Braves Mädchen«, sagt Dee. »Ich hole Billys Sachen.«

Weiter geht's: Billys Wünschen gemäß wird sein Leichnam eingeäschert werden und die Trauerfeier für ihn im Farm Neck Golf Club stattfinden. Sobald Harper Billys Haus verkauft hat, wird sie ihren Job bei Rooster Express aufgeben können, einen Job, den sie vor drei Jahren aus reiner Verzweiflung annahm, als Jude von Garden Goddess sie infolge der Joey-Bowen-Katastrophe feuerte. Und was soll Harper dann anfangen? Theoretisch könnte sie ihre eigene Gärtnerfirma gründen. Sie ist sich sicher, dass viele Kunden immer noch nach ihr fragen, und das nicht nur, weil sie beim Rasenmähen ein

Bikinioberteil trug. Sie ist ein netter Mensch und ein guter Mensch, obwohl einige Indizien für das Gegenteil sprechen.

Dee taucht wieder auf mit Papieren, die Harper unterschreiben soll, und einem großen Ziplock-Beutel, der Billys Kleider und sonstige Habe enthält, darunter die goldene 1954er Omega-Armbanduhr, die er von seinem eigenen Vater geerbt hat und die ihm von all seinen Besitztümern am wichtigsten war. Billy Frost war 1995 nach Martha's Vineyard gekommen, völlig pleite nach seiner Scheidung von Eleanor, und strampelte sich ab, ebenso wie sie im selben Jahr in ihrem ersten Semester an der Tulane. Er übernahm kleine Aufträge als Elektriker, die Leute wie Buttons Jones ihm übrig ließen. Er freundete sich mit den Typen an, die Bäume fällten und Umzüge durchführten und Kriechkeller isolierten; er freundete sich mit den Fischern und Ersten Maaten an, mit den Durchreisenden und Junkies, die im Wharf abhingen und, wenn sie flüssig waren, Carmen, die Barkeeperin im Coop de Ville, belästigten.

Aber Billy trug immer seine Armbanduhr, die goldene Omega, und das hob ihn von den anderen ab.

Was soll Harper mit der Uhr tun? Sie hat niemanden, dem sie sie schenken kann.

Tabitha hat Ainsley, doch was soll eine Sechzehnjährige mit einer goldenen 1954er Omega anfangen? Harper denkt an Ainsleys Vater Wyatt. Billy hat ihn gemocht, aber kann Harper vorschlagen, dass er die Uhr nimmt? Nein.

Und Tabitha ist ein Zahnschmerz, der sich keine weitere Sekunde ignorieren lässt. Vor sechs Wochen, als es Billy merklich schlechter ging, hat Harper in seinen Kontakten nach Tabithas Handynummer gesucht und ihr mit Hilfe von sechs Bieren und drei Jägermeistern eine Sprachnachricht hinterlassen, in der sie Tabitha mitteilte, dass sie sich beeilen müsse, falls sie Billy ein letztes Mal vor seinem Tod sehen wolle. Tabitha hat nicht geantwortet – keine Überraschung.

Harper wünscht, sie hätte in nüchternem Zustand bei Tabitha angerufen, weil sie befürchtet, dass sie genuschelt hat und ihre Nachricht deshalb noch leichter abzutun und zu löschen war.

Billys Tod erfordert einen weiteren Anruf, aber Harper ist zu wütend, um dabei höflich zu bleiben. Hat Tabitha geruht, auf ihre Voicemail zu reagieren? Ist sie Billy besuchen gekommen? Hat sie den Vineyard seit dem Tod ihres Sohnes Julian vor vierzehn Jahren auch nur einmal betreten? Hat sie nicht. Nantucket ist nur 11,2 Meilen weit weg, also war die Entfernung sicher nicht das Problem.

Harper schickt Tabitha dieselbe SMS wie Reed. *Billy ist tot.* Und dann, in der Geborgenheit ihres Bronco, bricht sie zusammen und ruft Dr. Zimmer an.

Das Telefon klingelt sechsmal, dann meldet er sich mit leiser Stimme. Harper stellt sich vor, dass er vom Lagerfeuer weg in den Schatten getreten ist.

»Tut mir leid, Harper«, sagt er. »Ich dachte, er hätte mehr Zeit. Noch Wochen.«

Was ist er nur für ein Arzt? Sie würde ihn gern für inkompetent halten oder hassen, doch das kann sie nicht. Reed gibt seinen Patienten alles, was er hat. Er bleibt bis spät abends im Krankenhaus; er ist nie in Eile; er ist aufmerksam, rücksichtsvoll, freundlich, offen. Nicht einmal in zehn Monaten hatte Harper das Gefühl, er hätte woanders sein wollen oder müssen. Billy hätte ebenso gut sein einziger Patient sein können. Manchmal brachte Dr. Zimmer ihm eine Überraschung oder etwas Besonderes mit – die Bademodenausgabe der *Sports Illustrated*, eine Pfeilspitze, die er auf einer Wanderung entdeckt hatte, eine Pralinenmischung, die Billy, wie er wusste, liebte (eigentlich aber nicht essen durfte). Reed Zimmer war wie ein Arzt aus dem Fernsehen, nur besser, weil er real war. Er war sowohl attraktiv als auch menschlich. Gelegentlich hatte er Ringe unter den Augen, weil er die ganze Nacht wach gewesen war, oder Bartstoppeln im Gesicht oder zerzauste Haare. Manchmal kreuzte er in Jeans und einem grauen T-Shirt unter seinem weißen Kittel auf. Was hätte Harper anderes tun können, als sich in ihn zu verlieben?

»Komm zu mir«, sagt sie.

»Nicht heute Abend. Ich ...« Seine Stimme verklingt, und Harper stellt sich vor, dass Sadie ihm das Telefon aus der Hand gerissen hat. Sie hat böse Vorahnungen, seit sie heute Morgen aufgewacht ist. Sie fühlt sich wie ihr sibirischer Husky Fish, wenn er die Ohren spitzt; dieser Hund kann eine drei Meilen entfernte Maus furzen hören. »Ich muss hier bei meiner Familie bleiben.«

*Das ist nicht deine Familie*, hätte Harper ihn gern korrigiert. *Es ist Sadies Familie.*

»Meine Familie ist gerade gestorben«, sagt sie.

Reed schweigt – aus Schuldbewusstsein oder weil er abgelenkt ist, weiß Harper nicht.

»Hast du deine Schwester angerufen?«, fragt er. »Oder deine Mutter?«

*Meine Mutter?*, denkt Harper. *Ha!* Wenn Harper Eleanor anruft und ihr sagt, dass Billy gestorben ist, wird ihre Mutter mit einem Schniefen oder Hüsteln reagieren. Vielleicht. Während der schweren Kämpfe um die Scheidung gab es eine Zeit, in der Eleanor sich nur wünschte, Billy möge tot umfallen. Wenn sie besonders gnädig gesinnt war, würde sie jetzt womöglich sagen: *Dein Verlust tut mir leid, Liebling, aber bei der schrecklichen Raucherei hat Billy es nicht anders verdient.*

So hat Eleanor natürlich nicht immer empfunden. Früher einmal waren Eleanor Roxie-Frost und Billy Frost ein dynamisches, magnetisches Paar – Eleanor eine prominente Modedesignerin, Billy der Inhaber von Frost Electrical Contractors GmbH. Sie lebten in einem Haus in Beacon Hill, das sie von Eleanors Eltern geerbt hatten, und zogen dort eineiige Zwillingstöchter auf. Sie verhielten sich, wie es sich gehörte; wie alle guten Episkopalen gingen sie einen Sonntag im Monat sowie zu Weihnachten und zu Ostern in die Church of the Advent. Sie schickten die Zwillinge auf die Winsor, eine private Mädchenschule, auf die auch Eleanor und Eleanors Mutter gegangen waren. Billy und Eleanor besuchten Partys im Park Plaza, im Museum of Fine Arts und im Harvard Club. Bei gesellschaftlichen Anlässen wurden sie so oft fotografiert, dass sie dafür eine typische Pose entwickelt hatten: Eleanor strahlte in die Kamera, während Billy ihr einen Arm um die Taille schlang und sie auf die Wange küsste. Sie waren Bostons Sweethearts; die ganze Stadt vergötterte sie.

Zu guter Letzt, vermutet Harper, war es der Erfolg, an dem sie scheiterten. Eleanors Kleider wurden so populär, dass sie in der Newbury Street die Eröffnung einer dreistöckigen Boutique mit ihrem Namen in Angriff nahm. Fast zwei Jahre verbrachte sie Tag und Nacht auf der Baustelle, wo sie Renovierung und Ausgestaltung überwachte. Ein Foto von Eleanor in der *Women's Wear Daily*, das sie in engem Rock, Stilettos und Schutzhelm als verführerisches Arbeitermädchen zeigte, erregte als Erstes Billys Zorn.

»Eure Mutter«, sagte er, während er den Mädchen das Bild am Frühstückstisch präsentierte, »ist nur zufrieden, wenn sie alles hundertprozentig unter Kontrolle hat.«

In Wahrheit ging es darum, erfuhren die Zwillinge bald, dass Eleanor für die Elektroinstallationen in der Boutique nicht Billys Firma angeheuert hatte. So etwas lehnte sie prinzipiell ab, denn sie meinte, eine solche Zusammenarbeit würde ihre Ehe ruinieren.

»So ein Quatsch«, sagte Billy. »Eure Mutter ist einfach nur ein Snob. Sie will nicht, dass diese Modefotografen einen Schnappschuss von ihrem Proletarier-Ehemann machen. Sie hatte schon immer das Gefühl, unter ihrem Stand geheiratet zu haben.«

In dem Jahr gab es viele lautstarke Streitereien, erinnert sich Harper. Billy beschuldigte Eleanor, die Familie zugunsten ihres Geschäfts zu vernachlässigen; Eleanor beklagte sich, Billy wolle sie klein halten. Warum gönnte er ihr den Erfolg nicht? Er habe von Anfang an gewusst, dass sie sich eine Karriere wünschte.

Billy glaubte, Eleanor würde nur dann öfter zu Hause bleiben, wenn er mehr ausging, und begann, drei, vier Abende pro Woche mit einer Gruppe von Männern, die sie als Unterweltler bezeichnete, im Eire Pub in Dorchester zu verbringen. Billys Freunde seien nicht besser als Whitey Bulger und die Winter Hill Gang, sagte sie.

*Au contraire*, gab Billy zurück, dessen französischer Akzent dank der vielen Jahre des Zusammenlebens mit Eleanor auch nach sechs oder sieben Whiskeys noch tadellos war. Seine Freunde aus Southie seien über jeden Zweifel erhaben. Sie ermutigten Billy sogar, für den Stadtrat zu kandidieren.

*Nur über meine Leiche*, sagte Eleanor.

*Schön wär's*, sagte Billy.

Im Sommer, bevor die Zwillinge aufs College gingen – Tabitha aufs Bennington, Harper aufs Tulane –, ließen sich Billy und Eleanor scheiden. Die Mädchen waren siebzehn, und es würde mindestens vier Jahre dauern, bis sie finanziell unabhängig wären. Es war Eleanors Idee, die beiden unter sich aufzuteilen – eine würde von ihr unterstützt werden und in den Sommerferien bei ihr wohnen, die andere zu Billy kommen. Die Feiertage sollten die Zwillinge dann beim jeweils anderen Elternteil verbringen. Was Eleanor nicht ertrug, war der Gedanke, dass beide Mädchen zusammen bei einem Elternteil waren, ihre Habseligkeiten in einem Koffer, zwischen zwei Haushalten hin- und herreisten. Das sei ungehörig, fand sie.

Heute ist Harper klar, dass ihre Mutter schreckliche Angst vorm Alleinsein hatte. Eleanors Eltern waren gestorben; ihre Schwester Flossie lebte in Florida. Sie hatte keine Freunde, nur Geschäftsbeziehungen.

Allerdings rechnete Eleanor nicht damit, dass beide Mädchen zu Billy wollten. Als sie schließlich den Mut aufbrachten, das einzugestehen, lachte Eleanor herablassend und sagte: »Alle Töchter ziehen ihren Vater vor. Das ist eine bekannte Tatsache. Bei mir war es auch so. Aber Billy kann sich nicht euch beide leisten, also fürchte ich, dass eine von euch zu mir kommen muss. Es ist mir egal, welche, denn im Gegensatz zu euch favorisiere ich keine. Ich habe euch beide gleich lieb. Macht ihr das bitte unter euch aus. Bis morgen früh.«

Es folgte eine der qualvollsten Nächte in Harpers Leben – ein stundenlanges im Flüsterton geführtes Gespräch, in dem argumentiert, beraten und gefeilscht und schließlich offen gestritten wurde. Harper behauptete, sie habe Billy immer ein klein wenig nähergestanden – sie sei die Sportliche und Anhängerin der Red Sox! Tabitha sagte, sie sei nach Billys Mutter benannt, während Harper den Mädchennamen von Eleanors Mutter geerbt habe, Vivian Harper Roxie, die in der Tat furchteinflößend war. Deshalb, meinte sie, gehöre Harper zu Eleanor und sie selbst zu Billy. So war es hin- und hergegangen, bis die Mädchen irgendwann beschlossen – ehe es zu richtigen Handgreiflichkeiten kam –, den Konflikt so zu lösen, wie sie seit siebzehn Jahren ihre Konflikte lösten: indem sie Schere, Stein, Papier spielten.

Es war eine Lösung, die Billy ihnen beigebracht hatte. Er behauptete, jeder Streit auf der Welt lasse sich durch Schere, Stein, Papier beilegen. Seiner Meinung nach waren Faustkämpfe, Rechtsanwälte oder Kriege unnötig; alles, was man brauche, seien eine Hand und die Kenntnis der Grundregeln – Schere schneidet Papier, Papier wickelt Stein ein, Stein macht Schere stumpf.

*Und wenn euch das Ergebnis nicht gefällt*, sagte Billy, macht ihr es drei Mal hintereinander und seht, wer am öftesten gewonnen hat.

Tabitha wählte den Stein und Harper das Papier. Harper gewann.

Tabitha beschuldigte sie, gemogelt zu haben.

*Wie das denn?*, fragte Harper. *Hab ich etwa deine Gedanken gelesen?* Trotzdem ließ sie die 3-Runden-Regelung zu. Wieder wählte Tabitha den Stein und Harper das Papier. Wieder gewann Harper.

Sie würde zu Billy ziehen.

Man kann getrost sagen, dass Harpers Beziehung zu Tabitha danach nie wieder dieselbe war. Ein paar Jahre lang gingen sie noch höflich miteinander um, doch Freundinnen waren sie nicht mehr. Billy verließ Boston ganz. Er kaufte ein Haus in der Daggett Avenue in Vineyard Haven, während Eleanor in der stattlichen dreistöckigen Villa in der Pinckney Street wohnen blieb. Als Eleanor dann ihre Schuhkollektion an Steve Madden veräußerte – ein Deal, zu dessen Aufschub bis nach der Scheidung ihr Anwalt ihr geraten hatte –, erstand sie ein zweites Haus auf Nantucket.

Die Mädchen verbrachten jeden Sommer bei »ihrem« Elternteil und besuchten, wie Eleanor es bestimmt hatte, an den Feiertagen den anderen Elternteil. Harper malte sich dann immer aus, wie die eine Fähre dabei über das Kielwasser der anderen hüpfte und die Kondensstreifen ihrer Flugzeuge sich am Himmel kreuzten.

Es gab eine Chance zur Wiedervereinigung der Zwillinge, und zwar nachdem Tabithas zweites Kind – ein Sohn, Julian – drei Monate zu früh zur Welt gekommen war. Sie brauchte Hilfe, und Harper eilte herbei, um ihr beizustehen ... aber dann endete alles in einer Katastrophe. Julian starb, und Tabitha hielt es für angebracht, Harper die Schuld zu geben – nicht nur für Julians Tod, sondern auch dafür, dass sie bei Schere, Stein, Papier gewonnen hatte, und für jedes andere Unglück, das ihr als Erwachsene zugestoßen war.

*Du machst alles kaputt*, sagte Tabitha. *Du bist an allem schuld*.

Das ist vierzehn Jahre her, und die Zwillinge haben seitdem kaum miteinander gesprochen.

Harper ist klar, dass Reed auf ihre Antwort wartet. Sie denkt nicht gern an ihre Schwester oder ihre Mutter, denn dann hat sie das Gefühl, jemand habe ihr die Augen verbunden und sie geknebelt.

»Ich habe Tabitha gesimst«, sagt sie. »Vermutlich wird sie es meiner Mutter erzählen.«

»Gut«, sagt Reed. »Hör zu, tut mir leid, aber ich muss Schluss machen.«

»Du willst dich nicht mit mir treffen?«, fragt Harper. »Ich soll also Drew anrufen?« Es ist reine Verzweiflung und gemein von ihr, das zu sagen. Harper hat Reed erzählt, dass sie angefangen hat, mit Sergeant Drew Truman vom Edgartown Police Department auszugehen, und das gefällt Reed gar nicht. Drew hat den Vorzug der Jugend und des Körperbaus eines Polizisten und des Junggesellenstandes und eines großen Familienclans – und außerdem ist er ein netter Kerl. Sergeant Truman und Dr. Zimmer kennen sich aufgrund von Heroin-Überdosen. Drew hat im letzten Jahr dreimal Naloxon verabreicht und die Junkies danach direkt ins Krankenhaus gebracht, wo sie in die Obhut von Dr. Zimmer gegeben wurden.

»Ruf Drew bitte nicht an«, sagt Reed. »Fahr einfach nach Hause und kuschle mit Fish.«

»Fish ist ein *Hund*, Reed, kein Mensch«, sagt Harper. »Billy ist *gestorben*, als ich ihm gerade die Statistiken von Pedroia vorlas. Was du von mir verlangst, ist nicht fair, und das weißt du.«

»Ich komme morgen früh«, sagt Reed.

»Heute Abend«, sagt Harper.

»Gut, heute Abend«, sagt er. »Aber spät. Um Mitternacht. Und nicht zu dir nach Hause – das ist zu gefährlich. Treffen wir uns auf dem Parkplatz am Lucy Vincent Beach.«

»Und *das* hältst du für sicher?«, fragt Harper. Bevor Reed einwilligte, sie in ihrer Wohnung zu besuchen, trafen sie sich immer auf dem Parkplatz hinter der Eissporthalle nach Betriebsschluss. Zu dieser Jahreszeit ist da mit Sicherheit keiner mehr, während der Strand …

»Es ist schon fast Sommer, Reed. Da sind überall Leute.«

»Das ist mir klar«, sagt er. »Aber ich fahre nicht quer über die ganze

Insel.« Anscheinend fällt ihm auf, wie unfreundlich das klingt, denn er fügt hinzu: »Mehr kann ich nicht tun, wenn es noch heute sein muss.«

»Es muss noch heute sein«, sagt Harper. »Lucy Vincent um Mitternacht.«

»Für fünf Minuten, damit ich dir einen Kuss geben und versichern kann, dass alles gut wird.«

»Wird es das denn?«, fragt sie.

»Ja«, sagt er.

Harper fährt kurz nach Hause, um Fish rauszulassen. Er ist ein Hund, kein Mensch, und doch steht er an der Tür und wartet auf sie, obwohl er derzeit meistens schlafend auf seinem Bett liegt und kaum den Kopf wendet, wenn sie hereinkommt. Aber heute ist er gleich da, die Pfoten auf ihren Oberschenkeln, leckt ihr das Gesicht und schenkt ihr so viel Liebe, wie er kann. Er weiß Bescheid. Das rührt Harper zu Tränen. Ihr Hund weiß, dass Billy gestorben ist, aber sie verspürt das Bedürfnis, es ihm ausdrücklich mitzuteilen. Sie packt Fishs Schnauze, schaut in seine eisblauen Augen und sagt: »Pops ist tot, Kumpel.« Er jault und reibt sich an Harpers Bein, und sie muss ihn praktisch zur Tür hinaus in den Vorgarten schieben, wo er in den größten Hortensienstrauch auf dem ganzen Grundstück pinkelt. Dann kommt er in die Küche zurückgetrottet, wo Harper sagt: »Heute gibt's Lamm, zu Ehren von Pops.« Aber Fish schlingt sein Futter nicht herunter, wie er es normalerweise tut, sondern blickt zu Harper auf, als wolle er um Erlaubnis bitten. »Na los«, sagt sie. Und Fish senkt seinen Kopf mit trauervoller Würde auf den Fressnapf.

Harper verlässt das Haus und fährt zum Our Market, um sich einen Sixpack Amity-Island-Ale und drei Jägermeister zu holen. Robyn, die Kassiererin, kennt Harper seit zwanzig Jahren, ist aber eine gute Freundin von Jude, daher begegnet Harper ihr immer argwöhnisch und reserviert.

»Möchtest du eine Tüte?«, fragt Robyn.

»Bitte«, sagt Harper.

Vielleicht hat Robyn schon von Billys Tod gehört, denn sie wirft einen Gratis-Hundesnack mit in die Tüte.

Es ist halb neun, die Sonne eben untergegangen. Harper zieht den Winter vor, in dem es um halb vier dunkel wird und bereits stockfinster ist, wenn sie ihre Schicht beendet. Die Sommersonne macht zu viel sichtbar.

Harper öffnet eins der Biere mit dem metallenen Ende ihres Sicherheitsgurtes und trinkt es in einem Zug zur Hälfte aus, dann kippt sie sich einen Jäger in den Mund. Ihre Mutter wäre entsetzt.

Harper hätte die Middle Road nehmen sollen, denn die State Road führt sie direkt an Judes Haus vorbei, wo Harper zu beiden Seiten des Garden-Goddesses-Schilds Autos und Pick-ups die Straße säumen sieht. Jude veranstaltet die alljährliche Sommeranfangsparty für ihr Personal. Sie serviert Spanferkel und selbstgemachtes Maisbrot und Apfel-Krautsalat, und eine große Zinkwanne ist mit Bier gefüllt. Judes Partnerin Stella mixt Mudslide-Cocktails, und alle hören Jack Johnson, und die Neulinge denken: *Wow, was für ein toller Arbeitsplatz!* Nur die erfahrenen Angestellten wissen, dass dies bis zum Labor Day, an dem Jude eine zweite Party gibt, diesmal mit Hummer, ihr letzter freier Tag sein wird.

Harper tritt aufs Gas. Sie kann gar nicht schnell genug an Judes Grundstück vorbeikommen.

Sirene. Lichter. Harper schaut in den Rückspiegel.

Polizei. Sie flucht vor sich hin und sieht auf die offene Dose neben sich, aber sie hat keine Zeit, sie zu entsorgen, und kein Versteck für sie. Sie setzt den Blinker und fährt an den Straßenrand.

Das hier ist das Letzte, was sie braucht. Ihr guter Ruf ist bereits angeschlagen, besudelt und mit Stahlkappenstiefeln zertreten. Vor drei

Jahren wurde Harper verhaftet, weil sie einem Mann namens Joey Bowen, den sie nur flüchtig kannte, einen »Gefallen« getan hatte; er war Stammgast im Dahlia's, wo Harper einmal wöchentlich kellnerte. Der Gefallen bestand darin, dass sie dem Sohn einer Familie, der Monacos, die Kunden von Jude waren, ein Päckchen lieferte; sie sollte bei ihnen den Rasen mähen und die Beete jäten. Sie musste das Päckchen nur in ihrer Schubkarre unter dem Mulch und Dünger verstecken und zu den Monacos in den Garten bringen und die Schubkarre vor der Seitentür parken, dann würde der Monaco-Sohn herauskommen und sich das Päckchen holen – und dafür wollte Joey Bowen ihr dreitausend Dollar bezahlen. Harper war klar, dass sie vermutlich Drogen transportierte, doch das Angebot war zu verlockend; sie brauchte das Geld. Zu der Zeit lebte sie noch bei Billy und wollte eine eigene Wohnung, aber der Vineyard war teuer, und es war schwierig, es hier zu etwas zu bringen.

Nur wusste Harper leider nicht, dass die Staatspolizei und das FBI das Haus der Monacos seit Wochen beobachteten und genau diese Lieferung im Auge hatten. Als der Sohn sich das Päckchen schnappte, hüpften Beamte über den Zaun, sprangen aus Bäumen und stürmten über den Rasen. Dann legten sie dem Jungen Handschellen an, ebenso Harper.

Bei der Befragung erklärte Harper den Polizisten, dies sei das erste und einzige Mal gewesen, dass sie irgendetwas an jemanden geliefert hätte. Joey Bowen sei Gast in dem Restaurant, wo sie arbeite. Man informierte sie, dass Joey Bowen vom Upper Cape bis nach New Bedford wegen Drogenhandels gesucht werde.

Harper verbrachte achtzehn Stunden in Gewahrsam, bis Billy einen Anwalt für sie aufgetrieben hatte. Sie wurde entlassen und nur zu sechs Monaten auf Bewährung verurteilt, verlor aber ihre Jobs bei Garden Goddesses und im Dahlia's. Jude Hogan verabscheut Harper ganz offen dafür, dass sie ihren Gärtnereibetrieb für ihre Zwecke missbraucht hat. Die anderen, die Harper sonst noch hassen, sind beängstigender, wenn auch weitaus weniger sichtbar – die Leute, die früher bei Joey ihre Drogen gekauft haben.

Das Schlimmste war aber vielleicht, dass sich die Nachbarin der Monacos, eine Frau namens Ann-Lane Crenshaw, als College-Zimmergenossin von Eleanor Roxie-Frost erwies, die daher sofort von Harpers Verhaftung erfuhr und die erschreckende Neuigkeit zweifellos an Tabitha weiterleitete. Wie sollte Harper sich da nicht plötzlich wie das schwärzeste aller Schafe fühlen?

Jeder andere hätte die Insel verlassen. Es zeugt von Harpers Erbärmlichkeit, dass sie geblieben ist.

Sie weiß nicht, wo sie sonst hinsoll.

Und ihr Vater ist hier. War hier.

Unwillkürlich steigen Tränen in ihr auf. Ihr Vater ist gerade gestorben. Das wird sie dem Beamten einfach erzählen. An sein Mitleid appellieren.

Sie kurbelt das Fenster herunter. Sie steht etwa hundert Meter jenseits von Judes Grundstücksgrenze; wenn sie bloß keiner von den Partygästen sieht!

»Hey, Baby.«

Sie blickt auf. Es ist Drew.

»Was?«, sagt sie und schaut in den Rückspiegel. Es ist ein Streifenwagen aus Edgartown, nicht aus West Tisbury. Sie lässt sich in ihren Sitz sinken, und Erleichterung durchströmt sie bis in die Zehenspitzen. »Musstest du mich wirklich anhalten?«

»Du bist so schön, dass du damit das Gesetz brichst«, sagt er und steckt den Kopf durchs Fenster, um sie zu küssen. »Außerdem bist du zu schnell gefahren.«

»Echt?«

»Was machst du hier?«, fragt er. »Ich bin dir gefolgt, als du vom Our Market wegfuhrst.«

»Ach ja?«, sagt sie. Drew hat von Natur aus einen leichten Hang zum Stalken. Womöglich argwöhnt er, dass sie ein Geheimnis hat. »Musst du nicht arbeiten?«

»Ich habe bis neun Uhr Pause«, sagt Drew. »Eigentlich wollte ich dich vom Krankenhaus abholen, aber dann habe ich deinen Wagen gesehen.« Er beäugt das Bier. »Damit solltest du vorsichtig sein.«

»Ich bin unterwegs nach Aquinnah, um einen klaren Kopf zu kriegen«, sagt sie. »Es ist lieb von dir, dass du dir Sorgen um mich machst, aber ich sagte ja schon am Telefon, dass ich glaube, ich muss einfach allein sein.«

Drew nickt. In seiner Uniform findet sie ihn unwiderstehlich. Er ist so attraktiv, so aufrecht, ein so eiserner Gutmensch. Warum kann sie nicht in Drew verliebt sein?

»Die Tanten machen dir einen Hummereintopf«, sagt er. »Den bringe ich dir morgen vorbei.«

»Du hast ihnen schon von Billy erzählt?«, fragt Harper.

»Ich habe meine Mutter angerufen«, sagt Drew. »Wanda und Mavis waren bei ihr, um beim Bohnenputzen zu helfen, und so haben sie es mitgehört. Wanda ist gleich losgezogen, um mit dem Eintopf anzufangen. Das ist ihre automatische Reaktion auf den Tod – ein Topf mit einer warmen und schmackhaften Mahlzeit, damit du nicht zu essen vergisst und auf Haut und Knochen abmagerst.«

»Aber das müssen sie doch nicht!«, sagt Harper. »Sie kennen mich ja nicht mal.«

»Sie wissen, dass ich dich mag«, erwidert Drew und beugt sich vor, um sie erneut zu küssen. »Nur das zählt.«

Harper lächelt und kurbelt das Fenster hoch.

Um Mitternacht sitzt Harper mehr oder weniger schlafend vorn in ihrem Bronco, nachdem sie fünf von den Bieren und zwei Schnäpse getrunken und sich aus Alley's General Store außerdem ein Glas

Pickles geholt hat – ihr Abendessen. (Die Tanten sorgen sich zu Recht um sie.) Seit Viertel vor zehn, als eine Gruppe Highschool-Kids vom Strand kam, war niemand auf dem Parkplatz. Harper ist erleichtert: Am Lucy Vincent Beach ist es also nach wie vor sicher.

Reed kommt um Punkt zwölf; er ist immer pünktlich. Harper stellt ihren Sitz hoch und steigt aus. Er hat fünf Minuten gesagt, und Harper weiß, was sie erwartet – nicht mehr und nicht weniger. Er schaltet den Motor seines Lexus ab, steigt aus und läuft auf sie zu. Er breitet die Arme aus, und sie lässt sich an seine Brust fallen.

»Er ist weg«, sagt sie. »Ich werde ihn nie wiedersehen. Das ist es, glaube ich, womit ich nicht klarkomme.«

Reed drückt sie fester an sich. Er ist Arzt. Der Umgang mit dem Tod ist Teil seines Jobs – nicht jeden Tag, aber ziemlich oft.

»Wir müssen alle sterben, Harper«, sagt er. »Billy ist friedlich eingeschlafen. Er hatte den Menschen bei sich, den er auf dieser Welt am meisten liebte und der ihm die Statistiken von Pedroia vorlas. Was für ein Tod.«

Harper hebt ihr Gesicht, und ihre Lippen treffen sich. Reeds Mund ist warm; ihn zu küssen erregt sie immer, doch heute Nacht ist ihr Verlangen, weil sie erschöpft ist vom Weinen, ungezügelt und überwältigend. Er reagiert darauf, indem er mit seiner Zunge ihre sucht und seinen Unterkörper an ihren presst. Er verlagert seinen Mund unter Harpers Ohr. Sie werden miteinander schlafen. Harper kann es kaum fassen. Er muss beim Familienpicknick ein paar Bier getrunken haben und zu Hause vielleicht noch einen Scotch, da er an diesem Wochenende keine Bereitschaft hat. Er ist lockerer als sonst, fast verwegen. Seine Hände schieben sich unter ihre Bluse; er hakt den vorderen Verschluss ihres BHs auf. Er spielt mit ihren Brustwarzen, dann senkt er den Kopf und saugt an der linken, bis sie aufstöhnt. Sie hält es nicht mehr aus. Sie streicht über den Reißverschluss seiner Jeans.

Er zieht ihn mit einer Hand auf, und Harper greift nach der Autotür.

»Nein«, sagt er. »Draußen.«

»Draußen?«, fragt sie. Ist das hier Reed? Reed Zimmer? Er kümmert sich nicht einmal um Verhütung, worauf er normalerweise größten Wert legt; er stößt einfach in sie. Harpers Rücken ist an die Tür des Bronco gedrückt, und in dieser Sekunde sieht sie Scheinwerfer. Jemand fährt vorbei, denkt sie. Aber nein: Ein Wagen biegt auf den Parkplatz ein. Er nähert sich. Harper will sich von Reed lösen, doch er bemerkt die Lichter und das Motorengeräusch nicht. Er ist zu sehr auf seinen Rhythmus konzentriert, seine Augen sind geschlossen. Er kommt mit einem Stöhnen und erschauert. Ein leiser Schrei entweicht ihm.

Harper schiebt ihn weg, aber es ist zu spät. Eine Autotür knallt zu, und eine Frau ruft, schreit, kreischt. »Reed! Reed! Reed!«

Es ist Sadie.

## NANTUCKET: TABITHA

Man hat sie zu einer Cocktailparty auf der *Belle* eingeladen, einer siebenundsiebzig Fuß langen hölzernen Motoryacht, erbaut 1929, die mittlerweile für Partys der Mitglieder des Westmoor Club genutzt wird. Die heutige Soiree veranstalten Leute, die Tabitha kaum kennt, und es ist noch ein bisschen zu frisch, um abends draußen auf dem Wasser zu sein, doch seit Tabitha sich von Ramsay getrennt hat, freut sie sich über jede Gelegenheit zum Ausgehen.

Ramsay sitzt jetzt bestimmt an der Bar des Straight Wharf und wartet darauf, dass Caylees Schicht zu Ende ist. Tabitha war diejenige, die Schluss gemacht hat, aber Ramsay hat sich weitaus schneller davon erholt als sie – sofort, genau genommen. In den drei Jahren ihres Zusammenseins hat Tabitha ihm oft im Scherz vorgehalten, er wünsche sich eine Jüngere, was er stets bestritt. Und doch ist Caylee – ein Name, der zu einem Hundespielzeug passt, findet Tabitha – erst zweiundzwanzig.

Tabitha war mit zweiundzwanzig hochschwanger. Sie hatte nie die Chance, einen Sommer als Barkeeperin zu verbringen oder sich ein Tattoo stechen zu lassen; sie hatte nie Gelegenheit, aus dem Modeimperium ihrer Mutter auszubrechen und ihre eigenen Leidenschaften zu verfolgen – Immobilien, Architektur, Inneneinrichtung. Und als sie dann fünfundzwanzig war, erlebte sie eine Tragödie, von der sie sich bis heute nicht erholt hat. Ramsay wusste Bescheid über Julian, und er wusste, dass da eine Lücke war, die sich nie mehr schließen ließ – das glaubte Tabitha jedenfalls. Aber an einem eisigen Abend im letzten Februar, an dem sie beide nüchtern waren – sodass Alkohol nicht daran schuld sein konnte –, sagte Ramsay: *Deine einzige Möglichkeit, diese Traurigkeit zu überwinden, ist ein Neuanfang. Lass uns ein Kind haben.*

Es hatte keinen Sinn, ihm zu antworten. Er verstand sie nicht. Er würde sie nie verstehen, wurde Tabitha klar. Sie fertigte ihn mit einem »Wir beide wünschen uns einfach was Unterschiedliches« ab, und zwei Tage später zog er aus.

Die Party ist nicht übel. Gast und Gastgeberin sind aus Tallahassee, daher finden sie es in New England immer etwas frisch und haben ihren weiblichen Gästen einen Stapel Kaschmirdecken in optimistischen Sommerfarben – Orange, Pink, Aquamarin – zur Verfügung gestellt. Es gibt einen endlosen Vorrat an sehr kaltem Laurent-Perrier-Rosé und eine Rundum-Beschallung mit Sinatra und Dean Martin, die Tabitha einfach liebt. Da sie keine Jugend hatte, hat sie den Geschmack ihrer Mutter Eleanor übernommen. Eleanor ist nach allgemeinen Maßstäben eine kultivierte Frau, allerdings einundsiebzig, und manchmal fürchtet Tabitha, dass sie nicht nur ihre eigene Jugend übersprungen hat, sondern gleich noch ihr mittleres Alter dazu und direkt in der Ära der Hüftprothesen und Hörgeräte gelandet ist.

Während Ramsay vor dem Auszug seine Sachen packte, hielt er ihr eine Rede, in der er jede einzelne von Tabithas Schwächen und Fehlern aufzählte.

Sie sei ungeheuer snobistisch. Sie sei verklemmt. Sie gebe jeder Laune, jedem Wunsch ihrer Mutter nach; sie habe ihr ganzes Erwachsenenleben im Schatten dieser Frau verbracht. Sie sei eine unermüdliche Handlangerin für Eleanor Roxie-Frost Designs GmbH, und trotzdem verliere die Boutique auf Nantucket *jedes Jahr* Geld! Tabitha besitze keinen Geschäftssinn; sie habe den Laden heruntergewirtschaftet. Ramsay selbst habe ihr vierzigtausend Dollar geliehen, damit sie das Sortiment der Boutique über die Marke ELF hinaus erweitern könne. »Und vergiss nicht: Das Geld schuldest du mir immer noch«, sagte Ramsay.

»Ich weiß«, entgegnete Tabitha, obwohl sie sich ziemlich sicher war, dass Ramsay wusste, wie lange sie mit einem Kind, das noch das College vor sich hatte, für die Rückzahlung brauchen würde.

Eine letzte spitze Bemerkung brachte Ramsay aber an. »Wie gut, dass du keine weiteren Kinder willst«, sagte er. »Du bist eine hundsmiserable Mutter, Tabitha.«

Sie wusste, dass er wütend und verletzt und todunglücklich war, doch die ungepufferte Grausamkeit dieser Aussage zwang sie zu erwidern: »Wie kannst du es wagen?«

»Vielleicht bekommst du deine Tochter ja unter Kontrolle, wenn ich weg bin«, sagte er.

Das Essen auf dem Boot ist köstlich – Lammkoteletts, Hummer-Maiskrapfen, Gougères, Russische Eier. Tabitha bedient sich mit Bedacht – Ramsay war so nett, die sieben Kilo nicht zu erwähnen, die sie in den letzten drei Jahren zugenommen hat –, während sie die Menge nach einem geeigneten Gesprächspartner absucht. Ramsay hat nicht Unrecht, was ihren fehlenden Geschäftssinn anbelangt. Was sie mehr als alles andere braucht, ist entweder ein Lotteriegewinn oder ein Sugardaddy.

Die Auswahl an Bord ist spärlich. Alle Männer hier sind älter und wirken gut betucht, aber sie sind auch verheiratet – und überwiegend aus Tallahassee, was sie von vornherein ausschließt.

Tabitha lässt sich an der Bar ihr Sektglas auffüllen, dann macht sie sich allein zum Bug des Bootes auf. Sie umrunden gerade den Leuchtturm von Brant Point, und der Blick, der sich ihnen bietet, ist so herrlich, dass er Tabitha den Atem verschlägt, obwohl sie ihn

Hunderte Male genossen hat. Sie stützt ihre Ellbogen auf die Reling und schließt die Augen.

Sie ist *keine* hundsmiserable Mutter. Ainsley befindet sich bloß in einem schwierigen Alter, und sie ist von Natur aus rebellisch. Wenn man Tabitha aber ihre intimsten, ehrlichsten Gedanken entlocken würde, müsste sie einräumen, dass sie mit Ainsley ein Monster geschaffen hat. Nach Julians Tod steckte Tabitha ihre ganze Energie in die Erziehung ihrer Tochter. Sie wurde eine Helikoptermutter – in zweiter Generation –, die jeden Schritt Ainsleys kontrollierte, wie Eleanor es bei ihr getan hatte. Doch als ihre Tochter erwachsen wurde, geschah das rasant. Sie wurde ein unbändiges Fohlen, und Tabitha spürte, wie ihr die Zügel entglitten. Um Ainsley an sich zu binden, unterstützte und ermutigte Tabitha sie bei ihrem Versuch, das populärste, weltgewandteste Mädchen an der Nantucket High School zu sein. *Tabitha* kaufte ihr das Make-up und die Zweihundert-Dollar-Jeans, *Tabitha* ließ sie von sich aus abends länger ausgehen. Daran, dass Ainsley jetzt so ein Pulverfass ist, ist niemand anders schuld als Tabitha.

Draußen auf dem Meer zu sein fördert immer diese Gedanken zutage. Tabitha hätte an Land bleiben sollen.

Plötzlich steht ein Mann neben ihr. Er trägt eine Uniform.

Er streckt die Hand aus. »Ich bin Peter«, sagt er. »Der Kapitän.«

»Tabitha Frost«, sagt sie. »Wenn Sie der Kapitän sind, wer lenkt dann das Boot?«

Peter lacht. »Mein Erster Maat. Ich habe ihn gebeten, ein Weilchen zu übernehmen, damit ich runterkommen und mit Ihnen plaudern konnte. Würden Sie mir gern helfen, diese Schönheit zu steuern?«

Als sie nebeneinander am Steuerrad des Boots stehen – jedes Mal, wenn jemand von der Crew hereinspaziert kommt, schickt Peter ihn, mehr Sekt oder noch einen Teller Hors d'œuvres für Tabitha zu holen –, spult er seine Lebensgeschichte vor ihr ab. Küstenwache mit neunzehn, erste Hochzeit mit zweiundzwanzig, zwei Söhne (namens PJ und Kyle), geschieden mit dreißig, Exfrau Nummer 1 lebt in Houston.

Tabitha fragt sich, wie viele Exfrauen es insgesamt gibt. Die Musik, stellt sie fest, ist jetzt in den Top 40 angelangt – bei den Sachen, die Ainsley hört, wenn sie gute Laune hat –, und Tabitha sieht genau vor sich, wie der Sekt allen zu Kopf steigt und die Gäste aus Tallahassee ihre Körper auf eine merkwürdige, peinliche Art verrenken, die sie wohl für Tanzen halten.

»Erzählen Sie weiter«, fordert sie Peter auf.

Zweite Eheschließung mit zweiunddreißig. Die Tochter aus dieser Verbindung ist eine Senkrechtstarterin, neunzehn und im zweiten Jahr an der Northwestern; Exfrau Nummer 2, die Mutter, leitet einen exklusiven Campingplatz auf der Upper Peninsula of Michigan.

Mit fünfunddreißig hatte Peter dann eine Art Midlife-Crisis. Er zog nach Maui, wo er zehn Jahre lang Kapitän eines Walbeobachtungsschiffs war, mit einer Einheimischen namens Lupalai zusammenlebte und zwei weitere Kinder bekam – einen Jungen und ein Mädchen, vierzehn und elf –, obwohl er und Lupalai nie verheiratet waren. Er schickt Schecks, behauptet er, hat die Kinder jedoch nicht mehr gesehen, seit er vor fünf Jahren zurück in den Osten gezogen ist. Er arbeitet in der fünften Sommersaison als Kapitän der *Belle*, und im Winter fliegt er auf die Bahamas, wo er einen Bareboat-Charterbetrieb leitet.

»Im April habe ich meinen Fünfzigsten gefeiert«, sagt er. »Was ist mit Ihnen?«

»Ich bin neununddreißig«, sagt Tabitha.

Captain Peter lacht. »Das müssen Frauen ja wohl sagen.«

»Nein«, sagt Tabitha. »Ich bin wirklich neununddreißig. Im Dezember werde ich vierzig.«

»Oh«, sagt der Kapitän. Er wirkt überrascht, und Tabithas Laune verdüstert sich. Sie sieht älter aus; sie gibt sich älter. Sie trägt ein weißes Hemdkleid aus Leinen mit einem Obi. Es ist seit dreißig Jahren der Eckpfeiler von Eleanors Kollektion und heißt einfach »das Roxie«. Es soll eine klassische Zeitlosigkeit vermitteln, und das tut es sicherlich auch, aber es ist weder jugendlich noch sexy. Tabitha hätte den paillettenbesetzten Haute-Hippie-Minirock mit der knallrosa Bluse von Milly anziehen sollen, doch sie fürchtete, das würde zu bemüht wirken. Stattdessen sieht sie aus, als sei sie unterwegs zum Frühstücksbüfett und wolle dann eine Partie Bridge spielen.

Der Kapitän sagt etwas, das Tabitha nicht versteht.

»Wie bitte?«

»Möchten Sie was mit mir trinken, nachdem wir angelegt haben? Ich werde das alte Mädchen gleich wenden, deshalb müssen Sie runter an Deck.«

Tabitha zupft an ihrem Obi. Sie fühlt sich verfolgt und verstoßen zugleich. Möchte sie mit dem Kapitän was trinken gehen? Sie weiß nicht recht. Er ist offensichtlich ein schlimmer Finger. Wahrscheinlich stellt er jeder halbwegs attraktiven Frau nach, die an Bord kommt. Er ist fünfzig und lebt immer noch von Saison zu Saison. Entweder mietet er sich dann irgendwo auf der Insel ein Cottage, oder er wohnt in einer Unterkunft, die der Westmoor Club zur Verfügung stellt. Sicher besitzt er keine Immobilie; vielleicht fährt er einen kleinen Pick-up. Ein solches Leben ist okay, bis man ... wie alt ist? Tabitha entscheidet sich willkürlich für achtundzwanzig. Danach ist es an der Zeit, erwachsen zu werden. Und für wie viele Kinder muss Captain Peter Unterhalt zahlen? Tabitha hat den Überblick verloren. Vier? Fünf? Wenn Eleanor hier wäre, würde sie sofort ihr Veto gegen den Kapitän einlegen. Eleanor missbilligte auch Wyatt, weil er Anstreicher war, und Eleanor wollte, dass Tabitha einen Akademiker heiratete – einen Anwalt oder Börsenmakler. Jetzt, da Wyatt ein großer Malerbetrieb gehört, der das gesamte Cape und die South Shore von Plymouth bis nach Braintree versorgt, ist Eleanor ihm freundlicher gesinnt. Sie vergöttert Ramsay, der für die Versicherungsfirma seiner Familie in der Main Street tätig ist. Ramsay trägt einen Schlips zur Arbeit, und seine Familie ist Mitglied im Nantucket Yacht Club.

Dieser Typ hier, Captain Peter, ist nicht die Sorte Mann, mit der Tabitha sich je einlassen würde. Er ist die Sorte Mann ... mit der *Harper* sich zusammentäte. Harper hat keine Ansprüche. Ihre Erwartungen – an alles im Leben – sind nicht nur gering, sondern praktisch nicht existent.

Tabitha sollte sich herzlich für sein Angebot bedanken.

»Haben Sie jemals jemanden verloren?«, fragt sie.

»Jemanden verloren?« Peter scheint verwirrt zu sein und ganz erpicht darauf, sich wieder dem Steuer zu widmen.

»Wir können später darüber reden«, sagt Tabitha. »Ich würde gern noch was trinken gehen.«

Auf dem Weg zum Nautilus bereut Tabitha ihre Entscheidung. Auf ihrem Handy ist eine Nachricht von Ainsley, die lautet: *Wann kommst du nach Hause?* Ainsley hat eine Woche Stubenarrest, nachdem sie mitten in der Nacht ohne Erlaubnis und, noch ungeheuerlicher, ohne Führerschein eine Spritztour mit Tabithas FJ40 unternommen hatte. Tabitha entdeckte die Missetat letzten Sonntagmorgen, als sie ins Auto stieg, um zum Sonnenaufgangsyoga zu fahren. Der Benzintank war leer, und das Wageninnere stank nach Zigaretten. Tabitha weckte Ainsley und verlangte ein Geständnis, das Ainsley ihr ohne viel Getue lieferte.

»Ja, ich habe das Auto genommen. Ich bin zu Emma gefahren.«

*Emma!*

Tabitha und Ainsley wohnen in der Remise hinter Eleanors stattlichem Anwesen in der Cliff Road, und Ainsleys Freundin Emma – deren Foto im Lexikon neben dem Eintrag *schlechter Einfluss* zu sehen sein müsste – lebt am Ende des Jonathan Way in Tom Nevers, etwa so weit entfernt, wie es zwei Orte auf Nantucket nur sein können. Tabitha erschauerte bei der Vorstellung, dass Ainsley beim Fahren ohne Führerschein einen Unfall hätte haben können. Wenn sie nun jemanden angefahren oder gar *getötet* hätte? Tabitha wäre verklagt worden, ebenso Eleanor. Die Firma wäre finanziell ruiniert worden. Und doch zeigte Ainsley keine Schuldgefühle. Als sich Tabitha aber Ainsleys Telefon von deren Nachttisch schnappte, war ihre Aufmerksamkeit geweckt. Wie der Blitz sprang sie aus dem Bett, jagte ihre Mutter durchs Haus und versuchte, ihr das Gerät zu entreißen. In ihrer Aufregung verpasste sie Tabitha einen Kratzer im Gesicht, und Tabitha reagierte so überrascht – ihr eigenes Kind hatte nach ihr geschlagen –, dass sie das Telefon fallen ließ. Ainsley forderte es zurück.

»Ich brauche es«, sagte sie. »Du kommst ja vielleicht ohne soziale Kontakte zurecht, ich aber nicht.«

»Ach nein?«, erwiderte Tabitha. Sie berührte den Kratzer auf ihrer Wange und musterte den Blutfleck auf ihrem Finger. »Pech gehabt. Du hast Stubenarrest.«

»Ha!«, sagte Ainsley. »Und wie willst du mich zwingen, zu Hause zu bleiben?«

Tabitha war wütend, erkannte jedoch ihre Machtlosigkeit. Wie sollte sie Ainsley daran hindern, das Haus zu verlassen? Sie konnte ihr das Taschengeld verweigern, aber Emma verfügte über stetige Einkünfte von Seiten ihres Vaters Dutch, der das Restaurant am Flughafen leitete und den Umstand, dass er nie zu Hause war, finanziell kompensierte. Emma würde Ainsley Geld geben für Zigaretten oder Gras oder Bier oder was sie sonst brauchten, um sich ihre Abendstunden zu versüßen.

»Wenn du auch nur einen Fuß vor die Tür setzt, kündige ich deinen Handyvertrag«, sagte Tabitha. »Dann hast du zwar ein Gerät, aber keinen Empfang – keine SMS, keine Anrufe, kein Snapchat, kein Internet. Und ich ändere das Passwort für unser WLAN hier im Haus.«

Ainsley kniff skeptisch die Augen zusammen. »Das würdest du nie tun.«

Tabitha erinnerte sich an Ramsays Bemerkung über sie als »hundsmiserable Mutter«.

»Du wirst schon sehen«, sagte sie.

Nun fing Ainsley an zu verhandeln. Sie würde eine Woche lang zu Hause bleiben, wenn sie ihr Handy behalten dürfe.

Schön. Heute, Freitag, ist der letzte Tag des Stubenarrests – Gott sei Dank. Ainsley war die ganze Woche über frech und mürrisch . Sie aß, wann und was sie wollte, trug aber nie einen Teller zur Spüle. Ihr Bett hat sie auch nicht gemacht. Tabitha musste Felipa, die Putzfrau, bitten, diese Woche drei Stunden mehr zu arbeiten, um hinter Ainsley aufzuräumen, und sie wartet nur darauf, dass Eleanor sie anruft und ihr wegen der Extrakosten die Hölle heiß macht.

Tabitha beantwortet Ainsleys SMS: *Spät.*

*Was heißt spät?*, will Ainsley wissen. *Um Mitternacht?*

*Ja*, schreibt Tabitha. Ihre Tochter denkt, sie habe keine sozialen Kontakte – ha! *Frühestens um Mitternacht.*

Dann steigt die Sorge in ihr auf, dass Ainsley vielleicht einsam ist. Als Kind hatte sie Angst vor Dunkelheit; direkt nach Julians Tod fing das an. Und Tabitha hat ihr nie wieder ein Geschwisterchen geschenkt, das ihr Gesellschaft leistete.

Tabitha hatte als Kind immer Gesellschaft: Harper.

*Seltsam*, denkt Tabitha. In der letzten Stunde hat sie gleich zweimal an Harper gedacht. Wann ist ihr *das* zuletzt passiert?

Und dann geschieht etwas *noch* Seltsameres – fast schon Gespenstisches –, denn Tabithas Handy sirrt, und sie schaut auf das Display (obwohl sie weiß, dass es unhöflich ist, zu simsen, während man so etwas wie ein Date hat, aber sie glaubt, es sei eine Antwort von Ainsley). Als Absender ist nur *Vineyard Haven, MA* angegeben. Es ist Harper.

»Müssen Sie noch woanders hin?«, fragt Captain Peter.

»Nein«, sagt Tabitha und steckt ihr Telefon in ihre Clutch. Sie wird die Nachricht später lesen.

Tabitha hat das Nautilus gewählt, weil sie dort nie mit Ramsay war und mehr als alles andere einen Neuanfang braucht. Sie hat nur Gutes über das Lokal gehört – originelle Cocktails, einfallsreiches Essen – und wollte es immer schon mal ausprobieren. Warum also nicht heute Abend?

Das Restaurant ist voll, die Klientel jung. Captain Peter zögert, bevor sie eintreten. »Sind Sie sicher, dass Sie hierher wollen?« Er wirkt fast ... eingeschüchtert, was ihn nicht attraktiver macht. Tabitha spürt, wie der Grad ihrer Sympathie von lauwarm auf kühl sinkt. Sie hätte beinahe zurückgefragt: »Wo möchten *Sie* denn hin?« Aber sie hat keine Lust, sich unschlüssig draußen herumzudrücken, und sie will *auf keinen Fall* im Anglers' Club landen.

»Ja«, bestätigt sie und führt ihn hinein.

Die Musik ist laut, und die Gäste, alle zwischen zwanzig und vierzig, schreien und johlen und bestellen am Tresen Getränke. Tabitha ist selbst zwischen zwanzig und vierzig, ruft sie sich ins Gedächtnis. Sie wendet sich an die Empfangsdame. »Ein Tisch für zwei?«

»Anderthalb Stunden Wartezeit für einen Tisch«, ist die Antwort. »Aber Sie können Ihr Glück gern an der Bar versuchen.«

Tabitha tritt an die Bar, das Kinn hochgereckt, und hält Ausschau nach freien Plätzen. Sie sieht einen leeren Hocker, halb verdeckt von der Menschenmenge. Tabitha schlängelt sich durch, legt ihre Clutch selbstbewusst auf die Theke, wie um ihr Territorium zu markieren, und dreht sich nach Captain Peter um. Er ist ihr gefolgt, sieht jedoch jämmerlich aus, als führe sie ihn an der Leine.

Sie strahlt den Barkeeper an, fest entschlossen, sich zu amüsieren. »Die Karte?«, sagt sie.

Die Karte kommt. Tabitha liest sie durch. Normalerweise bestellt sie einen Wodka Gimlet oder ein Glas Rosé, aber wenn sie es recht bedenkt, sind das die Getränke, die sie durch Ramsay kennen gelernt hat. Vor Ramsay trank sie Gin Tonic, wenn sie Lust auf einen Cocktail hatte, oder Rotwein zum Essen, dasselbe wie Eleanor.

Heute wird sie sich etwas namens Nauti Dog genehmigen. Sie reicht Peter die Karte und zeigt darauf. »So einen nehme ich.«

Er pfeift. »Fünfzehn Dollar?«

Tabitha schließt die Augen und schaltet von kühl auf kalt. Es stört sie nicht, dass Peter nicht reich ist, doch sie erträgt keinen Mann, der sich über den Preis eines Getränks beklagt.

»Ich nehme einfach ein Bier. Ein Cisco«, sagt Peter und gibt Tabitha die Karte zurück.

Soll *sie* bestellen?, fragt sie sich. Sie ist der Bar näher als er, aber Peter ist der Mann. *Er* hat *sie* zum Trinken eingeladen. Sie wendet sich wieder zu ihm. Er zieht fragend die Augenbrauen hoch, als hätte er sie noch nie gesehen. »Ich gehe mal raus, eine rauchen. Bin gleich zurück.«

*Eine rauchen*, denkt Tabitha. Das ist der letzte Sargnagel für dieses Date. Sie macht den Barkeeper – süßer Typ mit Bart und freundlichem Lächeln – auf sich aufmerksam und ordert die Getränke. Als er sie bringt – der Nauti Dog dank Campari und frisch gepresstem Grapefruitsaft in prachtvollem Tiefrot –, ist Peter immer noch draußen. Was bedeutet, dass Tabitha bezahlen muss. Sie schiebt fünfundzwanzig Dollar über den Tresen. Der Barkeeper gibt ihr das Wechselgeld, und sie sagt: »Behalten Sie es.«

»Danke, Süße«, sagt er und schenkt ihr mit einem Blick in die Augen noch ein Lächeln.

*Süße*, nicht *Ma'am*. Dafür liebt sie ihn. Könnte sie mit dem Barkeeper ausgehen?, fragt sich Tabitha, während sie einen Schluck trinkt. Er *könnte* dreißig sein. Vielleicht. Ist das zu jung? Tabitha versucht, sich Eleanors Reaktion auszumalen, wenn Tabitha verkündet, dass sie sich mit einem neunundzwanzigjährigen Barkeeper aus dem Nautilus trifft. Tabitha würde es als das erklären müssen, was es ist: ein Versuch, über Ramsay hinwegzukommen.

Wie auch immer, Tabitha schläft nicht mit Barkeepern. Das ist etwas für Harper.

Tabitha denkt an die SMS aus Vineyard Haven. Tabitha und Harper haben seit den schrecklichen Wochen nach Julians Tod vor vierzehn Jahren kaum miteinander gesprochen.

Dann fällt Tabitha die Voicemail von vor fünf oder sechs Wochen ein, ebenfalls aus Vineyard Haven. Sie war von Harper, die sagte, ihr Vater Billy habe Nierenprobleme und müsse ins Krankenhaus. Tabitha wollte Billy anrufen, doch sie war sehr beschäftigt – sie ließ in der Boutique einen neuen Teppich verlegen und musste die letzten Einkäufe für den Sommer tätigen –, und dann hörte sie nichts mehr und nahm an, die Probleme hätten sich erledigt.

Tabitha ist in Versuchung, ihr Handy hervorzuholen, um nachzusehen, was Harper will, aber ihrer Meinung nach gibt es nichts Erbärmlicheres als eine Frau allein an einer Bar, die ihr Telefon checkt.

Sie nimmt einen ausgiebigen Schluck von ihrem Drink, und als der Barkeeper wieder vorbeikommt, fragt sie: »Wie heißen Sie?«

»Zack«, sagt er.

Zack: Vermutlich ist er jünger, als sie dachte. Zack ist ein Name, der in den Neunzigern populär wurde.

Sie dreht sich um, um zu sehen, wo Captain Peter abgeblieben ist, entdeckt ihn jedoch in der dicht gedrängten Menge nicht. Das Paar neben Tabitha steht auf, und sie fragt sich, ob sie sich einen Hocker für den Kapitän schnappen soll, doch bevor sie Gelegenheit dazu hat, setzt sich ein anderes Pärchen hin.

Tabitha blinzelt. Es sind Ramsay und Caylee.

Ramsay grinst. »Was für ein Glück.«

Caylee wirbelt herum und lächelt Tabitha an. »Entschuldige. Hattest du den für jemanden freigehalten?«

Sie ist so hübsch mit ihren weißen und geraden Zähnen, ihren langen, glänzenden, hinter ein Ohr geklemmten Haaren. Aber es ist ihre Haut, um die Tabitha sie wirklich beneidet. Wenn sie die Zeit zurückdrehen und eins ändern könnte, dann dies: Sie würde Sonnencreme auftragen. Jede Menge.

»Ja«, sagt Ramsay, »für wen ist das Bier?«

Seine Stimme ist so vertraut, sein schalkhaftes Grinsen so einfach zu deuten, dass es ist, als hätte Caylee sich versehentlich zwischen ein lange verheiratetes Paar gesetzt. Ramsay ist in fast jeder Hinsicht der ideale Lebenspartner für Tabitha. Es gibt aber auch einiges, was gegen ihn spricht – nicht nur, dass er sich ein Kind wünscht, sondern auch, dass er noch nie jemanden verloren hat und daher unfähig ist, die Tiefe und Intensität von Tabithas Gefühlen zu begreifen. Es gibt Dinge und Anlässe, die ihre Verlustängste aktivieren: Julians Geburtstag natürlich und sein Todestag, aber auch Babys und Jungen, die so alt sind, wie Julian es heute wäre. Vierzehn. Ramsay reagierte ungeduldig auf Tabithas emotionale Tiefs, wenn sie sich auf Julian bezogen; je mehr sie über die Ursachen sprechen und sein Verständnis wecken wollte, desto mehr drängte er sie, »darüber hinwegzukommen« und »nach vorn zu schauen«.

Dass Tabitha ohne Ramsay so unglücklich ist, überrascht sie selbst. Und ihre wahnsinnige Eifersucht auf Caylee – ehrlich gesagt, würde sie sie am liebsten mit einem Messer attackieren – ist ein Schock für sie.

»Für meinen Begleiter«, sagt sie. »Captain Peter.« Sie möchte, dass der Titel ihn als Autoritätsperson erscheinen lässt, doch er klingt albern. Sie hätte ihn ebenso gut *Captain Crunch* oder *Captain Kangaroo* nennen können.

»Ein Typ in weißer Uniform wie der Traumschiff-Kapitän?«, fragt Ramsay. »Den habe ich gerade draußen gesehen. Er ist gegangen.«

»Er ist *gegangen?*«, sagt Tabitha. *Haben Sie jemals jemanden verloren?*, denkt sie. Jetzt hat sie auch noch Captain Peter verloren, aber sie empfindet nur Erleichterung. Gott sei Dank ist er weg! Wenn diese Nachricht ihr nicht von ihrem Exfreund übermittelt worden wäre, wäre sie in der Tat eine sehr glückliche Frau.

Sie greift nach Captain Peters Bier und leert das Glas in einem Zug. Jetzt hat sie sich offiziell in ihre Zwillingsschwester verwandelt. Caylee wirkt beeindruckt, Ramsay erstaunt. Tabitha versteckt ihren Rülpser hinter vorgehaltener Hand.

»Ich verschwinde«, sagt sie, schnappt sich ihre Clutch und wirft dem jungen Zack eine Kusshand zu. »Viel Spaß euch beiden.«

»Tabitha«, sagt Ramsay.

Tabitha sieht ihn an. Er liebt sie; das steht ihm ins Gesicht geschrieben. Aber Liebe ist nicht genug.

»Gute Nacht«, sagt sie und strebt auf die Tür zu.

Schon zwei Häuser entfernt kann Tabitha die Musik hören, die Musik spüren – zum Teufel, sie kann die Musik praktisch schmecken. Es ist Rap, oder wie auch immer die Kids das heutzutage nennen, nur mit weniger gewagtem Text und wuchtigerer Bassline. Als Tabitha in die Einfahrt biegt, ist die Musik so laut, dass die Wände sich auszudehnen und zusammenzuziehen scheinen. Es sieht aus, als atmete das Haus.

Vielleicht ist das aber auch die Wirkung des Nauti Dog.

Dann erblickt Tabitha die Autos. Das eine ist der schwarze Range Rover, den die überaus verwöhnte, elternlose Emma fährt, das andere ein weißer Pick-up, der Teddy – Ainsleys Freund – gehört.

Tabitha steigt aus ihrem Wagen und stützt sich mit einer Hand auf der Motorhaube ab. Wie kann es sein, dass Eleanor die Musik nicht gehört hat? Sie wird wohl allmählich taub. Es ist so laut, dass Tabitha nicht glauben kann, dass die Nachbarn nicht die Polizei gerufen haben.

Als sie die Tür öffnet, schlägt ihr Marihuanarauch entgegen.

*Das darf nicht wahr sein*, denkt sie.

Doch natürlich *ist* es wahr; Ainsley ist sechzehn. Sie hat Stubenarrest und wird zweifellos sagen, sie habe das Haus ja nicht verlassen. Sie hat nicht gefragt, ob sie Freunde einladen dürfe, denn wenn sie das getan hätte, hätte Tabitha entschieden abgelehnt. Aber weil Ainsley *nicht* gefragt und Tabitha nicht abgelehnt hat, wird Ainsley sagen, dass sie genau genommen keine Regeln übertreten hat.

Tabitha schleudert ihre Kitten Heels von sich. Der Grundriss der Remise ist umgekehrt wie bei einem normalen Wohnhaus; die Schlafzimmer sind unten, die Wohnräume oben. Oh, wie gern würde Tabitha jetzt in ihr Zimmer schlüpfen, eine Zolpidem nehmen und zu Bett gehen. Sie hat nicht genügend Energie, sich der Situation zu stellen.

*Du bist eine hundsmiserable Mutter*, hört sie Ramsay sagen.

Dann hört sie noch etwas anderes. Das dumpfe Geräusch eines Schlages. Tock tock tock. Tock tock tock.

*Nein*, denkt Tabitha.

Sie schleicht sich die Treppe hoch, weil sie die Lage am liebsten einschätzen würde, bevor jemand merkt, dass sie zu Hause ist. Das Tocktock geht weiter, hört auf, setzt wieder ein. Der Song ist zu Ende. Es folgen einige Sekunden der Stille, in denen Tabitha erstarrt. Dann hebt Meghan Trainor zu dem Song vom letzten Sommer an: »My name is no ...« Tabitha gratuliert sich dazu, dass sie die musikalischen Favoriten ihrer Tochter erkennt, dann denkt sie: *Mein* Name ist nein. *Nein nein nein nein nein.*

Sie späht zwischen den Geländerpfosten hindurch zum Kopf der Treppe, wo sie mindestens ein Dutzend Jugendliche sieht, die Zigaretten rauchen, Joints rauchen, Bier trinken und, ja – die Quelle des Übelkeit erregenden Geräusches –, auf ihrem Stephen-Swift-Tisch *Beer Pong* spielen.

»Nein«, sagt Tabitha. Sie tritt in den Raum und fragt sich, welcher

Missetat sie sich als Erstes widmen soll. Sie würde gern die Musik abstellen, fühlt sich aber zu dem wunderschönen Tisch hingezogen, ihrem kostbarsten Möbelstück. Sie entreißt dem jungen Mann seinen Tischtennisschläger, und er ist so überrascht, dass er einen der Becher mit Bier auf dem Tisch umstößt. Eine bernsteingelbe Lache breitet sich auf dem herrlich polierten Kirschbaumholz aus.

»Hoppla«, sagt er. Es ist Ainsleys Kumpel BC, ein niedlicher Dunkelhaariger in einem T-Shirt aus Young's Bicycle Shop. Tabitha verspürt den Drang, ihn mit dem Schläger zu verprügeln.

Sie rennt in die Küche, um ein Handtuch zu holen, und sieht Ainsleys Handy auf dem iPod-Dock. Sie zieht es aus der Station, und die Musik verstummt. Tabitha ist so wütend, dass sie Ainsleys Telefon in einen der Bierbecher auf der Küchentheke wirft.

Aus dem Wohnzimmer ruft jemand: »Musik!«

Eine andere Stimme sagt: »Ihre Mom ist zu Hause.«

»Ja«, sagt Tabitha. »Sie *ist* zu Hause.«

»Hey, Tabitha«, sagt Emma, als Tabitha wieder ins Wohnzimmer tritt, um das Bier aufzuwischen. Emma, die regelrechte Schlitzaugen hat, so high ist sie, sitzt zwischen zwei Jungen auf Tabithas todschickem türkisgrünen Tweedsofa im Fünfziger-Jahre-Stil.

»Emma«, entgegnet Tabitha. Sie hasst es, dass Emma sie beim Vornamen nennt, doch damals, in Ainsleys Kindheit, war Tabitha so jung, dass sie sich nicht vorstellen konnte, mit Ms Frost angeredet zu werden, und sie hatte Wyatt nie geheiratet, sodass sie auch keinen Anspruch auf den Namen Mrs Cruise hatte. Eleanor hatte stets darauf bestanden, dass Tabithas und Harpers Freunde sie Mrs Roxie-Frost nannten, ein weiterer Grund dafür, dass Tabitha sich nicht mit Ms Frost anreden lassen wollte. Das war so sinnlos förmlich! Doch heute ist Tabitha klar, dass eine Anrede, die mit Ms oder Mrs beginnt, Respekt erzeugt. Wenn Tabitha Emma und Ainsleys anderen Freunden früher beigebracht hätte, sie Ms Frost zu nennen, hätten sie es sich vielleicht zweimal überlegt, bevor sie auf ihrem Esstisch Beer Pong spielten und den Tweed ihres Sofas mit Marihuanarauch tränkten.

»Emma«, sagt Tabitha. »Wo ist Ainsley?«

»Hä?«, fragt Emma.

Da geht Tabitha ein Licht auf: Ainsley ist unten mit Teddy.

Tabitha schaut sich um. Die anderen Jugendlichen stehen da und beobachten sie angespannt. Sie warten auf ihre Reaktion. *Freund oder Feind?*, fragen sie sich wohl. Wird Tabitha die coole Mom spielen oder ihre Eltern anrufen?

Am liebsten würde sie sie alle rauswerfen. Sie möchte, dass sie *verschwinden*. Doch dann könnte ihr ein Prozess drohen. Emma ist ganz klar nicht imstande zu fahren.

»Ist hier irgendjemand nüchtern?«, fragt Tabitha. Sie selbst ist es nicht, keineswegs. Sie hat auf der *Belle* vier Gläser Sekt getrunken und dann den Nauti Dog und Captain Peters Bier. Sie kann nicht anbieten, diese Kids nach Hause zu fahren. Und was bedeutet das? Dass sie hier übernachten? Undenkbar. Sie wird die Eltern anrufen müssen.

»Ich bin nüchtern«, sagt eine Stimme. Tabitha dreht sich um: Es ist Candace Beasley, was Tabitha fast ein Lächeln entlockt. Ainsley und Candace waren vor Jahren Freundinnen – allerbeste Freundinnen. Bis sie es eines Tages – in der Mittelschule, wenn Tabitha sich recht entsinnt – nicht mehr waren. Ainsley hatte sich aggressiveren, schnelleren Mädchen wie Emma zugewandt. Candaces Mutter Stephanie und Tabitha waren auch enge Freundinnen gewesen, hatten sich jedoch wie ihre Töchter auseinandergelebt, was zwar teilweise an den Umständen lag, aber auch gewollt war. Tabitha fühlte sich extrem unwohl, wenn sie Steph zufällig im Supermarkt oder in der Reinigung traf und Steph sagte: *Candace vermisst Ainsley sehr.* Was sollte Tabitha darauf antworten? Sie versuchte es mit: *Sie sind Teenager. Ihre Stimmungen ändern sich wie das Wetter. Bevor wir's uns versehen, verstehen sie sich wieder bestens.*

Und siehe da! Candace ist hier auf der Party! Und sie ist nüchtern! Natürlich ist sie nüchtern; sie wurde mit Liebe, Aufmerksamkeit und, am allerwichtigsten, mit Grenzen großgezogen. Sie ist von Natur aus gehorsam. Sie und ihre Mutter haben eine Beziehung, in der sie beste Freundinnen sind, Candace aber trotzdem weiß, wer das Sagen hat.

»Candace«, sagt Tabitha. »Hi.« Allein der Anblick des Mädchens mit seinem Stirnband aus gerippter Seide und den staksigen Beinen sticht Tabitha wie zehntausend Nadeln ins Herz, weil er sie daran erinnert, wie sehr sie als Mutter versagt hat. »Kannst du bitte aufpassen, dass niemand geht? Ich muss Ainsley finden.«

Candace nickt; ihr Gesichtsausdruck verrät Tabitha, dass sie es gewöhnt ist, unter ihren Altersgenossinnen die Verantwortungsbewusste zu sein. Ist es falsch, Candace als zweite Erwachsene zu behandeln? Wahrscheinlich, doch das darf Tabitha jetzt nicht kümmern. Sie rennt die Treppe hinunter.

Die Tür zu Ainsleys Zimmer steht offen, sodass ihr ungemachtes Bett, zerwühlt wie ein Rattennest, zu sehen ist sowie haufenweise Kleidungsstücke – viele davon Eleanor-Roxie-Frost-Originale –, die über den ganzen Fußboden verstreut sind. Zuerst denkt Tabitha, Ainsley sei weggelaufen, und gerät in Panik. Dann bemerkt sie die geschlossene Tür zu ihrem eigenen Schlafzimmer. Sie dreht am Knauf: abgeschlossen.

*Nein*, denkt Tabitha. *Das darf nicht wahr sein.*

Sie schlägt mit der flachen Hand auf die Tür. »Ainsley!«, schreit sie. »Ainsley!« Sie legt ein Ohr an die Tür. Sie weiß nicht recht, ob sie es rascheln hört oder sie sich das Geräusch einfach zusammenreimt. Wäre es nicht schlimm genug, wenn Ainsley und Teddy in *Ainsleys* Zimmer Sex hätten? Muss es die Horrorversion sein, dass sie in *Tabithas* Zimmer vögeln? In Tabithas *Bett*, in dem seit dem Valentinstag, an dem Tabitha zum letzten Mal mit Ramsay geschlafen hat, kein Geschlechtsverkehr mehr stattfand?

Sie klopft erneut, dann geht die Tür auf, und Tabithas Hand wäre fast in Teddys Gesicht gelandet.

»Ms Frost«, sagt er mit seinem Country-and-Western-Star-Akzent. Er wirkt geschockt. »Ich dachte, Sie wären Emma.«

Teddys Oberkörper ist nackt, aber er trägt Jeans, und oben lugt der Bund seiner Boxershorts hervor. Seine roten Haare sind zerzaust, seine Wangen gerötet. Offenbar hat er sich Ainsley gerade zu Willen gemacht, doch Tabitha kann ihm nicht böse sein. Teddy ist süß, Teddy ist höflich – ihr fällt auf, dass *er* sie Ms Frost genannt hat –, und Teddy ist das Opfer einiger Schicksalsschläge. Er und seine Eltern wohnten in Oklahoma City, aber dort gab es in der Fabrik von Nestlé Purina einen Brand, bei dem sein Vater, ein Feuerwehrhauptmann, umkam.

Deshalb mag Tabitha Teddy. Teddy hat auch schon jemanden verloren.

Teddys Mutter brach anschließend zusammen und versuchte, sich umzubringen. Sie ist heute in einer psychiatrischen Klinik in Tulsa, und Teddy wurde zu seinem einzigen noch lebenden Verwandten verfrachtet – zu Graham Elquot, dem Bruder seines Vaters, der hier auf Nantucket Muschelsammler ist. Im Sommer, außerhalb der Muschelsaison, arbeitet Graham auf all den eleganten Cocktailpartys am Fisch- und Meeresfrüchtebüfett. Tabitha hat ihn am Memorial-Day-Wochenende im Figawi-Zelt in Aktion gesehen, aber nicht den Mut aufgebracht, sich ihm als Ainsleys Mutter vorzustellen.

Hinter Teddy liegt der Raum im Schatten.

»Zieh dich an«, sagt Tabitha. »Bist du nüchtern?«

»Ja, Ma'am«, sagt Teddy, und Tabitha glaubt ihm.

»Ich möchte, dass du ein paar von den Kids nach Hause fährst. Du übernimmst die eine Hälfte und Candace die andere.«

Teddy nickt.

»Schick bitte Ainsley raus«, sagt Tabitha.

Dreißig Sekunden später taucht ihre Tochter in einem Vintage-Sommerkleid von Janet Russo auf, das Tabitha gehört. Sie hat in Tabithas Bett Sex gehabt, Tabithas Kleiderschrank geplündert und das Wohnzimmer in eine Spielhalle verwandelt. Tabitha befürchtet, Ainsley würde sich trotzig zeigen, aber sie sieht aus, als schäme sie sich. Das ist vielleicht übertrieben: Sie wirkt ein wenig zerknirscht.

»Du hast ›frühestens um Mitternacht‹ gesagt«, sagt Ainsley. »Ich wollte, dass bis dahin alle weg sind und alles aufgeräumt ist.«

»Als ob es *dann* okay wäre«, sagt Tabitha.

»Bitte«, sagt Ainsley. »Bitte sei keine Spaßbremse.«

Candace fährt die Hälfte der Jugendlichen – einschließlich Emma – in Emmas Range Rover nach Hause, und Teddy nimmt den Rest im Pick-up seines Onkels mit. Tabitha erklärt Ainsley, sie werde nicht zu Bett gehen, bevor das Obergeschoss fleckenlos sauber sei. Auf dem Stephen-Swift-Tisch sind Ringe, die sich nicht mehr entfernen lassen.

»Hast du eine Ahnung, was der Tisch gekostet hat?«, fragt Tabitha und sagt dann, bevor Ainsley antworten kann: »Zwanzigtausend Dollar.«

»Hörst du dir jemals selbst zu, Tabitha?«, gibt Ainsley zurück. »Du bist so materialistisch.«

*Hörst du dir jemals selbst zu?*, denkt Tabitha. *Du klingst wie eine anspruchsvolle, verwöhnte Rotzgöre.*

»Nenn mich nicht so«, sagt sie.

»Warum nicht?«, fragt Ainsley. »Emma nennt ihren Vater auch beim Vornamen.«

»Du solltest nicht versuchen, wie Emma zu sein«, sagt Tabitha. »Das Mädchen ist ein schlechtes Vorbild. War es immer und wird es immer sein.«

»*War es immer und wird es immer sein*«, wiederholt Ainsley mit hoher, spöttischer Stimme. »Du und deine ewigen Bewertungen.«

Tabitha würde am liebsten sagen, dass es ihr gutes Recht sei, Bewertungen abzugeben, denn wie solle Ainsley sonst lernen, welches Verhalten akzeptabel ist und welches nicht? Aber das würde zweifellos wütende Entgegnungen auslösen, mit denen Ainsley sie bombardieren würde wie mit einer endlosen Reihe Feuerwerkskörper.

Tabitha lässt es dabei bewenden.

Zusammen stellen sie den Tisch an seinen üblichen Platz, was sich ganz gut anfühlt – dreißig Sekunden lang ein gemeinsames Ziel. Tabitha leert die Aschenbecher und entsorgt die Jointkippen. Sie und Ainsley werfen die Bierdosen in die Recycling-Tonne.

»Und?«, sagt Ainsley. »Du bist früh nach Hause gekommen. Wie war dein Abend?«

Oh, wie gern würde Tabitha den Verlauf des Abends ändern, indem sie sich auf das Gervin-Sofa sinken ließe und ihrer Tochter von den heutigen Ereignissen erzählte – von der Party auf der *Belle*, der Begegnung mit dem Captain, dem Besuch des Nautilus, dem Zusammentreffen mit Ramsay. Aber Tabitha erkennt Ainsleys Worte als das, was sie sind: eine Strategie. Ainsley hat Tabitha noch nie nach ihren Erlebnissen gefragt; dafür ist sie viel zu egozentrisch. Dass sie es jetzt tut, ist nur ein Versuch, Tabitha zu schmeicheln, damit sie vergisst, Ainsley zu bestrafen.

Es spielt keine Rolle, wie Tabitha die Frage beantwortet, denn in diesem Moment entdeckt Ainsley in der Küche den Becher, der das versenkte Handy enthält. Ihr Schrei könnte Glas zerspringen lassen.

Tabitha verspürt ein kindisches Triumphgefühl. *Erwischt*, denkt sie.

Später, als Tabitha in Ainsleys Bett liegt – nach dem, was passiert ist, wird sie nicht in ihrem eigenen Bett schlafen – und sich fragt, wessen mangelhafte Gene ihre Tochter geerbt hat, fällt ihr Harpers SMS ein.

Sie schaut auf ihr Telefon. Es ist mittlerweile Viertel nach zwölf; um diese Zeit hatte sie zu Hause sein wollen.

Sie klickt auf *Vineyard Haven, MA*.

Die Nachricht lautet: *Billy ist tot*.

## *AINSLEY*

Sie fahren nach Martha's Vineyard.

Billy ist tot. Billy ist der einzige Großvater, den Ainsley je hatte, denn Wyatt sen., der Vater ihres Vaters, ist schon vor ihrer Geburt gestorben.

Ainsley, Tabitha und Eleanor, Ainsleys Großmutter, wollen mit der schnellen Fähre von Nantucket nach Oak Bluffs übersetzen. Während sie in der Schlange stehen, nennt Ainsley den Ort versehentlich Oaks Bluff und wird von einer Frau hinter ihr gerügt, die noch älter ist als Grammie. Sie legt Ainsley eine Hand auf die Schulter und sagt: »Ein Baum, viele Klippen. Oder, noch wahrscheinlicher, eine Baumart, viele Klippen.«

»Was soll's«, sagt Ainsley.

Eleanor mischt sich ein: »So was muss man wissen.«

Ainsley hätte fast die Augen in Richtung ihrer Mutter verdreht, bis ihr einfällt, dass sie ihre Mutter hasst. Tabitha hat absichtlich Ainsleys Telefon kaputt gemacht, daher kann Ainsley mit niemandem mehr kommunizieren – nicht mit Emma, nicht mit Teddy. Ihre Mutter hat sie das ganze Wochenende über trotz wunderschönsten Wetters zu Hause eingesperrt. Sie ist nicht zum Yogakurs gegangen und hat sich, was noch schockierender war, auch nicht um die Boutique gekümmert.

»Du kannst ruhig für ein paar Stunden ins Geschäft gehen, Tabitha«, sagte Ainsley. »Ich brenne schon nicht durch.« (Was schamlos gelogen war. Ainsley hatte vor, zu Teddy zu radeln, sobald Tabitha aus der Einfahrt gebogen war.)

»Das übernimmt Grammie für mich«, sagte Tabitha.

»Grammie?«, sagte Ainsley. Grammie ist *Designerin*. Sie ist eine Künstlerin und ein Genie, hat aber, soviel Ainsley weiß, noch nie direkt in der Boutique gearbeitet. Das war immer Tabithas Job.

»Ja«, sagte Tabitha und schenkte Ainsley ihr falschestes Lächeln. »Ich bleibe hier bei dir.«

Zwei Tage ohne Telefon zu Hause zu hocken, war die reinste Hölle. Wegen Billys Tod verbrachte Tabitha die meiste Zeit damit, in Erinnerungen zu schwelgen. Sie holte alte Fotoalben hervor – alle Fotoalben waren alt, das wusste Ainsley, doch diese waren *richtig* alt –, in denen Bilder von ihrer Mutter und Tante Harper als Babys zu sehen waren. Tabitha forderte Ainsley auf, sich neben sie aufs Sofa zu setzen, das nach Marihuana roch, vermutlich auf ewig, was Ainsley insgeheim freute. »Die musst du dir ansehen«, sagte Tabitha. »Auf diesen Fotos sind wir noch eine komplette Familie. Deine Großeltern sind verheiratet, und Harper und ich tragen dieselbe Kleidung.«

Ainsley ließ sich zu keiner Antwort herab. Ihre Mutter konnte ihr Hausarrest verpassen, ihre Mutter konnte ihr Telefon ertränken. Aber zum Sprechen zwingen konnte sie sie nicht.

Ainsley verbrachte den Großteil ihrer Gefangenschaft in Sorge. Sie und Teddy hatten geplant, zum Abendessen ins Jetties zu gehen, wo, so lautete ein Gerücht, G. Love einen Überraschungsauftritt haben würde. Das hatten sie von Teddys Onkel Graham gehört, der am Meeresfrüchtebüfett arbeiten würde. Da Ainsley Hausarrest hatte, würde Teddy vielleicht Emma ins Jetties einladen. Während Ainsley im Bett lag und sich im Fernsehen Wiederholungen einer Kochsendung anschaute, betranken sich Emma und Teddy womöglich und wiegten sich zusammen in der Menge, die von G. Loves magischer Präsenz entflammt war. Vielleicht küssten sie sich. Emma ist eine Abenteurerin ohne Moral; sie würde sich nichts dabei denken, Ainsley den Freund auszuspannen. Ainsley würde Emma gern hassen, doch das schafft sie nicht, also hasst sie Tabitha.

Tabitha hat schon um fünf Uhr angefangen, Wein zu trinken – den teuren Nicolas-Jay Pinot Noir aus dem Willamette Valley in Oregon, den sie gern trank, bevor Ramsay ihr Rosé nahebrachte. Dann fragte Tabitha Ainsley, ob *sie* auch ein Glas wolle.

Ainsley warf ihrer Mutter einen verächtlichen Blick zu. Was für widersprüchliche Botschaften sie aussandte! Der Grund dafür, dass Ainsley Stubenarrest hatte, war schließlich der, dass sie getrunken (und Gras geraucht und das Wohnzimmer in ein Studentenwohnheim verwandelt) hatte. Und was tut Tabitha? Sie bietet Ainsley ein Glas Wein an. Ainsley war so aufgewühlt von dem Emma-Teddy-Szenario, das sich in ihrem Kopf herauskristallisierte, dass sie den Wein durchaus hätte gebrauchen können. Aber vor drei Jahren, zur Zeit ihrer ersten Experimente mit Alkohol, hatte sie einmal anderthalb Flaschen von dem Nicolas-Jay Pinot Noir konsumiert. Anfangs war er köstlich gewesen – gehaltvoll und fruchtig, fast wie Saft. Doch kurz darauf erbrach sie purpurrot. Sie würde nie wieder Rotwein trinken.

Tabitha schlief gegen neun Uhr ein, und jetzt hätte Ainsley sich eigentlich aus dem Haus geschlichen, nur dass Eleanor auf die Eskapaden ihrer Enkelin aufmerksam gemacht und eine Alarmanlage installiert worden war, die ertönen würde, sobald jemand, von wo aus auch immer, die Einfahrt betrat. Heute Nacht würde keiner kommen oder gehen können.

So lief es darauf hinaus, dass Ainsley die Fotoalben allein durchblätterte, und sie musste zugeben, dass ihr Inhalt wirklich faszinierend war. Es gab Ausschnitte aus den Klatschspalten des *Boston Globe* zu sehen – auf jedem Foto beugte sich Billy vor, um Eleanor auf die Wange zu küssen, während sie strahlend in die Kamera lächelte. Auf Ainsley wirkten sie sehr verliebt. Ein anderes Bild zeigte Eleanor enorm schwanger – dick wie ein Nilpferd – in einem gelben Kleid, das gut und gerne ein Zweimannzelt hätte sein können. Billy trug eine viereckige, drahtgefasste Brille und eine weiße Schlaghose mit weißem Lacklederggürtel und hielt zwei Finger über Eleanors Schulter. Das war also der Tag, an dem sie herausgefunden hatten, dass sie Zwillinge bekommen würden. Auf alle Fotos waren Daten gestempelt, und hier stand 10. OKTOBER 1977. Ainsley wusste, dass Grammie sehr spät von ihrer Zwillingsschwangerschaft erfahren hatte, und jetzt sieht sie, dass es erst sechs oder acht Wochen vor der Geburt der beiden der Fall gewesen war.

Das verblüfft Ainsley immer an den alten Zeiten, den Zeiten vor der Technologie: Die Leute hatten *keine Ahnung*. Es gab noch keinen Ultraschall, der Grammie verriet, dass sie zwei Babys bekommen würde statt einem. Es gab kein Internet. Wie *informierten* die Menschen sich ohne Internet? Das ist unvorstellbar für Ainsley. Und es gab keine Handys. Wie konnte man ohne Handy leben? Momentan musste Ainsley das auch, und es war sehr anstrengend. Sie hätte gern ihren Laptop benutzt und bei Facebook oder Instagram überprüft, ob Emma gepostet hatte, dass sie mit Teddy ins Jetties gehen würde, aber Tabitha hatte gemäß ihrer Androhung das WLAN-Passwort geändert.

Die meisten restlichen Fotos zeigten ihre Mutter und Tante Harper. Sie sahen genau gleich aus; man konnte sie nicht auseinanderhalten, und Ainsley fragte sich, ob sie als Babys verwechselt und dann wieder verwechselt worden waren – vielleicht unzählige Male –, bis sie alt genug waren, um ihren Namen selbst zu nennen. Und diesen Namen behielten sie dann. Eleanor steckte sie immer in identische Outfits, von ihr eigenhändig auf ihrer türkisblauen Singer-Nähmaschine angefertigt (die sie immer noch hatte und angeblich dem Smithsonian spenden wollte). Dazu gehörten grüne Gingham-Kittel, auf die vorn Giraffen appliziert waren, rosa Festtagskleidchen mit Bordüren aus lila Pailletten und schwarze Samtkleider für Weihnachten. Wer kleidete Zweijährige schwarz?, fragte Ainsley sich.

Nur Eleanor. Es war dokumentiert, dass Eleanor Roxie-Frost ihren großen Durchbruch in der Modewelt hatte, als Diana Vreeland die Zwillinge 1980 zufällig in gelben Hemdkleidern aus Leinen auf dem Spielplatz im Boston Common sah, Miniaturversionen des späteren Roxie. Es war die Ära der Frauenbewegung, für die Eleanor Roxie-Frost zum Paradebeispiel wurde. Sie wandelte sich von der nicht berufstätigen Mutter, die Kleidung für ihre Töchter und sich selbst entwarf, zu einer Modedesign-Sensation, die fast jeden Monat in der *Vogue* präsentiert wurde. Als die Zwillinge in der Highschool waren, fand Eleanor Verkaufsräume in der Newbury Street und eröffnete dort ihren ersten Flagshipstore. Dieser Laden war etwas Gutes, aber auch etwas Schlechtes, weil Eleanor beruflich jetzt so eingespannt war, dass etwas aus ihrem Leben weichen musste. Dieses Etwas war Billy. Ainsleys Großeltern ließen sich scheiden, was Ainsley stets peinlich war. Etwa die Hälfte der Eltern ihrer Freunde waren geschieden; von Großeltern dagegen erwartete man, dass sie zusammenblieben, bis sie im hohen Alter tot umfielen.

Noch merkwürdiger und beunruhigender war, dass Tante Harper nach der Scheidung Billy zugesprochen worden und Tabitha bei Eleanor geblieben war, eine Sorgerechtsregelung, die aus *Die Vermählung ihrer Eltern geben bekannt* entlehnt zu sein schien. Die Familie Frost war in der Mitte auseinandergerissen worden wie eine dieser Fotografien – Billy trug den einen Zwilling auf dem Arm, Eleanor den anderen.

Als Ainsley das Fotoalbum zurückstellte, stieß sie auf einen zerknitterten Umschlag, der zwischen zwei Büchern im Regal klemmte. Er wirkte bedeutsam und geheimnisvoll, deshalb zog Ainsley ihn hervor. Drinnen lag ein Patientenarmband mit der Aufschrift JULIAN WYATT CRUISE 28.5.03. Es war das ihres kleinen Bruders. Beigefügt waren drei Schnappschüsse: einer von einem winzigen Julian im Krankenhaus, aus dessen Mund und Nase Schläuche ragten und der an Brust und Füßen verkabelt war. Er lag in etwas, das wie ein Schaukasten aus Plastik aussah. Der zweite zeigte Tabitha, die Julian in den Händen hielt. Er war wirklich nicht größer als ein Baguette-Sandwich; bei seiner Geburt hatte er nur 750 Gramm gewogen, das wusste Ainsley. Das dritte Foto war von Tabitha, Wyatt, Ainsley und Julian zusammen in einem Haus, das sie nicht erkannte, obwohl sie auf dem dunkelbraunen Ledersofa saßen, das der Vorgänger des türkisgrünen Tweed-Gervin gewesen war. Julian war von Kanülen befreit und ein bisschen größer, vielleicht so groß wie ein Säckchen Mehl, Ainsley ein Kleinkind mit drallem Gesicht und kaum genug Haaren für Zöpfe. Am erstaunlichsten war jedoch, wie jung Ainsleys Eltern wirkten. Es gab Schüler an der Nantucket High School, die älter aussahen als Tabitha und Wyatt auf diesem Bild. Beide lächelten – lachten sogar –, als hätte der Fotograf etwas Komisches gesagt. Wer hat das Foto gemacht?, fragte sich Ainsley. Bestimmt nicht Eleanor; sie glaubte nicht an Späße.

Ainsley betrachtete das Bild noch ein Weilchen. Es war die einzige Aufnahme von ihrer Kernfamilie, die sie je gesehen hatte. Sie wusste, warum sie versteckt worden war: Tabitha fand den Verlust von Julian und vielleicht auch den von Wyatt zu schmerzlich. Ainsley war dankbar dafür, dass Tabitha nicht Julians Sterbeurkunde oder etwas ähnlich Morbides aufbewahrt hatte. Das Patientenarmband war erschütternd genug. Sie steckte alles wieder in den Umschlag und den Umschlag zwischen die zwei Bücher im Regal. Dann drehte sie sich zu ihrer Mutter um, die immer noch leise schnarchend auf dem Sofa lag. Sie widerstand dem Drang, sie auf die Stirn zu küssen, rüttelte sie jedoch sanft wach.

»Hey«, sagte Ainsley. »Zeit, ins Bett zu gehen, Mama.« Und Tabitha stand auf wie ein gehorsames Kind und folgte ihr die Treppe hinunter.

Heute ist Montag, und Ainsley sollte eigentlich in der Schule sein, wo sie vielleicht endlich erfahren hätte, wie die anderen das restliche Wochenende verbracht haben. Vielleicht ist sie nicht die Einzige, die bestraft wurde; vielleicht ist das Undenkbare passiert und Emma hat ebenfalls Hausarrest bekommen – obwohl Ainsley das nicht glaubt, schließlich hat Emmas Vater Dutch das Gras und das Bier für die Party besorgt. Er fragte Emma tatsächlich, ob sie *Coke* wollte (nicht das Getränk, betonte er, zwinker, zwinker), aber Emma benutzte ihren Verstand und lehnte ab. Ainsley mochte Dutch, bevor sie das hörte; jetzt stellt sie seine ethischen Grundsätze infrage. Seiner sechzehnjährigen Tochter Bier und Gras zu beschaffen, machte einen Vater nicht nur »cool«, sondern auch zu einem Kriminellen. Ihr Kokain anzubieten, war einfach *nur* kriminell.

Ainsley fragt sich, ob Teddy Ärger bekommen hat, und vermutet, dass die Antwort nein lautet. Graham ist sein Onkel, nicht sein Vater, und er ist noch dabei, das Wesentliche zu lernen: dreimal am Tag Essen auf den Tisch zaubern, dafür sorgen, dass Teddy pünktlich in der Schule und beim Sporttraining ist – er ist ein Baseball-Ass, doch auf Nantucket spielt eher Lacrosse eine große Rolle –, sich vergewissern, dass er seine Hausaufgaben macht, ihn zum Fahrunterricht chauffieren, ihm Aufgaben zuteilen, damit er Verantwortung lernt. In diesem Sommer wird Teddy in dem Boutique-Hotel 21 Broad als Page arbeiten. Teddy ist so dankbar für Grahams stabilisierende Präsenz in seinem Leben, dass er nur ungern etwas tut, das ihm Ärger einbringen könnte. Sicher, er hat sich Grahams Pick-up für eine angebliche Verabredung mit Ainsley ausgeliehen und die vierzig Dollar von Graham für Becher und Wodka an BC weitergegeben. Aber Teddy hat nichts geraucht oder getrunken, sondern die Party nur besucht, um mit Ainsley zusammen zu sein.

Candace Beasley hat sich vermutlich Ärger eingehandelt. Noch vor einem Jahr hätte Ainsley sie nie zu einer Party eingeladen. Klar, als kleine Mädchen waren sie und Candace beste Freundinnen gewesen. Sie hatten dieselben Lehrer, nahmen an denselben Aktivitäten teil; in der vierten Klasse, als Tabitha mit Ainsley nach Los Angeles flog, kam Candace mit. Sie fuhren auf dem Santa Monica Pier gemeinsam Riesenrad; sie bestellten sich den Zimmerservice in ihre Suite im Shutters on the Beach, während Tabitha sich in der Bar mit Geschäftsfreunden traf. Sie ließen sich im Kosmetiksalon ihre Nägel in derselben Farbe lackieren.

Oft gaben sie sich als Schwestern aus. Ja, auf Ainsleys Drängen hin gaben sie sich nicht nur als Schwestern, sondern sogar als Zwillinge aus.

Doch in einer Hinsicht unterschieden sich Ainsley und Candace ganz wesentlich, und zwar darin, wie sie erzogen wurden. Ainsley wurde – weil sie so viel Zeit mit ihrer Mutter und Großmutter verbrachte – stets dazu ermuntert, sich erwachsener zu benehmen, als sie war. Sie begleitete Tabitha und Eleanor auf Nantucket zum Mittagessen ins Galley und in Boston zum Tee ins Four Seasons. Mit acht durfte sie schon tagsüber allein zu Hause bleiben. Sie durfte die Mikrowelle benutzen, um Popcorn zu machen und dann auch noch Butter zu schmelzen; sie durfte *Gossip Girl* sehen. Sie besaß einen riesigen Schminkkoffer, den Tabitha ihr geschenkt hatte. Eines Nachmittags kam Candace, nachdem sie Ainsley besucht hatte, zu ihrer Mutter in die Küche, aufgedonnert mit Make-up, Puder, Rouge, Eyeliner, Lidschatten, Wimperntusche und Lippenstift, und Stephanie schrie auf, als ob Candace ein Bein fehlte. Sie zerrte Candace in die Toilette und schrubbte ihr mit einer der blauen Seifen in Form einer Muschel, die nie jemand benutzte, an Ort und Stelle das Gesicht ab.

Tabitha lachte und sagte: »Meinst du nicht, dass du überreagierst? Das sind kleine Mädchen, die Verkleiden spielen.«

»Du kannst deine Tochter ja wie eine Prostituierte rumlaufen lassen«, entgegnete Stephanie. »Ich will das nicht.«

Tabitha wehrte die Bemerkung mit einem Achselzucken ab, doch Ainsley prägte sie sich ein. Sie wusste, dass Stephanie den Erziehungsstil ihrer Mutter gelegentlich unangemessen fand. Candace, ebenfalls Einzelkind, wurde behandelt wie ein Baby. Es gab zehntausend Regeln, die sie befolgen musste: vier Bissen von allem auf ihrem Teller (einschließlich Brokkoli und Limabohnen), beim Kinderfernsehen nur die Programme der öffentlichen Sender, zu Bett gehen um acht Uhr, sogar am Wochenende, Zähneputzen *und* Zahnseide und Arbeiten im Haushalt, für die Candace pro Woche einen Dollar bekam, der für ihre Collegeausbildung zurückgelegt wurde.

Ainsley bewunderte vieles bei Candace zu Hause: Die Mahlzeiten waren selbstgemacht und lecker, Stephanie und ihr Mann Stu sprachen ein kurzes Tischgebet vor dem Essen und küssten sich dann; die Badetücher waren flauschig, Candaces Bett war immer ordentlich gemacht.

Im Gegensatz dazu wachte Tabitha über jeden Krümel, den Ainsley sich in den Mund steckte; verboten waren Donuts, Pfannkuchen und Ofenkartoffeln. Den Begriff *leere Kalorien* kannte Ainsley schon in der dritten Klasse. Tabitha kleidete Ainsley in kleinere Versionen der Entwürfe ihrer Großmutter, Modelle, die auf eBay fünfhundert Dollar oder mehr eingebracht hätten. Sie brachte ihr bei, in High Heels zu gehen und alltägliche Gespräche mit französischen Wendungen zu spicken. *À tout à l'heure!* Ainsleys schönste Erinnerung an ihre Kindheit ist wahrscheinlich die, in der sie Cola Zero trinkend mit Tabitha auf dem Sofa die neue Ausgabe der *Vogue* durchblättert und Tabitha dabei die Bildunterschriften mit der Hand verdeckt und Ainsley die Designer erraten lässt.

Sobald Ainsley in die Mittelschule kam, konnte sie ihre unorthodoxe Erziehung zu ihrem Vorteil wenden. In der sechsten Klasse war sie die mit Abstand Coolste, Hübscheste und am weitesten Entwickelte. Candace weinte am ersten Tag, weil sie sich auf der Suche nach dem neuen Klassenzimmer verirrt hatte und Mr Bonaventura vermisste, ihren bisherigen Klassenlehrer. Wie zahllose Mittelschülerinnen vor ihr sicherte sich Ainsley ihre Position als Bienenkönigin, indem sie die Leiter zum Erfolg auf dem Rücken der ihr Unterlegenen erkletterte, und ihre Lieblingssprosse war Candace.

Im Laufe dieses Jahres veränderte Stephanie ihr Verhalten. Dauernd rief sie Tabitha an in der Hoffnung, »die Mädchen wieder zusammenzubringen«.

»Ich bin mir nicht sicher, was passiert ist«, sagte sie. »Ich glaube, sie hatten Streit. Aber das lässt sich doch sicher klären, oder?«

Bis in ihre Highschoolzeit hinein bemühte sich Candace um Ainsleys Aufmerksamkeit und Anerkennung, wenn auch vergeblich. Ainsley grüßte sie nicht, weder auf dem Flur noch in der Cafeteria oder im Klassenzimmer. Stattdessen befreundete sie sich mit Emma Marlowe, und die beiden hatten ihre Jünger: BC, Maggie, Anna und … Teddy.

Doch im vergangenen Frühjahr hat sich bei Candace einiges getan. Die Online-Plattform für Hotelbuchungen ihres Vaters war von Orbitz aufgekauft worden und die Familie plötzlich sehr wohlhabend. Stephanie und Stu nahmen Candace im Februar zum Skifahren nach Aspen und im April nach Saint Barts mit, und in dieser Zeit legte sie sich einige extravagante Gewohnheiten zu. Es hieß, dass sie in Aspen mit dem Sohn eines Scheichs geschlafen und in einem Strandclub namens Nikki Beach auf St. Barts mit ihren Eltern zum Mittagessen Dom Pérignon getrunken hätte. Außerdem hätte sie angefangen, Nelkenzigaretten zu rauchen. Im Laufe weniger Monate war Candace cool geworden. Deshalb lud Ainsley sie zu ihrer Party ein – in erster Linie aus Angst, entthront zu werden.

Vielleicht hatte Candace ihre Urlaubsabenteuer doch ein wenig übertrieben, denn auf dieser Party war sie abgesehen von Teddy die Einzige, die noch fahren konnte, als Tabitha nach Hause kam. Tabitha gab ihr die Schlüssel für Emmas Range Rover. Das hatte Emma womöglich wütend auf Ainsley gemacht, und keiner ist in seiner Wut einschüchternder als Emma. Ohne Telefon hat Ainsley keine Chance herauszufinden, was in ihrer Welt vor sich geht.

Die Fähre nähert sich dem Ufer, und Tabitha stellt sich ans Fenster. Ainsley weigert sich, ihr zu folgen, verrenkt sich aber den Hals. Links sieht sie einen großen grünen Park mit einem weißen Pavillon in der Mitte.

Ainsley berührt ihre Großmutter am Arm. »Bist du jemals auf dem Vineyard gewesen?«

»Nicht seit meinen Flitterwochen«, sagt Eleanor. »Dein Großvater und ich sind auf einer Motoryacht, die mein Vater für uns gechartert hatte, nach Nantucket und Martha's Vineyard gefahren. Du kannst dir bestimmt denken, dass ich die eine Insel vorzog und Billy die andere. Billy gefiel es *hier* besser.«

Das muss Ainsley erst verarbeiten. Eleanor und Billy teilten nicht nur ihren Besitz, ihr Geld und ihre Töchter unter sich auf, sondern auch die beiden Inseln – Nantucket für Eleanor, der Vineyard für Billy.

»Ist meine Mutter je hier gewesen?«, fragt Ainsley.

»Ja, sicher«, sagt Eleanor. »Früher, bevor …«

»Bevor was?«, will Ainsley wissen.

»Bevor alles passierte. Ich glaube, zum letzten Mal hat sie Billy hier besucht, als sie schwanger war.«

»Mit mir?«, fragt Ainsley. »Oder mit Julian?«

»Ich erinnere mich nicht«, sagt Eleanor und wedelt mit einer ringbeladenen Hand. Eleanor ist einundsiebzig und die eleganteste Frau, die Ainsley kennt. Sie ist in Paris und Mailand und Shanghai und Bombay und Marrakesch und Sydney und Rom und Tokio gewesen. Sie hat Boutiquen in Nantucket und Palm Beach. Der Laden in Nantucket ist im Winter geschlossen, der in Palm Beach im Sommer.

Eleanors Flagshipstore in der Newbury Street in Boston musste wegen sinkender Verkaufszahlen im letzten Jahr schließen. Ainsley vermutet, dass die Entwürfe ihrer Großmutter allmählich überholt sind.

Es schockt Ainsley, dass ihre Mutter und Großmutter die Trauerfeier für Billy überhaupt besuchen. (Eine Beerdigung findet nicht statt. Billy ist eingeäschert worden, und seine Asche wird in einer Urne aufbewahrt.) Ainsley hat zwar die Fotos von Eleanor und Billy zusammen gesehen, doch so lange sie zurückdenken kann, gab es eine Fehde zwischen den zwei Hälften der Familie. Tabitha hasst Harper aus Gründen, die Ainsley nicht kennt, und sie nimmt an, dass auch Eleanor Billy gehasst hat. Sie würde sie gern fragen, traut sich aber nicht.

Tabitha wendet sich an Ainsley. »In Oak Bluffs gibt es ein Viertel, das Methodist Campground heißt«, sagt sie. »Es besteht aus vielen bunten Zuckerbäckerhäuschen, und das Zentrum ist der Tabernakel, ein großes, offenes kirchenartiges Gebäude.«

»Klingt nach einer Sekte«, sagt Eleanor.

»Ach du lieber Gott«, sagt Tabitha mit Blick auf die Menschen, die sich in Erwartung auf die Ankunft der Fähre auf dem Anleger versammelt haben. »Da ist sie.«

Ainsley sieht die Doppelgängerin ihrer Mutter in der Menge. Der Anblick ist so surreal, dass Ainsley sich nach Tabitha umdreht, um sich zu vergewissern, dass sie noch da ist, und schaut dann wieder Tante Harper an. Ihre Haare – lang, schwer und dunkel – gleichen denen ihrer Mutter –, aber ihre Kleidung unterscheidet sich natürlich voneinander. Tabitha trägt ein Roxie – das Leinenkleid mit dem Obi – in Schwarz und schwarze Lacklederpumps von Manolo Blahnik, die normalerweise Ausflügen nach Boston oder New York vorbehalten sind. Tante Harper hat eine schwarze Hose an, die vielleicht eine Kellnerin tragen würde, und ein schwarzes ärmelloses Spitzenoberteil, das, so vermutet Ainsley – die ein recht scharfes Auge für die modischen Geschmacksverirrungen anderer Leute entwickelt hat –, als Sonderangebot zu haben war. Das elegante Top und die zweckmäßige Hose passen nicht zusammen, und schwarze Spitze erinnert laut Eleanor immer an *Dessous*, was sie für eine Beisetzung oder Trauerfeier ungeeignet macht. Trotz Tante Harpers erbärmlichem Outfit – oder vielleicht gerade deswegen – ist Ainsley hingerissen. Tante Harper ist die Außenseiterin hier, die Erste, für die Ainsley in ihrem sechzehneinhalbjährigen Leben Partei ergreift.

Harper wirkt sehr angespannt, als Eleanor, Tabitha und Ainsley – in dieser Reihenfolge – von der Rampe treten.

»Hallo, Mommy«, sagt sie.

Eleanor taxiert ihre Tochter. »Hallo, Liebling«, sagt sie und beugt sich vor, um Harper einen Luftkuss auf die Wange zu geben. Dann nimmt sie den Spitzenstoff von Harpers Oberteil zwischen die Finger. »Woher hast du *das* denn?«

»Weiß ich nicht mehr«, sagt Harper. »Aus dem Laden? Ich schmore darin.« Als sie an dem Top zupft, bemerkt Ainsley, dass ihre Tante die goldene Armbanduhr ihres Großvaters trägt.

Eleanor anscheinend auch, denn sie sagt: »Kaum zu glauben, dass dein Vater es geschafft hat, die Uhr nicht zu verpfänden. Er hat sie dir hinterlassen?«

»Hat er«, entgegnet Harper.

»Achte darauf, dass du seinem Beispiel folgst und sie behältst, wie auch immer deine Lebensumstände sein mögen«, sagt Eleanor. »Die Uhr ist wertvoll. Sie gehörte Dr. Richard Frost, seinem Vater. Sie war Billys kostbarster Besitz.«

»Das weiß ich, Mommy«, sagt Harper. »Ich hebe sie für Ainsleys Sohn auf.« Sie schaut an Tabitha vorbei auf Ainsley. »Hallo, Ainsley.«

Ainsley hat ihre Tante seit drei Jahren nicht gesehen. Irgendwie hatte man ihr erlaubt, sich mit Billy im Fenway Park ein Baseballspiel anzusehen, zu dem auch Tante Harper mitkam. *Weitere* vier Jahre früher, als Ainsley neun gewesen war, war sie mit Billy aufs Cape gefahren, und sie hatten Harper in Woods Hole zum Mittagessen getroffen. Dies ist also, soweit sich Ainsley erinnert, erst ihre dritte Begegnung mit ihrer Tante, und doch stürzt sie sich gleich in deren Arme und fängt unerklärlicherweise an zu weinen. »Ich habe Gramps lieb gehabt«, sagt sie.

»Er dich auch«, sagt Harper. Sie umarmt Ainsley auf eine Weise, die sich mütterlicher anfühlt als jede Umarmung von Tabitha.

Als Ainsley sich wieder von ihr gelöst hat, sieht sie, wie ihre Mutter und ihre Tante sich gegenüberstehen. Die Situation ist so peinlich, so furchtbar, dass sich Ainsley die Eingeweide verdrehen. *Umarmt euch*, denkt sie. Ihre Mutter hasst Harper, aber trifft das auch umgekehrt zu?

»Tabitha«, sagt Harper.

»Harper«, sagt Tabitha.

Sie bewegen sich nicht aufeinander zu, und es kommt Ainsley vor, als sei die Luft zwischen ihnen mit negativer Energie aufgeladen, als seien sie zwei Magnete mit denselben Polen, die sich gegenseitig abstoßen.

»Gut«, sagt Eleanor, eindeutig schon genervt von der Wiedervereinigung. »Sollen wir gehen?«

Ainsley stellt entzückt fest, dass Tante Harper einen alten makellos restaurierten marineblauen Bronco fährt. Seit sie mit Teddy zusammen ist, hat sie zahlreiche Stunden mit *Barrett-Jackson Live* verbracht.

»Ist das ein Achtundsechziger?«, fragt sie.

»Genau!«, sagt Harper. »Gutes Auge.«

»Ich dachte, du wolltest ein Auto mieten«, sagt Eleanor.

»Martha's Vineyard Executive Transport war ausgebucht«, sagt

Harper. »Ich hab angerufen, glaub mir. Tut mir leid, Mommy, aber du wirst dich mit der primitiven Variante begnügen müssen.«

»Setz dich nach vorn, Mutter«, sagt Tabitha. »Ainsley und ich quetschen uns hinten rein.«

Ainsley möchte sich nirgendwo mit Tabitha reinquetschen, doch sie widerspricht nicht, weil ihre Großmutter Seniorin ist und nach vorn gehört.

Hinten ist der Boden im Wesentlichen eine Müllkippe für Kaffeebecher, alte Ausgaben der *Vineyard Gazette*, fettige Papiertüten, die aussehen und riechen, als enthielten sie die Hälfte eines eine Woche alten Thunfisch-Sandwiches, Hundespielzeug und leere Jägermeister-Fläschchen. Tabitha versucht, alles in eine Zeitung zu wickeln, um Platz für ihre Füße in den Achthundert-Dollar-Schuhen zu schaffen. Auf der Rückbank liegt ein Laken, der Boden dagegen ist mit Hundehaaren bedeckt.

»Hast du einen Hund?«, will Ainsley wissen. Seit sie sprechen kann, wünscht sie sich von Tabitha einen Hund.

»Fish«, sagt Harper.

»Du hast einen Fisch?«, fragt Ainsley.

»Einen Hund namens Fish«, erklärt Harper. »Er ist ein sibirischer Husky.«

»Das ist wirklich ein seltsamer Name«, sagt Eleanor. »Er klingt, als ob dein Vater ihn sich ausgedacht hätte. Du warst schon immer so wie er.«

»Ich würde euch ja gern die Insel zeigen …«, sagt Harper.

»Oh ja, bitte!«, sagt Ainsley. Sie hatte sich irgendwie vor diesem Tag gefürchtet, doch er hat sich schon jetzt gelohnt. Zu sehen, wie offensichtlich sich ihre Mutter und Großmutter quälen, verbessert ihre Stimmung enorm.

»… aber dafür haben wir leider keine Zeit«, sagt Harper. »Der Empfang beginnt um zwölf, und die Fähre nach Nantucket geht um …«

»Nicht früh genug«, murmelt Tabitha.

»Vier Uhr«, ergänzt Eleanor. »Aber ich glaube, wir sollten nicht später als um Viertel nach drei wieder am Anleger sein, meinst du nicht, Pony?«

»Wenn nicht früher«, sagt Tabitha.

Harper schnaubt. »Sie nennt dich immer noch Pony?«

»Wer ist *sie*?«, fragt Eleanor. »Weißt du nicht, wie sie heißt?«

Harper fängt Ainsleys Blick im Rückspiegel auf. »Du kennst die Geschichte hinter diesem Spitznamen, oder?«

»Bitte nicht«, sagt Tabitha.

»Mom wünschte sich ein Pony«, erklärt Ainsley.

»Deine Mutter wünschte sich nicht nur ein Pony, deine Mutter *wurde* ein Pony«, sagt Harper. »Fast das ganze dritte Schuljahr über. Pferdeschwanz, brauner Shetlandpullover, braune Cordhose. Sie wieherte und prustete. Sie trabte und galoppierte. Sie verhielt sich in allem wie ein Pferd, außer dass sie Heu aß. Daran konnten uns die Leute in dem Jahr auch auseinanderhalten.«

»Das habe ich anders in Erinnerung«, sagt Tabitha.

»Wir müssen um Punkt drei Uhr aufbrechen«, sagt Eleanor. »Du brauchst uns nicht zu fahren, Harper. Ich bezahle gern für ein Taxi.«

Ainsley schaut aus dem Fenster und versucht, alles in sich aufzunehmen. Da ist ein Gewässer, eine Brücke, eine Wiese. Es sieht aus wie Nantucket, ist aber nicht Nantucket.

»Sechs Städte«, sagt Harper. »Siebzehntausend ganzjährige Einwohner. Die beste Eiscreme der Welt bei Mad Martha's.«

»Du hast wohl nie die Eiscreme in der Juice Bar gekostet«, sagt Ainsley. »Oder doch? Bist du jemals auf Nantucket gewesen, Tante Harper?«

»Bin ich«, erwidert Harper. »Aber das ist schon lange her.«

»Wer kommt zu dem Empfang?«, fragt Tabitha.

»Ich weiß nicht genau«, sagt Harper. »Den hat sich Daddy gewünscht, nicht ich. Aber auf Islanders Talk und meiner eigenen Facebook-Seite ist eine Anzeige geschaltet, also ...«

»Also überwiegend Billys Freunde oder deine Freunde?«, fragt Tabitha,

»Daddys.«

»Hast du überhaupt Freunde?«, will Tabitha wissen.

»Mama!«, sagt Ainsley, die vergisst, dass sie nicht mit Tabitha spricht.

»Ich habe Freunde«, sagt Harper.

»Ich meine nicht die Männer, die du vögelst«, sagt Tabitha.

»Tabitha!«, sagt Ainsley, mehr, um die Aufmerksamkeit ihrer Mutter zu wecken, als um respektlos zu sein.

»Es überrascht mich, dass noch jemand mit dir redet nach dieser ... dieser ... *Drogenrazzia*«, sagt Eleanor. »Ich komme immer noch nicht darüber weg: eine meiner Töchter verhaftet! Deine Großeltern drehen sich im Grabe um, so viel ist sicher.«

»Was weißt du eigentlich darüber, Mommy?«, fragt Harper. »Ehrlich, was weißt du darüber?«

»Ann-Lane hat mir alles erzählt«, sagt Eleanor. »Dir ist doch klar, dass sie direkt neben der Familie wohnt, deren Kind du auf die schiefe Bahn gebracht hast, oder? Sie sagt, die Staatspolizei war da und das FBI.«

*Das FBI?*, denkt Ainsley. Ihre Tante ist ja noch viel interessanter, als ihr bewusst war.

»Ich habe kein Kind auf die schiefe Bahn gebracht«, sagt Harper. »Das ›Kind‹, um das es geht, war schon reichlich verdorben, als ich es kennen lernte. Ann-Lane kann sich sonst was in den Hintern schieben. Und ich versichere dir, dass sie nicht zu der Feier kommt. Es sei denn, du hast sie eingeladen. Hast du sie eingeladen?«

»Nein«, sagt Eleanor.

»Wer ist Ann-Lane?«, fragt Ainsley.

»Eine Wichtigtuerin«, sagt Harper.

»Meine Mitbewohnerin«, sagt Eleanor. »Aus Pine Manor.«

Es folgt ein lastendes Schweigen, und Harpers Fahrweise wird immer aggressiver. Sie hupt und zeigt anderen Verkehrsteilnehmern den Stinkefinger. Zur Erklärung sagt sie: »Es ist so früh im Jahr, dass die Taxifahrer sich noch nicht auskennen. Sie sind Unfälle auf vier Rädern.«

»Und?«, sagt Tabitha, sich vorbeugend. »Hast du einen Freund?«

»Du hast vierzehn Jahre lang kein Wort mit mir gewechselt«, sagt Harper. »Und jetzt soll ich persönliche Fragen beantworten?« Sie setzt den Blinker und biegt links in eine lange Einfahrt, die auf beiden Seiten von einem weißen Zaun begrenzt ist. Auf einem Schild steht: FARM NECK GOLFPLATZ. PRIVAT.

»Wir sind da«, sagt Harper. Sie sucht Ainsleys Blick im Rückspiegel. »Dies war der Lieblingsort deines Großvaters auf der Insel. Farm Neck.«

»Ist das ein Privatclub?«, fragt Eleanor.

»Ja, Mommy.«

»Wie hat dein Vater es geschafft reinzukommen?«

»Er kannte Leute. Leider lässt sich die Mitgliedschaft nicht vererben. Sie ist Vergangenheit wie Billy, aber wir dürfen heute ein letztes Mal hier sein.«

»Ich wusste gar nicht, dass Gramps Golf gespielt hat«, sagt Ainsley.

»Er war ein grauenhafter Golfspieler«, sagt Eleanor. »Er hat sich 1968 bei meinem Vater total zum Affen gemacht – im Sommer, als wir heirateten.«

»Er war ein besserer Trinker als Golfer«, sagt Harper. »Da stimme ich dir zu. Das hat ihn bei einem Vierer populär gemacht. Jeder konnte ihn schlagen, und im Clubhaus hat er gute Geschichten erzählt.«

»Bitte glorifiziere in Gegenwart meiner Tochter nicht seinen Alkoholkonsum«, sagt Tabitha.

Ainsley verdreht die Augen.

Harper parkt den Bronco, dann beeilt sie sich, Eleanor aus dem Wagen zu helfen. Als sie alle auf dem Parkplatz stehen, stemmt sie die Arme in die Seiten. Sie sieht aus wie aus dem Gleichgewicht geraten, als würde sie gleich umkippen. »Willkommen in Farm Neck«, sagt sie.

Das Clubgelände ist hübsch. Es ist eine Reihe Golfkarren zu sehen, einige mit Taschen voller Schläger, und ein Putting green am Vordereingang. Es riecht nach gemähtem Gras und Pommes frites. Ainsley staunt darüber, dass es Billy gelungen ist, in einen Privatclub aufgenommen zu werden, denn sie weiß, dass Eleanor und Tabitha fast ein Jahrzehnt lang auf der Warteliste des Nantucket Yacht Club standen.

»Obama hat hier gespielt«, sagt Harper. »Und Clinton.«

»Damit würde ich nicht unbedingt werben«, sagt Eleanor.

Der Empfang soll in einem Zelt neben dem Clubhaus stattfinden, das – obwohl viel kleiner, als Ainsley erwartet hat – sehr nett hergerichtet ist. Es ist mit weißen Lampions und Topfpflanzen geschmückt; überall sind Stehtische aufgestellt, und eine Kellnerin mit einem Tablett voller Sektflöten begrüßt die eintretenden Gäste. Auf einer Staffelei steht ein Bild von Ainsleys Großvater in seinen späteren Jahren, nachdem er seine drahtgefasste Brille und seinen weißen Lackledergürtel verloren hat. Auf diesem Foto ist er auf einem Boot. Er trägt einen Augenschirm, sein Gesicht ist gebräunt und wettergegerbt, und er hält einen Gestreiften Zackenbarsch hoch. Über dem Foto steht: IM GEDENKEN AN WILLIAM O'SHAUGHNESSY FROST, 13. APRIL 1944–16. JUNI 2017. Auf einem Tischchen am Fuß der Staffelei liegen leere Namensschilder und ein Filzstift.

»Tragen wir Namensschilder?«, fragt Ainsley ihre Mutter.

»Um Himmels willen«, sagt Tabitha und nimmt sich ein Glas Sekt von dem Tablett. »Hallo, Schätzchen.«

Die Kellnerin scheint zu denken, dass Tabitha sie anspricht und nicht den Sekt. »Harper?«, sagt sie. »Ich glaube, ich hab dich noch nie mit hochhackigen Schuhen gesehen.«

»Ich bin nicht Harper«, sagt Tabitha. »Ich bin ihre Zwillingsschwester Tabitha.«

»Echt?«, sagt die Kellnerin.

Ainsley nimmt sich ein Namensschild und fängt an, BILLYS ENKELIN zu schreiben, aber sie hat nicht genug Platz für *Enkelin* gelassen, daher muss sie es zerknüllen und sich ein neues nehmen. Sie befestigt es vorn an ihrem schwarzen Kleid von Milly mit den Schmetterlingsärmeln. Im Zelt ist es heiß; sie wird schmelzen. Sie wünscht, sie hätte etwas Sommerlicheres angezogen, aber Tabitha und Eleanor haben auf Schwarz bestanden. Sie sind die Einzigen, die elegant gekleidet sind. Alle anderen tragen normale Alltagskleidung. Da sind Männer in Golfhemden, Frauen mittleren Alters in Hosen und bequemen Schuhen, und eine nicht mehr so junge Frau mit dunkelblonden Haaren trägt ein Sommerkleid von Lilly Pulitzer und Sandalen.

Harper redet drüben in der Ecke mit einem Polizisten, und eine Sekunde lang fragt sich Ainsley, ob ihre Tante Schwierigkeiten hat. Doch dann bemerkt sie zärtliche Gesten. Zuerst berührt der Beamte Harpers Wange, dann fangen die beiden an, sich zu küssen. Wenn Eleanor sie sieht, wird sie einen Anfall bekommen; sie missbilligt die öffentliche Zurschaustellung von Verliebtheit, und sie ist zwar nicht offen rassistisch, aber altmodisch. Sie nennt Schwarze Neger, wie oft Ainsley und Tabitha ihr auch erklären, dass die Bezeichnung nicht akzeptabel ist. Wird es Eleanor stören, dass Harper vor den versammelten Gästen einen schwarzen Polizisten küsst? War *das* der Grund dafür, dass Harper Tabithas Frage, ob sie einen Freund habe, abgewehrt hat?

Eleanor und Tabitha, beide mit einem Glas Sekt in der Hand, sind beschäftigt damit, sich ins Gästebuch einzutragen, und bemerken nicht, wie Harper und der Polizist in der Ecke in Fahrt kommen.

Ainsley vermisst Teddy. Sie verspürt einen dumpfen Schmerz – als ob ihr Herz einen Krampf hätte –, wenn sie an Teddy und Emma denkt.

Endlich löst Harper sich von dem Polizisten. Er schlendert vorbei an Ainsley aus dem Zelt, so nahe, dass sie das Rauschen seines Walkie-Talkies hören und sein Aftershave riechen kann. Er ist süß. Er ist *jung*, vom Alter her Ainsley womöglich näher als ihrer Tante. *Los, Tante Harper!*, denkt sie. Tabitha hat sich von Ramsay getrennt, ein weiterer Grund dafür, dass Ainsley ihre Mutter hasst. Sie hat Ramsay in Ainsleys Leben gebracht, sie ermuntert, ihn gernzuhaben – und Ainsley hatte Ramsay sehr gern –, und dann hat sie ihn abserviert. Jetzt scherzt Tabitha, dass sie sich einen jüngeren Liebhaber nehmen wird. Sie witzelt über den Typen, der am Cisco Beach Surfunterricht gibt, und über Mr Bly, Ainsleys Chemielehrer. Ainsley denkt dann jedes Mal: *Igitt*. Die Vorstellung, dass ihre Tante sich mit diesem Polizisten trifft, löst dagegen nicht denselben Widerwillen aus.

Tabitha könnte sich einen so jungen und scharfen Typen niemals schnappen und ihn halten, glaubt Ainsley, obwohl sie und Harper eineiige Zwillinge sind. Tabitha ist zu hochnäsig und verklemmt.

Harper spricht mit den Herren in den Golfhemden. Sie sagt etwas, das sie zum Lachen bringt, dann tritt sie zu Ainsley.

»Möchtest du ein Glas Champagner?«, fragt sie. »Ich habe was Gutes bestellt. Taittinger. Und es müsste kleine Sandwiches und Mini-Burger geben. Deiner Großmutter zuliebe servieren wir traditionelle Ostküstenhäppchen. Keine Frühlingsrollen, keine Quesadillas.«

»Nichts, was nach irgendwas schmeckt«, sagt Ainsley und schenkt Harper ein verschwörerisches Lächeln. Es ist so bizarr – der Kopf ihrer Mutter auf einer viel netteren, cooleren Person. »Und, war dieser Typ, der Polizist, dein Freund?«

Harpers Gesichtsausdruck verändert sich. Sie wirkt plötzlich erschrocken, wie ertappt. »Freund?«, sagt sie. »Du meinst Drew?«

»Tut mir leid«, sagt Ainsley. »Das geht mich nichts an.«

Harper wirft ihr einen langen Blick zu, als versuchte sie, in Ainsley hineinzuschauen. »Ich wünschte, ich wäre noch mal so alt wie du«, sagt sie. »Ich würde vieles anders machen.«

Ainsley nickt. »Ich hätte gern ein Glas Champagner«, sagt sie. »Und ich esse sogar blasse dreieckige Sandwiches, denn ich bin am Verhungern. Wir haben nicht gefrühstückt.«

»Nimm dir einfach ein Glas«, sagt Harper, »und wenn dir jemand blöd kommt, erklär ihm, dein Großvater hätte in seinem Testament verfügt, dass du bei seiner Trauerfeier nicht nur Champagner trinken *darfst*, sondern sogar *musst*.«

Ainsley nickt, obwohl sie sehr gut weiß, dass eine solche Erklärung bei ihrer Mutter oder Großmutter nichts ausrichten wird.

»Ich sehe mal in der Küche nach dem Rechten«, sagt Harper. »Und schneide selbst ein paar Krusten ab, wenn es sein muss.«

Harper entfernt sich, und Ainsley fühlt sich verlassen. Sie sieht, dass ihre Großmutter und Mutter abseits stehen und ihre Champagnerflöten vor sich halten, wie sie angesichts von Vampiren Kreuze halten würden. Sie sprechen weder miteinander noch mit sonst jemandem. Gott bewahre, dass sie sich Billys Freunden zuwenden! Warum sind sie überhaupt gekommen?

Ainsley greift sich ein Glas Champagner vom Tablett der Kellnerin und tritt auf die Männer in den Golfhemden zu. »Hallo«, sagt sie. »Ich bin Billys Enkelin.«

Ainsley trinkt den Champagner, dann holt Smitty, der Anführer von Billys Golfkumpels, ihr ein neues Glas. Der Alkohol auf leeren Magen steigt ihr direkt in den Kopf, aber das stört sie nicht; es gefällt ihr irgendwie. Sie ist hier ein Star, zumindest für diese Männer und all die Leute, mit denen Smitty sie bekannt macht, etwa die Frau in dem Lilly-Pulitzer-Kleid, die Ainsley – mit einem Stupser und einem Zwinkern, das Ainsley glauben lässt, sie müsse etwas Besonderes sein – als Mrs Tobias vorgestellt wird.

»Ich habe für deinen Grandpa geschwärmt«, sagt Mrs Tobias. »Er war ein Traummann.«

Mrs Tobias ist sehr braun und ungefähr Mitte fünfzig, also zu alt für das Kleid, das sie trägt – es ist am besten für jemanden in Ainsleys Alter geeignet –, und ihre Haare sind frisiert wie die von Rachel aus *Friends*. Aber sie ist hübsch. Sie ist weitaus jünger und sexyer und attraktiver als Eleanor, obwohl ihr deren Eleganz und Anmut fehlt.

*Traummann*, denkt Ainsley. War das hier die Freundin ihres Großvaters? Oder vielleicht nur seine Geliebte? Was ist von dem Namen Mrs Tobias zu halten? Wo, falls überhaupt anwesend, ist Mr Tobias?

Doch bevor Ainsley die Fragen formulieren kann, die weiteren Aufschluss geben, wird ihre Aufmerksamkeit jäh auf den Eingang gelenkt. Das Zelt hat sich mit Menschen gefüllt, und Kellner reichen jetzt Tabletts mit Hors d'œuvres herum – Krabbencocktails, Radieschensandwiches, Würstchen im Schlafrock –, deshalb ist schwer zu erkennen, was vor sich geht, außerdem sieht Ainsley aufgrund des Champagners verschwommen. Aber sie hört eine Frau schreien.

»Wo ist sie? Wo *ist* sie?«

Die Stimme übertönt das höfliche Partygeplauder, und bald drehen sich Köpfe, und es wird leiser. Ainsley sieht, wie ein Paar das Zelt betritt, die Frau zierlich, mit sehr kurzen Haaren und Glupschaugen, der Mann mit Anzug und Krawatte hinter ihr, nach ihrem Arm greifend, ein Versuch, sie zu beruhigen.

*Wer* ist das?, fragt sich Ainsley, und gleichzeitig murmelt Mrs Tobias: »Ach du Scheiße. Jetzt kommt's.«

Jetzt kommt *was*? Ainsleys Augen weiten sich vor Staunen, dann vor Entsetzen, als die glupschäugige Frau sich Tabitha und Eleanor nähert.

»Sie!«, sagt sie. Die Person, die sie anscheinend anspricht, ist Tabitha.

*Was ...?*, denkt Ainsley. Sie sieht Tante Harper das Zelt betreten, als die Glupschäugige Tabitha ein volles Champagnerglas über ihr schwarzes Roxie kippt und ihr dann blitzschnell eine Ohrfeige verpasst.

Das Geräusch des Schlages hallt durch das Zelt. Die Menge schnappt nach Luft und verstummt dann.

## *HARPER*

Sie weiß, dass das Timing schlecht ist: Die Trauerfeier für ihren Vater findet, nur drei Tage nachdem Sadie sie und Reed zusammen auf dem Parkplatz vom Lucy Vincent erwischt hat, statt. Drei Tage sind lang genug, damit das Gerücht sich verbreiten kann, reichen aber nicht, um es wieder zu vergessen und zu anderem überzugehen.

Sie erwog, den Empfang abzusagen, doch Billy hatte sich nur eins gewünscht, und das war eine Abschiedsparty in Farm Neck. Und außerdem schrieb Reed in einer Nachricht, die Harper spätnachts erhielt, als sie mit dem Gesicht nach unten im Bett lag und fest entschlossen war, nie wieder aufzustehen, dass es ihm gelungen war, Sadie zu beruhigen. Er *behauptete*, ihr eingeredet zu haben, dass sie Reed und Harper nicht beim Vögeln gesehen hatte, sondern Reed habe Harper nur freundschaftlich umarmt, weil er sie nach dem Tod ihres Vaters trösten wollte. Ja, ihm sei klar, dass es womöglich eigenartig und unprofessionell gewesen war, sich mit der Angehörigen eines Patienten um Mitternacht auf einem Parkplatz zu treffen, aber deshalb liebten sie die Insel doch, oder? Weil hier eine so eng verbundene Gemeinschaft von Menschen lebte, die sich aufrichtig umeinander sorgten, und Reed war schon immer dafür bekannt gewesen, dass er sich über seine ärztliche Pflicht hinaus für seine Patienten einsetzte. Sadie solle auch bedenken, dass sie bei dem Barbecue in Lambert's Cove viel getrunken hatte – sehr viel – und sich daher nicht auf das verlassen konnte, was sie zu sehen gemeint hatte.

Sie habe Glück gehabt, dass sie nicht von der Polizei angehalten worden war.

Mit diesen Versicherungen von Reed, dass Sadie besänftigt worden sei, verfolgte Harper ihr Vorhaben weiter. Dass Sadie ihn danach ausspioniert hatte – indem sie Reeds Anrufliste überprüfte und Billys Krankenschwester Dee befragte, die sagte, ja, sie habe schon lange einen Verdacht gehabt –, überraschte Reed, Harper hingegen nicht.

Sadies Wutausbruch bei dem Empfang erwies sich anfangs als vorteilhaft für Harper. Es war eine unerhörte Entgleisung, in die Trauerfeier für einen beliebten Insulaner zu platzen, ein Getränk über seine Tochter zu kippen und sie dann zu ohrfeigen.

In den Sekunden, nachdem Sadie Tabitha geschlagen hatte – Tabitha und nicht Harper, ein Irrtum, den Harper zutiefst bedauerte –, tauchte aus dem Nichts Drew auf, um Mrs Zimmer zu bändigen. Er entwand ihr die leere Champagnerflöte – keiner wollte auch noch Glasscherben sehen – und packte sie sanft an den Handgelenken.

Sadie spuckte in Tabithas Richtung. »Diese Frau ist ein übles Miststück.«

»Diese Frau«, sagte Drew, »ist meine Freundin.«

»Nein«, sagte Tabitha. »Nicht ich. Meine Zwillingsschwester.« Sie streckte Drew ihre Hand entgegen. »Ich bin Tabitha.«

Harper staunte, dass Pony schon so kurz nach der Ohrfeige ihre Fassung zurückgewonnen hatte. Ihre Wange war glühend rot. Es musste daran liegen, dass Tabitha so viele Jahre mit Eleanor verbracht hatte. Tabitha wusste einen Schlag einzustecken.

Obwohl Harper die Situation mehr als peinlich war, deutete sie die Stimmung der Menge richtig. Die Freunde und Nachbarn von Billy Frost, die sich hier versammelt hatten, um sich von ihm zu verabschieden, waren entsetzt – nicht über Harper oder die fälschlich für Harper gehaltene Tabitha, sondern über Sadie Zimmer. Das Inselmädchen, das aus dem Pie-Geschäft seiner Mutter einen solchen Erfolg gemacht hatte, entpuppte sich als rasende Psychopathin! Sie hatte eine von Billy Frosts Töchtern geohrfeigt – die falsche, wie sich erwies, diejenige, die auf Nantucket lebte. So schrecklich die Sache noch vor dreißig Sekunden gewesen war, wirkten die Leute jetzt, da Mrs Zimmer gezähmt war, eher belustigt als verstört.

Billys Freund Smitty wandte sich dem neben ihm stehenden Roger Door zu und sagte: »Das ist bestimmt die tollste Geschichte, die je auf einer Trauerfeier passiert ist.«

Roger Door hob sein Glas. »Das muss man Billy lassen«, sagte er.

Das letzte Wort jedoch hatte Eleanor. Oh, wie sehr Harper ihre Mutter manchmal verabscheute, aber sie konnte nicht leugnen, dass Eleanor die Contenance einer Königin besaß, eine unerschütterliche Autorität. Sie war als Ostküsten-Aristokratin aufgewachsen und durch und durch eine geblieben. Jetzt trat sie auf Sadie zu und sagte: »Ich weiß nicht, wer Sie sind, aber zu einem Anlass wie diesem aufzutauchen, um Ihren persönlichen Groll zu äußern, ist nichts weniger als würdelos. Ein Mann ist verstorben und verdient es, dass man seiner mit Zuneigung und tröstlichen Worten gedenkt, also führen Sie Ihr albernes Drama bitte woanders auf.«

Sadies Glupschaugen wurden schmal. »Ihre Tochter ist ein Flittchen«, sagte sie.

»Das ist mir egal«, entgegnete Eleanor. »Bitte gehen Sie.«

Sadie ließ sich von Reed und Drew aus dem Zelt geleiten. Ein Kellner brachte Tabitha einen Eisbeutel für ihr Gesicht. Irgendein Genie im Clubhaus schaffte es, Musik ins Zelt zu übertragen, und sofort erhielt die Situation dank Mozart eine angenehme Note. Harper, die einen Moment lang glaubte, das schlimmstmögliche Szenario heil überstanden zu haben, nahm sich noch ein Glas Champagner.

Die Ohrfeige musste Tabitha in einen Schockzustand versetzt haben, doch sobald sie ihren Eisbeutel auf einem der Stehtische abgelegt hatte, kehrte sie zu ihrem normalen Selbst zurück. Sie funkelte Harper an. »Was zum Teufel war das?«

Harper betrachtete ihre Schwester. »Als Pony hast du mir besser gefallen«, sagte sie. »Weißt du noch, wie ich auf dir geritten bin?«

»Wer war sie, Harper?«

Harper überlegte: lügen oder die Wahrheit sagen? Auch Eleanor und Ainsley warteten auf eine Antwort. Würde Harper mit der Behauptung durchkommen, sie habe keinen Schimmer?

Plötzlich trat Ken Doll auf sie zu, der Geschäftsführer von Farm Neck. »Ich bedaure den Auftritt von Mrs Zimmer«, sagte er. »Keiner von uns hatte eine Ahnung, dass sie so erregt war. Dr. Zimmer ist hier ein hoch angesehenes Mitglied. Wir hatten keinen Grund, mit derartigen Unannehmlichkeiten zu rechnen.«

»Natürlich nicht«, sagte Harper. »Es ist nicht Ihre Schuld.«

»Ist das Ihre Schwester?«, fragte Ken Doll und streckte Tabitha die Hand hin. »Sehr erfreut, Sie kennen zu lernen. Mein herzliches Beileid wegen Ihres Vaters. Alle hier waren große Billy-Frost-Fans.«

Tabitha schenkte Ken Doll ein nachsichtiges Lächeln. »Mein Vater war etwas Besonderes.«

»Er war ein Halunke«, murmelte Eleanor. »Ein unverbesserlicher Gauner.«

»Mommy.« Harper erinnerte sich plötzlich wieder daran, dass Eleanor immer katastrophal auf Champagner reagiert hatte.

»Na ja, jedenfalls ist es ein Vergnügen, Sie kennen zu lernen …«

»Tabitha«, sagte Tabitha.

Ken Doll verneigte sich knapp vor ihr, und Harper dachte, er flirte vielleicht mit Tabitha. Würden sie zueinander passen? Ken Doll – eigentlich Kenneth Dawe – war frisch geschieden von Penny Dawe, die in Edgartown im Gericht von Dukes County arbeitete, und attraktiv wie sein Namensvetter, der Gefährte von Barbie Doll, aber so dandyhaft, dass viele Insulaner ihn für schwul hielten. Doch er war nicht schwul – lediglich eigen, was sein Aussehen und Auftreten betraf, und das war für den Geschäftsführer eines exklusiven Golfclubs nur angemessen. Es machte ihn außerdem zu einem potenziellen Partner für Tabitha.

Aber es wurden keine weiteren Worte gewechselt. Ken Doll wandte sich einem Gespräch mit Smitty zu, und Tabitha zückte ihre verbale Machete und hielt sie Harper an die Kehle.

»Mrs Zimmer? *Dr.* Zimmer? Hast du mit Billys *Arzt* geschlafen? Mit seinem *verheirateten* Arzt?«

»Ich glaube, du solltest lieber gehen«, sagte Harper.

»Ja«, sagte Eleanor. »In diesem Punkt, Pony, stimme ich deiner Schwester zu.«

Um sechs Uhr abends, als Harper ihren Bronco vor ihrer Wohnung parkt und die mit übrig gebliebenen Sandwiches gefüllten Kuchenschachteln auslädt, wird ihr klar, dass es noch ein Nachspiel geben wird.

Drew sitzt in Zivilkleidung vorn auf ihrer Treppe – in Jeans, einem blauen Chambrayhemd und marineblauen Espadrilles, die er trägt, obwohl ihn die anderen Beamten und Harper dafür hänseln. Er schaut niedergeschlagen drein.

»Du hast mit Dr. Zimmer geschlafen?«, fragt er.

»Nein«, sagt Harper automatisch.

»Dr. Zimmer ist ein großartiger Typ. Ich liebe ihn. Ich blicke zu ihm auf. Er ist ein Held für mich. Er wollte mit mir zusammen ein Drogenaufklärungsprojekt für die Mittelschule erarbeiten, weil wir beide fanden, dass wir die Jugendlichen erreichen müssen, wenn sie noch am empfänglichsten sind.«

»Drew«, sagt Harper. Sie geht um ihn herum, öffnet ihre Haustür und trägt die Kuchenschachteln in die Küche, Fish dicht auf ihren Fersen. Fish ist noch keiner Kuchenschachtel begegnet, die er nicht mochte; Billy kaufte immer ein Dutzend Donuts und verfütterte ein Drittel davon an den Hund. Die mit Puderzucker bestäubten sind seine Lieblingssorte.

»Hier hast du Sandwiches«, sagt Harper. Sie wirft Fish ein mit Eiersalat und Brunnenkresse belegtes zu, das er verschlingt, dann eins mit Radieschen auf Butter, das er beschnüffelt und auf dem Boden liegen lässt. »Okay. Das kann ich dir nicht verübeln.«

Drew bleibt auf der Veranda stehen.

*Nein*, denkt Harper. Was auch immer gleich geschieht, darf *nicht* auf offener Straße passieren.

»Komm rein, bitte«, sagt sie.

»Ich hab versucht, dich auf dem Handy zu erreichen«, sagt er. »Ich hab siebzehnmal angerufen und elf Nachrichten hinterlassen, weil ich wissen will, ob es stimmt, was Mrs Zimmer Dr. Zimmer vorgeworfen hat.«

Harpers Gedanken schweifen ab wie so oft, wenn sie etwas Unangenehmes hört. »I saw her today at the reception, a glass of wine in her hand …«, singt sie, wenn auch falsch.

»Sie hat behauptet, du hattest eine Affäre mit Dr. Zimmer«, sagt Drew. »Sie hat gesagt, sie hätte Beweise.«

Harper erstarrt innerlich vor Angst. Beweise?

Sie zieht Drew am Arm zurück zur Tür. Keine Spur von einem Fahrzeug.

»Wie bist du hergekommen?«, fragt sie.

»Der Polizeichef hat mich abgesetzt.«

»Der Polizeichef? Chief Oberg?«

Drew nickt. »Als wir anfingen, uns zu treffen, hat er mich vor dir gewarnt. Er hat mir erzählt, dass du mal Koksdealerin warst.«

Harper schüttelt den Kopf. »Stimmt nicht.«

»Aber *irgendwas* Schlimmes hast du getan.«

»Und wenn, wärst du der Letzte, dem ich das gestehen würde.«

»Ich möchte, dass du zugibst, dass du eine Affäre mit Dr. Zimmer hattest.«

»Nein«, sagt Harper. »Das war ein Missverständnis.«

»Erzähl keinen Scheiß.«

»Bitte sprich nicht über das, was auf der Trauerfeier für meinen Vater passiert ist«, sagt Harper. »Die Leute auf dieser Insel lieben es zu tratschen, Drew. Sogar anständige, wohlmeinende Leute wie Chief Oberg.«

»Warum sollte Sadie Zimmer sich so verhalten, wenn sie keine Beweise hätte?«, sagt Drew. »Du hattest eine Affäre mit Dr. Zimmer. Du hast mich angelogen, Harper. Ich dachte, wir wären offiziell ein Paar. Meine Tanten haben Hummereintopf für dich gemacht!«

»Bitte«, sagt Harper. »Bitte rede *nicht* mit deiner Familie darüber, Drew.« Sie schließt die Augen, während sie sich ausmalt, wie Drews vier Tanten und seine Mutter Yvonne – Oak Bluffs' Lieblingsstadträtin aller Zeiten – mit ihrem Kaffee und selbstgebackenen Zimtbrötchen um den Küchentisch versammelt sind und denken: *Ist es nicht schön, dass unser guter kleiner Drew eine Frau gefunden hat, die er mag, auch wenn sie in Vineyard Haven wohnt?*, und in der nächsten Minute erfahren, dass die Frau eine Betrügerin ist, die mit dem netten, freundlichen Dr. Zimmer schläft, der ihnen ihre Blutdruckmedikamente verschreibt, und sich dann herausstellt, dass die Frau nicht nur eine Betrügerin ist, sondern außerdem eine ehemalige Kriminelle, was ihnen bisher entgangen war, weil Joey Bowen seine Drogen nur an Weiße verkaufte. Sobald die Tanten und Yvonne die Geschichte hören, wird sie sich wie ein rasender Waldbrand im Methodist Campground verbreiten, in ihrer Kirche, in der Stadtverwaltung, der öffentlichen Bibliothek, im Friseursalon, im Fährterminal und schließlich im Lookout, wo alle Einheimischen, die Harper kennt, im Sommer etwas trinken gehen. Der Einfluss der Snyder-Schwestern kennt keine Grenzen.

»Die Leute werden es erfahren, egal, wem ich es erzähle und wem nicht«, sagt Drew. »Ich bin ein Vertreter des Gesetzes. Ich kann nicht mit einer Frau zusammen sein, die einen Ruf hat wie du. Wir müssen uns trennen.«

Diese Ankündigung erweist sich als unerwartete Erleichterung.

»Okay«, sagt Harper.

»Okay?«, sagt Drew. »Du lässt mich einfach gehen?«

»Du vertraust mir nicht«, sagt Harper. »Du glaubst dem Gerede. Eine Beziehung ohne Vertrauen hat keine Zukunft, Drew.«

»Aber ...«

»Ich bin sowieso zu alt für dich. Such dir eine Jüngere. Heirate. Bekomme ein Baby.«

»Ich will kein Baby«, sagt Drew. »Ich will dich.«

»Bleib bei deiner Entscheidung«, sagt Harper. »Du tust das Richtige.«

»Aber ich glaube, ich bin verliebt in dich«, sagt Drew.

»Ich rufe dir ein Taxi«, sagt Harper.

Sie und Fish essen den Rest der Sandwiches zum Abendessen, und Harper trinkt ein Sixpack Amity-Island-Ale. Das Bier macht sie mutig, zumindest vorübergehend, und sie schaltet ihr Handy ein.

Sie sieht die elf Voicemails von Drew. Außerdem hat sie eine Sprachnachricht von Rooster, ihrem Arbeitgeber, und eine von einer lokalen Telefonnummer, die, so vermutet Harper, zu Sadie Zimmers Handy gehört. Sieben SMS stammen von Drew und eine von Reed. Diese letzte ist die einzige, die sie interessiert.

Sie lautet: *Sadie tobt, erzählt allen, dass sie uns am Lucy Vincent erwischt hat. Hab gerade einen Anruf von Greenie gekriegt. Bitte kontaktier mich erst mal nicht mehr. Sorry.*

Harper kneift die Augen zu. Es ist aus mit Drew, und jetzt ist es auch aus mit Reed. Greenie, Adam Greenfield, ist der Vorsitzende des Krankenhausverwaltungsrates. Unbekannte Schrecken und Demütigungen erwarten Harper. Warum war ihr das nicht schon vor drei Tagen klar?

Ihr Telefon klingelt, und sie denkt: *Reed*. Er liebt sie, dessen ist sie sich sicher. Am deutlichsten hat sie es auf dem Parkplatz gespürt. Es war mehr als Sex. Es war Liebe. Wäre es naiv von Harper zu glauben, dass Reed Sadie vielleicht um Harpers willlen verlässt? Reed und Sadie haben keine Kinder – sie haben nicht einmal einen Hund –, welchen Grund sollte Reed also haben zu bleiben?

Als Harper jedoch ihr Display checkt, sieht sie, dass der Anruf von Tabitha ist. Harper stöhnt. Vierzehn Jahre lang nichts von der Frau, und jetzt lässt sie Harper nicht mehr in Ruhe. Wie stehen die Chancen, dass Pony anruft, um sich nach Harper zu erkundigen, sie zu fragen, wie es ihr geht, ob sie ihr irgendwie helfen kann? Wie stehen die Chancen, dass Tabitha aus einem anderen Grund anruft als dem, Harper dafür zu danken, dass sie ihr eigenes Leben so sehr verpfuscht hat, dass Tabitha davon in Mitleidenschaft gezogen wird?

Null Chancen, befindet Harper und leitet den Anruf auf die Mailbox weiter.

## *TABITHA*

Sie hofft, dass alles besser wird, sobald sie den Golfclub hinter sich haben und auf dem Heimweg sind, aber es wird noch schlimmer. Als der Taxifahrer – der sich dauernd verfährt und dreimal fast einen Unfall verursacht – sie am Terminal abgesetzt hat, gehen Tabitha und Ainsley in das Büro, um ihre Tickets umzutauschen, damit sie die frühere Fähre nehmen können, und Eleanor wandert ziellos davon wie eine Alzheimer-Kranke.

Sie finden sie an der Bar des Coop DeVille wieder, wo sie ein Glas Champagner bestellt hat (Tabitha nimmt an, dass es sich in diesem Lokal um einen Prosecco handelt) und der drallen jungen Barkeeperin Carmen erzählt, dass sie Billy Frosts Witwe sei.

»Ich kannte Billy gut«, sagt Carmen. »Er ist oft hergekommen. Das da war sein Stammplatz.« Sie zeigt auf einen leeren Hocker am anderen Ende der Theke, dem Anleger am fernsten und dem Fernseher am nächsten.

»Na dann«, sagt Eleanor, »setze ich mich dahin.«

Ainsley stupst Tabitha an. »Grammie ist betrunken.«

*Anscheinend*, denkt Tabitha. Ihre Mutter verträgt mehr Alkohol als sonst jemand, den Tabitha kennt, doch Champagner war schon immer ihre Achillesferse. Sie liebt ihn, aber er macht sie sturzbetrunken. Tabitha hat sie auf dem Empfang nur ein Glas trinken sehen, vielleicht zwei Gläser, doch Eleanor ist gut im Schummeln und hat dort womöglich bereits vier oder fünf Gläser konsumiert, womit dieses ihr sechstes sein könnte.

»Mutter, wir müssen los«, sagt Tabitha. »Die Fähre geht gleich.«
»Sie haben noch zwölf Minuten«, sagt Carmen, stellt aber trotzdem eine Rechnung aus. Fünf Dollar.
*Billiger Prosecco*, denkt Tabitha.

Auf dem Schiff trinkt Eleanor weiter. Die Hy-Line hat ihr Essens- und Getränkeangebot in den letzten Jahren verbessert. Alle Suppen und Sandwiches sind selbstgemacht, und man bekommt sogar eine anständig aussehende Obst-und-Käse-Platte sowie guten Wein per Glas oder Flasche.
»Sie haben Veuve Cliquot!«, verkündet Eleanor von ihrem Platz in der Schlange.
»Bitte nicht, Mutter«, sagt Tabitha und stupst Ainsley an. »Kannst du deine Großmutter dazu überreden, dass sie Wasser trinkt?«
»Ich erledige doch für dich nicht die Drecksarbeit, Tabitha«, sagt Ainsley. »Ich hasse dich.«
»Du *hasst* mich? Wirklich?«
»Du glaubst, weil Grammie dein Leben ruiniert hat, ist es jetzt dein Job, meins zu ruinieren«, sagt Ainsley. »Tante Harper war schlau. Sie ist mit Gramps mitgegangen. Ich überlege, ob ich den Sommer über nicht zu Dad ziehen sollte.«
*Er will dich nicht*, hätte Tabitha fast gesagt. Doch das wäre grausam gewesen, hauptsächlich deshalb, weil es stimmt. Wyatt hat geheiratet, drei Söhne gezeugt, inzwischen zehn, sieben und vier, und wohnt mit seiner Frau Becky in einem schönen Haus auf Cape Cod mit Blick auf Craigville Beach. Becky hat ein Problem mit Ainsley. Sie verabscheut sie aus keinem anderen ersichtlichen Grund als kleinlicher Eifersucht. Sie will nicht, dass Ainsley Umgang mit den Jungs hat, und Wyatt tut wenig, um für seine Tochter einzutreten. Wenn er auf Nantucket Malerjobs hat, führt er sie mittags oder abends zum Essen aus. Aber er lädt Ainsley nie aufs Cape ein, nicht einmal übers Wochenende.

»Okay«, sagt Tabitha gleichgültig.

Eleanor setzt sich neben sie, nippt an ihrem Champagner und fängt an zu weinen. »Dein Vater ist nicht mehr da«, sagt sie. »Er ist tot.«

Ainsley beugt sich vor. »Hast du ihn geliebt, Grammie?« Sie wirkt aufrichtig interessiert.

»Von ganzem Herzen«, sagt Eleanor. »Ich habe deinen Großvater am 22. Dezember 1967 kennen gelernt. Er war der Begleiter meiner Cousine Rhonda auf der alljährlichen Weihnachtsfeier meiner Eltern im Country Club. Rhonda kreuzte bekifft auf, und meine Eltern schickten sie nach Hause.« Eleanor schließt die Augen, und Ainsley spürt, wie sie sich in eine andere Zeit zurückversetzt, in der die Leute in Pferdekutschen Gesellschaften besuchten. »Dein Großvater blieb, und wir haben den ganzen Abend getanzt.«

»Das klingt romantisch«, sagt Ainsley.

»Und weißt du, wen ich noch liebe?«, fragt Eleanor. »Deine Tante Harper. Ich vermisse sie schrecklich.«

»Echt?«, sagt Ainsley entzückt.

»Nein«, sagt Tabitha. »Aus ihr spricht der Champagner.«

Eleanor legt über Tabitha hinweg eine Hand auf Ainsleys Knie. »Das ist das Geheimnis aller menschlichen Beziehungen«, sagt sie. »Wir wünschen uns, was wir nicht haben. Harper ist Billy gefolgt, und seitdem trauere ich ihr nach.«

»Mutter!«, sagt Tabitha. »Das ist einfach nicht wahr.«

»Du kennst die tiefsten Geheimnisse meines Herzens nicht«, sagt Eleanor.

»Tante Harper ist so cool«, sagt Ainsley. »Aber natürlich rede ich nicht davon, wie sie sich kleidet.«

Eleanor nickt. »Ihr heutiges Outfit war ein Witz. Ich schicke ihr morgen etwas aus meinen Beständen.« Sie wendet sich Tabitha zu. »Welche Größe hast du?«

»Ich habe Größe 38, Mutter«, sagt Tabitha. »Das weißt du doch.«

»Ich werde Harper Größe 36 schicken«, sagt Eleanor. »Sie sah ein bisschen dünner aus als du.«

»Sie wirkt einfach cool«, sagt Ainsley. »Sie ist so locker. Damit meine ich das Gegenteil von verkrampft.«

Tabitha glaubt ihren Ohren nicht zu trauen. Eleanor vermisst Harper, seit diese zu Billy gezogen ist? Das ist Geschichtsklitterung vom Feinsten. Tabitha weiß ganz sicher, dass Harper Eleanor regelmäßig in Boston besucht hat, wenn auch vermutlich nach dieser grauenhaften Drogengeschichte nicht mehr. Aber es ist trotzdem kaum so, dass man die beiden gewaltsam voneinander ferngehalten hätte. Der Champagner macht aus Eleanor eine Figur aus einem kitschigen Melodram. Und Ainsley findet Harper *locker*? Harper soll *cool* sein? Hat Ainsley vergessen, wie die Ehefrau von Harpers Liebhaber – der zufällig auch noch Billys Arzt war – Tabitha auf der Trauerfeier geohrfeigt hat, weil sie sie irrtümlicherweise für Harper hielt? Ist es cool, als Flittchen bezeichnet zu werden? Womöglich weiß Ainsley nichts von dem Schlamassel, in den Harper sich vor drei Jahren hineinritt, als sie einem Gärtnereikunden *fast drei Pfund Kokain* lieferte. Von Rechts wegen hätte Harper ins Gefängnis wandern müssen. Dann hätten sie sie jetzt in Framingham besucht und nicht auf Martha's Vineyard. Wäre *das* locker gewesen? Vielleicht ist Ainsley nicht klar, dass ihre Tante inzwischen berufsmäßig Päckchen ausliefert. UPS oder FedEx haben sie nicht eingestellt, weil sie keine anständigen Referenzen hatte, deshalb arbeitet sie für eine lokale Firma namens Rooster Express. Billy hat Tabitha ein Foto von Harper auf seinem Handy gezeigt, auf dem Harper ein Hemd mit rotem Kragen trug und eine Baseballkappe, die mit einem aufdringlich grinsenden Hahn verziert war. Der Job ist nicht cool. Er ist der letzte Scheiß wie Harpers ganzes Leben. Wenn Tabitha hier der einzige Mensch ist, der das erkennt, nun gut.

Tabitha stellt sich ans Fenster und blickt aufs Wasser – wahrscheinlich ein Fehler, weil sie sofort wieder in Selbstmitleid versinkt. Billy ist tot. Jeder nimmt an, dass Harper dies als Einzige als Verlust empfindet, doch auch Tabitha trauert. Er war auch ihr Vater. Sie stand ihm während seiner Krankheit nicht zur Seite, sie saß nicht an seinem Bett wie Harper; trotzdem tut es Tabitha weh. Eine weitere Person, die mit Julian verwandt war, ist tot. Bei seinen alljährlichen Besuchen auf Nantucket begleitete Billy Tabitha an jedem 15. August, Julians Todestag, auf den Friedhof, um Blumen auf Julians Grab zu legen. Sie senkten die Köpfe, und Billy sprach ein kurzes Gebet und drückte Tabithas Hand, bis sie glaubte, sie würde zerbrechen. »Er ist bei meiner Mutter im Himmel«, sagte Billy. »Sie passt auf ihn auf. Darauf kannst du dich verlassen.« Tabitha war nie besonders religiös gewesen, doch das Ritual, gemeinsam mit Billy auf den Friedhof zu gehen, hatte sie getröstet wie sonst nichts.

*Haben Sie jemals jemanden verloren?* Jetzt hat Tabitha ihren Vater verloren.

Und Harper, gesteht sie sich ein. Heute ihre Schwester zu sehen war eine Prüfung. Jahre voller Wut und Hass hatten die Wahrheit verdeckt, die darunter lag wie ein Bodensatz, fast verborgen, aber nicht ganz. Tabitha hat ihre beste Freundin verloren, ihre Schwester, ihren Zwilling.

Ob Tabitha sich daran erinnert, wie Harper auf ihr ritt, als sie ein Pony war? Natürlich. Tabitha erinnert sich noch an viel mehr. Sie erinnert sich, wie sie in der Schule den Unterricht tauschten – Tabitha nahm eine Doppelstunde Kunst, Harper eine Doppelstunde Englisch. Sie erinnert sich, wie sie am Brigham die senile Mrs Lawton absichtlich in Verwirrung brachten – Harper ging zur einen Tür hinaus, während Tabitha gleichzeitig zur anderen hereinkam – und hinterher vor Lachen Seitenstiche hatten. Sie erinnert sich an die Sommercamps in Wyonegonic, als die anderen Mädchen dachten, Tabitha und Harper würden sich hassen wie die Zwillinge in *Die Vermählung ihrer*

*Eltern geben bekannt,* doch sie waren beste Freundinnen, unzertrennlich. Sie warteten zusammen in ihren Badekappen am Ende des Stegs, bevor sie im perfekten Tandemsprung in den eiskalten Moose Pond eintauchten. Sie paddelten gemeinsam im Kanu, Tabitha im Heck, Harper im Bug. Tabitha steuerte, Harper setzte ihre ganze Kraft ein. Beim Bogenschießen standen sie genau parallel zueinander.

Sie erinnert sich an Schere, Stein, Papier und daran, wie Harper mit Billy abdüste und Tabitha einer leidvollen Zukunft überließ, in der sie Eleanors unmöglich hohen Anforderungen gerecht werden musste. Tabitha stand vor dem Haus in der Pinckney Street und winkte zum Abschied, was Harper jedoch nicht erwiderte, da sie zu beschäftigt damit war, am Radio herumzufummeln.

Tabitha erinnert sich, wie Harper auf Nantucket aufkreuzte, um ihr mit Julian zu helfen.

Doch an diesem Punkt gebietet sie sich Einhalt.

Als sie nach Hause kommen, liegt eine braune Schachtel auf der vorderen Veranda der Remise. Es ist Ainsleys neues Telefon, das Tabitha siebenhundert Dollar gekostet hat, wodurch sie härter gestraft ist als ihre Tochter.

»Mein Telefon!«, schreit Ainsley und springt aus dem noch fahrenden FJ40 – der *immer noch* nach Zigarettenrauch stinkt.

Tabitha tritt auf die Bremse. Sie versucht, Ainsley daran zu erinnern, dass sie ihr Telefon vor Freitag nicht benutzen darf. Wegnehmen kann sie es ihr jetzt allerdings nicht. Genauer gesagt könnte sie es schon, aber das würde zweifellos eine körperliche Auseinandersetzung bedeuten, in der sie vielleicht zum zweiten Mal geschlagen würde, und dem fühlt Tabitha sich nicht gewachsen.

*Du hast Recht, Ramsay,* denkt sie. *Ich bin eine hundsmiserable Mutter. Jedes Mal knicke ich wieder ein.*

Tabitha sieht Ainsley mit der Schachtel in die Remise verschwinden. Sie selbst fährt weiter die lange, mit weißen Muschelschalen belegte Einfahrt entlang aufs Haus ihrer Mutter zu, Seamless – ein vierhundertachtzehn Quadratmeter großes Gebäude mit drei Geschossen, sechs Schlafzimmern, sechseinhalb Bädern und einer verglasten Veranda, die einen ungestörten Ausblick auf den Nantucket Sound bietet. Tabitha hat immer angenommen, dass dieses Haus irgendwann ihr gehören wird – ebenso wie das in der Pinckney Street –, obwohl Eleanors finanzielle Situation in letzter Zeit etwas wackelig war. Dass die ERF-Boutique in der Newbury Street im vorigen Jahr schließen musste, hat Eleanors Einkünfte sicher stark geschmälert und ihr Ego hart getroffen, wenn sie auch beides, wie vorauszusehen, äußerlich gleichmütig hinnimmt. Tabitha ist stets davon ausgegangen, dass Eleanor ein komfortables Geldpolster im Rücken hat – das jedoch offenbar nicht ausreiche, um den Flagshipstore zu retten. Der Laden in Nantucket wird – wenn kein Wunder geschieht – trotz Tabithas Bemühungen, das Sortiment zu diversifizieren, als nächster untergehen. Das Geschäft in Palm Beach läuft gut, weil … nun ja, weil die Kundschaft in Palm Beach alt ist. Älter.

»Brauchst du Hilfe, um ins Haus zu kommen, Mutter?«, fragt Tabitha.

Eleanor schnauft dramatisch. »Du hast keine Ahnung, wie sehr mich der heutige Tag angestrengt hat.«

»Er hat uns alle angestrengt«, sagt Tabitha. *Ich wurde geohrfeigt!*, denkt sie. *Und besudelt!* Dafür sieht ihr Kleid ziemlich gut aus – ein weiterer Pluspunkt für das Roxie. Es kann ein volles Glas Champagner absorbieren, ohne einen Fleck oder eine Falte aufzuweisen. »Er war mein Vater.«

»Er war mein Ehemann«, sagt Eleanor.

»Exehemann«, sagt Tabitha. »Du warst länger von Billy geschieden, als du mit ihm verheiratet warst.«

»Ich erwarte nicht, dass du mich verstehst«, sagt Eleanor.

»Nein, ich verstehe dich nicht«, sagt Tabitha. »Ich finde diese plötzliche Trauer und dein *Herzeleid* ein wenig aufgesetzt und mehr als ein bisschen egozentrisch. Billy lebte elf Meilen entfernt. Hast du ihn je besucht? Wenn er hier war, auf Nantucket, hast du ihn je zum Lunch eingeladen? Oder ihn in dieses Haus gebeten? Nein! Wenn sein Name zur Sprache kam, hast du ihn beleidigt. Du hast Billy längst hinter dir gelassen. Du hast dich von ihm scheiden lassen, und dann hast du ihn vergessen. Es ist einfach unglaublich, dass du meiner Tochter jetzt erzählst, du hättest ihn von ganzem Herzen geliebt.«

»Du warst nie verheiratet, Pony«, sagt Eleanor. Sie greift in ihre Handtasche, holt einen Zeitungsausschnitt heraus und reicht ihn Tabitha.

»Was ist das?«, fragt Tabitha und entfaltet den Ausschnitt; er ist abgegriffen, weich und fleckig. Es ist ein Foto von Billy und Eleanor, auf dem Eleanor lächelt, als hätte sie fünfzig Millionen Dollar in der Lotterie gewonnen, und Billy sie auf die Wange küsst. Die Unterschrift lautet: *Bostoner Hochadel – Modedesignerin Eleanor Roxie-Frost und Ehemann Billy Frost genießen einen Abend im Locke-Ober bei einer Spendengala für die Boston Public Library. Ms Roxie-Frost trägt ein Modell nach eigenem Entwurf.*

Tabitha hat Dutzende solcher Fotos von Billy und Eleanor gesehen, und sie denkt immer dasselbe: *Those were the days, my friend, we thought they'd never end ...* Die Tage, die niemals enden würden. Aber dann endeten sie doch. Dennoch veranlasst dieses Bild sie dazu, den Kummer ihrer Mutter anzuerkennen. Eleanor hat daran gedacht, diesen Zeitungsausschnitt zu der Trauerfeier für Billy mitzunehmen; er bedeutet ihr etwas. Vielleicht hat sie ihn auch nach all den Jahren der Geringschätzung und Missachtung doch noch geliebt.

Momentan kann Tabitha sich mit dieser Überlegung nicht auseinandersetzen; sie ist zu erschöpft. Also sagt sie nur: »Ich glaube, dieses Kleid habe ich noch nie gesehen.« Es ist ein langes Modell in

Säulenform aus dunkler Seide mit einem plissierten Oberteil, das an einen japanischen Fächer erinnert.

»Das habe ich immer noch«, sagt Eleanor. »Irgendwann wird das Smithsonian es bekommen.«

»Da bin ich sicher«, sagt Tabitha. »Es ist sehr ...« Sie hätte fast *hübsch* gesagt, doch *hübsch* hat Eleanor noch nie etwas bedeutet. »Ausdrucksstark. Wirkungsvoll. Vielleicht solltest du es mal wieder tragen.« Sie gibt Eleanor das Foto zurück.

»Ja, vielleicht«, sagt Eleanor. Sie steckt den Ausschnitt in ihre Handtasche, bevor sie schwerfällig aus dem Auto steigt. Sie ist neuerdings weniger gut zu Fuß, besonders wenn sie hochhackige Schuhe trägt – und dann auch noch Slingbacks –, und sie hat mindestens ein halbes Dutzend Gläser Champagner getrunken. Tabitha sollte sie zur Tür begleiten, ihr drinnen aufs Sofa helfen, ihr eine Tasse Tee machen, ihr einen Morgenmantel holen.

Aber nein. Das wird sie nicht tun. Nicht heute Abend. Tabitha ist zu wütend, und was Eleanor heute gesagt hat, war zu verletzend. Eleanor sehnt sich nach Harper. Schön. Ab jetzt kann Eleanor, wenn sie etwas will, Harper darum bitten. Harper kann das Geschäft auf Nantucket leiten, vielleicht außer der Marke Eleanor Roxie-Frost ja noch Crystal Meth oder Heroin verkaufen. Das würde zumindest ihre finanziellen Probleme lösen.

»Gute Nacht, Mutter«, sagt Tabitha.

Eleanor schwankt den Steinplattenweg entlang auf die Treppe der vorderen Veranda zu. Tabitha mustert das prächtige Haus und beschließt, dort in ein paar Wochen, wenn Eleanor in New York ist, um sich mit den ERF-Schneidern und Stofffabrikanten zu treffen, eine Party zu geben. Ha! Tabitha ist nicht besser als Ainsley! Aber wirklich, Eleanors Haus eignet sich perfekt für die Bewirtung von Gästen – Cocktails auf der Veranda, ein Büfett im Esszimmer, Tanzen im Wohnzimmer. Vielleicht lädt Tabitha Captain Peter ein. Vielleicht lädt sie Zack ein, den jungen Barkeeper aus dem Nautilus. Jetzt, da Ainsley und Candace wieder Freundinnen sind, wird sie definitiv Stephanie Beasley einladen. Und vielleicht Teddys Onkel Graham, wenn sie schon dabei ist.

*Ich brauche mehr Freunde*, denkt sie. Ainsley hat Recht. Eleanor hat ihr Leben ruiniert.

Eleanor erklimmt, sich am Geländer festhaltend, die Stufen. *Es ist, wie Farbe beim Trocknen zuzusehen*, denkt Tabitha.

Sie wird die Leute aus Tallahassee einladen!

Harper hat eine Affäre mit Billys verheiratetem Arzt. Findet das außer ihr etwa keiner ekelhaft?

Eleanor erreicht die Veranda und dreht sich um, um zu winken oder vielleicht auch nicht, vielleicht um etwas zu signalisieren, denn sie weint. Sie macht einen Schritt nach vorn – womöglich will sie sich bei Tabitha entschuldigen, oder sie hat ihre Lesebrille in Tabithas Wagen vergessen –, schätzt aber ihre Schrittlänge falsch ein, fällt die Treppe hinunter und landet auf dem Boden.

## *AINSLEY*

Sie ist so beschäftigt damit, ihr Telefon zum Laufen zu bringen, dass sie erst merkt, dass etwas nicht stimmt, als sie die Sirenen des Rettungswagens hört, zuerst so weit entfernt, dass sie sie kaum registriert, doch dann kommen sie näher und sind irgendwann praktisch über ihr, und sie schaut aus dem Fenster und sieht die blitzenden blauen und roten Lichter in ihre Auffahrt einbiegen. Dann entdeckt sie ihre Mutter, die den Rettungswagen in die Richtung von Grammies Haus winkt.

Ainsley flitzt gerade noch rechtzeitig zur Tür hinaus, um zu sehen, wie die Sanitäter Grammie auf eine Trage legen und hinten in den Rettungswagen schieben. Tabitha steigt in ihr Auto, wendet beinahe auf der Stelle und folgt der Ambulanz auf die Straße. Als sie Ainsley erblickt, kurbelt sie ihr Fenster hinunter.

»Grammie ist gestürzt. Ich fahre mit ihr ins Krankenhaus. Willst du mitkommen oder hierbleiben?«

»Hierbleiben«, sagt Ainsley. Sie hat ein schlechtes Gewissen, aber ihre Mutter wirkt tatsächlich erleichtert.

»Funktioniert dein Telefon?«

»Ja.«

»Ich rufe dich an«, sagt Tabitha. Und weg ist sie.

Ainsley geht allein zurück ins Haus. Darauf hat sie seit Freitagabend gewartet – mit einem Kommunikationsmittel allein gelassen zu werden –, und doch bedauert sie die Antwort, die sie ihrer Mutter gegeben hat. Sie hätte mit ins Krankenhaus fahren sollen. Wenn ihre Großmutter nun *stirbt*? Wenn sie nun beide Großeltern in derselben Woche verliert?

Sie wartet darauf, dass ihr Handy startet. Sie rechnet mit einer Menge SMS und verpasster Anrufe, doch nur eine Nachricht erscheint, geschickt von Emma am Sonntag gegen Mittag. Sie lautet: *Kopfschmerzen. Ruf mich an.*

*Das ist alles?*, denkt Ainsley. Nichts von Teddy? Er weiß nicht, dass ihr Telefon ertränkt wurde, obwohl er es vielleicht vermutet. Er weiß nicht, dass ihr Großvater gestorben ist und sie bei seiner Trauerfeier auf Martha's Vineyard war.

Sie war völlig von der Welt abgeschnitten. Sie ist davon ausgegangen, dass er versucht hat, sie zu erreichen, doch ihr Telefon zeigt nichts an. War er *wirklich* mit Emma im Jetties, um G. Love zu sehen? Emma hat am Sonntagmittag über Kopfschmerzen geklagt, doch das bedeutet nicht, dass sie am Sonntagabend nicht zu einer großen Sause bereit war.

Vielleicht hatte Teddy ebenfalls Telefonierverbot. Vielleicht war Onkel Graham endlich in die Bibliothek gegangen und hatte in einem Erziehungsratgeber geblättert. Aber irgendwie glaubt Ainsley das nicht. Teddy hat sich nichts zuschulden kommen lassen, außer dass er sein Geld für Wodka ausgegeben hat. Vielleicht ist Teddys Mutter aufgekreuzt, frisch entlassen aus dem Brookhaven Hospital in Tulsa, und hat Teddy nach Oklahoma mitgenommen. Das würde in einem Charles-Dickens-Roman passieren; Ainsley hat im Englischunterricht genügend aufgepasst, um das zu wissen.

Ainsley ruft bei Teddy an. Als er abnimmt, klingt er gequält. »Hey, Ainsley.«

»Teddy?«, sagt sie. »Meine Mom hat am Samstagabend mein Telefon versenkt, deshalb hab ich nicht angerufen. Und dann haben wir am Sonntagmorgen erfahren, dass mein Großvater gestorben ist, aber ich hatte immer noch keine Möglichkeit, dich zu kontaktieren. Und heute war ich nicht in der Schule, weil wir auf der Trauerfeier auf dem Vineyard waren. Ich bin gerade zurückgekommen, und mein neues Telefon war da, das ist also eine gute Nachricht, aber die schlechte Nachricht ist die, dass meine Großmutter sich auf der Feier betrunken hat und gestürzt ist. Sie musste mit dem Rettungswagen ins Krankenhaus gebracht werden, und meine Mutter ist mitgefahren. Ich bin allein zu Hause.« Sie schluckt. »Kannst du rüberkommen?« Sie fragt nicht, weil sie auf Sex aus ist, sondern weil sie wirklich Gesellschaft gebrauchen könnte, einen Freund. Ihre Mutter *will* sie nicht im Krankenhaus dabeihaben, doch kann Ainsley ihr das verübeln? Auf der Fähre hat sie Tabitha erklärt, sie hasse sie. »Bitte. Teddy?«

»Ainsley«, sagt Teddy. »Ich muss dir was erzählen.«

Ainsley versteht, wie sich ihre Mutter am Nachmittag gefühlt haben muss: aus heiterem Himmel und ohne erkennbaren Grund zu Boden gestreckt.

»Ich möchte Schluss machen«, sagt Teddy.

»Was?«, sagt Ainsley. »Warum?«

»Warum?«, sagt Teddy.

»Warum?«, sagt Ainsley. »Ist es wegen Emma? Bist du mit Emma ins Jetties gegangen, um G. Love zu sehen?«

»Ich war nicht im Jetties, und G. Love ist sowieso nicht aufgekreuzt«, sagt Teddy. »Und mit Emma hat es nichts zu tun. Ich mag eine andere.«

Ainsley saugt ihren Atem ein. »Eine *andere*? Wen?«

»Candace«, sagt Teddy. »Ich mag Candace.«

*Candace?*, denkt Ainsley. *Candace Beasley?* Ainsley glaubt, dass Teddy Witze macht, doch dann setzt er zu einem Monolog darüber an, wie dringend er positiven Einfluss auf sein Leben braucht. Er darf sich nicht beim Trinken und Rauchen erwischen lassen. Wenn er in Schwierigkeiten gerät und Graham ihn rauswirft, hat er eine Pflegefamilie oder ein Heim zu befürchten. Candace ist Einser-Schülerin und Ministrantin in der St. Mary's. Sie und Teddy waren auf Ainsleys Party die Einzigen, die nüchtern blieben. Teddy hat sie am Sonntag angerufen, und sie haben sich zu einem Strandspaziergang getroffen und sich unterhalten. Er hat versucht, sie zu küssen, aber das wollte sie nicht, bevor er richtig mit Ainsley Schluss gemacht hat.

»Sie will dir nicht wehtun«, sagt Teddy. »Sie will nicht, dass du sagen kannst, sie hätte mich dir ausgespannt, denn so ist es nicht.«

Ainsley ist sprachlos. Sie hängt noch an der Wendung *positiven Einfluss*. Ist *Ainsley* kein positiver Einfluss? War sie nicht diejenige, die sich mit Teddy anfreundete, als er auf Nantucket ankam? Er hätte ein Außenseiter werden können, ein sonderbarer Einzelgänger aus Oklahoma, doch Ainsley hat ihn all ihren Freunden vorgestellt. Ihn in die Gemeinschaft einbezogen. Und dann, bald darauf, als sie ein Paar wurden, schenkte sie ihm ihre Jungfräulichkeit. Sie versteht, dass er sich sein Leben nicht vermasseln will. Er muss ja nicht trinken oder rauchen; sie hat ihn nie dazu gedrängt. Vielleicht hat Ainsley nicht die besten Zensuren. Vielleicht ist sie keine *Ministrantin in der St. Mary's* – ihre Mutter hat sie nie taufen, geschweige denn konfirmieren lassen –, aber sie hat ein Herz, und ihr Herz gehört Teddy.

Candace Beasley! *Falsche Schlange*, denkt Ainsley. Sie wird Candace Beasley vernichten. Sie wird Candace Beasley und Teddy vernichten. Sie können gern gute Menschen sein, dabei jedoch einsam.

Ainsley erkennt ihre letzten Gedanken als diejenigen einer bösartigen, rachsüchtigen Person – und genau das hat Teddy abgestoßen. Sie holt tief Luft. »Ich bin sicher, dass sie mir nicht wehtun will. Früher waren Candace und ich beste Freundinnen, aber dann haben wir uns auseinandergelebt. Ich habe sie am Samstag eingeladen, weil ich versuchen wollte, ihr wieder näherzukommen.«

»Dasselbe hat sie mir erzählt«, sagt Teddy. »Sie hat mir auch erzählt, dass ihr ziemlich gemein zu ihr wart, du und Emma.«

»Das stimmt«, räumt Ainsley ein. *Und jetzt übt sie Rache.* »Ihr werdet sicher glücklich miteinander. Glücklicher, als du und ich es waren. Ich wünsche euch das Allerbeste.«

»Ainsley ...«, sagt Teddy.

»Mach's gut, Teddy«, sagt Ainsley, dann legt sie auf.

Ainsley starrt ein paar Sekunden lang auf ihr Telefon. Sie ist stolz darauf, dass sie nicht ausgerastet ist; sie hat sich zusammengerissen, wie ihre Großmutter es getan hätte.

Aber wow, es tut weh. Tränen brennen in ihren Augen. Sie ist aufgewühlt wegen Teddy und Candace, sie macht sich Sorgen um ihre Großmutter, und sie ist in tiefer Trauer um Billy. Das einzig Gute ist, dass sie Tante Harper gesehen hat; doch das war ein kurzes Vergnügen.

Ainsley greift zum Handy, um Emma anzurufen. Aber Emma ist nicht gut im Trösten. Sie weiß nicht, wie man Mitgefühl äußert oder Unterstützung leistet. Ebenso wenig wie BC und Maggie und Anna. Ainsley hat sich Freunde ausgesucht, die zu cool sind für menschliche Regungen.

Soll sie ihren Vater anrufen? Ihn fragen, ob sie den Sommer vielleicht auf Cape Cod verbringen kann? Sie könnte als Nanny für ihre Halbbrüder aushelfen. Momentan ist sie zu vierzig Stunden Arbeit pro Woche in der ERF-Boutique verdonnert, doch Ainsley würde ihrer Mutter nur allzu gern sagen, sie habe einen besseren Job gefunden. Wahrscheinlich will Tabitha sowieso nicht, dass Ainsley in ihrem Laden arbeitet. Wenn Ainsley aufs Cape fährt, kann sie jemanden anheuern, der zuverlässig und kompetent ist, dem sie vertrauen kann, statt ihm mit Argwohn zu begegnen.

Was heißt es, wenn die eigene Mutter nicht an einen glaubt?

Ainsley wählt die Nummer ihres Vaters, aber nach sechsmaligem Klingeln landet der Anruf auf seiner Mailbox. Ainsley legt auf. Sie weiß nicht, ob Tabitha Wyatt erzählt hat, dass Ainsley das Auto gestohlen und die Party gegeben hat, doch falls ja, ist anzunehmen, dass ein Sommer auf dem Cape nicht infrage kommt. Becky, Ainsleys Stiefmutter – oder, genauer gesagt, Wyatts Ehefrau –, hasst Ainsley. Sie lässt sie keinen Meter an die Jungen heran.

Ainsleys Telefon klingelt. Es ist ihre Mutter.

»Grammie hat sich die Hüfte gebrochen«, sagt Tabitha.

Ainsley atmet aus. »Aber sie ist am Leben?«

»Sie lebt, aber der Bruch ist kompliziert, und sie fliegen sie mit dem Hubschrauber nach Boston. Ich muss sie begleiten. Ich würde dich gern mitnehmen, aber ich will nicht, dass du noch mehr Unterricht versäumst. Also ... was meinst du? Kannst du über Nacht allein zu Hause bleiben? In der Teedose ist Geld, falls du dir zum Abendessen eine Pizza bestellen möchtest, und in der Speisekammer liegt ein Stück Gouda. Die Reiscracker sind leider alle. Die haben wir gestern aufgegessen.«

»Bist du morgen wieder zurück?«, fragt Ainsley.

»Ich weiß nicht genau, Schätzchen, aber ich muss deine Großmutter einfach begleiten. Sie hat sonst niemanden. Bitte, *bitte* sei brav, bis ich zurück bin. Mach deine Hausaufgaben, nimm den Bus zur Schule. Nicht rauchen, nicht trinken, keine Partys – okay?«

»Okay«, sagt Ainsley. »Versprochen.«

Sie legt auf. Gebrochene Hüfte: nicht das Schlimmste, was geschehen konnte, doch trotzdem ernst, das ist Ainsley klar. Warum brechen sich alte Leute immer die Hüfte? Es scheint regelrecht Mode zu sein.

Jetzt hat Ainsley also das Haus für sich – über Nacht und vielleicht länger. Vor drei Stunden war es genau das, was sie sich erträumt hat, aber nun ... sie fühlt sich elender als je zuvor.

## *HARPER*

Als sie am Morgen nach der Trauerfeier für Billy aufwacht, liegt es klar auf der Hand: Sie muss den Vineyard verlassen.

Am Abend zuvor wollte ihr Telefon gar nicht aufhören zu klingeln, bis sie sich wünschte, es würde endgültig Ruhe geben. Sie erhielt gleichzeitig Textnachrichten von Drew und von einem unbekannten Anrufer, der sich als Drews Cousin Jethro erwies, dem Sohn von Wanda, der Tante, die den Eintopf gemacht hatte. Harper löscht die Texte, ohne sie zu lesen. Sie verspürt erneut die Scham von vor drei Jahren. Was hat sie damals gelernt? Dass der Vineyard ein großartiger Ort zum Leben ist ... bis man Mist baut. Teil einer Gemeinschaft zu sein bedeutet, dass man verpflichtet ist, sich zu benehmen, den Gesetzen zu gehorchen, sich wie ein anständiger Mensch zu verhalten. Wenn man das nicht tut, enttäuscht man alle anderen.

Eine SMS, die von der anderen Rooster-Express-Fahrerin stammt, einer ehemals Suchtkranken namens Adele, lautete: *Stimmt das?* Und die erschreckendste Nachricht kam von Jude, Harpers früherer Arbeitgeberin. Harper war sich nicht sicher, warum sie Judes Kontaktdaten überhaupt noch gespeichert hatte; sie hatten sich darauf geeinigt, nie wieder miteinander zu kommunizieren. Dummerweise dachte sie, Jude hätte vielleicht von Billys Tod gehört und beschlossen, ihr die Hand zu reichen. Aber der Text lautete: ABSCHAUM.

Danach war Harper entschlossen, ihr Telefon die Toilette hinunterzuspülen, doch dann kam eine SMS von Rooster, ihrem Chef, und Harper dachte, es gehe womöglich um eine Änderung ihres Stundenplans. Doch da stand: *Bitte hör deine Mailbox ab, Harper. Oder ruf mich zurück.*

Harper seufzte, dann hörte sie ihre Mailbox ab. »Hi, Harper. Hier ist Rooster. Tut mir leid, dass ich die Trauerfeier verpasst habe. Da du ja frei hattest, war ich zu beschäftigt. Ich hab gehört, im Golfclub sind ein paar merkwürdige Dinge vorgefallen, die danach klingen, als hättest du einige private Probleme zu klären. Jedenfalls befreie ich dich für die nächste Zukunft von deinen Lieferpflichten. Tut mir leid, Harper.«

Harper hörte die Nachricht noch einmal ab, weil sie nicht verstand, was er ihr sagen wollte. Er befreite sie für die nächste Zukunft von ihren Lieferpflichten? *Feuerte* er sie? Ja, anscheinend.

Auch von Tabitha gab es eine Nachricht. Sie war um halb drei Uhr morgens eingetroffen. Harper hatte sie nicht abgehört, denn wie viele Beschimpfungen sollte sie noch einstecken?

Reed weg.

Drew weg.

Ihr Job weg.

Sie kann nicht hierbleiben. Wo sie hingeht, ist weniger wichtig als die Schritte, die sie machen muss, um ihr hiesiges Leben abzuschließen.

Sie muss rüber nach Chappy und sich um Brendan kümmern. Aber das wird warten müssen.

Sie muss Ken Doll im Golfclub bezahlen, denn der Empfang war alles andere als gratis, doch sie wird ihm lieber eine E-Mail schreiben, weil er inzwischen vermutlich den Grund für Sadie Zimmers empörendes Verhalten erfahren hat. Es war gerechtfertigt: Harper hatte mit ihrem Ehemann geschlafen, einem hoch angesehenen Clubmitglied, dem Lieblingsmediziner der Insel, einem Mann so blitzsauber wie das Klischee eines Hausarztes – Dr. Reed Zimmer.

*Nein*, denkt Harper. Sadies Verhalten war *nicht* gerechtfertigt. Auf Billys Trauerfeier aufzutauchen, um Harper vor den dort versammelten Gästen zu ohrfeigen – inakzeptabel. Und warum ist sie eigentlich die Einzige, die für den Ehebruch verantwortlich gemacht wird? *Sie* ist nicht verheiratet. *Sie* hat niemanden betrogen. Na ja, sie hat Drew betrogen. Er glaubte, sie seien offiziell zusammen, dabei treffen sie sich doch erst seit *drei Wochen*. Sie haben noch nicht einmal miteinander geschlafen, und Harper weiß, dass ihr das Wort *offiziell* nie über die Lippen gekommen ist. Doch warum tadelt keiner Reed? Warum muss sie, Harper, die Rolle der bösen Verführerin spielen? Geht das alles auf Nathaniel Hawthorne zurück? Ja, vermutlich.

Das Haus. Sie muss Billys Haus verkaufen – und zwar schnell. Sie braucht einen Makler. Aber gibt es auf dem Vineyard überhaupt jemanden, der noch mit ihr spricht?

Sie schnippt mit den Fingern. Polly.

Polly Childs hat Ähnliches durchgemacht. Als sie Mitarbeiterin von Shipshape Real Estate war, schlief sie mit ihrem Chef Brock, obwohl sie beide anderweitig verheiratet waren. Beide Ehen zerbrachen, und Polly machte eine Reise nach Äthiopien, wo sie ihren Stammbaum bis zur königlichen Familie zurückverfolgte – so lautete zumindest das Gerücht – und humanitäre Hilfe leistete. Bis zu ihrer Heimkehr auf den Vineyard hatte sie sich so sehr neu erfunden, dass sie einen Job bei Up-Island Real Estate ergatterte, wo ihr Image als afrikanische Prinzessin ihrer Karriere sehr förderlich war. Sie verkaufte in kürzester Zeit ein Haus am Hafen von Edgartown an den berühmten Talk-Show-Gastgeber Sundae Stewart, was auf der Insel allgemeines Aufsehen erregte. Es wurde noch größer, als Polly und Sundae von Sundaes Geliebter, der Schauspielerin Cassandra K., im Elternschlafzimmer beim Rummachen erwischt wurden. *Landesweit* war von nichts anderem mehr die Rede – in der Sensationspresse, im Internet. Einen ganzen Promi-Tratsch-Zyklus lang – neun Tage – stieß man überall auf Polly Childs' Namen.

Harper hätte sich in einem Auto eingeschlossen und dann von der Dike Bridge gestürzt – Polly hingegen behielt den Kopf oben. Harper sah sie in dieser Woche in der Obst- und Gemüseabteilung von Cronig's und fragte sie, um etwas Alltägliches zu thematisieren, nach der besten Möglichkeit zu erkennen, ob eine Ananas reif ist. Polly informierte sie mit normaler, fröhlicher Stimme, ein süßer Duft weise darauf hin.

Jetzt ruft Harper Polly an und sagt: »Polly, hier ist Harper Frost. Ich möchte das Haus meines Vaters verkaufen. Ich muss runter von dieser Insel.«

Polly schweigt, und Harper denkt, dass sogar sie vielleicht nichts mehr mit ihr zu tun haben will, denn sie ist sicher, dass die Gerüchte schon zu Polly durchgedrungen sind. Maklerbüros sind Brutstätten des Tratsches. Wenn Polly ihr nicht helfen kann, ist Harper wahrhaftig in der Kaste der Unberührbaren gelandet.

Schließlich sagt Polly: »Ich kenne das Haus. Daggett Avenue? Ich bin in einer Viertelstunde da.«

Polly trifft als Erste ein, weil Harper noch Fish füttern und rauslassen, sich die Zähne putzen, das Gesicht waschen und sich umziehen musste – sie war in dem schwarzen Outfit eingeschlafen, das sie zur Trauerfeier getragen hatte. Um respektabel zu wirken, trägt sie weiße Jeans-Shorts, ein hellblaues Golfhemd, das Billy gehörte, bevor Harper es für Gartenarbeiten beschlagnahmte, eine Red-Sox-Kappe und die Armbanduhr ihres Vaters. Sie ist alles andere als verführerisch.

Polly dagegen trägt ... Harper zwinkert. Sie trägt eins der Modelle von Harpers Mutter – das Roxie – in Amethyst-Violett, eine Farbe, die ihre Haut wie polierte Bronze aussehen lässt. Harper versteht nichts von Mode, doch das Kleid ihrer Mutter, dieses Kleid, würde sie überall erkennen – es ist aus Leinen und mit einem Obi geschmückt. Obis waren ein modisches Statement, das durch japanische Geishas populär wurde. Eleanors ganzes Imperium basiert auf der Umgestaltung eines Symbols für weibliche Unterwürfigkeit in eins der Autorität.

»Ihr Kleid gefällt mir«, sagt Harper.

»Mir gefällt Ihre Uhr«, sagt Polly. »Stylish. Ausdrucksstark. Ich sollte mir auch eine Männerarmbanduhr zulegen.«

»Sie gehörte meinem Vater«, sagt Harper.

»Mein herzliches Beileid«, sagt Polly. »Ich habe gehört, dass ich Ihre Mutter gestern um ein, zwei Minuten verpasst habe. Ich war zu einem späten Mittagessen in Farm Neck.«

»Sie ist nicht alles, was Sie verpasst haben«, sagt Harper.

Polly lächelt unergründlich. Jetzt wäre es an der Zeit, dass sie etwas Ermutigendes äußert, vielleicht die alte Kamelle über den Mann hervorholt, der seinen Freund in einer Grube sieht und zu ihm in die Grube springt, weil er schon dort gewesen ist und den Weg hinaus kennt. Polly hat eindeutig *ihren* Weg hinaus gefunden – sie sieht fantastisch aus! Harper fragt sich, ob sie sich noch mit Sundae Stewart trifft. Sundae und Cassandra K. haben sich getrennt, so viel ist bekannt – seitdem ist von Polly nicht mehr die Rede. Vielleicht muss Harper ja gar nicht flüchten, vielleicht kann sie die Geschichte aussitzen. Aber dann denkt sie an Judes SMS: *ABSCHAUM*. Abschaum – wie man ihn am Rand eines Abflusses findet oder wie Erdnussbutter, die sich im Deckel eines Glases abgesetzt hat. Harper muss weg.

»Also, hier ist es«, sagt Harper und zeigt auf das Haus. Erst jetzt kommen ihr Bedenken über seinen Zustand im Innern. Sie ist ab und zu drinnen gewesen, um etwas für Billy zu holen, aber seit langem hat keiner geputzt, und obwohl es erheblich wärmer geworden ist, hat Harper kein Fenster geöffnet. Deshalb werden sie und Polly, als sie aufgeschlossen hat und beide eintreten, von einer Woge abgestandener, heißer, übelriechender Luft überschwemmt.

Polly behält ihre ausdruckslose Miene bei. Dies ist sicher nicht das schlimmste Haus, das sie auf dieser Insel je gesehen hat, oder?

»Ihr Vater war Raucher?«, fragt Polly.

»Eine Schachtel pro Tag«, bestätigt Harper. »Deshalb auch die kongestive Herzinsuffizienz mit dreiundsiebzig.«

»Hatte er einen Hund?«, will Polly wissen.

»Nein«, sagt Harper. Genau genommen stimmt das, aber Fish war ständig hier, und Billy hatte keine Regeln, also lag Fish oft wie ein dicker Pascha auf dem Sofa. Wahrscheinlich kann Polly ihn riechen, und obwohl Huskies nicht zum übermäßigen Haarausfall neigen, verliert Fish doch auf Schritt und Tritt Haare.

Harper weiß, dass Polly den Teppichboden nicht mögen wird, aber Billy bestand unerbittlich darauf, dass es ihm gefalle, wie er sich unter seinen Füßen anfühle. *Viel angenehmer als Holzdielen*, meinte er. Harper ist sich sicher, dass Polly auch der Fernsehsessel und der klobige alte Couchtisch vom Sperrmüll nicht zusagen werden oder das Poster von *Der weiße Hai*, das in der Gästetoilette hängt. Billy war wahnsinnig stolz darauf, dass der Film auf dem Vineyard gedreht worden war. Wenn Harper die Augen schließt, hört sie noch glasklar Billys Stimme: *Ihr werdet ein größeres Boot brauchen.*

»Ich führe Sie mal rum«, sagt sie und geleitet Polly durchs Wohnzimmer in das Esszimmer, wo der Tisch mit alten Zwiebellampen, kaputten Beleuchtungskörpern, Kabeln, Litzen, Steckdosenabdeckungen, Glühbirnen in verschiedenen Formen und Größen sowie einem Stapel unbezahlter Rechnungen übersät ist.

Harper wird sich mit Billys Schulden befassen, seinen Kunden andere Elektriker empfehlen und das Geschäft abwickeln müssen. Vielleicht ist es gut, dass sie gefeuert wurde.

Das Esszimmer hat vier hohe, schmale Fenster, die auf den Garten hinausgehen: Er ist einigermaßen groß, aber völlig verwahrlost – Gestrüpp und ungemähtes Gras inmitten eines überwucherten Gemüsebeets. Billy hat Harper erlaubt, es anzulegen, als sie noch für Jude arbeitete, und im ersten Jahr ernteten sie Zucchini, Gurken, Kirschtomaten und einen riesigen unförmigen Kürbis, der auf der Ag Fair ehrenhalber erwähnt wurde.

»Fenster«, sagt Polly wie ein Kleinkind, das neue Wörter lernt. »Garten.«

Sie treten in die Küche, die, wie Harper weiß, das schwächste Glied ist. Sie zeichnet sich durch abblätterndes Linoleum auf dem Boden, fleckige Resopal-Arbeitsflächen und Schränke aus Hartfaserplatten aus, bei denen einige Scharniere locker sind. Mit einer Fremden neben sich sieht Harper, wie unvorteilhaft sich das Haus präsentiert. Darüber hat sie nie zuvor nachgedacht, weil es war, was es war: Billys Haus. Der Kühlschrank ist hundert Jahre alt, doch er hielt Billys Bier kalt. Billy hätte eher jeden Abend Mahlzeiten zum Mitnehmen gegessen, als Geld für die Renovierung der Küche auszugeben. Dabei sieht sie so schlimm aus, dass Harper das Gefühl hat, sich entschuldigen zu müssen.

»Viel zu tun«, sagt Polly mit einem Hochziehen ihrer perfekt gezupften Augenbrauen. »Der Rest des Hauses?«

Sie wandern durch die drei Schlafzimmer im Obergeschoss, einschließlich des lavendelfarbenen, das Harper gehörte, bevor sie eine Woche nach ihrem siebenunddreißigsten Geburtstag endlich auszog. Sie spähen in die zwei wenig beeindruckenden Bäder – die Fliesenböden sind in Ordnung, Waschbecken und Wannen und Toiletten aber veraltet. Und in Billys ehemaligem Bad ist auf dem Waschbeckenrand noch eine Dose Rasierschaum zu sehen sowie sein grüner Kamm. Den grünen Kamm besaß Billy seit Anbeginn aller Zeiten. Vermutlich hat er ihn 1978 für fünf Cent in einem Drugstore in Boston gekauft, aber er hat sich Harper so tief als *Billys Kamm* eingeprägt, dass es ihr vorkommt, als liege sein schlagendes Herz hier im Badezimmer. Harper muss sich anstrengen, damit sie vor Polly Childs nicht die Fassung verliert.

Sie werfen einen Blick in den Wäscheschrank, dann in die Kammer, die Waschmaschine und Trockner enthält.

»Wäsche«, sagt Polly. »Gut.«

»Na ja«, sagt Harper. Das Haus ist eine Bruchbude, das wird ihr erneut klar, doch zumindest müssen sie nicht jeden Samstag im Waschsalon verbringen.

Polly wendet sich Harper zu und sagt: »Hören Sie, ich will Ihnen keinen Honig ums Maul schmieren.«

»Gut«, sagt Harper, obwohl sie eigentlich ein bisschen Süßholzraspeln, ein paar Streicheleinheiten gebrauchen könnte.

»Sie haben zwei Optionen«, sagt Polly. »Wir verkaufen es als Abrisshaus, also praktisch nur das Grundstück. Die Preise in Vineyard Haven sind in letzter Zeit ziemlich gepurzelt. Diese Stadt kann sich nicht entscheiden, was sie sein will. Und die Daggett Avenue ist … na ja. Es würde also für sechs angeboten werden und für eine halbe Million weggehen.«

»Oh«, sagt Harper. Das ist weitaus weniger, als sie erwartet hat. »Und die andere Option?«

»Sie renovieren es von Grund auf. Neue Küche natürlich, neue Bäder. Das ganze Haus braucht einen neuen Anstrich. Sie reißen den Teppichboden raus, restaurieren die Holzdielen, kaufen neue Möbel und heuern einen Gärtner an. Wenn Sie hier hundertfünfundzwanzig, hundertfünfzig reinstecken, würde ich es für eins Komma eins anbieten, und Sie bekommen eine Million, garantiert.«

Harper starrt auf Pollys Füße. Sie trägt Jack-Rogers-Sandalen im selben Violett wie ihr Roxie, und auch ihre Zehennägel sind passend lackiert. Wie schafft sie das?, fragt sich Harper. Wie gelingt es ihr bei allem, was sie hinter sich hat, mit dem Weitermachen weiterzumachen?

»Kann ich darüber schlafen?«, fragt sie.

»Sicher«, sagt Polly. »Rufen Sie mich morgen an.«

Harper fährt langsam nach Hause, und die ganze Zeit über surrt ihr Telefon. Es ist Drew. Was hat er an ihrem letzten Gespräch nicht verstanden? Sie haben sich sechsmal getroffen, und jetzt ist ihre Beziehung vorbei. Das Telefon klingelt wieder, und Harper denkt: *Es reicht!* Sie wird das Telefon aus dem Fenster werfen und es dann überfahren. Sie checkt das Display: *Nantucket, MA*. Es ist nicht Tabithas Handy, aber vielleicht das Festnetz. Vielleicht die Festnetznummer ihrer Mutter. Widersprüchliche Gefühle hin oder her, Harper muss dringend mit jemandem mit Geschmack und Geschäftssinn über Billys Haus reden. Sie nimmt den Anruf an.

»Hallo?«

»Tante Harper?«

Es ist Ainsley.

»Grammie ist gestürzt und hat sich die Hüfte gebrochen. Mom ist bei ihr in Boston im Krankenhaus, und ich bin ganz allein hier auf Nantucket und wollte dich fragen … na ja … besteht die Möglichkeit, dass du rüberkommst?«

»Rüberkommst?«, sagt Harper. Sie weiß nicht genau, was Ainsley meint. »Nach Nantucket?«

»Ja«, sagt Ainsley. »Bitte!«

Harper ist überwältigt von der Neuartigkeit der Situation: Jemand wünscht sich ihre Gesellschaft. Doch dann setzt ihr Realitätssinn ein.

»Was hält denn deine Mutter davon?«, fragt sie.

»Sie sagt, das wäre prima. Sie würde deine Hilfe sehr zu schätzen wissen.«

Das stimmt nie und nimmer. Tabitha könnte in einem Schwarm weißer Haie verbluten und würde Harpers Hilfe trotzdem nicht annehmen. Aber dann fällt Harper die Voicemail ein, die um halb drei Uhr morgens eintraf. Sie hat sich nicht die Mühe gemacht, sie abzuhören, doch vielleicht wollte Tabitha sie tatsächlich um Hilfe bitten.

»Wirklich?«, hakt Harper nach.

»Wirklich«, sagt Ainsley.

## *TABITHA*

Der Bruch ist kompliziert, und nachdem Eleanor Dr. Karabinis vorgestellt wurde, dem Orthopäden im Mass General, der auf Hüftfrakturen im Alter spezialisiert ist, ergeht der Befund, dass ein chirurgischer Eingriff nötig sei. Heute Abend kann niemand mehr operieren, also wird das Bein stabilisiert, Eleanor bekommt Schmerzmittel, und die Operation wird morgen früh erfolgen. Die Genesung wird sechs bis acht Wochen dauern und schließt sowohl Bettruhe als auch Physiotherapie ein. Gott sei Dank ist Eleanor außer Gefecht gesetzt und kann nichts gegen ihren Behandlungsplan einwenden, obwohl sie bestimmt Einwände haben wird – irgendwann.

Tabitha nimmt die Nachricht stoisch entgegen, obgleich in ihr ein Tumult aus Verzweiflung, Angst und Groll wütet. Eleanor ist mehr oder weniger arbeitsunfähig und nicht nur das, sie wird Hilfe brauchen. Eine im selben Haus wohnende Pflegerin würde sich anbieten, aber Eleanor ist wählerisch und wird zweifellos wollen, dass Tabitha die Krankenschwester spielt. Eine Pflegerin ist außerdem teuer, kostet wahrscheinlich über tausend Dollar am Tag, siebentausend Dollar pro Woche, dreißigtausend Dollar im Monat, insgesamt also fünfundvierzig- bis sechzigtausend Dollar, je nachdem, wie schnell Eleanor auskuriert ist. Vielleicht hat Eleanor ja irgendwo so viel Geld herumliegen, aber in dem Fall, wird sie es nicht ausgeben wollen – wenn es darauf ankommt, ist niemand sparsamer als eine weiße angelsächsische Protestantin –, und wenn nicht, umso schlimmer.

Tabitha wird diesen Sommer bei ihrer Mutter in Boston bleiben müssen. Doch wer wird dann während der Hauptsaison den Laden auf Nantucket leiten? Schließen können sie ihn nicht; sie haben achttausend Dollar Mietschulden. Meghan, die Geschäftsführerin, ist sehr kompetent, aber im neunten Monat schwanger. Erstgeburten sind oft spät dran, also hat Tabitha gehofft, es über den 4. Juli hinaus zu schaffen. Bis dahin wollte Meghan Ainsley alles beibringen, was sie weiß, und dann sollte Ainsley ihren Platz einnehmen, mit Tabitha als Aufsicht.

Ainsley. Wenn Tabitha für sechs oder acht Wochen nach Boston zieht, was wird dann aus Ainsley? Sie ist zu jung, um allein zu leben: Sie würde die Remise niederbrennen und Eleanors Haus in eine Opiumhöhle verwandeln. Tabitha erschauert, als sie sich die Snapshot-Fotos vorstellt: Ainsley und Emma in String-Bikinis, wie sie sich dosenweise Bier hinter die Binde kippen, Haschisch rauchen, Tabithas gesamte Garderobe durchprobieren. Es könnte noch schlimmer kommen – Nacktfotos, Kokain, ältere Männer. Nein: Ainsley darf nicht allein bleiben.

Aber sie wird sich weigern, mit nach Boston zu kommen – da ist sich Tabitha sicher. Ob Wyatt sie wohl bei sich auf dem Cape wohnen lassen würde? Möglicherweise, nur dass Tabitha Ainsley *wirklich* im Laden benötigt.

Wäre Tabitha noch mit Ramsay zusammen, gäbe es keine Probleme. Ramsay hätte Ainsley beaufsichtigt und zur Vernunft angehalten. Er hätte sie dazu bewegt, Ayn Rand zu lesen; er hätte ihr beigebracht, ihr Bett richtig zu machen. Er hätte sie zur Arbeit gefahren und wieder abgeholt und sie, wenn es milder geworden war, mit dem Rad fahren lassen. Er hätte sie freitagabends zum Essen im Yachtclub eingeladen und dafür gesorgt, dass sie nur Shirley Temples trank.

Aber Ramsay ist nicht mehr da. Er ist mit Caylee zusammen, und selbst einer so jungen und ungezwungenen Frau wäre es vermutlich nicht recht, dass sich ihr neuer Freund um die halbwüchsige Tochter seiner Exfreundin kümmert.

Doch es ist zu früh, an den Sommer zu denken. Erst einmal muss Tabitha Eleanor sicher durch die nächsten Tage bringen. Sie wird heute Nacht, morgen Nacht und vielleicht Mittwochnacht in Boston bleiben und braucht jemanden, der auf Ainsley aufpasst. Wen kann sie darum bitten? Ramsay kommt nicht infrage. Wer dann?

Nun, das Mädchen hat einen Vater. Tabitha ruft Wyatt an.

»Tabitha?«, sagt er. Er klingt überrascht, argwöhnisch; sie telefonieren selten. Meistens verständigen sie sich per E-Mail. »Alles okay?«

»Eher nicht«, sagt Tabitha und beißt sich auf die Unterlippe. Wie ihre Mutter sieht sie keinen Sinn darin, über die Vergangenheit nachzugrübeln oder zu überlegen, was hätte sein können, doch aus irgendeinem Grund versetzt Wyatts Stimme sie in frühere Zeiten zurück. Sie ist zweiundzwanzig und er ein Jahr älter. Er steht auf einer Leiter und streicht die Zierleisten des Nachbarhauses. Tabitha ist zu den Colemans rübergelaufen, um Blaise Pascal zu holen, Eleanors Dackel, der ausgerissen ist. Wyatt trägt eine Panorama-Sonnenbrille und einen Augenschirm der Cornell University. Seine braunen Haare sind mit weißer Farbe gesprenkelt,

»Gehst du auf die Cornell?«, fragt Tabitha.

»Nee«, sagt er. »Der gehört meinem Mitbewohner.«

Tabitha weiß sofort, was sie zu tun hat: den Typen bitten, seinem Mitbewohner ihre Nummer zu geben. Aber Wyatt ist süß, und Tabitha möchte ihn nicht verletzen.

Wyatt lächelt. »Du wohnst nebenan, oder? Ich hab dich mit dem Hund gesehen. Falls du später nichts vorhast – die Radiators spielen im Muse. Ich hab ein Ticket übrig.«

»Ich würde gern mitkommen«, sagt Tabitha.

*So läuft das mit Beziehungen*, denkt Tabitha. Sie fangen harmlos an, basierend auf gemeinsamen Interessen, Hormonen und der Aussicht, sich zu amüsieren. Sie und Wyatt hören sich im Muse die Radiators an. Sie tanzen und trinken billiges Bier vom Fass; vor dem Steamboat Pizza küssen sie sich in Wyatts Jeep. Drei Tage später haben sie zum ersten Mal Sex an dem winzigen Strand vor Sayle's Seafood – auf einem umgedrehten Kajak. Wyatt hat keinerlei akademische Bildung. Er verbringt seine Zeit damit, Häuser zu streichen, Gras zu rauchen und sich Bands anzusehen. Er hat keine Ambitionen, aber Tabitha redet sich ein, das sei egal. Wo diese Beziehung auch hinführt, am Labor Day wird sie zu Ende sein.

Sie werden ein Paar und fahren zum Sonnenuntergang raus nach Madaket und machen Lagerfeuer mit Wyatts Kollegen und gehen an dem einzigen Tag, an dem es regnet, ins Dreamland, um sich *Armageddon* anzuschauen. Als Tabitha nach Boston zurückfährt, um für ihre Mutter zu arbeiten, steht sie an der Reling der Fähre, winkt Wyatt ein zärtliches Adieu zu und staunt über die märchenhafte Sommerromanze, die sie erlebt hat.

Eine Woche später wird sie feststellen, dass sie schwanger ist. Als Tabitha es Eleanor erzählt, erwartet sie, dass ihre Mutter darauf bestehen wird, dass sie und Wyatt heiraten, doch Eleanor tut genau das Gegenteil. Sie findet Wyatt nicht gut genug für Tabitha. »Mach nicht ...«, sagt sie, aber dann verklingt ihre Stimme, und es bleibt Tabitha überlassen, den Satz im Geiste zu beenden. *Mach nicht denselben Fehler wie ich.* Tabitha ist wütend: Sie hat Eleanors angeborenes Gefühl der Überlegenheit satt, das nur darauf beruht, dass Eleanors Vater Bankier und ihre Mutter eine unglückliche Matrone in Beacon Hill war. Aus schierem Trotz hätte Tabitha Wyatt fast geheiratet. Aber tief im Herzen weiß sie, dass sie ihn nicht genug liebt, um für immer mit ihm verheiratet zu bleiben, und sie wird sich *nicht* scheiden lassen wie Eleanor und Billy. Niemals.

»Geht es um Ainsley?«, fragt Wyatt. »Ist sie im Gefängnis? Ist sie durchgebrannt? Hat sie eine Überdosis erwischt?«

Tabitha lacht, wenn auch traurig, denn keine dieser Annahmen ist abwegig. »Ainsley geht es gut. Mehr oder weniger. Also ... Ich hätte dich schon früher anrufen sollen: Mein Vater ist gestorben.«

»Ich hätte dich auch früher anrufen sollen«, sagt Wyatt. »Ich hab den Post deiner Schwester auf Facebook gesehen.«

»Du bist auf Facebook mit meiner Schwester befreundet?«, sagt Tabitha. »Du machst Witze.«

»Hör auf, Tabitha.«

Tabitha trägt eine Menge alter Verletzungen mit sich herum, und dieser Mann weiß, worauf sie anspringt.

»Du hast Recht«, sagt sie. »Du hättest anrufen sollen. Er ist der Großvater deiner Tochter.«

»*Du* hättest es mir erzählen müssen«, sagt Wyatt. »Ich hätte es nicht über die sozialen Medien erfahren dürfen.« Er schnauft. »Pass auf: Das mit Billy tut mir leid. Er war ein prima Typ. Wenn ich auf dem Vineyard einen Job hatte, hab ich mich immer mit ihm zum Mittagessen getroffen.«

»Du hast dich mit meinem Vater zum Essen getroffen?«, sagt sie. »Dann hast du sicher auch Harper gesehen, wenn du schon dabei warst.«

»Hör auf, Tabitha.«

*Hör auf*, denkt sie. Diesen Gesprächsstrang weiterzuverfolgen, wird zu nichts Gutem führen. Tabitha holt tief Luft. »Ich will gar nicht aufzählen, was auf der Trauerfeier alles passiert ist, deshalb nur so viel: Meine Mutter hat sich betrunken, und als wir wieder auf Nantucket waren, ist sie die Treppe vor ihrem Haus runtergefallen und hat sich die Hüfte gebrochen.«

»Ach du Schande«, sagt Wyatt.

»Und deshalb bin ich jetzt in Boston, und sie wird morgen operiert, und ich werde frühestens Mittwochabend wieder zu Hause sein und wollte dich fragen, ob du vielleicht rüberfahren und ein Auge auf Ainsley haben kannst.«

»Wow«, sagt Wyatt, und Tabitha weiß sofort, was jetzt kommt.

*Ich wünschte, das ginge,* formt sie mit dem Mund.

»Ich wünschte, das ginge«, sagt er. »Aber ich hab ein Projekt in Orleans, das ich fertigstellen muss, und Carpenter hat eine ansteckende Bindehautentzündung, deshalb ist unser Haus so eine Art Quarantänestation.«

»Ich hab ja nicht vorgeschlagen, dass Ainsley zu euch kommt«, sagt Tabitha. »Ich weiß, dass Becky sie nicht mag.«

»Becky mag sie gern«, sagt Wyatt in streitlustigem Tonfall. »Aber ich habe drei Kinder, Tabitha.«

»Du hast *vier* Kinder«, sagt Tabitha. *Du* hattest *fünf Kinder*, denkt sie und fragt sich, wie oft Wyatt an Julian denkt. »Und eins davon braucht dich.«

»Sei bitte nicht so, Tabitha.«

»Du bist ihr Vater«, sagt Tabitha. »Verhalte dich ein einziges Mal so.«

»Mach's gut, Tabitha«, sagt Wyatt, legt auf und überlässt es Tabitha, seinen Namen von ihrem Handy-Display verschwinden zu sehen. Sie braucht Wyatt vermutlich also nicht darum zu bitten, dass er Ainsley den Sommer über zu sich nimmt.

Wen kann Tabitha noch anrufen? Die nächste Person, die ihr einfällt, ist Stephanie Beasley. Candace war auf Ainsleys Party, was einerseits gut und andererseits schlecht ist – gut, weil es bedeutet, dass die beiden anscheinend wieder Freundinnen sind, und schlecht, weil Stephanie, falls sie von den Ereignissen auf der Party gehört hat, nie zulassen wird, dass Ainsley bei ihnen wohnt. Aber Tabitha *muss* sie fragen. Sie wird *nicht* erlauben, dass Ainsley bei Emma Marlowe und ihrem Vater übernachtet. Tabitha malt sich weitere Snapshot-Fotos aus: von Ainsley und Emma und Dutch, die alle munter Jack Daniel's trinken und von den Granitarbeitsflächen in der Küche Kokain schniefen; von Ainsley, die in Unterwäsche auf Dutchs Schoß sitzt. Nein!

Tabitha ist emotional zu erschöpft, um ein Versöhnungstelefonat mit Stephanie zu führen, also schickt sie ihr eine SMS: *Hey, Fremde! Meine Mutter hat sich die Hüfte gebrochen. Ich bin in Boston im MGH, und Ainsley ist zu Hause auf Nantucket. Könnte ich mich vielleicht dir und Stu aufdrängen und euch bitten, Ainsley für 2–3 Nächte aufzunehmen? Ich weiß, es wäre ein Riesengefallen, aber ich bin verzweifelt. Ich würde mich erkenntlich zeigen. Danke xo.*

Es ist feige von ihr, eine Textnachricht zu schicken. Es geht um das Wohlbefinden ihres einzigen Kindes. Tabitha hasst sich selbst dafür. Sie hätte anrufen sollen. Ja, es wäre unangenehm gewesen – es ist sicher vier Jahre her, seit Tabitha und Steph ein ernsthaftes Gespräch geführt haben –, doch eine SMS war zu salopp.

Als sollte sie für ihren unbekümmerten Umgang mit der Situation bestraft werden, surrt eine Antwort auf ihrem Handy: *Habe mit Candace geredet. Sie hält es für keine gute Idee, dass Ainsley hier wohnt. Tut mir leid, dass ich nicht helfen konnte! xo.*

*Na klar*, denkt Tabitha. *Gib der Sechzehnjährigen die Schuld.*

Tief in ihrem Herzen weiß sie, dass dies die Antwort ist, die sie verdient.

Tabitha wird Meghan anrufen und bitten müssen, in der Remise zu übernachten. Es gibt sonst einfach niemanden. Meghan ist dick wie ein Elefant und ihre Schwangerschaft eine einzige Prüfung – sie hat ein Karpaltunnelsyndrom *und* eine Schwangerschaftsdiabetes. Ihre Knöchel sind so geschwollen, dass sie keine Schuhe tragen kann, nur Flip-Flops; sie muss alle zehn Minuten pinkeln, und wenn sie Mary Jo, der anderen Verkäuferin, den Laden überlässt, während sie auf der Toilette ist, spaziert unweigerlich irgendetwas unbezahlt zur Tür hinaus. Mary Jo ist achtundsiebzig Jahre alt und kurzsichtig. Tabitha müsste sie feuern, doch sie befürchtet, dass sie dann wegen Altersdiskriminierung belangt wird.

Meghan wird zu Ainsley ziehen. Sie ist Tabitha verpflichtet, weil

Tabitha sie auch in ihrem Mutterschaftsurlaub bezahlt, obwohl sie nur Saisonangestellte ist. Aber Meghan wird keine *Lust* dazu haben. Sie möchte nur auf ihrem heimischen Sofa die zuckerfreien Snacks essen, die ihr erlaubt sind, und *Ellen* sehen. Einerseits glaubt Tabitha, es täte Meghan gut, ein paar praktische pädagogische Erfahrungen zu sammeln, wenn auch am anderen Ende des Spektrums. *So wird dein Kind mit sechzehn sein, wenn du sehr viel Pech hast!* Andererseits weiß sie, dass sie Meghan die letzten zwei, drei Wochen genießen lassen sollte, in denen sie sich um sich selbst kümmern und eine ruhige Zeit mit ihrem Ehemann Jonathan verbringen kann.

Aber wenn nicht Meghan, wer dann?

Am nächsten Tag sitzt Tabitha in einem anderen Wartezimmer und blättert abwechselnd in alten Ausgaben von *Town & Country* und döst vor sich hin, den Kopf an der Betonwand hinter ihr. Eleanors Operation soll noch ein paar Stunden dauern, doch Tabitha befürchtet, es könnte etwas Schreckliches passieren, wenn sie das Krankenhaus verlässt. Wenn sie hierbleibt und leidet, wird Eleanor schnell gesund.

Um halb eins klingelt Tabithas Telefon. Sie checkt das Display. Es ist Ainsley. Halb eins bedeutet, dass Ainsley mittagessen ist. Sie fragt sich zweifellos, wie lange sie noch Waise sein wird.

»Hi, Schätzchen«, sagt Tabitha. »Ich versuche, jemanden zu finden, der dir Gesellschaft leisten kann.«

»Ich habe Tante Harper angerufen«, sagt Ainsley. »Sie kann morgen Abend hier sein und so lange bleiben, wie du sie brauchst, aber sie will sichergehen, dass es dir recht ist.«

»Nein«, sagt Tabitha. »Nicht Harper.«

»Lass sie doch kommen, Tabitha. Mama, meine ich – entschuldige. Bitte! Bitte, bitte, bitte! Dann kannst du dich um Grammie kümmern und musst dir um mich keine Sorgen machen. Tante Harper kann so lange bleiben, wie du willst. Sie hat ihren Job gekündigt.«

*Ihren Job gekündigt?*, denkt Tabitha. Wahrscheinlicher ist, dass sie gefeuert wurde. Tabitha will nicht, dass Harper diejenige ist, die etwas in Ordnung bringt. Harper bringt nie etwas in Ordnung. Sie macht alles nur noch schlimmer. Man sehe sich nur ihr Leben an! Die Ehefrau des Arztes hat Tabitha Champagner ins Gesicht gekippt!

Und doch wäre es irgendwie eine Lösung, wenn Harper kommen und auf Ainsley aufpassen würde. Es würde Tabitha erlauben, in das Stadthaus in der Pinckney Street zurückzukehren, sobald Eleanor die Operation überstanden hat, und sich richtig auszuschlafen.

Aber dann überfallen Tabitha die Erinnerungen: an Harper, die mit einem Strauß Feldblumen in das gemietete Cottage in der Prospect Street spaziert kam. An Harper, die Julian ein Lied in sein winziges Ohr sang, während sie ihn wiegte. Das Lied war »If I Had $1000000« von den Barenaked Ladies; es beruhigte Julian sofort und war das Einzige, was ihn zum Einschlafen brachte. An Harper, die Cioppino mit verschiedenen Muschelsorten machte, eine mit Tomaten zubereitete Brühe, die erste richtige Mahlzeit, die Tabitha nach Julians Geburt aß.

An Harper, die Tabithas Haare flocht und ihr Kleid bügelte.

An sie beide, die, eine Flasche Champagner zwischen sich, ihre nackten Füße vom Ende des Old South Wharf baumeln ließen, an ein Dinner im 21 Federal, bei dem alle Blicke auf sie gerichtet waren. Wie sie in der ersten Reihe der Chicken Box zur Musik einer Band tanzten, die alte U2-Songs spielte, und Harper Tabitha einen Arm um den Hals schlang, während sie den Text von »With or Without You« mitschmetterten.

Tabitha kann nicht weiterdenken. Es ist einfach zu schrecklich.

»Nein«, sagt sie jetzt zu Ainsley. »Tut mir leid, aber nein. Nicht deine Tante Harper.«

»Aber Mom …«, sagt Ainsley.

»Nein«, wiederholt Tabitha und legt auf.

## *HARPER*

Tabitha muss wirklich verzweifelt sein, wenn sie es, wie Ainsley behauptet, gutheißt, dass Harper den Sommer mit Ainsley verbringt. Harper packt zusammen, was sie in den nächsten Monaten brauchen wird – Kleidung, Schuhe, Toilettenartikel, Bücher, Computer, ein gutes Küchenmesser, ihre Küchenmaschine, ihre Gusseisenpfanne, Hundeleinen und Kauknochen. Was noch? Sie ist fast vierzig Jahre alt, hat jedoch wenig materiellen Besitz. Wird sie ihre Angelrute fürs Brandungsfischen oder ihr Mountainbike benötigen? Fraglich.

Fish folgt Harper, während sie die Sachen in Kartons verstaut.

»Leg dich hin«, sagt sie und zeigt auf sein Bett. Aber er will nicht.

»Ich lasse dich nicht allein«, sagt Harper, küsst ihn auf die Schnauze und streicht ihm über den Rücken, dessen überwiegend schwarzes Fell schon angegraut ist.

Sie wirft alles weg, was im Kühlschrank ist, und den größten Teil dessen, was die Küchenschränke beinhalten. Was soll sie mit Billys Asche tun? Sie will sie nicht hierlassen, in ihrer nahezu leeren Wohnung, doch sie vom Vineyard fortzubringen, kommt ihr auch falsch vor.

Sie beschließt, die Urne in Billys Haus auf den Kaminsims zu stellen. Billys Kleidungsstücke wird sie spenden, aber später. Wann? Nach ihrer Rückkehr?

Ja. Sie wird in einigen Wochen zurückkommen, in ein, zwei Monaten, gegen Ende des Sommers. Fürs Erste nimmt sie die Ordner mit Billys Rechnungen und Verbindlichkeiten mit; denen kann sie sich diese Woche widmen, wenn Ainsley in der Schule ist.

Bevor sie das Haus verlässt, macht sie einige Fotos – von jedem Raum und vom Garten, um sie der Nachwelt zu erhalten. Sie hat beschlossen, es als Abrisshaus zu verkaufen, was ihr wehtut. So schlimm es auch aussehen mag, es war Billys Haus. Aber eine Komplettsanierung – talentierte, verfügbare, preisgünstige Arbeitskräfte zu finden und dann auch noch zu beaufsichtigen – ist einfach keine Option. Harper wurde gefeuert, sie hat *kein Einkommen*. Das Geld für ein solches Unterfangen ist schlichtweg nicht da. Billy hat um die neunzig Riesen auf seinem Sparkonto, doch Polly Childs zufolge würde eine Instandsetzung fast doppelt so viel kosten. Harper muss das Haus verkaufen, wie es ist, Billys Hypothek abbezahlen und sich die Differenz mit Tabitha teilen. Das ist unvermeidlich. Harper war mit Billy bei seinem Anwalt in Edgartown, wo sie das Testament formulierten: Alles soll fifty-fifty mit Tabitha geteilt werden. Mrs Tobias fungierte als Zeugin. Nach dem Verkauf des Hauses in seinem jetzigen Zustand werden sie beide jeweils hundert Riesen bekommen, vielleicht etwas mehr. Wäre es nicht schön, es für eine Million an den Mann zu bringen und das Dreifache zu erzielen? Klar. Aber Harper ist der Herausforderung nicht gewachsen.

Harper würde sich gern mit Reed treffen, doch sie kann ihn nicht anrufen oder ihm simsen. Sie kann auch nicht ins Krankenhaus spazieren und ihn persönlich konfrontieren, obwohl sie das eigentlich tun möchte, seit sie die Trauerfeier verlassen hat.

Aber sie fährt über den Krankenhausparkplatz; Reeds Lexus ist da. Er sieht aus wie immer; nichts an ihm deutet auf eine große Umwälzung in Reeds Leben hin.

Wie es wohl jetzt zu Hause für ihn ist? Harper stellt sich vor, dass die Luft vor Unausgesprochenem knistert. Wie hat er Sadie die Affäre erklärt? Hat er gesagt, dass sie ein Fehler war, eine Geschmacksverirrung? Hat er Harper die Schuld gegeben, sie eine Schlange, eine

Verführerin genannt? Hat er Sadie erzählt, dass er Harper liebt? Hat er eingeräumt, dass er hin- und hergerissen und verwirrt ist? Und was hat er Greenie gesagt? Reed stellt seine Gefühle nicht offen zur Schau. Er ist ernsthaft und diskret; er ist Arzt. Auf diese Weise *erwischt* zu werden, Gegenstand von Tratsch und Gerüchten zu sein, ist bestimmt grauenhaft für ihn.

Harper gibt dem Markt der Morning Glory Farm die Schuld an der ganzen Geschichte.

In den Wochen vor ihrem Besuch dort hatte sie zahlreiche Stunden bei Billy im Krankenhaus verbracht. Damals waren seine Probleme noch therapierbar gewesen. Dr. Zimmer war sein behandelnder Arzt. Er erklärte Harper genau, was mit Billys Nieren, seiner Leber, seinem Herzen passierte und welche Medikamente er dagegen einsetzte. Außerdem besprach er mit ihr, was Billy essen und wie er sich körperlich ertüchtigen durfte. Es war alles sehr professionell. Nur einmal legte er Harper eine Hand auf den Arm und sagte: »Er hat Glück, dass er eine Tochter hat wie Sie.«

Harper erwiderte: »Er ist mir mein Leben lang ein großartiger Vater gewesen. Der Glückspilz bin ich.«

Als Harper Dr. Zimmer zufällig an der Theke des Morning-Glory-Farm-Markts traf, erkannte sie ihn, konnte ihn jedoch nicht einordnen. Er trug ein enges, buntes Radfahrtrikot und einen Helm und eine Panorama-Sonnenbrille. Harper stand in der Schlange und wollte sich einen frischgebackenen Muffin bestellen. Der ganze Markt war eingehüllt in den Duft von Zimt, Rosinen, Orangen und gerösteten Pekannüssen.

»Harper!«, sagte Dr. Zimmer. Er lächelte sie an, und Harper dachte: *Moment mal. Wer ist der Typ?* Eine Sekunde später kam sie darauf.

»Dr. Zimmer!« Sie begutachtete sein Outfit; er sah aus, als trüge er die Flagge von Uganda. »Ich wusste nicht, dass Sie Rad fahren.«

Dr. Zimmer deutete mit einem Nicken auf sein Fuji, das an einem

Baum lehnte. »Stressausgleich«, sagte er. »Haben Sie Zeit für eine Tasse Kaffee – auf meine Rechnung?«

»Klar«, sagte Harper. »Danke.« Sie war selten hier, weil das Risiko zu groß war, Jude zu begegnen oder Judes Partnerin Stella oder jemandem, der für Jude arbeitete. Und traurigerweise hatte Harper keine Freunde oder Freundinnen, mit denen sie sich auf der Farm verabreden konnte. Gelegentlich nahm sie Fish mit, um Gesellschaft zu haben, aber Fish zog immer Aufmerksamkeit auf sich, weil er so verdammt gut aussah, und Aufmerksamkeit war genau das, dem Harper sich entziehen wollte. Mit Dr. Zimmer Kaffee zu trinken konnte hingegen nicht schaden, dachte sie. Er war ein geachtetes Mitglied der Gemeinde und würde ihr als solches einen Anschein von Ehrbarkeit verleihen.

Fast eine Stunde lang saßen sie an einem der Picknicktische unter den Eichen. Anfangs redeten sie über Billy – Harper beichtete, dass Billy trotz der Fatwa gegen Tabak immer noch eine Zigarette am Tag rauchte –, dann wandten sie sich, zögerlich zunächst, anderen Themen zu.

»Haben Sie Geschwister?«, fragte Dr. Zimmer. »Sonstige Angehörige?«

Harper trank von ihrem Kaffee mit Kürbisgeschmack; dies war seit letztem Herbst das erste Mal, dass es ihn wieder gab. Eigentlich war Dr. Zimmers Frage ja neutral, könnte aber auf gefährliches Terrain führen.

»Ich habe eine eineiige Zwillingsschwester. Sie und meine Mutter leben auf Nantucket.«

Dr. Zimmer klatschte mit der Hand auf den grün gestrichenen Picknicktisch. Wie die meisten Ärzte hatte er wunderschöne Hände; er trug keinen Ring, doch Harper wusste, dass er mit der Frau verheiratet war, der die Pie-Bäckerei in Vineyard Haven gehörte. Zumindest so viel hatte sie recherchiert. »Eine eineiige Zwillingsschwester auf Nantucket?«

Harper riss ein Stück von ihrem Muffin ab, dann öffnete sie eine ihrer drei kleinen Butterpackungen. Normalerweise zog sie das Gebäck einfach durch die Butter und verschmierte sie dabei auf ihren Fingern, aber heute, in Gesellschaft des kultivierten Dr. Zimmer, benutzte sie ein Plastikmesser. Der Muffin war an sich schon kalorienreich und saftig, und ihn mit Butter zu bestreichen war in etwa dasselbe, wie Gummibärchen eine Schokoglasur zu verpassen. »Sie könnten uns nicht auseinanderhalten.«

»Ach, kommen Sie.«

»Ernsthaft. Wir sehen genau gleich aus. Die Lehrer an unserer Schule haben es auch nie geschafft. Ebenso wenig unsere Betreuer im Ferienlager oder unsere Freunde. Oder unsere Eltern.«

»Und sie lebt mit Ihrer Mutter auf Nantucket. Das ist verrückt, oder? Sie und Ihr Vater leben hier, und Ihr eineiiger Zwilling und Ihre Mutter leben auf der anderen Insel?«

»Verrückt«, stimmte Harper zu.

»Stehen Sie sich nahe?«

»Nein«, sagte Harper. »Die Scheidung unserer Eltern hat uns entfremdet, und dann hatten meine Schwester und ich vor vierzehn Jahren ein ziemlich gravierendes Zerwürfnis.«

»Das ist schade«, sagte Dr. Zimmer.

Harper zuckte die Achseln. »Ich spreche gelegentlich mit meiner Mutter, obwohl sie schwierig ist. Sie heißt Eleanor Roxie-Frost. Haben Sie von ihr gehört?«

»Nein«, sagte Reed. »Sollte ich?«

»Nicht unbedingt«, sagte Harper. »Sie entwirft Kleider. Sie ist eine recht große Nummer in der Modebranche, war sie früher jedenfalls.«

»Sie sind Single, oder?«, fragte Dr. Zimmer. »Haben Sie einen Freund?«

Wieder zuckte Harper die Achseln. »Ab und zu verabrede ich mich. Ich war nie verheiratet, habe keine Kinder. Haben Sie Kinder?«

»Nein«, sagte Dr. Zimmer. »Ich möchte welche, meine Frau nicht. Um fair zu sein: Als wir heirateten, wollte ich auch keine. Anscheinend ist es nicht erlaubt, seine Meinung übers Kinderkriegen zu ändern ...« Seine Stimme verklang. »Was machen Sie beruflich?« Er wechselte das Thema. Keine Kinder mit Mrs Zimmer war ein wunder Punkt.

Harper lächelte. Offenbar hatte er nichts von der Geschichte mit ihr und Joey Bowen gehört. »Ich liefere für Rooster Express Pakete aus.«

Das nächste Mal sah Harper Dr. Zimmer im Krankenhaus wieder. Es war spätabends, und Billy hatte Blut uriniert. Dr. Zimmer veranlasste seine Aufnahme und sagte Harper, sie könne die Nacht zu Hause verbringen. Er verließ das Krankenhaus ebenfalls und begleitete sie zu ihrem Wagen. Es war ein typischer Herbstabend, kühl, aber noch nicht kalt, und die Luft roch nach Holzrauch und Laub.

»Möchten Sie noch was trinken?«, fragte Dr. Zimmer.

Sie gingen in den Brick Cellar im Atria, eine Bar, die Harper gern mochte, wo sie jedoch nie allein hingehen würde. Reed bestellte ein Glas Wein, und Harper folgte seinem Beispiel, obwohl sie eigentlich lieber Bier und Schnaps trank. Reed – sobald sie aus ihren Autos gestiegen waren, hatte er darauf bestanden, dass Harper ihn nicht Dr. Zimmer, sondern Reed nannte – sagte, er habe Hunger, und da Harper immer essen konnte, bestellten sie einen gegrillten Cäsarsalat, die Hummertacos und den Pfirsich-Blaubeerauflauf und teilten sich alles. Als Harper beim Verspeisen des Auflaufs aufstöhnte – ein ziemlich wollüstiges Stöhnen, weil er *so* lecker war –, wandte Reed sich zu ihr und sagte: »Sie wissen, dass das erregend klingt, oder?«

Damit fing es an. Ihr unbeabsichtigtes Stöhnen entlockte Reed das Wort *erregend*, das ihrer im Entstehen begriffenen Freundschaft automatisch einen sexuellen Anstrich verlieh.

Es war Reed, der die Grenze als Erster überschritt, nicht Harper.

Sie tranken beide noch einen Wein und dann ein Glas Persimonenlikör, das die Barkeeperin ihnen aufdrängte – sie hatte von ihrem Getränkevertreter eine Gratisflasche erhalten, die sie an den Mann bringen wollte –, und dann wusste Harper nur noch, dass sie und Dr. Zimmer sich wie Teenager auf dem Rücksitz des Lexus küssten. Die Details waren verschwommen, aber Harper war sicher, dass sie sich nicht uneingeladen in seinen Wagen gesetzt hatte, also musste er sie verführt haben.

So ging es weiter – heimliche Treffen, wenn Reed Spätschicht hatte, am East Chop Beach Club oder auf dem Parkplatz hinter der Eissporthalle. Und dann, im Frühling, fand Reed schließlich auch, dass es sicherer wäre, wenn er in ihre Wohnung käme. Vor drei Wochen, als Harper Reed erzählte, dass sie eine Verabredung mit »Sergeant Andrew Truman vom EPD – du kennst ihn doch, oder?« – hatte, verließ Reed am helllichten Tag das Krankenhaus, um sich mit ihr in ihrem Apartment zu treffen.

Er sei eifersüchtig, sagte er. Er wisse, dass es unfair sei, doch er wolle nicht, dass Harper mit Drew ausgehe.

Sie lachte. *Das kannst du nicht von mir verlangen*, sagte sie. *Du kannst gar nichts von mir verlangen. Du bist verheiratet.*

Harper starrt den Lexus, einen schwarzen Wagen, der in der Sonne schmort, noch ein paar Sekunden lang an.

*Tschüss, Reed*, denkt sie. Ihr Magen ist leer und übersäuert. Sie würde ihm in dem gelben Blütenstaub auf seinem Rückfenster gern eine Nachricht oder ein Bildchen hinterlassen – ein Herz vielleicht –, aber sie kann nicht.

Sie verlässt den Parkplatz und erwägt, am Upper Crust vorbeizufahren, um zu sehen, ob es geöffnet hat, ob Sadie da ist. Harper hält es für ebenso wahrscheinlich, dass Sadie wieder arbeitet, wie dass sie ein Schild an die Tür gehängt hat, auf dem GESCHLOSSEN: EHEMANN HAT MICH BETROGEN steht. Harper hat Angst, an dem Laden vorbeizufahren; sie hat Angst, dass Sadie sie sieht. Sie hat Angst, auf der Insel herumzufahren. Sie könnte Dee begegnen, Billys Krankenschwester, die Harper und Reed verraten hat, oder Franklin Phelps, den Harper stets zu ihren guten Bekannten gezählt hat. Sie ist immer gern ins Ritz gegangen, um Franklin singen zu hören – jetzt kann sie sich dort nicht mehr blicken lassen. Sie könnte Drew oder Chief Oberg begegnen oder einer der Snyder-Schwestern, die mittlerweile bestimmt alle wissen, dass Harper eine treulose Schlampe ist.

Aber Harper muss durch Edgartown fahren – auf der Main Street auch noch –, um zur Fähre nach Chappy zu gelangen. Es gibt einfach keine andere Möglichkeit.

Noch letzte Woche hat Harper Edgartown geliebt. Auch der Rest von Martha's Vineyard hat sicher viel Liebenswertes – die niedrigen Steinmauern, die Farmen, die Klippen von Aquinnah, die wilde Schönheit von Great Rock Bight, das sandige Fischerdorf Menemsha, den Methodist Campground und das Tabernakel in Oak Bluffs –, doch Edgartown ist ihrer Meinung nach immer noch das Kronjuwel des Vineyard. Vielleicht ist das auch einfach einem ästhetischen Snobismus zuzuschreiben, den sie von Eleanor geerbt hat. Edgartown ist wie Nantucket: Es besitzt architektonische Integrität und eine Eleganz, die Harper beeindruckend findet. Die Old Whaling Church und das Daniel Fisher House sind quasi die Großeltern der Stadt – alt, weiß und stattlich. Harper liebt die Schindelhäuser mit den üppig bepflanzten Blumenkästen in der North Water Street. In der Main Street sind die besten Geschäfte und die Restaurants mit dem leckersten Essen. Edgartown hat die hübscheste Hafenpromenade und den pittoreskesten Leuchtturm.

Edgartown wäre gut geeignet als Standort einer von Eleanors Boutiquen. Das findet Harper schon lange, und sie hat es Eleanor sogar einmal vorgeschlagen, aber ihre Mutter hat bloß gelacht.

*Nicht auf Billys Insel*, sagte sie. *Die würde ich mir als Letztes aussuchen.*

Harper wartet in der Schlange vor der Fähre nach Chappy. Sie muss sich von Brendan verabschieden, nicht nur um ihres eigenen Seelenfriedens willen, sondern auch, weil sie die Vorstellung nicht erträgt, dass er sich fragt, warum sie plötzlich verschwunden ist.

Wie kann Harper beschreiben, was zwischen ihr und Brendan Donegal ist?

Harper kannte Brendan, als sie jünger war – in den Zwanzigern – und jeden freien Moment am South Beach verbrachte. Das war, bevor sie für Jude arbeitete. Damals, in Harpers ersten Tagen auf dem Vineyard, verkaufte sie Eiscreme im Mad Martha's und Tickets für das Flying Horses Carousel. Ihre freien Tage waren einer Gruppe von Freunden am South Beach gewidmet – Surfern und den Mädchen, die sie liebten. In dieser Gruppe war Brendan Donegal eine Legende, der beste Surfer, den die Insel seit fünfzig Jahren erlebt hatte. Er wurde seit seiner Highschoolzeit von Rip Curl gesponsert, und obwohl er die ganze Welt bereist hatte – Oahu, Maui, Tahiti, Sydney, Perth, Südafrika –, verbrachte er den August immer zu Hause am South Beach.

Auf den Strandpartys trank er und rauchte Pot. Das tat jeder.

Für einige Jahre verlor Harper Brendan aus den Augen. Sie hatten sich nie nahegestanden, waren nie richtig zusammengekommen. Harper war sehr erstaunt gewesen, als Brendan eines Tages ins Mad Martha's spaziert kam, zwei Kugeln Eis der Sorte Hai-Attacke bestellte (blau gefärbtes Vanilleeis mit weißen Schokoladebröckchen und Himbeersirup, ein wunderbar geschmackloser Witz und sehr, sehr beliebt) und Harper beim Namen nannte.

Er sei auf die Insel zurückgekehrt, sagten die Leute, um eine Surfschule aufzubauen. Um zu bleiben. Doch kurz danach hatte er einen Unfall.

Er war high gewesen von etwas Stärkerem als Gras und hatte sich bei sehr starker Dünung ins Meer gewagt. Die Wogen waren regelrechte Monster, wenn auch vermutlich nichts, dem Brendan Donegal nicht gewachsen war. Doch die Kombination aus Drogen und Wellen setzte ihm zu. Die Leute dachten, er sei ertrunken. Er sei *ewig lange* unter Wasser gewesen, sagte sein Kumpel Spyder. Aber dann sahen sie sein Board auftauchen, und kurz darauf wurde Brendan in der Gischt sichtbar. Spyder zog ihn heraus und führte eine Herz-Lungen-Wiederbelebung durch; Sekunden später war die Feuerwehr von Edgartown zur Stelle und holte ihn zurück von den Toten.

Es klang nach einer fantastischen Geschichte – bis klar wurde, dass Brendan danach nicht länger der Alte war. Er bewältigte viele der einfachsten Aufgaben nicht mehr. Er konnte fernsehen, aber nicht lesen. Er konnte Fahrrad fahren, sich aber nicht die Schuhe binden. Er konnte nicht mehr surfen, durfte keine Surfschule betreiben. Dieser Traum war ausgeträumt.

Gott sei Dank war Brendans Mutter – eine Frau, die nie anders als Mrs Donegal genannt wurde – wohlhabend und besaß am South Beach von Chappy ein Haus mit einem Gästecottage, wo Brendan wohnen konnte; einmal wöchentlich ging er zur Beschäftigungstherapie, um zumindest einen Teil dessen zurückzugewinnen, was er früher besessen hatte.

Nachdem Harper von Jude gefeuert worden war, wusste sie tagsüber nicht, wohin mit sich. Es war Herbst, und sie wäre gern mit ihrem Mountainbike herumgefahren, befürchtete aber, von einem von Judes Pick-ups von der Straße gedrängt zu werden. Sie konnte mit Fish keinen Ausflug nach Great Rock Bight machen oder zum Yoga gehen – zu öffentlich – oder den ganzen Tag im Wharf oder im Ritz sitzen und trinken, weil Joey Bowen dort immer noch Freunde hatte.

Und deshalb entschied sich Harper in dieser verwirrenden und schmerzhaften Zeit ihres Lebens für den Ort, den viele Vineyarder aufsuchen, wenn sie Ruhe brauchen: Chappaquiddick. Zuerst war ihr Tagesziel mit Fish und ihrer Angelrute fürs Brandungsfischen Cape Poge, doch bald wurde es dafür zu kalt, und Harper suchte Zuflucht in Mytoi.

Mytoi, verwaltet von den Trustees of the Reservations, ist ein wunderschön angelegter japanischer Garten samt Koi-Teich, über den sich eine hölzerne Bogenbrücke wölbt, einem Steingarten und Bänken, deren Anordnung zur Introspektion einlädt, auch wenn es noch herbstlicher wird, auch noch im Dezember, wenn Schnee fällt.

Es schneite, als Harper Brendan dort zum ersten Mal sah; die Flocken waren leicht und trocken und sehr hübsch vor dem stahlgrauen Himmel. Harper wollte sich auf die Bank setzen, die sie als »ihre« betrachtete, eine lange rote Holzkonstruktion mit geschwungener Rückenlehne mit Blick auf Koi-Teich und Brücke – doch da saß schon jemand. Es war das erste Mal, dass Harper in diesem Garten einem anderen Menschen begegnete. Obwohl er ein magischer Ort war, geradezu transformativ, wie sie fand, wurde er außerhalb der Saison weitgehend ignoriert. Wer also war dieser Mann? Harpers erster Impuls war es umzukehren – was sie in Mytoi suchte, war Einsamkeit –, aber sie trat dennoch näher. Und dann erkannte sie, dass es Brendan Donegal war.

»Hey«, sagte sie. Seit seinem Unfall erschien er ihr viel weniger einschüchternd. Nicht Mitleid erregend, eher wie ein zugänglicher Gott. Er trug eine Strickmütze und eine Arbeitsjacke über einem Flanellhemd; seine Füße steckten in robusten Stiefeln. Sie fragte sich, ob er die Schnürsenkel selbst gebunden hatte oder seine Mutter darum hatte bitten müssen.

»Brendan?«, sagte sie. »Hi – ich bin's, Harper. Harper Frost.«

Ein langsames Lächeln breitete sich auf Brendans Gesicht aus. Er sah immer noch gut aus – fantastisch sogar – mit seinen hellblauen Augen und den aschblonden Haaren, die lang und struppig waren.

»Harper«, sagte er. »Hi.« Er klopfte auf den Platz neben sich.

Irgendwie wusste sie, dass sie ihn nicht mit Fragen bombardieren durfte, und so saßen sie lange schweigend da, während der Schnee fiel und der Wind die Oberfläche des Teichs kräuselte.

Schließlich wandte Brendan sich zu ihr. »Warum kommst du hierher?«

»Um abzuschalten«, sagte sie. »Ich habe eine falsche Entscheidung getroffen und meinen Job und die meisten meiner Freunde verloren.«

»Wirklich?«, sagte Brendan. »Ich auch.«

Als Harper am nächsten Tag nach Mytoi zurückkehrte, war Brendan da, und Harper setzte sich wieder zu ihm. Am dritten Tag war es bitterkalt, und Harper hätte sich fast vor ihrem Ausflug nach Chappy gedrückt, doch er war irgendwie schon zum Ritual geworden, also mummelte sie sich ein und fuhr hin. Brendan war wieder da, aber nachdem sie ein paar Minuten bibbernd nebeneinandergesessen hatten, stand er auf und streckte Harper die Hand hin.

»Wir gehen«, sagte er.

»Okay«, sagte Harper. »Wohin?«

»Zu mir nach Hause«, sagte er. »Ich mache dir einen Irish Coffee.«

Harper zögerte wegen Mrs Donegal. Mrs Donegal war reich und gut vernetzt; Harper befürchtete, sie könnte gehört haben, dass Harper in Ungnade gefallen war. Vielleicht war sie mit Jude oder einer von Judes Kundinnen befreundet; es war unmöglich, die Millionen verschlungener Wege nachzuvollziehen, die der Tratsch auf dieser Insel zurücklegte.

Aber es lief gut. Der Irish Coffee, den Brendan machte, war stark und heiß, und Harper trank zwei Becher davon. Als sie mit dem zweiten fertig war, nahm Brendan ihren Becher und stellte ihn in die Spüle.

»Ich bin nicht mehr derselbe«, sagte er. »Ich bin nicht derselbe, der ich mal war.«

»Das ist okay«, sagte Harper. Sie hatte keine Ahnung, ob es okay war oder welche wirren Botschaften sein Gehirn übermittelte. »Ich mag es, wie du jetzt bist.«

»Echt?«, fragte er.

»Ja«, sagte Harper.

Und er küsste sie auf die Wange.

Sie trafen sich mittwochabends und sonntagmorgens, immer in Mytoi, und tranken dann bei Brendan zu Hause ihren Irish Coffee. Nach ein paar Monaten machte Harper Brendan mit Fish bekannt – Hunde waren in Mytoi nicht erlaubt, daher schlief Fish auf dem Parkplatz auf dem Rücksitz des Bronco –, und es war Liebe auf den ersten Blick. Fish schmiegte sich sofort an Brendan und wedelte mit dem Schwanz, als hätte er einen seit langem verlorenen Freund wiedergefunden.

Harper besucht Brendan seit fast drei Jahren zweimal in der Woche. Ihre Beziehung hat keinen Namen; sie besitzt Tiefe, aber keine Breite. Harper würde nie vorschlagen, dass sie zusammen essen oder Kaffee trinken gehen oder einen Sommertag am Lobsterville Beach verbringen. Für sie beide gibt es nur Mytoi und den Irish Coffee und zum Abschied einen Kuss auf die Wange.

Die Fähre nach Chappy ist groß genug für drei Autos und legt die hundertsechzig Meter, die Chappaquiddick vom Rest der Insel trennen, in neunzig Sekunden zurück. Harper zieht die *On Time II* der

*On Time III* vor, weil ihr Lieblingsfährkapitän, eine Frau in den Siebzigern namens Indira Mayhew, auf der *II* arbeitet. Indira ist ausgesprochen barsch, aber nach drei Jahren, in denen Harper Chappy regelmäßig besucht hat – im Sommer und im Winter, im Frühling und im Herbst –, kennt sie Harper und schenkt ihr manchmal sogar ein Lächeln.

»Hab Sie letzte Woche vermisst«, sagt Indira.

Harper verspürt ein Aufwallen von Zärtlichkeit. Vielleicht hat Indira die Gerüchte über sie und Dr. Zimmer nicht gehört. Oder sie bringt den Namen Harper Frost nicht mit der Brünetten in dem marineblauen 68er Bronco in Verbindung.

»Ich hab Sie auch vermisst«, sagt Harper. Dann überkommen sie Schuldgefühle. Zum allerersten Mal hat sie einen Besuch ausgelassen. Das wird sie Brendan erklären, es zumindest versuchen müssen.

Wenige Minuten später landet Harper auf Chappy. Ihr Herz hämmert. Wenn Brendan nicht in Mytoi ist, wird sie unangekündigt zu ihm nach Hause fahren müssen, was ein Zusammentreffen mit Mrs Donegal – das Harper bisher, abgesehen von gelegentlichem Winken von weitem, vermeiden konnte – besorgniserregend wahrscheinlich macht. Harper biegt auf den Parkplatz ein, der ansonsten leer ist, doch das hat nichts zu bedeuten. Brendan kommt immer zu Fuß.

*Okay*, denkt sie. *Los geht's.*

Der Garten ist jetzt, zu Beginn des Sommers, ein verwandelter Ort. Die Kirschbäume strahlen rosa; ihre Blütenpracht und ihr Duft sind beinahe anstößig. Die Farne haben sich entrollt, und das kleine mit Kamelien bepflanzte Tal steht in höchster Blüte. Der Teich ist randvoll und quillt fast vor dicken Kois über. Die Fische schwimmen mit neuer Energie und lassen ihre silbernen und orangeroten Schuppen aufblitzen. Schmetterlinge flattern, und die Vögel geben ein Konzert.

Harper folgt dem neu angelegten Weg um den Teich und sieht Brendan auf ihrer Bank sitzen ... mit einer anderen Frau.

*Was?*, denkt sie. Sie ist eine Woche lang nicht hier gewesen, das stimmt, doch sie hätte nie gedacht, dass sie so schnell ersetzt werden würde.

Als sie näher kommt, erkennt sie, dass es eine ältere Frau ist. Es ist Brendans Mutter. Harper erwägt, sich umzudrehen und zu ihrem Wagen zurückzukehren, aber dann entdeckt Brendan sie und winkt sie zu sich.

Jetzt gibt es kein Entkommen mehr.

*Okay*, denkt Harper. Sie wird es schon schaffen. Vielleicht weiß Mrs Donegal, wer sie ist und was sie getan hat – vielleicht aber auch nicht. *Lächle, und die Welt lächelt mit dir.* Das war einer von Billys Lieblingssprüchen.

Harper lächelt.

»Hallo«, sagt sie.

Brendan und Mrs Donegal stehen beide auf.

»Meine Mom«, sagt Brendan.

Harper streckt die Hand aus. »Mrs Donegal, wie schön, Sie endlich kennen zu lernen.«

»Das Vergnügen ist ganz meinerseits«, sagt Mrs Donegal. »Und nennen Sie mich bitte Edie. Brendan hat mir viel von Ihnen erzählt. Sie waren ihm in dunkler Zeit eine so gute Freundin.«

»Oh«, sagt Harper. Dies ist das Gegenteil von dem, was sie erwartet hat. Sie hat sich Mrs Donegal, Edie, als überfürsorglich und besitzergreifend vorgestellt. Glaubt Edie, dass Harper und Brendan miteinander schlafen? Hoffentlich nicht. Harper möchte nicht, dass Edie in ihr eine Frau sieht, die mit Brendan Schindluder treibt, sondern als die Person, die sie ist – jemand, der sich von der Stille seines Gemüts und der Sanftheit seiner Seele angezogen fühlt. »Ich kenne Brendan schon seit fast zwanzig Jahren. Früher haben wir zusammen am South Beach rumgehangen.« Sie gerät kurz ins Trudeln. Sie und Brendan sprechen nie über seine Zeit als Surfer. Vielleicht sollte sie auch jetzt nicht darauf zurückkommen. »Ich habe mich gefreut, ihn wiederzutreffen.«

Edie nickt und schenkt ihr ein warmes Lächeln. »Sie haben ziemlichen Eindruck auf ihn gemacht.«

Jetzt erwacht Brendan zum Leben. Er greift nach Harpers Hand. »Ich dachte, du wärst mir verloren gegangen«, sagt er.

Harper schneidet es ins Herz. »Dir verloren gehen?«, sagt sie und schaut ihm in die Augen; sie sind ein Kaleidoskop aus Blau und Grau. »Niemals. Okay? Niemals.«

»Okay«, sagt er. Er hält ihren Blick einen Moment lang fest, dann starrt er auf seine Füße. Er trägt Flipflops. Seine Füße sind blass; die Zehennägel müssten geschnitten werden.

»Sollen wir uns setzen?«, fragt Harper. »Wäre das okay?«

Brendan und Edie lassen sich auf der Bank nieder, und Harper nimmt neben Brendan Platz, näher, als sie es vielleicht getan hätte, wenn sie allein gewesen wären. Sie halten sich immer noch an der Hand, auch etwas, das noch nie zuvor passiert ist.

»Mein Vater ist letzte Woche gestorben«, sagt Harper und sieht Edie an. »Er war Elektriker hier auf der Insel. Billy Frost.«

»Ich kannte ihn nicht persönlich«, sagt Edie. »Aber ich habe von ihm gehört. Er war sehr angesehen.«

»Danke«, sagt Harper. Stimmt das? Billy war hauptsächlich für sein marktschreierisches Auftreten in der Bar bekannt, obwohl er andererseits auch einem sonntagabends um neun Uhr eingehenden Notruf folgte, was ihn bei seinen Kunden sehr beliebt machte. Harper seufzt. »Und dann hat sich meine Mutter gleich nach seinem Tod die Hüfte gebrochen, sodass ich morgen nach Nantucket fahren muss.« Sie sucht Brendans Blick. »Kann sein, dass ich eine Zeitlang weg bin.«

»Eine Woche?«, fragt er.

»Wahrscheinlich länger«, entgegnet Harper. Sie gedenkt, eine Woche oder so auf Nantucket zu verbringen und dann, sobald Tabitha sich eingewöhnt hat, weiterzuziehen, vielleicht nach Vermont oder Maine. Irgendwann wird sie zurückkommen müssen, um den Hausstand ihres Vaters endgültig aufzulösen.

»Ich liebe Nantucket«, sagt Edie. »Wir haben in Brendans Jugend drei oder vier Jahre hintereinander ein Haus am Strand von Cisco gemietet. Erinnerst du dich daran, Brendan? Da habt ihr surfen gelernt, du und Sophie. Auf Nantucket, am Cisco Beach.«

Bedächtiges Nicken von Brendan.

»Wir haben dir ein weißes Surfboard mit grünem Streifen in der Mitte gekauft«, sagt Edie.

»Bei Indian Summer«, sagt Brendan. »Der Besitzer hatte einen Hund. Eine dänische Dogge.«

Edie lächelt Harper an. »Ja.«

»Und im Atlantic Café haben wir Mudslides getrunken«, sagt Brendan.

»Gut«, sagt Edie. »Du erinnerst dich wirklich an Nantucket.«

Brendan wendet sich Harper zu. Sein Blick wirkt sehr konzentriert; Harper erkennt darin geistige Klarheit. »Komm zurück«, sagt er. »Bitte.«

# *AINSLEY*

Sie ist eine Sechzehnjährige, die für sich selbst sorgen muss.

Damit wir uns nicht falsch verstehen: Tabitha ist alles andere als häuslich. Sie und Ainsley bestellen sich fast jeden Abend etwas zu essen oder gehen in ein Restaurant, und wenn sie zu Hause bleiben, gibt es Frühstücksflocken oder Cracker mit Käse. Tabitha kocht nie, und Eleanor ist noch schlimmer – sie hat in ihrem Leben noch nie eine Mahlzeit zubereitet.

Ebenso wenig putzt Tabitha; dafür hat sie Felipa. An vier Tagen der Woche ist Felipa Eleanors »Haushälterin«, und am Mittwoch kümmert sie sich um die Remise. Sie wechselt das Bettzeug, macht die Wäsche, reinigt die Küche – auch, einmal im Monat, das Innere des nahezu leeren Kühlschranks –, wischt Staub, saugt, schüttelt die Kissen auf und stellt frische Blumen in die Vasen.

Am Mittwoch ist das Haus also, als Ainsley aus der Schule kommt, sauber und still. Ainsleys Bett ist frisch bezogen und alle Kleidungsstücke, die in ihrem Zimmer verstreut waren, sind zusammengelegt und in ihrer Kommode verstaut worden.

In Ainsleys oberster Schublade liegen ein Beutel Gras und Zigarettenpapier. Ainsley muss morgen früh einen zehnseitigen Aufsatz über Zora Neale Hurston abliefern, doch man kann ja wohl kaum erwarten, dass sie sich um ihre Hausaufgaben kümmert, wenn sie mit familiären Notfällen *und* einer Trennung zu tun hat.

Sie rollt sich einen Joint, raucht die Hälfte davon, nimmt dann die Schlüssel zu Eleanors Haus vom Haken in der Küche und geht über die mit weißen Muschelschalen belegte Einfahrt zum Seamless. Es ist halb vier, was bedeutet, dass sich Felipa in ihrem Zimmer *Gran Hotel* anschaut, die spanischsprachige Fernsehserie, nach der sie süchtig ist. Ainsley öffnet leise die Haustür und schleicht ins Wohnzimmer. Es riecht nach Putzmitteln und Möbelpolitur; das einzige Geräusch ist das Ticken von Eleanors Uhren. Es gibt zwei Standuhren in verschiedener Größe, zwei banjoförmige Wanduhren sowie zwei Uhren, die auf dem Kaminsims stehen. Alle fünfzehn Minuten führen diese Uhren ein kurzes Läutkonzert auf, das Ainsley früher faszinierend fand, aber jetzt, da sie nur noch heimlich ins Haus ihrer Großmutter kommt, um zu stehlen – Alkohol, Zigaretten (auf dem Couchtisch steht ein Becher in Delfter Blau, der wie anno 1955 mit einzelnen Zigaretten gefüllt ist) oder Bargeld (neue Hunderter in einem Umschlag im Sekretär) –, lässt das Gebimmel fast immer ihr Herz flattern, und das Ticken fühlt sich an, als bewegte sie sich im Innern einer Zeitbombe. Eines Tages wird sie sicher erwischt werden.

Das Gras ist ihrer Paranoia nicht zuträglich. Sie sollte gehen. Doch stattdessen steuert sie den Messing-Getränkewagen in der Ecke an. Sie klemmt sich eine Flasche Grey-Goose-Wodka unter einen Arm und eine Flasche Gin der Marke Bombay Sapphire unter den anderen und verlässt das Haus, wobei sie erst ausatmet, als sie wieder auf der Einfahrt ist.

Sie macht sich einen Drink aus Wodka, Tonic, Eis und einem dicken Zitronenschnitz.

Um fünf Uhr ist Ainsley betrunken und total bekifft – sie hat auch die zweite Hälfte des Joints geraucht und sich nicht einmal die Mühe gemacht, ein Fenster zu öffnen. Ihre Mutter hat sie tatsächlich verlassen, also ist Ainsleys Verhalten ganz und gar Tabithas Schuld.

Jetzt ist Ainsley bereit, zur Tat zu schreiten. Heute in der Schule hat Emma regelrecht an ihr geklebt und sie immer wieder gefragt, ob es ihr gut gehe. Anscheinend hatte sich in der Nantucket High School das Gerücht verbreitet, dass Ainsley zwei Tage lang bei sich zu Hause in einen Schrank gesperrt gewesen war als Strafe dafür, dass sie die Party veranstaltet hatte.

*Wie kommen die Leute bloß auf solchen Quatsch?*, fragte sich Ainsley.

»Nein«, sagte sie. »Ich hatte Samstag und Sonntag Hausarrest. Dann ist mein Großvater gestorben, und wir mussten zu seiner Trauerfeier auf den Vineyard.«

»Ach so«, sagte Emma. Sie klang enttäuscht. »Ich dachte schon, Tabitha wäre endgültig durchgedreht und hätte dich mit Klebeband und Stricken gefesselt.«

»Nein«, sagte Ainsley. »Meine Mutter ist nervig, aber keine Psychopathin. Mein Großvater ist gestorben.«

Emma zuckte die Achseln. »Das tun Großeltern nun mal«, sagte sie. »Sie sterben.«

Ainsley erwog, Emma von der Frau zu erzählen, die auf den Empfang gekommen war und ihre Mutter geohrfeigt hatte, doch Emma darf man so etwas nicht anvertrauen. Es würde sie entweder nicht oder zu sehr interessieren.

»Was ist mit dir und Teddy?«, fragte Emma beim Mittagessen. »Habt ihr euch gestritten?« Teddy saß beim Lunch zum allerersten Mal bei seinem Baseballteam statt bei Ainsley und Emma.

»Erzähl ich dir später«, sagte Ainsley. »Ist mir jetzt zu kompliziert.« Sie schaute hinüber zu Candace, die heute eine rosa Seidenbluse, weiße Jeans und nudefarbene Ballerinas trug. Ihre Mutter Steph hatte ihr früher gern die Haare geflochten oder zu einem halben Pferdeschwanz zusammengefasst, aber jetzt trug sie ihr glänzendes Haar offen. Es tat Ainsley weh, es einzugestehen, doch Candace war hübsch. Sie kleidete sich stylish, aber unangestrengt. Ihr Teint war klar. In ihren Augen strahlte die Reinheit ihres Herzens.

Nur dass sie Ainsley den Freund ausgespannt hatte.

Jetzt ruft Ainsley, betrunken, stoned und allein, Emma an. »Willst du hören, was passiert ist?«, fragt sie. Emma ist nicht gut in Sachen Trost oder Beistand – aber Rache? Rache ist Emmas Spezialität.

In der dritten Stunde sitzt Ainsley im Englisch-Unterricht. Ihr Aufsatz über Zora Neale Hurstons *Vor ihren Augen sahen sie Gott* ist statt zehn Seiten sechseinhalb Seiten lang. Er ist schlecht geschrieben, voller Wiederholungen und ohne Bezug zu dem Buch, von dem Ainsley keine Zeile gelesen hat. Sie hat es am Abend zuvor versucht, doch die Dialoge sind im Südstaatendialekt verfasst, der ebenso gut eine Fremdsprache sein könnte.

Candace und Teddy sind beide in Ainsleys Englisch-Kurs. Ainsley ist sich sicher, dass sie zehnseitige Aufsätze abgeliefert haben und ihre auf klug gewählten Abschnitten des Buches basierenden Thesen mit Argumenten untermauert sind, die sich auf Zitate von Alice Walker, Toni Morrison und Angela Davis stützen, wie Mr Duncombe es vorgeschlagen hat. Candace und Teddy reden nicht miteinander, sehen sich nicht einmal an, aber Ainsley sieht die Perlmuttwellen wahrer Liebe zwischen ihnen schimmern. Allerdings muss sie diese Hölle nur wenige Momente erdulden. Bevor Mr Duncombe auch nur anfangen kann, davon zu schwärmen, wie wichtig die literarischen Stimmen der Marginalisierten seien, summt die Sprechanlage. Ms Kerr bittet darum, Candace Beasley zu ihr zu schicken.

Bis zum Mittagessen ist es in der ganzen Schule herum: In Candace Beasleys Spind wurden eine fast volle Flasche Bombay Sapphire und ein Tütchen gefunden, das augenscheinlich Reste von Kokain enthält.

»Wow«, sagt Maggie, als sie und Ainsley nebeneinander an der Salatbar stehen. »Weißt du noch , was für eine Tugendwächterin Candace immer war?«

Ainsley zuckt die Achseln. »Schon. Aber Menschen ändern sich.«

»Meistens sind es die Braven, die man im Auge haben muss«, sagt Emma. »Sie sind *so* brav, dass sie eines Tages einfach ausrasten und richtig schlimm werden.«

»Sie muss mit einer dreitägigen Suspendierung rechnen«, sagt Maggie. »Ihre Eltern wurden herbestellt.«

*Dreitägige Suspendierung*, denkt Ainsley. Sie hat drei Tage, um Teddy zurückzugewinnen.

»Es überrascht mich, dass nicht juristisch gegen sie vorgegangen wird«, sagt Emma. »Ich meine, Alkohol ist das eine – aber Kokain?«

»Sie behauptet, dass es ihr nicht gehört«, sagt Maggie. »Sie hat Dr. Bentz erklärt, jemand hätte es in ihren Spind geschmuggelt.«

»Das hätte ich an ihrer Stelle auch behauptet«, sagt Emma. »›Gehört mir nicht, hat mir jemand untergeschoben.‹ Sie hat mich nicht um Rat gebeten, aber genau das hätte ich ihr empfohlen.«

»Trotzdem, wie verschafft sich ein anderer Zugang zu ihrem Spind?«, fragt Ainsley. »Falls sie ihm nicht die Kombination gegeben hat. Der letzte Schüler, der diesen Spind hatte, ist vor zwei Jahren abgegangen. Und die Dinger sind unmöglich zu knacken.«

»Unmöglich«, stimmt Maggie zu.

Ainsley ist für den Rest des Schultages in bester Laune und zugleich angsterfüllt. Die Geschichte mit Candace verbreitet sich wie ein Lauffeuer. Candace Beasley, Einser-Schülerin und Ministrantin in der St. Mary's, hat eine Flasche Gin und vielleicht auch Kokain in die Schule mitgebracht. Das ist so abwegig, dass Ainsley erwartet, jeden Moment aus dem Klassenzimmer gezerrt zu werden. Aber Emma hat ihr versichert, dass der Plan wasserdicht sei. Im November hatte sie sich, als sie zum fünften Mal zu spät gekommen war, bei Dr. Bentz, dem Direktor, einfinden müssen. Sie wurde aufgefordert, allein in dem Raum vor seinem Büro zu warten, bis Dr. Bentz von einem Frühstück des Rotary Club zurück war. Es gab eine Feueralarmübung, bei der sich die Schule leerte, nur Emma blieb, wo sie war. Sie fing an herumzuschnüffeln und entdeckte Lehrerbewertungen (langweilig), Testergebnisse von Neuntklässlern (langweilig) und die Kombinationen aller Spindschlösser der Schule. Diese Liste behielt sie.

An Candaces Spind zu gelangen, war also einfach. Ainsley schrieb einen anonymen Brief an die Schulkrankenschwester, in dem stand, es gebe das »Gerücht«, dass Candace Beasley »harte Drogen« in die Schule mitgebracht und ihren Mitschülern erzählt habe, sie sollten »medizinischen Zwecken« dienen. Mrs Pineada war fanatisch in ihrem Kampf gegen Alkohol- und Drogenkonsum von Schülern und veranlasste eine Durchsuchung von Candace Beasleys Spind. Peng!

Als Ainsley die Schule verlässt, packt sie jemand am Arm. Es ist Teddy.

»Ainsley«, sagt er, »ich brauche dich.«

Ainsley fällt ihm praktisch um den Hals. Sie muss in ihn verliebt sein. Wie sonst ist der brennende Schmerz in ihrem Herzen zu erklären, die Sehnsucht, das heftige Verlangen nach kleinsten Zeichen der Zuneigung – einem Kuss auf die Wange, einem Händedruck? Ainsley liebt seine blauen Augen, seine Sommersprossen, die Art und Weise, wie sich seine roten Haare unter seiner Kappe kringeln, das Grübchen in seinem Nacken.

*Ich brauche dich.* Das hört Ainsley gern, oder? Und doch plagen sie Schuldgefühle wegen dem, was sie und Emma Candace angetan haben. Ainsley hätte Teddy damit zurückgewinnen sollen, dass sie reinen Tisch macht und ihm zeigt, dass sie anständig sein kann. Aber sie ist wie immer Emma den dunklen Weg entlang gefolgt. Sie haben Candace in ein schlechtes Licht gerückt, haben ihr bei einem Wettrennen ein Bein gestellt, statt einfach schneller zu laufen.

»Was gibt's?«, fragt Ainsley. Sie hat in der Geschichtsstunde beschlossen, dass es das Beste ist, sich Teddy gegenüber ahnungslos zu geben. Oder vielleicht nicht *ahnungslos* – er würde ihr nie abnehmen, dass sie das mit Candace nicht *gehört* hat –, aber zumindest gelassen und gleichgültig. Wenn Candace Beasley mit Schnaps und Drogen erwischt wurde, was geht das Ainsley an?

»Kannst du mitkommen in die Höhle?«, fragt Teddy. »Hast du Zeit?«

Die Höhle ist eine Mauernische auf der Rückseite des Schulgebäudes. Sie wird durch geparkte Schulbusse und den Abfallcontainer der Holzwerkstatt gegen die Sportplätze abgeschirmt. Sie ist nicht romantisch, aber abgeschieden, und Pärchen, die kein Auto haben, frequentieren sie vor und nach dem Unterricht und auch währenddessen. Allegra Pancik und Brick Llewellyn hatten vor ein paar Jahren während der Morgenansprache angeblich Sex in der Höhle – eine typische Highschool-Legende.

Ainsley folgt Teddy durch die Flure zur Hintertür der Cafeteria hinaus. Jasmine Miyagi, Bienenkönigin der Neuntklässler, versucht, sie aufzuhalten. Vermutlich will sie über Candace tratschen, doch Ainsley wehrt sie ab. Niemand denkt sich etwas dabei, Ainsley und Teddy zusammen zu sehen, denn niemand außer Ainsley, Teddy, Candace und Emma weiß, dass sie sich getrennt haben.

Teddy ist Ainsley um drei Schritte voraus. Sie hat gedacht, er würde vielleicht neben ihr gehen, vielleicht ihre Hand halten.

Sie erreichen die Höhle und finden sie leer vor. Teddy schaut in alle Richtungen, um sich zu vergewissern, dass die Luft rein ist, ein Standardverhalten, wenn die Höhle für intime Zwecke benutzt werden soll. Ainsley kann es nicht abwarten, ihn zu küssen.

Aber plötzlich knallt er sie gegen die Schindeln des Gebäudes. Ihr Kopf trifft hart auf. Teddys Hände liegen um ihren Hals. Seine Augen sind blaues Feuer, und seine Stimme senkt sich zu einem beängstigenden Flüstern.

»Das warst du«, sagt er.

»Nein«, bringt sie hervor.

»Du warst es. Ich weiß, dass du es warst. Und Emma, das kleine Flittchen. Sie hat das Kokain aus der Jeanstasche ihres Vaters geholt, als er von der Arbeit gekommen ist, und du hast deiner Großmutter den Gin von ihrem Getränkewagen geklaut.«

Ainsley blinzelt. Er hat Recht.

»Ich kenne dich, Ainsley«, sagt Teddy. »Ich kenne deine Tricks, und ich kenne Emmas Tricks. Ich hab ein ganzes Jahr mit dir verbracht. Ich hab draußen gewartet, wenn du deiner Großmutter Schnaps aus ihrem Haus gestohlen hast. Ich bin im Haus deiner Großmutter gewesen. Ich hab den Bombay Sapphire *gesehen*. Das Koks war vermutlich Emmas Idee. Wahrscheinlich wolltest du zuerst nicht, aber dann hat sie dich bequatscht, wie sie dich zu allem bequatscht.«

Jeder Satz, den er sagt, ist wahrer als der davor, doch das kann Ainsley nicht zugeben. Sie umklammert seine Handgelenke mit den Fingern.

»Nimm deine Hände von meinem Hals«, sagt sie. »Du machst mir Angst.« Teddys Mutter ist in einer Nervenklinik. Angeblich wurde ihr jetziger Geisteszustand durch den Tod seines Vaters in der Katzenfutterfabrik verursacht, aber was ist, wenn Geisteskrankheit in der Familie liegt und Teddy in Wahrheit nicht der großartigste Typ ist, den Ainsley je kennen gelernt hat, sondern ein Wahnsinniger, der vorhat, sie hinter der Highschool zu erwürgen?

»Du hast Angst?«, sagt Teddy. »Dann warte mal ab.« Er lässt ihren Hals los, doch sie ist noch eingeschüchterter. »Ich gehe morgen früh zu Dr. Bentz. Du hast also den ganzen Nachmittag Zeit, dich zu stellen.«

Ein Teil von Ainsley möchte das selbst gern. Sie wird vor Dr. Bentz in Tränen ausbrechen, ihre Missetat einräumen, ihm sagen, dass der Gin von ihr stammt, das Koks aber nicht. Sie wird ihm erklären, dass sie ein gebrochenes Herz hat, dass ihr Großvater gestorben ist, ihre

Großmutter im Krankenhaus liegt und ihre Mutter sie tagelang allein gelassen hat. Wenn es sein muss, wird sie auf den Verlust ihres kleinen Bruders zurückgreifen. Sie war damals erst zwei, erinnert sich nicht an ihn, doch das bedeutet nicht, dass sein Tod sie nicht betroffen hat. Ihre Mutter hat er für alle Zeiten verändert: Noch heute sieht Tabitha, wenn sie Ainsley anschaut, Julians Geist. (Das mag übertrieben klingen, aber es könnte doch stimmen, oder? Ihr Leben wäre besser, da ist sie sich sicher, wenn Julian überlebt hätte.) Dr. Bentz ist berühmt dafür, verständnisvoll zu sein, sich in das Auf und Ab der Emotionen Jugendlicher einfühlen zu können. Man weiß, dass er nachsichtig mit Schülern ist, die ihr Vergehen eingestehen, aber was er nicht leiden kann … sind Lügen.

Die Wahrheit zu sagen würde jedoch bedeuten, Emma zu verpfeifen. Kann Ainsley ihre beste Freundin verraten? Emma hat ihrem Vater das fast leere Kokaintütchen nur stibitzt, um Ainsley zu helfen, sich an Candace zu rächen. Es war Emma, die das Risiko einging, das belastende Beweismittel in Candaces Spind zu schmuggeln; jemand hätte sie dabei beobachten können.

Ainsley wird klar, dass ihr das, was sie sich am meisten wünscht – eine Chance, Teddys Zuneigung zurückzugewinnen –, so oder so verwehrt bleibt. Mit dem Versuch, Candace zu vernichten, hat sie sie zur Heldin gemacht.

Jetzt hat Ainsley also die Wahl zwischen schlimm und schlimmer. Sie entscheidet sich für schlimm und fordert Teddy heraus.

»Du klingst wie ein Hinterwäldler, der an die Ostküste kommt und zu viel *Gossip Girl* gesehen hat. Das hier ist Nantucket, Teddy. Da schiebt keiner einem anderen Alkohol und Drogen unter, nur auf die entfernte Möglichkeit hin, dass der dann suspendiert wird. Du kannst Mr Bentz deine Verschwörungstheorie gern erläutern, aber für ihn wird sie sich anhören wie irgendwas, das du auf Netflix gesehen hast. Ich hab dir schon gesagt, dass ich Candace mag. Ihr beide seid ein süßes Pärchen. Ich wünsche euch nur das Beste.« Ainsley versucht, Aufrichtigkeit in diese letzten Sätze zu zwingen, aber sie kommen ihr trotzdem kraftlos vor.

Teddy zögert jedoch. Mag sein, dass er sie kennt, aber sie kennt ihn auch. Er ist verunsichert.

»Na schön«, sagt er.

Ainsley hat keine Ahnung, was »na schön« heißt: dass er Mr Bentz aufsucht oder dass er es nicht tut? Ihn um Aufklärung zu bitten erscheint ihr allerdings als zu gefährlich.

»Schön«, sagt sie und entfernt sich mit der Miene eines Mädchens, das nichts zu befürchten hat.

Emma hat die Schule bereits verlassen, und obwohl Ainsley weiß, dass sie wahrscheinlich mit BC und Maggie am Cumberland Arms abhängt, Gras raucht und drei Stücke Papp-Pizza verschlingt, beschließt sie, nach Hause zu gehen. Sie muss nachdenken.

Sie wollte nie ein schlechter Mensch sein, sondern nur ein cooler Teenager. Wenn sie ernsthaft darüber nachdenkt, kann sie gar nicht *fassen*, was sie und Emma getan haben. Es war unanständig, und es ist gefährlich. Man wird ihnen auf die Schliche kommen, ganz klar. Sie werden diejenigen sein, die man suspendiert … oder Schlimmeres. Und auch Dutch wird vermutlich in Schwierigkeiten geraten, weil das Kokain seins war.

Vielleicht darf sie nicht aufs College. Was wird ihre Mutter denken? Was wird ihr Vater denken? Ihre Stiefmutter Becky wird recht behalten: Ainsley ist das schwarze Schaf der Familie, ein furchtbares Vorbild, das ihren Halbbrüdern nicht zuzumuten ist.

Ainsley dreht sich nach jedem vorbeifahrenden Wagen um in der Hoffnung, dass es Emma in ihrem Range Rover ist oder Teddy im Pick-up seines Onkels. Aber sie sind ihr alle unbekannt. Die Sommergäste sind hier; keiner kennt sie.

In der Einfahrt der Remise sieht Ainsley einen marineblauen Bronco. Sie blinzelt. Tante Harpers Wagen.

*Sie ist gekommen!* Ainsley verspürt Freude und Erleichterung. *Tante Harper ist gekommen!* Doch dann setzt panische Angst ein. Sie hat Tante Harper erklärt, Tabitha wäre einverstanden mit ihrem Besuch, aber das war eine fette Lüge.

Tabitha ist noch immer bei Eleanor in Boston. Als Ainsley mittags mit ihr telefonierte, verriet Tabitha ihr nicht, wann – oder ob – sie zurückkehren würde. Sie sagte nur, sie würde Meghan schicken, die nach Ainsley sehen sollte. Ainsley wird ihrer Tante die Wahrheit sagen müssen: Tabitha will nicht, dass sie hier ist. Vielleicht kümmert das Tante Harper nicht. Vielleicht bleibt sie trotzdem.

Ainsley öffnet die Tür und wird sofort von einem sibirischen Husky mit Augen in der Farbe von Gletschereis begrüßt. Ein Hund – Tante Harpers Hund – ist *im Haus*? Wieder ist Ainsley sowohl begeistert als auch äußerst besorgt. Sie hat sich schon immer einen Hund gewünscht, doch Tabitha hat stets abgelehnt. Eleanor hatte mal einen Dackel, aber der fraß Schuhe, und sie mussten ihn weggeben.

»Hallo, Ainsley, bist du das?«

Tante Harper späht über das Treppengeländer hinunter. Das Haus duftet *köstlich* – nach geschmorten Zwiebeln und Speck. Ainsley kann sich nicht erinnern, dass es hier jemals so gut gerochen hat.

»Hi«, sagt sie schüchtern. Es ist nach wie vor surreal, ihre Mutter auf sich herabschauen zu sehen, dass ihre Mutter sie anlächelt und sich über ihren Anblick freut. Nur dass ihre Mutter nicht ihre Mutter ist. »Du hast den Hund mitgebracht? Du kochst?«

»Das ist Fish«, sagt Harper. »Er begleitet mich überallhin. Er ist ein sehr braver Junge. Und zum Abendessen mache ich meine berühmte Pasta carbonara. Die hat dein Großvater geliebt. Und Salat und Knoblauchbrot. Wir essen gegen sieben. Ist das in Ordnung? Dann hast du noch etwas Zeit für Hausaufgaben. Und ich habe Eistee aufgebrüht. Es sieht aus, als würden du und deine Mom eine Menge Coke Zero trinken, aber du weißt schon, dass das Zeug dich umbringt, oder?«

»Stimmt«, sagt Ainsley. Ihr Magen knurrt. Wann hat sie zuletzt etwas gegessen? Ein paar Radieschen und grüne Bohnen von der Salattheke am Mittag, aber davor? Gestern Abend gab es eine halbe Tüte Käsechips. Sie steigt die Treppe hinauf und findet ihre Tante vor, die ein Glas mit Eis füllt, dann mit Tee und dann einen Zitronenschnitz darüber ausdrückt; das Getränk könnte auf der Titelseite einer Zeitschrift abgebildet sein. Ainsley trinkt es in einem Zug, und Harper lacht. »Durst?«

»Ich bin zu Fuß von der Schule gekommen«, sagt Ainsley. »Die Freundin, die mich mitnehmen wollte, hat mich versetzt.«

Harper gießt ihr noch einen Tee ein und holt dann ein Glas mit gemischten Nüssen und eins mit marinierten Mozzarellakugeln hervor. »Ein kleiner Snack?«

Ainsley treten Tränen in die Augen. Jemand ist hier und kümmert sich um sie. Jemand liebt sie. Sie greift nach einer Pekannuss und zwinkert, dann wischt sie rasch die Träne weg, die ihre Wange hinunterrinnt. Harper muss sie jedoch gesehen haben, denn sie breitet die Arme aus. »Komm her zu mir«, sagt sie. »Es ist schön, dich zu sehen.«

Ainsley geht in ihr Zimmer. Sie hat keine Hausaufgaben auf, doch die Abschlussprüfungen fangen in wenigen Tagen an. Es wäre schlau von ihr, wenn sie sich bemühen würde, zum Ende des Schuljahrs ein paar gute Zensuren zu ergattern. Aber sie kann nur an Candace denken. Wird Candace, da sie ja suspendiert wurde, überhaupt an den Prüfungen teilnehmen dürfen? Ainsley schaut auf ihr Telefon, voller Angst vor dem, was womöglich auf sie wartet, doch da ist nichts. Sie ist in Versuchung, Emma anzurufen und ihr zu erzählen, was Teddy gesagt hat. Vielleicht kann sie Emma davon überzeugen, dass es das Beste wäre, wenn sie sich stellen.

Aber Emma wird nie zustimmen. Sie werden sich streiten. Es wird schlecht ausgehen, und Ainsley ist zu erschöpft für eine weitere Szene. Sie legt sich zurück auf ihr Bett. Aus heiterem Himmel huscht ein Lächeln über ihr Gesicht. Tante Harper ist hier.

## *HARPER*

Sie kommt gar nicht darüber hinweg, welche Heiterkeit sie erfüllt, als sie ihren Bronco von der Fähre auf die Insel Nantucket lenkt. Sie war seit vierzehn Jahren nicht mehr hier, doch trotzdem ist im Wesentlichen alles unverändert: Young's Bicycle Shop, die Juice Bar, Steamboat Pizza.

Aber das Allerbeste an Nantucket ist, dass sie hier *keiner kennt!* Es gibt niemanden, den sie meiden, niemanden, den sie fürchten muss.

Den Weg zum Haus weiß sie noch auswendig; sie biegt nur einmal falsch ab, bevor sie die mit weißen Muschelschalen belegte Einfahrt zur 776 Cliff Road erreicht. Das Grundstück sieht fantastisch aus wie eh und je. Es gibt hundertjährige Bäume und einen grünen Rasen, Hortensien, die kurz vor der Blüte stehen, sauber gestutzte Buchsbaumhecken und Blumenkästen an beiden Häusern. Sie sind mit Dipladenien bepflanzt, die an Spalieren wachsen. Dazwischen sind Prachtkerzen, buschiger provenzalischer Lavendel und Bodendeckerrosen zu sehen. Fontänen von Silberregen und leuchtend rosa Zauberglöckchen ergießen sich über die Ränder der Kästen, und die Lücken füllen Trichterwinden und Gartenwolfsmilch. Es sind extravagante Kombinationen, nicht unähnlich denen auf dem Anwesen, das Jude insgeheim das Blumenbordell nannte, dem sie für Bepflanzung und Pflege pro Container siebenhundertfünfzig Dollar in Rechnung stellte.

Harper parkt vor der Remise, findet sie unverschlossen vor und betritt sie.

Das Haus riecht nach Soir de Paris, dem Duft, den Eleanor in Harpers Kindheit immer trug. Harper vermutet, dass Tabitha ihn jetzt benutzt, denn sie verwandelt sich langsam, aber sicher in ihre Mutter. Die Remise steht sozusagen auf dem Kopf – im Erdgeschoss sind drei Schlafzimmer und zwei Bäder, und eine Treppe führt hinauf in den Wohnbereich. Fish dreht durch angesichts der Fülle unbekannter Gerüche; er flitzt in jeden Raum und wieder hinaus, wobei sein Schwanz gegen die Türrahmen knallt.

Tabithas Zimmer erkennt Harper sofort – das Bett ganz in Weiß, fünfzig Millionen Kissen in verschiedenen Größen und eine Nackenrolle, dick wie ein Baumstamm. Wahrscheinlich schläft sie immer noch auf den Decken, denn sich darunter zu legen, würde bedeuten, die Laken zu zerwühlen, und der Logik Tabithas zufolge ist es besser, glatte, saubere Bettwäsche zu *haben*, als den Schlaf in ihr zu genießen.

Na ja.

In Ainsleys Zimmer riecht es nach Haschisch, und auf der Kommode steht ein Glas mit – Harper nimmt einen winzigen Schluck – Wodka. Okay! Harper kippt ihn in das Waschbecken im Bad und wirft ihren Matchbeutel in das dritte Schlafzimmer. Es enthält ein Doppelbett mit einer Tagesdecke, die Harper aus … aus … wow … dem Cottage in der Prospect Street kennt. Sie ist aus weißem, inzwischen vergilbtem Matelassé.

Der Schreibtisch ist übersät mit Einrichtungszeitschriften – *Domino, House Beautiful, Traditional Home, Architectural Digest*. (Irgendjemand ist hier eine Möchtegern-Innenarchitektin. Ainsley? *Tabitha?*) Davor steht ein Windsor-Stuhl, sonst nichts. Jede Menge Platz für das Hundebett.

Das Obergeschoss ist formeller gestaltet – mit einem wunderschönen Esstisch aus Kirschbaumholz mit sechs Stühlen und einem großen Strauß frischen Rittersporns in der Mitte. Es gibt ein im Stil der sechziger Jahre elegant geschwungenes türkisfarbenes Tweedsofa, über dem ein rechteckiger Spiegel hängt, einen Fernseher auf einer Konsole aus Glas und Acryl und eine Schneiderpuppe in der Ecke, die das Roxie in Lindgrün trägt und Harper zunächst einen Schrecken einjagt. Sie denkt einen Moment lang, es sei Tabitha.

Die Küche ist hervorragend ausgestattet, aber zu sauber – offenbar nie benutzt.

*So eine Schande*, denkt sie. Was sie in den letzten vierzehn Jahren nicht alles mit so einer Küche hätte anstellen können!

Fish kommt und vergräbt seine Schnauze in ihrem Schritt, ein Zeichen, dass es ihm hier gefällt.

»Gut«, sagt Harper und krault seine Ohren. »Aber gewöhn dich nicht daran. Sechs Tage. Höchstens sieben.«

Harper entdeckt den Supermarkt. Es ist ein Stop & Shop, und Harper empfindet einen Anflug von Sehnsucht nach Cronig's und dem Reliable Market.

Als sie aus ihrem Bronco steigt, spürt sie eine Hand auf ihrem Arm.

»Tabitha?«

Harper schaut auf und erblickt einen sehr attraktiven, gepflegten Mann mit Oberhemd und Krawatte und einer Hornbrille. Er sieht aus wie Superman, bevor er Superman wird. Er sieht aus wie Clark Kent.

»Ich bin nicht …«

»Hast du dir einen neuen Wagen zugelegt?«, fragt Clark Kent und schnappt nach Luft, als er den schlafenden Fish auf dem Rücksitz sieht. »Hast du dir einen *Hund* zugelegt?«

Der äußerst schockierte Ausdruck auf Clark Kents Gesicht reizt Harper zum Lachen. Fast wäre sie auf das falsche Spiel eingegangen. Wie oft haben die Zwillinge sich früher für die andere ausgegeben? »Twister« nannten sie das, Abkürzung für »twin sister«. Keiner konnte sie auseinanderhalten.

Keiner.

*Klar, ich hab den anderen gegen diesen Schrotthaufen eingetauscht*, hätte Harper beinahe gesagt. *Verrückt, oder? Was Tabitha wohl fährt?*, fragt sie sich. Ein rotes Mercedes-Cabrio, elegant wie ein Damenschuh? *Und einen Hund habe ich mir angeschafft, weil ich fand, dass ich dringend noch etwas brauche, für das ich verantwortlich bin.*

Doch das kann Harper diesem Typen nicht antun. Sie grinst. »Ich bin nicht Tabitha.«

»Tabitha«, sagt Clark Kent. »Ich weiß, neulich Abend war unangenehm für dich, und es tut mir leid, dass ...«

Natürlich hätte Harper nur zu gern mehr über Tabithas unangenehmen Abend gehört, aber sie unterbricht ihn, denn ihn weitersprechen zu lassen, nur um ihre Neugier zu befriedigen, erscheint ihr grausam. Sie ist auf Nantucket, es ist ein Neuanfang, und sie wird nett sein. »Ich bin Harper Frost, Tabithas Zwillingsschwester.«

»Ihre ...« Clark Kent sucht nach Worten.

»Zwillingsschwester. Ich lebe auf Martha's Vineyard.«

Clark Kent nickt kurz. »Sie hat mir von Ihnen erzählt.«

»Na ja, immerhin«, sagt Harper. »Wir haben in den letzten fünfzehn Jahren nicht sonderlich viel miteinander gesprochen, aber vorige Woche ist unser Vater gestorben ...«

Clark Kents Augen weiten sich.

»... und am Montagabend ist unsere Mutter gestürzt und hat sich die Hüfte gebrochen.«

Jetzt ringt Clark Kent nach Luft. »Eleanor?«

Harper legt den Kopf schief. »Woher kennen Sie meine Schwester?«

Clark Kent richtet sich auf und streckt Harper die Hand hin. »Ich bin furchtbar unhöflich. Tut mir leid. Mein Name ist Ramsay Striker. Ich bin ... beziehungsweise war ... na ja, ich habe mit Ihrer Schwester zusammengelebt ... Tabitha ... wir waren vier Jahre lang ein Paar, haben drei Jahre lang zusammengelebt. Im Februar haben wir uns getrennt.«

»Ach so.« Harper mustert den Mann: groß, erfolgreich wirkend, gut gekleidet. Tabithas Typ, jedenfalls das, was Harper sich immer als Tabithas Typ vorgestellt hat, obwohl der einzige feste Freund von Tabitha, den Harper je kennen gelernt hat, Wyatt ist, der *nicht* Tabithas Typ war. Was ein Grund – von vielen, vermutet sie – dafür war, dass es mit ihnen nicht geklappt hat.

Harper würde Ramsay Striker gern wie einen Schmetterling auf ein Brett nadeln und ihm zehntausend Fragen stellen.

Als könnte er Harpers Gedanken lesen, schaut Ramsay Striker auf seine Uhr. »Haben Sie Lust, was trinken zu gehen?«

Es ist Mittag und wird überall voll sein, meint Ramsay, deshalb schlägt er »die Brauerei« vor, weil Harper ihren Hund dorthin mitnehmen kann.

*Super*, denkt Harper. Ramsay ist aufmerksam. Und die Brauerei – CISCO BREWERS steht auf dem Schild – erweist sich als der perfekte Ort zum Entspannen an einem milden, sonnigen Tag.

Harper liebt Nantucket jetzt schon!

Die Brauerei besteht aus einer großen Ziegelsteinterrasse, umgeben von rustikalen Farmgebäuden. In einem wird Bier ausgeschenkt, in einem zweiten Wein, und in einem dritten gibt es Spirituosen. Auf einem Hocker spielt ein langhaariger Typ mit einem Golden Retriever zu seinen Füßen Gitarre. Ein paar Dutzend Leute sitzen an Picknicktischen und essen Guacamole und Chips oder Austern von einem der Imbisswagen.

Ramsay und Harper wählen einen leeren Picknicktisch, und Ramsay fragt: »Wie klingen Bier und Hummerbrötchen?«

Harper liebt Männer, die instinktiv wissen, was ein bestimmter Moment erfordert. »Himmlisch«, sagt sie.

Harper beschränkt sich auf zwei Biere und nur einen Schluck vom dritten, weil sie noch ins Geschäft muss und zurück in der Remise sein will, bevor Ainsley von der Schule nach Hause kommt. Sie hat Ramsay von ihrer und Tabithas Kindheit und Jugend erzählt – bis hin zur Scheidung ihrer Eltern und der Aufteilung der Familie auf zwei Inseln.

»Und warum der Bruch zwischen Ihnen und Tabitha?«, fragt Ramsay.

Warum der Bruch? So viele Gründe, angefangen mit jenem verhängnisvollen Schere-Stein-Papier-Spiel. Harper versucht zum zehntausendsten Mal, sich vorzustellen, was passiert wäre, wenn Tabitha statt Stein Schere gewählt hätte. Es wäre die Hölle gewesen, Tabitha mit Billy wegfahren zu sehen, während Harper mit Eleanor in dem Mausoleum in der Pinckney Street festsäße. Die Möbel in diesem Haus waren alle zweihundert Jahre alt – schwer, dunkel, dazu Brokatpolster und Samtvorhänge; die Bibliothek war mit verstaubten Büchern gefüllt, und an den Wänden hingen Ölporträts von ihren gruseligen Roxie-Vorfahren. Hätte sie Tabitha gehasst? Ja, vermutlich. Aber sie wäre nicht Eleanors Jüngerin geworden. Das war Tabithas freiwillige Entscheidung gewesen.

Es waren andere Dinge geschehen, die nicht in Tabithas Macht gestanden hatten.

Julian.

*Das* Thema wird Harper ausklammern.

Ihr wird klar, dass bei diesem Lunch Informationen bisher nur in eine Richtung geflossen sind. Ramsay hat nichts über seine Beziehung mit Tabitha erzählt, und die Zeit wird knapp. Es ist bereits zwei Uhr.

»Wie können Sie das?«, fragt Harper.

»Was?«

»Eine zweistündige Mittagspause machen.«

»Oh.« Ramsay lacht und schiebt seine Brille die Nase hoch. »Mein

Name steht an der Tür. Ein Familienbetrieb in der Main Street. Versicherungen.«

»Warum hat meine Schwester Sie gehen lassen?«, fragt sie.

»Wow«, sagt Ramsay. »Nette Umkehrung.«

»Danke.« Harper lächelt ihn an. »Ich weiß nicht, warum ich annehme, dass sie Schluss gemacht hat. Es hätten ja auch Sie sein können ...«

»Nein, es war Tabitha«, sagt Ramsay, scheint jedoch nicht vorzuhaben, etwas hinzuzufügen, und Harper versteht den Wink.

»Das hat wirklich Spaß gemacht«, sagt sie. »Vielen Dank für das Mittagessen. Aber ich muss los. Ich bin mir ziemlich sicher, dass Ainsley zwischen drei und halb vier aus der Schule kommt.«

»Stimmt«, sagt Ramsay. »Vorausgesetzt, dass sie nicht nachsitzen muss.«

»Nachsitzen?«, fragt Harper. »Ist sie denn so schlimm?«

»Sie ist großartig«, sagt Ramsay. »Aber ihr werden keine Grenzen gesetzt, also tut sie mehr oder weniger, was sie will.«

»Keine Grenzen?«, hakt Harper nach.

»Keine«, bestätigt Ramsay und hebt als Zeichen der Kapitulation die Handflächen. »Es wird ihr guttun, mal eine andere Autoritätsperson zu haben.«

»Ich bleibe nur sechs Tage«, sagt Harper. »Höchstens sieben.«

»Schenken Sie ihr so viel Liebe, wie Sie können«, sagt Ramsay. »Und von mir auch noch einen Batzen. Sagen Sie ihr, dass ich sie vermisse.«

Um sieben Uhr ruft Harper Ainsley zum Essen, und Ainsley nähert sich mit großen Augen dem Tisch.

»Wow«, sagt sie. »Es ist das erste Mal, dass wir den Tisch dazu benutzen.«

»Wozu?«, fragt Harper.

»Na ja, zum Essen«, sagt Ainsley.

Harper versucht, sich ihr Erstaunen nicht anmerken zu lassen. »Wirklich?«

»Normalerweise gehen wir aus«, sagt Ainsley. »Oder wir essen was vom Thai an der Küchentheke. Oder Frühstücksflocken vor dem Fernseher.«

»Oh«, sagt Harper.

»Meine Mutter hat sehr viel zu tun«, sagt Ainsley.

Harper hat die Kerzen angezündet und die Waterford-Gläser mit Eiswasser gefüllt. »Prost«, sagt sie.

Ainsley hebt das Glas. Ihre Hand zittert.

»Geht's dir gut?«, fragt Harper.

Ainsley nickt, schaut Harper dabei jedoch nicht an. Ist sie bekifft? Hat sie sich in ihrem Zimmer ein paar Wodkas genehmigt?

»Ainsley?«

»Das ist hübsch«, sagt Ainsley und deutet auf die Kerzen, das Tischtuch und das Geschirr, das Besteck, die flachen Schüsseln mit Pasta und Salat und den Brotkorb. »Vielen Dank.«

Es sieht aus, als würde sie gleich weinen, und in Harpers Kehle bildet sich ein Kloß. Aber sie hat es auf Billys Trauerfeier doch schon geahnt, oder? Deshalb hat sie ja auch eingewilligt zu kommen. Tabitha behandelt Ainsley wie eine Erwachsene, ebenso wie Eleanor Tabitha und Harper früher behandelte. Sie durften nie weinen oder jammern; sie wurden nie geknuddelt oder verwöhnt; sie durften keine *Kinder* sein. Sie wurden nicht *bemuttert*. Tabitha rebellierte damit, dass sie sich in ein Pony verwandelte, und Harper ... na ja, Harper rebellierte wohl später.

Und jetzt geht Tabitha bei Ainsley genauso vor. Sie kocht nicht für das Mädchen, und Harper würde wetten, dass sie ihr keinen Gutenachtkuss gibt. Sie ist nicht zärtlich, obwohl auch das tougheste, aggressivste Kind ein bisschen Zärtlichkeit braucht.

Harper füllt Ainsley Essen auf den Teller, dann sich selbst.

»Iss«, sagt sie. »Iss.«

Nachdem Ainsley aufgegessen und den letzten Rest Sauce mit einem Stück Brot aufgewischt hat, lässt sie sich auf ihren Stuhl zurückfallen. »Das war wirklich lecker.«

»Freut mich, dass es dir geschmeckt hat«, sagt Harper. Sie legt ihren Ellbogen auf den Tisch und stützt das Kinn mit ihrer Hand. »Ich hab mich noch gar nicht nach dir erkundigt. Wie läuft's in der Schule? Hast du einen Freund?«

Aus heiterem Himmel fließen Tränen, und die Geschichte kommt heraus: *Hatte einen Freund, Teddy, neu zugezogen aus Oklahoma, alles prima bis zu dieser Party, die ich hier letztes Wochenende gegeben habe. Da hat er verkündet, dass er mich nicht mehr will, sondern Candace Beasley. Candace war meine Freundin, dann nicht meine Freundin, dann fast wieder meine Freundin, bis sie mir Teddy ausgespannt hat.*

»Ach, Schätzchen«, sagt Harper. Sie streckt eine Hand aus, und Ainsley ergreift und drückt sie. *Eine Geschichte, so alt wie die Welt*, denkt Harper. *Ich liebe dich, du liebst eine andere.* Zum ersten Mal seit ihrer Ankunft auf Nantucket denkt sie an Sadie Zimmer und Drew, die Menschen, denen sie wehgetan hat. Dann denkt sie an Reed. Er ist ein Äther, der sie umgibt. Harpers Liebe zu ihm ist ihre Atmosphäre; sie denkt immer an ihn, sogar wenn sie versucht, nicht an ihn zu denken.

»Aber das ist nicht das Schlimmste«, sagt Ainsley. Sie ist völlig verheult, also steht Harper auf, um Papiertaschentücher zu holen. Ihre arme Nichte leidet unter den typischen Ängsten einer Heranwachsenden, die versucht, aus einer unfairen Welt schlau zu werden. Oh, wie Harper es gehasst hat, Teenager zu sein! Was sie in letzter Zeit auch durchmachen musste, es wurde stets gemildert durch ihr Wissen, dass sie es überleben wird, egal, wie übel die Situation auch ist.

»Was ist denn das Schlimmste?«, fragt sie. Sie reicht Ainsley eine Schachtel Taschentücher, setzt sich und rückt näher an sie heran. Fish, der spürt, wenn jemand Angst hat, lässt sich zu Harpers Füßen fallen.

»Meine beste Freundin«, sagt Ainsley. »Sie heißt Emma ...«

Das Geräusch einer zuknallenden Tür. Eine Stimme, sehr laut vor Wut. »Ainsley?«

Ainsleys Augen weiten sich, und als sie aufspringt, reißt sie ihr Waterford-Glas um, das daraufhin genau am Kelchansatz zerbricht, eine saubere Enthauptung. Harper flucht innerlich – dafür wird Tabitha zweifellos *ihr* die Schuld geben –, aber Ainsley scheint das gar nicht zu bemerken.

»Mom?«, sagt sie, und ihre Stimme klingt entsetzt. Tabitha kommt die Treppe heraufgeklappert; Harper hört ihre Stilettos auf dem Hartholz. Sie fragt sich, ob das Undenkbare geschehen und Eleanor gestorben ist. Aber an Tabithas grimmiger Miene und dem Rauch, der ihr aus den Ohren quillt, wird schnell klar, dass das Problem nicht Eleanor ist. Es ist Harper.

»Was zum Teufel machst du hier?«, fragt Tabitha.

## *TABITHA*

Was sie am meisten nervt, ist, wie behaglich alles wirkt. Der Stephen-Swift-Tisch ist mit Porzellan, Silber und den Waterford-Gläsern gedeckt, die ein Hochzeitsgeschenk für Eleanor und Billy waren. Die Kerzen sind angezündet, und Wachs tropft die Georg-Jensen-Kerzenständer herunter.

Harper hat gekocht. Es riecht immer noch nach getoastetem Brot, Knoblauch, Zwiebeln, *Speck*. Tabithas Magen knurrt. Im Krankenhaus gab es Kaffee und Cracker aus dem Automaten, im Hotel Wein und Mikrowellen-Popcorn.

Zwei der Stühle stehen eng nebeneinander. Tabitha stellt sich vor, wie ihre Tochter und ihre Schwester Vertraulichkeiten austauschen. Es wäre ihr lieber, wenn sie auf dem Tisch Beer Pong gespielt hätten.

»Ich habe dir ausdrücklich eingeschärft, dass ich sie hier nicht haben will«, sagt Tabitha.

»*Sie?*«, fragt Harper. »Wen meinst du?«

»Dich«, sagt Tabitha.

»Ainsley hat mich gebeten zu kommen«, sagt Harper. »Sie hat mir versichert, dass sie deinen Segen hat.«

»Sie hat gelogen«, sagt Tabitha und schaut ihre Tochter an. Ainsley sieht jünger aus als seit langem. Ihr Gesicht ist ungeschminkt, ihr Haar zu einem lockeren Pferdeschwanz zusammengefasst. »Wieder mal.«

»Immer mit der Ruhe«, sagt Harper. »Bleib locker.«

»Bleib locker?«, sagt Tabitha. »Das hier ist *mein* Haus. Wag es nicht, mir zu sagen, dass ich locker bleiben soll.«

»Tut mir leid, dass ich gelogen hab«, sagt Ainsley. »Ich wollte, dass Tante Harper kommt. Ich brauchte Familie um mich.«

»*Familie?*«, sagt Tabitha.

»Du hast mich *allein* gelassen!«, sagt Ainsley. »Ich bin sechzehn Jahre alt und nicht achtzehn oder fünfundzwanzig. Du kannst mich nicht einfach tagelang mir selbst überlassen.«

»Na, du hast es doch überlebt«, sagt Tabitha.

»Tante Harper hat für mich gekocht. Sie hat Lebensmittel eingekauft. Sie hat Eistee gemacht, weil Coke Zero Gift ist.«

»Die ist kein Gift«, sagt Tabitha.

»Ist sie wohl«, sagt Harper.

Als Tabitha Harper anschaut, erhascht sie einen Blick auf Fell zu deren Füßen. Sie kann kaum einen Aufschrei unterdrücken. »Ist das dein *Hund?* Dein Hund in *meinem Haus?*«

Wie zur Antwort hebt der Hund seinen Kopf. Tabitha sieht das intelligente Gesicht und die klaren himmelblauen Augen eines Huskys.

»Das ist Fish«, sagt Harper. »Fish, das ist meine Schwester Pony.«

Fish mustert Tabitha auf beunruhigende Weise, fast so, als wäre er ein Mensch. Er dreht sich zu Harper um, dann wieder zu Tabitha.

*Er bemerkt die Ähnlichkeit*, denkt Tabitha. Sie hätte beinahe gelächelt, bremst sich jedoch. Sie will keinen Hund in ihrem Haus. Auch keinen wunderschönen wie diesen.

»Ich will, dass du morgen früh weg bist«, sagt Tabitha zu Harper. »Ich hab dir gesagt, du sollst nie wieder herkommen.«

»Ich dachte, das hätten wir hinter uns«, sagt Harper.

»Auf dem Vineyard war ich höflich zu dir«, sagt Tabitha. »Höflich, obwohl ich durchnässt und gedemütigt wurde. Das haben wir deinen armseligen Entscheidungen zu verdanken. Ich kann einen Nachmittag lang höflich zu dir sein, Harper, aber das heißt noch nicht, dass ich dich in meinem Haus wohnen und für mein Kind sorgen lasse.«

»Bist du denn zurück?«, fragt Ainsley.

»Ja«, sagt Tabitha, doch die Lüge rötet ihre Wangen. Sie ist nur zurückgekommen, um sich ihre Sachen zu schnappen und nach ihrer Tochter zu sehen; sie hat für morgen früh einen Platz auf der Fähre zum Festland reserviert. Eleanor braucht sie; sie hat sonst niemanden. Tabitha hat bei Eleanors jüngerer Schwester Flossie in Palm Beach angerufen, wurde jedoch informiert, dass Flossie auf einer Kreuzfahrt in Griechenland ist. Tabitha wird mindestens übers Wochenende, vielleicht länger, in Boston bleiben müssen. Sie hat Meghan angerufen, um sie zu bitten, auf Ainsley aufzupassen, aber Meghan zeigte ein ungewöhnliches Maß an Rückgrat und lehnte ab. Dann rief sie noch einmal bei Wyatt an – wo keiner abnahm – sowie bei Stephanie Beasley, der sie eine verzweifelte Nachricht hinterließ.

Ein Teil von Tabitha erwägt, Harper einfach bleiben zu lassen.

»Ich habe gestern einen Freund von dir kennen gelernt«, sagt Harper. »Wir haben miteinander gegessen. Ramsay Striker?«

Tabitha fällt die Kinnlade herunter. »Du hast mit Ramsay gegessen?«

»In der Brauerei«, sagt Harper. »Er hält es für eine gute Idee, dass ich mich um Ainsley kümmere.«

Ramsay hält es für eine gute Idee. *Du bist eine hundsmiserable Mutter, Tabitha.*

Gegen ihren Willen erinnert sich Tabitha an den Feldblumenstrauß; sie entsinnt sich, wie ihre Zehen das kühle Wasser des Hafens streiften, an Harpers heißen, alkoholgeschwängerten Atem, als sie *I can't live with or without you* sang.

»Vergiss das mit morgen«, sagt Tabitha. »Ich will, dass du noch heute Abend verschwindest. Pack deine Sachen.«

»Mom!«, sagt Ainsley.

»Ist schon okay«, sagt Harper und nimmt die Salatschüssel vom Tisch.

»Lass das«, sagt Tabitha. »Fass meine Sachen nicht an.«

»Ich will, dass *du* verschwindest«, sagt Ainsley. »Ich wünschte, Tante Harper wäre meine Mutter und nicht du.«

»Ainsley«, sagt Harper.

Tabitha weiß, dass sie sich abscheulich verhält. Sie wünschte, sie wäre fähig, ihrer Schwester zu verzeihen und es zu feiern, dass ihre Schwester und ihre Tochter Freundschaft schließen. Doch Tabitha kommt nicht über zweiundzwanzig Jahre leidvoller Geschichte hinweg – Harper hatte es in ihrem Leben mit Billy *so* leicht – oder über das, was in der Nacht von Julians Tod geschah.

Tabithas Telefon klingelt. Es ist Stephanie Beasley.

Mit einem Ruck kehrt Tabitha in die Gegenwart zurück; sie verspürt eine kühle Woge der Erleichterung. Stephanie wird auf Ainsley aufpassen. Das ist die Lösung, auf die Tabitha gehofft hat.

»Hallo?«, sagt sie, während sie ins Wohnzimmer tritt. Zu ihrem Erstaunen erhebt sich der Hund und trottet hinter ihr her. »Stephanie?«

»Tabitha?«, sagt Stephanie. »Deine Tochter …«

»Was?«, sagt Tabitha. Sie setzt sich aufs Sofa und streckt unwillkürlich die Hand aus, um das schneeweiße Fell an Fishs Kehle zu kraulen.

»Deine Tochter ist ein Monster«, sagt Stephanie.

Tabitha streichelt Fish weiterhin, während die hässlichen Beschuldigungen aus Stephanie hervorsprudeln. *Eine Flasche Bombay Sapphire und ein Tütchen mit Kokainresten in Candaces Spind. Reingeschmuggelt von Ainsley Cruise und Emma Marlowe. Die Mädchen wollten sich für das rächen, was zwischen Teddy und Candace vorgefallen war.*

»Wie bitte?«, sagt Tabitha. »Für mich klingt es, als ob deine Tochter von sich selbst ablenken will. Vielleicht ist ihr die Situation über den Kopf gewachsen, Stephanie. Ainsley kann doch nicht Sündenbock für alles sein! Du erkennst hoffentlich, wie unsinnig das ist.«

»Unsinnig?«, sagt Stephanie. »Du warst weg und hast deine Tochter ohne die Aufsicht von Erwachsenen zurückgelassen. Ich bin sicher, sie ist direkt ins Haus deiner Mutter spaziert und hat sich den Gin geholt. Dann haben sie und ihre üble kleine Freundin ihn in Candaces Spind geschmuggelt.«

Tabitha schließt die Augen. Wenn sie zu Eleanor rübergeht und den Getränkewagen checkt, wird sie dann feststellen, dass der Bombay Sapphire fehlt?

Natürlich.

Sie rekapituliert, was Stephanie vor ein paar Sekunden gesagt hat. *Die Mädchen wollten sich für das rächen, was zwischen Teddy und Candace vorgefallen war.* Teddy und Candace sind jetzt zusammen, so kurz nachdem Tabitha Teddy und *Ainsley* in ihrem Schlafzimmer vorgefunden hat? Autsch.

»Du wirst morgen von Dr. Bentz hören«, sagt Stephanie.

Tabitha antwortet nicht. Sie legt einfach auf.

Als sie wieder in die Küche tritt, sieht sie, dass Ainsley und Harper den Tisch abdecken. Tabitha schaut zu, wie die beiden sich in harmonischer Übereinstimmung bewegen. Es ist, als beobachte sie sich selbst – die Mutter, die sie immer sein wollte, die Mutter, die sie gewesen wäre, wenn Julian überlebt hätte – mit ihrer geliebten halbwüchsigen Tochter.

»Bleib«, sagt Tabitha. Ihre Stimme ist streng, und Fish, der ihr auf den Fersen gefolgt ist, setzt sich gehorsam hin und blickt zu ihr auf. »Ich muss morgen früh zurück nach Boston«, sagt Tabitha. »Eleanor braucht mich.«

»*Ich* kann mich doch um Eleanor kümmern«, meint Harper. »Und du bleibst hier bei Ainsley.«

Tabitha überlegt. Sie erinnert sich, wie Eleanor Harper nach der Trauerfeier für Billy nachweinte. Eleanor hat Tabitha satt, genau wie Ainsley. Aber Tabitha hat nicht Jahr um Jahr in Eleanor und das Geschäft investiert, um am Ende von Harper ersetzt zu werden. Sie wird damit belohnt werden, dass sie das Imperium erbt. Und auch wenn dieses Imperium jetzt kleiner ist, besitzt Eleanor immer noch ein Riesenvermögen in Form von Immobilien: das Haus hier, das Haus in der Pinckney Street. Tabitha wird ihren Anspruch darauf nicht aufgeben.

»Für Eleanor bin ich zuständig«, sagt sie. »Das wissen wir beide.«

»Spiel nicht die Geknechtete«, sagt Harper. »Ich habe die letzten zehn Monate damit verbracht, für Billy zu sorgen.«

»Mit seinem Arzt zu schlafen«, höhnt Tabitha.

»Für Billy zu *sorgen*«, wiederholt Harper. »Ihn zu füttern, zu baden, herumzufahren, ihn zum Arzt zu bringen und abzuholen, darauf zu achten, dass er nicht zu viel raucht oder heimlich trinkt. Und jetzt muss ich mich mit dem Verkauf von Billys Haus befassen, und dann teilen wir den Erlös unter uns auf, wie Billy es verfügt hat.«

Das ist Tabitha neu. Ihr Gehirn fängt an zu rattern. *Erlös* klingt nach unerwartetem Einkommen, dem Glücksfall, den sie so dringend braucht. »Warte mal«, sagt sie. »Wie ist das genau mit dem Haus? Über wie viel reden wir?«

»Ich habe es von einer Maklerin anschauen lassen. Sie meinte, wir können es entweder renovieren oder als Abrisshaus verkaufen. Ich werde *nicht* renovieren. Das kostet zu viel und dauert zu lange, und die Bauunternehmer auf dem Vineyard sind regelrecht stolz darauf, keine Zeit zu haben. Als Abrisshaus, sagt sie, können wir es für sechshunderttausend anbieten und für eine halbe Million loswerden.«

»Abrisshaus?«, hakt Tabitha nach. »Ist es wirklich so schlimm?«

»Ja«, sagt Harper. »Was du wüsstest, wenn du jemals zu Besuch gekommen wärst.«

Tabitha nimmt die spitze Bemerkung schweigend hin und räuspert sich. »Gibt es eine Hypothek?«

»Eine Hypothek von zwei neunundsechzig«, sagt Harper. »Sechs Prozent des Verkaufspreises gehen an den Makler, und dann kommen noch Kaufnebenkosten dazu. Wenn wir an dem Haus absolut gar nichts verändern, bleiben uns beiden jeweils *hundert Riesen*.«

Hundert Riesen: Bei Harper klingt das nach einer Wahnsinnssumme. Und die ist es vielleicht auch für sie; in ihrem Job verdient sie bestimmt nicht mehr als zwanzig Dollar pro Stunde. Für Tabitha hingegen würden hundert Riesen nicht viel bringen. Sobald sie Ramsay die vierzigtausend gezahlt hat, die sie ihm schuldet, bleiben sechzig, und die finanzieren gerade einmal Ainsleys erstes Jahr im College. Billys Erbe als Abrisshaus zu verkaufen wäre Harper lieber, weil das der schnelle, einfache Ausweg ist.

»Wie viel, wenn wir renovieren?«, fragt Tabitha.

»Rein akademische Frage«, sagt Harper. »Wir renovieren nicht.«

»Erzähl mir bitte trotzdem, was sie gesagt hat.«

Harper seufzt. »Sie hat gesagt, sie würde es für eins Komma eins anbieten, aber dann wäre eine Komplettsanierung notwendig. Und es tut mir leid, aber die ist *nicht* drin. Ich habe keinerlei Ersparnisse. Billy hat neunzigtausend auf dem Konto beziehungsweise weniger, weil ich den Golfclub noch für die verdammte Trauerfeier bezahlen muss. Polly hat gesagt, eine Sanierung würde hundertfünfzigtausend kosten. Das bedeutet, dass ich mir einen Kredit von der Bank besorgen oder mir Geld von Mommy leihen müsste, und das werde ich *nicht* tun …«

»So viel hat Mutter nicht«, sagt Tabitha. »Und selbst wenn, würde sie es dir nicht für Billys Haus borgen.«

»Spielt keine Rolle«, sagt Harper. »Wir verkaufen es als Abrisshaus, Pony.«

Tabitha lässt ihr die Verwendung des verhassten Spitznamens durchgehen, weil sie mit Rechnen beschäftigt ist. Wenn sie hundertfünfzig in Billys Haus investieren und es für eine Million verkaufen, erzielen sie beide einen Erlös von über dreihundert Riesen.

»Tante Harper sollte hierbleiben, Mom, und du solltest auf den

Vineyard ziehen«, sagt Ainsley. »Hast du nicht immer davon geträumt, ein Haus zu renovieren?«

»Grammies Haus«, sagt Tabitha. Sie sehnt sich seit langem nach der Erlaubnis, Eleanors Haus in der Pinckney Street umzugestalten, und nach einem unbegrenzten Budget dafür – aber selbstverständlich ist ihr beides bisher nicht gewährt worden. »Ich meinte das Haus in Beacon Hill.«

»Nimm dir stattdessen Gramps' Haus vor«, sagt Ainsley. »Das würdest du bestimmt prima hinkriegen.«

Harper wendet sich Ainsley zu. »Nein. Das renovieren wir nicht. Auf wessen Seite bist du überhaupt?«

Ainsley runzelt die Stirn. »Ich möchte, dass du bleibst.«

Ainsleys Vorschlag ist ungeheuerlich, und doch hat er für Tabitha einen gewissen Reiz. Wenn sie Flossie erreicht oder Eleanor dazu bewegt, eine Pflegerin einzustellen, hätte sie Zeit, an Billys Haus zu arbeiten, was ihr großen Spaß machen würde. Bei ihrem guten Geschmack und mit ein bisschen Schufterei könnten sie es für das Dreifache verkaufen. Was sollte Harper dagegen haben?

Während Tabitha sich um die Renovierung kümmert, könnte Harper sich hier mit den Folgen von Ainsleys Verhalten beschäftigen *und* in der Boutique arbeiten. Die Boutique wird Ende des Sommers bankrott sein – Tabitha hat alles in ihrer Macht Stehende getan, um sie zu retten, aber vergeblich –, also warum nicht Harper die Schuld an ihrem Niedergang zuschieben?

Ist es zu grausam, Harper das sinkende Schiff – Tabithas Leben – übernehmen zu lassen?

Sie erinnert sich daran, wie der kalte Champagner in ihrem Gesicht und die darauf folgende Ohrfeige brannten.

An die Feldblumen. Die Chicken Box. »With or Without You«.

Julian, tot.

»Sobald ich Mutter nach Hause gebracht habe, fahre ich rüber auf den Vineyard und sehe mir die Sache an«, sagt Tabitha. »Ich kümmere mich um die Maklerin und den Verkauf, und du kannst hier bei Ainsley bleiben. Aber es gibt Bedingungen.«

»Welche?«, fragt Harper.

»An erster Stelle steht für dich meine Tochter«, sagt Tabitha. »Ich rufe morgen früh im Schulsekretariat an und teile ihnen mit, dass du für den Rest des Schuljahrs für sie zuständig bist. Das sind nur noch ein paar Tage, doch falls es Probleme gibt, geht der Anruf an dich.«

Harper nickt.

»Wird es Probleme geben?«, fragt Tabitha Ainsley.

Ainsley blickt auf ihre Füße. »Nein.«

»Ainsley?«

»Nein«, sagt Ainsley.

Tabitha schließt einen Moment lang die Augen. Sie ist so müde, so *erschöpft*, dass sie im Stehen einschlafen könnte. *Du bist eine hundsmiserable Mutter, Tabitha.* Sie fragt sich, ob der wahre Grund für ihre Zustimmung zu diesem Plan nur ihr Widerwille dagegen ist, sich mit Ainsleys Bockmist auseinanderzusetzen.

Vielleicht, ja. Und das Gefühl ist offensichtlich beidseitig. In Ainsleys Augen glänzt Hoffnung. Sie will ihre Tante.

*Sei vorsichtig mit dem, was du dir wünschst*, denkt Tabitha.

»An zweiter Stelle kommt die ERF-Boutique in der Candle Street«, sagt Tabitha. »Meghan kriegt in Kürze ihr Baby. Sie wird dich morgen einweisen, und damit werdet ihr beide eine Menge zu tun haben. Die Bestellungen kann ich vom Vineyard aus erledigen, aber du musst sie im Auge behalten und einsortieren, den Lagerbestand verwalten, die Kasse führen und die Einzahlungen jeden Morgen zur Bank bringen. Zusätzlich zum eigentlichen Verkauf natürlich. Dabei hilft dir Mary Jo.«

»Sie ist blind«, sagt Ainsley.

»Kurzsichtig«, sagt Tabitha.

»Das schaffe ich schon«, sagt Harper.

»Ja«, sagt Tabitha, und der Teil von ihr, der sich seit langem Rache an ihrer Schwester wünscht, ist beschwichtigt. Unmöglich, dass ihre Schwester es schafft. »Da bin ich sicher.«

## *HARPER*

Am nächsten Morgen klingelt ihr Wecker um halb sieben, und Harpers springt zielstrebig aus dem Bett. Fish wartet schon mit wedelndem Schwanz an der Schlafzimmertür.

In der Ferne hört Harper das Heulen des Nebelhorns der Fähre. Tabitha ist mit ihrem Wagen an Bord. Sie ist weg. Jetzt hat Harper das Sagen.

»Kümmre dich um die Tochter«, sagt Harper zu Fish. »Und dann ums Geschäft.«

Nachdem Harper Fish rausgelassen hat, geht sie nach oben, wo sie frisch aufgebrühten Kaffee und eine Liste mit Anweisungen vorfindet sowie einen Umschlag, der fünfzehn Einhundert-Dollar-Scheine enthält.

Harper liest sich die Instruktionen durch und staunt darüber, dass die Handschrift der fast vierzigjährigen Tabitha immer noch dieselbe ist wie die des zehnjährigen Mädchens, das in der vierten Klasse den Preis im Schönschreiben gewann.

*Harper*, steht auf dem Zettel, *bitte befolge diese Anweisungen.*

Harper stellt fest, dass sie dankbar für Richtlinien ist. Sie verspürt sowohl Hochstimmung als auch Angst angesichts der gestrigen Ereignisse. Sie wird die nächsten Wochen – oder mehr? – auf Nantucket verbringen, um für ihre sechzehnjährige Nichte zu sorgen, eine Aufgabe, von der sie genau genommen keine Ahnung hat.

*1. Ainsley: Kein Alkohol. Keine Drogen. Verstöße = einwöchiger Verlust des Telefons.* KEINE AUSFLÜCHTE.

*2. Felipa kommt mittwochs zum Putzen. Sie wohnt im Souterrain von Eleanors Haus und wird merken, wenn du da drüben* RUMSCHNÜFFELST.

Das letzte Wort ist groß geschrieben und unterstrichen, als wäre Harpers Schnüffelei eine gegebene Tatsache. Tabitha hält Harper für eine Betrügerin, eine Lügnerin *und* eine Diebin.

Bei den Punkten 3 bis 6 geht es um das Geschäft: die Adresse, den Sicherheitscode, die Telefonnummern des Hausmeisters, des Vermieters, der Polizeiwache, der Feuerwehr, von Meghan und Mary Jo.

*7. Wähl deine Kleidung aus dem aktuellen Angebot. Such dir sechs Outfits aus (eins MUSS das Roxie sein) und wechsle sie täglich. Notiere genau, welche du nimmst. Nur ein Paar Schuhe. Dieser Laden spiegelt die Marke Eleanor Roxie-Frost direkt wider, also halt dich daran.*

Harper überfällt sofort ein heftiger Juckreiz. Sie weiß, dass die Boutique in Nantucket außer Eleanor Roxie-Frost auch andere Marken führt, aber diese anderen Marken werden Harper immer noch zu verspielt und feminin sein, und sie wird mindestens einmal wöchentlich das verdammte Roxie tragen müssen.

Sie durchlebt eine Abfolge ekelerregender Erinnerungen: ihre Konfirmation in der Church of Advent, die Tanzveranstaltung in der neunten Klasse, ihr Abschlussball. Ihre Jugend war gebrandmarkt mit Anlässen, für die sie sich herausputzen musste. Tabitha liebte das. Tabitha trug *freiwillig* Kleider und Röcke.

Ums Geschäft wird Harper sich später kümmern. Erst einmal konzentriert sie sich auf die Tochter.

Sie klopft leise an Ainsleys Tür. Keine Reaktion. Sie klopft erneut und ein bisschen lauter, was ein Stöhnen zur Folge hat. Harper öffnet die Tür einen Spalt breit.

»Aufstehen«, sagt sie.

»Ich bin krank«, sagt Ainsley. »Ich hab Migräne.«

Harper hätte fast gelacht. Es ist verblüffend, wie Krankheiten, reale oder eingebildete, sich durch Generationen ziehen. Für Eleanor waren alle Kopfschmerzen eine »Migräne«, die drei Stunden lang ein kühles, abgedunkeltes Schlafzimmer erforderte und danach einen doppelten Espresso und einen doppelten Gin-Martini.

»Steh auf«, sagt Harper.

»Ehrlich, ich krieg sie immer wieder«, sagt Ainsley. »Ich kann mich nicht bewegen. Ich sehe ganz verschwommen, und mir ist übel. Ich bleibe heute zu Hause.«

»Du gehst heute zur Schule«, sagt Harper. Sie schnippt zweimal mit den Fingern, und Fish springt aufs Bett und fängt an zu bellen. Ainsley stöhnt wieder und streckt einen Fuß in Richtung Boden aus.

Während Ainsley duscht, macht Harper ihre berühmten Rühreier – berühmt jedenfalls bei Billy und ihr. Harper nimmt dafür die doppelte Menge Eigelb, Sahne und eine Handvoll geriebenen Cheddar. Sie lässt die Eier bei niedriger Hitze langsam garen, bis sie golden und cremig sind.

Harper füllt Ainsley eine Portion davon mit einem Stück leicht gebutterten Roggentoast auf einen Teller, den Ainsley jedoch beiseiteschiebt. »Ich frühstücke nicht.«

»Heute schon«, sagt Harper.

»Ich dachte, du wärst cool«, sagt Ainsley. Ihre Stimme hat einen gehässigen, patzigen Unterton, und Harper würde am liebsten knurren wie Fish, wenn sie die Fellbürste hervorholt.

»Ich bin cool«, sagt sie. »Aber wenn du glaubst, ich lasse dich diesen Sommer tun, was du willst, täuschst du dich gewaltig.«

»Mom lässt mich so ziemlich alles tun«, sagt Ainsley.

»Nichts für ungut, aber die Strategie scheint nicht sehr wirkungsvoll zu sein«, sagt Harper. »Ich hab gestern den Wodka in deinem Zimmer gefunden, und ich bin sicher, wenn ich ein bisschen suche, finde ich auch Dope.«

Ainsley grinst höhnisch. »Die Mühe kannst du dir sparen. Es ist in meiner obersten Schublade.«

Harper starrt sie an. »Iss die Eier.«

Widerwillig nimmt Ainsley einen Bissen. Sie nickt. »Die sind gut. Wie viele Kalorien haben sie, zehntausend?«

»So ungefähr«, sagt Harper, und das Mädchen schenkt ihr ein Lächeln.

*Holpriger Start*, denkt Harper, aber Billys Uhr zufolge steigen sie und Ainsley und Fish rechtzeitig in den Bronco, und Harper liefert Ainsley noch vor dem Klingeln vor der Schule ab.

»Hab einen schönen Tag«, sagt Harper.

»Wohl kaum«, sagt Ainsley.

»Soll ich dich abholen?«, fragt Harper. »Du hast um halb drei Schluss?«

»Meistens kann ich bei meiner Freundin Emma mitfahren«, sagt Ainsley. »Sonst simse ich dir.« Sie steigt aus dem Wagen, wirft ihr Haar zurück und schlendert zur Eingangstür. Sie ist so hübsch und selbstsicher. Wie kann das sein mit sechzehn? Sie trägt Skinny Jeans, Ballerinas und eine weiße, mit Veilchen bestickte Baumwolltunika. Ihre Haare sind seitlich zu einem lockeren Zopf zusammengefasst, der ihrer sehr steifen Haltung etwas Entspanntes verleiht. Ihre Schultern sind gestrafft, als erwarte sie einen Angriff.

Erst als Harper losfährt, fällt ihr ihr Gespräch beim Abendessen wieder ein. Ainsleys Freund Teddy wurde ihr von einer Freundin ausgespannt – aber nicht Emma. Von einer anderen. Ainsley hat Emma zwar auch erwähnt, doch Harper entsinnt sich nicht mehr an den Kontext.

Fish klettert auf den Vordersitz, wo er seinen Stammplatz als Copilot einnimmt.

»Well, the first days are the hardest days, don't you worry anymore«, singt Harper, allerdings falsch. *Die ersten Tage sind die schwersten.* Sie greift nach Fish, um ihm den Nacken zu kraulen, und fragt sich, wie lange es dauern wird, bevor sie alle Einzelheiten der Dramen in Ainsleys Privatleben kennt. Zumindest hat sie sich daran erinnert, dass der Exfreund Teddy heißt. Und jetzt weiß sie, dass Emma Ainsley nach Hause fährt.

In der Konsole klingelt Harpers Telefon. Sie nimmt nicht ab, weil sie vermutet, dass es Tabitha ist, die sich vergewissern will, dass Harper Ainsley rechtzeitig zur Schule gebracht hat. Als sie aber vor der Remise ist und ihr Handy checkt, sieht sie, dass der verpasste Anruf von Rooster ist.

Harper seufzt. Einen Moment lang hat sie geglaubt, sie wäre ihrem Leben auf dem Vineyard erfolgreich entkommen. Sie lässt Fish aus dem Wagen.

»Geh«, sagt sie. »Aber bau keinen Mist.«

Fish trottet los, um die Rasenfläche in Eleanors Vorgarten zu erkunden.

Harper bleibt im Auto und betrachtet das Telefon in ihrem Schoß. Sie sieht Rooster vor sich – *Hahn* –, so genannt wegen seiner leuchtend roten, zum Hahnenkamm frisierten Haare, wie er über seinem Schreibtisch hängt und auch dort seine Ray-Ban-Sonnenbrille trägt, weil er verkatert ist.

Warum ruft er an? Vielleicht will er, dass sie wieder für ihn arbeitet. Vielleicht hat er niemanden gefunden, der sie ersetzt. Es dauert ziemlich lange, bis man sich all die kleinen Feldwege in sämtlichen Ortschaften eingeprägt hat. Es ist nicht sinnvoll, einen Collegestudenten anzuheuern: Bis er oder sie endlich gelernt hat, den Job effektiv zu verrichten, ist der Sommer vorbei. Außerdem ist ein einwandfreier automobilistischer Leumund erforderlich – Bewerber, die noch nie einen Strafzettel bekommen oder Unfall verursacht haben, sind schwerer zu finden, als man denkt. Ja, glaubt Harper, Rooster ruft definitiv an, um ihr ihren alten Job anzubieten. Wahrscheinlich vermutet er, dass sie verzweifelt darauf wartet, doch da täuscht er sich. Ihm einen Korb zu geben, wird ein befriedigender Einstieg in den Tag sein. Sie ruft Rooster zurück.

»Harper«, sagt er und betont beide Silben so, dass sie wie Stachel klingen. Harper hat ihr Name immer wegen seiner kühl-korrekten Androgynität gefallen; er ist nicht weich oder feminin. Diese Variante war ihrer Schwester zugedacht.

»Wally«, sagt Harper, ein Versuch, dem Gespräch eine heitere Note zu verleihen. Roosters richtiger Name ist Wallace. »Was gibt's?«

»Die Gerüchte nehmen kein Ende«, sagt Rooster. »Gestern hab ich einen echten Hammer gehört. Sitzt du?«

Sie ist nach wie vor in ihrem Bronco, nach wie vor angeschnallt, was ihr angemessen erscheint. *Sie können mir nichts antun*, denkt sie – all diese Vineyarder, die ihr eigenes Leben so sehr langweilt, dass sie sich mit der Analyse von Harper Frosts fragwürdigen Taten antörnen müssen.

»Ich will es gar nicht wissen«, sagt sie und meint es ernst: Was soll es ihr nützen zu erfahren, was die Leute sagen? Als die Nachricht über Harpers Verbindung zu Joey Bowen die Runde machte, versuchte sie unermüdlich herauszufinden, wer was zu wem gesagt hatte. Sie notierte alle Beteiligten auf einem Bogen Pappe und verband sie mit Linien, bis das Ganze aussah wie ein Spinnennetz. Um Schadenskontrolle zu betreiben, rief sie die Hauptgerüchteverbreiter an, um ihnen ihre Seite der Geschichte zu vermitteln, was zu sekundären und tertiären Gerüchten führte, die das Feuer weiter anfachten und den Tratsch am Leben erhielten. Es war ein Wunder, dass Harper nicht mit Joey Bowen im Gefängnis landete.

Aus dem Abstand von drei Jahren erkennt sie, dass sie ... gar nichts hätte unternehmen sollen. Sie hätte die Leute reden lassen sollen, dann wäre das Interesse allmählich abgeflaut. Es war ein einmaliger Vorfall gewesen. Sie hatte einen großen Fehler gemacht – einen sehr, sehr großen aus Judes Perspektive –, doch sie war ein sehr kleines Rädchen im Getriebe einer weitreichenden, gut geölten Drogenhandelsmaschine gewesen. Ihre einzige Schuld bestand darin, ein Päckchen ausgeliefert zu haben, das, wie sich herausstellte, fast drei Pfund Kokain enthielt, aber es hätten eben auch drei Pfund Kartoffelsalat sein können.

»Hör doch einfach zu«, sagt Rooster. »Du wirst deine helle Freude daran haben.«

»Werde ich nicht«, sagt Harper. »Schließlich geht es um mein *Leben*, Rooster.«

»Jeder weiß, dass du eine Affäre mit Dr. Zimmer hattest«, sagt Rooster. »Das ist Schnee von gestern. Der Schnee von heute ist, dass du auch mit diesem lädierten Surfer auf Chappy schläfst.«

Harper stöhnt. »Mit Brendan Donegal? Er ist ein *Freund* von mir, Rooster. Ich darf doch noch Freunde haben, oder?«

»Ich bin dein Freund«, sagt Rooster. »Deshalb erzähle ich dir das ja alles.«

»Du bist nicht mein Freund, Rooster. Du bist mein Boss. Und nicht mal das, du bist mein Exboss.«

»Dann rate mal, was ich gehört habe? Ich habe gehört, dass Sadie Zimmer Dr. Zimmer *verlassen* hat.«

Harper beißt sich auf die Zunge. *Sadie ist gegangen?* Das hat Harper nie in Betracht gezogen: dass Sadie Reed verlässt statt umgekehrt.

»Aber dann habe ich gehört, dass nicht sie ihn verlassen hat, sondern *er sie*. Dr. Zimmer hat Urlaub genommen.«

*Hat Urlaub genommen?*, denkt Harper und schließt die Augen.

»*Dann* habe ich gehört, dass du verschwunden bist und niemand weiß, wo du steckst, und niemand weiß, wo Dr. Zimmer ist, also glauben die Leute, dass ihr zusammen abgehauen seid wie das Pärchen in *Natural Born Killers*, nur dass ihr keine Menschen ermordet. Aber vielleicht pflastern ja auch Leichen euren Weg. Nichts würde mich inzwischen mehr überraschen, Harper, denn die Gerüchte türmen sich wie Fahrzeugwracks nach einem Verkehrsunfall. Jedenfalls bin ich froh, dass du ans Telefon gegangen bist. Ich habe noch einen Gehaltsscheck für dich. Wohin soll ich ihn schicken?«

Sie sagt nichts. Sie zweifelt nicht daran, dass Reeds »Urlaub« ihm von Adam Greenfield aufgezwungen wurde; Reed würde seine Patienten nie freiwillig im Stich lassen. Aber er hat den *Vineyard* verlassen? Wo steckt er? Sucht er vielleicht in ganz Amerika nach ihr?

»Harper?«, sagt Rooster.

»Ich bin hier«, sagt Harper.

»Wo ist hier?«, fragt Rooster. »Wohin soll ich deinen Scheck schicken?«

Es ist ihr zuwider, dass die Leute jetzt über sie und Brendan tuscheln. Sie erschauert bei dem Gedanken, dass Mrs Donegal irgendwie von dem Gerücht erfährt.

»Harper?«, sagt Rooster.

Sie will Rooster nicht verraten, wo sie ist. Der Scheck ist über sechshundertzweiunddreißig Dollar ausgestellt, zu viel Geld, um es zu ignorieren, doch sie will nicht, dass jemand weiß, dass sie auf Nantucket ist. Sie will nicht, dass Sadie es herausfindet oder Drew oder eine von Drews Tanten oder sonst jemand. Nantucket ist in mancher Beziehung das ideale Versteck direkt in Sichtweite.

»Schick ihn an mein Postfach«, sagt Harper. »Nummer 1888, Vineyard Haven.«

»Du bist also hier?«, fragt Rooster. »Hier auf der Insel?«

Bevor sie das bestätigen oder leugnen kann, ertönt ein Piepsen. Es ist ein eingehender Anruf. Die Nummer kennt sie nicht, doch darunter steht *Nantucket, MA*. Harper wirft Rooster ohne Erklärung oder Abschiedswort aus der Leitung. Soll er doch denken, dass sie an einem Ort mit schlechtem Empfang ist – in den Anden, im Yukon. Anders geht es nicht.

»Hallo?«, sagt Harper.

»Ms Frost?«, sagt eine männliche Stimme. »Hier spricht Dr. Bentz. Ich bin der Direktor der Nantucket High School und muss Sie bitten, sofort herzukommen.«

## *AINSLEY*

Ms Kerr kontaktiert das Klassenzimmer nicht über die Sprechanlage. Stattdessen kreuzen sie und Dr. Bentz *persönlich* an der Tür auf, hinter der Ainsley in amerikanischer Geschichte unterrichtet wird.

»Ainsley«, sagt Ms Kerr. »Kommen Sie bitte mit.«

Ein Raunen geht durch den Raum, und Dr. Bentz schenkt allen das Lächeln eines Gameshow-Moderators. »Wir wollen nicht stören, wenn Sie etwas über die Prohibition lernen«, sagt er. »Für ihre Einführung gab es gute Gründe.«

Ainsley greift nach ihrer Tasche und schlüpft an Dr. Bentz vorbei in den Flur.

In Dr. Bentz' Büro versammelt sind Emma und ihr Vater Dutch, Candace, Stephanie und Stu Beasley und Tabitha. Nein, nicht Tabitha – Tante Harper. Ainsley muss aufstoßen und schmeckt die Eier, die Harper ihr zum Frühstück gemacht hat.

Sie versucht, mit Emma Blickkontakt aufzunehmen. Sie stehen sich nahe genug, um sich auch ohne Worte auf eine Strategie zu verständigen. Aber Emma starrt auf den Tisch. Dutch sieht stocksauer aus. Sein kahl rasierter Kopf ist rot vor Wut, und seine tätowierten Arme sind vor der Brust verschränkt. Candace schaut gekränkt drein, ihre Eltern ernst. Nur Tante Harper wirkt heiter. Als sie Ainsley sieht, zuckt sie die Achseln – sie hat keine Ahnung, warum sie hier sind – und lächelt tröstlich.

Das Lächeln treibt Ainsley Tränen in die Augen.

Dr. Bentz setzt sich als Letzter an den Tisch. Er wirkt präsent und engagiert, aber bemüht gelassen. Er liebt es, Konflikte zu lösen, das weiß Ainsley. In seinem Büro hängt ein Poster von Jimmy Carter.

»Emma, Ainsley«, sagt Dr. Bentz. »Wir haben Sie heute mit Ihren Eltern und/oder Betreuern hierher eingeladen, um zu erfahren, was Sie über eine Flasche Bombay-Sapphire-Gin und ein Tütchen mit Kokainresten in Candace Beasleys Spind wissen.«

»Ich weiß nichts darüber«, sagt Ainsley. »Ich meine, ich habe *gehört*, dass Candace mit Alkohol und Drogen in ihrem Spind erwischt wurde, aber das war's auch schon.«

Dr. Bentz studiert Ainsley, als beabsichtige er, aus dem Gedächtnis ein Porträt von ihr zu malen. »Sind Sie *sicher*, Ainsley?«

Ainsley mustert Dr. Bentz ebenso prüfend. Er hat einen übergroßen Kopf und einen Walross-Schnurrbart und trägt eine Brille, die seine Augen riesig und gallertartig erscheinen lässt. Er ist so durch und durch Schuldirektor, dass es Ainsley schwerfällt, ihn sich außerhalb der Schule vorzustellen. Sie weiß, dass er in Sconset in einem Haus lebt, das den Eltern seiner Frau gehört, und dass er im Sommer, wenn seine Schwiegereltern es bewohnen, am Copper River in Alaska Lachse fischen geht. Ainsley tut Dr. Bentz leid, weil er nie in den Genuss der Sommer auf Nantucket kommt; er muss seinen Job sehr lieben, denn warum sonst sollte er sich auf so einen miesen Deal einlassen?

Bevor Ainsley mit einem ruhigen, gemessenen *Ja, da bin ich ganz sicher* antworten kann – sie hat das letzte Jahr damit verbracht, Lügen wie Wahrheiten klingen zu lassen –, mischt sich Emma ein.

»Es war alles Ainsleys Idee«, sagt sie. »Candace hat ihr Teddy ausgespannt, und dafür wollte Ainsley sich rächen.« Emma zuckt die Achseln. »›Die Hölle selbst kann nicht wüten wie eine verschmähte Frau …‹ Das ist ein direktes Zitat von William Shakespeare.«

Dr. Bentz räuspert sich. »Eigentlich stammt es von dem anderen

William. William *Congreve*. Und das Zitat, Miss Marlowe, lautet ›Nicht der Zorn der Hölle gleicht dem einer verschmähten Frau.‹«

Emma schenkt Dr. Bentz ein nachsichtiges Lächeln, obwohl sie ihm, wie Ainsley weiß, lieber erklären würde, er solle sich verziehen. »Ist doch dasselbe in Grün!«, sagt sie und macht eine Kunstpause. »Zurück zu meiner Geschichte. Ainsley hat den Gin aus dem Haus ihrer Großmutter gestohlen, und das Kokainpäckchen hat sie von Felipas Freund. Felipa ist die Haushälterin und aus *Mexiko*. Dann hat Ainsley mich gebeten, beides in Candaces Spind zu verstecken.«

Ainsley verspürt einen Schlag, als hätte sie aus kurzer Distanz ein Gummiband ins Gesicht getroffen. »Was?«

Dr. Bentz gebietet ihr mit der Hand zu schweigen. »Und wie, Emma, haben Sie sich Zugang zu Candaces Spind verschafft?«

»Sie hat mir vor ein paar Wochen die Kombination gegeben«, sagt Emma. »Ich hatte mein Chemiebuch zu Hause vergessen, und Candace hat mir ihrs geliehen, damit ich die Hausaufgaben erledigen konnte. Die Kombination habe ich mir aufgeschrieben.«

Dr. Bentz wendet sich Candace zu. »Stimmt das? Sie haben Miss Marlowe Ihre Kombination gegeben?«

Candace nickt, und Ainsley ist so erbost – Emma und Candace stecken *unter einer Decke* –, dass es aus ihr herausplatzt: »Nein, Emma. Du hast letzten Herbst während der Feueralarmübung die Kombinationen *aller* Spinde aus dem Sekretariat geklaut.«

»Ich habe Emma meine Kombination gegeben«, sagt Candace.

Das bringt Ainsley zum Verstummen. Sie spürt die Hand ihrer Tante auf ihrem Rücken. Harper beugt sich zu ihr. »Sag einfach die Wahrheit«, flüstert sie. »Das ist immer am besten.«

»Den Gin habe ich meiner Großmutter gestohlen«, sagt Ainsley. »Aber es war Emmas Idee, nicht meine, ihn in Candaces Spind zu schmuggeln. Emma hat letzten November die Spindkombinationen aller Schüler aus diesem Büro gestohlen. Und sie hat das Kokaintütchen mitgebracht. Unsere Haushälterin hat gar keinen Freund. Emma hatte das Kokain aus der Jeanstasche ihres Vaters.«

Dutch Marlowe steht auf und brüllt: »Pass auf, wen du beschuldigst, junge Dame!«

Alle am Tisch, auch Dr. Bentz und Stu Beasley, schrecken zurück. Bei diesen Friedensgesprächen ist Dutch die abtrünnige Nation.

»Und Sie passen besser auf, wie Sie mit Ainsley sprechen«, sagt Tante Harper. Auch sie ist jetzt auf den Beinen. »Ihre Abwehrhaltung verrät mir, dass Sie vermutlich schuldig sind, und Ihr Verhalten passt zu jemandem, der Kokain konsumiert.«

»Halt die Klappe, Tabitha, du hochnäsige Zicke«, sagt Dutch. »Warum lässt du deine Mommy nicht ihren Anwalt anrufen?«

»Aber, aber, Mr Marlowe«, sagt Dr. Bentz. »Beschimpfungen dulden wir hier nicht.«

»Es war Ainsleys Idee, schlicht und einfach«, sagt Emma. »Es war falsch von mir, einem so grausamen Plan zuzustimmen, aber Ainsley und ich sind schon so lange befreundet …« An diesem Punkt fängt Emma an zu weinen, und Ainsley reißt die Augen auf. In den fünf Jahren ihrer Freundschaft hat sich Emma nie rührselig gezeigt, geschweige denn Tränen vergossen – nicht einmal, wenn sie über ihre Mutter sprachen, die nach Florida gezogen war, als Emma noch in den Kindergarten ging, und nie zurückkam. »Deshalb habe ich einfach mitgemacht, obwohl ich wusste, dass es verkehrt war.«

»Es war *deine* Idee«, sagt Ainsley. »Du hast das Kokaintütchen gestern vor dem Unterricht aus deiner Jeanstasche geholt.«

»Ich hab genug gehört«, mischt sich Dutch wieder ein und funkelt Harper an. »Sag deiner Tochter, sie soll die Leute nicht länger wegen etwas beschuldigen, das sie nicht getan haben!«

Dr. Bentz berührt den Knoten seiner Krawatte. »Was wir bisher festgestellt haben, ist, dass weder der Alkohol noch das Päckchen mit den Kokainresten Miss Beasley gehört haben.«

»Genau«, sagt Stephanie Beasley. Ihr Haar ist zu einem lockeren Knoten geschlungen, und in ihrem dünnen Sommerkleid sieht sie hübsch und natürlich und ganz wie die netteste, solideste Mutter der Welt aus. Sie wirft Ainsley einen gequälten Blick zu. »Ich weiß nicht, was Candace dir angetan hat. Du hast ihr das Leben jahrelang zur Hölle gemacht, was jetzt in dieser besonders miesen Nummer kulminiert. Am erstaunlichsten finde ich, dass du dachtest, du würdest damit durchkommen. Vermutlich liegt das daran, dass du dich nie für die Abscheulichkeiten verantworten musstest, die du anderen Menschen angetan hast. Und das« – jetzt sieht sie Harper an – »ist *deine* Schuld, Tabitha.«

»Ich bin nicht ...«, sagt Harper, hält dann jedoch den Mund, da sie sich anscheinend eines Besseren besinnt.

»Das ist meine Tante«, sagt Ainsley. »Nicht meine Mutter.«

Alle Umsitzenden starren Ainsley an, als hätte sie zwei Köpfe.

»Dieser Brief an die Schulkrankenschwester« – Dr. Bentz zieht einen Zettel hervor und legt ihn Ainsley vor –, »den haben Sie geschrieben? Sie hätten *gehört*, dass Candace Beasley Alkohol und Drogen in ihrem Spind hat?«

Ainsley schaut auf das Blatt Papier. Sie hat »Alkohol« absichtlich falsch geschrieben (*Alkohal*), um den Eindruck zu erwecken, die Verfasserin sei weniger intelligent als sie. Ihre Zensuren sind nicht grandios, aber zumindest kann sie buchstabieren. Sie weiß nicht, ob sie sich zu dem Brief bekennen soll. Können sie ihn auf Fingerabdrücke überprüfen oder die Tinte mit der ihres Druckers zu Hause vergleichen?

»Ja«, sagt sie.

Dutch sieht auf seine Uhr. »Können wir gehen?«, fragt er. »Ich habe ein Restaurant zu leiten.«

»Ja«, sagt Dr. Bentz. »Alle können gehen bis auf Ainsley und ihre Begleiterin. Ich regele die Angelegenheit von nun an. Danke für Ihr Kommen.«

Es ist schlimmer als die Hexenprozesse in Salem, findet Ainsley. Schlimmer als bei Galileo oder Jeanne d'Arc. Sie, Ainsley Cruise, ist *fälschlich beschuldigt* worden. Sie ist so aufgeregt über Dr. Bentz' Unfähigkeit, Emmas Lügen und Dutchs Einschüchterungstaktik zu durchschauen, dass ihr die Worte zu ihrer Verteidigung fehlen.

»Ich suspendiere Sie für drei Tage«, erklärt Dr. Bentz ihr. »Sie werden aber trotzdem in die Schule kommen und auch Ihre Prüfungen machen. Das ist eine Gefälligkeit meinerseits. Es wäre mein gutes Recht, eine außerschulische Suspendierung zu verhängen und Ihnen null Punkte zu geben. Verstehen Sie?«

Ainsley öffnet den Mund zum Sprechen. *Es war Emmas Idee, nicht meine. Das Tütchen mit Kokain hat Emma beigesteuert. Sie hat mich ermuntert, den Gin zu stehlen. Sie meinte, das sei die einzige Möglichkeit, Candace eine Lektion zu erteilen – nicht nur dafür, dass sie mir Teddy ausgespannt hat, sondern auch für den Versuch, so populär zu sein wie wir. Emma hat die Kombinationen der Spindschlösser während einer Feueralarmübung direkt aus Ms Kerrs Schreibtisch geklaut.*

Aber das würde nichts nützen, weil Ainsley zuvor gelogen hat. Damit hat sie jede Glaubwürdigkeit verspielt und gewinnt sie auch nicht zurück.

Sie nickt. Tante Harpers Hand liegt noch immer auf ihrem Rücken und beruhigt sie.

»Es tut mir sehr leid«, sagt Harper.

»Ainsley ist diejenige, der es leidtun sollte«, sagt Dr. Bentz. »Ich erwarte, dass Sie sich während Ihrer Suspendierung schriftlich bei Candace und ihren Eltern entschuldigen und auch bei Emma dafür, dass Sie sie auf Abwege geführt haben.«

Ainsley schluckt. »Okay«, sagt sie.

Sie muss ihre Suspendierung sofort antreten. Dazu wird sie in einen Raum im Innern der Schule gebracht, von dessen Existenz sie nicht einmal etwas wusste. Ihre Begleiterin ist eine gewisse Ms Brudie, die mit Bürstenschnitt, Herrenpolohemd und Flatfront-Khakihose ziemlich männlich aussieht und in der Schule für disziplinarische Probleme – ernsthafte Probleme – zuständig ist.

Ms Brudie nimmt Ainsleys Telefon und gibt ihr einen Stapel loser Blätter. »Entschuldigungsschreiben«, sagt sie. Ihre Stimme klingt überraschend zart und feminin. »Danach können Sie lernen.«

»Was ist mit Mittagessen?«, fragt Ainsley. »Was ist mit der Toilette?«

»Sie haben die Möglichkeit, sich Ihren Lunch zu holen und hier zu essen«, sagt Ms Brudie. »Und es gibt eine Pinkelpause von fünf Minuten.«

Der Suspendierungsraum hat kein Fenster, nur eins in der Tür in der Größe eines Taschenbuchs. Es gibt einen Schreibtisch mit Stuhl; die Wände bestehen aus Betonschalsteinen in Anstaltsgelb.

Dies ist ein Gefängnis, und sobald Ms Brudie die Tür geschlossen hat – sie wird draußen sitzen –, fängt Ainsley an zu weinen. Auf das Blatt Papier vor ihr rinnen Tränen, schmutzig von Mascara wie rußige Regentropfen.

Als sie die Erlaubnis erhält, in die Cafeteria zu gehen – nur lange genug, um sich in die Schlange zu stellen und ihr Essen zu holen, mit Ms Brudie als Begleiterin –, lehnt Ainsley ab. Sie erträgt die Vorstellung nicht, was die anderen zu ihr oder über sie sagen. Es ist möglich – sogar wahrscheinlich –, dass ihre Freunde sie verteidigt und vielleicht sogar bei Lehrern und Verwaltung Protest eingelegt haben. Das wird nichts nützen, aber Ainsley fühlt sich ein bisschen besser, als sie sich das ausmalt.

Vor der Toilette dagegen kann sie sich nicht drücken. Ainsley wartet bis zur letzten Minute, doch dann *muss* sie gehen. Sie steht auf und klopft an die Tür. In dem Raum ist keine Uhr, daher hat sie keine Ahnung, wie spät es ist; sie weiß nur, dass es Nachmittag sein muss.

Ms Brudie legt ihr Buch beiseite – sie liest Dostojewski, bestimmt ein Witz oder ein Requisit – und stellt Ainsley einen Pass für die Toilette aus. »Sie haben fünf Minuten, bevor ich die Verfolgung aufnehme«, sagt sie. »Benutzen Sie die Toilette vor Raum eins-null-sieben. Das ist die nächste.«

Als Ainsley allein im Flur ist, würde sie am liebsten abhauen. Nach Hause laufen und nicht mehr zurückkommen. Sie wird eine Zehntklässlerin sein, die die Highschool abbricht. Sie bahnt sich ihren Weg aus den schwach beleuchteten Korridoren in den Haupttrakt der Schule und stößt auf eine Uhr. Es ist erst zehn vor eins; noch anderthalb Stunden. Sie eilt zur Mädchentoilette gegenüber von Raum 107, dann sieht sie, dass hier ihr Chemieunterricht stattfindet. Sie späht durch die offene Tür ins Zimmer – die Klasse ist bei einem Experiment – und fängt Emmas Blick auf. Ainsley weiß nicht, was sie erwartet. Eine Entschuldigung, irgendein Zeichen von Reue oder Verzweiflung. Vielleicht hat Dutch Emma *gezwungen* zu sagen, was sie gesagt hat; vielleicht hat er gedroht, sie ins Kloster zu schicken, oder sogar, ihr wehzutun. Aber mit dem, was Emma tut, hat sie nicht gerechnet.

Emma zeigt Ainsley den Finger.

## *TABITHA*

Eleanor ist eine fordernde und wählerische Patientin. Nach ihrer Entlassung aus dem Krankenhaus begeben sie und Tabitha sich in das Stadthaus in der Pinckney Street, ein Ort, den Tabitha in ihrer Jugend geliebt hat, der ihr jetzt aber bedrückend und altbacken erscheint. Alles ist mit einer Staubschicht bedeckt; in der Nische im Entrée steht ein üppiger Blumenstrauß – allwöchentlich von Winston's geliefert, so lange Tabitha zurückdenken kann –, der verwelkt und völlig vertrocknet ist.

»Mutter«, sagt Tabitha, »wir müssen Felipa herholen. Ich spiele nicht Krankenschwester *und* Dienstmädchen für dich.«

Eleanor rümpft die Nase.

»Oder wir stellen jemand anderen ein.«

»Um Himmels willen, nein«, sagt Eleanor. »Ich will nicht, dass eine vollkommen Fremde mich so sieht.«

Dieselbe Ausrede hat Eleanor dafür, keine Pflegerin anzuheuern.

»Ich rufe Felipa an«, sagt Tabitha. »Sie wird morgen hier sein.«

Eleanor hat eine richtige Glocke – eine Antiquität, geerbt von ihrer Urgroßmutter, die ein Mitglied der Bostoner Gesellschaft war –, die sie läutet, wenn sie will, dass Tabitha ihr die Kissen aufschüttelt oder im Fernsehen *Law & Order* für sie sucht (Eleanor liebt *Law & Order*, was praktisch ist, weil die Serie nahezu vierundzwanzig Stunden am Tag irgendwo läuft). Tabitha bringt Eleanor frisches Eiswasser, teilt ihr ihre Schmerzmittelrationen zu und geht dreimal am Tag ins Paramount in der Charles Street – um Frühstück, Lunch und Abendessen zu besorgen. Normalerweise würde sie sich darüber beklagen, aber so hat sie Gelegenheit, aus dem Haus zu kommen. Es ist Juni, und die Stadt erlebt die schönsten Tage des Jahres. Der Common ist üppig belaubt. Frischgebackene Mütter sind mit ihren Kinderwagen unterwegs, und Skateboarder und Radler und Jogger zeigen ihre kräftigen Muskeln; College-Studentinnen mit Ray-Bans lassen ihre Pferdeschwänze wippen und unterhalten sich am Telefon: *bla bla bla*. Unbeschwert. Wenn Tabitha Eleanor das Mittagessen holt, macht sie einen Umweg durch den Boston Public Garden; die Verspätung kann sie immer der stets endlosen Schlange im Paramount zuschreiben. Der Garten steht in voller Blüte – Schwertlilien, Päonien, Rosen. Der Teich ist klar und sauber, und die Schwanenboote gleiten durch das kaum Wellen schlagende Wasser.

Tabitha hat eine Bilderbuchkindheit erlebt. Eleanor sah sich mit ihr und Harper das Boston Ballet mit dem *Nussknacker* an und die Renoir-Ausstellung im Museum of Fine Arts, und Billy hatte Dauerkarten für den Fenway Park. Als Familie hatten sie für den Freitagabend einen Stammtisch im Marliave, weil Eleanor den Käsetoast dort so gern aß; sonntags brunchten sie im Harvest in Cambridge. Tabitha betrank sich zum ersten Mal in ihrem zweiten Highschooljahr auf einer Party in der Grays Hall nach der Head of the Charles Regatta und übergab sich spätnachts zu Füßen der John-Harvard-Statue.

Ihr Bostoner Stammbaum ist makellos in seinen Details, aber nach so vielen Jahren auf Nantucket fühlt sie sich hier wie ein Gast – und unter den jetzigen Umständen wie eine Gefangene.

Doch sie hat keine Wahl. Sie muss sich um Eleanor kümmern. Als Harper anruft und von Ainsleys Suspendierung berichtet, verkündet Tabitha allerdings, sie werde nach Hause zurückkehren.

»Bitte tu das nicht«, sagt Harper. »Das würde nichts ändern. Ainsley wird von ihren Schulfreunden ziemlich übel mitgespielt, und auf dem Gebiet. gemobbt zu werden. bin ich leider Expertin.«

Tabitha schämt sich dafür, wie erleichtert sie ist, so ungeschoren davonzukommen. Sie ist stinksauer auf Ainsley – die Vorstellung, dass ihre Tochter zu so einer dummen und grausamen Tat fähig ist, ekelt sie an –, aber ebenso wenig erträgt sie den Gedanken, dass Ainsley unter den anderen Jugendlichen leiden muss. Sie schickt ihr eine SMS.

Tabitha: *Alles okay bei dir?*
Ainsley: *Was geht dich das an?*
Tabitha: *Ich bin immer noch deine Mutter.*
Ainsley: *Und?*
Tabitha: *Und ich liebe dich.*
Ainsley: *Von mir aus, Tabitha.*

Tabitha liest diesen Wortwechsel immer wieder, bis er ihr vor den Augen verschwimmt. Sie würde am liebsten nach Nantucket fahren und ihre Tochter schütteln – oder umarmen. Aber sie sagt sich, dass es das Beste ist, wenn sie sich zurückhält. Wenn sie jetzt nach Hause fährt und die Zügel wieder übernimmt, wird Ainsley noch destruktiver agieren als bisher. Da ist sich Tabitha sicher.

Kurz darauf naht Erlösung in Gestalt von Tabithas Tante Flossie, Eleanors Schwester aus Palm Beach.

Flossie ist ein Kracher. Sie ist acht Jahre jünger als Eleanor, sieht aber aus und benimmt sich, als wäre sie in Tabithas Alter. Sie ist eine selbst erklärte Trophäenfrau, verheiratet mit einem fünfundachtzigjährigen Nachfahren von Henry Flagler. Sie spielt Tennis, geht shoppen und lunchen, und im Winter arbeitet sie drei Tage pro Woche in der Eleanor-Roxie-Frost-Boutique in der Worth Avenue.

Bei ihrer Ankunft im Stadthaus in der Pinckney Street entschuldigt sich Flossie sofort dafür, dass sie nicht früher gekommen ist. »Ich war auf einer Kreuzfahrt, als du anriefst, und als ich dann zu Hause war, hatte ich keine Lust herzukommen. Boston ist deprimierend, und meine Schwester ist auch an ihren besten Tagen eine Zicke. Aber dann dachte ich an dich. Niemand sollte Eleanor derartig ausgeliefert sein. Du hast genug getan, Pony.« Sie macht eine Geste, als wolle sie Tabitha verscheuchen. »Hiermit befreie ich dich.«

Tabitha geht nach oben in ihr Zimmer, um ihre Sachen für die Heimfahrt zu packen – doch dann fällt ihr ein, dass sie und Harper eine Abmachung haben.

Der Gedanke ist nicht ohne Reiz: Sie wird auf den Vineyard fahren.

## *HARPER*

Meghan ist die unglücklichste Schwangere, die Harper je gesehen hat. Es hilft nicht, dass auf der Insel Rekordtemperaturen herrschen und Meghan vier Tage überfällig ist. Und doch kommt das arme Geschöpf noch zum Arbeiten in die Boutique – denn hier gibt es eine Klimaanlage und bei ihr zu Hause nicht. Außerdem will sie sicherstellen, dass Harper und Ainsley alles über das Geschäft lernen, bevor sie selbst in den Wehen liegt. Harper hat das Gefühl, dass Meghan ein fortwährendes Lebewohl sagt; sie strahlt eine ständige Fluchtbereitschaft aus. Aber vielleicht sind das nur die Hormone.

Die Boutique in Nantucket unterscheidet sich von der in Palm Beach, weil sie nicht nur die Marke Eleanor Roxie-Frost führt, sondern auch Milly, Tibi, DVF, Nanette Lepore, Parker, Alice and Olivia und Rebecca Taylor.

»Das war Tabithas Idee, und sie musste ihre Mutter wirklich dazu drängen«, vertraut Meghan Harper an. »Ich glaube, Tabitha hatte es allmählich satt, immer nur ERF zu verkaufen.«

»Das kann ich gut verstehen«, sagt Harper. Die Arbeit in der Boutique ist Teil der Vereinbarung, das weiß sie, aber sie ist womöglich die unqualifizierteste Frau in ganz Amerika für den Job. In den zwanzig Jahren ihres Lebens auf dem Vineyard hat sie insgesamt zwei oder drei Minuten damit verbracht zu überlegen, was sie anziehen soll. Jetzt wird ihr klar, als sie die Ständer und Regale voller Kleider und Röcke, Hosen, Blusen, Sommerpullover, Neckholder-Tops, Shorts, Blazer, Sandalen, Gürtel, Schals und das Angebot an Spitzentangas und Klebe-BHs durchschaut, dass sie vielleicht etwas verpasst hat. Die Muster, die Stoffe, die Pailletten, die Federn – alles sehr reizvoll, sexy, schick.

»Ich will offen zu Ihnen sein«, sagt Meghan. Ihr aschblondes Haar ist zu einem verschwitzten Knoten zusammengefasst und ihr Gesicht aufgequollen wie ein Marshmallow. Ihre Finger und Knöchel sind geschwollen. Sie trägt ein Umstands-Stretchkleid in Gelbgrün, in dem sie aussieht wie ein Gemüse – eine Erbse oder ein Rosenkohl. »Dieser Laden hat einen schlechten Ruf.«

»Wieso?«, fragt Harper.

»Die Leute finden uns hochnäsig«, sagt Meghan. »Und das *sind* wir auch. Ihre Mutter und Ihre Schwester trainieren uns darauf abzuschätzen, wer groß einkauft und wer nicht, und die Kunden entsprechend zu behandeln. Tabitha mag keine Kundinnen, die rumstöbern, und solche, die viel anprobieren, hasst sie regelrecht.«

Ainsley nickt nachdrücklich. »Sie beklagt sich ständig über sie – Frauen, die acht oder neun verschiedene Outfits anziehen, aber nichts kaufen.«

»Ein paar Leuten hat sie deshalb schon Hausverbot erteilt«, sagt Meghan.

Harper lacht. »Ist das denn legal?«

»Nein«, sagen Ainsley und Meghan einstimmig.

»Sie lässt keine Männer mit in die Kabinen«, sagt Meghan, »weil ein Pärchen darin mal Oralsex hatte.«

»Das Mädchen war laut. Alle haben es gehört«, sagt Ainsley.

»Ach du lieber Gott«, sagt Harper.

»Männer müssen in diesem Teil des Ladens bleiben«, sagt Meghan und zeigt auf zwei lederne Ohrensessel vor dem dreiteiligen Spiegel. »Das sind die Jurorenplätze.«

»Oder sie stehen«, sagt Ainsley. »Aber nicht in Sichtweite der Kabinen.«

»Nur klassische Musik«, sagt Meghan. »Ich hab mal Billie Holiday gespielt …«

»Mom hat einen Tobsuchtsanfall bekommen«, sagt Ainsley.

»*Eine* gute Nachricht gibt es«, sagt Meghan. Dann legt sie die Hände unter ihren gewaltigen Bauch und ächzt. »Vorwehen.«

»Du liebe Güte«, sagt Harper. Ein komisches Gefühl überkommt sie. Meghan ist wie ein Sektkorken, der jede Minute in die Luft gehen kann.

»Die gute Nachricht ist die, dass Mary Jos Sohn und ihre Schwiegertochter endlich etwas unternommen haben. Sie wird in eine Seniorensiedlung in Maryland ziehen, ganz in ihrer Nähe.«

»Gott sei Dank«, sagt Ainsley.

»Sie können also eine neue Verkäuferin einstellen«, sagt Meghan.

»Oder wir schaffen es allein«, sagt Harper.

Meghan stöhnt erneut. »Das schaffen Sie unmöglich«, sagt sie. »Sie würden durchdrehen – garantiert. Geben Sie eine Anzeige auf, in der Sie jemanden mit Erfahrung im Einzelhandel suchen. Es muss nicht Mode sein. Eine Verkäuferin, die verantwortungsbewusst ist, aber locker – bestimmt, aber freundlich. So muss dieser Laden werden – entspannt und freundlich. Ein Ort, wo die Kunden willkommen geheißen und wiedererkannt und nett angesprochen werden, auch wenn sie Hosenröcke und bequeme Schuhe tragen. Es ist an euch, den Ruf der Eleanor-Roxie-Frost-Boutique auf Nantucket zu verbessern. Bevor sie untergeht.«

»Untergeht?«, hakt Harper nach.

»Die Verkaufszahlen sind im Keller«, sagt Meghan. »Das ist auch so etwas, bei dem Tabitha anscheinend den Kopf in den Sand steckt. Dieser Laden macht seit Jahren Verluste.«

Zum ersten Mal seit Ewigkeiten verspürt Harper einen Anflug von Mitgefühl mit ihrer Mutter und Schwester. In so mancher Hinsicht sind sie sich selbst die schlimmsten Feinde. Es sieht aus, als bliebe es ihr und Ainsley überlassen, das Geschäft zu retten. Sie kann sich gut vorstellen, wie Tabitha und Eleanor bei diesem Gedanken erschauern.

»Ich werde es versuchen«, sagt sie.

Das Schuljahr ist fast zu Ende. Ainsley hat nur noch einen halben Tag Unterricht, und sie drängt Harper dazu, dass sie ihn schwänzen darf.

»Magst du den letzten Tag nicht?«, fragt Harper. »Schreibt ihr euch nicht gegenseitig was in eure Jahrbücher?«

Ainsley schaut auf ihre Füße. Sie trägt ein Paar ausgefallene Flipflops, an denen Anhänger baumeln – in Rot, Türkis, Gelb. Sie sehen aus wie Kaugummikugeln. Harper hat sich darüber gefreut, dass Tabitha noch mehr Flipflops dieser Art – Mystique-Sandalen – in der Boutique führt. Sie wird sich ein Paar aus Schildpatt kaufen und es den ganzen Sommer über tragen.

»Ainsley?«

»Was?« Ainsley wirkt jeden Tag ernster und in sich gekehrter als am Tag zuvor. Sie fährt nicht mehr mit Emma oder anderen Freundinnen nach Hause. Doch gerade eben, im Laden, war sie lebhafter als sonst seit ihrem Besuch im Büro des Direktors. »Der halbe Tag ist doch witzlos. Er ist einfach nur Vorschrift. *Unterrichtet* wird sowieso nicht. Ich wäre lieber in der Boutique.«

»Lass mich darüber nachdenken«, sagt Harper und blinzelt, als sie aus dem kühlen, duftenden Laden auf die helle, geschäftige Straße tritt. Sie vermisst Edgartown, den Vineyard im Allgemeinen, Reed.

Reed ist *weg*? Harper fragt sich das immer wieder, seit Rooster es ihr erzählt hat. Hat Reed Martha's Vineyard verlassen, und falls ja, wo mag er jetzt sein? *Sucht* er sie? Und wenn ja – *wo*?

Ihre Gedanken drehen sich im Kreis.

Auf Nantucket würde er nie kommen. Er weiß, dass Tabitha dort lebt, und er weiß, dass Harper und Tabitha nicht miteinander sprechen. Überdies fahren Vineyarder nicht nach Nantucket und umgekehrt. Es ist wie ein Gesetz: Man wählt die eine Insel oder die andere.

Harper kümmert sich gern um Ainsley, denn das begrenzt die Zeit, die sie für Überlegungen wie diese hat. »Lass uns Eis essen gehen.«

»In der Pharmacy«, sagt Ainsley. »Nicht in der Juice Bar. Da sind meine Mitschüler.«

»Dann eben in der Pharmacy«, sagt Harper.

Ein Glöckchen bimmelt, als sie die Nantucket Pharmacy betreten, typisch für diesen charmanten, altmodischen Ort. Er enthält eine Essenstheke aus Resopal mit Hockern aus Vinyl und Chrom. Ainsley und Harper nehmen Platz. Ein Mann in Hemd und Krawatte sitzt am Ende des Tresens und isst ein dickes Pumpernickel-Sandwich mit Thunfischsalat.

»Hey, du!«, sagt Ainsley.

»Hey, Quälgeist!« Der Mann steht auf, und Harper erkennt, dass es Ramsay ist, mit dem sie letzte Woche mittagessen war. Er nimmt Ainsley fest in die Arme. Ainsley legt ihren Kopf an seine Brust und umarmt ihn ebenfalls. Als sie sich langsam wieder voneinander lösen, sieht Harper, dass Ainsleys Blick verschleiert ist.

Sie rückt sofort mit ihrem Geständnis heraus. »Ich bin suspendiert worden.« Dann fängt sie an zu weinen.

Ramsay umarmt sie erneut, beruhigt sie, drückt ihr einen Kuss auf den Scheitel. »Was für ein Fortschritt«, sagt er. »Vor einem halben Jahr wäre eine Suspendierung keine große Sache für dich gewesen, vielleicht sogar eine Auszeichnung. Jetzt hast du wenigstens dazugelernt.«

»Hallo, Ramsay«, sagt Harper.

Ramsay lässt Ainsley los und streckt Harper eine Hand entgegen. »Ich finde es nach wie vor unheimlich«, sagt er, »wie sehr Sie sich gleichen.«

Ainsley wischt sich das Gesicht mit einer Papierserviette ab, beugt sich über die Theke und bestellt ein Schokoladen-Frappé. »Was möchtest du?«, fragt sie Harper.

Harper beäugt Ramsays Teller. »Eine Tüte Chips«, sagt sie. »Mir ist Salziges lieber als Süßes.«

»Damit hätten Sie sich verraten«, sagt Ramsay. »Tabitha liebt Süßes.«

»Wenn sie überhaupt isst«, sagt Ainsley.

»Wenn sie überhaupt isst«, räumt Ramsay ein.

Harper hält eine gelbe Tüte in der Hand. »Ich will Sie nicht vom Mittagessen abhalten«, sagt sie. Dann schaut sie auf die Uhr; es ist halb fünf. »Oder vom Abendessen.«

»Mittagessen«, sagt Ramsay. »Ich habe zu schwer gearbeitet.«

»Tante Harper und ich fangen in der Boutique an«, sagt Ainsley. »Mary Jo zieht nach Maryland, und wir dürfen eine neue Verkäuferin einstellen.«

»Wow«, sagt Ramsay. »Ich war mir sicher, dass Mary Jo beim Zusammenlegen zusammengelegter Pullover friedlich einschlafen würde.«

»Kennen Sie jemanden, der einen Job sucht?«, fragt Harper.

»Zufällig ja«, sagt Ramsay und rückt seine Brille zurecht. »Geben Sie mir Ihre Handynummer?«

»Okay«, sagt Harper und diktiert ihm ihre Nummer, damit er sie in sein Telefon einprogrammieren kann. Dann fragt sie sich, ob es okay ist, dass sie Tabithas Exfreund ihre Nummer gegeben hat. »Wer wird mich denn anrufen?«

Ramsay räuspert sich. »Sie heißt Caylee«, sagt er. »Caylee Keohane. Sie war Barkeeperin im Straight Wharf, hat aber letzte Woche ihren Job verloren. Ich weiß, dass sie ziemlich dringend was Neues braucht.«

»Ihren Job verloren? Wieso?«, fragt Harper.

»Irgendein Blödmann hat sie begrapscht, und sie hat ihm einen Drink in den Schoß gekippt«, sagt Ramsay. »Das Management hat ihr die Schuld gegeben.«

»Warte«, sagt Ainsley. »Ist das nicht das Mädchen, mit dem du zusammen bist?«

»Zusammen war«, sagt Ramsay. »Unsere Wege haben sich getrennt.« Er wirft Harper einen Blick zu. »Letztlich war sie zu jung.«

»Sie soll mich anrufen«, sagt Harper und fragt sich, ob sie Ramsays Exfreundin wirklich für Tabithas Boutique anheuern kann. Je länger sie hier ist, desto mehr gerät sie in Schwierigkeiten. »Ich kann nichts versprechen, aber schicken Sie mir ihre Eckdaten, dann organisiere ich ein Bewerbungsgespräch.«

Es wird jedenfalls interessant sein, die Frau kennen zu lernen, mit der Ramsay Tabitha ersetzt hat.

»Vielleicht können wir am Wochenende mal was unternehmen«, sagt Ramsay. »Sie, ich und Ainsley. Wir könnten zur Ram Pasture fahren und da am Strand picknicken. Jemand muss Ihnen die Insel zeigen.«

»Das ist ein tolles Angebot«, sagt Harper. »Aber wir müssen arbeiten.«

»Wie wär's mit nächstem Sonntag?«, sagt Ramsay. »Da ist die Boutique geschlossen. Ruhetag und so.«

»Ich weiß nicht«, sagt Harper.

»Bitte!«, sagt Ainsley. »Ich fände es toll.«

»Willst du dich nicht mit deinen Freundinnen treffen?«, fragt Harper.

Ainsleys Miene verfinstert sich. »Eigentlich nicht.«

»Okay«, sagt Harper zu Ramsay. »Das klingt nett. Danke.«

Auf dem Heimweg trinkt Ainsley schweigend ihren Frappé.

»Ich bin mir nicht sicher, ob ich mit Ramsays Exfreundin sprechen, geschweige denn sie einstellen soll«, sagt Harper.

»Tu es«, sagt Ainsley. »Mom wird ausflippen. Sie war *so* eifersüchtig, als Ramsay anfing, mit ihr auszugehen. Sie ist sehr jung. Nur ein paar Jahre älter als ich.«

»Wie findest du Ramsays Idee mit dem Strand nächsten Sonntag?«, fragt Harper. »Hast du Lust dazu? Wir könnten ihn auch versetzen und zu zweit fahren und Fish mitnehmen. Mit Fish ist es lustig am Strand.«

»Ich möchte, dass Ramsay mitkommt«, sagt Ainsley. »Mom und ich sind früher immer sonntags mit ihm an den Strand gefahren. Ich glaube, ich brauche ein bisschen Beständigkeit in meinem Leben.«

Harper lacht, obwohl ihr die Strandpläne nach wie vor nicht ganz geheuer sind. In Harpers und Tabithas Jugend hielten viele Leute sie für austauschbar. Sie sahen genau gleich aus, deshalb *waren* sie genau gleich. Doch so unbedarft ist Ramsay nicht, oder? Er weiß, dass Harper ganz und gar nicht wie Tabitha ist. Sie hat andere Vorlieben und Abneigungen, andere Passionen, eine andere Lebensphilosophie. Wenn ihm das jetzt noch nicht klar ist, wird er es schnell genug feststellen.

Harper ist so beschäftigt mit diesen Gedanken, als sie in die Einfahrt biegen und aus dem Auto steigen, dass sie das Aussehen der Remise erst bemerkt, als Ainsley aufschreit. Und sobald Ainsley schreit, fängt Fish drinnen an zu bellen.

Die Haustür, die Veranda und der Plattenweg sind mit rohen Eiern bombardiert worden, vier oder fünf Dutzend vielleicht. In der heißen Sonne riechen sie wie ein schwefeliger Furz.

Harper muss sich fast übergeben, doch vor Ainsley reißt sie sich zusammen.

*Sadie*, denkt sie. Sadie hat sie hier aufgespürt. Auf den Steinplatten steht in blauer Straßenmalkreide DU LUTSCHST EIER.

Ainsley sieht es und kreischt.

»Emma!«, schreit sie. »Das war Emma. Und vielleicht auch Candace.«

Harper schließt die Augen. Natürlich war es nicht Sadie Zimmer. Zum ersten Mal in ihrem Leben versteht Harper, wie es sich anfühlt, Mutter zu sein: Sie will jede Kugel abfangen; sie will Ainsley vor jeder Beleidigung und jedem Affront schützen. Harper kann einen Eierwurf wegstecken. Aber Ainsley rennt schluchzend ins Haus, wobei ihre glitzernden Flip-Flops auf den zerbrochenen Schalen knirschen und durch den Eiweißschleim rutschen.

Harper schließt erneut die Augen und schickt ein kurzes Gebet um Stärke ans Universum. Dann überwältigt sie der Gestank, und sie erbricht sich in die Büsche.

Anfang der Woche interviewt Harper Caylee allein in einem Laden in der Centre Street namens Lemon Press, ein Vorschlag von Caylee. Im Lemon Press gibt es Kaffee von Mocha Joe's und eine Bio-Speisekarte. Harper mag kein Essen, das aggressiv gesund ist, doch sie muss zugeben, dass die Angebote köstlich aussehen. Cayle hat einen geeisten Jasmintee bestellt und eine Auswahl von Avocado-Toasts – manche mit Radieschen garniert, andere mit Tomate oder hart gekochtem Ei. Leider wird Harper beim Anblick des Eis heiß, übel und schwindelig. Sie bestellt heißes Wasser mit Zitrone.

Caylee ist jung – zu jung für Ramsay – und auf unverdorbene Weise hübsch: lange dunkle Haare, große blaue Augen und eine krumme Nase, die verhindert, dass sie allzu schön ist. Sie hat eine rosa Schleife auf die Innenseite ihres Handgelenks tätowiert, und zunächst denkt Harper: *Uh-oh, ein Tattoo*, aber als Caylee Harpers Blick bemerkt, sagt sie: »Meine Mutter ist vor drei Jahren an Brustkrebs gestorben.«

Harper spürt, wie Tränen in ihr aufsteigen. »Ich habe gerade meinen Vater verloren«, sagt sie. »Das ist hart.«

Caylee greift über den Tisch und drückt Harpers Unterarm.

»Du bist eingestellt«, sagt Harper. Es ist ihr egal, ob Tabitha Einwände hat. Caylee wird in der Boutique arbeiten. Sie bringt frischen

Wind mit und sieht in allen Outfits großartig aus. Sie ist quirlig und amüsant, sie braucht einen Job, und sie kann arbeiten, wann immer Harper sie benötigt – je mehr, desto besser. Sie hat zwar keine Erfahrung im Einzelhandel, dafür jedoch den ganzen letzten Sommer und den ersten Teil dieses Sommers als Barkeeperin im Straight Wharf verbracht, also ist sie geschickt im Umgang mit Menschen und serviceorientiert. Außerdem hat sie, und das ist womöglich das Wichtigste, Freundinnen – jede Menge Freundinnen, viele davon Mädchen aus wohlhabenden Familien mit unbegrenztem Einkommen. Andere sind im Dienstleistungsgewerbe von Nantucket tätig und bekommen pro Abend Hunderte Dollar Trinkgeld, die sie zum Teil vielleicht in etwas Neues zum Anziehen für ihre freien Tage investieren wollen.

Während Caylee im Laden herumläuft und sich ihre sechs Outfits aussucht, eins niedlicher als das andere, sagt sie: »Meine Freundinnen haben keine Ahnung, dass ihr Marken wie Milly und Rebecca Taylor führt. Sie glauben, es gibt nur ERF, und das tragen unsere Mütter. Das muss sich rumsprechen. Wir veranstalten eine Party.«

Sie planen die Party für Freitag, obwohl Meghan sagt: »Nur fürs Protokoll: Tabitha würde hier *niemals* eine Party erlauben. Ganz zu schweigen von Eleanor.«

»Wir müssen alles ein bisschen verjüngen«, sagt Harper. »Wir brauchen ein neues Image.«

»Wir brauchen *Kunden*«, sagt Ainsley. Sie ist noch begeisterter von Caylee als Harper. Caylee ist umsichtig und zugewandt, ein bisschen wie eine ältere Schwester. Harper versteht, welchen Reiz sie auf Ainsley ausübt. Ainsley braucht eine Freundin, besonders nach dem Eierwurf. Harper macht sich nur Sorgen, dass Caylee vielleicht ein wenig zu alt für sie ist, nämlich zweiundzwanzig, da gehen sie und ihre Freundinnen abends in Bars – ins Cru, ins Nautilus, ins Boarding House, in die Chicken Box.

Aber verdammt, Harper hat ihr Bestes getan, um ein Auge auf Ainsley zu haben, ohne bevormundend zu wirken. Neben Ainsleys Bett steht immer ein Glas, und Harper vergewissert sich bei jeder Gelegenheit, dass es Wasser enthält und keinen Wodka. Sie schnuppert auch an Ainsleys Flaschen mit Vitaminwasser. So weit, so gut.

Caylee postet die Ankündigung der Party auf ihrer Facebook-Seite – als sie sagt, sie habe 1.100 »Freunde«, schnappt Harper nach Luft – und schickt sie auch an eine lokale Website namens Mahon About Town sowie einen superheißen Blog mit dem Titel Nantucket BlACKbook.

Als Harper Zweifel anmeldet – sie findet, dass sie richtige Einladungen versenden oder eine Zeitungsanzeige schalten sollten –, lacht Caylee.

»Heutzutage läuft alles über die sozialen Medien«, sagt sie. »Du wirst mir schon vertrauen müssen.«

Sie tun ihr Bestes, um den Laden zu verwandeln. Sie dimmen die Lichter auf dem riesigen Kristallkerzenleuchter. Warum Tabitha auf heller Beleuchtung besteht, wenn draußen die Sonne scheint, versteht Harper sowieso nicht; womöglich ist es eine Konzession an Eleanors schwindendes Sehvermögen. Sie räumen die Pullover von dem Podesttisch in der Mitte des Raums – da werden sie das Essen hinstellen – und bauen neben den Jurorensesseln eine Bar auf.

»Dass bloß nichts verschüttet wird«, sagt Meghan. »Es gibt einen Grund dafür, dass in keinem anständigen Geschäft in Amerika Essen oder Trinken erlaubt ist. Die Leute kleckern. Nicht absichtlich, aber es passiert. Tabitha hat diesen Teppich erst im Frühjahr neu gekauft. Ich weiß zufällig, dass er achtzehntausend Dollar gekostet hat.«

Harper sieht auf den Teppich. Er ist in mattem Silber gehalten, der Farbe von Fünfcentstücken. Sie passt in ihrer zurückhaltenden Eleganz zu den austernfarbenen Wänden, doch die Silber-Zinn-Grau-Palette schreit *alt, alt, alt*.

»Ist mir egal«, sagt Harper.

Die Party soll in der Happy Hour zwischen 16 Uhr und 17:30 Uhr stattfinden. Caylee, die Barkeeperin, macht einen Foxy-Roxie-Punsch – Wodka, Sekt, Mangonektar und Cranberry. (*Cranberry*, denkt Harper. *Das gibt garantiert Flecken.*)

Harper hat große Schüsseln mit getrüffeltem Popcorn vorbereitet, Rohkostplatten mit drei verschiedenen Dips und winzige Avocadotoasts wie die im Lemon Press, nur kleiner. Harper fragt sich, ob sie nicht mehr Essen bräuchten, da sie Alkohol servieren, aber Caylee weist darauf hin, dass keine Kundin viel essen möchte, bevor sie Kleidung anprobiert, und dass ein kleiner Schwips die Leute immer zum Geldausgeben animiert.

Auf Caylees und Ainsleys Playlist finden sich Rihanna, Beyoncé, Adele, Norah Jones, Alison Krauss, Miranda Lambert, Diana Krall, Gwen Stefani – und als Alibi-Mann Prince.

Harper will Fish an einer Leine neben der Eingangstür postieren, wo er, wie sie hofft, als Aushängeschild des Ladens dienen wird. Es gibt keinen Menschen, der Huskys nicht liebt.

Um Viertel vor vier ist Harper so nervös, dass ihr schwindelig ist und sie sich, den Kopf zwischen den Knien, in das kühle Dunkel des Lagers setzen muss. Sie hat lange keine Party mehr gegeben, abgesehen von der Trauerfeier für Billy – und die war bekanntermaßen eine Katastrophe. Harper ist sich sicher, dass keiner kommen wird. Die Leute werden nur kurz hereinschauen, auf dem Weg zu glamouröseren und amüsanteren Veranstaltungen, und Harper sehen (gekleidet in ein Roxie, weil sie sich dazu verpflichtet fühlt, obwohl sie die kirschrote Version gewählt hat, die mehr Sexappeal besitzt als die anderen), Ainsley (in einem weißen Nanette-Lepore-Modell mit Lochstickerei jung und keusch wirkend) und Meghan (in einem elastischen amethystfarbenen T-Shirt-Kleid, das sie nicht einmal führen, aber es ist das Einzige, was ihr noch passt). Den Passanten wird ein Hauch von Verzweiflung in die Nase steigen, von zu starkem Bemühen, von einem scheiternden Versuch, das Image von ERF zu verändern, einem Image so unauslöschlich, dass es in kalten Stein gemeißelt sein könnte.

Aber ... sie werden auch Caylee sehen, in weißen Jeans, einer schulterfreien Bluse von Rebecca Taylor und tollen Sandalen mit Keilabsatz. Sie trägt ihre langen Haare offen bis auf einen winzigen lustigen Zopf an der Seite ... und alle werden genau wie sie sein wollen: wunderschön, lächelnd, unbeschwert.

Als Caylee Harper einen Becher Punsch reicht, nimmt sie einen Schluck, aber ihr Magen bäumt sich protestierend auf; wahrscheinlich ist es sowieso am besten, wenn sie nüchtern bleibt. Sie gießt sich wie Ainsley und Meghan ein Glas Mineralwasser ein. Um fünf vor vier bindet sie Fish ein marineblaues Tuch um den Hals und bringt die Ballons an. Caylee dreht die Musik auf.

Meghan lässt mit einem Seufzer den Kopf in die Hände sinken, und Harper weiß, dass sie überlegt, was Tabitha sagen würde, wenn sie hier wäre.

*Aber*, denkt Harper, während sie an ihrem Wasser nippt, *Tabitha ist nicht hier.*

Um Viertel nach vier sind fünfundzwanzig Leute im Laden, von denen die Hälfte entweder Sachen anprobiert oder auf eine leere Kabine wartet. Und immer mehr Menschen strömen herein. Caylee teilt nach allen Seiten Punsch aus, während Ainsley die Beratungsgespräche führt.

»Sie wünschen sich die Eleganz eines Kleinen Schwarzen, aber Sie sind rothaarig, deshalb sollten Sie es mit Dunkelgrün versuchen«, sagt sie jetzt gerade und hält ein seidiges Slip Dress hoch, ein ERF-Modell, das Eleanor kurz nach ihrer Scheidung entwarf. Meghan hat Harper erzählt, dass sie und Tabitha ihm den Spitznamen Midlife-Crisis gegeben haben. Es ist beliebt bei frisch getrennten Frauen und solchen, die gerade ihrem untreuen Ehemann auf die Schliche gekommen sind. (»Die erkennt Tabitha auf zehn Meter«, meinte Meghan. »Da bin ich sicher«, sagte Harper.)

Jetzt steht Meghan hinter der Kasse und tippt Zahlen ein, und bei jeder Transaktion wird sie weniger verdrießlich. »Es klappt wirklich«, sagt sie. »Ich fasse es nicht.«

Immer mehr Leute kommen. Manche sind Freundinnen von Caylee – sie kreischen, als sie sie sehen, umarmen sie und beteuern, wie sehr sie sie im Straight Wharf vermissen (»Der Neue ist ein totaler Blindgänger. Er müsste viel präsenter sein!«) Sie erklären ihr, wie sehr sie ihr Top, ihre Hose, ihre Schuhe mögen.

»Das gibt's alles hier zu kaufen«, sagt Caylee.

Aus der Menge wird eine noch größere Menge. Alle wollen da sein, wo was los ist. Fish lässt sich bereitwillig den Kopf tätscheln und den Rücken streicheln. Sein Schwanz, der über seinem Hinterteil zu einem großen Kringel hochgereckt ist, wedelt für jeden neuen Kunden. Er liebt das Rampenlicht. Jemand füttert ihn mit einer Handvoll Popcorn; ein anderer steckt ihm einen Avocadotoast zu. Harper ist sich sicher, dass ihm später übel sein wird, doch seine Anziehungskraft ist nicht zu bestreiten. Joan Osborne singt »Midnight Train to Georgia«, und einige Frauen singen mit.

»Prima Party!«, sagt eine männliche Stimme. Harper wirbelt herum; es ist Ramsay. Er ist gekleidet wie ein Kennedy-Cousin, wie immer: blau gestreiftes Hemd mit ordentlich hochgekrempelten Ärmeln, marineblaue, mit Wasserbällen bedruckte Krawatte, Khakihose, Gucci-Slipper ohne Socken. Er grinst. »So voll habe ich den Laden noch nie erlebt. Nicht mal annähernd.« Er schaut über Harpers Schulter auf Meghan. »Was meinst du, Meg? Die Höchstzahl von gleichzeitigen Kunden vor heute: fünf?«

»Vier«, sagt Meghan. »Und sogar die Male kann ich an einer Hand abzählen.«

»Das haben wir alles Caylee zu verdanken«, sagt Harper. »Danke, dass Sie sie empfohlen haben. Die Party war ihre Idee, und wie Sie sehen, ist sie die Ballkönigin.« Harper und Ramsay blicken beide auf den Schwarm schöner junger Damen, die Caylee mit offensichtlicher Verehrung umringen. Harper verspürt einen Stich der Eifersucht – nicht um ihretwillen, sondern wegen Tabitha. Auch wenn sie diejenige war, die sich von Ramsay getrennt hat, war es bestimmt nicht einfach für sie mitzuerleben, wie er anfing, sich mit einer so jungen und reizvollen Frau wie Caylee zu treffen.

»Caylee ist ein liebes Mädchen«, sagt Ramsay. Sowohl sein Tonfall als auch sein Blick sind onkelhaft. »Ich dachte, es wäre eine nette Playboy-Fantasie, mit einer Zweiundzwanzigjährigen auszugehen. Außerdem wollte ich Ihre Schwester ärgern ...«

»Klar«, sagt Harper.

»Aber es war eher wie Babysitten. Sie weint, wenn sie betrunken ist.«

»Tun wir das nicht alle?«, fragt Harper.

»Und ich musste ihr alles Mögliche erklären«, sagt Ramsay. »Sie kannte Van Morrison nicht. Sie kannte *Bob Dole* nicht. Und warum sollte sie auch? Sie war ein Baby, als er Präsidentschaftskandidat war.«

»Stimmt«, sagt Harper und denkt an Drew – den armen Drew, der ihr seine Liebe gestand und seinen Facebook-Status in »in einer Beziehung« änderte. »Jedenfalls kann die Boutique ihre jugendliche Energie und ihre originellen Ideen gut gebrauchen.«

»Freut mich, dass es geklappt hat«, sagt Ramsay. »Habe nur vorbeigeschaut, um meine Hilfe anzubieten und Sie an den Strand am Sonntag zu erinnern. Ich hole Sie und Ainsley gegen Mittag ab.«

»Ach so«, sagt Harper. Ihr ist immer noch etwas unwohl wegen der Verabredung, aber ihr fällt nichts ein, womit sie sich herausreden könnte. »Okay.«

Ramsay wirft Ainsley auf seinem Weg nach draußen eine Kusshand zu. »Bis Sonntag.«

Ramsay ist nicht der einzige Mann auf der Party. Nach fünf Uhr kommen alle möglichen Männer herein. Manche von ihnen sind Kellner in Restaurants und tragen schon weiße Hemden und um die Taille geknotete schwarze Schürzen, aber einige waren auch eben noch auf einem Fischerboot oder Golfplatz. Ein junger Mann mit Oberhemd und Krawatte könnte ein Mitarbeiter von Ramsay sein. Diese Männer nehmen von Caylee schüchtern ihren Punsch entgegen, dann sehen sie sich verlegen nach einem eventuellen Mitbringsel für ihre Freundin um. Die meisten kennen sich nicht aus. *Welche Größe soll ich nehmen?* Sie halten einen Rock in Größe 42 und Schuhe in 36 hoch. Ainsley versucht zu helfen, ebenso Caylee – sie kennt einige der Typen und ihre besseren Hälften –, und Meghan ermuntert zu Spontankäufen an der Kasse. Sie beginnen mit einem riesigen Glas voller Spitzentangas; Meghan verkauft jedem männlichen Kunden mindestens einen davon.

Prince singt »Kiss«. Kollektiver Jubel ertönt, und Frauen fangen an zu tanzen. Ainsley rennt hinüber zum iPod und spielt den DJ. Schon bald sieht der Laden aus wie South Beach um drei Uhr morgens.

Meghan reißt die Augen auf. »Das wird ja immer surrealer.«

Ainsley wirkt glücklich, und Harper verspürt ein Erfolgsgefühl. Tabitha und Eleanor mögen an der Party ja Anstoß nehmen, mögen behaupten, dass Harper die Marke ERF durch Frivolität und Ausgelassenheit herabwürdige, doch keine von beiden könnte Ainsleys Gesichtsausdruck wegdiskutieren.

Als Harper sich gerade selbst beglückwünscht, verflüchtigt sich das Lächeln von Ainsleys Lippen. Harper folgt ihrem Blick zur Tür. Zwei Mädchen sind eben Arm in Arm hereingekommen. Eins ist dunkelhaarig, das andere rotblond – beide sehen wie Ainsley viel älter aus, als sie vermutlich sind. Die Dunkelhaarige greift begierig nach einem Becher Punsch, doch Caylee hält ihn außerhalb ihrer Reichweite. »Tut mir leid, aber ich muss einen Ausweis sehen.«

»Auf einer Gratis-Party?«, fragt die Dunkelhaarige. »Einer Gratis-Party in einer langweiligen Alte-Damen-Boutique?«

Harper will schon einschreiten und sich um die kleine Hexe kümmern, da tritt Ainsley vor.

»Emma«, sagt sie. »Candace.«

»Hey, Ainsley!«, sagt Emma mit vorgetäuschter Überraschung. »Wir suchen ein Kleid für Candace. Teddy hat sie für heute Abend zum Essen eingeladen.«

Ainsley nickt, und Harper sieht ihr tapfer vorgerecktes Kinn. *Halt die Ohren steif*, denkt sie. *Du schaffst das.*

»Wohin geht ihr?«, fragt Ainsley.

Candace zuckt die Achseln. »Ins Ventuno.«

»Nett«, sagt Ainsley.

»Er hat ihr Blumen geschickt«, sagt Emma. »Er möchte, dass sie sich heute Abend eine ins Haar steckt. Ist das nicht das Romantischste, was du je gehört hast?«

Ainsleys Augen werden hart, und Harper überläuft ein Schauer. In diesem Moment sieht Ainsley genau aus wie Tabitha. Harper weiß, was kommt: *Fick dich, Emma.*

*Los*, denkt sie. *Sag es.*

Aber bevor Ainsley etwas sagen kann, ertönt ein Schrei, laut genug, um »Hollaback Girl« zu übertönen. Das Geräusch macht dem Tanzen sofort ein Ende. Meghan hat es ausgestoßen. Sie steht mit gespreizten Beinen da, und aus ihr ergießt sich Wasser auf den kostspieligen silbergrauen Teppichboden der ERF-Boutique.

»Meine Fruchtblase ist geplatzt!«, schreit sie. »Das Baby kommt!«

## *TABITHA*

Sie kann gar nicht fassen, welches Gefühl von Freiheit sie verspürt, als sie in Oak Bluffs die Fähre verlässt. Zum ersten Mal seit sehr langer Zeit muss sie sich um niemanden kümmern – nicht um ihre Mutter, nicht um ihre Tochter. Sie kann tun, was *sie* will. Sie kann ganz sie selbst sein. Das ist etwas vollständig Neues.

Harper hat natürlich jahrelang so gelebt. Sie hatte Billy – doch Billy war nicht wie Eleanor. Er hatte keine Forderungen oder Wünsche oder Bitten, keine unmöglich hohen Erwartungen. Harper hatte es sehr leicht.

Tabitha fährt die Circuit Avenue in Oak Bluffs entlang, vorbei an einem Lokal namens Ritz, das HEUTE ABEND LIVE-MUSIK ankündigt und den appetitlichen Duft nach gegrillten Burgern verströmt.

Burger. Live-Musik. Tabitha wird ihre Sachen bei Billy unterstellen und zum Essen ins Ritz zurückkehren. Schon der Gedanke daran verleiht ihr das Gefühl, ein neuer Mensch zu sein.

Billys Haus ist wirklich schlimm. Es stinkt nach Zigaretten und Hund – Tabitha erschauert, als sie sich ausmalt, wie Fish die Remise vollpinkelt und überall seine Haare verliert –, und das ganze Gebäude ist schäbig, muffig, altmodisch und hässlich. Billy hat immer gut verdient, aber nie etwas in sein Domizil investiert. Die Möbel würden sich am Lagerfeuer eines Landstreichers gut machen. Der Fernsehsessel – igitt! Die Küche – pfui!

Tabitha geht absolut planvoll vor. Sie wandert durchs Erdgeschoss und notiert sich dabei, was sie tun würde, wenn Harper einverstanden ist: den Teppich rausreißen, die Böden neu lackieren, die Küche ausmisten (obwohl Tabitha nicht kocht, war es immer ihr Traum, eine Küche zu renovieren), alles streichen, die Gästetoilette mit neuem Klosett und Waschbecken ausstatten, neue Leuchtkörper kaufen (es sieht aus, als hätte Billy in seinen zwanzig Jahren auf der Insel nur die grauenhaftesten Lampen geborgen und in seinem eigenen Haus installiert) und nagelneue Möbel bestellen. (Houzz! Wayfair! One Kings Lane! Diese Websites hat Tabitha jahrelang bis spät in die Nacht hinein durchstöbert und dabei von den imaginären Räumen geträumt, die sie eines Tages gestalten würde.)

Oben begutachtet sie die Schlafzimmer – das ihres Vaters und das lavendelfarbene, das Harper bewohnt hat; das Poster von Hootie & the Blowfish hängt noch an der Wand. Das dritte Zimmer, früher ihr eigenes, ist immer noch mit dem scheußlichen Teppichboden in Beige ausgelegt, die Wände dagegen sind hellblau gestrichen. Welche Farbe hatten sie, als Tabitha vor so langer Zeit hier übernachtete? Sie erinnert sich nicht. Das Fenster über dem ordentlich gemachten Doppelbett geht nach hinten hinaus. Zu dieser Tageszeit fällt wunderschönes goldenes Sonnenlicht in den Raum. Er hätte Billy statt des Esstischs im Erdgeschoss gut als Büro dienen können oder zur Unterbringung eines wenig benutzten Sportgeräts oder ausrangierter Möbel. Aber er ist sauber und leer bis auf das Bett, als hätte es auf ihre Rückkehr gewartet.

Sie schließt die Augen, und Tränen rinnen heraus. *Ich bin hier, Daddy*, denkt sie. *Jetzt bin ich hier.*

Tabitha hat ein bisschen recherchiert. Auf Billys Bankkonto sind zweiundneunzigtausend Dollar. Um ihre Vorstellungen zu verwirklichen, wird sie die brauchen und auch noch ihre eigenen Reserven anzapfen müssen. Das ist ein wenig beängstigend, wenn man bedenkt, dass Ainsley in zwei Jahren aufs College gehen wird, doch ihr wird durch den Hausverkauf Geld aus dem Erlös zustehen, und da sie die ganze Arbeit leistet, wird sie sich ein Gehalt zahlen. Nur Harpers Zustimmung fehlt noch. Harper ist gegen die Renovierung, weil sie zaghaft und fantasielos ist. Sie kapiert nicht, wozu Tabitha imstande ist.

Bevor Tabitha zum Abendessen aufbricht, wird ihr klar, dass sie Ainsley und Harper anrufen und ihnen sagen muss, dass sie hier ist.

Ainsley geht nicht an ihr Handy, Harper auch nicht. Nun ja, das ist nicht verwunderlich. Die Boutique ist freitagabends lange geöffnet, da werden beide arbeiten. Sie ruft im Geschäft an, doch keiner hebt ab. Tabitha rätselt und hat ein mulmiges Gefühl. Eine Sekunde später meldet sich Meghan von ihrem Handy. Sie ist im Lager – das erkennt Tabitha am Widerhallen ihrer Stimme von den Betonwänden.

»Tabitha?«, sagt Meghan.

»Kann ich mit meiner Tochter sprechen, bitte?«, fragt Tabitha. »Oder mit meiner Schwester?«

»Äh«, sagt Meghan. »Die sind beschäftigt.«

»Beschäftigt?« Tabitha vermutet darin einen Euphemismus für *Die haben früh Schluss gemacht, um im Gazebo einen Cocktail zu trinken*. Vor Ärger und Frustration fängt sie an zu zittern. Sie hätte Ainsley nie Harpers Obhut überlassen dürfen.

»Sie reden mit Kundinnen«, sagt Meghan.

»Beide?«, fragt Tabitha.

»Beide«, bestätigt Meghan. »Es ist knallvoll momentan.«

»Knallvoll?«, sagt Tabitha. Das klingt nach einem Täuschungsmanöver. In all den Jahren, in denen sie die Boutique führt, hätte sie sie nie als knallvoll bezeichnet. Sie ist trotz ihrer Bemühungen, das Sortiment zu erweitern, kein Laden, der knallvoll wird. Sie ähnelt eher den Galerien in der Stadt, die nur für ernsthaft interessierte und seriöse Kunden gedacht sind. Und Eleanor weigert sich, einen »Sale« anzubieten. *Sale* bedeutet auf Französisch »schmutzig«, und genau das ist ein Ausverkauf für Eleanor auch, etwas Schmutziges. Jedes ERF-Modell beschwört eine klassische Zeitlosigkeit herauf, eine Qualität, die nicht gemindert werden darf. Hin und wieder kommt eine Gruppe betuchter Frauen von einer riesigen Yacht in die Boutique und gönnt sich eine Art Wett-Shoppen, doch dieses Verhalten fand mit dem Niedergang der Wirtschaft im Jahr 2008 mehr oder weniger ein Ende. »Du behauptest also, dass beide da sind, aber zu beschäftigt, um ans Telefon zu kommen?«

»Das behaupte ich«, sagt Meghan. »Und ich selbst war auch mitten in einem Kundengespräch, als du auf dem Festnetz angerufen hast.« Sie hält inne, und Tabitha meint, Musik zu hören, Stimmen; sie hört einen Hund bellen. Einen Hund? Sicher täuscht sie sich. »Also sollte ich lieber auflegen …«

»Okay«, sagt Tabitha. Sie ist nach wie vor argwöhnisch, doch ihr Magen knurrt, und sie denkt an die Burger und die Live-Musik, die auf sie warten. Sie sollte sich nach Meghans Schwangerschaft erkundigen, aber sie will nicht, dass die Auskunft ihr den Abend verdirbt. So lange Meghan die Aufsicht hat, muss Tabitha nicht befürchten, dass ein Hund im Laden ist oder Waren im Ausverkauf verramscht oder sonstige Regeln übertreten werden. Sobald die Wehen einsetzen, ist das eine andere Sache. »Eine von ihnen soll mich bitte anrufen, sobald sie Zeit hat.«

»Alles klar«, sagt Meghan. Sie klingt, als wolle sie das Gespräch möglichst schnell beenden.

Tabitha starrt ihr Telefon an. Sollte sie sich Sorgen um den Laden machen? Wahrscheinlich, doch sie hat keine Lust dazu. Sie ist unterwegs ins Ritz.

In einer fremden Stadt allein auszugehen ist eine neue Erfahrung, aber statt gehemmt zu sein, ist Tabitha voller Tatkraft. Sie hat versucht, sich zwanglos zu kleiden – weiße Jeans und ein Neckholder-Top in Pink und Orange von Trina Turk –, ihr Haar zu einem Pferdeschwanz zusammengefasst und sich nur leicht geschminkt, um nicht aufgetakelt zu wirken.

Von draußen sieht das Ritz Café aus wie eine Spelunke. Hat Tabitha ein Problem damit? Rümpft sie die Nase? Nein. Sie betritt es mit einem Lächeln, das fest auf ihrem Gesicht sitzt, ihr bestes Accessoire.

In der Bar ist es dunkel und verraucht und gerammelt voll. Tabitha wäre fast wieder umgekehrt – zurück in die Sicherheit ihres FJ40, zurück nach Vineyard Haven, zurück in Billys Haus. Und dann morgen zurück nach Nantucket. Aber sie hört das Klimpern einer Gitarre und sieht einen Typen in Jeans und einem Mocha-Mott's-T-Shirt auf einem Hocker hinter einem Mikrofon sitzen. Auf der Tafel hinter ihm steht: VINEYARD-MUSIKER FRANKLIN PHELPS. Vineyard-Musiker Franklin Phelps ist etwa in Tabithas Alter und unglaublich scharf. Er hat dunkle, struppige Haare und große braune Augen, und seine Gitarre liegt zwanglos über einem seiner Knie. Als Vineyard-Musiker Franklin Phelps Tabitha erblickt, winkt er, und sie denkt: *Er kennt mich!*

Doch dann versteht sie.

Franklin beginnt, »Carolina in My Mind« von James Taylor zu spielen, und Beifall ertönt.

Trotz des Gedränges ist am Tresen ein Platz frei. Tabitha setzt sich und lächelt die Barkeeperin an, eine junge Frau mit klaren Augen und freundlichem Gesicht.

»Hey, Harper«, sagt sie. »Lange nicht gesehen! Willst du ein Bier und einen Kurzen?«

Tabitha öffnet den Mund, um die junge Dame zu korrigieren. *Ich bin nicht Harper.* Aber es ist laut, und das Mädchen scheint Harper zu mögen, deshalb findet Tabitha es unbedenklich zu nicken. Ein Bier und einen Kurzen? Klar! Tabitha hat in ihrem ganzen Leben noch kein Bier mit einem Kurzen getrunken. Vielleicht hat sie etwas verpasst.

Die Getränke kommen – ein hohes Glas voll goldenem Bier mit einer schönen Schaumkrone von einem Zentimeter und ein Schnapsglas mit einer lila-bräunlichen Flüssigkeit. Tabitha hebt es an und schnuppert diskret.

Lieber Gott: Jägermeister.

Sie kippt ihn herunter und versucht, dabei nicht zu weinen, dann nimmt sie einen ausgiebigen Schluck von ihrem Bier. Sofort steigt Wärme in ihrer Brust auf. Vineyard-Musiker Franklin Phelps geht zu »Wild World« von Cat Stevens über, einem besonderen Lieblingssong von Tabitha, und sie stößt einen leisen Fan-Schrei aus. Das Verursachen dieses Geräusches ist ihr so peinlich, dass sie mehr von ihrem Bier trinkt.

*So ist es also*, denkt sie, *Harper zu sein.*


Ein Mann setzt sich neben sie. Er ist groß und sieht gut, aber wie ein reiches Arschloch aus. Er trägt ein gebügeltes rot-weißes Baumwollhemd mit hochgekrempelten Ärmeln und einen Golf-Augenschirm mit dem Aufdruck einer Bank, obwohl es draußen dunkel ist.

»Was gibt's, hübsche Lady?«, sagt er.

Tabitha verdreht die Augen.

»Sie sehen aus wie eine Touristin«, sagt der Augenschirmmann. Er gibt der Barkeeperin ein Zeichen, und ein Gin Tonic landet vor ihm. Er trinkt das meiste davon in einem Zug. »Sind Sie Touristin? Sagen Sie nichts, lassen Sie mich raten. Sie sind aus New Canaan, stimmt's? Oder nein, warten Sie: aus Greenwich!«

Tabitha ist beleidigt. Wenn jemand wie ein Tourist aussieht oder zumindest nicht wie ein Einheimischer, dann dieser Typ. Er trägt eine Audemars-Piguet-Uhr mit einem Armband aus Eidechsenleder, deren Preis, soviel Tabitha weiß, fünfstellig ist. Sein Auftreten deutet auf ein Leben voller Privilegien, Privatschulen und Geld, Geld, Geld hin.

»Weder noch«, sagt Tabitha. »Ich lebe auf Nantucket.«

Der Augenschirmmann wirft seinen Kopf in den Nacken und lacht. »Was für ein Zufall!«, sagt er.

Sie zieht eine Augenbraue hoch. Zufall? Kennt sie diesen Typen?

»Ich bin der Mann aus Nantucket!«, sagt er. Tabitha schließt die Augen und hofft, dass dieser Trottel, wenn sie sie wieder aufmacht, verschwunden sein wird. Aber … er ist noch da. Da ist jedoch auch ein zweiter Jägermeister, der sich aus dem Nichts materialisiert hat. Sie kippt ihn herunter, ohne zu zögern.

»Ich war schon mal auf Nantucket«, sagt der Augenschirmmann. »Ich war in der Chicken Box. Kennen Sie die? Tolle Bar, Live-Musik, aber keine Küken. Die waren alle viel zu alt.«

Als die Musik verstummt, wird das Getöse der Menge noch lauter. Tabitha würde sich diesen Kerl gern vom Hals schaffen; er ist betrunken. Doch zumindest ist er ein Gesprächspartner. Sie wird ihm noch dreißig Sekunden zugestehen. »Ich bin lange nicht mehr in der Box gewesen«, sagt sie und späht über den Tresen hinweg in die Küche. Arbeitet da jemand? »Wissen Sie zufällig, ob ich noch einen Burger bestellen kann? Ich bin am Verhungern.«

Der Augenschirmmann hört ihr gar nicht zu. »Wo ist Ihr Mann?«

»Ich bin nicht verheiratet«, sagt Tabitha.

»Sie sind geschieden? Sind Sie mit einem dicken, fetten Unterhaltsscheck auf den Vineyard gekommen, um sich zu amüsieren?«

*Das war's*, denkt Tabitha. Es reicht ihr. Dieser Typ ist so ein Idiot, dass Captain Peter neben ihm wie ein guter Fang aussieht. *Wo sind all die netten, normalen Männer?*, fragt sie sich. Diejenigen mit interessanten Jobs, Sinn für Humor und mitfühlenden, gütigen Herzen? *Die sind zu Hause*, denkt sie. Bei ihren Frauen und ihren wohlerzogenen Kindern. Ganz sicher nicht in einer Bar wie dieser, um nach jemandem wie ihr Ausschau zu halten. Sie muss tagsüber jemanden kennen lernen. Vielleicht sollte sie es mit Segeln probieren – oder mit Golf.

Sie muss sich schnellstens von dem Augenschirmmann befreien, aber die Bar ist voll, und sie weiß nicht, wohin. Dann spürt sie eine Hand auf ihrer Schulter. Als sie sich umdreht, erblickt sie Franklin Phelps, der seine Gitarre am Hals hält, als wäre sie eine erdrosselte Gans.

»Harper«, sagt er. »Ich dachte schon, du wärst gegangen.«

Der Augenschirmmann kippt den Rest seines Drinks, steht auf und schwankt wie ein Baum im Wind. »Hey, *ich* habe mit der Touristin geredet.«

»Verzieh dich, Kumpel«, sagt Franklin Phelps. Er schiebt den Augenschirmmann beiseite und greift nach seinem Hocker. Dann wendet er sich der Barkeeperin zu und sagt: »Caroline, kann ich ein Guinness und einen Jameson haben, bitte?«

*Ein Bier und einen Kurzen*, denkt Tabitha. Einen Moment lang hat sie das Gefühl, dass sie anfängt, die Situation zu durchschauen.

Der Augenschirmmann strafft seine Schultern. »Da habe ich gesessen.«

»Geh nach Hause, Alter«, sagt Franklin. »Du bist betrunken.«

»Bist du der Ehemann?«, fragt der Augenschirmmann. Er sieht Tabitha mit dem Blick eines gefährlichen Killers an. »Oder vögelst du sie bloß?«

Im Nu ist Franklin Phelps auf den Beinen. Er stürzt sich über die Bar hinweg auf den Augenschirmmann, der daraufhin mit dem Mikrofonständer und Franklins Hocker zu Boden fällt und nicht einmal versucht, wieder aufzustehen.

»Das ist Tripp Malcolm«, sagt Caroline, die Barkeeperin. »Ihm gehört das Riesenhaus am Ende der Tea Lane.«

»Das ist mir« – Franklin Phelps nimmt einen Schluck Guinness und kippt seinen Whiskey herunter – »völlig egal. Ich biedere mich nicht bei den reichen Sommerfuzzys an.«

Tripp Malcolm kommt auf die Füße und stürmt auf Franklin zu wie ein Stier. Franklin greift sich sein Bier und tritt geschickt zur Seite, sodass Tripp in den Tresen kracht, wo er ein Glas zerbricht.

»Das war's! Raus mit dir, Tripp!«, sagt Caroline und wendet sich kopfschüttelnd an Franklin und Tabitha. »Ich biedere mich auch nicht bei den Sommerfuzzys an.«

Franklin zeigt auf Tabitha. »Setz Harpers Getränke auf meine Rechnung, Caroline. Wir gehen.«

Tabitha wacht um drei Uhr morgens in einem ihr unbekannten Schlafzimmer auf ... neben Franklin Phelps.

*Das hier ist real*, denkt Tabitha. Sie drückt Franklins Bizeps, und er regt sich und greift mit einem Arm nach hinten, um ihren Arsch zu umfassen. Sie wirft ein Bein über ihn. Das hier ist real!

Er hebt ihr Kinn an und küsst sie. »Ich habe noch nie jemanden so sehr gewollt.«

Sie würde nur zu gern glauben, dass das stimmt. Bei ihr trifft es jedenfalls zu. Mit Wyatt zu schlafen hat genau acht Wochen lang Spaß gemacht – dann wurde Tabitha schwanger. Nach der Trennung von ihm war Tabitha mit Monroe zusammen, dem Sohn einer Freundin von Eleanor. Er war elegant und äußerlich angenehm, aber sehr penibel; Sex initiierte er nur, wenn sie beide gerade geduscht hatten. Das sagte eigentlich schon alles.

Und der Sex mit Ramsay war eine Zeitlang okay, dann wurde er jedoch körperlich und emotional strapaziös. Ramsay war sehr bemüht darum, ihr alles recht zu machen. Es fehlte nur noch, dass er sie hinterher einen Fragebogen ausfüllen ließ. Lag sie lieber oben oder unten? Auf dem Bauch? Licht an oder aus? Was hielt sie von

Massageöl? Waren ihre Orgasmen intensiver als die, die sie am Donnerstag gehabt hatte? Ihm sei es nämlich so vorgekommen, als wäre sie am Donnerstag erregter gewesen. Außerdem hatte Ramsay nicht gern Sex, nachdem sie getrunken hatten, weil er gelesen hatte, dass durch Alkohol die Nervenenden von Frauen abstumpften, und er wollte nicht, dass sie eine suboptimale Erfahrung machte – oder, Gott bewahre, eine, an die sie sich dann nicht mehr richtig erinnerte. *Machst du Witze?*, dachte Tabitha. Warum soll man etwas trinken gehen, wenn man es danach nicht genießt, dass der Sex ein bisschen ausgefallener ist? Alkohol senkt die Hemmschwelle; jetzt bot sich die Gelegenheit, etwas auszuprobieren, das einem vielleicht peinlich wäre, wenn man nüchtern war. Aber Ramsay sah das nicht so.

Tabitha küsst Franklin weniger, als dass sie ihn schmeckt und dann, gleich darauf, verschlingt. Er ist so lebendig – verschwitzt, salzig, stark. Seine Finger pressen sich in ihre Arme, wo sie höchstwahrscheinlich blaue Flecken hinterlassen; sein Mund öffnet sich auf ihrem Hals an einer Stelle, von der aus sie fast schmerzhafte Wellen der Ekstase durchfluten. Als seine Fingerspitzen ihre Brustwarzen berühren, stöhnt sie auf. Nichts hat sich jemals so gut angefühlt wie diese süße Sehnsucht, die Anspannung beim Zurückhalten eines Schreis, eines Kraftausdrucks, einer heftigen Geste. Sie umklammert ihn mit den Beinen. Zum allerersten Mal gibt Tabitha sich ihren animalischen Instinkten hin. Sie ist eine Frau, Franklin ist ein Mann, sie paaren sich, es ist natürlich, Natur pur. Warum hat sie Sex noch nie so erlebt? Er war immer etwas, das sie genoss oder ertrug, aber nie eine Offenbarung.

Bis jetzt. Franklin.

*Das hier ist real.*

Sie kennt ihn kaum, doch das spielt keine Rolle. Sie passen zusammen. Sie fügen sich ineinander wie zwei Teile eines Puzzles. Tabitha reitet ihn, bis sie aufschreit und er aufschreit, seine Hände um ihre Taille geklammert. Erschöpft lässt sie sich auf ihn fallen.

»Du bist die atemberaubendste Frau, die ich je gesehen habe«, sagt er.

Sie lacht. »Was ist mit meiner Schwester? Sie sieht genauso aus wie ich.«

»Du bist ganz anders als Harper«, sagt er. »Eleganter, geschmackssicherer, graziöser. Es ist komisch, denn jetzt erkenne ich, wie unterschiedlich ihr seid.«

»Ja, stimmt«, sagt Tabitha. Erst als sie gestern hinaus auf die Circuit Avenue traten, gestand Tabitha, dass sie nicht Harper war, sondern deren Zwillingsschwester.

*Ahh*, sagte Franklin. *Ich wusste, dass es einen Zwilling gibt.*

*Ich bin Tabitha Frost*, sagte sie. *Tut mir leid, dich zu enttäuschen.*

Franklin griff nach ihrer Hand. *Machst du Witze?*, sagte er. *Das ist die beste Neuigkeit, die ich heute Abend gehört habe.*

Jetzt packt Franklin ihr Kinn. »Ich hätte Harper nie mit nach Hause genommen. Das musst du wissen. Ich war mit ihr befreundet …«

»War?«

»War? Bin, schätze ich. Sie hat ein paar fragwürdige Dinge getan …«

»Sie hat mit dem Arzt unseres Vaters geschlafen.«

»Mit Reed Zimmer«, sagt Franklin leise.

»Du weißt Bescheid?«, fragt Tabitha. »Der ganze Vineyard weiß Bescheid?«

»Mehr oder weniger«, bestätigt Franklin.

»Ich bin nicht Harper«, flüstert Tabitha.

»Ich weiß«, sagt Franklin. »Das ist mir klar.« Er fängt an, »Here Comes the Sun« von den Beatles zu singen. Seine Stimme ist so klar und rein, dass Tabitha sich fast zum Mitsingen ermutigt fühlt. Dann singt sie *wirklich* mit, und der Moment ist so unglaublich romantisch, dass Tabitha sich erlaubt zu glauben, sie klinge ganz okay. Als sie fertig sind – *duu du duu du* –, legt sie ihren Kopf auf seine Brust, und er streichelt ihre Schulter.

»Weißt du was?«, sagt sie.

»Was?«, fragt er.

»Ich habe einen Mordshunger.«

»Rühr dich nicht vom Fleck«, sagt er.

Es ist die beste Mahlzeit, die sie jemals um vier Uhr morgens gegessen hat, vielleicht ihre beste Mahlzeit überhaupt: ein Sandwich aus portugiesischem Brot mit Pastrami und Schweizer Käse, garniert mit Pickles und Meerrettich-Senf, gegrillt, bis es goldbraun und der Käse geschmolzen ist und das Ganze sich zu einem herrlich saftigen Mischmasch verbunden hat. Sie essen ihre Sandwiches im Bett, und Franklin öffnet zwei eiskalte Colas, von denen der erste Schluck so erfrischend ist, dass Tabitha die Augen tränen.

Das Sandwich ist wahnsinnig lecker. »Du kannst ja wirklich kochen«, sagt sie mit vollem Mund. Sie ist aus vielen Gründen dankbar dafür, dass ihre Mutter sie jetzt nicht sehen kann, und steckt sich ein Gürkchen, das auf das Laken gefallen ist, in den Mund. »Also, *wer* bist du?«

Franklin George Phelps: Er hat eine Schwester, Sadie, anderthalb Jahre jünger. Seine Eltern, Al und Lydia Phelps, sind immer noch miteinander verheiratet. Sie leben draußen in Katama in einem Haus, das sein Vater von seinen Eltern geerbt hat, die es als Sommer-Cottage nutzten. Al und Lydia machten das Haus winterfest und zogen Franklin und Sadie dort auf. Al war fünfunddreißig Jahre lang Direktor der Martha's Vineyard Regional High School, und Lydia backte Pies. Jetzt fahren sie im Winter nach Vero Beach.

»Es ist erstaunlich, dass auf dem Vineyard nicht alle bipolar sind«, sagt Franklin. »Die Insel ist im Sommer ganz anders als im Winter.«

»Das ist auf Nantucket ebenso«, sagt Tabitha. Sie fragt sich oft, ob das nicht der Grund für Ainsleys Probleme ist. Im Winter ist es still und langweilig. Es ist zu kalt, um ins Freie zu gehen, und drinnen wird nichts geboten. Alles schließt; alle verlassen die Insel. Im Sommer dann gibt es zu viel zu unternehmen und nicht genug Zeit, um alles zu schaffen. Tabitha arbeitet ununterbrochen und hat fast jeden Abend gesellschaftliche Verpflichtungen. Die Leute, die Nantucket besuchen, sind reich und privilegiert, sogar die Jugendlichen. Besonders die Jugendlichen! Sie haben Zugang zu den Booten ihrer Eltern, zu den Tabletten ihrer Eltern. Mädchen wie Ainsley und Emma müssen sich bemühen, da mitzuhalten.

Franklin hat es besser geschafft als die meisten Teenager, meint er. Er spielte Tight End im Footballteam und sang mit drei anderen aus seiner Klasse in einer Garagenband.

»Du warst bestimmt ein Draufgänger«, sagt Tabitha. Sie ist eifersüchtig auf all die Mädchen, mit denen er sicher geschlafen hat. Wahrscheinlich mit jedem begehrenswerten Mädchen auf dem Vineyard. Tabitha ist so bezaubert, dass sie sich keinen anderen Mann mit der Anziehungskraft von Franklin denken kann – weder Clooney noch Pitt oder Downey jun.

»Ich hatte eine Freundin«, sagt Franklin. »Dieselbe Freundin von der siebenten Klasse bis ins dritte Collegejahr hinein. Patti Prescott.« Er atmet lange aus, und Tabitha erkennt darin das Nachhallen eines alten Schmerzes.

Sie stellt die leeren Teller auf die Kommode und schlüpft unter die Decke. »Was ist aus Patti geworden?«

»Sie war hochintelligent«, sagt Franklin. »Sie ging aufs Williams College. Aber ... nach der Hälfte ihres dritten Jahrs kam sie wieder nach Hause. Ich studierte damals ein Semester in London und wusste, dass sie mit Depressionen kämpfte, denn manchmal kam sie morgens nicht aus dem Bett. Ich rief sie gelegentlich von einem Münzfernsprecher an, konnte aber jeweils nur ein paar Minuten mit ihr reden. Ihre Eltern schickten sie zu einem Psychiater, der ihr Medikamente verschrieb, und sie dachten, es würde ihr besser gehen.«

Tabitha zieht sich die Decke bis unters Kinn. *Hast du jemals jemanden verloren?*

»Sie hat sich in der Garage ihrer Eltern umgebracht«, sagt Franklin. »Kohlenmonoxydvergiftung.«

»Oh nein«, sagt Tabitha. »Das tut mir schrecklich leid.«

»Es war hart«, sagt Franklin. »Ich habe lange an meiner Schuld getragen.«

»Schuld?«, fragt Tabitha. »Wieso?«

»Ich hätte nach Hause kommen sollen«, sagt er. »Ich hätte nach Hause kommen und sie retten müssen. Aber das tat ich nicht. Ich war zu beschäftigt damit, im Flask in Hampstead Bier zu trinken, Rugby zu spielen und im Regent's Park für Geld zu singen. Ich glaube, ihre Eltern geben mir die Schuld. Das hier ist eine kleine Insel. Ich glaube, viele Leute geben mir die Schuld an ihrem Tod.«

»Nein«, sagt Tabitha. »Bestimmt nicht.«

»Es ist okay«, sagt Franklin. »Die Gerüchteküche ist Teil der Insel, und die Insel ist mein Zuhause. Ich lebe sehr gern hier.« Er küsst sie, bis ihr schwindelig wird. *Das hier ist real.*

Als sie aufwacht, ist es helllichter Tag, und Franklin ist weg.

»Hallo?«, sagt Tabitha versuchsweise. Die Tür zum Bad steht offen. Tabitha sieht Franklins Zahnbürste in einem Glas neben dem Waschbecken. Sie hatte nicht die Chance oder Geistesgegenwart, sich zu orientieren, als sie am Abend zuvor hier ankamen, ist aber erleichtert darüber, dass es nur eine Zahnbürste ist. Er ist also Junggeselle, wie er gesagt hat. *Hat* er das gesagt? Oder hat sie es angenommen? Sie schaut auf den Nachttisch: Die Sandwichteller sind verschwunden.

Tabitha steht auf und entdeckt ihre Sachen – ihre weiße Hose ist über einen Stuhl geworfen, das Trina-Turk-Top eine Lache aus zerknüllter Seide auf dem Fußboden. Tabitha kann ehrlich sagen, dass sie das noch nie getan hat: mit einem nahezu Fremden – okay, einem vollkommen Fremden – zu schlafen und dann im Haus dieses vollkommen Fremden aufzuwachen und gezwungen zu sein, ihre Kleider vom Vortag anzuziehen und nach Hause zu finden.

Wo ist sie?

Sie späht aus dem Fenster und sieht ihren FJ40 auf der Straße. *Ja!*, denkt sie und erinnert sich, dass Franklin angeboten hat, ihn hierherzufahren.

Sobald sie angezogen ist, schleicht sie die Treppe hinunter. »Hallo?«, sagt sie. Das Haus ist still. Sie durchquert das Wohnzimmer auf Zehenspitzen, vorbei an einem moosgrünen Samtsofa mit passenden Kissen in verschiedenen Texturen und Mustern. Die Hand einer Frau?, fragt sie sich. In der Küche findet sie eine Kanne mit frisch aufgebrühtem Kaffee, ihre Clutch (Gott sei Dank!) und einen Zettel. Darauf steht: *Musste zur Arbeit. Danke für eine großartige Nacht! xo*

Tabitha legt den Zettel hin und sucht in ihrem Täschchen nach Portemonnaie und Telefon. Beides ist da.

Sie liest den Zettel noch einmal. *Musste zur Arbeit.* Wo arbeitet Franklin? Hat er es ihr erzählt? Hat er noch einen anderen Job als den des Musikers? Er hat ein Semester in London studiert, aber hat er gesagt, was? Sie hat nicht gesehen, was er fährt. Stand in der Einfahrt ein Auto oder ein Pick-up, als sie hier ankamen? Sie hat keine Ahnung. Es muss ein Fahrzeug da gestanden haben, denn wie wäre er sonst zur Arbeit gekommen?

*Danke für eine großartige Nacht!* Na ja, es *war* eine großartige Nacht, doch dass er sich dafür bedankt, fühlt sich irgendwie eklig an. Es ist keine Rede von einem nächsten Treffen, und er hat seine Nummer nicht hinterlassen.

Sie muss zugeben, dass sie am Boden zerstört ist.

Es war ein One-Night-Stand, sagt sie sich. Bloß weil es für sie eine der schönsten Nächte ihres Lebens war, muss er nicht dasselbe empfunden haben. Männer nehmen solche Abenteuer nicht ernst.

Doch was ist mit dem, was er gesagt hat? *Ich habe noch nie jemanden so sehr gewollt.* Vermutlich sagt er das allen Frauen, die er mit nach Hause nimmt. Und warum auch nicht? Es ist ein sehr wirkungsvoller Spruch. Wieso hat er sie atemberaubend genannt? Was ist mit dem Sandwich? Macht er all seinen Eroberungen solche himmlischen Pastrami-Sandwiches? Gibt es andere Eroberungen? Er ist *Sänger* in einer *Bar* – natürlich gibt es andere Eroberungen!

Warum hat er Tabitha die Geschichte mit Patti Prescott erzählt? Er hat ihr einen Einblick in sein liebevolles, weiches Herz verschafft. Es war ein echtes Gespräch zwischen Erwachsenen; es war *intim*.

Tabitha fasst es nicht, dass er ihr seine Nummer nicht hinterlassen oder sie um ihre gebeten hat. Sie fasst es nicht, wie viel ihr das ausmacht. Wahrscheinlich hält Franklin sie für die Art Frau, die so etwas ständig tut. Es ist keine große Sache für ihn. Warum sollte es für sie eine große Sache sein? Sie muss die Erinnerung daran abschütteln.

Sie schenkt sich eine Tasse Kaffee ein. Ein gesprenkelter Keramikkrug mit Sahne steht da, und die Zuckerschale ist voll. Sie würde gern den Kühlschrank und Franklins Schränke durchsuchen. Sie möchte in all den Fotos in den Wohnzimmerregalen stöbern, Bilder von seiner Familie betrachten, vielleicht sogar von Patti Prescott. Aber wenn sie ihn nie wiedersieht, wozu?

Sie trinkt einen Schluck Kaffee und stellt die Tasse dann auf der Theke ab. Wenn er sie sieht, wird er gezwungenermaßen an Tabitha denken. Sie ist in Versuchung, ihm ihre Nummer aufzuschreiben, doch das erscheint ihr zu forsch, und sie will die nächsten Tage nicht damit verbringen, sich zu fragen, ob er anrufen wird.

Dies ist eine kleine Insel. Wenn er sie wiedersehen möchte, wird er einen Weg finden.

Als sie wieder in Billys Haus ist, wird ihr klar, dass sie nichts von Ainsley und Harper gehört hat. Es ist zwanzig nach neun, und die Boutique öffnet erst um zehn, deshalb wird jetzt noch keiner da sein. Tabitha traut weder Harper noch Ainsley so ganz über den Weg, was die Wahrheit über die gestrigen Ereignisse betrifft, daher ruft sie Meghan auf dem Handy an.

Meghan nimmt nach fünfmaligem Klingeln ab und klingt sehr, sehr groggy. »Hallo?«

»Meghan?«, sagt Tabitha. »Ich bin's. Geht's dir gut?« Sie hat fast den Eindruck, Meghan geweckt zu haben – aber heute ist Samstag, der 1. Juli. Das Geschäft wird bald öffnen, und Meghan müsste auf dem Weg zur Arbeit sein.

»Mir geht's prima«, sagt Meghan und zögert. »Ich bin Mutter.«

»Du bist was?«, fragt Tabitha. Dann kapiert sie. »Ach du liebe Güte! Du hast dein *Baby* bekommen?«

»Gestern Abend um acht«, sagt Meghan. »Einen kleinen Jungen. Wir haben ihn David Wayne genannt. Er wiegt etwas mehr als vier Kilo und misst über achtundfünfzig Zentimeter.«

Unerwartete Tränen sammeln sich in Tabithas Augen. Sie freut sich sehr für Meghan, muss jedoch auch an Julian denken. »Ich freue mich so für dich, Meghan. Herzlichen Glückwunsch.«

»Danke«, sagt Meghan. Eine weitere Pause. »Ich nehme an, du hast von der Party gehört?«

»Party?«, sagt Tabitha. Sowohl ihre freudigen als auch ihre bittersüßen Gefühle platzen wie Seifenblasen. »Welche Party?«

»Oh, tut mir leid. Ich dachte ... ich meine, da du nichts von der

Geburt des Babys wusstest, dachte ich, du rufst an, weil du sauer über die Party in der Boutique bist.«

Tabitha atmet tief ein und aus. Sie hat Kopfschmerzen und muss unbedingt duschen, obwohl sie Franklins Geruch nicht abwaschen will. Hat sie jemals so für einen Mann empfunden? Nein, noch nie. Doch selbst das Nachglühen ihrer Erinnerung erscheint ihr irrelevant im Vergleich zu der Wendung *Party in der Boutique*.

»Welche Party in der Boutique?«, fragt sie gelassen.

»Nur fürs Protokoll«, sagt Meghan, »ich wusste, dass du nicht einverstanden wärst. Ich habe ihnen gesagt, dass ich das für keine gute Idee halte, aber ich wurde überstimmt.«

»Überstimmt von wem?«, fragt Tabitha. »Von Harper, Ainsley und Mary Jo?«

»Mary Jo hat die Insel verlassen«, sagt Meghan. »Hat Harper dir das nicht erzählt? Marissa und Scott haben sie endlich zu sich nach Maryland geholt.«

*Endlich*, denkt Tabitha. Diese positive Nachricht mindert das Gefühl von Beklommenheit, das in ihr aufsteigt, allerdings nur wenig. »Erzähl mir von der Party, Meghan.«

»Das Gute ist, dass die Party eine Menge Laufkundschaft in den Laden gebracht hat«, sagt Meghan. »Also wirklich eine *Menge*. Ich habe für über sechstausend Dollar Ware verkauft, bevor meine Fruchtblase platzte.«

»Deine Fruchtblase ist auf der Party geplatzt?«, sagt Tabitha. »In der *Boutique*?«

»Auf den Teppich«, bestätigt Meghan. »Es tut mir sehr leid, Tabitha. Harper hat versprochen, heute die Teppichreiniger anzurufen. Nicht nur, weil meine Fruchtblase geplatzt ist, sondern auch wegen der Kleckerei.«

»Kleckerei?«, fragt Tabitha. Das ist womöglich das Wort, das sie am wenigsten mag.

»Es gab Punsch«, sagt Meghan. »Er hieß Foxy-Roxie-Punsch und enthielt Cranberrysaft.«

»Cranberrysaft!«, sagt Tabitha. Dann senkt sie die Stimme, weil ihr einfällt, dass Meghan mit einem wenige Stunden alten Baby im Krankenhaus ist. Sie will Meghan nicht aufregen und daran schuld sein, dass ihre Muttermilch sauer wird. Tabitha schwankt hinüber zu Billys Fernsehsessel. Er ist zwar hässlich wie eine haarlose Ratte, aber sehr bequem. Tabitha wäre es am liebsten, wenn er sie verschluckt.

»Und es gab Popcorn«, sagt Meghan. Ihr Tonfall wird lebhafter, und Tabitha spürt, dass ihre Mitarbeiterin anfängt, ihre Rolle als Tratschtante zu genießen – entweder das, oder es sind die Hormone. Vielleicht hat Meghan aber auch die letzten sieben Jahre darauf gewartet, Tabitha derartig niederschmetternde Nachrichten zu übermitteln, um ihr und Eleanor all die Gemeinheiten heimzuzahlen, die sie ihr angetan haben mögen. »Und Harper hat Avocado-Toasts mit verschiedenen Garnierungen gemacht, die sehr lecker waren. Und es lief Musik. Laute Musik. Die Leute haben getanzt. Zu Beyoncé und Prince.«

Tabitha schließt die Augen und stellt sich Ainsleys Snapchat vor: Harper und Ainsley, die sich mit Cranberrypunsch zuprosten, bevor sie ihn auf den irre teuren Teppich kleckern; Meghan, die sich Avocado-Toast in den Mund stopft, bis ihre Fruchtblase sich auf den bereits erwähnten Teppich ergießt, Pärchen, die in den Umkleidekabinen *Gott weiß was* tun. Frauen, die zu »Little Red Corvette« tanzen und dabei mit ihren Stilettos Popcorn in den jetzt ruinierten Teppich stampfen. Tabitha weiß gar nicht recht, warum es sie so schockiert, dass Harper es für angebracht hielt, in der geheiligtsten, elegantesten Boutique von Nantucket eine Fete zu veranstalten, zwischen Kleidern, die pro Stück zwischen sieben- und vierzehnhundert Dollar kosten, aber das tut es. Es zeigt einen sogar für Harpers Verhältnisse erschreckenden Mangel an Urteilsvermögen.

Tabitha stößt sich aus dem Sessel hoch. Sie ist so wütend, dass sie ganz ruhig wird. Es ängstigt sie selbst, wie ruhig. Ihr nächster Schritt liegt auf der Hand: Sie wird die Fähre zurück nach Nantucket nehmen. Das wird sie Meghan jedoch nicht erzählen, denn Meghan könnte Harper vorwarnen, und Tabitha will Harper überraschen.

Sie beschwört ihre innere Doris Day herauf und täuscht ein *Qué será será* vor. »Na ja, das Gute daran ist, dass wir Mary Jo durch eine neue Verkäuferin ersetzen können«, sagt sie.

»Das haben wir schon getan«, sagt Meghan und hält abrupt inne.

»Haben wir?«, sagt Tabitha. »Durch wen denn?«

»Ich glaube, du solltest lieber Harper anrufen«, sagt Meghan.

»Wer ist es, Meghan?«, fragt Tabitha.

»Sie bringen mir gerade das Baby zum Stillen rein«, sagt Meghan. »Ich schicke dir Fotos. Danke für den Anruf, Tabitha. Tschüss!« Sie legt auf.

Tabitha starrt auf ihr Telefon, während Meghans Name vom Display verschwindet. Harper hat eine neue Verkäuferin eingestellt, und wie es sich anhört, wird Tabitha nicht gefallen, wer es ist. Natürlich wird es ihr nicht gefallen! Tabitha muss sofort nach Hause zurückkehren und das Ruder wieder übernehmen.

Das Seltsame – nein, das wirklich Bizarre und Neuartige ... ist aber, dass Tabitha keine Lust dazu hat. Soll Harper das Geschäft doch ruinieren! Soll sie sich doch Eleanors unausweichlichem Zorn aussetzen! Soll sie doch die ganze Marke ERF in den Schmutz ziehen – die ihre Mutter vor Jahrzehnten aufgebaut und für die sie ihre Ehe mit Billy geopfert hat!

Tabitha ist es egal. Sie wird nicht wieder einspringen und die Lage retten. Sie wird keine weitere für Harper vorgesehene Ohrfeige kassieren. Tabitha wird an Ort und Stelle bleiben. Schließlich hatten sie und Harper eine Vereinbarung. Harper trägt jetzt auf Nantucket die Verantwortung, und Tabitha trägt sie hier auf dem Vineyard. Harper hat getan, was sie wollte, ohne Tabitha zu konsultieren, und nun … na ja, nun wird Tabitha dasselbe tun. Sie wird dieses Haus renovieren, verdammt noch mal!

Tabitha sieht sich mit neuer Energie im Wohnzimmer um. Sie wird diese Kröte in einen Prinzen verwandeln.

## *AINSLEY*

Sie fühlt sich wie eine Verräterin und eine miese Schlampe, aber am Sonntagmorgen, als Tante Harper ins Krankenhaus aufbrechen will, um Meghan ihr Babygeschenk zu geben – sie hat David Wayne nach nur zweistündigen Wehen zur Welt gebracht –, schützt Ainsley eine Migräne vor.

»Ich muss schlafen«, sagt sie.

Harper wirft ihr einen skeptischen Blick zu.

»Bitte«, sagt Ainsley. »Es ist acht Uhr an einem Sonntag.«

»Du kennst Meghan viel länger als ich«, sagt Harper.

»Sie ist eine Zicke«, sagt Ainsley. »Nein, Quatsch. Grüß sie von mir. Aber wer nennt denn ein Baby Wayne? Das ist ja ein Name wie aus einem Stummfilm-Western.«

Harper schüttelt den Kopf. »Aber zum Strand kommst du mit«, sagt sie. »Ramsay holt uns mittags ab.«

»Gut«, sagt Ainsley. »Einverstanden. Aber jetzt muss ich noch ein bisschen schlafen.«

»Fish wird ein Auge auf dich haben«, sagt Harper.

Ainsley zieht sich die Decke über den Kopf.

Ainsley wartet, bis Harper abgefahren ist, wartet dann noch einmal sieben Minuten für den unwahrscheinlichen Fall, dass Harper etwas vergessen hat, und schlüpft schließlich aus dem Bett. Sie zieht sich Shorts an und streift Flipflops über. Fish steht tatsächlich direkt vor ihrer Tür, aber Fish ist ein Hund, kein Mensch; er kann sie nicht verraten.

Ainsley tritt aus dem Zimmer. Fish bellt.

Sie eilt hinüber zum Haus ihrer Großmutter. Felipa ist nach Boston gefahren, um bei Grammie zu sein, daher muss Ainsley nicht befürchten, jemandem zu begegnen. Zuerst schaut sie auf dem Getränkewagen nach. Sie hat den Grey Goose genommen, und er ist nicht ersetzt worden. Sie erwägt, sich den Mount Gay oder den Johnnie Walker Black zu schnappen, doch sie darf nicht riskieren, dass Tante Harper ihn an ihr riecht.

Also geht Ainsley ins Souterrain. Die Uhren läuten zur Viertelstunde; Ainsley atmet den Duft des Soir de Paris ihrer Großmutter ein, das auch ihre Mutter trägt. Es ist das Parfüm ihrer Unterdrückerinnen.

Das Souterrain des Seamless ist wie der Keller eines Leichenschauhauses, nur dass es nicht von toten Körpern bevölkert ist, sondern von kopflosen Schneiderpuppen, die Ainsley seit ihrer Kindheit ängstigen. Tabitha hat trotz Ainsleys Protesten eine in ihrem Wohnzimmer aufgestellt. Ainsley muss einmal einen Albtraum gehabt haben, in dem die Puppen zum Leben erwachen oder sich schreiend über ihre fehlenden Köpfe und Gliedmaßen beklagen, denn sie kann sich ihre Furcht nicht erklären. Sie weiß, dass sie aus Rosshaar und Styropor bestehen, doch sie erinnern sie an deformierte Leichen.

Ainsley hält die Luft an, wie sie und ihre Freundinnen es taten, wenn sie an einem der vielen Friedhöfe von Nantucket vorbeifuhren, und flitzt zwischen den Puppen hindurch zur jenseitigen Wand des Kellers, wo Eleanor Kartons voller Spirituosen gestapelt hat.

Eine Flasche Grey Goose. Nur eine, obwohl Ainsley überlegt, zwei mitzunehmen. Sie huscht zurück zur Treppe, während die Puppen in stummer Missbilligung dastehen.

Ainsley erblickt Caylees mandarinenroten Jeep durch die duftigen weißen Gardinen an Eleanors Vorderfenster. Als Nächstes sieht sie

Caylee selbst, die das Roxie in Smaragdgrün trägt. Das Roxie ist ein matronenhaftes Kleid, doch an Caylee wirkt es trotzdem total peppig. Sie hat nudefarbene High Heels aus Lackleder an, in denen ihre Beine kilometerlang aussehen. Ihre Haare sind glatt und glänzend, und auf ihrer Nase sitzt eine Sonnenbrille im Fünfziger-Jahre-Stil.

»Hey!«, sagt Ainsley zu Caylee, während sie ins Freie tritt.

Caylee winkt und läuft in ihren Hochhackigen durch den Kies auf Ainsley zu. »Hey, Süße!« Sie sieht die Flasche Grey Goose, und ihre Miene verfinstert sich. »Was tust du da, Ainsley?«

Ainsley hält die Flasche hoch. »Schnaps ausschenken«, sagt sie. »Nein, das war ein Witz. Ich wollte einen Screwdriver machen. Willst du einen? Bist du unterwegs zum Brunch?« Ainsley weiß, dass Caylee Hunderte von Freundinnen hat, alle sehr lebenslustig, und dass ihre Tage, wenn sie nicht arbeitet, ein Wirbelwind aus Drinks, Dinners, Konzerten, Strandpartys und Brunches sind. Ainsley kann es gar nicht abwarten, älter zu werden.

»Ich komme gerade aus der Kirche«, sagt Caylee und zieht hinter ihrem Rücken einen Hortensienstrauß hervor. »Eine Frau auf der Main Street hat die hier verkauft, und ich musste an dich denken.« Sie lässt den Strauß mit einer Geste sinken, die eine Niederlage andeutet. »Ich weiß, dass es dir mies ging, als deine ehemaligen Freundinnen da so in den Laden spaziert kamen ... aber Ainsley, du solltest nicht trinken. Du bist erst sechzehn.«

Ainsley fällt die Kinnlade herunter. Unglaublich, dass Caylee so unlocker ist!

»Ich meine es ernst, Ainsley«, sagt Caylee. »Stell die Flasche wieder da hin, wo du sie gefunden hast.«

»Es ist meine«, sagt Ainsley.

»Es ist nicht deine«, sagt Caylee. »Du bist gerade aus dem Haus deiner Großmutter gekommen. Offensichtlich hast du sie gestohlen ...«

»Ich habe gar nichts gestohlen!«, sagt Ainsley. »Ich wohne hier.« Sie schluckt; es fühlt sich an, als hätte sich in ihrem Rachen eine Walnuss verklemmt. »Du solltest lieber wieder fahren. Geh! Runter von meinem Grundstück!«

»Mit Vergnügen«, sagt Caylee. »Aber ich rufe Harper an und erzähle es ihr.«

»Du erzählst ihr *was*?«, sagt Ainsley. Trotzig reckt sie die Flasche hoch. Ehrlich, sie ist so wütend, so *empört*, dass sie sie am liebsten zerschmettern würde. »Das ist meine!«

»Ainsley.«

»Ich dachte, du wärst meine Freundin!«, sagt Ainsley. Tränen sammeln sich in ihren Augen, obwohl sie auf keinen Fall vor Caylee weinen will.

Plötzlich ist sie von Caylees Armen umschlungen. »Hey«, sagt sie. »Ich bin deine Freundin. Deshalb bestehe ich auch darauf, dass du den Wodka zurückstellst.«

Ainsley holt tief Luft. Sie würde Caylee gern darauf hinweisen, dass sie Ainsley gegenüber auf *gar nichts* bestehen kann. Caylee ist nicht ihre Chefin; Caylee ist nicht ihre Mutter, ihre Tante oder ihre Schwester. Caylee dürfte gar nicht in der Boutique arbeiten. Ainsley muss nur ihre Mutter anrufen, dann wird Caylee gefeuert. Doch als Ainsley den Mund aufmacht, fängt sie an zu schluchzen. Sie ist so aufgewühlt und so verzweifelt. Dass Teddy sich von ihr getrennt hat, war das eine, aber dann wurde sie auch noch vom Unterricht suspendiert – wie wird sich das auf ihr Zeugnis auswirken? –, und ihre Freundinnen haben sie verraten. Emma und Candace haben ihr Haus mit Eiern beworfen! Und trotzdem war Ainsley so rückgratlos, wieder Hoffnung in sich aufsteigen zu lassen, als die beiden in die ERF-Boutique hereinspaziert kamen. Zweifellos war die Party cool, die sie organisiert hatten. Dass sie cool genug war, um ihre Freundinnen anzulocken, kam Ainsley erst in den Sinn, als sie die zwei in der Eingangstür sah. Dabei waren sie nur gekommen, um Ainsley einen Giftpfeil bezüglich Teddy und Candace zwischen die Augen zu schießen. Teddy hatte Candace zum Essen ins Ventuno eingeladen, ein Restaurant, dessen Besuch er Ainsley versprochen hatte, weil Marcella, die Freundin seines Onkel Graham, dort kellnerte und ihnen erlauben würde, Wein zu bestellen. Vielleicht war Teddy nur ein Großmaul – wahrscheinlich sogar, doch auch ohne Wein würden Teddy und Candace Kerzenlicht und wunderbare italienische Speisen genießen und Händchen halten, und Teddy würde die Blume in Candaces Haaren bewundern.

Und obendrein hat Ainsleys Mutter sie verlassen, ihre Großmutter ist nicht da, und ihr Vater reagiert nicht auf ihre Anrufe. Wer bleibt ihr denn noch? Tante Harper und Ramsay, und die haben beide bloß Mitleid mit ihr, da ist sie sich sicher.

Sie lässt sich von Caylee die Treppe zum Haus ihrer Großmutter hinaufgeleiten. Caylee wartet an der Tür, während Ainsley den Grey Goose auf den Getränkewagen stellt. Caylee zieht ein Papiertaschentuch aus ihrer Clutch und reicht es Ainsley, die sich damit die Augen abwischt.

»Kannst du nicht später mit uns zur Ram Pasture kommen?«, fragt Ainsley.

»Ich fahre heute mit meinen anderen Freundinnen zum Nobadeer Beach«, sagt Caylee. »Außerdem glaube ich nicht, dass Ramsay mich dabeihaben will.«

»Warum nicht? Ich dachte, ihr beide seid immer noch Freunde.«

»Sind wir auch«, bestätigt Caylee. »Aber ich glaube, er interessiert sich für deine Tante.«

»Für meine Tante?«

»Ja, den Eindruck habe ich«, sagt Caylee.

»Oh«, sagt Ainsley. Sie weiß nicht recht, was sie davon halten soll. Sie vermisst Ramsay schrecklich und hätte ihn gern wieder in ihrem Leben, aber es wäre nicht fair, wenn er anfinge, mit Harper auszugehen. Arme Tabitha! »Also, danke für die Blumen.« Sie schnuppert an dem Strauß. »Und danke, dass du vorbeigekommen bist.«

»Wie wär's, wenn wir nächste Woche mal zusammen frühstücken gehen?«, fragt Caylee. »Ich kenne einen tollen kleinen Laden. Er ist eine Art Geheimtipp.«

»Okay«, sagt Ainsley. Es ist ihr peinlich, wie sehr sie sich über die Einladung freut – aber dann steigt die Angst in ihr auf, dass Caylee ein Wohltätigkeitsprojekt in ihr sieht, einen geächteten Teenager ohne Freunde. Sie könnte Caylee abwimmeln – sie frühstücke grundsätzlich nicht –, doch ihr Bedürfnis nach Gesellschaft gewinnt die Oberhand. »Wie wär's mit Mittwoch?«

## *HARPER*

Sie beschließen, mit Harpers Bronco zur Ram Pasture zu fahren.

»Er ist der Strandbuggy schlechthin«, sagt Ramsay. »Endlich gehöre ich auch zu den coolen Typen.«

»So weit würde ich nicht gehen«, sagt Ainsley.

Als sie den Bronco beladen, meint Harper, Teil einer Familie zu sein. Ramsay ist der Vater, Harper die Mutter, Ainsley das Kind, Fish der Hund. Es ist ein absonderliches Gefühl, denn Harper ist keine Mutter, Ramsay kein Vater und Ainsley eigentlich kein Kind mehr. Zumindest ist Fish ein Hund. Vielleicht weil das Konstrukt so künstlich ist, erscheint es ihr amüsant – wie Schauspielerei. Ramsay bringt drei Stühle zum Wagen, ein halbes Dutzend Handtücher, die Sonntagsausgabe der *New York Times*, den neuesten Roman von Carl Hiaasen und ein Frisbee. Allein der Anblick des Frisbees löst bei Fish Gebell aus.

Harper ist zuständig für Essen und Trinken. Sie hat gegrillte Hähnchensandwiches mit Speck, Salat und Tomate gemacht, gezuckerte Pfirsichscheiben und Limetten-Zucker-Kekse und einen Kühlbehälter mit jeder Menge kaltem Wasser gefüllt.

»Und die hier«, sagt Ramsay und reicht ihr eine Flasche in einer Papiertüte.

Es ist Rock-Angel-Rosé. Harper verdreht die Augen. »Sie auch?«

»Ich dachte, alle schicken Frauen trinken am Strand gern Rosé. Ihre Schwester liebt ihn.«

»Ich bin nicht meine Schwester«, sagt Harper. »Normalerweise trinke ich Bier, aber mein Magen reagiert komisch in letzter Zeit.« In Wahrheit hat sie heute Morgen fast ihr Frühstück erbrochen; ihr ist dauernd schwindelig und unwohl, als hätte sie gerade eine Karussellfahrt hinter sich.

»Nehmen wir ihn einfach mit«, sagt Ramsay. »Bitte.«

Harper holt die Flasche aus der Tüte und steckt sie in das Eisbad des Kühlbehälters. Sie will kein großes Getue darum machen. Heute wird ein angenehmer Tag werden. Heute werden sie eine Bilderbuchfamilie sein, eine ohne Konflikte, ohne Laster, ohne Geschichte.

Sie fahren die Madaket Road entlang, und Ramsay zeigt Harper, wo sie links abbiegen muss. Nun sind sie auf dem Schotter und Sand der Barrett Farm Road und treten einen kurvenreichen, etwas holprigen Weg über eine offene Ebene an, die Harper an Fotos erinnert, die sie von der afrikanischen Savanne gesehen hat. Hier ist es ganz anders als auf dem Vineyard. Dort gibt es Hügel und Bäume – sowohl Nadelwald als auch üppige Laubbäume. Im Vergleich dazu ist Nantucket flach, mit niedriger Vegetation, die es leicht macht, in der Ferne das blaue Band des Ozeans zu sehen. Zur Linken zeigen sich ein Teich und Apfelrosensträucher mit ihren hübschen rosa Blüten. Über ihnen kreist ein Rotschwanzbussard. Ob dieser Bussard jemals die elf Meilen lange Reise zum Vineyard unternommen hat?

Sie vermisst Reed. Der Schmerz ist dauerhaft, ein Herzschmerz, ein Schmerz tief in ihrem Innern. Er ist ausgezogen und arbeitet nicht mehr im Krankenhaus. Keiner weiß, wo er ist. Denkt er an Harper? Denkt er an jemand anderen als Harper? Weiß Sadie, wo er sich aufhält? Ruft sie ihn an? Sprechen sie miteinander? Hat er das Krankenhaus für immer verlassen? Wurde er gefeuert? Falls ja, arbeitet er woanders, und falls ja, wo?

Isst er? Trinkt er? Raucht er? Liest er? Fährt er Fahrrad?

Hat Harper sein Leben ruiniert? Gibt er ihr die Schuld? Das würde sie wirklich gern wissen. Für ihre Beziehung – die Affäre – haben sie sich beide gleichermaßen entschieden, er ebenso wie sie, aber vielleicht hat Reed das Gefühl, dafür teurer bezahlt zu haben als sie.

Harper würde ihm gern erzählen, dass auch sie teuer bezahlt hat. Sie hat ihren Job verloren und das eingebüßt, was von ihrer Reputation noch übrig war. Am meisten jedoch schmerzt sie, dass sie ihn verloren hat.

Sie fragt sich, ob ihre Beziehung nach Billys Tod so oder so zerbrochen wäre. Die Umstände, die sie aneinander banden, hätten sich verändert. Was hätten sie noch gemeinsam gehabt?

»Sie sind furchtbar still«, sagt Ramsay und reißt Harper damit aus ihren Tagträumen.

Sie schenkt ihm ein Lächeln. »Tut mir leid«, sagt sie. »War nur in Gedanken.«

»Woran?«, fragt er.

Harper sieht in den Rückspiegel. Ainsley hat ihr Gesicht in Fishs Hals vergraben und summt den Song im Radio mit.

»Das Übliche«, sagt sie.


Der Strand ist fantastisch – ein breiter Sandstreifen, der sich mit nur wenigen in der Ferne sichtbaren Menschen in beide Richtungen erstreckt. Die Wellen schlagen aufs Ufer, und Fish rennt ans Wasser und bellt sich seine Freude und Erleichterung von der Seele. Er hat das Meer vermisst.

Ramsay stellt einen gestreiften Schirm auf sowie die Stühle, den für Harper in der Sonne mit zwei ordentlich gefalteten Handtüchern und einer Flasche kalten Wassers, die er in den Getränkehalter an der Armlehne steckt. Ainsley legt ihr Badetuch in den Sand, dann stürzt sie sich kreischend vor Entzücken ins Wasser.

Harper folgt ihr und taucht in eine ankommende Welle. Es ist ihr erstes Bad in diesem Jahr, und das Wasser ist himmlisch. Ihre Vorliebe für kaltes Wasser hat sie in all den Sommern entwickelt, die sie und Tabitha im Wyonegonic Camp verbrachten, wo sie immer im Moose Pond schwimmen gingen. Harper tritt Wasser, den Blick auf den Horizont gerichtet. Die Luft ist so kristallklar, dass sie in der Ferne gerade eben den Vineyard ausmachen kann.

Chappy. Was sie da sieht, ist die Küste von Chappaquiddick.

Brendan, Drew und Reed – sie alle sind da drüben.

Sie wendet sich zurück zum Ufer. Ainsley steigt aus dem Wasser und besprizt Ramsay im Vorbeigehen. Ramsay hat seine Brille abgenommen; er wirkt jünger, und Harper kann ihn sich gut in einer Pfadfinderuniform vorstellen, dekoriert mit den anspruchsvollsten Abzeichen: Erste Hilfe, Freundschaft, Lebensrettung. Er blinzelt und winkt vage in ihre Richtung.

Im Verlauf des Tages fühlt Harper sich besser – gesammelter, weniger verloren. Sie und Ramsay setzen sich zum Mittagessen auf die Decke unter dem Schirm. Ainsley ist mit dem Gesicht nach unten auf ihrem Badetuch eingeschlafen, und Harper legt ihr, ganz Ersatzmutter, ihren Sarong über Rücken und Schultern, damit sie nicht verbrennt.

Das Picknick ist köstlich, findet Harper, auch wenn sie es selbst zubereitet hat.

»Ich kann gar nicht glauben, was für eine großartige Köchin Sie sind«, sagt Ramsay.

Harper lacht. »Es ist ein Sandwich.«

»Na ja, Ihre Schwester tut sich schon mit kalten Frühstücksflocken schwer«, sagt er.

»Sie ist wie meine Mutter«, sagt Harper.

»Als Sie sagten, Sie dächten an das Übliche, ist mir klar geworden, dass ich fast nichts über Sie weiß«, sagt Ramsay. »Waren Sie je verheiratet?«

»Nie verheiratet gewesen, keine Kinder«, sagt Harper.

»Das ist ungewöhnlich, oder?«, sagt Ramsay. »Sie und Tabitha sind beinahe vierzig und haben beide nie geheiratet?«

»Möglicherweise sind unsere Eltern daran schuld«, sagt Harper.

»Haben Sie jemand Besonderen auf dem Vineyard?«, fragt Ramsay.

Harper zuckt die Achseln. Das ist zu schwer zu erklären. »Es war der richtige Zeitpunkt, mal wegzukommen. Ich kann es eigentlich selbst kaum glauben, dass Tabitha mir erlaubt hat zu bleiben. Sie muss selbst Abstand gebraucht haben.«

»Das hat sie«, sagt Ramsay. »Wie kann es sein, dass sie so verkrampft ist und Sie so entspannt sind? War das immer so?«

*War* es immer so? Tabitha suchte seit ihrer Jugend die Zustimmung anderer Menschen, während Harper fand, dass diejenigen, die sie nicht mochten, abschwirren konnten. Harper war von Natur aus faul und leicht abzulenken. Sie hatte ihr Studium kaum geschafft; die Bourbon Street war einfach zu verlockend. Als Erwachsene bildeten sich die unterschiedlichen Wesenszüge der Zwillinge noch stärker aus und verfestigten sich – was allerdings wusste Harper eigentlich über Tabithas Leben in den letzten vierzehn Jahren? Harper hat seit der Woche vor Julians Tod keine Zeit mehr mit ihrer Schwester verbracht.

In diesen schweren, verrückten Tagen fühlte sich Harper ihrer Schwester am nächsten. Stimmt das nicht? Die bei Billys und Eleanors Scheidung entstandenen Verwerfungen glätteten sich und heilten fast. Bis zur letzten Nacht. Nach der letzten Nacht endete ihre Beziehung.

»Sie hat ein Kind verloren«, sagt Harper. »Das verändert einen Menschen.«

»Sie lässt zu, dass dieser Verlust alles in ihrem Leben überschattet, was gut ist. Das ist noch heute so. Sie öffnet sich nicht der Möglichkeit künftigen Glücks, echten Glücks.«

»Mit Ihnen, meinen Sie?«

»Ich wollte ein Baby mit ihr bekommen«, sagt Ramsay. »Kaum hatte ich das ausgesprochen, da forderte Tabitha mich auf auszuziehen.«

Harper nickt. Sie hat plötzlich das Gefühl, für ihre Schwester eintreten zu müssen. Sie versteht, warum Ramsay sich ein Kind wünscht, doch sie weiß auch, dass Tabitha nie eingewilligt hätte. Auf keinen Fall. Das Thema ist zu komplex und schmerzhaft, um es weiter zu erörtern, und Harper möchte nicht, dass der Tag aus dem Ruder läuft.

»Sie kennen meine Schwester viel besser als ich. Ich kenne sie schon lange nicht mehr.«

»Sie haben mir noch nicht erzählt, was zwischen Ihnen vorgefallen ist«, sagt Ramsay. »Als ich Sie in der Brauerei danach fragte, haben Sie das Thema gewechselt.«

»Aus gutem Grund«, sagt Harper und steht auf. »Wie wär's mit einem Glas Rosé?«

Die Nachmittagssonne knallt vom Himmel, während Harper an ihrem Glas Wein nippt und Ramsay auf seinem Stuhl das Kreuzworträtsel in der *Times* löst. Harper liegt auf der Decke und liest *Das Tal der Puppen*, ein Buch, das sie in Tabithas Regal gefunden hat und in dem, mit Bleistift geschrieben, auf der Umschlaginnenseite Eleanors Name steht. Harper hat es nie gelesen, weiß jedoch, dass es zu seiner Zeit als sensationell und skandalös galt, und ein Teil der Freude bei der Lektüre ist die Vorstellung, wie schockiert – und womöglich entzückt – Eleanor über den Sex und den Tablettenkonsum war. So viele Tabletten!

Ramsay schaut von seinem Rätsel auf. »Myanmar für JFK. Fünf Buchstaben.«

»Birma«, sagt Harper, ohne aufzublicken.

»Sieh mal an!«, sagt Ramsay.

»Man möchte es nicht glauben, aber ich hatte eine sehr teure Ausbildung«, sagt Harper. »Erst die Winsor, dann die Tulane.«

»Tulane?«, sagt Ramsay. »Eindrucksvoll.«

»Nicht besonders«, sagt Harper. »Ich habe kaum meinen Abschluss geschafft. Mein Hauptfach war Trinken im Pat O'Brien's.«

»Sie haben mir noch gar nicht erzählt, was Sie beruflich machen«, sagt Ramsay.

»Bis vor kurzem habe ich für einen Witzbetrieb namens Rooster Express Pakete ausgeliefert«, sagt sie. »Davor war ich alles Mögliche: Eisverkäuferin, Cocktailkellnerin, Landschaftsgärtnerin, Drogenkurier.«

Ramsay lacht, und Harper wendet sich wieder ihrem Buch zu.

Ramsay füllt sein Glas mit dem letzten Rest Rosé und lässt sich neben Harper auf dem Handtuch nieder. Harper dreht sich sofort nach Ainsley um, die immer noch drauflosschnarcht. Harper hat vergessen, wie lange und tief Teenager schlafen können. Fish döst im Schatten hinter Ramsays Stuhl.

»Ich habe genug von der Sonne«, sagt Ramsay.

Er ist Harper zu nahe. Sie richtet sich auf. »Ich könnte eigentlich noch ein bisschen Sonne gebrauchen, glaube ich.«

»Dazu müssen Sie doch nicht aufstehen«, sagt Ramsay. Er greift blindlings nach ihr – er hat seine Brille nicht auf – und landet mit der Hand auf ihrem Oberschenkel. Überrascht schlägt sie nach ihm. Es ist als ein Hände-weg-Schlag gedacht, wirkt aber eher spielerisch als streng. Das bisschen Wein, das sie getrunken hat, ist ihr zu Kopf gestiegen, und bevor sie sich versieht, ist sie mitten in einem Gerangel mit Ramsay. Sie versucht, sich ihm zu entwinden, doch er hat ihre Hände nach oben gedrückt, und sein Gesicht ist ihrem ganz nah.

»Ramsay«, sagt sie. »Nicht.« Sie steht entschlossen auf. Fish bellt.

Ramsay hebt die Hände. »Hoppla«, sagt er. »Was für widersprüchliche Signale.«

Hat sie *wirklich* widersprüchliche Signale ausgesandt? Falls ja, dann unabsichtlich. Sie hätte nie einwilligen sollen, mit Ramsay an den Strand zu fahren.

Harper fehlen die Worte. Ramsay ist ein wunderbarer und authentischer Mensch. Sie mag seine hochgeknöpfte Ordentlichkeit, die adrette Kleidung, seine Hornbrille, sein sanftes Wesen und seinen ernsthaften Wunsch zu helfen. Er ist Clark Kent *und* Superman, war es jedenfalls bisher. Jetzt ist er nur ein Mann auf der Suche nach einem Abenteuer. Harper wird auf keinen Fall einen anderen Mann an sich heranlassen, schon gar nicht Tabithas Exfreund.

»Sie haben vorhin gesagt, dass Sie nichts über mich wissen. Und das stimmt eigentlich auch. Mir ist klar, dass ich aussehe wie Tabitha, und es muss verwirrend für Sie sein, dass wir so unterschiedlich sind – gegensätzlich sogar.« Sie hält den Blickkontakt aufrecht, obwohl das schwierig ist; Ramsays Miene hat sich verdüstert vor Niedergeschlagenheit. Sie sieht Ainsley an, deren Brust sich hebt und senkt, während sie die Meeresluft ein- und ausatmet, dann beobachtet sie das Anschwellen und Zurückweichen der Wellen. Das hier ist nicht ihre Insel. Es ist ein Ort, den sie besucht. Den sie ausgeliehen hat. »Sie müssen mir glauben, dass das Letzte, was ich brauche, ein neuer Liebhaber ist.«

Ramsay stellt, das muss sie ihm anrechnen, die richtige Frage. »Was *brauchen* Sie denn?«

Harper schenkt ihm ein knappes, trauriges Lächeln. »Einen Freund«, sagt sie. Fish bellt. »Einen Menschen als Freund.«

»Ich bin dabei«, sagt Ramsay.

## *AINSLEY*

Am Mittwoch um halb neun Uhr morgens trifft sie sich mit Caylee in der Broad Street, Ecke Water Street, zum Frühstück. Caylee begrüßt sie mit einer herzlichen Umarmung und einem Kuss auf die Wange, als wäre sie eine Mitschülerin oder Seelenverwandte, und sofort steht Ainsley ein bisschen aufrechter da.

Sie hat am Montag mit Caylee gearbeitet, und obwohl Caylee höflich, sogar nett mit ihr umging, herrschte eine vage Reserviertheit zwischen ihnen – so sah es Ainsley jedenfalls: kein Geplauder, kein Austausch von Vertraulichkeiten. Ainsley hatte Angst, dass Caylee sie ihrer Freundschaft oder Anleitung nicht mehr für wert befand. Ainsley hatte sie enttäuscht. Wie hatte sie Caylee so sehr missdeuten können? Caylee war ein guter Mensch in einem coolen Körper, Emma Marlowe dagegen ein schlechter Mensch in einem coolen Körper. Caylee war gerade aus der Kirche gekommen und hatte als Geste der Solidarität bei Ainsley vorbeigeschaut, einen Blumenstrauß in der Hand; sie trug das Roxie, weil es für die Kirche angemessen war *und* für die Marke warb, für die sie arbeitete. Ainsley erschauert, wenn sie daran denkt, wie abstoßend der Anblick von Ainsley mit dem Wodka – den sie Eleanor tatsächlich *gestohlen* hatte – für Caylee gewesen sein muss. Und dann hat sie Caylee auch noch gesagt, sie solle ihr Grundstück verlassen – wie kindisch!

Ainsley ist klar, dass sie sich zusammenreißen muss, sonst wird sie alle verlieren, an denen ihr etwas liegt. Dienstag war Caylees freier Tag, und Ainsley arbeitete mit Tante Harper, aber am Abend schickte sie Caylee eine SMS, in der sie fragte: *Steht unsere Verabredung für morgen früh noch?*

Caylee antwortete unverzüglich: *Na klar.*

Früher hat sie sich gern in »der Innenstadt« getummelt – natürlich weiß Ainsley, dass vier mal vier Straßenblocks kaum als Innenstadt gelten können, aber damit ist sie eben aufgewachsen. Jetzt ist es ein Ort voller Fallgruben. Ainsley könnte jeden Moment auf jemanden aus ihrer Schule treffen, deshalb geht sie normalerweise nur ganz direkte Wege: von zu Hause zur Arbeit und wieder nach Hause. Sie war nicht im Force Five, um Bikinis anzuprobieren, oder bei Jessica Hicks, um sich Ohrringe zu kaufen, oder in der Juice Bar, um Eis zu essen. Aber als Caylee sich bei ihr einhakt, ist das wie ein Schutz. Ainsley lässt sich von ihr über die Broad Street und die Treppe eines viktorianischen Hauses hinaufführen.

»Ainsley?«

Ainsley wirbelt herum. Auf der Veranda steht Teddy in einer Uniform aus Khakihose und einem weißen Polohemd, verziert mit dem Namen des Anwesens: 21 Broad.

»Was machst du denn hier?«

Moment mal. Ainsley ist verwirrt. Caylee hat gesagt, sie würden an einem geheimen Ort frühstücken gehen, und jetzt stehen sie auf der vorderen Veranda des Hotels, wo Teddy arbeitet. Es wird aussehen, als ob sie ihn stalkt. Ainsley tritt einen halben Schritt zurück, doch Caylee hält sie auf.

»Wir kommen zum Frühstück«, sagt sie. »Der Inhaber hat mich eingeladen.«

Teddy schaut zwischen Ainsley und Caylee hin und her, eindeutig unsicher, aber vielleicht auch beeindruckt. »Hier entlang«, sagt er.

Hinter dem Hotel befindet sich eine wunderhübsche Terrasse, und auf langen Holztischen ist das sogenannte Tellerfrühstück aufgebaut. Ainsley hat sich gar nicht so sehr auf das eigentliche Essen gefreut, doch ein so verlockendes Büfett wie dieses hat sie noch nie gesehen. Es gibt verschiedene Kaffeesorten aus lokaler Röstung und Bio-Tees, Glaskrüge voller Saft in Juwelentönen und eine Platte mit frischem Obst – dicke Beeren, Feigen, Pfirsichscheiben, Pflaumen, Wassermelonenstücke und saftige Ananasringe. Es gibt zwei Arten Smoothie – Grünkohl und Erdbeere – und frisch gebackene Scones mit Streichrahm und Guavenkonfitüre. Es gibt Haferbrei mit Rosinen, Nüssen und getrockneten Kirschen und eine kunstvoll zusammengestellte Platte mit Käse, Aufschnitt und Räucherfisch.

Caylee wählt einen Tisch in der Ecke, dann führt sie Ainsley zum Büfett, und sie beginnen gemeinsam, ihre Teller zu beladen.

»Das ist wirklich das schönste Frühstück, das ich je gesehen habe«, sagt Ainsley. »Wie bist du darauf gekommen?«

»Der Hotelbesitzer war oft im Straight Wharf«, sagt Caylee. »Er hat mir davon erzählt und mich eingeladen, es auszuprobieren.«

»Du hast echt Glück«, sagt Ainsley.

»Der Job hatte eine Menge Vorzüge«, sagt Caylee. »Die vermisse ich.«

Ainsley verspürt einen Anflug von Angst. »Aber es gefällt dir in der Boutique, oder?«

»Na klar«, sagt Caylee.

Ainsley ist erleichtert. Das Schlimmste, was jetzt passieren könnte, wäre, wenn Caylee kündigt und wieder als Barkeeperin arbeitet.

»Ich ärgere mich echt darüber, wie ich meinen Job verloren habe«, sagt Caylee. »Ich habe einen Rachetraum von dem Mann, der mich betatscht hat. Darin stecke ich ihm einen Korkenzieher ins Auge.«

»Nett«, meint Ainsley.

»Möchtest du Kaffee?«, fragt Caylee.

»Lieber nicht«, sagt Ainsley. Ihr Herz fühlt sich an wie ein Stein, der über ein Gewässer hüpft. *Teddy. Teddy. Teddy.* Ainsley denkt ständig an ihn, aber sein Anblick hat sie erschüttert. Sie hat gehofft, dass sie ihn nur im Geiste erhöht hat und er ihr als Person unbedeutender erscheinen würde. Aber leider gefällt er ihr in Fleisch und Blut noch besser, und jetzt ist ihre Sehnsucht noch heftiger, was sie nicht für möglich gehalten hat.

»Das da draußen war ein Freund von dir?«, fragt Caylee und spießt eine halbe Erdbeere auf.

»Mein Ex. Er ist jetzt mit Candace zusammen, der Rothaarigen, die auf der Party in den Laden kam.«

»Wie lange bist du mit ihm gegangen?«, will Caylee wissen.

»Das ganze letzte Jahr«, sagt Ainsley. »Er war neu in unserer Klasse. Ich hab mich am ersten Schultag mit ihm angefreundet, und am Ende der Woche waren wir ein Paar.« Es ist, als wäre es ein ganzes Leben her, doch Ainsley erinnert sich, wie aufgeregt sie alle bei der Aussicht auf *einen neuen Mitschüler* waren. Ainsley, Emma, Maggie, vermutlich sogar Candace – sie alle waren sehr gespannt. Wer konnte es ihnen verübeln? Sie alle kreisten ja seit dem Kindergarten in demselben wolkigen Goldfischglas der Nantucket Public Schools. Im Laufe der Jahre haben sie nur wenige Mitschüler kommen und gehen sehen, meistens aber gehen. Danny Dalrymple und Charlotte Budd wechselten auf ein Internat, und Saber Podwatts Eltern zogen nach Swampscott, weil sie sich das Leben auf Nantucket nicht mehr leisten konnten.

Emma sah Teddy als Erste, weil beide mit dem Auto zur Schule kamen und auf dem Parkplatz nebeneinanderstanden.

*Mach dich auf eine Enttäuschung gefasst*, simste Emma. *Er sieht aus, als wäre er gerade einem Rodeo für Blödmänner entlaufen. Fehlen nur noch die Sporen.*

Wie es das Schicksal wollte, hatte Teddy mit Ainsley zusammen Englisch, und bevor Mr Duncombe ihnen ihre festen Plätze zuwies, wählte Teddy den Stuhl neben Ainsley. Er trug Wrangler-Jeans, ein Flanellhemd über einem schlichten weißen Unterhemd, Cowboystiefel und ein Kreuz an einem Lederband um den Hals.

*Fehlen nur noch die Sporen,* dachte Ainsley. *Rodeo für Blödmänner.* Aber Teddy war nicht hässlich – alles andere als das. Er hatte kastanienbraune Haare, Sommersprossen auf der Nase, starke Schultern, lange Beine. Sein Outfit war abstoßend, aber Ainsley wusste besser als jeder andere, was neue Kleidung bewirken kann. Wenn man diesen Jungen in ein Force-Five-T-Shirt und Madras-Shorts und ein Paar Reefs steckte, wäre er eine Augenweide.

Er reckte das Kinn vor und richtete seine grünen Augen auf die Tafel, die bis auf Mr Duncombes Namen und seine E-Mail-Adresse leer war. Ainsley erinnerte sich an die Gerüchte, die sie gehört hatte – Vater tot, Mutter selbstmordgefährdet, dann im Krankenhaus, Sohn über zwei Drittel der USA auf dem Landweg und dann dreißig Meilen übers Meer befördert. Wahrscheinlich fühlte er sich wie ein Langhornstier, den man in einem Becken mit Mörderwalen ausgesetzt hat.

Ainsley klopfte auf sein Pult, um seine Aufmerksamkeit zu wecken. »Hi«, sagte sie. »Ich bin Ainsley Cruise. Willkommen in der Highschool von Nantucket.«

Er schenkte ihr ein bedächtiges Cowboylächeln voller Erleichterung und Dankbarkeit. »Danke.«

In jener ersten Woche machte Ainsley die Aufnahme von Teddy Elquot in die Gemeinschaft zu ihrer persönlichen Mission. Sie zeigte ihm, wo die Holzwerkstatt war, lud ihn ein, sich in der Cafeteria zu ihr zu setzen, stellte ihn BC und Maxx Cunningham und Kalik und D-Ray und den anderen Sportskanonen vor und forderte sie auf, nett zu ihm zu sein.

Emma war skeptisch und grob wie immer und witzelte, Ainsley arbeite wohl ihre obligatorischen Sozialstunden ab, indem sie freundlich zu Sheriff Woody Pride sei. Entweder das, oder sie hoffe, endlich ihre Unschuld zu verlieren, denn sei nicht allgemein bekannt, dass Ranchhelfer ganz schön was in der Hose hätten?

Ainsley ignorierte Emmas Kommentare – Teddy in Schutz zu nehmen hätte Emmas Feuer nur weiter angefacht – und stellte fest, dass sie ihn richtig gernhatte. Die ersten Schultage waren noch sommerlich, und Teddy durfte den Pick-up seines Onkels benutzen, also zeigte Ainsley ihm jeden Tag einen anderen Strand. Am Freitag fuhren sie zum Smith's Point, und die Küste von Tuckernuck war so nahe, dass Teddy einen Baseball hätte hinüberwerfen können. Ainsley überredete ihn, seine Stiefel und die Wrangler-Jeans auszuziehen und schwimmen zu gehen. Er schrie vor Angst und Kälte – obwohl das Wasser Anfang September so warm war, wie es überhaupt wurde – und gab zu, dass dies sein erstes Bad im Meer war.

Hinterher setzten sie sich auf ein Badetuch, und während Teddy sich in der Nachmittagssonne aalte, fing er an, Ainsley einiges zu erzählen: Sein Vater sei ein Held gewesen, der zum Löschtrupp eines Industriebrandes gehört hatte. Er sei bei einer Explosion von Chemikalien umgekommen. Seine Mutter sei schon vor dem Unfall psychisch nicht sehr stabil gewesen und habe danach den Verstand verloren.

*Sie hat sich tagelang in ihrem Schlafzimmer eingeschlossen*, sagte Teddy. *Sie hat nicht mehr gekocht oder geduscht, ist nicht einkaufen gegangen. Ich habe schließlich selbst den Notruf gewählt. Als meine Mutter eingewiesen worden war, hat sich der jüngere Bruder meines Vaters um mich gekümmert. Onkel Graham. Er hat mich vor Pflegeeltern gerettet.*

Onkel Graham sei in Ordnung, aber bei Nantucket war Teddy sich noch nicht sicher.

*Die Leute hier sind kaltherzig*, sagte Teddy. *Yankees.*

Zu Hause in Oklahoma, sagt er, gäbe es jede Menge Sonne, Football, offenes Land – lange Highways, vierhundert Hektar große Farmen, viertausend Hektar große Ranches –, Barbecue und gute Musik.

*Welche Musik findest du denn gut?*, fragte Ainsley.

Er spielte ihr einen Song von Jon Pardi vor, der »Head Over Boots«

hieß, und als der Song zu Ende war und die Sonne unterging, küsste er sie.

Sie wurden ein Paar. Ainsley kaufte ihm ein paar Pullover von J. Crew und einige langärmelige T-Shirts und eine neue Jeans. Er tauschte seine Stiefel gegen Nikes ein. Emma erlaubte ihm, sich mittags zu ihnen zu setzen, mäkelte aber oft an ihm herum. Sie nannte ihn in seiner Gegenwart Woody und imitierte seinen Akzent. Ainsley wusste, dass Emma eifersüchtig war, kam jedoch nicht dahinter, ob sie Teddy für sich wollte oder ob es ihr nicht gefiel, dass Ainsley ihr weniger Zeit und Aufmerksamkeit widmete.

Ainsley erzählte Teddy Dinge, die sie nie jemand anderem anvertraut hatte – über ihre Eltern, deren Trennung, den Wegzug ihres Vaters von der Insel, nach dem er sich eine neue Familie aufgebaut und Ainsley einer Zwei-Frauen-Diktatur überlassen hatte. Ainsley erzählte Teddy sogar von ihrem Bruder Julian, der als Frühchen zur Welt gekommen war und eines Nachts einfach aufgehört hatte zu atmen, wodurch aus Tabitha ein emotionaler Krüppel geworden war.

Erst an Thanksgiving schliefen Ainsley und Teddy miteinander. Ainsley hatte mit Tabitha und Eleanor und Ramsays Familie bei Ramsay zu Abend gegessen. Tabitha war in einer ihrer seltenen fröhlich-betrunkenen Stimmungen gewesen und hatte Ainsleys Gesicht in die Hände genommen und sie Bärchen und Schätzelchen genannt. Sie hatte genuschelt, und Ainsley war froh, als sie endlich Teddy traf, der in der Einfahrt in Onkel Grahams Pick-up auf sie wartete. Teddy und Onkel Graham hatten ihr Thanksgiving-Dinner im Faregrounds gegessen – Truthahn samt Beilagen, Nachschlag inklusive, für 19,95 Dollar –, doch jetzt trank Onkel Graham mit seinen Arbeitskollegen in der Bar, und Teddy hatte den Pick-up und den restlichen Abend zur freien Verfügung.

Sie fuhren zur Remise und liebten sich in Ainsleys Bett. Es tat ein bisschen weh, aber der Schmerz verblasste angesichts der Tatsache, wie wunderschön es war, Teddy so nahe zu sein.

All diese Erinnerungen schwirren Ainsley durch den Kopf, während sie auf ihren Obstsalat starrt. Sie schaut zu Caylee auf, die mit der Hingabe einer Chemikerin, die den Nobelpreis anstrebt, getrocknete Kirschen in ihren Haferbrei rührt. Caylee hat, das ist ihr aufgefallen, keine Angst vorm Essen. Sie *genießt* es, bleibt jedoch trotzdem schlank. So etwas ist also auch möglich, ebenso wie cool zu sein *und* zur Kirche zu gehen.

»Ich muss mal auf die Toilette«, sagt Ainsley.

»Du willst mir dein Scone echt schutzlos ausliefern?«, sagt Caylee. Dann grinst sie. »Quatsch. Geh.«

Ainsley wandert hinaus in die Lobby und hält Ausschau nach Teddy. Am Empfang arbeitet eine fantastisch aussehende junge Frau mit vollen dunklen Haaren und bräunlichem Teint und einem Schönheitsfleck, und Ainsley verspürt einen Stich von Eifersucht. Vielleicht hat Teddy Candace verlassen. Vielleicht trifft er sich jetzt mit dieser jungen Frau oder hat eine Affäre mit einer der älteren attraktiven Geschiedenen, die allein im Hotel wohnen. Für jemanden wie Teddy, vermutet sie, sind die Möglichkeiten endlos.

Schönheitsfleck blickt von ihrem Computerterminal auf. »Kann ich Ihnen helfen?«, fragt sie.

Gleichzeitig hört Ainsley ihren Namen. Teddy kommt die Treppe herunter auf sie zugaloppiert. Unter dem weißen Polohemd seiner Uniform sieht Ainsley das Lederband und daran baumelnd das Kreuz. Sie weiß inzwischen, dass Teddy als Pfingstkirchler aufgewachsen ist. Sie wollte immer googeln, was das bedeutet, hat es aber nie getan. Candace weiß es wahrscheinlich. Vielleicht ist es etwas Ähnliches wie Katholik.

»Hey«, sagt Ainsley.

»Hey«, sagt Teddy. Er ist gebräunt unter seinen Sommersprossen, und seine Haare sind einen Ton heller, mit goldenen Glanzlichtern im Rot. Er war in der Sonne, am Strand, vermutlich mit Candace, Emma, BC und Anna und allen ehemaligen Freunden von Ainsley. Die Bräune lässt ihn gesund und stark aussehen; sie ist ein Segen, den der Sommer ihm zuteilwerden ließ. Zumindest war Ainsley am Sonntag mit Harper und Ramsay auch am Strand. Vielleicht wirkt sie auch so strahlend, obwohl sie es irgendwie bezweifelt. Den größten Teil des Sommers hat sie bisher unter den Leuchtstofflampen in der Boutique oder in ihrem Zimmer mit ihrer Ferienlektüre verbracht. Bei ihrer Rückkehr in die Schule im Herbst wird sie eine der wahrhaft bedauernswerten Jugendlichen sein, die tatsächlich Zeit hatten, sie vor dem Labor-Day-Wochenende komplett zu lesen.

»Ich hab die Damentoilette gesucht«, sagt sie.

»Wer ist die Frau, mit der du hier bist?«, fragt Teddy.

»Meine Freundin«, sagt Ainsley. »Caylee.«

»Hab sie noch nie gesehen«, sagt Teddy. »Geht sie aufs *College*?«

»Das hat sie schon hinter sich«, sagt Ainsley. »Sie war Barkeeperin im Straight Wharf. Dein Onkel kennt sie wahrscheinlich.«

»Wahrscheinlich«, stimmt Teddy zu. »Und, ist sie so was wie deine Babysitterin?«

»Nein«, sagt Ainsley mit geduldigem Lächeln. »Sie ist einfach eine Freundin. Wie läuft dein Sommer?«

Er zuckt die Achseln. »Ganz gut.«

»Wie geht's Candace?«, fragt Ainsley. Eigentlich wollte sie nicht fragen; sie will es gar nicht wissen. Doch, will sie, aber sie möchte nicht, dass er weiß, dass sie es wissen will. »Ich hab gehört, du hast sie zum Essen ins Ventuno eingeladen.«

Teddys Stirn kräuselt sich wie früher, wenn er eine Mathe-Aufgabe nicht verstand. »Ich habe Candace nicht ins Ventuno eingeladen«, sagt er. »Das war Emma.«

»Was?«, sagt Ainsley.

»Ich hab nicht genug Geld, um Candace ins Ventuno einzuladen.«

»Aber du hast doch einen Job.«

»Ich übertrage meine Gehaltsschecks an Graham. Er bewahrt sie auf, um damit meine Collegegebühren zu bezahlen. Dutch dagegen gibt Emma so viel Geld, wie sie haben will. Sie ist mit Candace ins Ventuno gegangen, und die beiden haben sich da wohl so richtig betrunken, und dann hat Candace vor der Juice Bar auf die Straße gekotzt. Mr Duncombe stand da gerade mit seinen Kindern Schlange und hat Candaces Eltern angerufen, damit sie sie abholen.«

»Oh«, sagt Ainsley. Sie vibriert vor unterdrückter Freude. Emma, nicht Teddy, hat Candace eingeladen. Die Ankündigung in der Boutique war ein Bluff und das Detail mit der Blume in Candaces Haaren erfunden. Und Candace – Ministrantin in der St. Mary's – wurde vor der Juice Bar übel, und Mr Duncombe hat sie gesehen! Das einzig Enttäuschende an dieser Geschichte ist, dass Ainsley sie nicht von jemand anderem gehört hat. Sie ist wirklich und wahrhaftig eine gesellschaftlich Geächtete, wenn es niemandem eingefallen ist, diese Nachricht mit ihr zu teilen. Ainsley ermahnt sich, nicht zu abschätzig zu urteilen. Wenn sie auf ihrem selbstzerstörerischen Kurs geblieben wäre, hätte sie genauso gut das auf die Straße kotzende Mädchen sein können. Doch diesmal war sie es nicht.

»Ihr seid aber immer noch ein Paar, du und Candace, oder?«, fragt Ainsley.

Teddy scharrt mit der Spitze seines nach Plastik aussehenden Top-Siders auf dem Holzfußboden herum. »Ehrlich gesagt, bin ich mir nicht sicher. Sie hängt jetzt dauernd mit Emma ab. Sie fahren jeden Tag zusammen an den Strand. Sie müssen beide nicht arbeiten. Sie gehen mit den Sommergästen auf Partys.«

»Das hab ich letzten Sommer mit Emma auch gemacht«, sagt Ainsley.

»Genau«, sagt Teddy. »Es ist, als ob Candace jetzt du wäre. Das neue Du.«

»Wenn Candace das neue Ich ist, wer bin ich denn dann?«

Teddy schenkt ihr das bedächtige Cowboylächeln, und Ainsley sonnt sich in der Wärme seines Blicks – er schaut sie an wie früher – und lässt sich fast in diesen goldenen Teich fallen. Aber nein. So leicht wird sie es ihm nicht machen.

»Damentoilette?«, fragt sie.

Teddy kommt mit einem Ruck zu sich. »Hinter dir«, sagt er.

»Danke«, sagt Ainsley. »Bis demnächst.«

Als Ainsley zum Tisch zurückkehrt, sagt Caylee: »Ich wollte schon einen Suchtrupp losschicken.«

Ainsley spießt ein saftiges Stück Ananas auf. Sie findet, dass sie das mit Teddy den Umständen entsprechend ganz gut hingekriegt hat. Sie hat nicht angefangen zu weinen oder ihn um eine Versöhnung angefleht. Sie war nicht pampig oder verächtlich oder sarkastisch, auch nicht, als er ihr die beleidigende Frage stellte, ob Caylee ihre Babysitterin sei. Sie war freundlich, ruhig, ausgeglichen. Wenn Candace die neue Ainsley ist, ist Ainsley jetzt vielleicht die alte Ainsley – die Person, die sie war, bevor sie Emma kennen lernte.

Ihr Telefon zirpt.

»Hmm … wer das wohl ist?«, sagt Caylee, klingt dabei aber, als wüsste sie es bereits.

Ainsley checkt das Display. Es ist Teddy.

*Ich vermisse dich*, schreibt er. *Kann ich dich irgendwann anrufen?*

## *TABITHA*

Jemanden zu finden, der Billys Haus renoviert, ist schwieriger, als Tabitha gedacht hat. Es ist etwas anderes, als nach einer Reinigung oder einem Pizza-Lieferservice zu suchen. Billys Haus hat kein WLAN – es steckt entschieden im Jahr 1993 fest –, daher muss Tabitha auf das gute alte Telefonbuch von Martha's Vineyard zurückgreifen, das auf dem Kaminsims neben der Urne mit Billys Asche liegt. Sie schlägt den hinteren Teil auf, die Geschäftseinträge, und sieht dort unter »Bauunternehmer« nach. Es gibt Dutzende, was ihr einen Moment lang Mut macht. Aber sie kennt keinen Einzigen von ihnen, deshalb beschließt sie, mit AA Vineyard Builders anzufangen und von da aus alphabetisch vorzugehen.

1. »... Warteliste von drei Jahren ...«
2. »Tut mir leid: Wir sind für die nächste Zeit ausgebucht ...«
3. »Handelt es sich um Innenarbeiten? Ich könnte im Januar vielleicht mein Team aus New Bedford einsetzen ...«
4. »Wie war der Nachname?« – »Frost«, sagt Tabitha. Klick.
5. Keiner meldet sich.
6. Mailbox. Tabitha hinterlässt eine Nachricht.
7. »Es tut mir leid. Wir können momentan keine neuen Aufträge annehmen.«
8. »Frost, Harper Frost, die Tussi, die Joey Bowen verpfiffen hat?« Klick.
9. »Mein Mann oder sein Partner werden Sie bis spätestens Ende des Monats zurückrufen.«

10. »Tut mir leid.«

11. »Tut mir leid.«

12. »Ich wünschte, ich könnte zusagen, wirklich, aber ich bin bloß die Schwiegermutter. Meine Tochter und mein Schwiegersohn sind bis zum Labor Day in Vermont. Viele Bauunternehmer machen den Sommer über Urlaub. Vielleicht rufen Sie im September noch mal an?«

13. »Kein Anschluss unter dieser Nummer ...«

14. »Ich hätte Zeit, aber ist das Haus im Osten der Insel? Da will ich nämlich nicht arbeiten. Der Verkehr jeden Tag ist mir einfach zu viel.«

15. »Ich stecke bis zum Hals in Arbeit, aber ich weiß, dass Franklin Phelps gerade mit einem Haus in Katama fertig geworden ist und jetzt ein kleineres Projekt sucht. Vielleicht kann er Ihnen helfen. Haben Sie seine Nummer?«

Tabitha erstarrt. »Franklin ... Phelps, sagen Sie?«

»Haben Sie seine Nummer?«

»Nein. Ich ... ich schaue mal ins Telefonbuch.« Sie fährt mit dem Finger über die Einträge bis zum P. Sie sieht keinen ...

»Das Telefonbuch? Gute Frau, ich versichere Ihnen, einen Bauunternehmer werden Sie da nie finden. Sie müssen jemanden kennen. Rufen Sie Franklin Phelps an und sagen Sie ihm, Sie kämen von TF. Hier ist seine Nummer.«

Tabitha schreibt die Nummer auf, dann legt sie auf und starrt auf ihren Notizblock. Franklin ist nicht nur Musiker, sondern auch Bauunternehmer. Okay, er könnte die Erhörung ihrer Gebete sein – wenn sie nicht mit ihm geschlafen hätte. Weil sie aber mit ihm geschlafen hat, weil sie nicht aufhören kann, an ihn zu denken, kann sie ihn unmöglich anrufen.

Sie beschließt, die Telefonakquise fürs Erste zu beenden und etwas Produktives zu tun. Ihr nächstes Ziel ist die Müllkippe.

Sie belädt den Wagen mit den ekligen Flickenteppichen, den alten Badematten und schimmeligen Duschvorhängen. Sie entsorgt die grässlichen Lampen, die Zeitschriftenstapel, das angeschlagene Geschirr, die Tupperware-Dosen ohne Deckel, das in der Gästetoilette hängende Poster von *Der weiße Hai*, die kaputte Mikrowelle, die Ölgemälde aus dem Ein-Dollar-Laden, die Plastikplatzdeckchen und wackligen Beistelltische, die gesprungenen Behälter für Zucker und Mehl, beide leer, alte Batterien und halbvolle Farbdosen, Kartons mit defekten Glühbirnen, zerfranste Verlängerungsschnüre, ein zerbeultes Sieb und Pfannen, die die Reste von hundert Abenden verbrannter Nachos enthalten. All das muss weg.

Es ist Sonntag, und auf der Müllkippe ist es voll. Es müssen überwiegend Einheimische hier sein, denn Tabitha verspürt sofort ein Gefühl der Gemeinschaft. Die Leute wirken gestresst, aber auch gut gelaunt. Es ist Sommer, sie sind beschäftigt, es ist Geld zu verdienen, und wenn sie am Wochenende frei haben, wollen sie an den Strand – doch keiner ist zu beschäftigt, um mit anzupacken. Ein alter Herr mit weißen Haaren und einem langen weißen Bart, der aussieht wie ein magerer Santa Claus, bemerkt, dass Tabitha das *Weiße Hai*-Poster wegwerfen will, und bietet ihr zehn Dollar dafür.

»Oh bitte«, sagt Tabitha, »nehmen Sie es einfach.«

Den ganzen Mist aus dem Auto zu räumen, fühlt sich so gut an wie das Reinigen der Zähne mit Zahnseide. Als Tabitha schon wegfahren will, fällt ihr eine Frau mit männlichem Bürstenschnitt und in richtig hässlichen Stiefeln ins Auge, die aus einem Pick-up steigt, auf dessen Seite GARDEN GODDESSES steht. *Hiesige Landschaftsgärtnerei*, denkt sie und erinnert sich an das, was TF ihr am Telefon gesagt hat: *Sie müssen jemanden kennen.*

*Okay*, denkt Tabitha. *Also los.*

»Entschuldigung«, sagt sie. »Ich suche einen Bauunternehmer, der das Haus meines Vaters im Süden der Insel von Grund auf renoviert.« Sie blinzelt verlegen. »Es ist in Tisbury. Das Haus.«

Die Frau starrt Tabitha mit unverhohlener Verachtung an, und Tabitha versteht. Sie hasst auf Nantucket auch nichts mehr als Touristen oder, schlimmer noch, neu Zugezogene, die ihr Fragen stellen. Sie hat ihre Unduldsamkeit immer als persönlichen Makel betrachtet, doch jetzt sieht sie, dass sie ein Charakterzug ist, den die Bewohner von Martha's Vineyard mit ihr teilen. Auch hier gibt es für bestimmte Tätigkeiten bestimmte Vorgehensweisen, und wenn man die nicht kennt, gehört man nicht hierher.

»Einen Bauunternehmer?«, sagt die Frau. »Du machst wohl Witze. Auf dieser Insel wirst du nie jemanden finden, der für dich arbeitet.«

»Ich weiß«, erwidert Tabitha. »Ich habe heute Morgen fünfzehn Leute angerufen, und keiner von ihnen wollte zusagen. Ich hatte keine Ahnung, dass es so schwierig werden würde. Ich dachte, Sie hätten vielleicht einen Vorschlag ...« Aber die Frau steigt in ihren Wagen, knallt die Tür zu und zeigt Tabitha durch das offene Fenster den Finger.

*Wow, okay*, denkt Tabitha. Die Menschen hier sind nicht nur unduldsam, sie sind auch gemein! Und vulgär! Erst als der Pick-up sich in einer Staubwolke entfernt hat, dämmert Tabitha, dass die Frau sie für Harper gehalten haben muss. Vermutlich ist Harper auch ihr auf den Schlips getreten. *Auf dieser Insel wirst du nie jemanden finden, der für dich arbeitet.*

*Ich bin nicht Harper!*, würde Tabitha am liebsten schreien.

Sie steht kurz davor, in Tränen auszubrechen, und denkt, dass Harper vermutlich Recht hatte – sie sollten das Haus abreißen lassen, weil sie eh niemanden auftreiben werden, der imstande und bereit ist, es zu renovieren. Doch es hat *großes* Potenzial; das hat sie erkannt, als sie es ausräumte. Unter dem schäbigen Teppichboden liegen breite Dielen aus Kernkiefer – bei dieser Entdeckung hat Tabitha gejubelt –, aber den Teppich herauszureißen und die Dielen zu neuem Leben zu erwecken, übersteigt ihre bescheidenen handwerklichen Fähigkeiten.

Sie fühlt eine Hand auf ihrer Schulter, und als sie sich umdreht, steht da der magere Santa Claus, der sich das *Weiße Hai*-Poster genommen hat.

»Ich habe Ihr Gespräch zufällig mit angehört«, sagt er. »Meine Frau und ich haben für den Bau eines Gästehauses für unsere Kinder und Enkel mal eine Firma namens Hammer and Claw angeheuert. Der Name des Chefs ist Phelps. Franklin Phelps.«

Tabitha nickt und weiß, dass sie überrascht sein müsste – doch das ist sie ganz und gar nicht. Franklins Firma heißt Hammer and Claw, und dies ist heute das zweite Mal, dass er ihr empfohlen wurde.

Tabitha ärgert sich immer noch über die reizende Dame von Garden Goddesses – und sie würde gern darauf hinweisen, dass diese Frau alles andere als eine Göttin ist –, aber sie schenkt dem mageren Santa ein Lächeln für seine hilfreiche Mitteilung, so verwirrend sie auch ist. »Vielen Dank«, sagt sie.

Wieder zu Hause, schlägt Tabitha erneut das Telefonbuch auf. Sie hat es im Alphabet bis zu Haggarty Construction geschafft, und der nächste Eintrag ist Hammer and Claw. Ist das ein Zeichen? Aller guten Dinge sind drei? Oder soll sie die Firma, da sie inzwischen weiß, dass es Franklins ist, überspringen und es bei Inkwell Beach Builders versuchen? Sie sehnt sich danach, mit Franklin zu sprechen, was nur ein Argument dafür ist, es *nicht* zu tun. Wenn sie anruft, könnte das auch schlecht für sie ausgehen.

Ihre Mutter würde ihr zweifellos von einem Anruf abraten. Ihrer Meinung nach sollte eine Frau einem Mann niemals hinterherlaufen, obwohl es eine bekannte Tatsache ist, dass Eleanor Billy rücksichtslos ihrer Cousine Rhonda ausgespannt hat.

*Und was würde Billy sagen?*, fragt sich Tabitha. Sie beäugt die Urne mit seiner Asche. Ziemlich sicher hätte Billy ihr den gegenteiligen Rat gegeben. *Nichts geschieht, wenn du es nicht geschehen lässt.*

Sie ist in Billys Haus: Vielleicht ist sein Argument deshalb zwingender.

Franklin nimmt beim ersten Klingeln ab. »Yo.«

*Yo?*, denkt Tabitha. So melden sich Ainsleys Freunde am Telefon. Daher ist es wahrscheinlich nicht unangemessen, dass sie sich wie eine Sechzehnjährige fühlt, die versucht, als Erwachsene durchzugehen.

»Oh, hallo«, sagt sie und fragt sich, ob ihre schauspielerischen Fähigkeiten ausreichen oder ob sie gleich durchschaut wird. »Ich suche einen Bauunternehmer für das Haus meines Vaters in der Daggett Avenue. Er ist kürzlich verstorben, und ich möchte es von Grund auf renovieren lassen, um es dann zu verkaufen.«

»Aha«, sagt Franklin. »Wie groß ist das Haus? Und wann wollten Sie mit den Arbeiten anfangen?«

»Es hat knapp hundertsechzig Quadratmeter«, sagt Tabitha. »Und ich würde gern so schnell wie möglich anfangen. Morgen, wenn es geht.«

»Morgen!«, sagt Franklin. »Ich sehe, Sie sind eine Frau, die weiß, was sie will. Zufällig bin ich gerade mit einem Projekt in Katama fertig und habe bis zum Herbst keine weiteren Aufträge, also könnte ich den hier vielleicht dazwischenquetschen, falls – und das ist ein wichtiges Falls – er nicht zu umfangreich ist. Ich müsste mir die Sache ansehen, bevor ich Ihnen eine Antwort gebe.«

»Oh«, sagt Tabitha. »Okay. Die Adresse ist 5549 Daggett Avenue. Wann könnten Sie denn vorbeikommen?«

»Ich hätte jetzt Zeit«, sagt Franklin.

»Okay«, sagt Tabitha.

»Tut mir leid, ich habe Ihren Namen nicht verstanden«, sagt Franklin.

Sie schließt die Augen. »Tabitha«, sagt sie. »Tabitha Frost.«

Schweigen. *Er wird auflegen*, denkt sie.

Dann sagt er: »Tabitha?«

»Ja.«

»Hier ist Franklin Phelps, der Typ von neulich Abend.«

»Was?«, sagt Tabitha. »Du machst Witze! Ich wusste nicht ... Entschuldige ... Im Telefonbuch steht nur Hammer and Claw ...«

»Bitte, du musst dich nicht entschuldigen«, sagt Franklin. »Pass auf, ich komme gleich vorbei, okay? Sofort! Rühr dich nicht vom Fleck.«

»Tue ich nicht«, sagt sie. »Ich werde ...«

Aber Franklin hat aufgelegt. Tabitha saust los, um eine Bürste und ihren Lippenstift zu suchen.

Sie weiß nicht, was sie erwartet. Sie ist nüchtern; es ist helllichter Tag; dies ist ein Geschäftstermin. Wird es peinlich werden? Wird der Zauber verflogen sein? Das hofft sie natürlich – dass der Zauber verschwunden ist, dass Franklin Phelps nur ein Typ wie jeder andere ist, weniger attraktiv und absolut nicht reizvoll unter diesen neuen Umständen.

Vom Fenster aus beobachtet sie, wie er in einem großen schwarzen Dodge-Pick-up vorfährt und dann den Gehweg hochkommt. Er trägt eine Carhartt-Hose und ein Black-Dog-T-Shirt, das einen Riss im Nacken hat. Er ist der tollste Mann, den sie je gesehen hat.

Das ist übel, ganz übel. Sie würde am liebsten unter eins der Betten zu den Staubflusen kriechen.

Als sie die Tür öffnet, starrt er sie an, dann schüttelt er den Kopf. »Ich setze jetzt mal meinen Stolz aufs Spiel. Heute Morgen hab ich mir den Fahrplan nach Nantucket angeguckt.«

»Du hast ... was?«

»Ich wollte mit der Fähre übersetzen und dich suchen«, sagt Franklin. »Ich hab seit Freitagabend praktisch ... pausenlos an dich gedacht.«

Tabitha packt ihn an dem Hund vorn auf seinem T-Shirt und zieht ihn nach drinnen.

Sie lieben sich in der Küche und reißen dabei fast die Arbeitsfläche von der Wand.

Franklin ist hinter Tabitha und küsst ihren Nacken. »Ja«, sagt er. »Hier muss einiges getan werden.«

Sie zeigt ihm die Kiefernholzdielen unter dem Teppichboden, die Gästetoilette, die drei mickrigen Schlafzimmer im Obergeschoss.

»Ich will dich nicht anlügen«, sagt Franklin. »Dieses Projekt hat genau den richtigen Umfang für mich. Ich brauche sechs Wochen dafür.«

»Sechs *Wochen*?«, sagt Tabitha. Sie kann es kaum fassen, wie sich das Blatt für sie gewendet hat. Heute Morgen hatte sie weder Franklin noch einen Bauunternehmer – und jetzt hat sie beide!

»Aber«, sagt Franklin.

*Oder auch nicht*, denkt sie.

Er fährt sich mit den Händen durch seine dunklen Haare. »Es gibt erschwerende Umstände«, sagt er.

»Welche?«, fragt Tabitha. *Eine Freundin*, denkt sie. Oder er will sich nicht zu sehr auf Tabitha einlassen, denn was ist, wenn er sie nicht so sehr mag, wie er jetzt glaubt?

»Ich will jetzt nicht weiter darauf eingehen«, sagt er. »Lass mich einfach darüber nachdenken, okay?«

»Okay«, sagt sie.

»Was hast du heute noch vor?«, fragt er.

»Abgesehen davon, einen Bauunternehmer zu suchen, meinst du?«

»Zieh deinen Badeanzug an«, sagt er. »Und Sneakers. Wir fahren an den Strand.«

Franklin fährt sie zu einem Ort namens Cedar Tree Neck, ein Naturschutzgebiet auf einer Landzunge in Vineyard Haven, bekannt als Fishhook. Sie wandern durch dicht bewaldetes Gelände, das an einem heißen Tag wohltuenden Schatten bietet. Durch den Baldachin aus Laub sind Fetzen leuchtend blauen Himmels sichtbar, und Tabitha hört Vogelgesang. Wann hat sie sich zum letzten Mal an der Natur erfreut? Wahrscheinlich mit fünfzehn Jahren im Camp Wyonegonic. Eine Weile laufen sie schweigend und händchenhaltend drauflos, dann überqueren sie einen Hügel, und Franklin bleibt stehen. Er nimmt ihr Gesicht in die Hände und küsst sie. Sein Eintagebart fühlt sich so sexy an, dass ihr fast die Knie nachgeben.

Die Küsse werden drängender. Franklin lehnt sie an einen Baum.
»Sollen wir?«, flüstert sie in seinen Mund. »Hier?«
Er nickt und greift mit einer Hand in das Höschen ihres Bikinis.

Der Weg endet an einem mit Felsen übersäten Sandstrand, der eine kleine Bucht umschließt. Franklin legt zwei Handtücher hin, dann streift er seine Shorts ab und stürzt sich splitterfasernackt ins Wasser.

Tabitha schreit auf. Sie schaut in beiden Richtungen das Ufer entlang – keiner da. Sie zögert einen Moment lang und weiß nicht recht, ob sie sich trauen soll. An einem öffentlichen Strand nackt zu schwimmen ist etwas, das eine Tabitha Frost nicht tut. Tabitha Frost ist würdevoll, ihr Betragen untadelig.

*Tabitha Frost ist verklemmt*, denkt sie.

Sie knotet ihren Bikini auf und rennt ins Wasser.

Das Gefühl ist neuartig und herrlich. Das Wasser ist weich, als es sie ganz umhüllt; sie fühlt sich umschmeichelt wie ein Embryo in der

Gebärmutter. Und sie genießt das Gewagte der Situation. Solange sie im Wasser ist, ist sie frei.

Franklin hebt sie hoch. Als er sie küsst, schmeckt er nach Salzwasser. Sie ist schwerelos in seinen Armen.

Zurück auf ihrem Handtuch auf dem warmen Sand, reckt sie ihr Gesicht tapfer der Sonne entgegen. Ihre Schulterblätter verschmelzen mit dem Sand, und sie schläft ein.

Als sie aufwacht, steht die Sonne tiefer am Himmel und sprenkelt die Oberfläche des Wassers. Tabitha wendet den Kopf und sieht Franklin, den Kopf auf seinen Arm gestützt, auf der Seite liegen und sie anstarren.

»Du bist so schön«, sagt er.

Ihr Magen flattert.

Das hier ist real.

Zum Abendessen hat Franklin ein Restaurant namens Outermost Inn ausgesucht.

»Es ist in Aquinnah«, sagt er. »Auf dem Weg dorthin siehst du die halbe Insel.«

Tabitha zieht ein orangerotes Kleid von Alexander Wang mit dünnen Trägern an, die sich auf ihrem inzwischen gebräunten Rücken kreuzen. Es ist das verführerischste Kleid, das sie besitzt, und sie gratuliert sich dazu, es mitgenommen zu haben.

Franklin pfeift. »Oder wir bleiben einfach hier, und ich vernasche dich.«

Während sie durch Chilmark die South Road entlangfahren, spielt Franklin den pflichtbewussten Touristenführer und zeigt Tabitha die wichtigsten Sehenswürdigkeiten. Sie liebt die niedrigen Steinmauern, die Familienfarmen. »Und die putzigen Straßenschilder. Guck dir mal das an!« Sie zeigt auf ein kleines Holzschild, auf dem SHEEP XING steht.

»Die gute alte Sheep Crossing«, sagt Franklin, und sein Tonfall ist plötzlich schelmisch. »Im ersten Cottage hinter der Abzweigung versteckt sich mein Schwager.«

»Dein Schwager?«, fragt Tabitha. Sie versucht, sich an das zu erinnern, was Franklin ihr über seine Familie erzählt hat. In diesen Dingen ist sie nicht gut. Die Eltern – sie hat ihre Namen vergessen – der Vater war Highschool-Direktor, die Mutter ... sie entsinnt sich nicht. Hat Franklin je zuvor einen Schwager erwähnt? Den Ehemann seiner Schwester? Seine Schwester heißt ... Charlotte? Nein, das ist Ramsays Schwester.

Sie wartet darauf, dass er mehr sagt, doch er schüttelt bloß den Kopf. »Egal«, sagt er.

Jede Befangenheit verfliegt, als sie sich dem Outermost Inn nähern. Es liegt hoch über den Klippen von Aquinnah; schon vom Parkplatz aus ist der Blick übers Wasser atemberaubend. Franklin ist der perfekte Gentleman; als er Tabitha hineingeleitet, legt er ihr leicht die Hand aufs Kreuz. Tabitha denkt kurz an Ramsay – sein Benehmen war untadelig, fast schon steif –, aber er hat sie mit seiner Berührung nie so elektrisiert wie Franklin.

Die Empfangsdame des gemütlichen Restaurants ist etwa in Tabithas Alter. Sie hat blonde Locken und trägt einen seidenen Stufenrock, der ihr bis zu den Knöcheln reicht.

»Franklin!«, sagt sie. »Schätzchen!«

»Annalisa!«, sagt Franklin. Er küsst die Frau auf den Mund, bemerkt Tabitha. Okay, sie ist eifersüchtig. Sie spürt, wie ihre Schultern sich versteifen. Sie liebt die Einrichtung des Lokals, das Kerzenlicht, den Duft nach Knoblauch, Kräutern, Braten, Butter, gutem Wein. Sie kennt Franklin erst ein paar Tage. Er lebt seit vierzig Jahren hier.

Tabitha lächelt Annalisa an und hofft, nicht irrtümlich für ihre Schwester gehalten zu werden. »Hallo«, sagt sie. »Ich bin Tabitha Frost. Ich lebe auf Nantucket.«

»Oh ja, ich weiß«, sagt Annalisa. »Die Leute von der Steamship Authority schlagen Alarm, wenn jemand von ›der anderen Insel‹ zu unseren Ufern aufbricht.«

Franklin drückt Tabithas Schultern, und Tabitha gelingt ein erneutes Lächeln.

Annalisa platziert Franklin und Tabitha am besten Tisch des Hauses – draußen auf der breiten, wunderschönen Terrasse, dem Wasser so nah wie möglich. Franklin wählt eine Flasche Sancerre und eine Flasche Melbec und schenkt Tabitha aus beiden ein Glas ein.

Sie stoßen an, und Franklin schüttelt den Kopf. »Ich kann dir gar nicht sagen, wie froh ich bin, dass du mich angerufen hast«, sagt er. »Auch wenn es Zufall war.«

»Wenn du wolltest, dass ich dich nicht zufällig anrufe, hättest du deine Nummer mit auf den Zettel schreiben sollen«, sagt Tabitha. »Ich habe angenommen, du hättest keine Lust, mich wiederzusehen.«

»Ich ...« Franklin trinkt von seinem Wein und schaut auf den Horizont, wo die Sonne ins Wasser sinkt. Ein Streifen leuchtend orangeroten Lichts illuminiert sein Gesicht. »Ich war mir wohl nicht sicher, wie man sich richtig verhält.«

»Du willst mir doch nicht erzählen, dass du nicht ständig Frauen mit nach Hause nimmst«, sagt Tabitha.

»Das tue ich wirklich nicht«, sagt Franklin. Er wirft ihr einen ernsten Blick zu – sagt er womöglich die Wahrheit? – und wechselt dann das Thema. »Erzähl mir von dir. Ich kann gar nicht glauben, dass *du* Single bist. Eine fantastische Frau wie du auf einer Insel voller Millionäre mit ihren Yachten.«

Tabitha lacht. »Oh, ich bin Single. Ich hatte vier Jahre lang eine Beziehung, aber wir haben uns im Februar getrennt.«

»Warst du mal verheiratet?«, fragt Franklin.

»Nein«, sagt Tabitha. »Aber mein erster fester Freund und ich haben ein gemeinsames Kind. Eine Tochter, Ainsley. Sie ist sechzehn.«

»Sechzehn!«, staunt Franklin. »Das kann ich gar nicht glauben.«

»Ich habe sie mit dreiundzwanzig bekommen. Damals war sie eine Überraschung … jetzt ist sie bloß eine Nervensäge. Vor ein paar Wochen hat sie während meiner Abwesenheit bei uns zu Hause eine Party gegeben, und als ich nach Hause kam, spielten sie und ihre Freunde auf meinem Esstisch Beer Pong.«

Franklin wirft den Kopf in den Nacken und lacht. »Ach, komm schon. Du musst zugeben, dass das lustig ist«, sagt er.

Ist es lustig? Tabitha erlaubt sich ein Lächeln. Es ist jetzt sehr viel lustiger, als es zur Zeit des Geschehens war, so viel steht fest. »Jetzt gönnen wir uns eine dringend benötigte Auszeit voneinander. Harper passt auf sie auf.«

»Verstehe«, sagt Franklin. »Ihr habt die Rollen getauscht.«

Tabitha fragt sich, wie es Harper und Ainsley wohl geht. Vielleicht haben sie den gesamten ERF-Warenbestand auf den Bürgersteig gerollt und veranstalten damit einen Ausverkauf. Vielleicht präsentieren sie eine Hunde-Show oder posten auf einem Twitter-Account unter Eleanors Namen ihre politische Meinung. Tabitha ist so selig, dass es sie nicht interessiert.

Ihr Essen, das zum Teilen gedacht ist, kommt aus der Küche: eine Hummercremesuppe, ein leicht angemachter Salat aus Sprossen und leuchtend roten Scheiben, die sich als knackig-süße Radieschen erweisen, in der Pfanne sautierter Hummer mit einer weißen Grapefruit-Buttersauce auf pikanter weicher Polenta, Sirloin-Pfeffersteak mit Dauphine-Kartoffeln – walnussgroße Kroketten, gefüllt mit einer buttrigen Köstlichkeit. Gelegentlich hält Franklin inne und küsst

Tabitha leicht auf die Lippen, was mehr Verlangen erzeugt, als es ein tieferer Kuss täte. Sie schießen keine Fotos, checken keine Anrufe, posten nichts. Dieser Abend ist wie aus einer anderen Ära. Tabitha versucht, sich jedes Detail zu merken, damit sie es später noch einmal erleben kann.

Das Dessert ist eine Ansammlung von Leckereien auf einem drehbaren Holztablett: eine Passionsfrucht Panna cotta, mit Pistaziencreme gefüllte Miniatur-Cannoli, Zitronen-Blaubeer-Tartes mit Mandel-Ingwer-Kruste, Toffee-Blondies mit Kokosschaum.

Tabitha nimmt von allem einen Bissen, dann stöhnt sie, weil sie so satt ist, und entschuldigt sich auf die Toilette.

Als sie herauskommt, steht Annalisa im Vestibül – anscheinend wartet sie auf sie.

»Ich hoffe, Sie haben mir meinen Spruch über Nantucket nicht verübelt«, sagt sie. »Es sollte ein Witz sein.«

Tabitha lacht, durch den Wein gelockert. »Keine Sorge.«

»Ich finde es großartig, dass Franklin Sie hierher eingeladen hat. Er klang so aufgeregt, als er den Tisch reservieren ließ. Und er hat ganz klar betont, dass er *Tabitha* Frost mitbringen würde, nicht *Harper* Frost. Ich glaube, wir sind uns alle einig, dass es wirklich seltsam gewesen wäre, wenn er Ihre Schwester eingeladen hätte.«

»Seltsam«, wiederholt Tabitha. »Seltsam wegen …?«

Annalisa gibt Tabitha einen Klaps auf den Arm. »Wegen all dem, was passiert ist. Aber ich bin froh, dass Sie beide sich davon nicht abschrecken lassen. Sie sind ja die reinsten Turteltauben.«

Auf dem Heimweg fällt Tabitha auf, dass sie Franklin nichts von Julian erzählt hat. Sie hat ihn einfach ausgelassen, als hätte er nie existiert – doch wenn sie will, dass Franklin sie kennen lernt, muss sie den Eindruck korrigieren. Sie weiß nur nicht recht, wie sie das Thema zur Sprache bringen soll.

*Als Ainsley achtzehn Monate alt war, wurde ich wieder schwanger. Aber es lief nicht wie geplant. Ich bekam die Wehen schon in der achtundzwanzigsten Woche.*

Tabitha lehnt sich in den Sitz zurück und macht die Augen zu. Sie wird Franklin ein andermal von Julian erzählen, beschließt sie. Sie will den Zauber ihrer gemeinsamen Zeit nicht zerstören.

»Es gibt was, über das ich mit dir reden muss«, sagt Franklin. Er greift über die Konsole hinweg und berührt ihren Oberschenkel. »Tabitha.«

Tabitha öffnet die Augen. Seine Stimme klingt ernst. Aber sie hat erst vor Sekunden beschlossen, heute über nichts Tiefgründiges, Schweres oder Reales mehr zu sprechen. Sie denkt an den eigenartigen Wortwechsel mit Annalisa zurück. *Seltsam ... wegen all dem, was passiert ist.* Annalisa muss Harpers Affäre mit Dr. Zimmer gemeint haben; es wäre in der Tat seltsam, wenn Harper so kurz danach ein romantisches Date mit einem anderen Mann hätte.

»Vielleicht sollten wir uns das Reden für morgen aufsparen«, sagt Tabitha. »Ich habe ziemlich viel Wein getrunken.«

»Aber es geht um morgen«, sagt Franklin. »Ich habe beschlossen, die Renovierung von Billys Haus zu übernehmen.«

»Hast du?«, fragt Tabitha.

»Ja«, sagt Franklin. »Wir können unser Vorgehen morgen früh besprechen.«

»Bist du sicher?«, will Tabitha wissen. »Vorhin schienst du zu zögern. Du sagtest, es gäbe erschwerende Umstände.«

»Die gab es auch. Die *gibt* es. Aber ich habe darüber nachgedacht, und ich kann nicht« – er drückt ihr Bein – »ich *kann nicht* zulassen, dass ein anderer auf dieser Insel so eng mit dir zusammenarbeitet. Das muss *ich* tun. Ich bin dein Mann.«

Sie nickt und denkt: *Ich liebe diesen Kerl*. Vom Verstand her weiß sie, dass das nicht möglich ist. Man *liebt* nicht jemanden, den man, nun ja, eigentlich erst wenige Stunden kennt. Das ist etwas anderes – eine Vernarrtheit, die sich verflüchtigt wie Tau in der Sonne.

Doch es fühlt sich an wie Liebe.

# *HARPER*

Billy Frost liebte den Ausdruck *halkyonische Tage*, mit dem er gern ihre Sommer auf dem Vineyard beschrieb. *Dies sind die halkyonischen Tage*, sagte er immer, wenn er seinen Boston Whaler aus dem Hafen lenkte. *Gegrüßt seien die halkyonischen Tage des Sommers!*, rief er von der Mauer in Menemsha aus, wo er und Harper beobachteten, wie die Sonne sich im Ozean auslöschte, während sie darauf warteten, dass ihre frittierten Muscheln von Larsen's Fish Market fertig waren. Billy benutzte den Ausdruck so oft, dass Harper ihn schließlich nachschlug. Er entstammte der griechischen Mythologie. Halkyone, die Tochter von Aeolus, verlor ihren Ehemann Ceyx bei einem Schiffbruch. In ihrer Trauer ertränkte sie sich im Meer, und sie wurden beide in »halcyones«, griechisch für Eisvögel, verwandelt. Als Halkyone am Strand ein Nest baute, drohten die Wellen, es hinwegzufegen, deshalb hielt ihr Vater Aeolus die Winde sieben Tage lang auf, bekannt als die halkyonischen Tage – die Tage, an denen es nicht stürmt.

*Tage, an denen es nicht stürmt.*

Harper genießt ihre eigenen halkyonischen Tage auf Nantucket. Zunächst bemerkt sie nichts Ungewöhnliches, dann dämmert es ihr: Sie ist glücklich.

Das Geschäft in der Boutique boomt. Harper, Ainsley und Caylee haben sich den Tag so aufgeteilt, dass immer zwei von ihnen gleichzeitig arbeiten, und setzen die Strategien ein, die auf der Party so wirkungsvoll waren. Fish wird für eine Stunde am Vormittag und eine Stunde am Nachmittag draußen angeleint; den Rest des Tages verbringt er dösend hinten im Büro, oder er wartet darauf, dass Harper ihn zu seinem Spaziergang durch die Stadt abholt. Sein tägliches Programm endet stets mit einem Hundeleckerli in Ramsays Büro.

Im Laden läuft jetzt ständig gute Musik nach einer sorgfältig zusammengestellten Playlist – neunzig Prozent weibliche Sänger, zehn Prozent Prince. Und Caylee postet in den sozialen Medien jeden Morgen ein Foto von sich im »Outfit des Tages« – Kleid, Rock oder Hose sowie Top und Sandalen. Das klappt immer; am Abend ist das Outfit in allen Größen ausverkauft.

Meghan kommt jeden Tag mit dem kleinen David Wayne in seinem Kinderwagen in die Boutique. Harper nimmt das Baby nie auf den Arm – sie scheut seit Julians Tod vor Babys zurück –, Ainsley und Caylee dagegen tanzen mit ihm im Laden herum, während Meghan über die Quittungen des Vortages staunt.

»Nicht zu fassen, wie gut es läuft!«, sagt sie. »Wir haben bisher schon *fünfhundert Prozent* mehr Umsatz gemacht als letzten Sommer.«

Ainsley ist jeden Tag glücklicher. Sie hat sich mit keiner ihrer früheren Freundinnen versöhnt, scheint aber zufrieden damit zu sein, ihre Freizeit mit Harper und mit Caylee zu verbringen. Sie bittet sie um Rat wegen Teddy. Bisher hat sie nicht auf seine SMS geantwortet, was dazu führte, dass Teddy weitere Nachrichten schickte und in allen betonte, dass er sie vermisse.

»Die einzige Methode, ihn zurückzubekommen, scheint die zu sein, dass ich ihn ignoriere«, sagt Ainsley.

»Das Rätsel menschlicher Beziehungen«, sagt Caylee.

An ihren freien Tagen erkundet Harper die Insel. Sie lädt Fish in den Wagen und macht sich zum Rundwanderweg am Squam Swamp auf. Sie fährt durch die Moore und schwimmt im grünen Wasser des Jewel Pond. Sie stellt ein Picknick zusammen und unternimmt einen

Tagesausflug nach Great Point und klettert auf die Spitze des dortigen Leuchtturms, was sogar Ainsley und Ramsay, beide auf Nantucket geboren, noch nie getan haben. Abends kocht Harper für Ainsley, und einmal pro Woche laden sie Ramsay zu sich ein. Harper macht riesige Salate aus frischem Gemüse von der Bartlett's Farm und gegrillte Garnelen oder Jakobsmuscheln vom Fischmarkt; dazu gibt es ihr – jedenfalls bei ihr und Billy – berühmtes Knoblauchbrot. Sie macht eine kalte thailändische Gurken-Kokosnuss-Suppe; sie backt kleine Pfirsich-Blaubeer-Pies, die vor Obst und Zucker triefen, aber sehr lecker sind.

Am Ende dieser Tage ist Harper müder als je in ihrem Leben. Sie schläft wie ein Stein auf dem Grunde eines Teichs.

Trotz ihrer Erschöpfung und der Tatsache, dass Alkohol ihr mittlerweile den Magen umdreht, lässt sie sich von Ramsay zu einem Abend zu zweit im Pearl überreden. Sie macht Ainsley und Caylee – und besonders Ramsay – klar, dass dies *kein* Date ist. Es ist ein Abendessen mit einem Freund.

»In einer Bar, die sehr sexy ist«, sagt Caylee. »Sei vorsichtig. Der Thunfisch ›Martini‹ hat auf manche Menschen eine seltsame Wirkung.«

»Ich brauche Hilfe dabei, mir was zum Anziehen auszusuchen«, sagt Harper.

»Warum ist dir das wichtig?«, will Ainsley wissen. »Es ist doch kein Date.«

Das ist eine gute Frage. Harper weiß, was Ramsay tragen wird: eine Khakihose, eine Krawatte von Vineyard Vines, einen marineblauen Blazer. Seine Haare werden seitlich gescheitelt sein und Spuren des Kämmens aufweisen. Er wird glattrasiert sein und seine Brillengläser geputzt haben. Harper könnte sich mit einem Lily Pulitzer durchmogeln oder sogar mit dem langweiligsten Kleid, das je entworfen wurde – dem Roxie –, in Zartrosa oder Königsblau, doch nachdem sie die letzten Wochen damit verbracht hat, Frauen einzukleiden, ist ihr klar, dass sie fast vierzig Jahre lang *was* getragen hat? Die alten Golfhemden ihres Vaters, abgeschnittene Shorts, T-Shirt-Kleider von J. Crew und, um sich »aufzutakeln«, Sonderangebote von Banana Republic und Anne Taylor Loft – und all das drei Größen zu weit. Es wird eine Offenbarung sein, endlich schöne Sachen zu besitzen, feminine Sachen, Kleidung, die ihr passt. Sie wünscht sich etwas Originelles, Ausgefallenes für dieses Abendessen. Es ist das erste Mal, dass sie auf Nantucket ausgeht. Hier ist sie eine andere Person. Und so möchte sie sich auch anziehen.

Sie liebt die Marke Parker, aber Pailletten oder Federn sind nichts für sie, und die Strickkleider sind zu leger. Sie probiert Modelle von Nanette Lepore und Rebecca Taylor an – doch der Sieger ist Caylee und Ainsley zufolge ein seidenes Slip Dress in Weiß von Alice and Olivia mit jeweils drei schwarzen seitlich eingesetzten Spitzenrauten.

Zusammen mit ihren dunklen Haaren und ihrer Sommerbräune ist das Schwarz-Weiß ein Knaller. Ainsley wählt dazu einen schwarzen Wildlederchoker aus und Caylee ein Paar schwarze Lack-Slides mit Kitten Heels, gerade die richtige Höhe für Harper.

Einen Moment lang steht sie in voller Montur vor Tabithas Ganzkörperspiegel. Sie sieht gut aus, findet sie – und das hat wenig mit dem Kleid oder den Schuhen zu tun. Sie ist entspannt. Sie lächelt.

Das Pearl ist *wirklich* sexy – schick und stylish. Ramsay hat ihnen an dem weißen Onyxtresen zwei Ecksitze reservieren lassen. Der Tresen ist von unten beleuchtet und strahlt einen unirdischen Glanz aus.

»Zwei Passionsfrucht-Martinis«, sagt Ramsay. Harper hätte fast protestiert, doch ein Passionsfrucht-Martini klingt echt köstlich, und sie hofft, dass ihr Magenproblem sich endlich erledigt hat.

Harper hebt ihr Glas und stößt mit Ramsay an. Der Abend nimmt Fahrt auf.

Ramsay bestellt für sie beide: Entenconfit-Klößchen, den Thunfisch »Martini« mit Crème fraîche und Wasabi-Tobiko, das Sechzig-Sekunden-Steak mit gebratenem Wachtelei und den pfannengerührten Salz-und-Pfeffer-Hummer.

»Und noch eine Runde Martinis!«, sagt Ramsay.

Die Barkeeperin, eine kesse, hübsche Blondine mit elegantem englischem Akzent, schenkt Ramsay und Harper ein Lächeln. »Ich freue mich, dass Sie beide mal wieder da sind. Ich habe Sie vermisst.«

»Oh«, sagt Harper. »Ich bin nicht …«

»Vielen Dank, Jo«, sagt Ramsay. »Wir haben Sie auch vermisst.«

Beim dritten Martini – und drei sind genug, befindet Harper, danach wird sie auf Wasser umsteigen – kann sie mit Ramsay endlich über die Dinge reden, vor denen sie bei Tageslicht zurückscheut.

»Fehlt dir meine Schwester?«, fragt sie.

»Ja und nein«, sagt Ramsay. »Ich bin von Natur aus ein Problemlöser. Bei Tabitha habe ich es immer wieder versucht, aber ich konnte ihr nicht helfen. Sie hat es nicht zugelassen.«

Harper nickt. »Sie ist neunzig Sekunden vor mir geboren. Sie war immer selbstständig und unabhängig, während ich immer Hilfe brauchte.«

»Und von wem hast du die bekommen?«

Wie soll Harper diese Frage beantworten?

»In den letzten Jahren war mein Liebesleben kompliziert«, sagt sie und schüttelt den Kopf über die Untertreibung. »Ich hatte einen Liebhaber, einen verheirateten Mann.«

»Ahh«, sagt Ramsay.

»Er heißt Reed Zimmer«, sagt Harper. Es fühlt sich so wundervoll an, seinen Namen auszusprechen, dass ihr Tränen in die Augen treten. »Er ist auch ein Problemlöser. Er ist Arzt. Er war der Arzt meines Vaters, also hat er sich um meinen Vater gekümmert und damit auch um mich. Er besitzt eine stille Autorität, die mir ein Gefühl der Sicherheit verschaffte, wenn ich mit ihm zusammen war. Was natürlich dumm war, denn ich war ganz und gar nicht in Sicherheit. Er gehörte einer anderen. Seiner Ehefrau Sadie. Und ich ging in die Falle, in die alle Geliebten gehen: Ich glaubte, Sadie spiele keine Rolle. Ich glaubte, dass er sie letztlich meinetwegen verlassen würde.«

»Aber das hat er nicht getan?«, fragt Ramsay.

»Sadie hat das mit uns rausgekriegt«, sagt Harper. »Sie hat uns in der Nacht, in der mein Vater starb, miteinander erwischt, und ein paar Tage später hat sie auf der Trauerfeier für Billy eine Szene gemacht. Daraufhin hat mir Reed eine SMS geschickt, in der er mich bat, ihn eine Zeitlang nicht zu kontaktieren.« Harper starrt auf den Grund ihres Martiniglases. Wahrheitsserum. Sie spricht *nie* so viel – doch wem kann sie sich schon anvertrauen? Nur Ramsay, hier und jetzt. »Ich habe von anderen gehört, dass er zu Hause ausgezogen ist. Ich habe gehört, dass er sich im Krankenhaus hat beurlauben lassen. Ich weiß nicht, wo er ist oder was er macht. Ich weiß nicht, ob er noch auf dem Vineyard ist oder draußen in der realen Welt herumwandert. Ich weiß nicht, ob er nach mir sucht oder nach sich selbst. Ich habe Schuldgefühle wegen dem, was ich Sadie angetan habe, aber noch mehr wegen dem, was ich Reed angetan habe. Ich glaube nämlich, dass er ein guter, wahrhaftiger Mensch ist, und doch habe ich ihn in die Irre geführt. Ich habe seinen Charakter verdorben, seine Integrität zerstört. In der Nacht, in der Sadie uns erwischt hat, habe ich ihn gebeten, sich mit mir zu treffen. Er wollte nicht, doch ich habe ihn angefleht.«

»Na ja, dein Vater war gerade gestorben«, sagt Ramsay. »Oder?«

Harper zwirbelt ihr Martiniglas. »Ich vermurkse alles, was ich tue. Es ist wie ein Fluch. Als meine Eltern sich scheiden ließen und ich mit zu Billy konnte, dachte ich, ich hätte eine Art Wettbewerb gewonnen. Aber dann stellte sich heraus, dass ich eine Versagerin bin durch und durch.«

»Das glaubst du doch selber nicht«, sagt Ramsay.

»Das glaube ich, das glaubt Tabitha, und ich denke, sogar meine Mutter glaubt das. Und mein Vater hat sich kurz vor seinem Tod zu mir gewandt und gesagt: *Tut mir leid, Kindchen.* Zuerst wusste ich nicht, was er meinte, aber dann wurde es mir klar. Es tat ihm leid, dass ich bin, wie ich bin. Es tat ihm leid, dass er mir nicht helfen konnte.«

»Komm schon, Harper«, sagt Ramsay. »Du bist eine schöne, intelligente Frau. Ebenso faszinierend wie deine Schwester, nur, wenn ich das sagen darf, weitaus amüsanter.«

»So amüsant, dass ich kaum meinen Collegeabschluss geschafft habe«, sagt Harper. »So amüsant, dass ich, als ich in diesem Lokal namens Dahlia's in Edgartown Kellnerin war, eingewilligt habe, für einen Typen, von dem jeder wusste, dass er ein Drogendealer war, ein ›Päckchen‹ abzuliefern. Ich wurde verhaftet, habe ihn verpfiffen und damit die ganze Operation außer Gefecht gesetzt.«

Ramsays Augen weiten sich hinter seiner Brille. »Du machst Witze.«

»Aber das ist nicht das Schlimmste, was ich je getan habe«, sagt Harper. »Und mit Dr. Zimmer zu schlafen war auch nicht das Schlimmste.«

»Was war es dann?«, fragt Ramsay.

Harper mustert ihn. »Tabitha hat dir nie erzählt, warum wir nicht miteinander sprechen?«

»Nie«, sagt Ramsay. Sein Gesichtsausdruck ist ernst, aber Harper kann kaum glauben, dass Tabitha so lange mit jemandem zusammengelebt hat, ohne ihm von der Nacht zu erzählen, in der Julian starb.

»Also gut.« Harper ist sich nicht sicher, was sie sagen soll. Sie wünscht sich fast, dass Tabitha ihm ihre Version der Geschichte dargelegt hätte, die Harper nur noch bestätigen oder leugnen müsste. Sie trinkt den letzten Schluck Martini. Worauf sie wirklich Lust hat, ist ein Jägermeister. »Tabitha gibt mir die Schuld für Julians Tod.«

Ramsay schüttelt den Kopf, als wollte er seine Ohren von Wasser befreien. »Was?«, fragt er. »Warum? Wieso sollte sie das tun?«

Aber es übersteigt Harpers Fähigkeiten, darauf zu antworten. Sie gleitet vom Barhocker und starrt ihn an, will ihn zwingen zu begreifen, dass sie Julian nicht mit einer Decke erstickt oder ihn in der Badewanne ertränkt oder ihn geschüttelt hat, weil er nicht aufhörte zu schreien. Harper sollte die Ereignisse jenes Tages, jener Nacht erklären – doch sogar das ist jetzt, vierzehn Jahre später, zu schmerzlich.

»Vielen Dank für das Essen«, sagt sie und verlässt das Restaurant. Sie dreht sich noch einmal nach Ramsay um. Er sitzt wie gelähmt da und macht keine Anstalten, ihr zu folgen.

Sie geht den ganzen Weg barfuß nach Hause – die Kitten Heels können sie mal – und denkt: *Die halkyonischen Tage sind vorüber.* Sie hält es nicht mehr aus. Sie holt ihr Telefon hervor und starrt auf den Bildschirm – er zeigt ein altes Foto von ihr und Billy auf dem Boot, auf dem Billy einen Gestreiften Zackenbarsch hochhält –, fest entschlossen, ihren Verstand walten zu lassen. Aber sorry, nein. Sie ruft Reed an und wird auf seine Mailbox weitergeleitet. Sie hat ihm etwas zu berichten. Es ist nur eine Ahnung, doch die kann sie nicht als Nachricht formulieren. Sie legt auf.

Aber dann klingelt fast sofort ihr eigenes Handy. Reed? Oder ist es Ramsay, der sich inzwischen von seinem Schock erholt hat? Harper wartet darauf, dass das Klingeln aufhört und das Klimpern einsetzt, das eine Sprachnachricht ankündigt, dann checkt sie das Display.

Es ist eine ihr unbekannte Vineyard-Nummer, Anschluss 693. Sie bleibt mitten auf der Cliff Road wie angewurzelt stehen. Vielleicht ist es Reed, der von einer Festnetznummer anruft.

»Hallo, Harper. Hier ist Edie Donegal, Brendans Mutter. Mir ist klar, dass Sie vielleicht noch weg sind, aber ich hatte das Bedürfnis, Sie anzurufen. Brendan geht es nicht gut. Ich weiß, dass er Ihnen wichtig ist, und obwohl ich mich nicht aufdrängen will, möchte ich Sie fragen, ob Sie ihn in nächster Zeit besuchen könnten. Es ist das Einzige, was mir einfällt, das vielleicht helfen könnte. Vielen Dank, Harper. Gute Nacht.«

Harpers Kopf fühlt sich plötzlich zu schwer an, um ihn oben zu behalten. Armer Brendan. Und doch glaubt Harper nicht, dass sie Brendan in ihrem jetzigen Gemütszustand helfen kann. Sie wird alles nur noch schlimmer machen.

Sie löscht die Nachricht.

Sie kann keinen Schritt mehr tun. Ihr Magen rumort, und grüne Wellen der Übelkeit überschwemmen sie. Sie erbricht sich in das Gras am Straßenrand.

*Mehr als eine Ahnung*, denkt sie. *Eine Gewissheit.*

Sie ist schwanger.

## *NANTUCKET*

Eine Reihe von Tagen folgt, an denen das Wetter so brutal ist, dass die Leute über nichts anderes sprechen. Mittags herrschen 31 Grad – nie da gewesen seit der Hitzewelle von 1936. Die Ziegelbürgersteige in der Stadt backen in der Sonne; am Strand ist es unerträglich. Es gibt keine Brise, keine Wolken, keine Sekunde Pause von der mörderischen Hitze.

Es ist zu heiß, um zu tratschen. Keiner kann lange genug stillsitzen, um zuzuhören.

Das Versicherungsbüro Striker & McClain ist allerdings stark klimatisiert, so sehr, dass jeder Klient, der hereinspaziert kommt, vor Wonne aufseufzt.

Percil Ott lässt sich in den Lehnsessel neben dem Schreibtisch von Bonnie Atkinson, der Empfangsdame, sinken. Er erklärt Bonnie, er müsse Ramsay Striker wegen des Ersatzes einer Windschutzscheibe sprechen.

»Hat aber keine Eile«, fügt Percil hinzu. »Ich könnte den ganzen Tag hier sitzen.«

Bonnie verdreht die Augen. Percil ist ein Pensionär, der den Klang seiner eigenen Stimme genießt. Sie wird sich nicht in den Strudel seiner Selbstgefälligkeit hineinziehen lassen.

»Ich gebe Ramsay Bescheid, dass Sie hier sind«, sagt sie.

Ramsay arbeitet hinten in einer Ecke des Büros, und Bonnie bemerkt, dass er seine Wandschirme aufgestellt hat, was ungewöhnlich ist. Sie arbeitet seit siebenundzwanzig Jahren bei Striker & McClain und kann sich nicht erinnern, dass dies jemals zuvor geschehen ist. Vom Verstand her ist ihr klar, dass Wandschirme bedeuten, dass Ramsay unbeobachtet sein möchte, doch Bonnie leidet an einem akuten Anfall von Neugier. Sie späht durch den Spalt und sieht, wie Ramsay aufmerksam den Bildschirm seines Computers studiert. Bonnies Hand fliegt an ihre Brust. Pornografie? So hat sie Ramsay nie eingeschätzt; er ist attraktiv genug, um jede beliebige Frau zu erobern – man denke nur an die zweiundzwanzigjährige Barkeeperin, mit der er fast drei Monate lang ausging! Aber dann passt Bonnie ihre Erwartungen der Realität an: *Alle* konsumieren Pornografie. Alle bis auf Bonnie und ihren Ehemann Norm Atkinson. Norm sieht sich Wiederholungen der *Andy Griffith Show* an.

»Entschuldigen Sie, Ramsay«, sagt Bonnie. »Percil Ott möchte Sie sprechen.«

Ramsay schreckt hoch, als wäre er tatsächlich bei etwas Verbotenem ertappt worden. Über seine Schulter hinweg erhascht Bonnie einen Blick auf den Monitor. Er zeigt einen alten Artikel aus dem *Inquirer and Mirror*.

Ramsay erhebt sich und schiebt einen der Wandschirme beiseite. »Danke, Bonnie«, sagt er. »Ich weiß, dass Mr Ott nicht Ihr Lieblingsklient ist. Ich kümmere mich um ihn.« Er schreitet den Flur entlang, und Bonnie steht in der Öffnung zu seinem Büro.

Die meisten von uns behaupten vielleicht, sie würden nie tun, was Bonnie jetzt tat, aber dann lügen die meisten von uns. Bonnie tritt rasch an Ramsays Computer und überfliegt das, was auf dem Monitor zu sehen ist. Es ist ein Nachruf, erkennt sie. Ein Nachruf auf einen kleinen Jungen, Julian Wyatt Cruise, geboren am 28. Mai 2003, gestorben am 15. August 2003, mit nicht einmal drei Monaten. Bonnie atmet scharf ein. Als Todesursache ist »Atemversagen« angegeben.

Was interessiert Ramsay daran?, fragt sich Bonnie. Dann sieht sie die Namen der Hinterbliebenen. *Vater: Wyatt Cruise. Mutter: Tabitha Frost.*

Der andere während der grässlichen Hitzewelle verschwenderisch klimatisierte Ort ist die ERF-Boutique. Der Grund leuchtet uns ein: Keine Frau hat Lust, Kleidung anzuprobieren, wenn sie verschwitzt ist, und bei Wetter wie diesem kommt es in allen klimatisierten Läden zu einem Zuwachs an Laufkundschaft.

Am fünften Tag einer unerträglichen Höllenhitze erlebt Caylee Keohane eine Flaute in ihrem Arbeitstag. Das Geschäft ist gerade lange leer genug, um sich zu fragen: *Ist diese Gluthitze ein Resultat der globalen Erwärmung?* Und plant der neue Präsident, etwas dagegen zu unternehmen?

Caylee langweilt sich. Ainsley hat heute frei – sie wollte zu Hause bleiben, Eischips essen und sich mehrere Folgen von *Girls* reinziehen –, und Harper ist so übel gelaunt zur Arbeit erschienen, dass Caylee ihr vorgeschlagen hat, eine lange Mittagspause zu machen, vielleicht zum 40th Pole Beach zu fahren und schwimmen zu gehen. Anfangs nahm Caylee an, Harpers Stimmung sei der Hitze zuzuschreiben, aber wenn sie zurückdenkt, ist Harper seit ihrem Keindate-Date mit Ramsay reizbar. Ob etwas vorgefallen ist? Vielleicht hat Ramsay sie gegen ihren Willen angebaggert, oder er hat es *nicht* getan, obwohl sie es gewollt hätte? Aber Caylee kann Harper das nicht fragen, weil sie nicht dieselbe Nähe zueinander entwickelt haben wie Caylee und Ainsley. Harper ist immer freundlich und zugewandt, mit persönlichen Informationen aber sparsam.

Während Caylee darüber nachsinnt, was mit Harper los sein könnte, geht die Tür auf, und ein dunkelhaariges Mädchen spaziert mit einem Eiskaffee in der Hand herein. Es kommt Caylee bekannt vor.

»Verzeihung«, sagt sie, bemüht, so zu klingen, als wollte sie sich wirklich entschuldigen und sei nicht bloß verärgert – obwohl an der

Tür ein Schild hängt, auf dem ESSEN UND TRINKEN VERBOTEN, KEINE AUSNAHMEN steht. »Deinen Kaffee musst du draußen lassen.«

Das Mädchen legt den Kopf schief und rückt den Schulterriemen ihrer braunen Tasche zurecht, die Caylee für eine Hobo Bag von Chloe hält. »Als ich neulich hier war, durfte man essen *und* trinken. Was ist damit?«

Jetzt bemerkt Caylee, dass das Mädchen mit der Zweitausendfünfhundert-Dollar-Tasche Ainsleys Freundin – oder ehemalige Freundin – Emma ist. Anders als Harper hat Ainsley Caylee alles über ihr Privatleben anvertraut, hat ihr erzählt, dass sie aus dem Haus ihrer Großmutter Gin gestohlen und Emma ihn in Candaces Spind versteckt hat, die Sache dann aber schiefgelaufen ist, weil Emma und Candace sich gegen Ainsley verschworen haben und Ainsley mit einer dreitägigen Suspendierung vom Unterricht bestraft wurde. Dass die beiden das Haus, in dem Ainsley wohnt, mit Eiern beworfen haben. Die Geschichte reichte aus, um Caylee in die Schrecken ihrer eigenen Highschool-Tage zurückzuversetzen. Sie weiß genau, wie grausam Jugendliche sein können, wenn sie eifersüchtig oder verwirrt oder einfach schlecht erzogen sind. Ainsley hat Caylee erzählt, dass Emma bei ihrem Vater Dutch lebt, dem das Restaurant am Flughafen von Nantucket gehört. Die Mutter lebt irgendwo in Florida; anscheinend sieht Emma sie nie. Caylee empfindet Mitleid mit jedem Kind, das durch Tod oder Wegzug einen Elternteil verloren hat – ihre eigene Mutter ist vor drei Jahren an Brustkrebs gestorben, und Caylee vermisst sie jede Sekunde –, hat aber in Emmas Fall den Verdacht, dass das Fehlen einer Mutter ihre Seele hat erstarren lassen.

»Das war ein besonderer Anlass«, sagt Caylee jetzt. »Während der regulären Geschäftszeiten erlauben wir kein Essen oder Trinken. Tut mir leid. Du kannst deinen Kaffee gern draußen austrinken.«

Emma stellt ihren Becher auf die Stufe vor der Tür. Caylee würde fünfzig Dollar darauf wetten, dass sie ihn vergisst und es Caylee überlässt, ihn wegzuwerfen.

»Vielen Dank«, sagt sie. »Also, wie kann ich dir behilflich sein?«

»Eigentlich«, sagt Emma, »suche ich Ainsley. Ist sie hier?«

»Nein«, sagt Caylee und bestätigt damit nur das Offensichtliche, denn der Laden ist bis auf sie selbst leer. »Sie hat heute frei.«

»Oh«, sagt Emma. »Die Glückliche.« Sie nimmt ein ERF-Kleid vom Ständer – langärmelig mit einer schlaff herabhängenden Schleife am Hals, das an eins erinnert, das Dustin Hoffman in *Tootsie* trug – und hält es sich an den Körper. »Das ist ja potthässlich.«

Zufällig teilt Caylee ihre Meinung, aber sie wird sich in Geschmacksfragen nicht mit Emma verbünden oder zulassen, dass Emma die Hausmarke beleidigt. »Ich sage Ainsley, dass du vorbeigeschaut hast.«

Emma rümpft die Nase und betritt den Teil der Boutique, wo andere, jüngere Marken zu finden sind. Sie befingert ein schwarzes, perlenbesticktes Top von Parker.

»Das habe ich in Weiß«, sagt sie.

Caylee lächelt höflich. Emma geht zu dem Tisch, wo die »Kleinigkeiten« angeboten werden – Flechtgürtel, Tücher, Sonnenbrillen und das Glas mit Spitzentangas. Sie befingert die Tücher, inspiziert die Gürtel, setzt sich Sonnenbrillen auf. Caylee unterdrückt ein Gähnen. Norah Jones singt »Come Away with Me«.

Dann kommt Caylee plötzlich eine Idee.

»Ich muss mal auf die Toilette«, sagt sie. »Bin in einer Minute zurück.«

»Meinetwegen«, sagt Emma.

Caylee tritt in das Büro und schließt die Tür mit einem Klicken. Sie verbindet die Überwachungskamera des Ladens mit ihrem Telefon, während sie mit schweren Keilabsatzschritten den Flur entlanggeht. Und siehe da, Emma Marlowe dreht sich hin und her, als sie die

Boutique nach Kameras absucht, aber die Kamera, die Eleanor hat einbauen lassen, sieht aus wie ein Sprinklerkopf. Emma greift in das Glas, schnappt sich zwei Spitzentangas und lässt die Ware im Wert von sechsunddreißig Dollar in ihre zweitausendfünfhundert Dollar teure Tasche fallen. Wenn es jemand anders gewesen wäre, hätte Caylee sich selbst um den Diebstahl gekümmert, aber für Emma ruft sie die Polizei.

*Hab ich dich*, denkt sie.

Es überrascht niemanden, dass Emma Marlowe beim Stehlen erwischt wurde. Sogar Sergeant Royal DiLeo, der Beamte, der an den Tatort kommt, wundert sich nicht. Er hat diesen Sommer jede Teenagerparty gesprengt, bei der Alkohol getrunken wurde, und auf allen fiel Emma durch ihr freches, rechthaberisches Verhalten auf. Allerdings überrascht es die Leute, dass Dutch Marlowe tatsächlich das Flughafenrestaurant verlässt, um in die Boutique zu kommen und seiner Tochter beizustehen. Er hat keine Ahnung, wie sehr diese beispiellose elterliche Unterstützung ins Auge gehen wird. Doch sobald er den Laden betritt und sieht, dass es Caylee Keohane ist, die Emma ertappt hat, bereut er sein Kommen.

Caylees Augen feuern grüne Blitze auf Dutch ab. »Was wollen *Sie* denn hier?«, fragt sie.

»Das ist mein Dad«, sagt Emma.

»Dein ... dein ...«, stammelt Caylee.

Dutch streicht sich mit der Hand über seinen kahl rasierten Kopf und fleht die junge Frau wortlos an, nicht zu verraten, woher sie ihn kennt. Es war nämlich Dutch Marlowe, der Caylees perfekten Pfirsichhintern begrabschte und sie dazu veranlasste, ihm einen Jack mit Cola in den Schoß zu kippen. Shorty, der Manager des Straight Wharf, musste sie deswegen feuern. Er hätte es lieber nicht getan, denn Caylee war eine engagierte Kellnerin mit großartiger Persönlichkeit – eine hervorragende Kombination im Dienstleistungsgewerbe, wo man sehr oft nur das eine oder das andere bekommt –, und er war sich zu hundert Prozent sicher, dass Dutch Caylee *tatsächlich* an den Arsch gefasst hatte. Aber leider blieb Shorty keine Wahl. Er nahm regelmäßig an den mittwochabendlichen Pokerspielen bei Dutch teil und schuldete ihm viertausendfünfhundert Dollar.

Dutch ist, wie wir alle wissen, ein absolut gewissenloser Mensch, aber es tat ihm leid, dass Caylee gefeuert worden war. Er hatte ihr nicht den Hintern tätscheln wollen, es jedenfalls nicht beabsichtigt, doch sie war an dem Abend oft hinter der Theke hervorgekommen und hatte dabei ihren Po in diesen weißen Jeans geschwenkt wie ein Matador die rote Fahne vor einem Stier. Was sollte Dutch sagen? Dass er ein Mann war, ständig geil und außerdem einsam?

Aber trotzdem gefällt ihm die Vorstellung nicht, dass Emma hört, was für ein lüsterner Trottel ihr Vater ist.

»Dein Dad?«, faucht Caylee. Sie holt tief Luft und bereitet sich darauf vor, Emma die Wahrheit über ihren Vater zu sagen, doch dann schüttelt sie einfach nur den Kopf. »Warum wundert mich das nicht?«

## MARTHA'S VINEYARD

Die Insel ist im Juli so bevölkert, dass wir Angst haben, sie könnte untergehen. Die Einwohnerzahl beträgt neunzigtausend, dann einundneunzigtausend. Die Fähre liegt so tief im Wasser – beladen mit Jeeps, Land Rovers und Hummers –, dass sie uns an eine Schwangere mit ihrem Baby in Beckenendlage erinnert. Der State Beach ist um neun Uhr morgens zugeparkt; im Port Hunter muss man zwei Stunden auf einen Tisch warten. Im Bite stehen um halb sechs schon 111 Gäste Schlange; um halb sieben sind es 147. Es gibt durchschnittlich fünfzehn Verkehrsunfälle pro Tag; an sechs davon sind Taxis beteiligt.

Und trotzdem: Wer von uns hat sich nicht nach diesen Sommertagen gesehnt? Boote aller Art kreuzen und halsen im Hafen von Edgartown, Tennisbälle treffen im Field Club auf die Grundlinie und fordern uns zu unseren besten John-McEnroe-Imitationen heraus. *Der Ball war drin! Die Kreide ist nur so hochgespritzt!* Töchter von Großindustriellen bräunen ihre Brüste an den Ufern des Lucy Vincent. Autoren kommen allabendlich, um im Bunch of Grapes zu lesen – Charles Bock, Jane Green, Richard Russo. Skip Gates düst auf seinem Dreirad nach Katama; Keith Richards pflückt mit seinen Enkeln an der Middle Road Blaubeeren; Noah Mayhew, im Covington für die Reservierungen zuständig, ist so überwältigt von den Anfragen anspruchsvoller und schwieriger Gäste, dass er kündigt und in einen Aschram in Oregon zieht.

Als Indira Mayhew, seit fast vierzig Jahren Kapitänin auf der *On Time II*, einer Fähre nach Chappy, diese Neuigkeit über ihren Großneffen hört, überlegt sie ernsthaft, es ihm gleichzutun, obwohl sie nie Yoga praktiziert hat.

Wie hat irgendjemand bei all diesen Ereignissen Zeit, sich darum zu kümmern, was in Billy Frosts Haus vor sich geht? Die Daggett Avenue gehört zu einem durchschnittlichen, ganzjährig bewohnten Teil von Tisbury, von dem die meisten Menschen kaum Notiz nehmen – und vom Bordstein aus sieht das Haus aus wie immer. Wenn jemand – der an der Ecke Limonade verkauft oder das Viertel mit kriminellen Absichten ausbaldowert – die Straße beobachtete, würde er dort vielleicht oft Franklin Phelps' Pick-up herumfahren sehen und bei weiterem Schnüffeln entdecken, dass dieser Pick-up hinter Billys Haus parkt. Aber niemand beobachtet die Straße.

Franklin hat darauf geachtet, nur Handwerker vom Festland anzuheuern: Der Elektriker kommt aus Falmouth, der Klempner aus Mashpee. Diese Leute interessiert der Inseltratsch nicht; sie verrichten nur ihre Arbeit. Der Einzige, dem Franklin vertraut – und den er für dieses Projekt *braucht* –, ist Tad Morrissey. Tad ist Franklins rechte Hand. Er kennt sich mit allem aus – Fliesenlegen, Verputzen, Tischlern –, und nichts ist ihm zu schwer. Außerdem ist er, obwohl Ire, ein Mann weniger Worte. Er kann schweigen wie ein Grab. Franklin muss Tad das Kleingedruckte nicht erklären, tut es aber trotzdem: *Meine Schwester darf nicht erfahren, dass wir Billy Frosts Haus renovieren. Verstehst du?*

Tad nickt, den Mund voller Nägel.

Franklin befürchtet, jemand könnte ihn an jenem ersten Abend im Ritz mit Tabitha gesehen und es Sadie erzählt haben, weil er Tabitha für Harper gehalten hatte, doch da ihn am nächsten Tag niemand darauf ansprach, glaubt er sich auf der sicheren Seite. Annalisa vom Outermost Inn hat er deutlich gesagt: *Ich komme mit Tabitha Frost, Harpers Zwillingsschwester, und das darf keiner erfahren.* Franklin kennt

Annalisa seit der Grundschule. Er fügte hinzu, er lege sein Leben in ihre Hände, und hoffte, das würde genügen, um sie zum Schweigen zu verpflichten.

Ein paar Tage nachdem Franklin angefangen hat, sich mit Tabitha zu treffen und an ihrem Haus zu arbeiten, wird er von seinen Eltern zum Abendessen eingeladen. Seine Mutter hat weder Handy noch Computer, daher klebt sie eine Karteikarte an die Tür seines Cottages in der Grovedale Road in Oak Bluffs, auf der ESSEN MONTAG 18 UHR steht. Franklin hat Glück, dass er diese minimalistische Aufforderung überhaupt sieht, schließlich hat er die Nächte in Billys Haus verbracht mit Tabitha. Er schaut nur bei sich vorbei, um frische Kleidung und irgendwann seinen Elektrorasierer zu holen.

Er seufzt. Natürlich kann er Tabitha nicht zum Essen bei seinen Eltern mitnehmen. Es würde Mord und Totschlag geben.

Mord und Totschlag wird es so oder so geben, das ist ihm klar. Aber ein wenig kann er das noch hinauszögern.

Und tatsächlich beginnt der Abend bei den Phelps angenehm. Tabitha hat die Nachricht, dass Franklin bei seinen Eltern isst, mit Gleichmut aufgenommen und gesagt, sie werde zu Hause bleiben und die Gästetoilette in einem Silbergrau-Ton streichen, der Paul Revere's Ride heißt und Franklin gefällt: Tabithas Geschmack ist untadelig, was bedeutet, dass er seinem eigenen entspricht.

Die älteren Phelps sind guter Laune wie immer. Al Phelps ist bei fast allen von uns beliebt, weil er während seiner Amtszeit an der Highschool so ein engagierter und wohlwollender Direktor war, und jetzt erledigt er Besorgungen für Shirley's und Mocha Mott's – scheinbar nur, um gute Laune zu verbreiten. Er ist berühmt dafür, seinen ehemaligen Schülern eine Tasse Kaffee zu spendieren. Lydia ihrerseits ist aktives Mitglied des Lesezirkels Excellent Point und einmal pro Woche als Freiwillige in der Island Food Pantry tätig.

Beide Phelps umarmen ihren Sohn. Lydia streicht Franklin mit der Hand über sein inzwischen glattes Gesicht.

»Ich bin froh, dass du dich rasiert hast«, sagt sie. »Christine Velman hat mir erzählt, dass sie dich auf der Kreuzung der Barnes Road gesehen hat und du dir einen Bart wachsen lässt.«

Franklin schüttelt den Kopf. Wenn Christine Velman seiner Mutter über den Zustand seiner Gesichtsbehaarung Bericht erstattet hat, wie lange wird es dann dauern, bis jemand Lydia verrät, dass Franklin mit der Zwillingsschwester der Frau ausgeht, die Sadie hintergangen hat – und dass er, schlimmer noch, am Haus von deren Vater arbeitet?

Al Phelps klopft seinem Sohn auf den Rücken. »Kann ich dir ein Bier ausgeben?«

»Bitte«, sagt Franklin.

Sadie trifft kurz darauf ein, was Franklin ganz recht ist, weil Lydia so keine Zeit bleibt, über sie zu reden. Ein Blick auf seine Schwester verrät ihm jedoch, was seine Mutter gesagt hätte, wenn sie Gelegenheit dazu gehabt hätte. Sadie hat mindestens vier Kilo abgenommen, und sie war schon vorher nicht sehr füllig. Ihre Wangen sind eingesunken; ihr Gesicht wirkt ausgezehrt. Sie hat ihre Haare immer kurz getragen, aber jetzt sieht es aus, als hätte sie in einem akuten Anfall von Kummer zur Küchenschere gegriffen. Unter den Augen hat sie lilarote Ringe, und sie zittert.

Franklin wird schwer ums Herz. Er weiß, dass Sadie ihren Pie-Laden »bis auf Weiteres« geschlossen hat, hat jedoch gehofft, dass sie die Pause dazu nutzen würde, sich auszuruhen und zu erholen. Er hat gehofft, sie würde über sich hinauswachsen und ihre neu gefundene Unabhängigkeit vielleicht sogar genießen. Reed hat sie betrogen – ja, das stimmt. Er hat sie mit der Tochter eines seiner Patienten hintergangen, einer Frau, deren Moral den meisten Insulanern wegen ihrer Verbindung zu Joey Bowen sowieso schon fragwürdig erschien.

Franklin hat davon abgesehen, seiner Schwester seine Meinung kundzutun, dass er Harper nämlich nicht für einen schlechten Menschen hält. Er hat sie immer gemocht. Sie ist ein Fan seiner Musik und stets zu seinen Auftritten gekommen; sie hat als Erste seine verunglückte CD mit Original-Songs gekauft. Sie hat ihn nie anders als nett und freundlich behandelt, und er hat aus erster Hand miterlebt, was sie sich als Getränkekellnerin im Dahlia's alles gefallen lassen musste. Die Mädchen wurden ständig angebaggert und betatscht und schikaniert. Die Gelegenheit, mit dem Servieren von Drinks aufzuhören und auf etwas weitaus Leichteres – wenn auch Illegales und Gefährliches – umzusteigen, war ihr bestimmt als Ausweg erschienen.

Franklin glaubt außerdem, dass an einer Affäre nie nur ein Partner schuld ist, sondern dass sie den Kollaps der Beziehung kennzeichnet. Im letzten Winter ist er bei Reed und Sadie vorbeigefahren, um sich von Reed ein Rezept für Azithromycin zu holen; Franklin hatte eine schlimme Bronchitis, die sich verheerend auf seine Arbeit und seinen Gesang auswirkte. Es war ein Sonntagnachmittag: Sadie war im Pie-Laden und Reed allein zu Hause. Er trank einen achtzehn Jahre alten Aberlour und schaute sich die Patriots in den Playoffs an. Er lud Franklin zum Bleiben ein.

Reed hob sein Glas. »Ein Aberlour hat seine ganz eigenen medizinischen Qualitäten, weißt du?«

Nachdem sie beide zwei Gläser getrunken hatten – Franklin mit Wasser, Reed unverdünnt –, stellte Reed den Fernseher leise; die Patriots fuhren einen klaren Sieg ein. »Redet deine Schwester manchmal mit dir darüber, ob sie in der Ehe mit mir glücklich ist?«, wollte er wissen.

Die Frage war Franklin so willkommen wie ein Schlag in die Magengrube. Er sog tief Luft ein und öffnete den Mund, um seinem Schwager zu versichern, ja, seine Schwester sei glücklich. Natürlich war sie glücklich. Warum sollte sie nicht glücklich sein? Ganz Martha's Vineyard fand, dass Dr. Reed Zimmer ein *großartiger Typ* war. Zuverlässig, vertrauenswürdig, engagiert. Ein Insel-Juwel – wenn nicht gar ein Held. Doch Franklin hatte zufällig mitgehört, wie Sadie bei einem der Familienessen, an denen Reed nicht teilnehmen konnte, weil er ins Krankenhaus gerufen worden war, ihrer Mutter Lydia anvertraut hatte, Reed sei plötzlich zu dem Schluss gekommen, dass er sich Kinder wünschte.

*Aber da mache ich nicht mit*, hatte Sadie gesagt. *Und ich werde ihn bestrafen, bis er das zurücknimmt.*

Weiter hatte Franklin sie nicht belauscht, sondern Zuflucht bei seinem Vater gesucht, der es verabscheute, über etwas Heikleres als Lokalpolitik zu reden.

»Ich weiß nicht«, sagte Franklin zu seinem Schwager. Er und Reed hatten nie zuvor ein intimes Gespräch miteinander geführt. Er wusste gar nicht, dass Reed dazu imstande war. Doch natürlich brauchte Reed einen Vertrauten; den brauchte jeder.

»Wir haben seit über einem Jahr nicht mehr miteinander geschlafen«, sagte Reed, kippte seinen Scotch herunter und goss sich noch zwei Fingerbreit ein. »Ich spreche über Sex, aber inzwischen haben wir auch getrennte Schlafzimmer. Sie weigert sich, mich zu berühren, Franklin.«

Franklin verstummte vor Unbehagen. Das Vorletzte, von dem er etwas hören wollte, war das Liebesleben seiner Schwester, das Letzte das Liebesleben seiner Eltern. Doch er zählte zwei und zwei zusammen und folgerte, dass Sadies Strafe für Reed darin bestand, dass sie ihn sexuell abwies. Nun sagt Franklin *nicht*, dass dies Reed das Recht gab, eine Affäre zu beginnen. Aber er ist sich nicht sicher, wieso Sadie glaubte, diese Strategie wäre von Vorteil für sie, abgesehen davon, dass sie so kein Kind bekommen würde. Jetzt hat sie nicht einmal mehr einen Ehemann.

Sie nehmen pünktlich um sechs zum Essen Platz. Franklins Mutter hält nichts von einer Cocktailstunde; sie behauptet, Hors d'œuvres verdürben den Appetit. Auch mit Saisonalität kann sie nichts anfangen. Es ist Mitte Juli, und sie serviert einen Schmorbraten mit Kartoffeln und Möhren und Zwiebeln, selbstgebackene weiche Hefebrötchen und einen Eisbergsalat mit Blauschimmelkäse-Dressing aus der Flasche. Franklin hat sie gewarnt, dass die Bauernmarkt-Polizei sie eines Tages dafür verhaften wird, dass sie Eisbergsalat auf den Tisch bringt. Aber Lydia kennt keine Scham.

Franklin schwitzt sich in mehr als einer Hinsicht durch die Mahlzeit. Er kann nur hoffen, dass seine Mutter zum Nachtisch Pie gemacht hat – mit Pfirsich oder dreierlei Beeren. Er stellt sich vor, wie Tabitha Paul Revere's Ride auf die Toilettenwände rollt und ein paar Farbflecken ihre Nase tüpfeln. Kurz bevor er ging, hat sie ihm erzählt, dass Wyatt, der Vater ihrer Kinder, von Beruf Anstreicher gewesen sei und ihr vor langer Zeit beigebracht habe, wie man einen Raum abklebt. Der Blitzstrahl der Eifersucht, der Franklin daraufhin durchfuhr, hätte ihn fast umgeworfen.

Erst auf dem Weg zum Haus seiner Eltern dachte er: *Kinder?* Er wusste nur von einer Tochter, Ainsley.

»Und?«, fragt Sadie, die sich zum ersten Mal in das Gespräch einmischt. »Wo arbeitest du zurzeit, Frankie?« Dieser Spitzname aus der Kindheit hat etwas Spielerisches. Vielleicht ist sie nicht so mitgenommen, wie sie aussieht. Aber Franklin kann trotzdem nicht die Wahrheit sagen. Er hegt den naiven Glauben, dass Sadies Verfassung sich bessern wird, wenn er einfach noch mehr Zeit verstreichen lässt, und es ihr dann nichts ausmacht, wenn er ihr erzählt, dass er sich mit Tabitha Frost trifft.

Und das Wort *sich treffen* beschreibt seine Gefühle nicht annähernd. Er ist völlig von den Socken, bis über beide Ohren verliebt in diese Frau.

»Auf Cuttyhunk«, sagt er ungezwungen.

»Wirklich?«, sagt Sadie. Ihr Tonfall ist nicht zu deuten. Will sie ihn herausfordern, oder ist sie einfach beeindruckt?

»Wirklich«, sagt er.

»Du fährst also mit dem Boot?«, hakt sie nach. »Dann kannst du mich ja mal mitnehmen.«

»Wir könnten alle mitfahren!«, sagt Lydia.

»Na, na, Schatz«, sagt Al. »Franklin muss doch arbeiten.«

»Ich muss arbeiten«, bestätigt Franklin. »Glaubt mir, ich würde nichts lieber tun, als mit euch einen schönen Tag auf Cuttyhunk zu verbringen, aber das ist bei meinem derzeitigen Projekt nicht machbar.«

»Natürlich nicht«, sagt Al.

Sadie starrt ihn an.

Als Franklin später abends das Haus seiner Eltern verlässt, ist sein Geheimnis unangetastet. Doch wie lange kann es das noch bleiben?

Nicht mehr lange, vermuten wir. Denn wer hat es auf dieser Insel jemals geschafft, ein Geheimnis zu bewahren?

Drei Tage später fährt Tad Morrissey auf dem Parkplatz von Cottles Holzplatz rückwärts aus einer Lücke und wird von rechts von Roger Door gerammt, der drüben bei Coop's Bait &Tackle fast eine Stunde damit verbracht hat, darüber zu reden, wo es Streifenbarsche zu fangen gibt – und dabei anscheinend von dem Flachmann mit Bushmills getrunken hat, den er überallhin mitnimmt.

Tad kennt Roger Door nur flüchtig, und der Unfall hat Tads selten gesehenes irisches Temperament zutage gefördert.

»Zum Teufel!«, schreit er. »Sie sind direkt in mich reingekracht!«

Roger Door schiebt die Flasche unter den Beifahrersitz und steigt aus seinem Pick-up, um den Schaden zu inspizieren, den er am Wagen des wütenden jungen Mannes angerichtet hat. Seine Frau Cecily wird ihn fertigmachen. Roger befindet sich als Bauunternehmer im Ruhestand und übernimmt nur noch Gelegenheitsjobs, ist aber wählerisch bezüglich seiner Auftraggeber und verbringt die meiste Zeit damit, von seinem Dreizehn-Fuß-Whaler aus zu angeln oder im Farm Neck mit Smitty Golf zu spielen. Und zu trinken natürlich – allerdings nur tagsüber. Roger Door liegt regelmäßig um halb neun im Bett.

Tad steigt ebenfalls aus, um den Schaden zu begutachten, und findet eine Delle in der Größe des Quitsa Pond im Seitenblech seines F-250. Er spürt, wie von seinen Fußsohlen Hitze in ihm aufsteigt, und seine Hände fangen an zu kribbeln. Am liebsten würde er dem Alten einen Schlag ins Gesicht verpassen – ihm die Nase brechen oder die Lippe spalten. Tad empfindet für seinen Wagen, was die meisten Menschen für ihre Kinder empfinden.

»Tut mir sehr leid«, sagt Roger. Er tritt näher an Tad heran und senkt die Stimme. »Können wir das nicht klären, ohne die Versicherungen zu bemühen?«

»Auf keinen Fall«, sagt Tad. Er lebt seit sieben Jahren auf der Insel und kennt Typen wie Roger Door nur allzu gut – alte Seebären, die denken, sie könnten sich alles erlauben, weil einer ihrer Vorfahren die Martha gevögelt hat, der der Vineyard früher einmal gehörte. »Ich rufe die Polizei.«

Roger Door sackt in sich zusammen. Cecily wird ihm den Kopf abreißen.

Ein wenig später ist Sergeant Drew Truman zur Stelle und füllt einen Unfallbericht aus. Er kennt Roger Door aus dem Rotary Club, was für Roger spricht, obwohl es so aussieht, als habe hier Roger die Schuld.

»Machen Sie einen Alkoholtest mit ihm!«, sagt Tad. »Er hat getrunken.«

»Entschuldigen Sie mal, junger Mann«, sagt Roger.

»Ich muss zurück zur Arbeit!«, sagt Tad und zeigt auf die Ladefläche seines Pick-ups, die voller Kanthölzer und Sperrholzplatten ist. »Ich hab es eilig.«

Hat Roger Door *wirklich* getrunken?, fragt sich Drew. Es ist erst elf Uhr vormittags. Der jüngere Herr fordert einen Alkoholtest, klingt dabei aber, als wolle er Drew seinen Job erklären, was Drew ärgert. Er beschließt, Roger Door nur für ein Verkehrsdelikt zu belangen und ihm die Schuld an dem Unfall zuzuschreiben. Das können ihre Versicherungen dann ausfechten.

Im Bemühen, nett zu dem hitzköpfigen Iren zu sein – Drew wird klar, dass er ihm schon begegnet ist, an der Bar bei Sharky's, wo er sich Fußball angeschaut und den Fernseher angeschrien hat –, fragt er: »Wo arbeiten Sie denn?«

»In der Daggett Avenue«, sagt Tad. Er zieht sein Telefon aus der Gesäßtasche und checkt die Uhrzeit. »Dieser Scheiß hat mich eine Dreiviertelstunde gekostet, die ich nicht habe, und jetzt muss ich auch noch versuchen, durch den Mittagsverkehr in Tisbury zu kommen.«

Drew nickt mitfühlend. Wenn sich ein Vineyarder beschwert, dann am liebsten über den Verkehr, dicht gefolgt von Mopeds und Taxifahrern, die ja eigentlich Unterkategorien von »Verkehr« sind.

»Daggett Avenue?«, hakt Roger Door nach. Obwohl er sich (mindestens) einen halben Flachmann mit Bushmills gegönnt hat, erlebt er jetzt einen Moment der Klarheit. »Sind Sie das, der an Billy Frosts Haus arbeitet?«

Tad starrt den alten Mann an.

»Billy Frosts Haus?« Schon die Erwähnung des Namens Frost verursacht bei Sergeant Drew Truman Brustschmerzen. Was für ein Idiot er war, sich in Harper Frost zu verlieben! Erst letzte Woche hielt er einen Lieferwagen von Rooster Express an, der verbotenerweise auf der Meetinghouse Road gewendet hatte. Er hatte die ganz schwache Hoffnung, Harper am Steuer vorzufinden, aber da saß Rooster selbst, der Drew erzählte, er habe Harper gefeuert und sie habe die Insel verlassen.

Drew mustert Tad. »*Arbeiten* Sie an Billy Frosts Haus?«

Tad zuckt die Achseln. »Spielt das eine Rolle? Oder kann ich weiterfahren?«

»Beantworten Sie bitte einfach die Frage«, sagt Drew, obwohl er weiß, dass er kein Recht dazu hat. »Arbeiten Sie an Billy Frosts Haus?«

Tad hat Franklin versprochen, über seinen Job den Mund zu halten, doch er wird keinen Gesetzeshüter belügen, und er weiß, dass dieser Typ ein Lokalmatador und Mitglied einer der prominentesten Familien von Oak Bluffs ist. Wahrscheinlich hat er die Macht, Tad mit Methoden, die er sich gar nicht vorstellen kann, das Leben zu erschweren. Außerdem muss Tad weg hier. Sein armer Pick-up!

»Ja«, sagt Tad.

»Und für wen arbeiten Sie?«, fragt Drew, obwohl ihm die Antwort plötzlich einfällt, denn sie haben bei Sharky's an der Bar darüber geredet. Er arbeitet für … für …

Tad weiß, dass es aus ist – mit Franklins Wunschtraum, er könne an Billy Frosts Haus arbeiten und eine wilde Liebesaffäre mit Harper Frosts Zwillingsschwester Tabitha haben, ohne dass jemand davon erfährt. *Tja*, denkt Tad.

»Für Franklin Phelps«, sagt er.

Seit Drew nicht mehr mit Harper zusammen ist, hat er nur noch einen Vertrauten: Chief Oberg. Der Chief geht sehr geduldig und fürsorglich mit seinem Sergeant um, weil Drew Truman grundanständig ist und einen tadellosen Charakter und große Integrität besitzt, und bei dem aktuell zweifelhaften Ruf, den die Polizei genießt, hat Chief Oberg es sich zur Aufgabe gemacht, sich auf die Beamten zu konzentrieren, die er für leuchtende Beispiele hält. Als Drew zur

Wache zurückkehrt, findet er den Chief im Pausenraum vor, wo er Grünkohlsalat aus einer Tupperware-Dose isst. Er berichtet ihm von dem Unfall und verrät ihm dann, dass Franklin Phelps an Billy Frosts Haus arbeitet.

»Das ist seltsam, oder? Harper hatte ja eine Affäre mit Dr. Zimmer, und Dr. Zimmer ist mit Sadie verheiratet, Franklin Phelps' Schwester. Das ist doch ein Interessenkonflikt, oder?«

Chief Oberg spießt ein Stück Grünkohl auf. Seine Frau JoAnn ist auf Diät, und wenn JoAnn auf Diät ist, ist das ganze Haus auf Diät. Er wird nach seiner Schicht bei Shiretown Meats vorbeifahren und sich ein italienisches Baguette mit extrascharfen Peperoni holen. »Wir sind auf dem Vineyard, Drew«, sagt er. »Hier ist alles ein Interessenkonflikt.«

Er sagt das, um seinen jungen Kollegen zu beruhigen, und Drew dankt ihm pflichtbewusst und entfernt sich. Wer aber mit Drew darin übereinstimmt, dass es sich um einen Interessenkonflikt handelt, ist Shirley Sparks, Chief Obergs Verwaltungsassistentin, deren Schreibtisch direkt vor dem Pausenraum steht. Shirley ist zusammen mit Lydia Phelps, Franklins und Sadies Mutter, im Lesezirkel Excellent Point und findet es interessant – sogar verblüffend –, dass Franklin am Haus des Vaters der Frau arbeitet, die seiner Schwester den Mann ausgespannt hat. Sie fragt sich, ob Lydia das weiß. Wenn sie es weiß, braucht sie sicher jemanden zum Reden. Und wenn nicht, sollte sie es erfahren.

Shirley ruft Lydia an.

# AINSLEY

Was als schlimmster Sommer ihres Lebens begann, ist besser geworden. Zum einen ist es Ainsley gelungen, Teddys Interesse neu zu wecken. Seit sie im 21 Broad auf ihn traf, hat er ihr jeden Tag gesimst und gefragt, wann er sie sehen könne, wann sie was unternehmen könnten. Sowohl Caylee als auch Harper raten Ainsley, langsam und bedächtig zu reagieren. Ainsley liebt Teddy, aber er hat ihr wehgetan – seelisch sowieso, doch an jenem Nachmittag in der Höhle auch körperlich –, und Ainsley ist sich nicht sicher, ob sie wirklich wieder mit Teddy zusammen sein will. Allerdings ist es schön, dass er hinter ihr her ist. Viel schöner, als sich nach ihm zu sehnen.

Zum anderen hat Caylee Emma dabei erwischt, wie sie im Laden zwei Hüfttangas von Hanky Panky klaute, und die Polizei gerufen. Dutch kreuzte auf, um Emma aus der Patsche zu helfen, doch sein Erscheinen verschlimmerte die Situation nur noch, weil sich herausstellte, dass Dutch Marlowe für Caylees Kündigung im Straight Wharf verantwortlich war. Ainsley dreht sich der Kopf bei dieser Nachricht. Einerseits denkt sie: *Natürlich war es der schmierige Dutch Marlowe, der Caylees Hintern betatscht hat.* Und dann hat er es irgendwie geschafft, den Spieß umzudrehen, sodass es Caylee war, die den Schaden davontrug. Andererseits ist Ainsley Dutch dankbar, denn wenn Caylee nicht gefeuert worden wäre, würde sie jetzt nicht in der ERF-Boutique arbeiten und wäre nicht ihre Freundin. Caylee hat Ainsley so viel beigebracht – über Würde und Freundlichkeit und die Kraft reiner Absichten. Sie geht mit gutem Beispiel voran. Nach der

Trennung von Ramsay hat sie beschlossen, sich eine Zeitlang nicht mit Männern zu treffen; sie möchte Zeit mit sich selbst verbringen, sagt sie. Dieser Gedanke gefällt Ainsley. Sie kommt zu dem Schluss, dass sie irgendwann vielleicht wieder auf Teddy zugeht, aber den Rest des Sommers und den Beginn der elften Klasse will sie mit sich selbst verbringen. Sie hat ihre Ferien-Pflichtlektüre bereits hinter sich und verschlingt jetzt Edith Wharton, Buch für Buch. Sie hat angefangen, früher aufzustehen, damit sie vor der Arbeit den Radweg an der Cliff Road entlangjoggen kann – bis zum Wasserturm und zurück, zwei Meilen insgesamt. Da zu dem, was sie an Tante Harper liebt, ihre selbstgekochten Mahlzeiten gehören, hat sie sich im Corner Table zu einem Kurs mit dem Titel »Grundlagen des Kochens« angemeldet. Ainsley stellt sich vor, wie ihre Mutter bei ihrer Heimkehr eine belesene, körperlich fitte und kulinarisch bewanderte Tochter vorfindet.

Ein paar Tage nachdem Ainsley Teddy von dem Ladendiebstahl erzählt hat, trifft eine SMS von ihm bei ihr ein: *Hast du das Neueste über Emma gehört?*

Ainsley durchfährt ein kalter Schauer. Ist Emma etwas zugestoßen? Hatte sie einen Unfall? Ist Emma *gestorben*? Die Vorstellung ist grauenhaft – was auch zeigt, wie sehr sich Ainsley entwickelt hat. Noch vor wenigen Wochen wäre ihr Emmas vorzeitiges Dahinscheiden wie das einzig denkbare Ende ihrer Qualen erschienen.

*Was denn?*, schreibt sie zurück.

*Dutch schickt sie auf ein Internat*, antwortet Teddy. *In Pennsylvania. Die George School.*

Ainsley schreit auf. Emma geht aufs Internat! In Pennsylvania! Ainsley kann es selbst kaum glauben, welch ekstatische Freude diese Nachricht bei ihr auslöst. Die Aussicht, die Highschool ohne Emma-die-Feindin oder auch Emma-die-Freundin beenden zu können, ist wie ein goldener Sonnenaufgang. Ainsley kann von vorn anfangen; sie kann sich neu erfinden. Sie kann ein guter Mensch sein.

*Ich wünsche ihr alles Gute*, simst sie.

Es ist Dienstag, und Ainsley arbeitet mit Caylee, als Candace Beasley in die Boutique hereinspaziert kommt. Ainsley ringt nach Luft. Candace hat ihr Haar abgeschnitten; ihre langen, glänzenden rotblonden Locken sind zu einem stumpfen Bubikopf gestutzt, der kaum ihren Nacken bedeckt. Ein Stirnband aus gerippter Seide trägt sie aber immer noch. Das heutige ist schwarz mit winzigen weißen Pünktchen darauf und passt zu ihrem schlichten Outfit, bestehend aus weißen Current/Elliott-Shorts und einem schwarzen T-Shirt mit U-Ausschnitt. Sobald Ainsley sich von der Verwunderung über Candaces Frisur erholt hat, fragt sie sich, warum Candace hier ist. Vielleicht ist sie gekommen, um zu beenden, was Emma angefangen hat. Vielleicht befindet sich ein kurzläufiger Revolver in Candaces Stroh-Clutch.

Caylee tippt Candace auf die Schulter. Sie muss Candace erkannt haben. »Kann ich dir behilflich sein?«, fragt sie.

»Oh«, sagt Candace. »Ich wollte mit Ainsley sprechen.«

Drei weitere Frauen sehen sich in der Boutique um. Die eine von ihnen ist eine gewisse Lisa Hochwarter, die diesen Sommer hier bereits über fünftausend Dollar ausgegeben hat. Sie befolgt gewissenhaft Caylees Facebook-Posts und kreuzt fast immer auf, um das Outfit des Tages anzuprobieren und dann zu kaufen. Sie hat sich auch eine altmodische Männerarmbanduhr zugelegt, weil sie es liebt, wie Harper Billys Uhr trägt. Ainsley, Caylee und Harper schwärmen alle für Lisa – weil sie nicht nur ihre beste Kundin, sondern auch respektlos und witzig ist. Sie kommt aus Pawtucket, Rhode Island, und hat einen Rottweiler-Labrador-Mischling namens Potter, der sich mit Fish angefreundet hat.

»Du kannst dich um Lisa kümmern«, sagt Ainsley. »Ich komme schon zurecht.«

»Bist du sicher?«, fragt Caylee.

Ainsley tritt hinter der Kasse vor auf Candace zu. »Dein Haar.«

»Meine Mutter hat mich gezwungen, fünfunddreißig Zentimeter an Locks of Love zu spenden«, sagt Candace.

»Dich gezwungen?«

»Ich musste Wiedergutmachung leisten«, sagt Candace. »Ich habe diesen Sommer zu sehr über die Stränge geschlagen, meinten meine Eltern.«

Ainsley zuckt die Achseln. »Du ziehst mit Emma rum, und die hat das Über-die-Stränge-Schlagen erfunden.«

»Hast du gehört, dass sie aufs Internat geht?«

»Hab ich«, sagt Ainsley. »Teddy hat's mir erzählt.« Das ist als Seitenhieb gedacht, doch Candace bleibt gelassen.

»Teddy und ich haben uns getrennt«, sagt sie. »Es war nie was richtig Ernstes.«

»Na ja«, sagt Ainsley. »Es hat meine Gefühle ernsthaft verletzt.«

»Ich weiß«, sagt Candace. Sie geht zu einem Kleiderständer, an dem Roxie-Modelle in allen Farben des Regenbogens hängen, und befingert den Obi des pfirsichfarbenen Kleides. »Ich bin gekommen, um mich bei dir zu entschuldigen. Ich hätte mich nie mit Teddy oder mit Emma einlassen sollen. Ich habe wohl …« Ihre Stimme wird leiser, und Ainsley sieht in ihren Augen Tränen schimmern. »Ich war verletzt, als du … als wir keine Freundinnen mehr waren. Ich hab es nicht verstanden. Du hast mich fallen lassen, weil ich nicht cool genug war. Und jetzt ist mir klar, dass ich *wirklich* nicht cool genug war. Ich habe mich langsamer entwickelt als du. Ich hätte nicht mit dir und Emma mithalten können.«

Ainsley blinzelt. »Ich war grausam zu dir. Ich bin diejenige, die sich entschuldigen sollte.«

»Nein«, sagt Candace. Sie schüttelt den Kopf, und ihre kurzen Haare flattern. »Lass mich ausreden. Ich wollte mit Emma befreundet sein, und ich wollte mit Teddy gehen ... nicht, weil sie zu mir passten, sondern weil du sie hattest.«

»Ist schon okay, Candace.«

»Ich hab mit Emma zusammen dein Haus mit Eiern beworfen.«

»Ich weiß.«

»Mir wird ganz übel, wenn ich daran denke.«

Ainsley schenkt ihr ein trauriges Lächeln. »Mir auch.«

»Ein bisschen glaube ich ja, dass du und ich, wenn Emma weg ist, wieder Freundinnen sein können.«

Ainsley denkt darüber nach. »Vielleicht«, sagt sie. »Aber erst mal möchte ich eine Zeitlang keinen Freund haben und auch keine beste Freundin.«

»Okay«, sagt Candace, steckt die Hände in die Taschen ihrer Shorts und legt den Kopf schief. »Stimmt es, dass deine Mutter weggezogen ist und ihre Zwillingsschwester ihren Platz eingenommen hat?«

»Ja«, sagt Ainsley. »Aber das ist nicht so verrückt, wie es klingt.«

*Oder vielleicht ist es so verrückt, wie es klingt*, denkt Ainsley später. Nach dem Ende ihrer Schicht checkt sie ihr Telefon. Sie war so sehr mit ihren eigenen Dramen beschäftigt, dass sie ihre Mutter aus den Augen verloren hat. Der letzte Anruf von Tabitha ist ... fünf Tage her. Kann das sein?

Ainsley setzt sich auf der Main Street nahe der Stelle, wo sie ihr Rad angeschlossen hat, auf eine Bank und tut das Undenkbare: Sie ruft freiwillig ihre Mutter an.

»Liebling!«, sagt Tabitha. Sie klingt fröhlich – aufgekratzt sogar, und Ainsley ist einen Moment lang verunsichert. Xanax vielleicht?

»Hi, Mama«, sagt sie.

»Ich hab gerade an dich gedacht«, sagt Tabitha. »Du müsstest sehen, was wir mit Gramps' Haus anstellen. Es war die reinste Katastrophe, aber wir machen alles neu, und es wird fantastisch wie eins von den Häusern in *Domino*.«

Wer ist *wir*, fragt sich Ainsley und sagt: »Ich dachte, du und Tante Harper hättet beschlossen, es abreißen zu lassen.«

»Harper wollte es abreißen lassen. Sie hat das Potenzial nicht erkannt. Weißt du, was wir unter dem Teppichboden gefunden haben?«

Ainsley versucht zu erraten, was für jemanden wie ihre Mutter aufregend sein könnte. »Sparbriefe?«, fragt sie.

»Mehr oder weniger«, sagt Tabitha. »Unter der Auslegeware sind Dielen aus Kernkiefer!«

»Krass«, sagt Ainsley, dann fällt ihr ein, dass ihre Mutter dieses Wort verabscheut.

»Also«, sagt Tabitha, »wie läuft der Laden?«

»Der Laden läuft gut«, sagt Ainsley. Sie weiß nicht genau, was Harper Tabitha über die Veränderungen erzählt hat, die sie in der Boutique vorgenommen haben. »Es ist immer richtig voll. Meghan sagt, die Verkaufszahlen sind prima.«

»Mhm-hmm«, sagt Tabitha. »Ich hab gehört, ihr hattet eine Party.«

Darauf war Ainsley nicht vorbereitet. »Eine Party?«

»Hat Meghan mir berichtet«, sagt Tabitha. »Das mit dem Punsch und dem Popcorn ...«

»Ich habe keinen Punsch getrunken«, sagt Ainsley

» ... und den Avocado-Toasts ... und der Musik ...«

»Weißt du, Mama, der Laden hat seit der Party ein völlig anderes Image.«

»Oh, da bin ich sicher«, sagt Tabitha.

»Nein, ein besseres. Er ist jetzt ein Ort, wo die Leute gern einkaufen. Er ist hip, er ist cool.«

»Deine Großmutter will aber keinen hippen Laden oder einen coolen Laden«, sagt Tabitha. »Deine Großmutter will einen zeitlos eleganten Laden. Das war immer ihre Vorstellung, ihre Richtlinie.«

»Aber ihre Entwürfe sind nicht zeitlos«, sagt Ainsley. »Deshalb musste das Geschäft in der Newbury Street ja auch schließen, oder? Die einzigen Kundinnen, die sich für ERF begeistern, sind, na ja, so ungefähr hundert Jahre alt.«

»Deine Tante würdigt die Marke herab«, sagt Tabitha. »Sie hat immer alles beschmutzt, was sie anfasst, und das ist diesmal nicht anders.«

»Mama ...«, sagt Ainsley.

»Aber diesen Sommer bin ich nicht dafür verantwortlich«, sagt Tabitha. »Und ich habe deiner Großmutter kein Wort davon erzählt, weil sie gesund werden soll. Aber ich versichere dir, dass sie sehr unglücklich sein wird, und das ist ausschließlich Harpers Schuld.«

»Warum hasst du Tante Harper so sehr?«, will Ainsley wissen.

Tabitha ignoriert die Frage. »Eins würde mich noch interessieren«, sagt sie. »Meghan sagt, ihr habt eine neue Verkäuferin eingestellt.«

»Äh ... ja«, bestätigt Ainsley und fragt sich, wie es wohl wäre, wenn sie jetzt auflegte und später behauptete, der Anruf sei unterbrochen worden.

»Und wen? Ich wollte in der Boutique anrufen und mich erkundigen, aber ich bin so beschäftigt mit dieser Renovierung.«

»Äh ...«

»Ainsley.«

Ainsley erwägt, zu lügen und einen Namen zu erfinden – Carrie Bradshaw oder nein, das würde nichts ausrichten, also etwas anderes –, aber früher oder später wird sie damit auffliegen. Und was ist ihr neuestes Vorhaben? Ein guter Mensch zu sein. Die Wahrheit zu sagen.

»Caylee Keohane«, sagt sie.

Schweigen. Ainsley erschaudert.

Dann fragt Tabitha: »Caylee, das kleine Mädchen, mit dem Ramsay ausgeht?«

»Aus*ging*«, quiekst Ainsley. »Sie haben sich getrennt. Sie haben sich getrennt, bevor wir sie eingestellt haben.« Ainsley würde gern für Caylee eintreten und die Facebook-Posts erwähnen und das Outfit des Tages und wie erfolgreich die Kampagne ist und dass Caylee so ein anständiger Mensch und eine Teamplayerin ist und was für eine Stütze sie für Ainsley geworden ist. Und dass sie kein kleines Mädchen ist, sondern zweiundzwanzig, eine Erwachsene. Doch Ainsley befürchtet, ihre Mutter könnte noch wütender werden, wenn sie Caylee verteidigt, deshalb sagt sie nichts.

»Hm«, sagt Tabitha, dann legt sie auf.

Ainsley radelt nach Hause, so schnell sie kann.

Als sie die Remise erreicht, rennt sie nach oben. Zum ersten Mal in diesem Sommer ist die Klimaanlage an, und Tante Harper hat sich in eine Mohairdecke von Nantucket Looms gewickelt, die so teuer war wie ein Neuwagen; Tabitha hat es nicht gern, wenn Ainsley sie benutzt. Die Jalousien sind heruntergezogen, und es ist dunkel wie in einer Höhle. Ainsley starrt ihre Tante an. Ist sie krank?

»Hey«, sagt sie und stupst Harper an. »Alles in Ordnung, Tante Harper?« Es sieht ihrer Tante gar nicht ähnlich, mitten am Tag zu schlafen. Sonst ist sie an ihren freien Tagen ein regelrechter Vasco da Gama, immer unterwegs, um Teile der Insel zu erkunden, von deren Existenz Ainsley nicht einmal etwas wusste.

Harpers Augen öffnen sich flatternd. »Ja«, sagt sie. »Ich bin einfach nur sehr, sehr müde. Tut mir leid.«

»Das braucht dir nicht leidzutun«, sagt Ainsley. »Aber ich muss dir was erzählen.«

Harper richtet sich auf – vorsichtig, wie es scheint –, umfasst dabei ihren Bauch, als hätte sie Magenschmerzen, und stellt ihre Füße auf den Boden. »Was denn?«

»Ich habe mit Tabitha gesprochen«, sagt Ainsley. »Mit meiner Mutter, meine ich.«

»Okay ...«

»Sie hat das mit der Party rausgekriegt. Sie findet, wir ziehen die Marke ERF in den Dreck. Machen sie weniger charakteristisch oder unverwechselbar oder was weiß ich.«

Harper lacht höhnisch. »Natürlich findet sie das. Sie hat ja auch keine Geldsorgen.«

»Aber das ist es nicht, was mir Angst macht«, sagt Ainsley.

»Was denn dann?«

»Sie hat gefragt, wen wir als Verkäuferin eingestellt haben, und ich habe ihr erzählt, dass es Caylee ist, und da hat sie aufgelegt.«

»Sie wird darüber hinwegkommen«, sagt Harper. »Caylee ist eine Topverkäuferin. Tabitha ist einfach verbittert.«

»Aber wenn sie nun herkommt und Caylee feuert?«, sagt Ainsley. »Wenn sie nun alles rückgängig macht, was wir verändert haben?«

Harper steht auf und umarmt Ainsley. »Du musst dir deswegen keine Sorgen machen. Das sind uralte Geschichten zwischen mir und deiner Mom, die da jetzt zutage treten. Wir sind ... so ziemlich in allem unterschiedlicher Meinung. Ich will nicht, dass du zwischen die Fronten gerätst.«

»Ich möchte bloß, dass alles so bleibt, wie es momentan ist«, sagt Ainsley. »Wenn Tabitha ... wenn meine Mutter zurückkommt, wird es wieder so, wie es früher war. Aber vielleicht ist sie ja zu beschäftigt mit der Renovierung von Gramps' Haus.«

»Gramps' Haus lassen wir abreißen«, sagt Harper.

»Nein«, sagt Ainsley. »Mama renoviert es, hat sie gesagt. Sie hat wohl irgendein besonderes Holz unter dem Teppichboden entdeckt.«

»Was?«, sagt Harper. Ihre Stimme ist plötzlich laut und scharf, und Ainsley tritt einen Schritt zurück und gratuliert sich dazu, dass sie es irgendwie geschafft hat, die Situation noch zu verschlimmern. »Kapiert sie denn nicht, dass ich Geld brauche? Ich kann nicht sechs Monate oder ein Jahr auf einen Verkaufserlös warten! Ich kann keine hundertfünfzigtausend Dollar für *Deckleisten* und *Berberteppiche* und eine *Wanne mit Löwenfüßen* ausgeben, oder was auch immer sie für notwendig hält. Ich brauche Geld! Ich brauche Sicherheit! Ich brauche ein finanzielles Polster!« Harper greift nach ihrem Telefon. »Ich mache der Sache jetzt ein Ende.«

*Nein!*, denkt Ainsley.

Harper geht hinunter in ihr Zimmer. »Tabitha, was hast du getan?«, hört Ainsley sie rufen. »Wir waren uns doch einig, das Haus abreißen zu lassen! Das Grundstück zum Verkauf anzubieten! Und es auch zu verkaufen!«

Ainsley lässt sich aufs Sofa fallen und vergräbt ihren Kopf in den Händen. Sie dachte, das Experiment, bei dem ihre Mutter und ihre Tante die Plätze tauschten, würde klappen.

»Du kennst den Immobilienmarkt in Vineyard Haven nicht!«, schreit Harper. »Es kann ein Jahr dauern – oder länger –, bis wir Geld sehen.« Sie hält inne, und Ainsley vermutet, dass jetzt ihre Mutter spricht. »Das ist *keine* Retourkutsche! Ich habe die Party veranstaltet, weil ich der Boutique helfen wollte! Ich habe versucht, mehr zu verkaufen und Geld zu verdienen, um die Miete zahlen zu können – und das ist mir gelungen! Du renovierst Billys Haus ... aus lauter Eitelkeit! Ich sollte eine Unterlassungsklage einreichen! Na schön, das tue ich vielleicht auch! Sehen wir mal, wie wenig es dich interessiert, wenn der Sheriff zu Besuch kommt!«

Ainsley stöhnt. Das Experiment klappt nicht.

Am nächsten Nachmittag hört Ainsley, als sie die Remise betritt, Fish bellen und weiß, dass es Ärger gibt.

Ihre Mutter ist hier, denkt sie, und ihr Magen sackt ins Bodenlose. Der FJ40 steht nicht in der Einfahrt, aber das bedeutet nichts. Es ist Hochsommer; vielleicht war kein Platz dafür auf der Fähre. Vielleicht parkt er vorm Seamless. Ainsley hat dort nicht nachgeschaut.

Sie nimmt zwei Stufen auf einmal und findet Tante Harper auf dem Wohnzimmerfußboden kniend vor, ihr Telefon in der Hand, die Augen zugekniffen, der Mund offen, ohne dass ein Ton herauskommt.

»Tante Harper!«, sagt Ainsley. »Was ist? Was ist passiert?« Sie denkt sofort, ihre Mutter sei schuld. Oder ihre Großmutter. Vielleicht haben sie den Sheriff gerufen oder rechtliche Schritte eingeleitet.

Ihre Tante wiegt sich auf den Fersen und stößt einen unterdrückten Schrei aus.

Ainsley erkennt instinktiv, dass etwas Großes vorgefallen ist, etwas Wichtigeres als ein Streit um Geschäftsstrategien oder den hiesigen Immobilienmarkt.

Jemand ist gestorben. Aber wer? Wer?

Es dauert ein paar Minuten, bis Harper sich beruhigt und Ainsley sich alles zusammengereimt hat. Es geht nicht um ihre Mutter und nicht um Eleanor. Es geht um einen Freund von Harper, einen engen Freund. Einen Mann namens Brendan. Er hat sich umgebracht mit einer Überdosis Tabletten.

Ainsleys Magen verkrampft sich. Bei Selbstmord vereint sich der grässliche Schock über einen unerwarteten Tod mit etwas noch Unheimlicherem. Sich umzubringen heißt, die tiefste Schwärze zu erleben; es heißt, einen Raum ohne Luft, ohne Licht, ohne Hoffnung zu bewohnen. Die Vorstellung macht Ainsley schreckliche Angst.

»Seine Mutter hat mir erzählt, dass es ihm nicht gut ging«, sagt Harper unter Tränen. »Aber ich habe ihn nicht besucht. Ich dachte, wenn ich das täte, würde ich alles nur noch schlimmer machen. Und siehe da – ich habe alles schlimmer gemacht. Er ist tot, und das ist meine Schuld.«

»Nein«, sagt Ainsley. Sie weiß nichts über diesen Brendan oder seine Beziehung zu ihrer Tante, doch seinen Selbstmord als ihre Schuld zu bezeichnen kommt ihr verkehrt vor. Ihre Tante ist eine liebevolle

Seele, gütig bis ins Mark. Sie hat Ainsley gestanden, dass sie in ihrem Leben einige fragwürdige Dinge getan hat. Sie hat ihr Potenzial nicht voll ausgeschöpft; sie hat sich mit schlechten Menschen eingelassen, und sie hat einige gute Menschen wissentlich hintergangen. Sie hat nichts von alledem sehr detailliert ausgeführt und auch nicht erklärt, warum Tabitha sie so sehr hasst. Sie war zu beschäftigt damit, sich um Ainsley zu kümmern und um den Laden und Ramsey und Caylee und Meghan und Fish. Aber jetzt ist es Harper, um die man sich kümmern muss. »Nein, es ist nicht deine Schuld. Sag das nicht noch mal.« Ainsley versucht zu überlegen, was Harper in dieser Sekunde am dringendsten braucht: Eiswasser, eine Umarmung, dann Handeln, einen Plan. Sie werden auf den Vineyard fahren: Harper, Ainsley und Fish. Ainsley wird Plätze auf der Fähre buchen. Sie wird Meghan bitten, ihre Schichten in der Boutique zu übernehmen. Sie wird Harper helfen, nach Hause zu gelangen.

# *TABITHA*

Als Franklin von seinen Eltern zurückkommt, ist es spät, und er ist betrunken.

»Wie war es?«, fragt Tabitha vorsichtig. Sie hat ihn vor Stunden erwartet: Nachdem sie um halb acht in der Gästetoilette die erste Farbschicht fertig aufgetragen hatte, beschloss sie herauszufinden, was es mit dem Hype um Menemsha auf sich hatte, also fuhr sie hin und stand vierzig Minuten lang bei Larsen's Fish Market für ein Hummerbrötchen an. Es wimmelte von Leuten, die hier auf den Sonnenuntergang warteten. Es war wie ein Tag aus den Siebzigern – fröhliche Menschen mit sandigen Füßen, die die Mauer mit Blick aufs Wasser säumen und aus Pappbechern Wein trinken. Ein Typ mit Gitarre spielte »Hotel California«, ging dann zu »I'd Like to Teach the World to Sing« und schließlich zu »Beth« von Kiss über. Ein Großteil des Publikums sang mit. Auf Nantucket gab es keine allabendlichen Versammlungen wie diese. Der beste Ort zum Betrachten des Sonnenuntergangs auf Nantucket war das Restaurant Galley Beach. Wenn hier die Sonne unterging, applaudierten die Gäste, dann kehrten sie zu ihrem Jahrgangs-Veuve-Cliquot und ihrer Dreiundvierzig-Dollar-Seezunge zurück. Und das, vermutete Tabitha, war der Unterschied zwischen den beiden Inseln.

Na ja, einer der Unterschiede.

Das Hummerbrötchen war köstlich, obwohl Tabitha, als sie es endlich bekam, so ausgehungert war, dass sie es sich unsanft in den Mund stopfte und sich dann wünschte, sie hätte zwei bestellt.

Sie rechnete damit, dass Franklin bei ihrer Rückkehr zu Hause sein würde, aber das war er nicht. Sie unterdrückte den in ihr aufsteigenden Ärger. Sie waren erst so kurz zusammen, da konnte sie wohl kaum Besitzansprüche stellen.

Jetzt ist er hier und riecht, als hätte er einen Kopfsprung in ein Schwimmbecken voller Jameson gemacht.

»Es war ...«, sagt Franklin. »Es war ...«

Tabitha wartet.

»Ich hab auf dem Heimweg im Wharf vorbeigeschaut«, sagt er. »Im Wharf Pub.«

»Okay«, sagt Tabitha. Sie versucht, einen neutralen Tonfall beizubehalten. Irgendetwas macht ihm zu schaffen. Vielleicht musste er aber auch nur Dampf ablassen. Vielleicht wollte er Freunde treffen. Vielleicht ist ein Besuch im Wharf Pub für ihn ein Ritual, nachdem er bei seinen Eltern gegessen hat.

»Du hast vorhin etwas gesagt, das mich wunderte«, sagt er. »Du hast Wyatt den Vater deiner *Kinder* genannt. Ich habe dich aber nur von Ainsley sprechen hören. Hast du ... hast du ein Kind, von dem ich nichts weiß?«

Tabitha versteift sich. Hier ist sie also, ihre Gelegenheit. Und doch mag sie sich nicht aufzwingen lassen. Ihr erster Impuls ist es, die Frage abzuwehren oder gar zu lügen. Später kann sie dann immer noch zurückrudern. Aber sie will Franklin nicht anlügen; sie holt tief Luft. Es ist dunkel und spät, und Franklin ist betrunken; das macht es irgendwie einfacher, die Worte auszusprechen.

»Hatte«, sagt sie. »Ich hatte noch einen Sohn namens Julian.«

»Tabitha.«

»Er ist gestorben«, sagt Tabitha. Unglaublicherweise bleiben ihre Augen trocken. Sie spricht, als läse sie einen Text von einem Blatt Papier ab. »Er wurde in der achtundzwanzigsten Woche geboren. Das ist sehr früh. Seine Lunge ... na ja, bei Frühchen ist es immer die Lunge. Er verbrachte zehn Wochen oben in Boston auf der Neugeborenen-Intensivstation, und ich blieb bei ihm. Und dann ließen sie ihn endlich nach Hause. Er war immer noch nicht ganz bei Kräften, das wussten wir, deshalb mieteten wir gegenüber vom Krankenhaus ein Cottage.« Tabitha schluckt. »Es war die Hölle. Ich konnte nicht schlafen. Wahrscheinlich kann man mit Fug und Recht sagen, dass ich in der ganzen Zeit, in der er am Leben war, nicht geschlafen habe.«

»Das muss sehr ...« Aber Franklins Stimme verklingt, als wüsste er nicht, welches Wort er wählen soll, als wüsste er nicht, wie es gewesen sein muss, und da hat er Recht. Er weiß es nicht.

»Ich war wie von Sinnen«, sagt Tabitha. »Das ist so eine Redewendung, aber auf mich traf sie zu. Ich war reif für die Klapsmühle. Mich interessierte nur noch mein Baby. Ich wollte, dass es wieder ins Krankenhaus kommt, doch die Versicherung zahlte nicht mehr, und Wyatt war dagegen, dass ich Geld von Eleanor annahm. Außerdem war der Kleine gesund – vielleicht nicht gerade das blühende Leben, nicht drall oder stramm und munter, aber gesund.« Tränen beginnen zu fließen, als Tabitha sich erinnert, wie Julian seinen Blick fokussierte, den Kopf hob und ihren Finger packte. Er schrie nie, jedenfalls nicht so laut wie andere Neugeborene, und das beunruhigte Tabitha. Er gab ein schwaches Blöken von sich, wenn er Hunger oder nasse Windeln hatte; mehr schaffte seine kleine Lunge nicht.

Aber die Ärzte meinten, er sei *aus dem Gröbsten heraus.* Wie oft wurde diese Wendung geäußert? *Aus dem Gröbsten heraus* wie ein Kind, das sich aus tiefster Wildnis gerettet hat und jetzt vor Bären, Schlangen und bösen Hexen in schiefen Häusern sicher ist. Die Ärzte erklärten aber auch, dass es keine Garantien gebe; jede Frühgeburt sei ein Risiko. Und Julian nahm nur langsam zu. Manchmal war er matt und teilnahmslos und schwer zu stillen. Tabitha pumpte Tag und Nacht Muttermilch ab, weil sie glaubte, die würde ihn am Leben erhalten, obwohl Wyatt darauf hinwies, dass er mehr trank, wenn sie ihm Pulvermilch gaben.

Wyatt hatte sich bemüht, das musste Tabitha einräumen. Er wollte sowohl Julian als auch Tabitha helfen. Deshalb rief er auch in der zweiten Augustwoche, als es Julian scheinbar besser ging und Tabitha definitiv Anzeichen für eine psychische Störung erkennen ließ – sie weinte ständig, ließ Geschirr fallen und riss sich die Haare aus –, Harper an, um ihr Angebot, Tabitha zu unterstützen, einzufordern.

Feldblumen, Champagner am Rande des Anlegers, ihre die Wasseroberfläche streifenden Füße, das Tanzen in der Chicken Box. *I can't live ... with or without you.*

Weiter schafft Tabitha es nicht.

»Er ist gestorben«, sagt sie. »Am 15. August 2003. Er war zwei Monate, zwei Wochen und fünf Tage alt.«

Franklin legt sich neben Tabitha, schläft jedoch sofort ein. Zum ersten Mal schnarcht er, und sie liegt noch Ewigkeiten wach da.

Sie reden nicht mehr darüber. Tabitha fragt sich, ob Franklin sich überhaupt an das Gespräch erinnert, aber sie will es nicht weiter fortführen, besonders nicht am helllichten Tag, während sie versuchen, Billys Haus zu renovieren.

Obwohl verkatert, baut Franklin am nächsten Tag die neuen Küchenschränke und die Porzellanspüle ein. Zwei Portugiesen aus Fall River – die beide Paulo heißen – schleifen die Dielen im Wohn- und Esszimmer, und im Obergeschoss nimmt sich ein Klempnerteam aus Mashpee die Bäder vor. Tad wird das Elternbadezimmer fliesen, reißt zunächst aber den Teppichboden aus den anderen Räumen heraus. Sobald das erledigt ist, wird Tabitha dort streichen. Sie fährt zu Lucky Hank's, um für alle Sandwiches zu besorgen, was sie einhundertzehn Dollar kostet und wegen des Verkehrs anderthalb Stunden dauert. Aber trotzdem, alles ist gut, sagt sie sich. Alles ist in Ordnung.

Am Nachmittag ruft Ainsley an, und Tabitha freut sich. Es ist der erste freiwillige Anruf ihrer Tochter seit Tabithas Abfahrt. Sie hat gar nicht vor, die Party in der Boutique zur Sprache zu bringen, doch irgendwie platzt die Frage nach der neuen Verkäuferin aus ihr heraus – und Ainsley erzählt ihr, wen Harper für Mary Jo angeheuert hat.

Caylee. Es ist Caylee.

Tabitha hat noch keine Zeit gehabt, diese Tatsache zu verdauen – und ja, einerseits ist sie erzürnt darüber, andererseits kann sie sich aber auch vorstellen, dass Caylee ein Gewinn für den Laden ist; sogar Eleanor würde da vielleicht zustimmen –, als Harper anruft und schreit, als stünde ihr Kopf in Flammen. Sie hat herausgefunden, dass Tabitha das Haus renoviert, statt es abreißen zu lassen. Es ärgert sie, dass Tabitha Billys Haus in einen zivilisierten Ort verwandelt, wo eine Familie glücklich und kultiviert leben könnte.

»Wer arbeitet da für dich?«, fragt Harper, nachdem sie sich ausgetobt hat. »Wen hast du als Bauunternehmer angeheuert?«

Das will Tabitha ihr nicht verraten. Sie wird nicht zulassen, dass Harper sich einmischt in das, was hier geschieht, und legt auf.

Morgen kommen Gärtner aus Billerica. Sie werden den Rasen mähen und alles, was da wuchert, herausreißen, die hässlichen Sträucher, die krummen Kiefern, die Ranken, das Unkraut und den traurigen kleinen Gemüsegarten. Sie werden Rasen verlegen und mulchen, Beete abstechen, Hortensien und andere winterharte Blumen pflanzen. Tabithas Aufgabe wird es sein, zu gießen, gießen, gießen. Der Gärtner ist auf dem Vineyard aufgewachsen und ein guter Freund von Franklin. Er heißt Richie Grennan und wird die zwei Tage über, die er für seine Arbeit braucht, in Franklins Haus wohnen.

»Richie und ich haben zusammen Football gespielt«, sagt Franklin. »Er ist wie ein Bruder für mich. Ich würde ihm mein Leben anvertrauen.«

Tabitha erwartet, dass sie und Richie sich mögen werden. Schließlich lieben sie beide Franklin. Oder, falls Richie nicht glaubt, dass Tabitha Franklin liebt – da ihre Beziehung noch so neu ist –, erwartet sie zumindest, dass er sie mag, weil sie ihm für die Gärtnerarbeiten fünfzehntausend Dollar zahlt.

Richie ist klein und blond und hat einen Sonnenbrand, der am Ausschnitt und an den Ärmeln seines grasbefleckten T-Shirts endet. Er hat leuchtend blaue Augen und keine Lippen. Er nickt Tabitha zu und sagt: »Wiegehz?« Seine Hände bleiben dabei auf seinen Hüften. Er trägt Cargo-Shorts aus Khaki, einen Ledergürtel und Arbeitsstiefel.

Tabitha lächelt. »Wie geht es *Ihnen?*«, sagt sie mit einem Anflug von Koketterie. »Ich weiß es wirklich zu schätzen, dass Sie gekommen sind, um …« Sie wird von Franklin unterbrochen, der an ihr vorbeispringt und Richie vom Boden hochreißt. Endlich lächelt Richie. Dann fragt Franklin, ob er den Garten sehen will, und sie gehen zu dritt hinter das Haus, Tabitha als Letzte.

Vielleicht kann Richie nicht gut mit Frauen, denkt Tabitha. Schön, sie wird nicht beleidigt sein. Sie hört zu, wie Franklin Richie genau erklärt, was sie wollen. Sie greift nicht ein, weil Franklin sehr präzise ist; er zählt alles auf, was sie besprochen haben, in logischer Reihenfolge. Er ist ihr Bauunternehmer, also ist das seine Aufgabe. Er ist auch ihr Liebhaber, aber was geht das Richie an?

Richie und seine Mannschaft machen sich an die Arbeit. Tabitha fährt zu Skinny's, um Sandwiches zu holen, weil Franklin erwähnt hat, dass das früher Richies Lieblingslokal war. Besonders gern mag er das Hähnchen Philly: Tabitha besorgt ihm zwei davon.

Nach dem Lunch streicht Tabitha das kleine dritte Schlafzimmer in einer sanften Farbe namens Saint Giles Green. Tad fliest das Elternbadezimmer mit honigfarbenen Marmorkacheln. Franklin arbeitet mit dem Steinspezialisten in der Küche. Die Arbeitsflächen bestehen bis auf einen Butcher Block aus geöltem Speckstein. Die Klempner haben den Kühlschrank und die Eiswürfelmaschine angeschlossen und die Armaturen über der Spüle installiert. Der Gas-Experte soll am Nachmittag den Herd anschließen – mit sechs Brennern und einem Grill.

Draußen dirigiert Richie in einem Frontlader seine Fünfer-Crew. Er hat bereits den halben Garten gerodet. Tabitha kann kaum glauben, wie viel besser es schon aussieht.

Sie ist begeistert über die Transformation des Hauses, doch irgendetwas kommt ihr komisch vor. Vielleicht liegt es an Richie. Franklin und er haben ihre Sandwiches draußen gegessen und sich dazu nebeneinander auf die Stoßstange von Franklins Pick-up gesetzt. Tabitha beschloss, sie allein zu lassen, damit sie sich in Ruhe unterhalten konnten, und Franklin hat das entweder bemerkt und nichts gesagt, oder es ist ihm gar nicht aufgefallen. Sein Verhalten ihr gegenüber ist ein Grad kühler als sonst, findet sie. Sie befürchtet, dass die Geschichte über Julian die Situation verändert hat. Franklin sieht sie mit anderen Augen – und zwar nicht positiver. Für ihn muss sie jetzt eine Person sein, die an der elementarsten Aufgabe gescheitert ist, die wir als Menschen haben: unsere Kinder am Leben zu erhalten.

Tabitha schließt sich in der Gästetoilette ein – die momentan das einzige funktionierende Bad ist – und spritzt sich Wasser ins Gesicht. Sie muss sich zusammenreißen! Kein Mensch, der so einfühlsam ist wie Franklin, würde schlechter von ihr denken, weil sie ein Kind verloren hat. Er hat so viel mit seiner Freundin Patti durchgemacht; sicher ist Franklin von allen Männern, die Tabitha kennt, am besten dafür gerüstet, die Sache mit Julian zu verstehen.

Aber was ist dann das Problem?

Vielleicht ist er einfach nur müde. Und Tabitha ist müde und aufgewühlt wegen Harper. Und es ist heiß. Sie muss aufhören, sich Dinge einzubilden.

Am Abend verkündet Franklin, er werde mit Richie im Offshore Inn essen gehen und danach höchstwahrscheinlich nachtangeln.

»Oh«, sagt Tabitha. Sie verspürt einen Stich, versucht jedoch, es sich nicht anmerken zu lassen.

Franklin gibt ihr einen Abschiedskuss auf die Nase. Auf die Nase, als wäre sie eine Fünfjährige! Richie steigt draußen bereits in Franklins Pick-up, also packt Tabitha Franklin am Hemd und sagt: »Hey.«

»Hey was?«

»Ist irgendwas?«

»Nein«, sagt Franklin.

»Dann küss mich, als ob du es ernst meinst, bitte.«

Franklin schaut sie eine Sekunde lang an, dann legt er ihr seine Hände auf beide Wangen und gibt ihr den sinnlichsten Kuss, den sie je bekommen hat. Er ist nicht zu viel; wenn überhaupt, verfehlt er das Zuviel ganz knapp. Sie wünscht sich – braucht – etwas Tieferes, Längeres, Härteres. Aus ihren Beinen ist Sägemehl geworden, Löwenzahnflaum, etwas, das sich wegpusten lässt.

»War es das, was du wolltest?«, fragt er.

Sie kann nicht sprechen.

»Okay«, sagt er, dreht sich um und geht zur Tür hinaus.

Tabitha trägt auf die Wände der Gästetoilette eine zweite Schicht Paul Revere's Ride auf – dann fängt sie, da sie schon dabei ist, in dem lavendelfarbenen Zimmer mit einer Grundierung auf Ölbasis namens Kilz an. Sie verabschiedet sich von dem Lavendel. Streichen hat etwas von Zen, findet sie. Aber ihre Gedanken wenden sich immer wieder den geringfügigen Veränderungen in Franklins Verhalten zu. Sie sind von einem totalen Sex-und-Liebe-Exzess übergegangen zu … nun, sie hatten, bevor Tad und Richie eintrafen, am frühen Morgen Sex, doch Sex ist nicht unbedingt das, wonach Tabitha sich sehnt. Sie vermisst Zärtlichkeit: Händchenhalten, Franklins Finger, der über ihren Wangenknochen streicht, seinen Mund auf ihrem Nacken.

Tabitha malt sich aus, wie Franklin und Richie im Offshore Ale mit den jungen Kellnerinnen in engen T-Shirts und kurzen Shorts flirten; Franklin kennt sie vermutlich alle beim Namen. Während die Wände des lavendelfarbenen Schlafzimmers weiß werden, beschriftet Tabitha sie mit einer Geschichte. Franklin folgt einer der jungen Kellnerinnen in die Küche; sie finden eine dunkle Ecke – eine Anrichte vielleicht oder den Raum, wo die Fässer stehen –, und Franklin küsst das Mädchen so, wie er Tabitha gerade geküsst hat. Das Mädchen fährt mit der Hand vorne über Franklins Jeans.

Tabitha fragt sich, was er mit »nachtangeln« gemeint hat. Gehen sie tatsächlich angeln, oder ist das ein Euphemismus für etwas anderes?

*Hör auf!*, befiehlt sie sich. Die Tür zum Schlafzimmer ist geschlossen; womöglich setzen die Farbdämpfe ihr zu. Sie hat keinen Grund, an Franklin zu zweifeln. Aber er ist ein alleinstehender Mann, der mit einem seiner alleinstehenden Freunde unterwegs ist; sie trinken. Und wer weiß schon, ob diese Beziehung exklusiv ist? Sie haben sie bisher nicht definiert, haben keine Grenzen oder Parameter für sie festgelegt. Im Grunde leben sie seit zwei Wochen zusammen, aber Franklin hat sie noch nie als seine Freundin bezeichnet. Er hat sie nicht zu seinen Eltern mitgenommen. Sie ist seit jener ersten Nacht nicht bei ihm zu Hause gewesen; sie kennt seine Adresse nicht und weiß nicht genau, ob sie sie finden würde, obwohl sie sich ziemlich sicher ist, dass sie in Oak Bluffs sein muss.

Was weiß Tabitha eigentlich über ihn? Er hat sie in einer Bar aufgegabelt. Wer weiß, ob er heute Abend nicht eine andere Frau aufgabelt? Sie sollte ausgehen – zum Essen oder ins Kino. Sie hat heute bei Skinny's jemanden über ein Dinner im Alchemy sprechen hören. Tabitha könnte jetzt einfach duschen, sich ein Kleid anziehen und allein um die Häuser ziehen.

Stattdessen greift sie sich ein Bier aus dem Kühlbehälter, der hinten auf der Terrasse steht, dann fischt sie aus ihrer Tasche eine Zolpidem, die sie aus Eleanors Vorräten entwendet hat. Sie ist so aufgewühlt, dass sie eine zweite nimmt und ins Elternschlafzimmer hinaufwandert, zurzeit der einzige Schlafraum. Sie legt sich mit dem Gesicht nach unten auf das Bett ihres Vaters und denkt, dass sie gern weinen würde. Nur ist sie plötzlich zu müde, um die Kraft dafür aufzubringen.

Sie hört Schritte auf der Treppe, und als sie die Augen öffnet, sieht sie Tad in seinen Carhartts, seine Mörtelkelle in der Hand. Er geht an ihr vorbei ins Bad. Tabithas Mund fühlt sich wattig an. Sie will sich aufsetzen, schafft es aber nicht und lässt sich wieder fallen.

Sie macht die Augen auf. Wo ist sie? Sie braucht eine Minute: *Auf Nantucket*, denkt sie. Nein – auf dem Vineyard. In Billys Haus, Billys Schlafzimmer. Sie dreht den Kopf; ihr Nacken ist steif.

Auf dem Nachttisch steht ein altmodischer Radiowecker. Den blau leuchtenden Ziffern zufolge ist es ein Uhr dreizehn. Billys Wecker geht falsch, was Tabitha nicht überrascht. Alles an diesem Haus ist falsch! Sie streckt beide Arme seitlich aus. Kein Franklin. Sie beäugt die Tür zum Bad. Sie ist fest geschlossen, und jenseits davon scheint sich nichts zu regen. Aber war Tad nicht gerade da? Oder hat sie das geträumt?

Als sie auf ihr Telefon schaut, sieht sie, dass es *wirklich* Viertel nach eins ist. Am Nachmittag! Sie ist entsetzt über sich selbst. Das Zolpidem hat sie fünfzehn Stunden lang außer Gefecht gesetzt, und sie ist immer noch benebelt. Es sind keine SMS oder Anrufe von Franklin eingegangen, was ein gutes Zeichen ist. Er muss unten sein und arbeiten. Sie kann sich nicht vorstellen, wie sie ihm erklären soll, dass sie den ganzen Vormittag verschlafen hat.

Sie schleicht nach unten, und ein starker Geruch nach Polyurethan schlägt ihr entgegen. Die portugiesischen Paulos lackieren die Dielen. Sie sehen fantastisch aus, honiggelb und seidig. Und sie waren die ganze Zeit über da, begraben unter dem scheußlichen Teppichboden.

»Franklin?«, ruft sie.

»Nicht hier«, sagt einer der Paulos.

»Nein?«, sagt Tabitha. Sie versucht sich zu erinnern, was für heute auf der Tagesordnung stand. Die Küche, dachte sie. In die Küche gelangt man nur, wenn man den äußersten Rand des Wohnzimmers entlang an der Gästetoilette vorbei und in den Essbereich geht. Durch die schmalen Esszimmerfenster sieht Tabitha Richie auf einem Spaten, mit dem er ein Loch für die ausgewachsenen Hortensien gräbt, deren Wurzeln in Sackleinen gewickelt sind. Richie ist hier – das ist gut, vermutet sie. Er und Franklin sind nicht im Kaninchenbau verloren gegangen.

Tabitha findet Tad in der Küche vor, wo er die Wand hinter dem Herd kachelt.

»Hey«, sagt sie. »Tut mir leid, dass ich so lange geschlafen habe.«

Tad blickt kaum auf. »Sie stehen nicht auf meiner Gehaltsliste.«

»Nein, ich weiß«, sagt sie. »Es ist bloß ... na ja, ich komme gern gleich nach dem Aufstehen richtig in Fahrt.« Sie beobachtet, wie Tad die Rauchglaskacheln Reihe für Reihe einsetzt. Die Küche wird fantastisch aussehen. Sie kann den Unterschied zu vorher gar nicht fassen. Sie räuspert sich. Sie könnte ein Glas Eiswasser gebrauchen, eine Ibuprofen, einen starken Kaffee. »Wissen Sie, wo Franklin ist?«

»Nein«, sagt Tad. Mehr hat er nicht zu bieten, und Tabitha lauscht dem Kratzen der Mörtelkelle auf der Wand.

Sie schnappt sich ihre Tasche und geht hinaus zu ihrem Wagen, der in der Mittagssonne geschmort hat und jetzt ein Ofen ist, zu heiß, um sich hineinzusetzen. Sie kurbelt die Fenster hinunter und wartet ein paar Sekunden, bevor sie einsteigt. Sie schaltet die Klimaanlage ein und fährt rückwärts aus der Einfahrt.

Ist Franklin überhaupt nach Hause gekommen? Waren ihre paranoiden Vorstellungen vielleicht doch nicht so paranoid? Hat er irgendein Mäuschen mit zum Cedar Tree Neck genommen, um in der Bucht ein Nacktbad zu nehmen? Tabithas Instinkte verneinen. Ist sie naiv? Das glaubt sie nicht. Sie fragt sich, ob Harper irgendwie herausgefunden hat, dass Franklin an Billys Haus arbeitet. Hat sie hier noch Kontakte, jemanden, der bereit war, vorbeizukommen und das Haus zu überprüfen? Hat Harper Franklin angerufen? Hat sie ihn bedroht, oder hat einer ihrer Drogenspezis ihn bedroht? Hält er sich deshalb fern? Sie weiß nicht, ob diese Theorie zutrifft oder absolut lächerlich ist.

Tabitha will zu Mocha Mott's, doch da gibt es keine Parkplätze, dann bleibt sie an den Five Corners im Stau stecken. Sie ruft Franklin auf dem Handy an. Es klingelt sechsmal, dann schaltet es auf seine Mailbox um.

»Hey«, sagt sie. Sie weiß nicht weiter. Wo ist er? Und welches Recht hat sie, das zu erfahren? Es fühlt sich an, als hätte sich die ganze Welt verändert und sie wäre die Letzte, die es merkt. »Ich bin's.«

Sie legt auf.

Franklin ist nicht in Billys Haus, als sie endlich zurückkehrt – sie musste bis zu Toby's Market in OB fahren, um Kaffee, Wasser und Schmerztabletten zu besorgen –, und jetzt gerät sie allmählich in Panik. Irgendetwas *stimmt nicht*. Sie stürzt die Verandatreppe hinauf in die Küche, wo Tad noch bei der Arbeit ist.

»Haben Sie was von Franklin gehört?«, fragt sie.

»Nein, Ma'am«, sagt er.

»Was soll der Scheiß?«, sagt sie. Sie ist wütend, wütend und besorgt und will sich an dem abreagieren, der gerade zur Stelle ist, doch Tad spielt nicht mit. Er ignoriert sie.

»Sie kennen ihn viel besser als ich«, sagt Tabitha. »Zieht er diese Ich-bin-dann-mal-verschwunden-Nummer öfter durch?«

»Nein«, sagt Tad. Er legt die Mörtelkelle beiseite und wendet sich ihr zu. »Haben Sie ihn angerufen?«

»Ja«, sagt sie. »Mailbox.«

Tad nickt. »Er kreuzt sicher bald auf.«

Mit dieser Vermutung kann Tabitha nichts anfangen, deshalb stürmt sie hinaus in den Garten. Sie tritt von hinten an Richie heran und schlägt ihm auf die Schulter. *Er* steckt hinter Franklins Veränderung; das weiß sie einfach.

»Wo ist Franklin?«, fragt sie.

»Hoppla!«, sagt Richie und dreht sich mit einer Gehässigkeit zu ihr um, die Tabitha nicht versteht. Was hat sie ihm getan? Warum kann er nicht netter sein? Warum freut er sich nicht darüber, dass Franklin jemanden gefunden hat? »Ich mag es nicht, wenn man mich so grob anfasst.«

»Tut mir leid«, sagt Tabitha. Dabei tut es ihr nicht leid! Sie ist so frustriert und *verwirrt*, dass sie Richie am liebsten die Schaufel entreißen und über den Kopf hauen würde. »Wissen Sie, wo Franklin ist?«

»Ich hab ihn seit gestern Abend nicht gesehen«, sagt Richie. »Er hat mitten im Essen einen Anruf gekriegt und ist gegangen.«

»Was?«, sagt Tabitha. Das hat sie nicht erwartet. Einen Anruf von wem? Von Harper? Oder von jemand anderem? »Ist alles in Ordnung?«

»Sie stellen der falschen Person die falschen Fragen«, sagt Richie und schaut auf seine Uhr. »Wir machen jetzt Schluss und fahren mit der Fünf-Uhr-Fähre zurück nach Amerika. Und ich hätte gern den Scheck.«

Tabitha funkelt ihn an. Er hätte gern seinen Scheck, und sie hätte gern Antworten. Wer hat Franklin angerufen? Was ist passiert? Wo ist er? *Sie stellen der falschen Person die falschen Fragen.* Sie würde gern Richies Spaten nehmen und ihn damit lebendig begraben.

Aber sie sollte sich glücklich schätzen. Richie zieht ab.

»Der Scheck liegt dann auf der Küchentheke«, sagt sie.

Richie geht, die Paulos gehen – und schließlich packt auch Tad zusammen. Tabitha zwingt sich, eine Schicht Made in the Suede auf die Wände des lavendelfarbenen Zimmers aufzutragen, doch danach ist sie so erledigt, dass sie sich auf die Hintertreppe setzt und zusieht, wie der Sprinkler Billys neu angelegten Garten wässert. Immer noch kein Wort von Franklin. Er ist verschwunden. Tabitha überlegt, ihm eine wütende SMS zu schicken oder eine verärgerte Nachricht auf seiner Mailbox zu hinterlassen; immerhin ist er ihr Bauunternehmer und hat als solcher ohne Benachrichtigung einen Arbeitstag geschwänzt. Aber Tabitha interessiert sich nicht für ihn als Bauunternehmer. Sie interessiert sich für Franklin, ihren Liebhaber. Sie würde gern Richie für diesen Schlamassel die Schuld geben, doch irgendwie weiß sie, dass sie selbst schuld ist. Sie hätte Franklin nie von Julian erzählen dürfen. Ihre so junge Beziehung war zu fragil, um das schwere Gewicht dieser Geschichte zu tragen.

»Ich gehe jetzt«, sagt Tad. Er tritt auf die letzte Stufe, dann dreht er sich um. »Kommen Sie zurecht?«

Tabitha lacht, obwohl nichts lustig ist. »Ob ich zurechtkomme?«

»Mir ist aufgefallen, dass Sie heute nichts gegessen haben«, sagt Tad. »Ich will in Wolf's Den eine Pizza essen. Warum kommen Sie nicht mit?«

Das ist ein nettes Angebot, doch Tabitha ist nicht in der Verfassung für Gesellschaft oder öffentliche Auftritte. Ihr Magen ist verknotet; sie kann sich nicht vorstellen, je wieder etwas zu essen.

»Wo ist er?«, fragt sie Tad. »Richie hat gesagt, er hat gestern Abend einen Anruf gekriegt und ist aufgesprungen und gegangen. Und seitdem hat ihn keiner gesehen.«

Tad nickt. »Wenn ich raten müsste …« Er stößt einen Schwall Luft aus.

»Was dann?«, fragt Tabitha. Sie kennt Franklin nicht gut genug, um auch nur eine Vermutung zu wagen. Was würde sie mutmaßen? Dass Franklin verheiratet ist, seine Frau weg war und früher zurückgekommen ist als erwartet, womöglich mit ihren vier Kindern im Schlepptau?

»Ich würde sagen, dass es eine Familienangelegenheit ist«, sagt Tad.

Tabitha schnappt nach Luft, als sie ihren Verdacht bestätigt sieht. »Geht es um meine Schwester?«

»Nein«, sagt Tad. »Ich rede über Franklins Familie. Seine Eltern, *seine* Schwester.«

»Seine Eltern?«, fragt Tabitha. »Seine Schwester?«

Tad hebt eine Hand. »Ich hab schon mehr gesagt, als ich sollte. Gute Nacht.«

Tabitha bleibt auf der Treppe sitzen, bis es dunkel wird, dann geht sie ins Haus. Wird Franklin eine weitere Nacht wegbleiben? Anscheinend. Sie nimmt noch eine Zolpidem, nur eine.

Um fünf nach halb zwei Uhr morgens wacht sie mit einer Idee auf. Das Telefonbuch liegt auf dem Kaminsims neben der Urne mit Billys Asche. Der Vineyard und Nantucket sind wahrscheinlich die einzigen Gemeinden in Amerika, wo Telefonbücher noch unverzichtbar sind – um Schiffsfahrpläne, Speiseangebote in Restaurants und Adressen in Erfahrung zu bringen.

Adressen.

Die Suche nach *Phelps* ergibt Folgendes:

Phelps, Albert und Lydia, 35 Edgartown Bay Road, ET
Phelps, Franklin, 10 Grovedale Road, OB
Phelps, Sadie, Das Upper Crust, 9111 Edgartown West Tisbury Road, VH

Sadie ist die Schwester, wird Tabitha klar. Sadie, nicht Charlotte. Aber was ist »The Upper Crust«? Sie hat das Gefühl, sie müsste es wissen, doch es fällt ihr nicht ein. Eigentlich interessiert sie sich nur für Franklin. Sie tippt 10 Grovedale Road in ihr Handy. In Maps erscheint ein blauer Punkt, und sie steigt in ihr Auto.

Mitten in der Nacht sind die Straßen leer, deshalb sitzt Tabitha schon zehn Minuten später vor Franklins Haus. Die Fenster sind dunkel, aber Franklins Pick-up steht in der Einfahrt, und bei seinem Anblick beginnt Tabitha, vor Nervosität zu zittern. Er ist hier. Genügt es nicht, endlich zu wissen, wo er ist?

Nein. Tabitha steigt aus dem Wagen, geht auf das Haus zu und klingelt.

Sie hört, wie er sich drinnen regt, und ihre Nerven kreischen. Sie würde am liebsten weglaufen. Die Tür öffnet sich.

Franklin erblickt sie. Sofort ist sein Mund auf ihrem, und er zieht sie an sich und knallt die Tür zu. Er hebt sie hoch und trägt sie zu dem moosgrünen Samtsofa, auf dem er geschlafen hat. Er legt Tabitha auf das Sofa, dann zerreißt er ihr Neunzig-Dollar-T-Shirt, umfasst ihre Brust und steckt sie sich in den Mund, als wäre sie etwas zu essen und er am Verhungern.

Hinterher weint Tabitha. Sie plärrt und heult – ohne jede Zurückhaltung. Jeder böse Gedanke, jede Angst, jede Eifersucht, jede Unsicherheit sprudeln heraus. Franklin wischt ihr die Tränen ab, zuerst mit der Hand, dann mit den Servietten, die neben dem ungegessenen Take-away-Dinner von Sharky's auf dem Couchtisch liegen.

»Warum?«, fragt sie. »Hat meine Schwester dich angerufen und gesagt, du sollst Schluss machen? Hat Harper angerufen?«

»Nein«, sagt er. »Das Problem ist meine Schwester. Sadie.«

Franklins Schwester Sadie ist die Ehefrau von Dr. Reed Zimmer.

Franklins Schwester Sadie ist die Frau, die Tabitha geohrfeigt und der sie Sekt ins Gesicht gekippt hat. Das sind die erschwerenden Umstände.

Franklin setzt sich auf die Sofakante und stützt den Kopf in die Hände. »Ich kann nicht mehr für dich arbeiten«, sagt er. »Und wir können uns nicht mehr treffen.«

»Was?«, sagt Tabitha.

»Sie ist meine Schwester«, sagt Franklin. »Und Harper ist deine Schwester. Deine Zwillingsschwester.«

»Genau«, sagt Tabitha. »Harper ist meine *Schwester*. Sie ist nicht ich. Wir sind nicht dieselben Menschen. Das weißt du. Ich bin nicht Harper.«

»Ja, das weiß ich«, sagt Franklin. »Und ich mag Harper, egal, was sie getan hat. Aber meine Schwester ist total fertig. Sie kann mit dieser Entwicklung nicht umgehen. Sie ... und meine Eltern ... meine Eltern ...«

»Du bist ein erwachsener Mann«, sagt Tabitha. »Da kümmert es dich doch wohl nicht mehr, was deine *Eltern* denken.« Sobald sie die Worte ausgesprochen hat, sieht Tabitha Eleanor vor sich. Abgesehen von den letzten Wochen hat Eleanor in den vergangenen neununddreißig Jahren alles Denken und Handeln von Tabitha bestimmt.

»Tut mir leid, Tabitha«, sagt Franklin. »Es ist einfach Pech. Und ich war nicht aufrichtig. Ich hätte dir an dem Abend, als wir uns im Ritz kennen lernten, erklären müssen, wer ich bin. Aber damals habe ich nicht geglaubt, dass es eine Rolle spielt.«

»Du dachtest, ich wäre ein One-Night-Stand«, sagt Tabitha. »Eine Ex-und-hopp-Geschichte.«

»Dachtest du das nicht *auch*?«, fragt Franklin. »Sei ehrlich. Ich kannte dich doch kaum. Ich wollte Spaß haben.«

»Ein Techtelmechtel«, sagt Tabitha. Dachte sie das nicht auch? Jedenfalls hatte sie nicht vorgehabt, sich emotional so zu engagieren.

»Ich wusste nicht, dass ich mich in dich verlieben würde«, sagt Franklin.

»Bist du das denn?«, fragt Tabitha. »Verliebt in mich?«

Franklin nickt in seine Hände. »Ich glaube schon«, flüstert er. Dann hebt er den Kopf und schaut ihr in die Augen, als er ihr den Abschiedsschlag versetzt. »Aber darauf kommt es nicht an. Sadie ist meine Familie.«

## *HARPER*

Sie nehmen die Insel-Fähre: Harper, Ainsley und Fish. Caylee und Meghan werden sich um den Laden kümmern. Es wird ein kurzer Ausflug werden mit einer Übernachtung in Harpers Wohnung.

»Du bist sicher ganz wild darauf, deine Mutter zu sehen«, sagt Harper zu Ainsley, »aber ich glaube nicht, dass ich in ihrer Gegenwart mein Temperament zügeln kann.«

»Das ist okay«, sagt Ainsley. »Ich werde Tabitha – meine Mutter, meine ich – sehen, wenn sie nach Nantucket zurückkommt, wann immer das sein mag.«

»Danke«, sagt Harper und legt eine schützende Hand auf ihren Bauch. Sie ist *stinksauer* darüber, dass Tabitha das Haus renovieren lässt, und ihr ist klar, was passiert ist: Tabitha hat durch Meghan von der Party in der Boutique gehört und fand, dass ihr das das Recht gab zu tun, was sie wollte. Die Gelegenheit, sich zu rächen, ließ Tabitha sich nicht entgehen; einen Affront hat sie nie unerwidert gelassen. Doch was Tabitha getan hat, geht zu weit. Schließlich braucht Harper das Geld aus dem Hausverkauf. Tabitha hat keine Ahnung, wie sehr.

Es ist verstörend, den Vineyard wie ein Tourist der untersten Kategorie zu besuchen: als Tagesausflügler. Die Fähre erreicht Oak Bluffs, und Harper bietet sich ein Anblick, der ihr vertraut ist wie der ihrer eigenen Kniescheiben, und doch sieht sie ihn mit neuen Augen: die grüne Weite des Ocean Park, die fröhlichen Farben der Zuckerbäckerhäuschen auf dem Methodist Campground. Harper könnte mit Ainsley gleich eine Runde auf dem Flying-Horses-Karussell drehen oder im Red Cat etwas mit ihr essen gehen. Aber diese Attraktionen würden die Insel noch nicht zu ihrem Zuhause machen.

Für Harper wird der Vineyard erst durch seine Menschen zu ihrem Zuhause. In erster Linie natürlich durch Billy. Doch Billy ist tot.

Von da aus wird es schwieriger: Drew, Reed, Brendan.

Fünf der Zuckerbäckerhäuschen vor ihnen befinden sich im Besitz der Familie Truman-Snyder – von Drews Mutter und seinen Tanten, die den Hummereintopf für sie gekocht haben. Im Moment wird Drew in seinem Streifenwagen sitzen, vielleicht auf der Main Street in Edgartown, vielleicht draußen in Katama beim Ausstellen eines Strafzettels für einen Falschparker, vielleicht mit seiner Radarpistole auf dem Parkplatz der Grundschule. Er ist so attraktiv, so gut gebaut, so wohlmeinend. Bestimmt hasst er Harper aus tiefstem Herzen, und das mit gutem Grund. Sie hat ihn als Ablenkung von Reed missbraucht.

Reed ist ... nun ja, wenn er sich hier auf der Insel aufhält, hat er sich bestens versteckt. Harper könnte Bekannte fragen – Rooster? Franklin Phelps? Greenie? –, ob sie ihn gesehen oder von ihm gehört haben, ob sie wissen, wo er ist. *Ich muss mit ihm sprechen*, würde sie sagen. *Es ist wichtig.* Aber dabei würde sie es belassen.

Brendan Donegal. Brendan sollte in Mytoi am Koi-Teich sitzen oder am East Beach Steine übers Wasser hüpfen lassen, doch inzwischen ist auch Brendan tot. Harper holt tief Luft, dann wickelt sie sich Fishs Leine ums Handgelenk, während sie von Bord der Fähre geht. Fish zieht sie hinter sich her; er weiß, dass sie zu Hause sind. Ainsley ist direkt hinter ihnen. *Vermutlich ist sie in den letzten vierundzwanzig Stunden um fünfzehn Jahre gealtert*, denkt Harper. Das bewirkt der Umgang mit einer Tragödie bei einem Menschen.

Sie mieten sich bei A-A Auto Island Rental einen Wagen. Sie haben nur eine kurze Strecke vor sich, aber Harper will sich nicht auf Taxifahrer verlassen, die den Weg kennen oder auch nicht. Sie steigen in einen metallgrauen Jeep. Niemand wird sie erkennen.

»Hast du Hunger?«, fragt Harper Ainsley.

»Nein«, sagt Ainsley.

»Ich auch nicht«, sagt Harper. Sie hat seit Edies Anruf nichts essen können. »Ziehen wir es also durch.«

Ainsley nickt. Sie schaut aus dem Fenster. »Es ist sehr hübsch hier«, sagt sie.

»Das ist es«, bestätigt Harper.

Es ist einer jener klaren blauen Tage, die für den Vineyard wie geschaffen zu sein scheinen. Hitze und Feuchtigkeit haben sich verflüchtigt: Alles ist scharf umrissen. Wie viele Tage wie diesen hat Harper als selbstverständlich genommen? Irgendwann wird auch sie sterben. Fish wird sterben, Ainsley wird sterben, das Baby in Harper wird sterben. Das ist eine düstere Abfolge von Gedanken, doch nicht annähernd so beängstigend wie das, was vor Harper liegt. Sie muss Edie aufsuchen und sich auf ihre eigene Weise von Brendan verabschieden.

In Edgartown hält Harper sich an alle Verkehrsregeln und Geschwindigkeitsbegrenzungen; am Triangle lässt sie einen Fahrer von Tisbury Taxi vor sich einscheren. *Es gibt für alles ein erstes Mal*, denkt sie. Sie will nicht, dass Drew oder ein anderer Polizist sie anhält. Sie fährt die Main Street entlang, während Ainsley die Old Whaling Church und das Daniel Fisher House bestaunt, dann stellt sie sich in die Schlange für die *On Time III*, obwohl sie um zwei Fahrzeuge länger ist als die für die *On Time II*. Aber Harper meidet jeden, den sie kennt, einschließlich Indira Mayhew, der Kapitänin der *On Time II*.

Sie kurbelt das Fenster herunter, um sich ein Ticket zu kaufen.

»Lange nicht gesehen, meine Liebe.«

Harper dreht sich zur Seite. Heute arbeitet Indira auf der *III*.

»Hi«, sagt Harper. »Ja, ich war weg.«

»Irgendwo, wo es schön ist?«, fragt Indira.

»Auf Nantucket«, sagt Harper.

»Armes Kind«, sagt Indira, dann lächelt sie. »Das war ein Witz. Mein Vater ist mit unserem Boot gern rüber nach Tuckernuck gefahren. Und manchmal waren wir auch auf der Großen Insel. Ich erinnere mich an Cola und Austerncrackers im Anglers' Club.«

»Schön, Sie zu sehen«, sagt Harper. Als die Ampel grün wird, setzt sie auf die Fähre über.

»Alles in Ordnung mit dir?«, fragt Ainsley.

»Nein«, sagt Harper.

Chappaquiddick hat sich verändert. Früher weckte es in Harper ein Gefühl von Frieden und Liebe – jetzt verspürt sie Traurigkeit und Bedauern.

Sie hat das Gefühl, es sei ihre Schuld.

Als sie den Eingang zu Mytoi passiert, tut ihr das Herz weh. Sie fährt weiter auf der Chappaquiddick Road, bis sie das Haus der Donegals erreicht.

Edie erwartet sie. Sie sitzt auf ihrer vorderen Veranda auf der altmodischen Hollywoodschaukel, und als Harper hält, steht sie auf.

Harper steigt aus. Ainsley folgt mit Fish an der Leine.

»Edie«, sagt Harper. »Es tut mir so leid.« Sie umarmt die winzige Frau auf der obersten Treppenstufe, dann dreht sie sich zu Ainsley um.

»Meine Nichte Ainsley«, sagt sie. »Und das ist Fish.«

»Fish«, sagt Edie und bückt sich, um Fish unter dem Kinn zu kraulen. »Brendan hat ständig von Fish gesprochen. Ich gebe zu, dass ich eine Weile brauchte, um zu kapieren, dass Fish ein Hund ist.« Edie lächelt Ainsley traurig an. »Mein Sohn hat die Dinge manchmal durcheinandergebracht.«

»Ihr Verlust tut mir leid«, sagt Ainsley.

Edie nickt und presst die Lippen so fest zusammen, dass sie blutleer aussehen. »Möchtest du mit Fish einen Strandspaziergang machen?«, fragt sie. »Ich würde gern ein paar Minuten mit deiner Tante allein sein.«

»Natürlich«, sagt Ainsley.

»Du kannst einfach dem Weg ums Haus herum folgen«, sagt Edie.

Ainsley führt Fish die Verandatreppe hinunter und um einen stattlichen rosa blühenden Hortensienstrauch herum – von der Sorte Strawberry Sundae, bemerkt Harper, denn sie hat immer noch die Kenntnisse einer Gärtnerin.

»Sollen wir nach Mytoi gehen?«, fragt Edie.

Harper nickt, dann ergreift sie Edies Arm, als sie die Treppe hinuntersteigen.

»Niemand ist schuld daran«, sagt Edie. »Ich nicht und Sie ganz sicher nicht; wenn Sie also Schuldgefühle haben, befreien Sie sich davon.«

»Ich hätte hier sein sollen«, sagt Harper. »Ich hätte kommen müssen, als Sie angerufen haben.«

»Es hätte nichts geändert«, sagt Edie. »Brendan war nach seinem Unfall behindert, aber das war nicht das Problem. Das Problem war, dass er noch gesund genug war, um zu merken, wie behindert er war. Er kannte seine Grenzen, und er hasste sie. Er meinte, es sei, als ob sein Geist in einer Zwangsjacke steckte. Er sah auf seine Füße und wusste, welche Bewegungen er machen musste, um sich die Schuhe zuzubinden, aber er konnte seine Hände nicht dazu bringen zu kooperieren. Wir hatten Glück, dass er überhaupt so lange lebte.«

»Woher hatte er die Tabletten?«, fragt Harper.

»Von einem seiner Freunde«, sagt Edie. »Oder ehemaligen Freunde. Sie haben alle Drogen genommen, diese Surfer.«

Harper nickt. Das stimmt. »Ich wusste nicht, dass Brendan noch Kontakt zu ihnen hatte.«

»Ab und zu kam einer von ihnen vorbei«, sagt Edie. »Meistens Spider oder Doobie. Sie kamen, wenn ich sie vorher zufällig bei Cronig's getroffen hatte. Mich zu sehen machte ihnen ein schlechtes Gewissen.«

»Sie haben Brendan geliebt«, sagt Harper. »Wir alle haben ihn geliebt. Geradezu verehrt früher. Er war so viel besser als alle anderen. Er war ein Halbgott. Ich erinnere mich, wie sehr es mir schmeichelte, dass er überhaupt meinen Namen kannte, vor Jahren, als ich bei Mad Martha's arbeitete. Und dann ...« Hier zensiert Harper sich. Sie möchte ehrlich sein zu Edie, doch nicht so ehrlich, dass sie diesen Moment ruiniert. »Und dann nach seinem Unfall ... ich meine, ich wusste, dass er nicht mehr der Alte war, aber ich war trotzdem ... ich weiß nicht ... *fasziniert*, muss man wohl sagen. Brendan Donegal, der so viele Titel gewonnen und so viele Länder bereist hatte, der mit Kelly Slater und John Florence gesurft war – plötzlich war er erreichbar für mich.« Harper schluckt. Klingt das nicht furchtbar? Klingt es, als sei sie irgendwie froh über Brendans Unfall, weil er ihr die Möglichkeit verschaffte, ihm nahe zu sein? »Ich habe schnell gelernt, den Menschen zu lieben und zu schätzen, der Brendan geworden war. Nach einer Weile vergaß ich, dass der Surfer-Brendan jemals existiert hatte. Seine Vergangenheit wurde unwichtig. Meine Vergangenheit wurde unwichtig. Das war das Schöne am Zusammensein mit Brendan. Mit ihm lebte man im Jetzt.« Harper schließt die Augen. *Es ist heiß; der Teich ist still; der Kaffee ist stark; deine Augen sind traurig.* Jeder Mittwochnachmittag und jeder Sonntagmorgen gehörte ihnen gemeinsam.

*Komm zurück. Bitte.*

Sie sind jetzt am Eingang zu Mytoi, und beide zögern.

»Ich habe in seinem Namen Geld gespendet«, sagt Edie. »Es wird eine Bank oder eine Skulptur aufgestellt – ich habe noch nicht beschlossen, was genau. Aber ich wollte, dass es hier auf Chappy etwas zu seinen Ehren gibt, das ich aufsuchen kann, das Sie aufsuchen können.«

»Das ist eine wunderschöne Idee«, sagt Harper. »Haben Sie Ihre Meinung über einen Gottesdienst geändert?«

»Nein«, sagt Edie. »Ich habe den Leichnam einäschern lassen. Die Asche werde ich im Familiengrab neben seinem Vater beisetzen lassen. Der Pfarrer wird kommen, aber ohne Gottesdienst.«

Harper nickt. Sie haben den Garten betreten und verstummen automatisch. Das ist das Wohltuende an Mytoi – die Möglichkeit des Schweigens, der Stille, der Kontemplation. Sie überqueren die kleine Brücke. Harper blickt auf die schwimmenden Koi hinunter, dann setzen sie und Edie sich nebeneinander auf die rote Bank. Harpers Schmerz wird nie größer sein als jetzt. Sie hat sich nie vorgestellt, jemals ohne Brendan nach Mytoi zu kommen. Der Ort und der Mann und ihre Beziehung waren drei miteinander verflochtene Stränge. Sie weiß, dass sie dankbar sein sollte. Was wäre denn, wenn sie ihn nie gefunden hätte? Seine Freundschaft war ein solches Geschenk. Er war für sie da, als alle anderen auf der Insel sie im Stich gelassen hatten; als sie sich schlecht und billig fühlte, gab er ihr das Gefühl, wertvoll und geschätzt zu sein.

Plötzlich fließen die Tränen. Sie weint und kann nicht mehr aufhören; sie wünscht, sie besäße die Beherrschtheit von Edies und Eleanors Generation, aber nun ja. Vielleicht ist Edie nicht zu reserviert, um zu weinen – sondern einfach zu traurig, ihr Kummer so tief und festsitzend, dass er nicht aus ihr hervorbrechen kann.

Edie holt ein Taschentuch aus ihrer Hosentasche und reicht es Harper, die es dankbar entgegennimmt und sich die Nase putzt.

»Ich bin schwanger«, sagt Harper.

Edie, die schon kerzengerade dasitzt, scheint noch ein paar Zentimeter zu wachsen. »Ist das Kind … von Brendan?«

»Nein«, sagt Harper. »Brendan und ich haben nie …«

»Oh«, sagt Edie. »Ich war mir nicht sicher.«

»Ich wünschte, es wäre von ihm«, sagt Harper und merkt dann, dass dies tatsächlich stimmt. Aber natürlich ist das Baby von Reed, empfangen in jener schicksalhaften Nacht am Lucy Vincent Beach, als Reed leichtsinnigerweise ungeschützt mit ihr schlief. »Das wünschte ich mir mehr als alles andere.«

Edie steht auf der Veranda und winkt, als Harper aus der Einfahrt zurücksetzt.

»War es so schlimm, wie du dachtest?«, fragt Ainsley, sobald sie wieder auf der Chappy Road unterwegs zur Fähre sind.

»Nein«, sagt Harper.

Auf dem Rückweg von Mytoi sagte Edie: »Wenn Sie eine Wohnung brauchen, vor oder nach der Geburt des Babys ... ich möchte mir nichts anmaßen ... aber wenn Sie etwas zum Wohnen brauchen, steht Ihnen das Cottage, Brendans Cottage, so lange umsonst zur Verfügung, wie Sie wollen.«

»Vielen Dank, Edie«, sagte Harper. Wieder drohten Tränen – Tränen der Angst und Verwirrung, denn sie hatte keine Ahnung, was die Zukunft für sie bereithielt. Würde sie mit Reed zusammen sein oder ihren Weg allein gehen? Würde sie einen Job finden? Oder auf den Erlös aus dem Verkauf von Billys Haus bauen müssen? Sie versuchte, sich ein Leben auf Chappy im Herbst und Winter vorzustellen. Würde das sehr schlimm werden? »Ich bin mir über meine Pläne noch nicht im Klaren, aber das Angebot bedeutet mir viel. Und wer weiß? Vielleicht nehme ich Sie beim Wort.«

»Hoffentlich«, sagte Edie und drückte Harpers Arm. »Man stelle sich vor: ein Baby.«

Harper fährt nach Tisbury in ihre Wohnung, in der es stickig und heiß ist. Sie rennt hin und her, öffnet Fenster, entschuldigt sich bei Ainsley. Verglichen mit der Remise ist ihr Apartment so unspektakulär und anonym wie eine Suite in einem Billig-Hotel.

»Ist doch in Ordnung«, sagt Ainsley. »Ich will wirklich nur rumlaufen, ein bisschen shoppen, mir Vineyard Haven anschauen. Kann ich von hier aus zu Fuß gehen?«

»Kannst du«, sagt Harper. »Aber es ist ziemlich weit. Ich setze dich ab, und dann rufst du mich an, wenn du nach Hause kommen willst. Wie klingt das?«

»Prima«, sagt Ainsley. »Danke.«

Harper lässt Ainsley an den Five Corners aussteigen. Etwas, das sie nicht vermisst hat, ist der hiesige Verkehr. Er ist der Wahnsinn, schlimmer als in Harpers Erinnerung – und es ist noch nicht einmal August! Während sie in einer endlosen Schlange von Autos sitzt, die darauf warten, abbiegen zu können, und Fish auf dem Rücksitz schläft, beäugt Harper die Straße, die sie zu Billys Haus führen würde. Soll sie dort vorbeifahren? Sich anschauen, wie es aussieht, und herausfinden, wen Tabitha für die Bauarbeiten aufgetrieben hat? Harper staunt erneut darüber, dass Tabitha ganz allein eine so weitreichende Entscheidung getroffen hat. Harper braucht Geld, und zwar schnell! Sie erwartet ein Baby!

Doch das weiß Tabitha natürlich nicht.

Harper bekämpft den Drang, bei Billys Haus vorbeizuschauen. In ihrem fragilen Gemütszustand will sie eine persönliche Auseinandersetzung vermeiden – denn zu der würde es zweifellos kommen. Dieser Ausflug hatte einen Zweck, und der ist erfüllt. Harper wird Ainsley um halb acht auflesen, sie zum Essen ins Red Cat ausführen und dann nach Hause fahren und zu Bett gehen. Morgen früh wird sie dann vielleicht – *vielleicht* – in der Morning Glory Farm ein paar Muffins holen, damit Ainsley eins kosten kann. Dann mit der Mittagsfähre zurück nach Nantucket.

Harper erreicht ihre Wohnung. Drinnen gibt es nichts für sie zu tun. Einfach so auf den Vineyard zurückzukommen, war ein Fehler: Überall lauern Versuchungen. Harper überlegt, ob sie versuchen soll, Drew aufzuspüren, um sich bei ihm zu entschuldigen. Würde er das zu schätzen wissen oder es gönnerhaft finden?

Und dann ist da Reed. Reed. Reed. Reed. Reed. Harper malt sich aus, wie sie am Krankenhaus vorbeifährt, an seinem Haus, an Sadies Pie-Laden. Sie könnte auf der State Road hinaus nach Aquinnah fahren und über die South Road zurückkommen in der Hoffnung, dass er vielleicht mit dem Rad unterwegs ist. Hat er einen Lieblingsstrand? Lobsterville? Great Rock Bight? Harper hat ihn nie gefragt. Er ist Arzt – vielleicht geht er nicht an den Strand.

Sie *wird* in Billys Haus vorbeischauen, beschließt sie. Es ist das Sicherste, was sie tun kann.

Sie schlängelt sich von hinten heran und hofft und betet, dass Tabitha nicht da ist, damit sie sich ins Haus schleichen kann. Beim Näherkommen sieht sie einen grünen Pick-up aus dem Garten kommen. Am Steuer sitzt Tad, der irische Tischler. Harper kennt ihn flüchtig. Er war früher mal mit einer der anderen Gärtnerinnen zusammen, die für Jude arbeiteten, doch Harper ist sich ziemlich sicher, dass sie sich getrennt haben. Sie hat Tad im Ritz und im Trampost gesehen, aber immer allein. Arbeitet er etwa im Haus? Wie hat Tabitha ihn aufgetrieben? Tad ist mit Franklin Phelps befreundet, doch vielleicht hat diese Beziehung ja gar keine Rolle gespielt. Vielleicht haben in den Wochen seit Harpers Weggang alle das mit Harper und Reed Zimmer vergessen; vielleicht war es von vornherein keine so große Sache. Gut möglich. Immerhin ist der Sommer in vollem Gange. Es sind jetzt neunzigtausend Menschen auf der Insel – *neunzigtausend!* –, da gibt es sicher aufregendere Gesprächsthemen.

Harper wartet auf der anderen Straßenseite, bis Tad um die Ecke gebogen ist, dann fährt sie langsam weiter, bis sie einen guten Blick in den Garten hat.

*Ach du meine Güte!*, denkt sie. Der Garten ist völlig verwandelt. Der Rasenbereich ist mit grünem Gras ausgelegt. Es gibt Beete mit Hortensien und anderen Mehrjährigen. Alles Gestrüpp wurde entfernt, und der Gemüsegarten ist verschwunden. *Wie* hat Tabitha jemanden dafür gefunden? Harper hätte nicht gedacht, dass irgendein Gärtner auf der Insel bereit wäre, für die Frosts zu arbeiten.

Das Haus wirkt unbewohnt. Neugier überwältigt Harper. Das hier ist Billys Haus, und in ihren ersten zehn Jahren auf dem Vineyard war es auch ihres. Und jetzt gehört es wieder ihr, da es ihr zur Hälfte vermacht wurde. Sie braucht sich nicht wie ein Ruhestörer oder Eindringling vorzukommen, sondern hat jedes Recht, es zu betreten – mehr als das!

Sie marschiert die Hintertreppe hoch. Die Tür zur Küche ist unverschlossen.

*Erstaunen* ist kein Ausdruck für das, was Harper empfindet, als sie hineingeht. Sie kann die Verwandlung kaum fassen. Die Kinnlade fällt ihr herunter, als sie mit der Hand über die steinernen Arbeitsflächen streicht und die Schränke in der Farbe von verbranntem Honig öffnet. Die Scharniere sind geschmeidig wie Butter. Das Holz fühlt sich stabil und echt an. Der Fußboden ist immer noch aus Sperrholz, aber die Haushaltsgeräte sind installiert – ein Kühlschrank, ein Herd der Marke Wolf, ein Geschirrspüler von Bosch. Es gibt einen separaten Eiswürfelbereiter! Und einen Weinkühlschrank! Sie zwinkert und dreht sich im Kreis. Dies ist doch Billys Küche, oder? Dies ist doch sein Haus?

Harper tritt in den Wohn- und Essbereich. Die Wände sind in der Farbe von Eierschalen gestrichen und die Böden Dielen aus Kernkiefer. Waren *sie* es, die sich all die Jahre über unter der Auslegware versteckt haben? Sie sind prachtvoll, und der Raum wirkt insgesamt hell, sauber und elegant. Harper späht in die Gästetoilette. Verschwunden sind das Filmposter und das unaussprechlich übelriechende Klosett. Die Wände sind zinnfarben, und eine schlanke weiße Glassäule dient als Waschbecken. Harper wusste gar nicht, dass solche Waschbecken außerhalb der Seiten von Zeitschriften existieren.

*Sie hat es geschafft*, denkt Harper. Statt Billys Haus abreißen zu lassen und in einen Haufen Schutt zu verwandeln, hat Tabitha es gerettet. Harper ist gleichermaßen stolz auf ihre Schwester wie schamerfüllt über ihre eigene Kurzsichtigkeit. Sie will lieber nicht ausrechnen, wie viel Tabitha ausgegeben hat, um das hier zu verwirklichen. Es ist ja nicht so, als hätte sie das Geld auf einem Spieltisch in Vegas verschleudert. Dieses Haus *werden* sie verkaufen; das erkennt Harper. Sie werden einen ansehnlichen Zahltag erleben. Harper weiß nicht recht, warum es sie überrascht, dass Tabitha Recht hatte. Tabitha hat immer Recht.

Harper nähert sich der Treppe. Der schäbige senfgelbe Teppich mit dem Aztekenmuster wurde entfernt, und die hölzernen Stufen bedeckt jetzt ein marineblauer wollener Läufer mit weißen Rauten. Klassisch. Harper schaut nach oben. Der hässlichste Kronleuchter der Welt wurde durch eine schlichte Glaskugel mit einer Glühbirne darin ersetzt. Fantastisch. Aus einem Treppenaufgang, der früher nur ein Mittel zum Zweck war, ist ein Kunstwerk geworden.

Als Harper die Stufen hinaufsteigt, hört sie ein Geräusch.

»Tabitha?«, fragt sie.

Harper späht in den ehemals lavendelfarbenen Raum, der früher ihr Zimmer war. Er wurde in einem sahnigen Beige gestrichen; das kleine Schlafzimmer ist jetzt salbeigrün. Das Bad zwischen beiden hat ein neues Standwaschbecken und eine gläserne Duschkabine und wird gerade frisch gefliest.

Das Geräusch kommt aus Billys Zimmer. Es klingt wie Weinen, doch das kann nicht sein. Harper befürchtet, bei etwas zu stören.

»Tabitha?«, sagt sie ein bisschen lauter.

Das Geräusch wird deutlicher. Weinen. Ihre Schwester weint.

Harper steckt ihren Kopf in das Zimmer. Der Fußboden ist jetzt kirschrot. Im Gegensatz zu allen anderen Räumen, aus denen die alten Möbel entfernt wurden, steht hier noch Billys breites Doppelbett sowie der Stapel Milchkästen, den er als Nachttisch für geeignet hielt. Vielleicht weint Tabitha, weil es so hässlich ist, denkt Harper, und das entlockt ihr ein Lächeln, obwohl offenbar etwas Ernstes geschehen ist, und sie bereitet sich innerlich auf die Nachricht vor, dass sich Eleanors Zustand verschlechtert hat.

»Tabitha?«, sagt Harper jetzt zu laut, um ignoriert zu werden. »Ich bin's, Harper. Was ist los?«

Tabitha hebt ihren Kopf aus einem Nest von Kissen. Ihr Gesicht ist schmerzverzerrt und fleckig, ihre Augen sind geschwollen, ihre Haare zerzaust. Sie trägt ein Männer-T-Shirt aus dem Hot Tin Roof und ein Paar Jeans-Shorts. Die Shorts sind von Current/Elliott und werden in der ERF-Boutique für hundertfünfzig Dollar verkauft. Harper gratuliert sich dazu, dass sie das erkennt, und es verschafft ihr die Gewissheit, dass dies tatsächlich ihre Schwester ist.

Aber Tabitha in einem Hot-Tin-Roof-T-Shirt – wow! Es gibt für alles ein erstes Mal.

»Was *los* ist?«, sagt Tabitha. Sie zupft ein Papiertaschentuch aus einer Schachtel auf den Milchkästen und wischt sich das Gesicht ab. »Dass du mein Leben ruiniert hast. Wieder mal.«

»Ich habe *was* getan?«, fragt Harper. »Wie habe ich denn diesmal dein Leben ruiniert?« Sie holt tief Luft und versucht zu überlegen, was es gewesen sein könnte. »Ich habe deine Anweisungen befolgt. Ich kümmere mich um Ainsley. Sie hat den ganze Sommer über nichts getrunken. Ist auf keine einzige Party gegangen. Ist nicht in Schwierigkeiten geraten. Und der Laden – okay, vielleicht läuft es im Laden nicht genau so, wie du und Mommy es euch wünscht. Aber die Verkaufszahlen sind um fünfhundert Prozent gestiegen!«

»Der Laden interessiert mich nicht!«, sagt Tabitha. »Um den Laden oder Mommy geht es mir nicht. Es geht mir um mich. Praktisch zum ersten Mal in meinem Leben geht es mir um mich.«

»Was?«, sagt Harper. »Ich kapiere gar nichts.«

»Ich habe mich verliebt«, sagt Tabitha.

»Hoppla«, sagt Harper. »In wen?« Sosehr sie sich auch bemüht, sie kann sich nicht vorstellen, dass sich Tabitha hier in jemanden verliebt hat. Außer vielleicht in Ken Doll. Hat Tabitha sich in Ken Doll verliebt?

»Franklin Phelps«, sagt Tabitha.

*In Franklin Phelps?*, denkt Harper. Sie braucht einen Moment, um sich zu orientieren. Dann holt sie tief Luft. Tabitha hat sich in Franklin Phelps verliebt, Sadies Bruder.

»Ich hab ihn im Ritz kennen gelernt«, sagt Tabitha. »Er hat gesungen. Und währenddessen hat so ein Blödmann an der Bar angefangen, mich anzubaggern.«

»Blödmann?«, wiederholt Harper. Sie kennt viele, viele Männer, auf die diese Bezeichnung passt.

»Franklin hat mich gerettet. Er hat mich nach Hause gebracht.«

»Wann war das?«, fragt Harper.

»An meinem ersten Abend auf dem Vineyard«, sagt Tabitha. »Und dann hat Franklin diesen Job hier übernommen. Er ist der Bauunternehmer.«

»*Wirklich?*«, sagt Harper. »Ich habe Tad gesehen, aber ich dachte nicht … Ich meine, entschuldige, dass ich frage, aber du wusstest, dass er Sadies Bruder ist, oder?«

»Woher sollte ich das wissen?«, sagt Tabitha. »Ich hatte keine Ahnung, und er hat es mir nicht erzählt. Aber als ich herausfand, dass er Bauunternehmer ist, und ihn bat, für mich zu arbeiten, meinte er, das könne er nicht. Er sagte, es gebe erschwerende Umstände, wollte mir aber nicht verraten, welche. Dann änderte er seine Meinung und war bereit, den Job zu übernehmen. Ich meine, hast du dir das Haus angesehen? Es ist unglaublich.«

»Unglaublich«, stimmt Harper zu. Ihr Herz zieht sich zusammen. Das Haus ist unglaublich, und der Gedanke, dass Tabitha und Franklin gemeinsam dafür gesorgt haben, dass es so wurde, ist verrückt und wunderbar – zwei Menschen, die Harper im Geiste nie zusammengebracht hätte, doch jetzt sieht sie, wie gut sie harmonieren.

»Dann ging er zu einem Essen bei seinen Eltern, und Sadie war auch da, und es geht ihr wohl nicht besonders, aber alles war irgendwie trotzdem okay, bis Sadie herausbekam, dass Franklin hier arbeitet und sich mit mir trifft. Damit kommt sie nicht klar. Sie hat ihn aufgefordert, sich von mir fernzuhalten.«

»Und er hat auf sie gehört?«, fragt Harper. »Erstens ist er ein erwachsener Mann, und zweitens bist du nicht ich.«

»Das verstehst du nicht«, sagt Tabitha. Sie schafft es aufzustehen, wirkt jedoch kleiner, wie ein verirrtes Kind; der Liebeskummer hat sie schrumpfen lassen. »Sadie ist seine Schwester. Und du bist meine Schwester.«

»Und ich ruiniere alles«, sagt Harper.

»Du ruinierst *alles*«, bestätigt Tabitha. »Seit ich hier bin, habe ich Angst, angespuckt zu werden. Fremde sind ja schon schlimm genug, Harper. Aber das jetzt. Das!«

»Du hättest mir erzählen sollen, dass du dich mit Franklin triffst«, sagt Harper. »Dann hätte ich dich gewarnt.«

»Und mir gesagt, dass du den Ehemann seiner Schwester vögelst?«

»Ja«, sagt Harper.

»Du bist unfassbar egoistisch«, sagt Tabitha. »Und das warst du immer. Du bist zu Billy gezogen. Du hast mich verlassen und nie zurückgeschaut.«

Harper starrt sie an. Tabitha ist verletzt, ruft sie sich ins Gedächtnis. Sie ist so giftig, weil sie verletzt ist. Aber jetzt, da Tabitha es zur

Sprache gebracht hat, erhält Harper etwas, das sie nie zuvor hatte: eine Gelegenheit, sich zu verteidigen. »Das stimmt nicht. Was wir getan haben, war fair. Wir haben darum gespielt. Ich habe dir sogar die 3-Runden-Regelung zugebilligt, Pony, und du hast trotzdem verloren. Und das hat niemanden mehr überrascht als mich. Als ich zu Billy ziehen konnte, war es das einzige Mal, dass ich dich in etwas geschlagen habe. Und du hast dafür gesorgt, dass es mir mein ganzes Erwachsenenleben hindurch schrecklich ging.«

»Nach Julians Tod habe ich mir gelobt ...«

»Was Julian zugestoßen ist, war nicht meine Schuld«, sagt Harper. »Und es war auch nicht deine Schuld. *Keiner* war schuld daran, Tabitha.« Es ist ein wunderbares Gefühl, nach all den Jahren des Schweigens ihre Position vertreten zu können. »Julian war krank. Er ist gestorben. Es war tragisch, Tabitha. Ich will nicht so tun, als wüsste ich, wie es sich anfühlt, ein Kind zu verlieren, aber ich nehme an, es ist der schlimmste Schmerz, den ich je verspürt habe, mal tausend oder mal hunderttausend. Ich habe nie verstanden, warum du mir die Schuld dafür gegeben hast, warum du mich rausgeworfen hast, mir verboten hast, zur Beisetzung zu kommen, mich aus deinem Leben verbannt hast, aber du hast *immer Recht*, und ich habe *immer Unrecht*, daher habe ich es nie hinterfragt. Ich habe die Schuld auf mich genommen! Vierzehn Jahre lang habe ich geglaubt, ich sei böse, Tabitha. Deshalb habe ich mich vermutlich auch mit Joey Bowen eingelassen. Ich dachte so gering von mir: Was spielte es schon für eine Rolle, wenn ich für ihn ein Päckchen auslieferte? Was spielte es für eine Rolle, wenn ich ins Gefängnis kam? Was spielte es für eine Rolle, wenn ich mit dem Gesicht nach unten im Hafen von Edgartown trieb? Du hattest doch bereits dafür gesorgt, dass ich mich verabscheuungswürdig fühlte. Und wenn ich es mir recht überlege, ist das vielleicht auch der Grund dafür, dass ich solche Probleme mit Männern habe. Ich habe immer darauf gewartet, dass einer von ihnen mir versichert, wie wertvoll ich bin. Reed Zimmer war derjenige, der das schließlich tat. Er liebte mich, was mir das Gefühl gab, ein besserer Mensch zu sein, als ich es nach Julians Tod angenommen hatte. Ich wusste, dass er verheiratet war und dass es falsch war, was ich tat. Aber ich war machtlos angesichts der Liebe, die ich für ihn empfand, und angesichts der Tatsache, wie sehr ich seine Liebe brauchte. Vielleicht verstehst du das ja jetzt, da du in Franklin verliebt bist.«

»Entschuldige, wenn für mich die Zerstörung einer Ehe nicht dasselbe ist wie Liebe«, sagt Tabitha. »Du bist egoistisch und rücksichtslos und ...«

»Und ich bin immer im Unrecht«, sagt Harper.

»Du warst im Unrecht damit, einer anderen Frau den Mann wegzunehmen«, sagt Tabitha. »Und du warst in der Nacht von Julians Tod im Unrecht. Gib es zu.«

»Wenn es dir hilft, dass ich das sage, sage ich es. Ich schreie es laut heraus. In der Nacht von Julians Tod war ich im Unrecht. Ich habe eine Entscheidung für uns beide getroffen. Ich habe dich gedrängt. Aber selbst wenn ich dich nicht gedrängt hätte, selbst wenn ich *gar nicht nach Nantucket gekommen wäre*, wäre er trotzdem gestorben. Das weißt du. Ich glaube, dass du es im tiefsten Innern weißt.«

»Raus mit dir«, sagt Tabitha.

»Tabitha.«

»*Raus*«, sagt Tabitha.


Zurück in ihrer Wohnung, nimmt Harper ihre Tasche und Ainsleys Tasche und wirft beide in den gemieteten Jeep. Sie zittert immer noch, als sie Ainsley an den Five Corners aufliest.

»Planänderung«, sagt sie mit falscher Munterkeit. »Wir nehmen die Fähre heute Abend.«

»Ohhh«, sagt Ainsley. »Warum können wir nicht bleiben?«

»Darum«, sagt Harper. »Wir können eben nicht.«

## *TABITHA*

Sie sieht zu, wie Harpers Wagen aus der Einfahrt kreischt. Nach dem Aufwallen eines rachsüchtigen Triumphgefühls lässt sie sich aufs Bett fallen und vergießt neue Tränen. Sie geht den ganzen Weg zurück bis zum Ursprungsschmerz: Es ist nicht fair, dass sie Eleanor zugeteilt wurde und ihr Leben als Erwachsene damit verbringen musste, unmöglich hohen Anforderungen zu genügen, während Harper bei Billy wohnen und tun durfte, was zum Teufel ihr gerade einfiel. Drogen verschieben! Mit Billys verheiratetem Arzt schlafen!

Was in der Nacht von Julians Tod passierte, *war* Harpers Schuld! Wessen Schuld sollte es sonst gewesen sein?

Und doch verspürt Tabitha jetzt, da Harper weg ist, im tiefsten Innern eine Leere. Harper ist, was auch immer geschieht, ihr Zwilling. Sie sind nicht dieselbe Person, ganz und gar nicht, aber Tabitha kennt Harper, kennt sie bis ins Mark, bis in ihre winzigsten Zellen. Liebt sie ihre Schwester? Ja, das muss sie zugeben. Aber ihre Wut auf sie ist überwältigend. Tabitha muss für einen Ausgleich sorgen. Sie muss sich rächen, damit sie und Harper auf Augenhöhe sind. Heute Abend hat sie Gelegenheit dazu. Gleich jetzt.

Sie steigt in den FJ40 und fährt zum Our Market in Oak Bluffs, wo sie eine Flasche sehr kalten Domaines-Ott-Rosé kauft und einen einfachen Korkenzieher – und, wo sie schon dabei ist, zwei Fläschchen Jägermeister. Die Kassiererin schaut sie komisch an und sagt: »Harper? Ich dachte, du hättest die Insel verlassen.«

Tabitha lächelt strahlend. »Ich bin zurück!«, sagt sie.

Sie fährt auf der South Road nach Westen und biegt auf einen Feldweg ab, um in Ruhe zu trinken und nachzudenken. Der Weg endet an einem Waldstück, doch zwischen den Bäumen hindurch sieht Tabitha Wasser. Sie trägt ihre Einkäufe an einen kleinen Strand, wo sie sofort von einem Schwarm Mücken attackiert wird. Es ist ihr egal. Dieser Ort besitzt das, was sie braucht: Abgeschiedenheit.

Sie hat vergessen, einen Becher mitzunehmen, und wird den kalten Rosé aus der Flasche trinken müssen wie ein provenzalischer Landstreicher. Na gut. Da sie ja vorgibt, Harper zu sein, kann sie sich auch wie Harper benehmen.

Sie trinkt den Wein in großen Zügen, dann kippt sie beide Schnäpse hinunter. Ihr Kopf dreht sich. Sie hat seit Tagen nichts gegessen. Seit dem Lunch an dem Tag, an dem Franklin verschwand. Der Wein lockert Tabitha; endlich ist sie imstande, ganz ein- und auszuatmen, ihren Kopf auf dem Hals kreisen zu lassen, die Arme zu strecken. Noch ein paar Schlucke, dann wird sie sich auf den Weg machen.

Zurück im Wagen, gestaltet sie sich um. Sie fasst ihr Haar zum Pferdeschwanz zusammen und lächelt in den Rückspiegel. Ihrer Meinung nach unterscheidet sie sich komplett von Harper, doch für den Rest der Welt sehen sie identisch aus. Sogar Eleanor und Billy hatten früher Probleme, sie auseinanderzuhalten. Einmal kennzeichnete Eleanor die Zwillinge auf dem Foto, das sie der Weihnachtskarte beifügte, mit den falschen Namen, ohne es zu bemerken. Tabitha und Harper erwogen, sie darauf hinzuweisen, kamen aber zu dem Schluss, dass es die Mühe nicht wert sei. Eleanor hätte entweder die Karten weggeworfen und sie noch einmal fotografieren lassen – oder sie hätte, schlimmer noch, behauptet, es würde niemandem auffallen – *wozu also der Aufwand?*

In Tabithas Erinnerung ärgerte Harper sich mehr über den Fehler als sie selbst. Sie war dafür, Eleanor alles zu erzählen, doch Tabitha beschwichtigte sie. Sie entsinnt sich, wie empört sie über Harpers Unmut war. Warum war Harper nicht *dankbar* dafür, für Tabitha gehalten zu werden? Warum wollte sie so vehement ihre eigene Identität herausstellen?

In ihrer Jugend liebte Tabitha Harper mehr, als Harper sie liebte. Ist das möglich? Als Tabitha ein Pony wurde, war Harper die einzige Person, die auf ihr reiten durfte, obwohl Freunde und jüngere Nachbarskinder sie auch darum baten. Und ihre ganze Kindheit hindurch war Harper die Einzige, von der Tabitha sich die Haare bürsten oder den Rücken kratzen oder Sonnenschutz auftragen ließ. Harper war mit dickerer Haut geboren. Es scherte sie nicht, wie sie aussah; ihre Zensuren oder schulischen Aktivitäten kümmerten sie nicht. Sie gab sich gerade genug Mühe, Eleanors unmöglich hohen Anforderungen zu entsprechen, doch Billys oder Eleanors Billigung war ihr nicht so wichtig.

Diese Gleichgültigkeit sollte sie natürlich später einholen.

Tabitha fährt auf der South Road in Richtung Aquinnah und hält dabei Ausschau nach dem schlichten Holzschild. Sie weiß nicht mehr genau, wo es war, ist sich aber sicher, dass sie es wiedererkennt, wenn sie es sieht.

Vielleicht war sie abgelenkt und hat es verpasst, oder es war näher bei Chilmark, als sie dachte. Als sie die Brücke überquert, weiß sie, dass sie zu weit gefahren ist, also dreht sie um und fährt zurück. Sie wird es finden. Sie muss. Aber sie hofft, dass es nicht lange dauert, denn viel Tageslicht bleibt ihr nicht mehr.

*Die gute alte Sheep Crossing ... im ersten Cottage hinter der Abzweigung versteckt sich mein Schwager.*

Hat er *im ersten Cottage hinter der Abzweigung* gesagt? Links oder rechts? Der Abend im Outermost Inn scheint ihr lange zurückzuliegen.

Dann, als Tabitha eben anfängt, sich zu fragen, ob sie und Franklin überhaupt die South Road entlanggefahren sind – vielleicht war es die State Road? –, sieht sie das Schild: SHEEP XING. Ja! Hier ist es. Sie tritt auf die Bremse. Zweifel machen sich in ihr breit wie Gaffer, die den Schauplatz einer Katastrophe umschwärmen. Was macht sie hier? Was will sie erreichen? Tabitha fährt ganz langsam an der ersten Einfahrt links vorbei, um das Haus gut sehen zu können. Es ist ein schlichter anderthalbstöckiger Bau mit grauen Fensterläden und weißen Zierleisten und sieht aus wie eins von hundert Einfamilienhäusern auf Nantucket. Davor steht ein schwarzer Lexus, und am Verandageländer lehnt ein Rennrad. Schwarzer Lexus = Arztwagen? Fährt Reed Zimmer ein Rennrad? Tabitha weiß nichts über den Mann. Sie entsinnt sich nicht einmal mehr seines Aussehens; sie hat nur einen kurzen Blick auf ihn erhascht, nachdem sie von seiner Frau geohrfeigt und mit Sekt begossen wurde. Tabitha hat nur die Anwesenheit eines Mannes registriert, der auf der anderen Seite von Sadie versuchte, sie zu beschwichtigen.

Tabitha fährt vorbei. Die Straße wird zur Sackgasse, ist für Tabitha jedoch abgelegen genug, um ihr das Gefühl zu geben, sie könne hier halten und ein Weilchen bleiben.

Sie nimmt noch einen Schluck aus der Weinflasche. Und das ist, wie sich erweist, der Schluck, der die Gruft ihrer Erinnerung aufschließt.

Es ist Mitte August 2003. Julian ist noch keine drei Monate alt. Tabitha sieht aus wie eine Frau, die in der Wildnis verloren gegangen und für tot erklärt worden ist. Sie hat seit Julians Geburt keine vollständige Mahlzeit mehr gegessen oder mehr als zwei Stunden am Stück geschlafen. Sie und Julian sind jetzt zu Hause bei Wyatt und Ainsley; sie durften das Krankenhaus verlassen, was die Situation sowohl besser als auch schlimmer macht. Besser, weil kein Mensch in einem Krankenhaus leben will. Schlimmer, weil Julian im Krankenhaus tagtäglich rund um die Uhr unter Beobachtung war.

Inzwischen geht Wyatt wieder arbeiten, und Tabitha ist mit Julian und Ainsley allein. Sie ist erledigt, aber das Wort ist zu harmlos, um ihren Zustand der andauernden Gereiztheit zu beschreiben. Am Ende ihrer ersten Woche zu Hause blafft sie Ainsley an. Als Ainsley daraufhin weint, schüttelt Tabitha sie. Nicht heftig genug, um ihr wehzutun, doch so heftig, dass Tabitha vor sich selbst erschrickt. Sie ruft Wyatt schluchzend auf der Arbeit an. Sie schafft es nicht, sagt sie. Sie schafft es nicht allein. Er muss nach Hause kommen und ihr helfen.

*Und wovon sollen wir leben?*, fragt er. Er weigert sich strikt, von Eleanor finanzielle Hilfe anzunehmen. Es ist fast, als fordere er Tabitha heraus, das vorzuschlagen, damit er sie verlassen kann.

*Schon gut*, sagt Tabitha.

Am nächsten Tag kommt Harper zur Tür herein.

»Da bin ich«, verkündet sie triumphierend, als sei sie die Antwort auf alle Probleme, die Tabitha hat. »Ich habe mir vier Tage frei genommen. Ich muss erst Sonntag wieder zurück.« Sie holt eine Flasche trockenen Rosé-Champagner von Billecart-Salmon aus ihrer Tasche, der, wie sie meint, köstlich ist; sie hat die Flasche aus dem Restaurant mitgehen lassen, wo sie kellnert, dem Dahlia's.

»Aber du hast dafür bezahlt, oder?«, fragt Tabitha.

»Stimmt«, sagt Harper zwinkernd. »Mit harter Arbeit und musterhaftem Verhalten.«

Tabitha hat nicht genug Kraft, um sich darüber aufzuregen, dass Harper ihrem Arbeitgeber eine Flasche Champagner gestohlen hat. Was spielt das für eine Rolle?

»Wir können ihn sowieso nicht trinken«, sagt sie. »Ich stille.«

»Dann pump doch vorher Milch ab«, sagt Harper. »Du hast bestimmt jetzt schon genug Milch im Kühlschrank, um eine ganze Meute Kinder zu füttern. Auf dieser Flasche steht jedenfalls unser Name.«

»Meinetwegen, Harper«, sagt Tabitha. In ihr steigen schon wieder völlig grundlos Tränen auf; vielleicht, weil sie so gern Champagner trinken möchte, es aber nicht darf. Julian fängt an zu quäken, und Harper sagt: »Da ist ja mein Baby.« Sie zeigt auf Tabitha. »Setz dich. Oder, noch besser, geh und mach ein Nickerchen. Ich kümmere mich um die Kinder, und dann fange ich mit dem Abendessen an. Du siehst aus wie kurz vorm Verhungern.«

Tabitha würde gern protestieren. Sie würde Harper gern darauf hinweisen, dass sie keine Ahnung von der Versorgung eines Kleinkindes oder eines kranken Säuglings hat; dass sie sich da nicht durchmogeln kann. Aber sie ist zu müde, um ihre Einwände zu formulieren. Das Angebot eines *ungestörten* Nickerchens, gefolgt von einer selbstgekochten Mahlzeit, ist zu verlockend, um es abzulehnen.

Wie sich herausstellt, ist Harper ein kompetentes Kindermädchen und eine hervorragende Köchin. Sie macht eine Bouillabaisse mit Jakobsmuscheln, Miesmuscheln und Hummerstücken. Tabitha isst drei Schalen davon mit Salat und knusprigem Brot zum Auftunken und fühlt sich danach erstaunlicherweise wieder wie ein Mensch.

Harpers Ankunft auf Nantucket liefert tatsächlich so etwas Ähnliches wie eine Antwort. Ainsley ist zwei Jahre alt und spricht schon ganz gut; sie stellt unaufhörlich Fragen, von denen die meisten mit *Warum* beginnen. Harper antwortet ihr geduldig, und Ainsley nickt feierlich, als hätte sie gerade eine kostbare Weisheit vernommen.

Auch Julian gegenüber verhält Harper sich großartig. Sie erwähnt nicht, wie blass er ist; sie vergleicht sein schwaches Wimmern nicht mit dem Geräusch eines Aufziehspielzeugs, dem die Puste ausgeht. Sie behandelt ihn wie ein normales Baby. Sie nennt ihn Dicker und Prachtkerl. Und wenn er untröstlich ist und sich nicht hinlegen oder stillen lassen will, tanzt Harper mit ihm im Zimmer herum und singt ihm »If I Had $10 000 000« von den Barenaked Ladies vor, das ihn zum sofortigen Einschlafen bewegt.

Wyatt ist beeindruckt. »Sie kann gut mit ihm.«

Tabitha nickt. Halb ärgert es sie, dass Harper sich als so geschickt im Umgang mit den Kindern erweist, halb verspürt sie Erleichterung. Seit Harpers Ankunft hat sie mehr geschlafen als in den ganzen drei Monaten zuvor.

An ihrem letzten Tag steht Harper früh auf und fährt mit Tabithas Rad in die Stadt. Sie kommt mit einem Strauß Feldblumen zurück, den sie an einem der Farmlaster in der Main Street gekauft hat.

»Damit du dich an mich erinnerst.« Sie stellt die Blumen in Wasser und dann auf die Küchentheke. »Und übrigens, wir gehen heute Abend aus.«

»Nein, tun wir nicht«, sagt Tabitha.

»Doch, tun wir«, sagt Harper. »Wyatt ist einverstanden. Er bleibt zu Hause bei den Kindern. Er hält es für eine gute Idee.«

»Das tut er *nicht*«, widerspricht Tabitha. Wyatt hat schreckliche Angst davor, mit den Kindern allein gelassen zu werden, was ein Grund für Tabithas Erschöpfung ist.

»Na schön, ich habe ihn überredet«, sagt Harper. »Wir werden den Champagner trinken, den ich mitgebracht habe, dann gehen wir essen und *dann* in der Chicken Box tanzen.«

Darüber muss Tabitha lachen. Sie werden keinesfalls in der Chicken Box tanzen. Tabitha war seit ihrem ersten Sommer auf Nantucket nicht mehr in der Chicken Box. »Ich glaube, du kapierst es nicht«, sagt sie, »weil du ein Leben ohne Verantwortlichkeiten führst. Ich dagegen habe zwei Kinder, Harper. Ich bin *Mutter*. Ich kann mir nicht einfach ein Saufgelage genehmigen.«

»Wer spricht denn von einem Saufgelage?«, sagt Harper. »Wir bringen die Kinder zu Bett, dann gehen wir aus. Wir haben um halb neun eine Reservierung im 21 Federal. Dann in die Box zum ersten Set. Zu

Hause um Mitternacht. Es ist alles arrangiert. Du darfst nicht kneifen. Du *brauchst* das, Tabitha. Ich habe Angst, dass ich nächsten Monat wiederkommen und dich in die Sapphire Farms einweisen lassen muss, wenn du nicht mal ein bisschen Dampf ablässt.«

Erst jetzt nach so langer Zeit kann Tabitha genauer analysieren, wie Harper es geschafft hat, sie zum Ausgehen zu überreden. War es die Erwähnung von Sapphire Farms – der psychiatrischen Klinik für vornehme Bostoner Damen, die einen Nervenzusammenbruch erlitten haben? Eleanor hat mehrere Freundinnen, die dort waren, angeblich, weil sie »eine Auszeit von der Großstadt« benötigten, obwohl die Zwillinge wussten, dass ein Aufenthalt in den Farms bedeutete, dass diese Damen entweder vollkommen geistesgestört waren oder zumindest unfähig, ihr tägliches Leben zu bewältigen. Hatte Tabitha Angst vor Harper und war nicht imstande, sich durchzusetzen und nein zu sagen? War die Erlösung von ihrem Alltag – und sei es nur für vier, fünf Stunden – zu verlockend, um ihr zu widerstehen?

Ja. Harper bot Tabitha eine Gelegenheit, die sie nicht ausschlagen konnte. Sie war die Schlange, die ihr einen Apfel von dem verbotenen Baum hinhielt. Und als verwundbare und schwache Sterbliche nahm Tabitha einen großen, saftigen Bissen davon.

Tabitha entsinnt sich nicht, nervös oder besorgt gewesen zu sein. Sie entsinnt sich nicht, dass sie Wyatt gefragt hat, ob es ihm *wirklich* recht war, dass sie ausging; sie entsinnt sich nicht, ob sie Ainsley und Julian noch einen Abschiedskuss gegeben hat. Doch sie erinnert sich daran, dass sie ein hauchdünnes weißes Sommerkleid anzog und sich von Harper die Haare flechten ließ. Sie erinnert sich, dass sie eine Margerite aus dem Feldblumenstrauß zupfte und sich hinters Ohr klemmte.

Sie beschließen, die Flasche Billecart-Salmon mit ans Ende des Old South Wharf zu nehmen, wo Harper den Korken in den Hafen knallen lässt und sie sich an den Rand des Anlegers setzen, sodass ihre Füße die Wasseroberfläche streifen, während sie abwechselnd aus der Flasche trinken und sich über die Gesetzlosigkeit ihres Tuns amüsieren.

Zumindest amüsiert sich Tabitha. Sie fühlt sich wie ein neuer Mensch beziehungsweise wie ein alter Mensch, wie die Person, die sie war, bevor sie mit zweiundzwanzig Mutter wurde.

Sie ziehen ihre Sandalen an und gehen zum 21 Federal, Tabithas Lieblingsrestaurant. Tabitha überlegt, Wyatt anzurufen, tut es aber nicht. Wenn sie das Baby schreien hört, ist ihr der Abend verdorben.

Sie werden im vorderen Teil des Lokals an einen Zweiertisch platziert. Als Vorspeise teilen sie sich Champignons auf einem Parmesanauflauf, dann teilen sie sich den gebratenen Heilbutt und eine Flasche sehr kalten Sancerre. Sie teilen sich eine Crème brûlée. Die anderen Gäste schauen sie ungläubig an. *Zwillinge. Eineiige.* An der Bar sitzen Männer, die ihnen nach dem Essen einen Drink spendieren wollen. Die Männer sind gut gekleidet, älter. Sie sehen wohlhabend aus. Und verheiratet.

»Ignorier sie«, sagt Harper. »Die fahren nur auf das Zwillings-Ding ab.«

Aber Tabitha hat keine Lust, sie zu ignorieren. Sie hat nicht erwartet, sich je wieder begehrenswert zu fühlen, und diese Männer wirken so selbstsicher, so weltgewandt. So eine Art Mann hat Eleanor sich für sie gewünscht, das weiß sie. Eleanor wollte nicht, dass sie ihr Leben mit einem Anstreicher verbringt, der nicht einmal eine anständige Krankenversicherung hat. Tabitha zwinkert den Männern zu und schenkt ihnen dann ein zaghaftes Winken.

»Nein«, sagt Harper und zieht Tabitha am Arm hoch. »Heute Abend haben wir was anderes vor, Pony.«

Draußen hält Harper ein Taxi an, und sie fahren zur Chicken Box. Harper kauft ihnen jeweils zwei Bier, dann schlängeln sie sich nach vorn bis in die erste Reihe, wo sie die Band sehen können.

Sie tanzen voller Hingabe, die Hände in der Luft. Die Band spielt »With or Without You« von U2, und Harper schlingt Tabitha einen Arm um den Hals, und beide schmettern die wahrsten Sätze – für sie zumindest –, die es je in einem Song gegeben hat.

*I can't live ... with or without you.*

Irgendwann nach ein Uhr morgens stolpern sie nach Hause. Der Saum von Tabithas Kleid ist heruntergetreten; der Zopf hat sich aus ihren Haaren gelöst. Aber sie ist glücklich. Zum ersten Mal seit Monaten ist sie glücklich.

Das Haus ist still, und Tabitha bittet Harper, die im Kühlschrank kichernd nach etwas zu essen sucht, leise zu sein.

»Kann ich Popcorn machen?«, fragt Harper.

»Zu laut«, sagt Tabitha.

Sie schleicht sich ins Babyzimmer, und sofort schießt ihr die Milch ein. Sie stöhnt bei der Aussicht, sie abpumpen und ein Fläschchen erwärmen zu müssen. Sie beugt sich vor, um ihrem Sohn einen Kuss zu geben, und da sie so berauscht ist von Wein, Musik und Freiheit, braucht sie einen Moment, um zu merken, dass etwas nicht stimmt.

Tabitha will nicht weiter in ihren Erinnerungen graben, doch die Tür zu der Gruft ist schwer, und jetzt, da sie offen steht, kann sie sie nicht wieder zuknallen.

Tabitha hebt Julian hoch und drückt seine Brust an ihr Ohr. Plötzlich schreit sie, schreit, *schreit*! Harper erscheint, in der Hand einen Löffel, der dick mit Erdnussbutter beschmiert ist. Tabitha übergibt das Baby an Harper, die den Löffel fallen lässt.

*Rette ihn!*, schreit Tabitha. Als ob Harper das könnte.

Sie rennen über die Straße zum Krankenhaus und platzen in die Notaufnahme. Harper weint jetzt auch, was Tabitha ängstigt. Harper legt Julian einer Krankenschwester in die Arme.

*Retten Sie ihn!*, kreischt sie.

Der diensthabende Arzt führt Wiederbelebungsversuche durch, aber Julian reagiert nicht. Der Arzt stellt keinen Zeitpunkt des Todes fest, weil das Baby schon bei seiner Ankunft tot war. Irgendwann im Laufe der Nacht hat es einfach aufgehört zu atmen.

Wo war Wyatt in dieser Situation?, fragt sich Tabitha jetzt. Er war mit im Krankenhaus; das muss er gewesen sein. Oder ist er zu Hause bei Ainsley geblieben? Ja, so war es – Wyatt war zu Hause und schlief in Ainsleys Bett, ein Bilderbuch aufgeschlagen auf der Brust, Ainsley fest schlafend neben ihm. Es hätte Tabitha ähnlich gesehen, Wyatt die Schuld zu geben. Der erste und einzige Abend, an dem er sich allein um die Kinder kümmern sollte, endete in einer Tragödie. Doch Tabitha hat Wyatt für das, was geschehen ist, nie die Schuld gegeben. Er war damals ebenso untröstlich wie Tabitha, wenn nicht noch mehr.

Nein, die Person, der Tabitha die Schuld gab, war Harper. Harper hatte einen Strauß Feldblumen mitgebracht; wahrscheinlich waren es Pollen von Wiesenkerbel oder Fingerhut, die Julians zarte Lunge überfordert hatten. Harper war diejenige, die darauf *bestanden* hatte, dass Tabitha mit ihr ausging. Sie hatte Tabitha vom rechten Weg abgebracht. Wenn Tabitha zu Hause geblieben wäre, wäre das alles nicht passiert.

Es ist Harpers Schuld.

Harpers Schuld.

Harpers Schuld.

Tabitha wendet und fährt zurück zu dem Cottage, wo der Lexus und das Rennrad stehen. Hier wohnt Dr. Zimmer; Tabitha ist sich jetzt ganz sicher. Sie biegt in die Einfahrt und stellt den Motor ab. Sie schreitet den Gehweg entlang und klopft an die Haustür, dann wartet sie. Ihre Augen brennen; ihre Zunge schwillt an. Was *tut* sie hier? Was soll sie sagen? Sie weiß es nicht, doch sie scheint sich nicht bremsen zu können.

Die Tür geht auf. Es ist der Arzt. Sie erkennt ihn sofort, obwohl sie auf der Trauerfeier nur einen kurzen Blick auf ihn erhascht hat. Es ist jedoch mehr als das. Es ist so, dass Dr. Zimmer *sie* erkennt. Seine Augen weiten sich vor ... na ja, das einzige Wort, das ihr einfällt, ist *Staunen*. Und Liebe.

»Harper?«, flüstert er. Seine Stimme stockt. Er kann kaum sprechen.

So, wünscht sich Tabitha, sollte Franklin sie ansehen. So, wird ihr klar, *sieht* Franklin sie an. Doch das spielt keine Rolle mehr.

»Hi«, sagt Tabitha. Und tritt ein.

## *NANTUCKET*

Die Hy-Line-Fähre befördert auch Rollstühle, und in einem davon reist Eleanor Roxie-Frost zurück nach Nantucket, begleitet von ihrer Schwester Flossie und ihrer langjährigen Haushälterin Felipa Ramirez. Es gefällt Eleanor gar nicht, dass die anderen Passagiere sie wie eine Invalidin behandeln, aber sie schafft es nicht – obwohl sie inzwischen einige Schritte allein gehen kann – ohne Hilfe die Rampe hinauf, also ist der Rollstuhl ein notwendiges Übel. Ihre Bestürzung über ihr Unvermögen wird jedoch gemildert durch die Erleichterung darüber, nach Nantucket zurückzukehren.

Boston war ein Leben lang ihr Zuhause, aber im Sommer kann es kein Ort der Welt mit dieser Insel aufnehmen.

Wie viele von uns erinnern sich an den Sommer 1968, als Eleanor zum ersten Mal den Boden von Nantucket betrat? Sie und Billy Frost waren damals in den Flitterwochen und kreuzten den Nantucket Sound in einer fünfzig Fuß langen Hatteras, gesteuert von einem ehemaligen Fischer von den Kapverden namens Barker. Sie verbrachten drei Tage auf dem Vineyard, wo sie im Katama Shores Motor Inn wohnten. Billy mietete einen CJ-7, mit dem sie an den Nacktbadestrand fuhren. Billy ging ohne seine Badehose ins Wasser, während Eleanor ihren Bikini anbehielt, obwohl die anderen Badegäste sie ansahen, als sei *sie* die Frau mit dem Spleen. Sie tanzten bis in den frühen Morgen im Dunes a Go Go, was viel Spaß machte, aber Eleanor fühlte sich insgesamt wohler auf Nantucket, wo es ein bisschen gesetzter zuging. Sie hatten eine Suite im Roberts House inmitten der Kopfsteinpflasterstraßen; sie gingen jeden Abend zwei Blocks zu Fuß, um im Opera House zu dinieren. Sie liehen sich Fahrräder aus und radelten nach 'Sconset, wo sie im Chanticleer mittags Austern und Vichyssoise aßen. Danach entdeckten sie Paul Newman, der gegenüber im Casino Tennis spielte.

»Sollen wir rübergehen und uns vorstellen?«, fragte Eleanor.

»Auf keinen Fall, Liebling«, sagte Billy.

Eleanor hätte gern ein Grundstück auf Nantucket gekauft, doch Billy favorisierte den Vineyard, wo die Preise zugegebenermaßen vernünftiger waren. Sie stritten sich zwanzig Jahre lang darüber, bis sie sich scheiden ließen – und dann bekamen beide, was sie gewollt hatten, dachte Eleanor, obwohl es mit Sicherheit Augenblicke gab, in denen sie sich wünschte, sie wäre flexibler gewesen.

Eleanor hat etwa fünfmal von Tabitha gehört – und zweimal von Harper –, obwohl die Gespräche mit beiden Töchtern entschieden einseitig waren. Eleanor redet darüber, wie es ihr geht, wie sie sich fühlt, über ihre Fortschritte mit der Physiotherapie und ihren Kampf gegen die Abhängigkeit von Schmerzmitteln. Eines Morgens fällt ihr auf, dass keine der zwei ein Wort über sich selbst gesagt hat, aber dann wird ihr klar, dass sie, wenn Eleanor sich nach ihrem Befinden erkundigen würde, die Wahrheit beschönigen würden. Um herauszubekommen, was los ist, wird Eleanor nach Hause fahren und selbst nachsehen müssen.

An der Fähre wird sie von Chet Holland abgeholt, ihrem Stammtaxifahrer. Chets Schwester ist eine Transgender-Frau in Toronto namens Desirée, und Desirée Holland trägt sehr gern Modelle von ERF, eine Tatsache, die Eleanor insgeheim begeistert. Eleanor strahlt Chet an und stellt ihm Flossie vor. »Meine kleine Schwester Flossie.«

»Ach ja?«, sagt Chet. Die Schwester ist eine jüngere, keckere Version von Eleanor mit platinblonden statt silbernen Haaren. Und falschen Brüsten, soweit Chet erkennen kann. »Freuen Sie sich, wieder hier zu sein?«

Flossie verdreht die Augen. »Sie können Ihre gebackenen Bohnen und nebligen grauen Inseln gern behalten. Ich stehe auf Florida.«

*Zum Teufel, ja!*, denkt Chet. Er füllt seine Freizeit selbst mit Tagträumen von Florida. Er wirft einen Blick auf die linke Hand von Eleanors kleiner Schwester Flossie, weil er überlegt, dass er sie vielleicht mal ausführen und ihr zeigen könnte, was Nantucket so zu bieten hat. Doch Flossie trägt einen Stein in der Größe des *Titanic*-Eisbergs an ihrem Ringfinger. Was soll's.

Chet biegt in Eleanors Einfahrt in der Cliff Road.

»Moment mal«, sagt Eleanor. »Ist dies das richtige Haus?«

»Klar«, sagt Chet. Stimmt, er hat Eleanor in diesem Sommer noch gar nicht gefahren, aber das hier *ist* ihr Haus, das weiß er ganz sicher. Er tritt auf die Bremse und wartet darauf, dass Eleanor sich orientiert. Sie wird älter, außerdem ist sie ein kreatives Genie (zumindest Dave/Desirée zufolge), daher ist ihr Gehirn vielleicht zu vollgestopft mit neuen Entwürfen, um sich daran zu erinnern, wie ihr Haus aussieht. Einstein hatte ein ähnliches Problem – er kannte seine eigene Telefonnummer nicht!

»Ich bin nicht mehr hier gewesen, seit Slick Willie Präsident war«, sagt Flossie. »Aber es ist genau so, wie ich es in Erinnerung habe. Sogar noch hübscher.«

Die Haushälterin sagt etwas auf Spanisch, das dringend klingt, und zeigt auf das Haus.

»Warten Sie mal«, sagt Eleanor verwirrt. Es *ist* ihr Haus, doch irgendetwas daran stimmt nicht. Sie verflucht sich dafür, dass sie am Morgen eine zusätzliche Oxycodon geschluckt hat. Sie hatte das Gefühl, sie zu brauchen, um das Martyrium der Reise zu überstehen, aber jetzt ist sie ganz benommen. Sie schnippt mit den Fingern. »Ich weiß, was mich durcheinandergebracht hat«, sagt sie. »Ich kenne das Auto nicht.« Sie zeigt auf den marineblauen Bronco in der Einfahrt der Remise. Wem gehört der? Er sieht aus wie das Gefährt eines verwöhnten Teenagers oder eines Mannes in der Midlife-Crisis. Vielleicht gehört er einem Freund von Ainsley. Oder womöglich einem Freund von Tabitha. Jemand Neues? Eleanor versteht nicht, wieso Tabitha mit Ramsay Striker Schluss gemacht hat. Sie hat Tabitha nicht erzählt, wie tieftraurig sie über die Trennung war. Sie ist damit umgegangen wie mit allen unangenehmen Themen: indem sie sie ignorierte.

Eleanor mustert den Wagen noch eine Sekunde. Sie hat ihn schon einmal gesehen, wird ihr klar. Sie ist darin *gefahren* – aber wann? Dann erinnert sie sich: auf dem Weg zur Trauerfeier für Billy. Es ist Harpers Bronco! Doch was hat der hier auf Nantucket verloren? Eleanor kramt in ihrem Gedächtnis; ihr fällt kein Grund dafür ein.

»Natürlich ist das mein Haus«, sagt Eleanor. »Ich weiß nicht, was mit mir los ist.« Zu Chet sagt sie: »Fahren Sie weiter.«


Felipa und Flossie machen das Schlafzimmer im Erdgeschoss zurecht, während Eleanor sich auf der verglasten Veranda mit Blick auf den Nantucket Sound in einem Lehnsessel ausruht. Vom Festnetztelefon aus wählt sie Tabithas Nummer, doch es meldet sich keiner, und Eleanor glaubt nicht an das Hinterlassen von Nachrichten. Um in der Boutique anzurufen, ist sie zu erschöpft. Dieser Laden ist der Fluch ihres Lebens. Tabitha hat sich in den letzten Jahren als unfähige Geschäftsführerin erwiesen, und so ist das Ding für Eleanor zu einem finanziellen Klotz am Bein geworden. Eleanor hat ernsthaft erwogen, den Laden zu schließen, aber wenn sie das tut, wo soll Tabitha dann arbeiten? Und in diesem Sommer arbeitet auch Ainsley in der Boutique, obwohl Eleanor noch kein Wort darüber gehört hat, wie es ihr gefällt. Wahrscheinlich sitzt sie nur rum und spielt mit ihrem verflixten Handy.

Telefone sind zur Geißel der modernen Gesellschaft geworden, findet Eleanor. Das Beste an Boston war womöglich, wie isoliert sie dort war.

Trotzdem hat sie ihre Aussicht aufs Wasser vermisst, ihre Kerzenhalter von Simon Pearce, die vor ihr auf dem Tisch stehen, den Geruch dieses Hauses und das Schlagen dieser Uhren. Und es gibt gewisse Nantucket eigene kulinarische Freuden, die Eleanor ebenfalls gefehlt haben – die Hummercremesuppe aus dem Sea Grille, den Cheeseburger aus dem Le Languedoc, die Trüffel-Asiago-Pommes aus dem Fifty-Six Union. Wäre es grausam von ihr, Flossie auf eine gastronomische Expedition zu entsenden, damit sie heute Abend alle drei Gerichte essen können? Eleanor könnte dafür sorgen, dass Chet Flossie fährt; sie scheint ihm gefallen zu haben. Ja, genau das wird Eleanor tun. Flossie kehrt übermorgen nach Palm Beach zurück. Eleanor muss Flossies Gesellschaft genießen, so lange sie sie noch hat. Und sie muss Tabitha auftreiben.

Als Flossie mit zwei riesigen Rum-Tonics auf die Veranda tritt – es muss fünf Uhr sein; Eleanor hält die Happy Hour stets pünktlich ein, und die Drinks sind immer eiskalt und sehr stark –, erteilt Eleanor ihr die Anweisungen fürs Abendessen.

Flossie verdreht die Augen. »Können wir nicht alles aus demselben Restaurant holen?«

»Nein«, sagt Eleanor. »Können wir nicht. Chet wird dich chauffieren. Es wird dir gefallen.«

»Es wird *ihm* gefallen«, sagt Flossie und lässt ihr trillerndes Lachen ertönen.

»Und würde es dir was ausmachen«, fragt Eleanor, »in die Remise rüberzugehen und Tabitha zu holen?«

»Nein, gar nicht«, sagt Flossie und hebt ihr Glas zu einem Prost. »Ich will nicht lügen. Ich kann es nicht abwarten, nach Hause zu kommen. Aber dich werde ich wirklich vermissen, Ellie.«

Eleanor spürt, wie ihr Farbe in die Wangen steigt. Es stimmt – der Silberstreifen am Horizont ihres verdammten Hüftbruchs waren die letzten Wochen, die sie mit Flossie verbracht hat.

*Schwestern*, denkt sie. Es gibt nichts Vergleichbares.

Knappe zehn Minuten später ist Flossie wieder da. »In der Remise ist keiner«, sagt sie.

»Keiner?«

»Keiner«, bestätigt Flossie. »Ich habe einen Zettel auf die Küchentheke gelegt und ihnen geschrieben, dass wir zu Hause sind.«

»Gut«, sagt Eleanor. »Tabitha und Ainsley sind bestimmt in der Boutique.«

Aber um acht Uhr abends haben sie – nachdem Suppe, Burger und getrüffelte Pommes verzehrt und die Teller abgeräumt sind – immer noch nichts von Tabitha gehört. Eleanor versucht es auf Tabithas Handy – Mailbox. Sie schickt Flossie noch einmal in die Remise.

»Niemand zu Hause«, berichtet Flossie.

Eleanor schürzt die Lippen. *Was geht hier vor?*, fragt sie sich.

Am nächsten Morgen wird Eleanor von der Türglocke geweckt. Zunächst ist sie desorientiert, und das Zolpidem, das sie jeden Abend nimmt, um einschlafen zu können, hat ihr den Mund ausgetrocknet. Sie hört Flossies leichte, schnelle Schritte auf der Treppe, dann hört sie Stimmen. Jemand klopft an ihre Tür.

»Herein«, krächzt Eleanor.

Die Tür geht auf, und Tabitha tritt ein. Eleanor blinzelt. »Wo in Gottes Namen warst du?«

»Mommy?«, sagt Tabitha. »Ich bin Harper.«

»Was?«, sagt Eleanor. Das hier ist *Harper*? Na ja, es ist früh morgens. Eleanor hat die Zwillinge immer daran erkannt, dass Tabithas Augen mandelförmiger und Harpers Augen runder sind, als befände sie sich in einem dauernden Zustand des Erstaunens – doch diese Unterscheidung funktioniert nur, wenn beide nebeneinanderstehen, und wann war das zum letzten Mal der Fall?

»Ich bin Harper«, sagt Tabitha erneut.

»Du bist Harper«, sagt Eleanor und beschließt, sich über diese Neuigkeit zu freuen. Sie hat Harper vermisst! Harper ist zu Billy gezogen. Aber jetzt ist Billy tot.

Billy ist tot, und Eleanors Hüfte ist gebrochen. Was für eine schreckliche Situation! Sie waren zu ihrer Zeit ein so eindrucksvolles Paar.

Eleanor bemerkt etwas in Harpers Gesicht, das sie seit vielen Jahren nicht gesehen hat, aber trotzdem wiedererkennt. Ihre Tochter ist verstört. Ihre Tochter braucht sie. Irgendwie weiß Eleanor genau, was sie tun muss.

Sie streckt die Arme aus. »Komm«, sagt sie. »Komm zu Mommy.«

Die Geschichte platzt aus Harper heraus. Sie und Tabitha haben die Plätze getauscht, genau wie die kleinen Biester in dem Film, den sie früher so liebten. Harper ist hier auf Nantucket und kümmert sich um Ainsley und das Geschäft, und Tabitha ist auf dem Vineyard und lässt Billys Haus renovieren, damit die Zwillinge es gewinnbringend verkaufen können. Apropos Gewinn: Harper hat – mit Hilfe einer armen Seele namens Caylee (das kann doch nicht ihr *richtiger* Name sein, oder?, fragt sich Eleanor) – äußerst unorthodoxe Veränderungen in der Boutique vorgenommen (die auch *soziale Medien* einschließen, denkt Eleanor mit Schaudern), doch der Verkauf hat sich gegenüber letztem Jahr um fünfhundert Prozent gesteigert.

Eleanor nimmt die Nachricht über diese »Veränderungen« mit

Gleichmut auf, womit sie sogar sich selbst überrascht. Vermutlich ist sie noch nicht ganz wach.

Aber dann fängt Harper an zu weinen. Eleanor erfährt von Tabithas Liebesaffäre mit dem Bauunternehmer und dass die Schwester des Bauunternehmers die Frau ist, die Harper mit Billys Arzt betrogen hat. Der Bauunternehmer darf Tabitha nicht mehr sehen, und Tabitha ist verzweifelt. Sie gibt Harper die Schuld.

»Sie hasst mich, Mommy«, sagt Harper. Es gefällt Eleanor sehr, dass Harper sie nach wie vor Mommy nennt, während Tabitha mit zehn Jahren zu »Mutter« wechselte. »Sie hat mich so lange gehasst, und dann, nach Billys Tod, haben wir uns ausgesöhnt, zumindest so weit, dass wir wieder miteinander sprachen. Aber jetzt ist es endgültig vorbei.«

»Blödsinn«, sagt Eleanor. Sie bittet Felipa, das Telefon zu holen, und ruft nicht nur bei Tabitha an, sondern hinterlässt ihr auch eine Nachricht. »Tabitha, hier ist deine Mutter. Ich möchte, dass du sofort nach Nantucket zurückkommst. Keine Ausflüchte. Ich rechne in den nächsten Stunden mit dir!« Sie beendet den Anruf und streicht Harper die Haare von den Schultern. »Dein Gesicht hat Sonne abgekriegt«, sagt sie und hätte fast zu einem Vortrag über Falten und vorzeitiges Altern angesetzt, doch weil dieser Morgen in jeder Hinsicht außergewöhnlich zu sein scheint, hält sie sich zurück. »Ein bisschen Farbe steht dir.«

## *MARTHA'S VINEYARD*

Es ist allgemein bekannt, dass Dr. Reed Zimmer sich »aus persönlichen Gründen« im Krankenhaus hat beurlauben lassen. Die meisten von uns wissen, dass er eine Affäre mit der Tochter eines Patienten eingestanden hat. Das reichte nicht aus, um ihn zu feuern, genügte Adam Greenfield alias Greenie, dem Vorsitzenden des Krankenhausverwaltungsrates, aber, um ihm vorzuschlagen, sich eine Auszeit zu nehmen, bis der Wirbel sich gelegt hat.

»Wir müssen den Ruf des Hauses im Auge behalten«, sagte Greenie.

Dr. Zimmer akzeptierte den Verweis angeblich ohne Worworte. Dann zog er aus dem Haus aus, das er mit seiner Ehefrau Sadie bewohnt hatte.

Sadie hängte ein Schild in die Tür ihres Pie-Ladens, auf dem BIS AUF WEITERES GESCHLOSSEN stand. Das war eine riesige Enttäuschung für die Hunderte von Gästen, für die Sadies Pies ein wesentlicher Teil ihrer Sommerferien waren.

Manche von uns fragten sich, ob Reed und Sadie die Insel zusammen verlassen hatten, um zu versuchen, ihre Ehe zu kitten. Vielleicht wollten sie irgendwohin, wo sie keiner kannte. Ihr Haus gleich neben der Field Gallery hätte sich für ein hübsches Sümmchen vermieten lassen – das glaubte jedenfalls Maklerin Polly Childs, als sie in ihrem LR3 dort vorbeifuhr. Sie war neugierig genug, um vor dem Haus zu halten, und mutig genug, um an die Tür zu klopfen. Polly waren Inselskandale und -gerüchte nicht fremd, nachdem sie sich selbst schon in deren tückischen Tentakeln verfangen hatte.

Sadie Zimmer kam an die Tür. Sie wusste natürlich, wer Polly Childs war, obwohl sie sich nie offiziell kennen gelernt hatten. »Ja?«

»Ich wollte nur fragen«, sagte Polly Childs, »ob Sie vorhaben, Ihr Haus den Sommer über zu vermieten. Ich habe Klienten, die im August zehntausend Dollar pro Woche dafür zahlen würden.«

Sadie schenkte Polly ein mattes, kaum nachsichtiges Lächeln. »Ich vermiete nicht«, sagte sie und machte Polly die Tür vor der Nase zu.

Später gaben Leute an, Sadie Zimmer in Alleys General Store oder bei Cronig's gesehen zu haben. Christine Velman sah Sadie zum Haus ihrer Eltern in Katama fahren – und ein paar Tage danach bestätigte Lydia Phelps beim Treffen des Lesezirkels Excellent Point, dass Sadie den Sommer über auf dem Vineyard bleiben werde, das Pie-Geschäft allerdings fürs Erste aufgegeben habe. Zu Hause sei Reed ausgezogen, erzählte Lydia Christine, obgleich keiner wisse, ob er noch auf dem Vineyard wohnte oder nicht. Die meisten von uns vermuteten, dass er nicht mehr auf der Insel war – und *nicht auf der Insel* ist, wie wir wissen, ein *sehr* großes Gebiet.

Aber dann, am späten Abend des 4. Juli, überfuhr Ken Doll auf der South Road fast einen Radfahrer. Zum Glück nahm er das Aufblitzen eines Reflektors wahr und konnte ausweichen. Aber der Vorfall beschäftigte Ken Doll. Wer geht mitten in der Nacht Rad fahren?, fragte er sich. Er selbst war nur unterwegs, um seine halbwüchsige Tochter Justine von einer Party am Lucy Vincent abzuholen. Er kurbelte das Fenster herunter, um dem Radfahrer eine Warnung zuzurufen – doch als er sah, dass es sich um *Dr. Reed Zimmer* handelte, war er so überrascht, dass er stattdessen Gas gab. Er hatte gehört, Dr. Zimmer habe die Insel endgültig verlassen.

Aber nein. Reed Zimmer war nach wie vor auf dem Vineyard, wo er in nahezu hermetischer Abgeschiedenheit an der Sheep Crossing in einem Haus wohnte, das der ältlichen Tante Dot eines ehemaligen

Kommilitonen gehörte, die das Cottage leer stehen ließ bis auf die seltenen Gelegenheiten, bei denen es der ehemalige Kommilitone, Dr. Carter Mayne, selbst nutzte. Dr. Mayne hatte als Leiter der Abteilung für Infektionskrankheiten an der Cleveland Clinic einen anspruchsvollen Job, der ihm wenig Freizeit ließ, sodass er, als Reed anrief und meinte, er habe Eheprobleme, und fragte, ob er das Haus den Sommer über haben könne, sagte: *Klar, Mann, es gehört dir. Der Schlüssel liegt unter der Matte. Ich gebe dem Hausverwalter Bescheid.* Carter lehnte Reeds Angebot ab, eine angemessene Miete zu zahlen, denn wenn irgendjemand sich mit Eheproblemen auskannte, war es Dr. Carter Mayne. Er war bei Ehefrau Nummer 3 und stand kurz davor, *sie* für eine Krankenschwester auf der Intensivstation für Schwerstverbrannte zu verlassen.

Das Cottage von Carters Tante ist nichts Besonderes, doch weder wünscht Reed sich etwas Besonderes noch verdient er es. Seit Sadie ihn am Lucy Vincent mit Harper erwischt hat, ist jede Minute eine Qual.

Reed hat sich vor anderthalb Jahren ganz plötzlich von Sadie entliebt; es war, als hätte jemand den Schalter von VERLIEBT auf NICHT VERLIEBT umgelegt. Das geschah in den dunklen Tagen des Januars während eines Blizzards. Reed und Sadie waren zu Hause eingeschlossen, während sich draußen der Schnee auftürmte. Sadie hatte ein Feuer gemacht und eine Pot Pie aus Rippchen und Zwiebeln in den Ofen gestellt, eine Flasche Rotwein geöffnet und Harry Connick Jr. aufgelegt. Dann klopfte sie neben sich aufs Sofa und sagte: »Komm, setz dich zu mir.« Reed nahm gehorsam Platz, und sie reichte ihm ein Weinglas, das er entgegennahm, obwohl er selten trank, und wenn doch – das heißt, wenn keine Gefahr bestand, dass er zur Arbeit musste –, zog er Bier oder einen Scotch vor. Sie stießen an, und Sadie sagte: »Küss mich.«

Reed erinnert sich, dass er Widerwillen empfand. Er hatte keine Lust, seine Frau zu küssen. Er fühlte sich nicht verzaubert oder eingelullt von der behaglich winterlichen Atmosphäre. Er wusste, worauf die Situation hinauslief: Sadie würde mit ihm schlafen wollen, und ihm war einfach nicht danach zumute. Er trank einen Schluck Wein in der Hoffnung, der Alkohol würde Wunder bewirken und Gefühle für seine Frau in ihm wecken. Es war eine regelrechte Erlösung, als eine Sekunde später das Telefon klingelte. Reed wurde im Krankenhaus gebraucht.

Er war also gerettet. Verschont geblieben.

Aber Reed war kein Feigling, sondern von Natur aus überlegt und planvoll. Wenn ein Schalter umgelegt werden konnte, konnte er auch wieder in die Ausgangsposition gebracht werden, glaubte er.

In der Nacht des Blizzards wurde er zu einer Entbindung gerufen – Dr. Vandermeer, der Gynäkologe, steckte in Woods Hole fest –, und Reed, der seit dem Studium nicht mehr in einem Kreißsaal gewesen war, fand die Erfahrung ungeheuer befriedigend. Die Patientin – Alison, eine Erstgebärende – war fest entschlossen, das Kind ohne Medikamente zur Welt zu bringen, aber das Baby war groß, und es wurde ein Kampf. Alison fluchte und schrie; ihre qualvoll verzogene Miene beunruhigte Reed, und er hätte sie fast zum Nachgeben ermutigt – sie solle sich doch zumindest etwas Nalbuphin geben lassen –, war am Ende jedoch froh, dass er es nicht getan hatte. Alison behandelte jede Wehe wie einen Gipfel, den sie bezwingen musste, und die beiden anwesenden Entbindungsschwestern feuerten sie an wie einen Spitzensportler. Nach vier Stunden Kampf und fast fünfzig Minuten Pressen kam Spencer Douglas zur Welt: knapp 4,1 Kilo schwer, ein wunderschöner gesunder kleiner Junge.

Als Reed und Sadie beinahe sechsunddreißig Stunden später wieder vereint waren, beschrieb Reed Sadie die Geburt. Er schilderte Alisons Entschlossenheit, die Konzentration in ihrem Blick, die Stärke ihres Willens, die ungestüme Kraft einer Frau, die mit ihrer größten und faszinierendsten Aufgabe beschäftigt war: zu gebären. Reed war seit über zwanzig Jahren Arzt, trotzdem fesselte ihn das Erhabene des Vorgangs.

Er packte Sadie bei den Schultern. »Wir sollten auch ein Baby bekommen.«

»*Was?*«

»Warum nicht?« Seit der Geburt von Spencer Douglas freundete Reed sich immer mehr mit der Vorstellung an, ein Kind zu haben. Kinder konnten eine Ehe retten, davon war Reed überzeugt.

Doch es schien, als ob der bloße Vorschlag diesmal bei Sadie den Schalter in die andere Richtung umlegte. Sie lehnte den Gedanken nicht nur ab – er verletzte sie zutiefst. Sie hatte geglaubt, sie seien sich einig in ihrer Kinderlosigkeit. Reeds Meinungsänderung kam für sie einem Verrat gleich. Sadie schlief in dieser Nacht im Gästezimmer. Aber dann, wenige Tage später, fand Reed sie wieder in ihrem gemeinsamen Bett vor und dachte, sie würde einlenken. Als er dann jedoch versuchte, zu ihr unter die Decke zu kriechen, bremste sie ihn.

»Nicht ich sollte nebenan schlafen«, sagte sie, »sondern du.«

Und so schlief Reed in den folgenden anderthalb Jahren allein. Mehr noch: Sadie verweigerte ihm jetzt jede Berührung. Sie wich seinen Händen aus, wenn er ihr die Autoschlüssel oder die Zeitung reichte; sie hielt sich fern von ihm, wenn es irgendwo eng war. Manchmal fragte Reed sich, wie lange sie das Embargo aufrechterhalten wollte. Vorher war Sadie die körperlich Zugewandtere gewesen – diejenige, die Sex initiierte, diejenige, die Reed nach einem harten Arbeitstag eine Rückenmassage anbot, diejenige, die darauf bestand, dass sie im Kino Händchen hielten. Eines Abends sagte Reed: »Du kannst nicht schwanger werden, solange du deine Spirale trägst, Sadie, egal, was ich mir wünsche.«

»Ich weiß«, sagte Sadie. Ihr Widerstand gegen ihn schien nichts mit einer realen Angst, schwanger zu werden, zu tun zu haben. Er war ein Akt der Feindseligkeit, der Machtdemonstration, der Folter.

Reed befriedigte seine Bedürfnisse unter der Dusche. Er machte lange Radtouren. Er übernachtete im Krankenhaus; die Schwestern lobten sein Engagement für die Patienten.

Es war im letzten Oktober, nach beinahe zehn Monaten ohne Berührung, Kuss oder Liebkosung, als Reed auf der Morning Glory Farm zufällig Harper Frost traf. Die Frau, die vor ihm in der Schlange stand, war ihm schon wegen des erfreulichen Anblicks aufgefallen, den ihr Hintern in ihren Jeans bot. Als sie sich umdrehte und er sah, dass es Harper Frost war, die Tochter seines Patienten Billy Frost, war er angenehm überrascht. Reed mochte Harper aus mehreren Gründen. Sie war unprätentiös; sie interessierte sich für Billys Behandlung, ohne überängstlich zu sein. Sie und Billy gingen auf charmante Weise respektlos und äußerst schlagfertig miteinander um; Reed hörte gern zu, wenn die beiden sich kabbelten. Harper zog ihren Vater mit seinen Zigaretten und seinem Trinken und seiner Legion von Bewunderinnen auf, und Billy zahlte es ihr damit heim, dass er meinte, sie nörgele an ihm herum, als sei sie seine Ehefrau oder Mutter. Er nannte sie »meine alte Dame«. Sie schienen sich sehr nahezustehen – sie redeten übers Muschelsammeln und Fischen, über Dustin Pedroia und die Zukunft der Red Sox, Billys Handicap in Farm Neck (Billy behauptete, es sei drei, Harper dagegen sagte, es liege bei hundertelf) und ein Restaurant im North End, wo es Krabben-und-Artischocken-Ravioli gab, die sie beide liebten. Wenn er ihnen lauschte, verspürte Reed immer wieder einen Stich der Sehnsucht nach einem eigenen Kind. Wer würde sich um ihn kümmern, wenn er alt war?

Sadie? Vermutlich nicht.

In der Farm spendierte er Harper eine Tasse Kaffee, und sie setzten sich und redeten, und es war die glücklichste Stunde, die Reed seit langer Zeit verbracht hatte. Zwei Wochen später, als er Harper zu einem Drink einlud, war das eine spontane Entscheidung, aber auch eine, die er seit ihrem Abschied auf der Morning Glory Farm erwogen hatte. Reed wusste, dass es ein Risiko war – mit der Tochter eines Patienten etwas trinken zu gehen (woraus dann auch noch ein Abendessen wurde) –, doch bis sie das Atria verließen, konnte er sich immer noch einreden, sie seien nur Freunde. In seinem Leben gab es viele Menschen – seine Patienten, seine Kollegen im Krankenhaus, die Familie seiner Frau –, aber er hatte seit dem Medizinstudium keinen Freund gehabt außer Sadie. Und jetzt war auch Sadie, das konnte man mit Fug und Recht sagen, nicht mehr seine Freundin.

Reed fing an, Harper zu küssen. Warum? Weil die Abendluft nach dem heißen Sommer endlich einmal erfrischend war? Weil er vom Wein, vom Essen, von Harpers Gesellschaft berauscht war? Weil Harper unabsichtlich seine Schulter gestreift und mit ihrem Knie an seins gestoßen war? Die Umstände erforderten es, dachte Reed später, als er versuchte, sein Handeln zu rationalisieren. Doch das war eine feige Ausrede. Die Entscheidung war ihm nicht durch äußere »Umstände« aufgezwungen, sondern bewusst getroffen worden. Von ihm.

Sobald Reed Harper geküsst, sobald er sie auf dem Rücksitz seines Wagens geliebt hatte, wollte der Geist nicht mehr zurück in die Flasche. Er dachte unaufhörlich an Harper. Zunächst war es etwas rein Sexuelles. Sein Gehirn war in einem Fieber überwältigenden Verlangens nach einem Akt gefangen, der ihm so lange verweigert worden war. Nach ein paar Wochen kam es jedoch zu vertraulichen Gesprächen und dem unweigerlichen Teilen ihrer jeweiligen Geschichte, und Reed erkannte, dass Harper eine äußerst komplexe Persönlichkeit war. Er hörte von ihrer Kindheit, ihrer elitären Privatschule, ihrem privilegierten Leben in Beacon Hill. Aber dann hatte das Bilderbuch ein Ende gehabt. Ihre Eltern ließen sich scheiden, Harper ging auf die Tulane und zog dann nach Martha's Vineyard zu Billy. Reed hörte von ihren verschiedenen Jobs: als Eis- und dann Ticketverkäuferin am Karussell, als Gärtnerin für Jude Hogan – und an ein, zwei Abenden pro Woche als Serviererin im Dahlia's. Reed konnte voller Stolz wie auch Scham sagen, dass er nie einen Fuß in das Etablissement gesetzt hatte; dem Gerücht nach war es eine Brutstätte für Kokain, Untreue und schnell verdientes Geld. Harper war der Szene zum Opfer gefallen, indem sie eingewilligt hatte, für Joey Bowen ein Päckchen auszuliefern. Sie hatte nicht gewusst, dass eine Gefahr bestand, landete jedoch in Handschellen und mit dem Kopf voran auf dem Rasen einer Kundin. Es sei eine große öffentliche Blamage gewesen, erzählte sie Reed. Er wies sie darauf hin, dass es auch schlimmer hätte kommen können, wenn sie nämlich im Gefängnis gelandet wäre. Harper meinte, sie hätte lieber eine Haftstrafe in Kauf genommen. Stattdessen schienen die Inselbewohner entschlossen zu sein, sie auf andere Weise büßen zu lassen.

Zunächst trafen sich Reed und Harper einmal pro Woche, dann öfter. Doch als es wärmer wurde, hatte Harper weniger Zeit. Reed fand heraus, dass sie begonnen hatte, sich mit einem Polizisten aus Edgartown zu treffen, dem jungen, charismatischen, gut vernetzten Drew Truman. Es schockierte Reed, wie sehr ihn diese Entdeckung quälte. Er war noch nie so eifersüchtig gewesen. Ihm war klar, dass er kein Recht dazu hatte; sie hatten sich nichts versprochen. Aber das scherte ihn nicht. Er ertrug die Vorstellung von Harper mit jemand anderem nicht. Er verließ mitten in seiner Schicht das Krankenhaus, kreuzte in ihrer Wohnung auf und verlangte, dass sie mit Drew Schluss machte.

Sie lachte ihm ins Gesicht.

Dr. Reed Zimmer, ein Pfeiler des Krankenhauses, wenn nicht der Gesellschaft von Martha's Vineyard, befand sich in einem Dilemma: Er war in eine andere als seine Ehefrau verliebt, wusste jedoch nicht, ob er den Mumm hatte, seine Ehe hinter sich zu lassen. Das würde

Schmerz, Schimpf und Schande mit sich bringen. Er glaubte nicht, dass er das aushalten würde; es *gefiel* ihm, hoch angesehen zu sein – was, wie er wusste, an sich schon ein Charakterfehler war.

Reed hatte sich erlaubt anzunehmen, er sei unbesiegbar. Im Gegensatz zu allen anderen untreuen Männern der Weltgeschichte würde er nicht erwischt werden. Er würde mit Harper zusammenbleiben, bis Sadie ihn von sich aus verließ, und das würde mit Sicherheit bald der Fall sein. Sadie war ebenso unglücklich in ihrer Ehe wie er. Im Frühjahr begann sie, öfter von Tad Morrissey zu reden, dem irischen Tischler, der für Franklin arbeitete. Tad sei wundervoll, meinte Sadie. Er hatte neue Regale in ihren Pie-Laden eingebaut und dabei gleich die Schwelle der Hintertür unterfüttert, die sich im Sommer immer schwer schließen ließ.

Reed redete sich ein, dass Sadie selbst eine Affäre hatte – mit Tad Morrissey. War das schlimm?, fragte er sich. Er und Sadie waren beide diskret und wahrten den Schein. Sie gingen zusammen zum Sommeranfangs-Barbecue in Lambert's Cove mit Sadies Familie. Reed mochte Sadies Familie: ihre Eltern Al und Lydia, ihren Bruder Franklin. Und siehe da, Franklin brachte Tad Morrissey zum Barbecue mit – als seine »Begleitung«, witzelte er. In Wahrheit, vermutete Reed, war Tad Sadies Begleitung. Womöglich wusste Franklin das mit Sadie und Tad. Jedenfalls zuckte keiner mit der Wimper, als Sadie sich neben Tad ans Feuer setzte oder als sie aufsprang, um Tad mehr Kartoffelsalat zu holen.

»Wenn du schon dabei bist, hätte ich auch gern noch welchen«, sagte Reed. Aber Sadie tat so, als hätte sie ihn nicht gehört.

Sie schenkte ihm an diesem Abend nur Aufmerksamkeit, als er seine Textnachrichten checkte – und sich vom Feuer entfernte, um Harper zurückzurufen.

»Wohin willst du?«, fragte Sadie. »Du hast doch keine Bereitschaft.«

»Ein Patient ist überraschend gestorben«, sagte Reed. Lydia hörte das und bekreuzigte sich. Sadie verdrehte die Augen, was nur zeigte, wie sehr die Verachtung für ihn ihre Seele verhärtet hatte. Sie wandte sich ab, fragte Tad, ob er noch ein Bier wolle, und so konnte Reed ungestört mit Harper sprechen.

Er hätte sich nie mit ihr am Lucy Vincent treffen dürfen. Im Rückblick war das offensichtlich. Doch Billy war *gestorben*, was Reed ebenso sehr überraschte wie Harper. Billy litt an Herzinsuffizienz und einer Vielzahl anderer Gebrechen, aber Reed hatte gedacht, er würde noch ein paar Wochen durchhalten, vielleicht sogar den ganzen Sommer. Manche Menschen hatten einen starken Überlebenswillen, und Billy Frost war einer von ihnen. Er war Reed wie jemand erschienen, der trotz seines schlechten Zustandes ewig leben könnte.

Reed glaubte, dass Sadie schlief, als er das Haus verließ. Sie befand sich in ihrem gemeinsamen Schlafzimmer hinter geschlossener Tür, das Licht aus. Von Reed waren keine Sachen mehr in diesem Raum, also gab es keinen Grund für ihn, die Tür zu öffnen und nach Sadie zu schauen; wenn sie wach wäre, würde sie denken, er wolle mit ihr schlafen. Sie hatten beide beim Barbecue viel getrunken, und während das manchmal zum Streit führte, war Sadie heute auf dem Heimweg wohlwollend, nahezu freundlich gewesen – vermutlich, weil sie einen Abend in nächster Nähe ihrer Lieben verbracht hatte.

Als er den Lexus aus der Einfahrt lenkte, fühlte er sich wie ein Teenager, der einem Haus entflieht, in dem tyrannische Eltern herrschen. Sobald er auf der South Road war, überkam ihn ein berauschendes Gefühl von Freiheit. Er war am Leben! Wie oft hatte er sich das nicht klargemacht? Wenn ihn jetzt jemand gefragt hätte, ob er die Absicht habe, heute Nacht oder sonst irgendwann zu Sadie zurückzukehren, hätte er vielleicht die Achseln gezuckt und geantwortet: *Wozu?*

Sadie folgte ihm. Sie hatte den Wagen abfahren hören – oder sie hatte etwas gespürt, einen Teil seines Gesprächs mit Harper mitbekommen, ihm den unmittelbar bevorstehenden Betrug vom Gesicht abgelesen – und war aus dem Bett gesprungen. Womöglich hatte sie auch darauf gewartet, dass *er* schlafen ging, damit sie aus dem Haus schleichen und sich mit Tad treffen konnte. Wie immer es auch dazu gekommen war, sie hatte ihn auf dem Parkplatz des Lucy Vincent mit Harper erwischt.

Erwischt.

Zuerst glaubte er, er könne sich mit ruhiger Stimme und gemessenen Worten herausreden. Sadie war ziemlich betrunken; sie sah nicht mehr gut. Es war dunkel, und sie trug keine Brille.

Aber Sadie hatte eine regelrechte Ermittlung angestrengt, von der Reed leider erst erfuhr, nachdem sie sich bei der Trauerfeier für Billy Frost so grässlich aufgeführt hatte. In den Tagen darauf war die Affäre zwischen Harper Frost und Dr. Reed Zimmer alles, worüber die Leute redeten. Reed war ganz übel bei dem Gedanken, wie schmutzig und abstoßend ihnen sein Privatleben erscheinen musste, nachdem er sich als treuloser Mistkerl entpuppt hatte. Als Fremdgänger.

Sadie zwang Reed, zu seinen Schwiegereltern in Katama zu fahren und zu beichten. Al Phelps richtete den Blick zu Boden, peinlich berührt von Reeds Schuldeingeständnis. Lydia weinte, als sei sie diejenige, die Reed betrogen hatte.

»Schäm dich«, flüsterte sie.

Reed hätte gern erklärt, wie schlecht es zu Hause stand, dass Sadie nicht mit ihm schlafen mochte, keine Tasse Kaffee aus seinen Händen entgegennahm, ihm keinen Abschiedskuss gab, wenn er zur Arbeit fuhr. Aber was hätte das noch geändert? Es gab zwei Sorten von Menschen: die Treuen und die Untreuen. Er war untreu. Und er hatte sich nonchalant dafür entschieden zu glauben, sie sei ebenfalls untreu. Er hatte eine Fantasiebeziehung zwischen ihr und Tad Morrissey kreiert, die nur, das war ihm jetzt klar, sein eigenes schmerzendes Gewissen erleichtern sollte.

Greenie, Adam Greenfield, der Vorsitzende des Krankenhausverwaltungsrates, bat ihn, den Sommer über Urlaub zu nehmen.

»Fahren Sie weg«, sagte er. »Im September ist die Sache vergessen.«

Reed hatte ursprünglich erwogen, ganz wegzuziehen. Er könnte nach Kalifornien gehen, nach Oregon, Washington State, Alaska. Er könnte nach Cincinnati zurückkehren, wo er aufgewachsen war. Er könnte eine nostalgische Zeit damit verbringen, an dem Haus vorbeizufahren, in dem seine Eltern ihn mit hohen Gläsern kalter Milch auf der Ein-Uhr-Position über seinem Teller aufgezogen hatten, wo er an einem im Koi-Teich seiner Mutter gefundenen Frosch eine Operation am offenen Herzen vorgenommen und gelernt hatte, beim Rasenmähen ein Streifenmuster zu erzeugen, wo er in der Baseball-Sommerliga Third Baseman gewesen war, perfekt für ihn als Linkshänder. Er würde Chili von Skyline und Eiscreme von Graeter's essen. Er würde Tracy Sweeten aufspüren, das Mädchen mit den blonden, fedrigen Haaren, das er in der siebenten Klasse geliebt hatte. Wenn Reed sie oder andere Bekannte aus seiner Jugend zufällig traf, würden sie sagen, sie hätten gehört, dass er jetzt Arzt an der Ostküste sei. Ein paar erinnerten sich vielleicht, dass er auf einer Insel lebte, doch er bezweifelte, dass sich einer von ihnen den Vineyard vorstellen konnte. Cincinnati war flach, typisch Mittlerer Westen: Es zeichnete sich durch Kornfelder und Forellenteiche aus, so weit entfernt von den Klippen von Aquinnah, dem tosenden Atlantik und Ostküsten-Elitedenken, wie man nur sein konnte, ästhetisch und philosophisch.

Reed hatte sich fürs Bleiben entschieden, denn als es an der Zeit gewesen war, den Lexus auf die Fähre zu lenken, waren ihm Bedenken gekommen. Er wollte nicht wegrennen. Er wendete den Wagen in Richtung Oak Bluffs und checkte in ein neues Hotel namens Summercamp ein; es war so neu, dass der Empfangschef nicht mit der Wimper zuckte, als er seinen Namen nannte.

Und dann rief er aus lauter Verzweiflung Carter Mayne an.

Tante Dots Haus lag in einer Straße, die nur wenige Leute kannten. Als Reed das Cottage erreichte – nachdem er sich im Stop & Shop in Edgartown, so überlaufen von Touristen, dass er wieder unerkannt blieb, mit Lebensmitteln eingedeckt hatte –, stellte er als Erstes sein Handy ab. Und dann warf er es, da er fürchtete, das Abstellen würde nicht reichen, in das Gebüsch hinter dem Haus. Er war jede Minute jeder Stunde in Versuchung, Harper anzurufen. Greenie hatte irgendwo gehört, Harper habe ihren Job verloren und die Insel verlassen, obwohl er zugab, das entstamme der »Gerüchteküche«. Reed war an ihrer Maisonette vorbeigefahren und hatte den Bronco nicht gesehen, aber das musste nichts bedeuten. War Harper weg? Wohin wäre sie gefahren? Sie hatte nie den Wunsch geäußert, woanders als auf Martha's Vineyard zu leben. Darin glichen sie sich.

Reeds Sommer war still verlaufen – genau genommen sogar schweigsam –, bis Sadie irgendwie herausfand, wo er war. Sie war diejenige gewesen, die gewollt hatte, dass er auszog, dass er verschwand – egal, wohin –, und doch hatte sie Carter anscheinend angerufen und bedrängt, ihr die Wahrheit zu sagen: Reed wohnte in Tante Dots Haus. Vielleicht war Bedrängung aber auch gar nicht nötig gewesen; Carter hatte Frauen immer leicht nachgegeben.

Sadie war nur einmal vorbeigekommen, angeblich, um zu sehen, ob Reed »zurechtkam«, hatte ihn dann jedoch beschimpft, hatte auch Harper beschimpft, mit Beleidigungen um sich geworfen und ihn schließlich unter Tränen und mit abgehackter Stimme gefragt: »Liebst du sie?« Ihn das zu fragen, hatte sie sich vorher nicht getraut, und Reed war dankbar dafür gewesen.

»Du hast ein Vakuum hinterlassen«, sagte er. »Und wie du ja sicher von Aristoteles weißt, verabscheut die Natur das Vakuum.«

»Das ist keine Antwort auf meine Frage«, sagte Sadie.

Die Antwort auf Sadies Frage war ja: Er liebte Harper. Das auszusprechen, erschien ihm grausam, aber Sadie musste es in seinem Gesicht gelesen haben, denn sie drehte sich um und ging, bevor er etwas sagen konnte.

Reed führte ein bewusst ruhiges Leben in der Art von Thoreau. Kein Telefon zu haben, kein Kommunikationsmittel, war fast wie nicht zu existieren außer im gegenwärtigen Moment. Er stand um halb fünf auf (ein Vorteil davon, am östlichen Rand der Zeitzone zu leben, war, dass es so früh hell wurde), radelte nach Great Rock Bight, um dort zu schwimmen, und kehrte gegen sechs oder Viertel nach sechs auf der North Road nach Hause zurück, bevor die restlichen Inselbewohner (überwiegend Urlauber) sich auch nur regten. Den größten Teil des Tages verbrachte er allein und las Taschenbuchromane aus Tante Dots Regalen. Er las Elmore Leonards *Schnappt Shorty* und Louisa May Alcotts *Betty und ihre Schwestern*. Er las *Der weiße Hai* und *Die Caine war ihr Schicksal* und *Diesseits vom Paradies*, bei dessen Lektüre er an vier Tagen hintereinander einschlief, bis er es schließlich beiseitelegte.

Nach Einbruch der Dunkelheit ging er dann wieder radeln, machte sich um zehn oder elf ein einfaches Essen und schlief unruhig und mit Träumen von Harper.

Sein Nachbar zwei Häuser weiter – ein Manager bei Coca-Cola aus Atlanta namens Dick Davenport (Reed fragte sich, ob der Name ausgedacht war) – kam eines Tages vorbei und fragte Reed, ob es ihm etwas ausmachen würde, seine Zeitung ins Haus zu holen, während er weg war; ihm wurde täglich die *Vineyard Gazette* geliefert. Reed ließ sich nicht gern auf eine regelmäßige Verpflichtung ein, dann wurde ihm klar, dass Dick ihn irrtümlich für Carter gehalten haben musste, daher glaubte er, einwilligen zu müssen. So gewöhnte er sich an, jeden Tag die *Gazette* zu lesen – und so fand er heraus, dass Brendan Donegal gestorben war.

Reed brach das Herz wegen Harper. Brendan war Harpers Freund gewesen, der Mensch, den sie standhaft zweimal pro Woche auf Chappy besucht hatte, ohne Ausnahme. Der Nachruf in der Zeitung schilderte Brendans frühes Leben auf dem Vineyard und seine Erfolge als Surfer – Siege bei wichtigen Turnieren, Auszeichnungen. Dann beschrieb er den Unfall am South Beach, an dem wahrscheinlich Drogen schuld waren. Danach lebte Brendan bei seiner Mutter in ihrem Haus am East Beach. Und vor einigen Tagen war es zu einer »versehentlichen« Überdosierung mit Tabletten gekommen.

Reed ist sicher, dass Harper, wo immer sie sich auch versteckt hat, von Brendans Tod gehört hat und auf den Vineyard zurückkehren wird, obwohl die Zeitung explizit erwähnt, dass *kein Trauergottesdienst* geplant sei. Als Reed am Tag nach seiner Lektüre des Nachrufs aufwacht, hat er das Gefühl, dass Harper der Insel schon näher ist. Sie befindet sich auf der Fähre, zusammen mit Fish. Sie trägt ihre weißen Jeans-Shorts und Billys hellblaues Golfhemd; ihre Haare, normalerweise schwer und offen, sind zum Pferdeschwanz gebunden, ein Zugeständnis an die Hitze.

Reed würde am liebsten zum Fähranleger in Vineyard Haven fahren und sie abholen. Doch dann wird ihm klar, dass er komplett den Verstand verloren hat. Es ist Unsinn, dass er Harpers Aura oder ihr Energiefeld wahrnimmt. Reed ist Wissenschaftler. Er hat keinen mystischen Knochen im Leibe. Er sieht Harper nur in weißen Shorts und dem blauen Hemd vor sich, weil dies das letzte Outfit war, in dem er sie gesehen hat. Ein, zwei Tage nach der Trauerfeier fuhr Reed an Harpers Wohnung vorbei, weil er machtlos war gegen sein Verlangen, sie zu treffen und persönlich mit ihr über das zu reden, was geschehen war. Er hatte ihr eine kurze SMS geschickt, in der er sie bat, ihn nicht mehr zu kontaktieren, was grausam gewesen war. Das wollte er in Ordnung bringen. Doch als er sich näherte, sah er Harper aus dem Haus kommen. Sie stieg in den Bronco und düste davon. Sie wollte sich mit jemandem treffen, dachte Reed. Vermutlich mit Drew Truman. Reed fuhr weiter zum Krankenhaus.

Und was seine Vorstellung betraf, dass Fish Harper begleitete, so war das eine gegebene Tatsache. Wenn Harper auf die Insel zurückkehrte, hatte sie Fish bei sich.

Aber trotzdem, das Gefühl bleibt – hartnäckig, durchdringend. Harper kommt nach Hause.

Es ist also keine wirkliche Überraschung, als Reed das Klopfen an seiner Tür hört. Es ist zehn nach acht; die Sonne ist unter die Baumgrenze der Sheep Crossing gesunken. Es dämmert, ist aber noch nicht dunkel.

Reed versucht, sich nicht zu früh zu freuen. Vielleicht ist es der blöde Nachbar oder ein Zeuge Jehovas, obwohl es für beide eigentlich ein bisschen spät ist.

Er öffnet die Tür, und da ist sie. Sie sieht nicht so aus, wie er erwartet hat. Sie trägt eine Jeans-Shorts und ein Hot-Tin-Roof-T-Shirt; beides hat er an ihr noch nie gesehen. Mit ihrem Gesicht stimmt irgendetwas nicht, das er nicht genau identifizieren kann. Aber schließlich, denkt er, ist auch er nicht mehr derselbe. Er muss ihr ebenfalls wie ein anderer Mensch vorkommen.

»Harper?«, sagt er.

Sie tritt auf ihn zu.

## *TABITHA*

Er küsst sie lange und tief. Es ist ein gekonnter Kuss, findet sie, obwohl sie nichts verspürt außer einem heftigen Stich der Sehnsucht nach Franklin. Die Chemie zwischen zwei Personen ist etwas Schlüpfriges, Flüchtiges. Liebe ist nicht übertragbar.

Dennoch spielt sie mit. Das Aufregende an dieser Situation ist die Täuschung. Sie versucht sich vorzustellen, was Harper tun würde, und beschließt, dem Arzt mit den Händen durch die Haare zu fahren. Ja, das scheint das Richtige zu sein. Er küsst sie intensiver, zieht sie enger an sich. Tabitha fühlt, dass er mehr will, und zögert. Küssen ist das eine, aber wie weit ist sie bereit zu gehen? Als sie an die Tür klopfte, nahm sie an: bis zum Ende. Weniger wäre keine Rache.

Die Hand des Arztes bewegt sich weiter nach oben. Er lässt sich eindeutig zum Narren halten, obwohl Tabitha, worauf Eleanor so freundlich hinwies, korpulenter ist als Harper, ein wenig fülliger um die Taille herum. Der Arzt greift nach ihrem BH-Verschluss.

Hoppla. Sie entzieht sich ihm, schlägt die Augen nieder.

»Hey«, sagt er. »Ich liebe dich, Harper. Das musst du wissen. Ich liebe dich.«

Tabitha nickt, während Tränen in ihr aufsteigen. Der Arzt liebt Harper, und zweifellos liebt Harper den Arzt. Aber deshalb ist Tabitha dazu verurteilt, allein zu sein.

»Ich liebe dich auch«, flüstert sie dem Boden zu.

Sie lässt sich vom Arzt an der Hand in das hintere Schlafzimmer führen. Bei jedem Schritt überlegt sie umzukehren. Sie hat beabsichtigt, Harper eins auszuwischen, doch mit jedem Moment wird ihr klarer, dass sie Franklin betrügt. Wenn er sie jetzt *mit seinem Schwager* sehen könnte, würde er ... was? Tabitha betrügt auch den Arzt, was ihr ebenfalls gegen den Strich geht, wenn auch weniger. Der Arzt ist kaum unschuldig an dieser Situation.

Als er hinter ihnen die Tür geschlossen hat, setzt Tabitha sich widerwillig aufs Bett. Der Arzt hebt ihr das T-Shirt über den Kopf, streift ihr den BH ab und ermutigt sie behutsam, sich hinzulegen. Dann fängt er an, ihren Bauch zu küssen.

In diesem Augenblick begreift Tabitha, dass die Person, die sie am meisten betrügt, sie selbst ist.

»Stopp«, sagt sie.

Der Arzt schaut gehorsam auf. Er sieht etwas in ihrem Gesicht – oder sieht dieses Etwas nicht.

»Harper?«, sagt er.

»Nein«, sagt sie. »Ich bin nicht Harper.«

## *AINSLEY*

Sie wird ins Haus ihrer Großmutter bestellt, sobald sie von der Arbeit zurück ist. Morgens in die Boutique zu kommen und Caylee zu sehen war eine Erleichterung; es fühlte sich an, als sei sie ewig weg gewesen. Irgendetwas ist mit Harper passiert, obwohl Ainsley nicht genau weiß, was. Nach dem Treffen mit Mrs Donegal ging es ihr gut, doch als Harper Ainsley in Vineyard Haven abholte, zitterte und weinte sie und verhielt sich seltsam.

Für Ainsley sind Erwachsene nach wie vor ein Rätsel.

Harpers Stimmung besserte sich, sobald sie wieder auf Nantucket waren, sogar als sie erfuhren, dass Eleanor im Seamless wohnte.

»Ich sollte wahrscheinlich hallo sagen«, meinte Harper, als sie den Zettel von Tante Flossie auf der Küchentheke entdeckten. »Ich habe Flossie seit Ewigkeiten nicht gesehen.«

»Ich auch nicht«, sagte Ainsley. Das letzte Mal hatte sie Flossie in den Frühjahrsferien in Florida getroffen, als sie in die sechste Klasse ging. Flossie war eine jüngere, viel amüsantere Version ihrer Großmutter. »Aber können wir nicht bis morgen früh warten?« Ainsley war noch nicht ganz bereit dafür, dass alles wieder so wurde wie früher. »Grammie schläft wahrscheinlich sowieso schon.« Es war halb zehn Uhr abends.

»Du hast Recht«, sagte Harper. »Warten wir bis morgen früh.«

Harper ging am nächsten Morgen hinüber ins Seamless, während Ainsley in der Boutique arbeiten musste. Sie dachte, sie sei vielleicht für einen weiteren Tag davongekommen, doch sobald Harper wieder da ist, sagt sie: »Deine Großmutter möchte dich sehen.«

»Oh«, sagt Ainsley. »Kommst du mit?«

»Nein«, sagt Harper. »Sie will dich allein sprechen.«

Ainsley hat Angst vor der erzwungenen Einzelaudienz bei ihrer Großmutter; sie rechnet mit einem Standpauke. Schon der Klang der Türglocke wirkt bedrohlich, als Ainsley sie läutet – sie und Tabitha müssen klingeln, wenn Eleanor hier wohnt, damit sie sie nicht »indisponiert« antreffen.

Felipa macht auf. Ainsley hat sie seit Wochen nicht gesehen, aber dies ist keine fröhliche Wiedervereinigung. Felipa nickt Ainsley zu, als sei sie der Kammerjäger. »Señorita.«

»Hey, Flippah!«, sagt Ainsley. »Qué pasa?«

Felipa geleitet Ainsley in die verglaste Veranda, wo ihre Großmutter in einem Seidenkimono – schwarz mit weißen Lilien – auf dem Diwan sitzt. Ein Stock hängt über der Armlehne des Diwans. Eleanors Haare sind inzwischen eher weiß als silbern. Sie sieht aus wie ungefähr hundert.

»Hi, Grammie«, sagt Ainsley. Sie spürt, dass ihre Großmutter nicht aufstehen kann, um sie zu begrüßen, deshalb bückt sie sich, um Eleanor auf die gepuderte Wange zu küssen. Sie riecht Soir de Paris und fragt sich, ob Grammie von dem geklauten Bombay Sapphire und ihrer Suspendierung gehört hat. Aber das Mädchen von damals ist nicht das Mädchen von heute.

Eleanor klopft auf den Diwan. »Setz dich, Schätzchen«, sagt sie. »Ich habe dich vermisst.«

Ainsley nimmt Platz. Die Aussicht über den Nantucket Sound ist schön, und Ainsley versucht, sich zu entspannen. Ihre Großmutter klingt überhaupt nicht wütend – aber warum dann die förmliche Einbestellung? »Wo ist Tante Flossie?«, fragt Ainsley.

»Die ist heute Abend ausgegangen«, sagt Eleanor. »Sie hat eine Verabredung mit Chet, meinem Taxifahrer.«

»Wirklich?«, sagt Ainsley. »Ich dachte, sie ist verheiratet.«

»Ist sie auch«, sagt Eleanor. »Aber ihr Mann ist fünfundachtzig Jahre alt. Den heutigen Abend wollte sie mal in Gesellschaft eines Jüngeren verbringen. Alles vollkommen harmlos, kann ich dir versichern. Außerdem will ich Flossie jetzt nicht hier haben. Ich habe eine Intervention geplant.«

Ainsley ist plötzlich speiübel. Eine *Intervention*? Sie hat den ganzen Sommer über keinen Alkohol getrunken, hat weder Dope geraucht noch eine einzige Zigarette. Weiß ihre Großmutter das nicht? Ainsley muss es ihr erklären. Genau in dem Moment, in dem bei ihr alles in Ordnung ist, wird sie in den Entzug verfrachtet? Das macht sie nicht mit! »Grammie, ich glaube nicht, dass eine Intervention nötig ist.«

»Ist sie aber«, sagt Eleanor. »Ich habe diese Fehde zwischen deiner Mutter und deiner Tante zu lange andauern lassen. Ich hätte die Dinge schon vor vierzehn Jahren gerade rücken müssen.«

»Was?«, fragt Ainsley.

»Julians Tod war meine Schuld«, sagt Eleanor. »Ich bin es, der deine Mutter Vorwürfe machen sollte, nicht deiner Tante.«

»*Was*?«, wiederholt Ainsley. Sie hat ihre Großmutter noch nie Julians Namen aussprechen hören. Doch der Schock darüber wird übertroffen von der Erleichterung, dass die Intervention nicht ihr gilt.

»Du musst wissen, mein Liebling«, sagt Eleanor, »dass es vieles in meinem Leben gibt, was ich bereue. Ich habe furchtbare Fehler gemacht. Ich habe die Menschen, die ich liebe, ganz abscheulich behandelt. Billy zum Beispiel. Irgendwann kam ich zu dem Schluss, ich sei über ihn hinausgewachsen oder er sei von vornherein nicht gut genug für mich gewesen. Das stimmte natürlich nicht. Dein Großvater war der stattlichste, gütigste Mann in ganz Boston. Aber ich habe dafür gesorgt, dass er sich klein fühlte. Ich habe ihn beleidigt, beschimpft, von mir gestoßen. Er hat mich jahrelang gehasst. Und deine Mutter! Wie oft ich deine Mutter verletzt habe, kann ich gar nicht aufzählen.« Eleanors Stimme schwankt, und Ainsley rutscht verlegen hin und her. Auf dem Zigarrentisch neben dem Diwan hat ihre Großmutter einen Drink stehen, vermutlich ihren üblichen Mount Gay Tonic. Sie führt das Glas an den Mund, doch ihre Hand zittert.

»Grammie«, sagt Ainsley. Sie würde Eleanor gern trösten, aber was kann man einer Einundsiebzigjährigen sagen, das *nicht* gönnerhaft klingt? Ihre Großmutter hat die Menschen, die ihr am nächsten stehen, tatsächlich furchtbar behandelt. Sie ist ein Schlachtross, ein Drachen. Sie zieht es vor, gefürchtet zu werden statt geliebt. Und trotzdem beeindruckt es Ainsley, dass Eleanor diesen Moment der Selbstkritik erreicht hat. Vermutlich ist er das Resultat ihres Hüftbruchs. Ainsley nimmt an, dass es demütigend und schmerzhaft ist, derartig behindert zu sein, und dass es einen an die eigene Sterblichkeit erinnert.

Ainsley bleibt das Sprechen erspart, denn eine Sekunde später klingelt es an der Tür, und kurz danach kommt Harper herein. Sie lächelt Ainsley mitfühlend an. »Hat Mommy dir denn nun alles erzählt?«

»Mehr oder weniger«, sagt Ainsley, was eigentlich nicht so ganz stimmt. Eleanor hat Julian zur Sprache gebracht, das Thema aber nicht zu Ende verfolgt.

Es bleibt keine Zeit, dem Gedanken weiter nachzugehen, denn es klingelt erneut, und Ainsley denkt: *Der Postbote? Oder Flossie?* Würde Eleanor Flossie läuten lassen, wenn sie hier *wohnt?* Gut möglich.

»Was ist denn so dringend?«, fragt eine Stimme.

Ainsleys Kopf wirbelt herum. Ihre Mutter tritt auf die Veranda.

»Setz dich, Tabitha«, sagt Eleanor.

Tabitha schaut sich um. Sie starrt Harper an, dann ruhen ihre Blicke auf Ainsley und zeigen den Anflug eines Lächelns. »Hallo,

Liebling«, sagt sie. Sie breitet die Arme aus, und Ainsley kann nicht anders – sie stürzt sich hinein. Es ist ihre Mutter.

»Mama«, sagt Ainsley.

Tabitha drückt sie, küsst sie auf den Scheitel. Ainsley atmet tief ein und hofft auf den vertrauten Mom-Duft, doch ihre Mutter riecht, als hätte sie mit einem Wurf Wildkatzen auf dem Grunde eines Wäschekorbs gelebt.

»Setzt euch, Mädels«, sagt Eleanor.

Ainsley nimmt ihren Platz auf dem Diwan wieder ein. Harper hockt sich auf die Armlehne eines dick gepolsterten Sessels, und Tabitha lässt sich pflichtbewusst auf den passenden Stuhl sinken. Ainsley schaut zwischen ihrer Mutter und ihrer Tante hin und her. Nachdem sie so viel Zeit mit Harper verbracht hat, dachte sie, sie würde die beiden leicht voneinander unterscheiden können, aber sie sehen sich unheimlich ähnlich. Wenn Ainsley die Augen schlösse und sie die Plätze oder ihre Kleider tauschten oder auch nicht, würde sie sie dann auseinanderhalten können?

»Was ist los, Mutter?«, fragt Tabitha.

»Sie möchte einen Friedensvertrag aushandeln«, sagt Harper. »Und ich helfe ihr dabei. Es tut mir leid, Tabitha. Ich entschuldige mich für alles, für die Party in der Boutique, dafür, dass ich Caylee eingestellt habe, und … für die Sache mit Julian.«

»Julian!«, sagt Tabitha und wirft einen Blick auf Ainsley. »In Gegenwart meiner Tochter reden wir nicht über Julian.«

»Doch, das tun wir«, sagt Eleanor. »Ainsley ist mehr als alt genug, um zu erfahren, was passiert ist.« Eleanor führt den Drink an ihre Lippen, dann stellt sie das Glas langsam, vorsichtig wieder ab. Sie sieht Ainsley an. »Dein Bruder kam vorzeitig zur Welt. Offen gesagt, ist es ein Wunder, dass er überhaupt lebendig geboren wurde. Aber seine Lunge hat den Rest seines Körpers nie eingeholt.«

Ainsley nickt. Das weiß sie bereits oder glaubt es jedenfalls. Sie kann an einer Hand abzählen, wie oft Julians Name gesprächsweise erwähnt wurde, doch sein Geist ist immer präsent, verfolgt sie. Sein Tod ist die Grundlage der Persönlichkeit ihrer Mutter – ihres Kummers, ihrer Unduldsamkeit, ihrer Gleichgültigkeit.

»Hör bitte auf, Mutter«, sagt Tabitha leise.

»Deine Mutter gibt deiner Tante die Schuld an Julians Tod«, sagt Eleanor, ohne den Blick von Ainsley zu wenden. »Deshalb haben sie so viele Jahre nicht miteinander gesprochen.«

»Warum sollte sie schuld sein?«, fragt Ainsley. »Wenn er einfach aufgehört hat zu atmen?«

»Sie …«, sagt Tabitha.

»Ich …«, sagt Harper.

»Deine Tante kam nach Nantucket, um zu helfen«, sagt Eleanor. »Und an ihrem letzten Abend hier hat sie deine Mutter dazu überredet, essen zu gehen, tanzen zu gehen. Und in der Nacht ist Julian gestorben.«

»Ich war nicht zu Hause«, sagt Tabitha. »Wenn ich zu Hause gewesen wäre, wäre das nicht passiert!«

»Blödsinn!«, sagt Eleanor. »Das ist vollkommener Blödsinn, Tabitha Frost, und das weißt du!« Eleanors Stimme ist lauter und schärfer, als Ainsley sie je gehört hat. Eleanor drückt ihre Wut meistens durch ihre Wortwahl aus, nicht durch ihre Lautstärke. »Dein Vater und ich haben das nie begriffen. Wir haben immer rumgerätselt. Was war geschehen? Warum dieses Zerwürfnis? Billy dachte das eine, ich was anderes.«

»Ich habe Angst zu fragen«, sagt Harper.

»Das war eine Sache zwischen Billy und mir, und ich werde unsere Privatangelegenheiten jetzt bestimmt nicht mit euch erörtern«, sagt Eleanor. »Ich habe euch herbestellt, um mich zu entschuldigen. Ich muss euch sagen, dass es mir leidtut.«

»Was denn, Mutter?«, fragt Tabitha.

»Ich gebe mir die Schuld an Julians Tod«, sagt Eleanor. »Zunächst mal hätte ich darauf bestehen müssen, für einen längeren Krankenhausaufenthalt zu bezahlen ...«

»Das hätte Wyatt niemals angenommen«, sagt Tabitha.

»Lässt du mich *bitte* aussprechen?«, sagt Eleanor.

Alle sind still, und Eleanor ergreift die Gelegenheit zu einer dramatischen Pause. Sie nimmt einen ausgiebigen Schluck von ihrem Drink. Alle sehen, wie ihre Hände zittern und das Eis nervös im Glas tanzt.

»Wir haben in dem Sommer die Filiale in der Candle Street eröffnet«, sagt Eleanor. »Entsinnst du dich?«

»Ja«, sagt Tabitha.

»Ich wollte es unbedingt bis zum Saisonbeginn schaffen«, sagt Eleanor. »Und es war ungewöhnlich warmes Wetter.« Sie schaut Tabitha an, und Tränen steigen ihr in die Augen. »Ich habe dich bis zum Umfallen schuften lassen. Du warst im siebenten Monat schwanger und musstest Kartons schleppen und in sengender Hitze Ständer voller Kleider über die Bürgersteige und Bordsteine rauf- und runterschieben. Du durftest dich nicht hinsetzen, und weißt du noch, was ich dir zu trinken gab, als du es doch tatest? Erinnerst du dich, Tabitha?«

»Einen Espresso«, sagt Tabitha.

»Ich habe dir einen Espresso gegeben«, sagt Eleanor. »Ich dachte, er würde dich aufmuntern.« Sie schüttelt den Kopf, und eine Träne kullert herunter. »Es war so mühselig, euch beide auszutragen, dass ich es für keine große Sache hielt, mit *einem* Baby schwanger zu sein. Irgendwie fand ich wohl, du hättest es leicht.« Eleanor starrt auf ihre Hände in ihrem Schoß. »Ich war ein Monster. Du fingst an, über Schmerzen zu klagen, und als Nächstes lagst du auch schon in den Wehen, in der achtundzwanzigsten Woche.« Sie nimmt noch einen Schluck von ihrem Drink. »Ich bin verantwortlich für Julians vorzeitige Geburt. Und deshalb auch verantwortlich für seinen Tod.

Warum du deiner Schwester die Schuld dafür gibst, geht mir über den Verstand.«

Alle schweigen eine Weile, um Eleanors Beichte zu verarbeiten. Ainsley staunt über die vielen Möglichkeiten, die Eltern haben, das Leben ihrer Kinder zu vermasseln. Sie dachte, sie wäre Tabithas Zugriff fast schon entkommen – in zwei Jahren wird sie achtzehn sein, erwachsen –, doch jetzt wird ihr klar, dass die Herrschaft einer Mutter ein Leben lang dauern kann.

»Ich bin verwirrt, was das sogenannte Rumrätseln von dir und Daddy betrifft«, sagt Harper. »Ihr habt doch gar nicht mehr miteinander gesprochen, oder?«

»Wechsel nicht das Thema«, sagt Tabitha und wendet sich Eleanor zu. »Du nimmst die Schuld jetzt nur auf dich, um Harper zu schützen.«

In diesem Moment lässt Eleanor ihr Glas fallen. Es rutscht über den Rand des Zigarrentisches, trifft auf den Boden und zerspringt. Überall sind Scherben und Eis. Der Drink spritzt über den Täbris-Vorleger und den Saum von Eleanors Kimono. Eleanor zuckt jedoch kaum mit der Wimper, was Ainsley vermuten lässt, dass sie das Glas absichtlich hat fallen lassen.

»Lass es einfach meine Schuld sein!«, sagt Eleanor. »Ich möchte, dass ihr beide euch einen Kuss gebt und vertragt! Ich möchte, dass ihr tut, was Geschwister tun sollten – eure Eltern hassen, aber einander lieben! Flossie und ich haben unsere Mutter beide verabscheut – noch heute, sechzig Jahre später, reden wir darüber, wie schrecklich sie war. Ich weiß nicht, was ich getan hätte, wenn ich nicht Flossie gehabt hätte, die dasselbe empfand wie ich. Sie ist meine Schwester. Ihr aber, Tabitha Winford Frost und Harper Vivian Frost, seid *mehr* als Schwestern.«

Ainsley rückt ein Stück, damit sie die Hand ihrer Großmutter ergreifen kann. »Ihr habt Grammie gehört«, sagt sie zu ihrer Mutter und ihrer Tante. »Und wenn wir von Julian sprechen, könnten wir vielleicht einräumen, dass auch ich ihn verloren habe. Ich habe die Bilder von ihm gesehen, die du im Regal versteckt hast. Ich durfte ihn nie für mich beanspruchen oder um ihn trauern. Alle meine Freundinnen glauben, dass ich schon immer Einzelkind war. Aber ihr beide habt einander. Was für ein Glück ihr habt!« Ainsley schaut ihre Mutter an. »Bitte, Mama, verzeih Tante Harper. Um meinetwillen.«

»Es ging nie nur um Julian«, sagt Tabitha. »Ich war wütend auf Harper, seit sie zu Billy zog. Sie hat gewonnen, und dafür habe ich sie gehasst.«

»Gewonnen?«, fragt Eleanor. »Zu Billy zu ziehen, würde ich kaum als Gewinnen bezeichnen. Oder irre ich mich total?« Sie sieht Tabitha an. »Ich habe immer angenommen, du seist zur Vernunft gekommen und hättest begriffen, dass du bei mir glücklicher sein würdest.«

»Mutter, der Punkt ist, dass wir *uns nie hätten entscheiden müssen*!«, sagt Tabitha. »Es war grausam von dir – und von Daddy –, uns beide zu dieser Entscheidung zu zwingen. Wir waren unzertrennlich, das wusstet ihr, und trotzdem habt ihr euch nichts dabei gedacht, uns auseinanderzureißen wie Papierfiguren. In der einen Minute waren wir ein Duo, ein Zweier-Team – und in der nächsten hatte ich das Spiel verloren, und Harper verschwand.«

»Welches Spiel?«, fragt Eleanor.

»Schere, Stein, Papier«, sagt Harper. »Die Gewinnerin durfte zu Billy ziehen.«

»Um Himmels willen!«, sagt Eleanor.

»Was ist Schere, Stein, Papier?«, fragt Ainsley, und bei ihr klingt es wie etwas, das frühe englische Siedler spielten.

»Es ist ein Spiel, das Billy den Zwillingen beigebracht hat, weil er und seine Mitschüler an der Boston Latin damit ihre Streitigkeiten regelten.« Eleanor schaut in ihren Schoß. »Die Siegerin durfte zu Billy ziehen. Die *Siegerin*? Und die Verliererin musste bei mir bleiben.

War ich wirklich *so schlimm?*« Tränen glänzen in Eleanors Augen, und Ainsley spürt, wie sich in ihrem Hals ein Kloß bildet. Ihre arme Großmutter! Sie hat sich eine Karriere aufgebaut und Geld verdient, sie besitzt Häuser und schöne Dinge … aber sie war nicht der Liebling ihrer Töchter. Ainsley weiß, wie sie sich fühlt. In letzter Zeit hat sie sich selbst oft wie niemandes Liebling gefühlt.

»Wir waren Kinder, Mutter«, sagt Tabitha. »Wir waren behütete siebzehnjährige Mädchen.«

»Ich wundere mich nicht, dass euer Vater euch reizvoller erschien«, sagt Eleanor. »Billy Frost war charmant wie der Teufel persönlich. Frauen jeden Alters liebten ihn. Und ihr zwei … na ja, ihr habt ihn beide blind vergöttert, wart beide Papa-Töchter durch und durch. Ebenso wie Flossie und ich.« Sie wendet sich Ainsley zu. »Sei gewarnt, Schatz, du stammst von einer langen Reihe starker, widerborstiger Frauen ab!«

»Harper hat eine berechtigte Frage gestellt, Mutter«, sagt Tabitha. »Wann habt ihr über uns gesprochen, du und Daddy? Du hast ihn nie angerufen, und wenn er nach Nantucket kam, hast du dich geweigert, ihn zu sehen.«

Eleanor wischt sich die Augen und lacht. »Das zeigt, wie unaufmerksam ihr seid. Wenn er hier war, ist Billy jeden Abend rübergekommen, nachdem ihr zu Bett gegangen wart.«

»Echt?«, sagt Tabitha. »Und ihr habt … was?«

»Was glaubst du denn?«, sagt Eleanor. »Wie ich schon erklärt habe, habe ich Billy Frost aus ganzem Herzen geliebt. Ich konnte ihm nie widerstehen. Und er mir wohl auch nicht.« Ein Lächeln huscht über ihr Gesicht, und sie setzt sich ein wenig aufrechter hin. »Ich möchte, dass ihr Mädchen euch umarmt, ganz fest. Und dann möchte ich, dass ihr beide den Schlamassel beseitigt, den ich angerichtet habe.«

Ainsley weiß, dass ihre Mutter und ihre Tante fast vierzig sind, zu alt, um sich herumkommandieren zu lassen, aber sie gehorchen Eleanors Wünschen. Harper streckt die Arme aus, und Ainsley beobachtet ungläubig, wie ihre Mutter einen Schritt auf sie zugeht. Und dann halten sie sich in den Armen. Es ist surreal zu sehen, wie zwei einander so ähnliche Menschen sich so umschlingen. Ainsley stellt sich vor, wie sie vor vier Jahrzehnten Seite an Seite im Mutterleib trieben. Sie waren seit dem Moment der Empfängnis zusammen. Es ist ein Wunder, wenn sie so darüber nachdenkt.

Als die beiden sich voneinander gelöst haben, bückt Tabitha sich, um die Glasscherben aufzuheben, und Harper streckt die Hand aus, um sie entgegenzunehmen. Ainsley findet, dass sie nicht wie ein Schoßhund herumsitzen sollte, und eilt in die Küche, um einen Schwamm und einen Lappen zu holen. Sie versucht, sich vorzustellen, wie sie Caylee erzählt, was heute hier geschehen ist. *Meine Großmutter hat die Verantwortung für die vorzeitige Geburt meines Bruders übernommen ... Meine Mutter und meine Tante haben ein Spiel mit Steinen, Papier und Schere gespielt, das über ihre Zukunft bestimmte ... Meine Großmutter hat gestanden, dass sie sich all die Jahre über heimlich mit meinem Großvater getroffen hat, obwohl sie beide schon sehr alt waren.*

Sie sieht Caylee lächeln.

Und warum nicht? Trotz des Dramas geht es Ainsley, als sie sich bückt, um die klebrige Mischung aus Rum und Tonic aufzuwischen ... gut. Wahrscheinlich wird das nur ein paar Minuten anhalten, doch fürs Erste genießt sie es, Teil einer glücklichen Familie zu sein. Oder wenn schon keiner glücklichen Familie, dann wenigstens einer Familie ohne Geheimnisse.

Kaum hat Ainsley diesen Gedanken für sich ausformuliert, als Harper sich räuspert.

»Ich bin schwanger«, sagt sie.

## *TABITHA*

In diesem Sommer sind Harper und sie sich sehr selten einig gewesen, doch jetzt finden beide – sobald sie nicht mehr im Seamless, sondern wieder in der Remise sind –, dass es für Harper an der Zeit ist, endgültig auf den Vineyard zurückzukehren. Tabitha wird sie begleiten, aber nur für ein, zwei Tage. Sie muss ihre Sachen packen und die Rechnungen der Subunternehmer begleichen. Sie muss eine Liste von Dingen aufstellen, die Harper zu erledigen hat, bevor sie Billys Haus zum Kauf anbieten.

»Ihr fahrt also *beide* auf den Vineyard?«, fragt Ainsley. »Zusammen?«

»In Harpers Wagen«, bestätigt Tabitha. »Und ich komme mit unserem Auto zurück.« Sie hat ein schrecklich schlechtes Gewissen, ihre Tochter wieder allein zu lassen, doch sie muss noch ein paar offene Fragen klären.

*Franklin*, denkt sie. Sie wird versuchen, Franklin aufzutreiben, um sich zu verabschieden. Das schuldet sie ihm. Das schuldet sie sich selbst.

Eleanor freut sich nicht darüber, dass Tabitha und Harper die Insel verlassen, aber sie hat noch einen Tag mit Flossie, und sie hat Ainsley. Außerdem war sie diejenige, die die Wiedervereinigung inszeniert hat, deshalb hat sie kein Recht, sich zu beklagen.

Als die Fähre in Oak Bluffs einläuft, sitzen Harper und Tabitha vorn in Harpers Bronco, und Fish schläft auf der Rückbank.

»Bist du nervös?«, fragt Tabitha ihre Schwester. Sie hat Harper erzählt, dass sie Reed aufgesucht hat, und zugegeben, dass es ihr Plan gewesen war, den Arzt unter Vorspiegelung falscher Tatsachen zu verführen, es dann aber nicht geschafft hat, die Sache durchzuziehen. Sie erzählte Harper auch, wie verliebt Reed gewirkt hatte – in die Frau, die er für Harper hielt. Dann gab sie Harper seine Adresse. *Du musst zu ihm fahren*, sagte sie. *Besonders jetzt.*

»Nervös ist gar kein Ausdruck«, sagt Harper. »Wie steht's mit dir?«

»Warum sollte ich nervös sein?«, fragt Tabitha.

Harper zuckt die Achseln. Ein bisschen später fragt sie: »War das real zwischen dir und Franklin? Ich meine, es passierte so schnell.«

»Harper«, sagt Tabitha. »Es war real.«


Sie sprechen nicht viel auf der Fahrt zum Haus. Tabitha ist keinen ganzen Tag weg gewesen, aber erleichtert, wieder auf derselben Insel zu sein wie Franklin. Sie würde so gern glauben, dass er sich besinnt und sein eigenes Leben führt.

Sie und Harper treten durch die Hintertür in Billys Haus und in die Küche. Tad kniet vor dem Kühlschrank. Er fügt die letzten neuen Dielen ein. Als er aufschaut, flitzt sein Blick zwischen den beiden Frauen hin und her.

»Hoppla«, sagt er.

»Hi, Tad«, sagt Harper. »Schon mal was von Zwillingen gehört?«

Tabitha schert es nicht, ob das der Fall ist. »Ist Franklin hier?«, fragt sie. »Haben Sie ihn gesehen?«

Tad steht auf und wischt sich die Hände an seinen Carhartts ab. »Er war vorhin da.«

Tabithas Herz fühlt sich an wie ein Vogel, der gegen ein Fenster knallt. »Wirklich?«

»Ja. Er hat nach Ihnen gefragt. Ich hab ihm gesagt, dass Sie nicht mehr hier sind.«

»Haben Sie ihm gesagt, wo ich hingefahren bin?«

»Ich wusste nicht, wo Sie hingefahren sind«, sagt Tad. »Sie waren ohne ein Wort wieder weg. Natürlich hat er gesehen, dass Sie Ihr Auto dagelassen haben.«

»Und was ist dann passiert?«

»Dann ist er weg«, sagt Tad.

»Wie lange ist das her?«, fragt Tabitha.

»Paar Stunden«, sagt Tad. »Und nein, er hat mir nicht erzählt, wo er hinfährt oder wann er zurück sein würde.« Er wendet seine Aufmerksamkeit Harper zu. »Wie ist es Ihnen ergangen?«, fragt er.

»Ich wüsste nicht, wo ich anfangen soll«, sagt Harper.

## *HARPER*

Es fiel ihr schwerer, Nantucket zu verlassen, als sie angenommen hatte. Sie brauchte nicht lange zum Packen, und in der einen Stunde, die ihr in der Stadt blieb, konnte sie sich noch von allen verabschieden. In der Boutique hat sie Meghan umarmt und dem kleinen David Wayne einen Kuss auf die Stirn gegeben.

Dann streckte sie die Arme nach Caylee aus. »Vielen Dank«, flüsterte sie. »Du hast den Laden gerettet.«

»Sei nicht so dramatisch«, sagte Caylee.

»Tabitha war wütend, als sie rausfand, dass du für uns arbeitest«, sagte Harper. »Aber auch sie hat kein Argument gegen eine fünfhundertprozentige Steigerung der Verkaufszahlen.«

»Wird sie mich bleiben lassen?«, fragte Caylee.

»Auf jeden Fall«, sagte Harper. »Ich wette, du wirst sie mit der Zeit sogar mögen.«

»Glaubst du?«

»Aber natürlich nicht so gern, wie du mich magst«, sagte Harper.

Harper ging die Main Street entlang zum Büro von Striker & McClain. Bonnie, die Empfangsdame, kniff die Augen zusammen.

»Welche von beiden sind Sie?«, fragte sie.

»Harper«, sagte Harper.

»Ich frage nur, weil ich gehört habe, dass Tabitha zurückkommt«, sagte Bonnie.

*Wow*, dachte Harper. *Auf Nantucket ist der Tratsch noch schneller als auf dem Vineyard. Das muss daran liegen, dass er hier kürzere Strecken zu bewältigen hat ... und weniger Verkehr.*

»Das stimmt«, sagte Harper.

In diesem Moment erschien Ramsay zu ihrer Rettung.

»Wenn du abreist, nehme ich an, dass deine Schwester zurückkommt«, sagte er.

»Ja«, sagte Harper. Sie erwog, Ramsay zu erzählen, dass Tabitha sich auf der anderen Insel verliebt hatte, biss sich jedoch auf die Zunge. Womöglich plante Tabitha, sich wieder mit Ramsay zusammenzutun – und wäre es dann nicht typisch Harper, ihr das zu vermasseln? Sie umarmte Ramsay. »Der Vineyard ist nur elf Meilen entfernt, das weißt du. Du bist jederzeit willkommen.«

»Ich komme im Herbst«, sagte Ramsay. »Wie wäre das?«

»Großartig«, sagte Harper und vermutete, er wollte bloß höflich sein. Auf dem Vineyard versprechen die Leute immer, Dinge »im Herbst« zu unternehmen, wenn die sommerliche Hektik sich gelegt hat, doch dann wird der Herbst betriebsamer, als sie gedacht haben, und der Advent steht schon am Horizont. Harper hat auch Meghan und ihrem Mann einen Besuch auf dem Vineyard angeboten, aber bezweifelt, dass sie je kommen werden. Die elf Meilen könnten ebenso gut elfhundert Meilen sein; der Vineyard könnte auch Vegas oder die Venus sein.

Falls Ramsay im Herbst kommt, wird er erfahren, dass Harper schwanger ist. Sie stellt sich vor, wie sie ihn mit ihrem runden Bauch von der Fähre abholt – *Überraschung!*

Am schwierigsten war es natürlich, sich von Ainsley zu verabschieden. Es gab so vieles, was Harper ihrer Nichte sagen wollte: *Sei ein braves Mädchen, sei nett zu deiner Mutter, hab Geduld mit deiner Großmutter, trink erst an deinem einundzwanzigsten Geburtstag, dann trinken du und ich zusammen, guten Champagner. Fang nie an zu rauchen.*

*Verlieb dich nie, verlieb dich mit Hingabe, alles wird Sinn ergeben, wenn du älter bist, nichts wird je Sinn ergeben. Das Leben ist nicht fair, triff die richtigen Entscheidungen, quäl dich nicht, wenn du falsche Entscheidungen getroffen hast, schätz dich wert, wie ich dich wertschätze. Reise. Hör zu. Hinterfrage. Trag Sonnenschutz auf, verhüte, kauf keine Tomaten außerhalb der Saison. Ich werde dich vermissen. Du bist ein wunderbares, talentiertes Kind, Ainsley, und ich bin nie weiter als eine Schiffsfahrt entfernt.* Und dann, zu guter Letzt: *Schere schneidet Papier, Papier wickelt Stein ein, Stein macht Schere stumpf.*

»Kann ich nächsten Sommer zu dir auf den Vineyard kommen und dein Kindermädchen sein?«, fragte Ainsley.

*Kindermädchen?* Harper sah sich nicht als eine Frau, die ein Kindermädchen braucht. Aber Ainsley zuliebe lächelte sie und sagte, ohne zu zögern: »Natürlich.«

Sie fährt Tabitha zu Billys Haus, damit sie dort duschen und packen kann, dann bringt sie Fish und ihre Sachen in ihre Wohnung. Fish lässt sich auf sein Bett fallen und schließt seine blauen Augen, und Harper freut sich. Sie hatte Angst, er würde mitkommen wollen, wenn sie die Maisonette verlässt, aber das, was sie vorhat, muss sie allein tun.

»Bin bald zurück«, sagt sie.

Fish hebt nicht einmal den Kopf.

Sheep Crossing: Sie kennt die Straße, obwohl sie sie als Paketzustellerin meist nur überquert hat. Sie ist eigentlich nicht mehr als ein schmaler Feldweg mit einem winzigen Schild, das halb von Gestrüpp überwuchert ist. Als Harper in ihn einbiegt, rauscht Blut in ihren Ohren, und Unruhe ergreift sie auf eine Weise, die für das Baby nicht gut sein kann.

*Jetzt treffen wir deinen Vater*, denkt sie.

Tabithas Anweisungen folgend, biegt sie in die erste Einfahrt links ein, und da stehen der Lexus und Reeds Rad. Harper schwitzt und atmet flach. Sie stellt den Motor ab und bleibt sitzen, dann denkt sie: *Also, hier ist es.* Sie geht zur Tür und klopft.

»Hallo?«

Harper dreht sich nach der Stimme um. Ein Mann – nicht Reed – kommt mit einer Flasche Scotch über den Rasen spaziert. Er hat einen zu Schnörkeln gezwirbelten Schnauzbart, und Harper erschauert trotz der Hitze. Sie wird mit nahezu jeder Variante des Äußeren eines Mannes fertig – schließlich hat sie drei Jahre lang mit Roosters Hahnenkamm und davor mit Joey Bowens Vokuhila gelebt –, doch einen Schnauzbart erträgt sie nicht.

Der Mann streckt seine Hand aus, und Harper schüttelt sie.

»Ich bin Dick Davenport, der Nachbar«, sagt er. »Sie halten wohl Ausschau nach Dr. Zimmer?«

*Dick Davenport?*, denkt sie. Der Name passt perfekt zu ihm: Er ist halb Barbershop-Sänger, halb Siebziger-Jahre-Pornostar. »Das stimmt«, sagt sie.

»Er ist nicht zu Hause«, sagt Dick. »Ich habe ihn um die Mittagszeit herum zur Fähre gebracht. Wollte ihm gerade diesen Laphroaig als Dankeschön vor die Tür stellen. Reed hat meine Zeitungen eingesammelt, während ich in Atlanta war.«

»Ach so«, sagt Harper. Dick sieht aus, als wollte er ihr den Scotch überreichen. »Sie haben ihn zur Fähre gebracht? Wollte er verreisen?«

»Ja«, sagt Dick. Er taxiert Harper ausführlich. »Sie sind sehr, sehr hübsch. Sie sind nicht zufällig Single, oder? Ich würde Sie sehr gern zum Essen einladen. Wie wär's mit heute Abend? Ich kenne zufällig die neue Empfangsdame im Covington.«

Harper ist vollkommen überrumpelt. Der Mann, der neben dem Haus wohnt, wo Reed sich versteckt – beziehungsweise versteckt *hat*, da er anscheinend mit unbekanntem Ziel verreist ist –, will sich mit ihr verabreden. »Danke, aber ich kann nicht. Ich esse heute Abend mit meiner Schwester.«

»Ich lade Sie beide ein«, sagt Dick. »Ist sie so hübsch wie Sie?«

»Vielleicht ein andermal«, sagt Harper. Sie macht ein paar Schritte rückwärts, bis der Bronco in ihrer Reichweite ist, und sieht, wie Dick den Scotch hinter die Fliegengittertür stellt. Sie rutscht auf den Fahrersitz und kümmert sich nicht um den Sicherheitsgurt. Sie kann gar nicht schnell genug wegkommen.

Dick winkt. Harper legt den Rückwärtsgang ein.

Als sie wieder in Billys Haus tritt, sitzt Tabitha auf einem der nagelneuen Küchenhocker und trinkt ein Glas Champagner. Die Flasche steht neben ihr auf der Theke, und Harper blinzelt, weil sie meint, ein Déjà-vu zu haben. Es ist ein Billecart-Salmon-Rosé, derselbe Champagner, den Harper vor vierzehn Jahren nach Nantucket mitbrachte, der Champagner, den sie auf dem Ende des Anlegers miteinander tranken, während ihre Füße das Wasser streiften. Ist Tabitha das klar? Hat sie diesen Champagner absichtlich gewählt? Muss sie wohl: Ihrer Schwester entgeht sehr wenig. Ist es also ein Zeichen? Tabitha hat Harper verziehen? Sie ist bereit zu einem Schritt nach vorn? Wirklich? Harper ist sich unsicher.

»Hol dir ein Glas aus dem Schrank«, sagt Tabitha. »Ich gieße dir ein winziges Schlückchen ein.«

»Hast du Franklin gefunden?«, fragt Harper.

»Hab ihn angerufen und bin direkt auf der Mailbox gelandet. Bin zu ihm nach Hause gefahren. Sein Pick-up ist da, er aber nicht. Ich hab durch die Fenster gelinst.«

»Reed ist auch weg«, sagt Harper. »Sein Nachbar sagt, er hat ihn zur Fähre gebracht, mir aber nicht verraten, wohin er wollte.«

»Als ich dich kommen sah, hab ich mir schon so was gedacht«, sagt Tabitha.

Harper nimmt sich eine Sektflöte aus einem der neuen Schränke mit Glasfront. Die Küche hat keinerlei Ähnlichkeit mit dem unappetitlichen Drecksloch, das sie einmal war. Harper sieht, dass Tabitha neue Stielgläser von Tiffany gekauft hat – die Sektflöte trägt noch den blauen Aufkleber.

»Die sind ziemlich elegant«, sagt Harper. »Machen wir denn nach all der Arbeit noch Profit?«

»Einen Riesenprofit«, sagt Tabitha. »Die Gläser sind nur zum Vorzeigen. Wir nehmen sie mit, wenn wir verkauft haben.«

Jetzt, da das Haus ein solches Schmuckstück ist, hat Harper gar keine Lust mehr, es zu verkaufen; sie würde gern selbst in Billys neuem altem Haus wohnen. Doch so war es nicht abgemacht, und sie hat nichts gegen das Wort *Riesenprofit* vorzubringen.

Tabitha ergreift die Flasche und gießt einen Minischluck Champagner in Harpers Sektflöte. Sie hebt ihr eigenes Glas. »Es gibt noch einen Mann im Haus«, sagt sie.

»Echt?«, sagt Harper. »Ist Tad noch hier?«

»Nein«, sagt Tabitha. »Billy. Seine Asche steht auf dem Kaminsims. Wie findest du es, wenn wir sie anständig verstreuen?«

*Billy*, denkt Harper. Sie schließt die Augen und sieht ihren Vater im Krankenhausbett. Wie viele Stunden hat sie damit verbracht, auf dem kleinen am Bett befestigten Resopaltisch mit ihm Karten zu spielen? Harper erinnert sich sehr weit zurück … an die Anrufe, die mitten in der Nacht für Billy kamen, als sie noch in der Pinckney Street lebten. Anscheinend gab es in ganz Boston Notstände, die nur Billy Frost beheben konnte: Die Hälfte der Zimmer im Park Plaza hatte keinen Strom mehr, die Kühlkammer im Locke-Ober war im Eimer, im Heizungskeller der Stadtbibliothek hatte es einen Kabelbrand gegeben. In jenen Tagen war Billy für die Bostoner Elite der Elektriker erster Wahl. Sein Beruf war nicht so glamourös wie Eleanors, doch er stand seinen Mann. Er war beliebt bei Gewerkschaftsbossen und Lokalpolitikern; fast überall, wo sie hinkamen – Southie, Chinatown, Fenway –, traf Billy jemanden, der ihm einen Drink schuldete.

Als Eleanor ihn um die Scheidung bat, war er eher resigniert als wütend, als hätte er angenommen, dass dieser Tag früher oder später kommen würde. Und in mancherlei Hinsicht – mehr als das sogar – war er mit seinem Leben auf dem Vineyard glücklicher. Harper sieht ihn am Strand von Cape Poge vor sich, wo er jedem Fisch, den sie gefangen haben, geduldig und mit Kompetenz und sicheren Bewegungen den Haken aus dem Maul zieht. Billy war ein Mann, der immer wusste, was er tat. Sie sieht ihn auf seinem Stammplatz im Lookout vor sich, wo er sie hereinkommen sieht, grinst, dem Barkeeper ein Zeichen gibt und ruft: »Ein Bier und ein Dutzend Malpeques für meine alte Dame, bitte!«

Harper versucht, sich Billy als jungen Mann vorzustellen, der Eleanor Roxie zum ersten Mal sah. Sie lernten sich im Country Club von Brookline kennen, auf einer Weihnachtsparty, die Eleanors Eltern jedes Jahr gaben. Billy war als Begleiter von Eleanors Cousine Rhonda Fiorello gekommen, doch Eleanor machte sich nichts aus Rhonda und hatte keine Skrupel, ihr ihren Begleiter auszuspannen. Sie war einundzwanzig, im letzten Jahr auf dem Pine Manor College, und Billy, dreiundzwanzig, hatte zwei Jahre lang an der UMass in Boston Elektrotechnik studiert, bevor er auf die Handelsschule wechselte. Harper besitzt Fotos von ihren Eltern in ihrer wunderschönen Jugend und staunt darüber, dass die Anziehung, die beide 1967 füreinander empfanden, fünfzig Jahre lang anhielt ... *falls* es stimmte, dass Billy sich mitten in der Nacht in Eleanors Haus schlich.

Harper war so sehr in ihr eigenes Drama verstrickt gewesen, dass sie Billys Tod noch gar nicht hatte betrauern können. Sie hat nicht geplant, Billys Asche zu verstreuen, hauptsächlich deshalb, weil sie es nicht ertrug, es allein zu tun. Doch jetzt, da Tabitha hier ist, erscheint es ihr angemessen.

»Ja, das sollten wir tun«, sagt sie. Sie und Tabitha stoßen an und trinken.

Harper fährt, weil der Vineyard genau genommen »ihre« Insel ist und Billy »ihr« Elternteil war.

»Du kanntest ihn besser als ich«, sagt Tabitha. »Und ich habe keine Erfahrung mit ihm hier. Wo würde er seine Asche verstreuen lassen wollen?«

Genau dasselbe hat Harper sich auch gefragt. Sie kommt zu dem Schluss, dass ein Teil von Billy sich mit dem Land wiedervereinen sollte und ein Teil mit dem Wasser, das es umgibt. Ein Teil von ihm sollte bei Harper bleiben und ein Teil mit Tabitha nach Nantucket kommen. Sie weiß nicht recht, was sie für die Asche empfinden soll. Sie ist nicht *Billy*, doch sie ist auch kein Nichts.

»Lass uns ein Viertel im Hafen von Oak Bluffs verstreuen und ein Viertel in Farm Neck«, sagt Harper.

»Auf dem Golfplatz?«, fragt Tabitha.

Harper nickt. Wenn sie eins genau weiß, dann, dass Billy wollen würde, dass seine Überreste das Tee am dritten Loch düngen.

»Da wollte ich nie wieder hin«, sagt Tabitha.

»Tja«, sagt Harper.

Farm Neck ist heute geschlossen, und Harper befürchtet, man könnte ihnen den Zugang zum Platz verweigern. Sie fragt am Empfang nach Ken Doll, der Sekunden später auftaucht, adrett wie eh und je – Krawatte, passendes Einstecktuch, blank polierte Schnallenschuhe. Er lächelt, als er die Zwillinge erblickt, was für Harper fast ein kleines Wunder ist, wenn man bedenkt, welche Schande sie über diesen Privatclub gebracht hat.

»Harper«, sagt er. »Und Tabitha!!«

Er freut sich, Tabitha zu sehen, erkennt Harper und verspürt den uralten Schmerz darüber, dass die Leute immer ihre Schwester bevorzugen. Aber in diesem Moment, das weiß sie, sollte sie dankbar dafür sein.

»Wir müssen Sie um einen Gefallen bitten«, sagt sie.

»Wow«, sagt Tabitha, als sie am Tee des dritten Lochs stehen. »Guck dir das an.«

Harper nickt. Von hier aus hat man die womöglich schönste Aussicht auf der ganzen Insel – quer über den Sengy Pond über den Strand mit der Spitze von Chappy in der Ferne. Wenn es einen Himmel gibt und Billy dabei etwas zu sagen hat, denkt Harper, sieht er vermutlich ungefähr so aus.

Als Nächstes fahren sie zum Hafen in Oak Bluffs. Harper findet direkt am Fähranleger einen Parkplatz – an sich schon ein Wunder –, und jetzt trägt Tabitha die Urne. *Überall* sind Touristen, und Harper passt ihre Erwartungen für dieses Unternehmen den Gegebenheiten an. Es wird kein friedlicher, inniger Moment werden; sie sollten jeweils eine Handvoll Asche ins Wasser werfen und versuchen, dabei keine Aufmerksamkeit zu erregen. Die Familien, die hier einkaufen und Eis essen, möchten den Sommer genießen. Keiner will Zeuge einer Quasi-Beisetzung sein.

Harper führt Tabitha den Kai entlang, dann bleibt sie abrupt stehen. Gleich vor ihnen liegt, weiß und geformt wie eine Hochzeitstorte, eine Motoryacht, und auf dieser Yacht befindet sich, piekfein herausgeputzt, Drew Truman inmitten einer Schar elegant wirkender älterer schwarzer Frauen. *Seine Mutter*, denkt Harper, *und die Tanten*.

»Was ist los?«, fragt Tabitha, Harpers Blick folgend. »Kennst du die Damen? Sind sie Freundinnen von Billy? Glaubst du, sie möchten sich uns anschließen?«

»Nein. Geh weiter«, sagt Harper, ohne den Mund aufzumachen.

»Warum?«, will Tabitha wissen. »Sieh mal, eine von ihnen hat Mutters Kleid an!«

Harper dreht sich um. Eine der Tanten – vielleicht ist es auch Drews Mutter, denn sie steht am nächsten bei ihm – trägt das Roxie in Elfenbein. Das Kleid betont ihre Taille, zeigt aber trotzdem eine klassische Silhouette. Harper verspürt ein unerwartetes Aufwallen von Stolz. Ihre Mutter hat etwas entworfen, das Generationen nach ihrem Tod überdauern wird. Wie viele Menschen können das von sich sagen?

Als sie weitergehen, Harper mit gesenktem Kopf, ertönt ein greller Pfiff, und Harper schaut unbeabsichtigt auf. Drew winkt ihr zu, und neben ihm ist plötzlich … Polly Childs, die Maklerin, aufgetaucht. Polly legt Drew einen Arm um die Schulter und winkt Harper mit dem Finger.

»Hey, Harper«, sagt Drew. »Hallo, Tabitha.«

»Kenne ich den Typen?«, fragt Tabitha.

»Du hast ihn bei der Trauerfeier für Billy gesehen«, sagt Harper. »Er ist der Polizist, der mal mehr oder weniger mein Freund war.«

»Sieht aus, als wäre er jetzt mehr oder weniger der Freund einer anderen«, sagt Tabitha. »Tut mir leid, Schwesterherz.« Sie packt Harpers Hand, und sie gehen zielstrebig den Kai entlang. Tabitha nimmt den Deckel von der Urne, und sie greifen beide nach den Überresten ihres Vaters.

»Bereit?«, fragt Tabitha. »Eins, zwei … drei!«

Sie werfen die Asche gleichzeitig in die Luft. Das Pulver funkelt wie Glimmer.

»Wir lieben dich, Daddy«, sagt Harper. Wenn das Baby ein Junge ist, beschließt sie, wird sie ihn William nennen.

»Wenn das Baby ein Junge ist, solltest du ihn William nennen«, sagt Tabitha.

Harper reißt den Kopf herum und sieht ihre Schwester an. *Du kannst meine Gedanken lesen?*, hätte sie fast gefragt. *Ist das eine Gabe, die du schon immer hattest?* Aber sie bemerkt, dass in Tabithas Augen Tränen stehen. Arme Pony.

Harper schlingt Tabitha einen Arm um die Schultern. Sie staunt darüber, dass jetzt, mit ihrer Schwester neben sich, alles auf der Welt erträglich ist.

## MARTHA'S VINEYARD

Die meistunterschätzte Kraft im Universum ist die des Zufalls. Und doch, wer von uns war ihr nicht schon ausgeliefert?

Seit Reeds Auszug hat Sadie Zimmer das Haus nur noch verlassen, wenn es notwendig war. Sie hat den Pie-Laden geschlossen, Einladungen zu Barbecues und Cocktailpartys bei Freunden ausgeschlagen und wiederholt die Teilnahme am Lesezirkel Excellent Point abgelehnt, obwohl ihre Mutter dauernd versucht, Sadies Gedanken auf etwas anderes als ihre erbärmlichen Lebensumstände zu lenken.

»Das ist das Wunderbare an Büchern«, sagt Lydia. »Du erfährst etwas über die Nöte und Leiden anderer Menschen. Verbring einen Nachmittag mit Kafka, dann wirst du dich glücklich schätzen, dass du dich über Nacht nicht in einen Käfer verwandelt hast.«

Sadie hat keine Lust, Kafka zu lesen, nicht einmal Nicholas Sparks oder Maria Semple. Sadie möchte sich in Selbstmitleid suhlen. Es fühlt sich gut an, über Reeds Handyrechnungen zu brüten und die Anzahl seiner Telefonate mit Harper zu kontrollieren und ihre Dauer. Oder Harper auf Facebook zu stalken, obwohl die Angebote hier zugegebenermaßen spärlich sind. Harper hat nichts gepostet, seit sie 2014 ein Foto von sich und ihrem Vater mit einem einen Meter langen Gestreiften Zackenbarsch und der Unterschrift: *Es kommt doch auf die Größe an! Ein Meter!* hochlud. Auf diesem Foto blinzelt Harper unter einem Augenschirm des Farm Neck Golf Club hervor. Sie trägt weiße Shorts und ein Männer-Angelhemd mit aufgekrempelten

Ärmeln. Ist sie hübsch? Sadie vermutet es. Aber Harper hat den Ruf, leicht in Schwierigkeiten zu geraten – Joey Bowen und so weiter –, und als Arzt muss Reed beruflich und privat bestimmte Normen einhalten. Wenn er mit Harper Frost etwas angefangen hat, muss er verzweifelt gewesen sein. Er *war* verzweifelt, weiß Sadie, denn sie hat ihn als Ehemann und Geliebten rausgeekelt. Was hat sie erwartet? Dass er den Rest seines Lebens ohne Sex verbringen würde? Sadie hatte nicht die Absicht gehabt, ihr Ehebett wieder mit ihm zu teilen. Sie war diejenige gewesen, die davon geträumt hatte, Reed zu verlassen. Sie war völlig vernarrt in Tad Morrissey, hätte aber nie den Mut gehabt, ihre Schwärmerei auszuagieren – aus Angst vor Zurückweisung und wohl auch davor, was ihre Eltern denken und die restlichen Inselbewohner von ihr halten würden.

Jetzt reden die Leute zwar auch über sie, doch zumindest nimmt sie die Rolle des sympathischen Opfers ein.

Sadie mustert das Foto auf Facebook noch ein bisschen länger, konzentriert sich jetzt aber auf Billy. Sie hat Billy Frost immer gemocht. Er hat im Laden seinerzeit ein paar Leitungen neu verlegt. Doch dieser Gedanke führt zur Erinnerung daran, wie Harper in den Laden kam, um eine Hummerpie zu kaufen. Harper *kam in den Laden*! Schlief sie damals schon mit Reed? Ja. Nach seinen eigenen Angaben begann ihre Affäre im Oktober, und Harper kaufte die Pie im März oder April. Sie vögelte Sadies Ehemann seit sechs Monaten und fand nichts dabei, bei ihr eine Pie für Billy zu holen. Vermutlich wollte sie Sadie mal unter die Lupe nehmen.

Und, fragt sich Sadie, was hielt sie von ihr?

Aber eines Tages wacht Sadie auf und fühlt sich nicht erbärmlich. Es geht ihr eigentlich sogar recht gut. Es ist ein wunderschöner Tag. Sie kann direkt über die Straße zur Grange Hall gehen, wo der Bauernmarkt abgehalten wird. Sie merkt, welchen Appetit sie auf Frühlingsrollen von Khen's hat. Und wenn sie schon da ist, wird sie auch ein paar Gladiolen, eine Flasche von Nickys Olivenöl und Zitronen-Ingwer-Honig von der Martha's Vineyard Honey Company kaufen.

Die erste Person, die Sadie auf dem Markt trifft, ist Dorrit Prescott, Patti Prescotts Mutter. Dorrits Miene erhellt sich in direktem Verhältnis zum Schwinden von Sadies guter Laune. Es ist nicht so, dass Sadie Dorrit nicht mag; Dorrit ist ein wunderbarer Mensch. Sie ist seit Pattis Tod, wie lange er auch her sein mag, nur sehr leidenschaftlich und glaubt nicht mehr an Smalltalk. Sie wird gern schwermütig und tiefgründig, auch wenn sie auf dem Bauernmarkt am Konfitürenstand steht.

»Sadie!«, ruft Dorrit.

»Hi, Dorrit«, sagt Sadie und greift nach einem Glas Peperoni-Gelee. Sie verspürt plötzlich Heißhunger, nachdem sie wochenlang keinen Appetit hatte. Die Köstlichkeiten des Marktes waren einen Steinwurf von ihrem Haus entfernt, doch bis heute hatte sie kein Interesse daran. Jetzt möchte sie von allem ein bisschen – ein Popover mit Himbeerbutter aus der Kitchen Porch, ein Mango-Lassi von der Mermaid Farm, ein Stück Eidolon-Käse aus dem Grey Barn, Knuspermüsli von der Little Rock Farm, jüdisches Gebäck aus Beth's Bakery. Sie hat keine Zeit für eine Therapiesitzung mit Dorrit Prescott.

Dorrit packt Sadie am Unterarm. *Jetzt kommt's*, denkt Sadie. Sie wird alles über die Affäre und Reeds Auszug wissen wollen. Sie wird sich erkundigen, wie es Sadie geht.

»Wie geht's Franklin?«, fragt Dorrit. »Ich habe gerüchteweise gehört, dass er sich mit einer Frau aus Nantucket trifft. Stimmt das?«

*Franklin?* Sadie ist nicht auf eine Frage über Franklin vorbereitet, obwohl es verständlich ist, dass Dorrit sie stellt, denn Patti war Franklins Freundin, und er hat seit ihrem Selbstmord keine feste Beziehung gehabt. Unfassbar, dass die einzige Person, für die er jetzt etwas empfindet, Harpers Zwillingsschwester ist! Das ist die heimtückischste, gemeinste Wendung, die eine Geschichte nehmen kann.

»Ich hoffe, du sagst, dass es wahr ist«, sagt Dorrit. »Turk und ich wünschen Franklin so sehr, dass er eine Frau findet, die er liebt. Er hat so viel durchgemacht. Er verdient es.«

Sadie nickt zustimmend. Franklin verdient es wirklich. Als Patti starb, hatte Sadie Angst, dass er sich nie davon erholen würde. Und in den Jahren seither hat Sadie sich oft gefragt, ob er sich je wieder verlieben würde.

»Ich weiß nicht, was in Franklins Liebesleben vor sich geht«, sagt Sadie. Das ist eine fette Lüge. Sadie weiß, was in Franklins Liebesleben vor sich geht: nichts. Sie hat Franklin erklärt, er müsse zwischen ihr und Tabitha wählen, und er hat sich pflichtbewusst für sie entschieden, seine Schwester, seine Familie, denn so ein zuverlässiger, loyaler Mensch ist er nun mal.

*Ich bin ein verbittertes, jämmerliches Scheusal*, denkt Sadie. Franklin verdient Liebe wie jeder andere. Mehr als jeder andere.

»Es war schön, dich zu sehen, Dorrit«, sagt sie. »Ich hole mir noch ein bisschen Gebäck.«

»Das kannst du gebrauchen«, sagt Dorrit. »Du bist zu dünn.«

Sadie kauft das Gebäck und einen frisch gepressten Orangensaft, dann tritt sie in die Sonne. Sie wird sich draußen hinsetzen und ihr Festmahl genießen, und dann holt sie sich noch ein Popover und eine große Schachtel gesalzener Karamellen, die sie nach Hause mitnehmen will. Warum nicht? Sie *ist* zu dünn.

In diesem Moment sieht sie Tad Morrissey mit etwas, das sie als Nitro-Kaffee erkennt, allein im Gras sitzen. Er winkt sie zu sich.

»Setzen Sie sich zu mir«, sagt er.

Später, nachdem Sadie ein Dutzend Gladiolen ins Wasser gestellt und geduscht hat – sie trifft sich heute Abend mit Tad auf eine Pizza –, schickt sie Franklin eine SMS. Sie lautet: *Wenn du mit Tabitha zusammen sein willst, hast du meinen Segen.*

Reed Zimmer sieht Franklin Phelps auf der Insel-zu-Insel-Fähre in der Schlange vor der Snackbar stehen und fragt sich, ob Sadie Franklin geschickt hat, um ihm zu folgen. Warum sonst ... ehrlich, aus welchem anderen Grund sollte sein Schwager nach *Nantucket* unterwegs sein?

Reed wartet, bis Franklin mit dem Mädchen hinter der Theke beschäftigt ist, dann eilt er die Treppe hoch und findet auf dem Oberdeck einen Platz in der Sonne. Er lehnt sich zurück in den Plastikstuhl und schläft prompt ein.

Franklin hat auf seinen Ausflug nach Nantucket nicht mehr mitgenommen als sein Portemonnaie und seine Gitarre.

Das Portemonnaie enthält genug Geld für zwei Bier; mehr als drei wird er nicht trinken, beschließt er. Mit der Fähre auf die andere Insel überzusetzen, um die Frau aufzuspüren, die man liebt, ist nur eine große romantische Geste, wenn man bei klarem Verstand und reinen Herzens ist.

Die Gitarre verschafft Franklin schnell Freunde. Er hat sich kaum hingesetzt, als ein Trio halbwüchsiger Mädchen ihn fragt, ob er den Song »Here« von Alessia Cara kennt.

»Nein«, sagt er. »Aber ich kenne ›Sunshine‹ von Jonathan Edwards.«

»Nie gehört«, sagt ein Mädchen mit rosa Zahnspange. »Kennst du was von Meghan Trainor?«

»Nein«, sagt Franklin. »Ich kenne ›Free Bird‹ von Lynyrd Skynyrd.«

»Wie sieht's mit Justin Bieber aus?«, fragt ein Mädchen mit Augenbrauenpiercing. »›Love Yourself‹?«

»Nein«, entgegnet Franklin stolz.

Sie einigen sich auf »Killing Me Softly« – Franklin kennt die Version von Roberta Flack, und die Mädchen kennen die Fugees-Version, und es macht Spaß. Die Mädchen sind gute Sängerinnen. Von da an folgt ein Musikwunsch auf den anderen. Franklin spielt James Taylor, Bob Dylan, Cat Stevens. Bald singen alle in seinem Teil der Fähre mit, und ein Typ bietet ihm sogar zehn Dollar als Trinkgeld. Franklin lächelt, als er es ablehnt. Er braucht Hilfe, das stimmt, aber nicht von dieser Art.

Reed wacht auf von einer Runde Beifall aus dem Innern des Schiffs. Er blinzelt und richtet sich auf, während Nantucket in sein Blickfeld rückt. Leuchtturm, Außenpier, große Häuser am Hafen – nicht viel anders als der Vineyard, findet er. Er wird schon klarkommen.

Als sie angelegt haben, wartet er, bis alle anderen ausgestiegen sind. Wenn Franklin auch abwartet, wird Reed wissen, dass er nur da ist, um ihn im Auge zu behalten. Und wie soll Reed diesen Ausflug erklären? Eigentlich ist das Ganze Wahnsinn. Er hat von Harpers Zwillingsschwester Tabitha Besuch bekommen, und das wäre fast in einer Katastrophe geendet, doch Tabitha hat ihre Identität im letzten Moment preisgegeben und ist weggelaufen. Reed dachte, dass Harper, wenn Tabitha auf dem Vineyard ist, vielleicht auf Nantucket bei ihrer Mutter sei.

Reed durchsuchte das Gebüsch hinter Tante Dots Haus nach seinem Telefon. Er fand es, aber es war kalt und tot, ruiniert von Feuchtigkeit. Er radelte zur Bibliothek, um dort einen Computer zu benutzen, und fand den Namen Frost auf den Seiten für Nantucket – eine Eleanor Roxie-Frost. Heißt Harpers Mutter so? Er glaubt, ja.

Franklin hat das Glück, gleich ein Taxi zu ergattern. Es wird ihm von den Eltern eines der Teenager in seinem Publikum angeboten. Erst als Franklin einsteigt, wird ihm klar, dass er keine Ahnung hat, wo er hinmuss. Er checkt sein Handy und sieht, dass er einen verpassten Anruf von Tabitha hat. Er muss eingetroffen sein, als er spielte. Beinahe hätte er sie zurückgerufen, doch dann denkt er, dass es *viel besser wäre*, sie einfach mit seinem Erscheinen zu überraschen.

Er beugt sich vor. Der Taxifahrer ist ein Typ mittleren Alters in einem »Free-Brady«-T-Shirt.

»Wissen Sie zufällig, wo die Frosts wohnen?«, fragt Franklin.

Der Fahrer nickt. »Sicher.«

## NANTUCKET

Eleanor und Flossie genießen ihre letzte gemeinsame Happy Hour, bei der Ainsley ihnen Gesellschaft leistet. Eleanor hat Felipa ins 167 geschickt, um Blaubarschpastete, Guacamole und Krabbencocktail zu holen. Eleanor möchte Flossie stilvoll verabschieden. Für den Abend haben sie Essen im Lobster Trap bestellt – Surf and Turf!

Eleanor hebt ihr Glas. »Flossie, ich weiß nicht, was ich ohne dich getan hätte.«

Flossie stößt mit ihr an. »Wahrscheinlich Felipa dazu inspiriert, dich im Schlaf zu ermorden.«

Es klingelt an der Tür. Eleanor schaut Ainsley an. »Vielleicht ist deine Mutter schon zurück. Geh bitte nachsehen, Liebling.«

Ainsley steht auf, und Flossie sagt: »Ich fasse es nicht, dass du deine eigenen Töchter klingeln lässt. Ehrlich, Ellie, du musst lockerer werden.«

Eleanor ist anderer Meinung. Sie will Flossie gerade mitteilen, sie sei locker genug, vielen Dank, als Ainsley mit einem sehr attraktiven Herrn mit Gitarre in der Hand auf die Veranda tritt.

Er verbeugt sich vor Eleanor, als sei sie eine Königin. Eleanor liebt diesen Mann schon jetzt! Aber wer ist er? Und wozu die Gitarre? Eleanor fürchtet, er könne ein singendes Telegramm sein oder ein Stripper, etwas, das Flossie sich für den letzten Tag ausgedacht hat, damit Eleanor lockerer wird.

»Ich bin Franklin Phelps«, sagt der Herr. »Und ich suche Tabitha.«

»Tabitha?«, fragt Eleanor. Das ist also der heimliche Liebhaber! Der

Bruder der Frau, die mit Billys Arzt verheiratet ist. Eleanor besinnt sich und reicht ihm die Hand. »Franklin, ich bin Eleanor Roxie-Frost, Tabithas Mutter.«

»Und ich bin Flossie«, sagt Flossie und streckt ebenfalls die Hand aus. Sie will unbedingt mit dabei sein, sieht Eleanor. Typisch Flossie! Einen gut aussehenden Mann kann sie nicht links liegen lassen. »Ich bin Tabithas Tante.«

»Schön, Sie beide kennen zu lernen«, sagt Franklin.

»Ich habe ihm erklärt, dass Mom nicht hier ist«, sagt Ainsley. »Sie ist auf dem Vineyard.«

»Die Komödie der Irrungen«, sagt Franklin. »Ich komme gerade vom Vineyard.«

»Sie wird bald zurück sein«, sagt Eleanor. »Spätestens morgen früh. Sie können gern hier warten. Ich lasse Ihnen von Felipa das Gästezimmer zurechtmachen.«

»Ich will mich nicht aufdrängen«, sagt Franklin.

»Ich möchte, dass Sie sich aufdrängen!«, sagt Eleanor.

»Ich auch!«, sagt Flossie.

Eleanor wendet sich ihr zu und versucht, sich die Verärgerung über ihre kokette jüngere Schwester nicht anmerken zu lassen. »Können wir Franklin einen Drink anbieten, Flossie?«

»Können wir!«, sagt Flossie. »Was möchten Sie, Franklin?«

»Ein Bier wäre wunderbar«, sagt Franklin. »Oder ein Whiskey, wenn Sie kein Bier haben.«

»Dann Whiskey«, sagt Eleanor und bedeutet Flossie, das Getränk zu holen. »Bitte setzen Sie sich, Franklin. Und dann erzählen Sie uns, womit Sie Ihren Lebensunterhalt verdienen. Sind Sie professioneller Musiker?«

»Die Gitarre spiele ich zum Spaß«, sagt Franklin. Er nimmt in dem Lehnsessel gegenüber Eleanor Platz und stellt den Gitarrenkasten zu seinen Füßen ab. »Von Beruf bin ich Tischler. Ich habe mein eigenes Bauunternehmen und helfe Tabitha und Harper, Billys Haus zu renovieren.«

Eleanor klatscht in die Hände. »Gut, wenn Sie damit fertig sind, können Sie *mein* Haus renovieren«, sagt sie und schaut sich um. Was könnte eine Verschönerung gebrauchen? Da gibt es doch bestimmt etwas.

Flossie kehrt mit Franklins Drink zurück. »Das Haus ist perfekt so, wie es ist, Ellie«, sagt sie und zwinkert Franklin zu. »Das ist nur Eleanors Art zu sagen, dass sie Sie mag.«

Eleanor ist peinlich berührt von dieser Behauptung, obwohl ihr dieser Herr in der Tat gefällt – er ist anbetungswürdig! Eleanor hat nicht geglaubt, dass sie jemals jemanden so nett finden würde wie Ramsay Striker, doch sie stellt erfreut fest, dass sie sich geirrt hat.

Es klingelt wieder an der Tür.

»Der reinste Hauptbahnhof«, murmelt Flossie.

Ainsley steht auf. »Vielleicht ist das Mom.«

Aber die Person, die Ainsley auf die verglaste Veranda geleitet, ist ein weiterer männlicher Besucher. Er ist bebrillt und ein bisschen eleganter als der vorige: Khakihose, maßgeschneidertes Hemd (das erkennt Eleanor sofort) und Wildlederslipper von Gucci. Ainsley sieht aus, als hätte sie sich unwissentlich eine ganze Chilischote in den Mund gesteckt. Ihr Gesicht ist rot, und ihre Augen treten vor.

Der süße Franklin steht auf. »Reed?«

Der neue Besucher wendet sich Eleanor zu. »Hallo, Ma'am. Ich bin Dr. Reed Zimmer. Ich suche Harper.«

»Harper?«, sagt Eleanor und ringt nach Luft. »Sind Sie denn der Vater?«

»Vater?«, fragt Franklin.

Der Arzt erblasst. »*Vater?*«, wiederholt er.

»Der Vater«, erklärt Flossie. »Von Harpers Baby. Sie ist schwanger, wissen Sie.«

Der verschleierte Blick des Arztes macht deutlich, dass er es *nicht* weiß. *Typisch Flossie, die Katze aus dem Sack zu lassen*, denkt Eleanor. Der Moment allgemeiner schockierter Sprachlosigkeit gibt ihr Gelegenheit, die beiden Herren vor ihr miteinander zu vergleichen. Franklin sieht mit seinen allerliebst zerzausten Haaren und den Flipflops aus, als wäre er eher Harpers Typ. Und dieser Dr. Zimmer mit seiner Brille und dem Maßhemd scheint ihr mehr Tabithas Typ zu sein. Aber offenkundig ist es umgekehrt.

Es gibt nichts Rätselhafteres, Verwirrenderes und Unergründlicheres, findet Eleanor, als die Wünsche des menschlichen Herzens.

»Flossie«, sagt sie. »Siehst du nicht, dass der Mann einen Drink braucht?« Zu dem Arzt sagt Eleanor: »Bitte, setzen Sie sich. Und probieren Sie die Blaubarschpastete. Sie ist köstlich.«

## *EPILOG: FISH*

Sein Leben ist von Sinneseindrücken bestimmt, doch im Laufe seiner zwölfeinhalb Jahre – oder siebenundachtzigeinhalb Jahre, je nachdem, wer zählt – hat er auch andere Fähigkeiten erlangt. Er kennt sich mit Orten aus – mit neuen wie auch bekannten – und mit den zirkadianen Rhythmen von Tag, Nacht und Jahreszeit, aber hauptsächlich ist er Experte darin geworden, menschliche Emotionen zu deuten. Wenn er jemals sprechen könnte, würde er die Hälfte seiner Zeit damit verbringen, Fragen zu stellen – *Warum tragt ihr Kleider? Warum benutzt ihr Geräte? Warum lasst ihr Abfall herumliegen?* –, und die andere Hälfte damit, Menschen sich selbst zu erklären.

Als es draußen kühler wird und die Tage kürzer werden, fängt Harpers Figur an, sich zu verändern, und dann verändert sich allmählich auch ihr Geruch. Sie packt ihre Sachen zusammen – wieder einmal –, und Fish fragt sich, ob sie endgültig auf die andere Insel zurückkehren. Aber stattdessen nehmen sie den Kahn nach Chappy. Harper bringt sie in ein Cottage, das stark nach dem Surfer riecht. Fish rennt auf der Suche nach ihm im Haus herum, findet jedoch nichts außer einer Socke unter dem Bett. Er bringt Harper die Socke, und sie stößt einen unterdrückten Schrei aus.

An die Stelle des Surfers tritt der Arzt. Der Arzt ist zunächst gelegentlich da, dann öfter, dann ständig. Er wird derjenige, der Fish morgens und vorm Schlafengehen aus dem Haus lässt. Aber Harper macht nach wie vor lange Spaziergänge mit Fish – jetzt am East Beach. Fish liebt den East Beach. Es wimmelt dort von toten Krabben und Seetang, Schnecken, Eikapseln, Picknickabfällen. Auf diesen Spaziergängen sagt Harper Dinge wie: »Was *tue* ich bloß, Fish? Was *tue* ich? Ich habe doch keine Ahnung vom Muttersein.«

Wenn Fish sprechen könnte, würde er Harper sagen, dass sie sich irrt. Sie ist die gütigste, treueste Mutter, die er sich erträumen könnte. Manchmal, wenn Harper, Fish und der Arzt zusammen auf dem Sofa sitzen und fernsehen und Harper einschläft, nimmt der Arzt Fishs Kopf in seine Hände und schaut ihm in die Augen. »Unter uns Männern verspreche ich dir«, sagt er, »dass ich für sie sorgen werde. Ich werde für sie und für dich sorgen und für das Baby.«

Fish vermutet, er sollte auf die Nachricht von einem Baby überrascht reagieren, aber sein Leben ist von Sinneseindrücken bestimmt, deshalb weiß er bereits, dass ein Baby unterwegs ist. Er spürt schon einen zweiten Herzschlag, der in sein Ohr trommelt, wenn er den Kopf auf Harpers Bauch legt. Und dann, vor ein, zwei Tagen erst, hat er einen Tritt verspürt. Statt beleidigt zu sein, fühlte Fish sich geschmeichelt. Das Baby wollte Kontakt mit ihm. Es wird, schätzt er, sein Freund werden, womöglich der allerbeste Freund, den er je gehabt hat.

Es kommt ein Tag, der anscheinend wichtig ist. Es gibt Ballons, Geschenke, eine Torte, geliefert von einer Frau, die sich Tiny Baker nennt – »winzige Bäckerin« – und tatsächlich winzig ist und einen Mops namens Lucy Bean mitbringt. Lucy Bean bellt Fish an und fletscht die Zähne, als Tiny Baker die Torte überreicht. Fish schüttelt bloß den Kopf; Möpse kann man schwer ernst nehmen.

Er glaubt nicht, dass Baby-Tag ist, und bald erfährt er, dass Harper heute Geburtstag hat, ihren vierzigsten. Sie und der Arzt und Fish und Edie, die Mutter des Surfers, werden feiern – Kerzen anzünden, singen, Torte essen –, doch vorher muss Harper noch etwas erledigen. Sie und Fish fahren allein zum Cape Poge. Fish ist verwirrt. Harper hat vergessen, ihre Angel mitzunehmen.

»Ich weiß, das kommt dir verrückt vor«, sagt Harper. »Aber ich will Tabitha zum Geburtstag gratulieren. Sie steht jetzt am Strand von Ram Pasture auf Nantucket und wird mir auch gratulieren.«

Fish starrt in die Ferne. Alles, was er sieht, ist Wasser.

»Wenn ich hier auf Cape Poge bin und Tabitha in Ram Pasture ist, sind wir uns geografisch so nahe wie möglich und trotzdem auf unserer jeweiligen Insel«, sagt Harper und berührt ihren vorgewölbten Bauch. »Sie und Franklin kommen am Freitag rüber, damit wir den Verkauf von Billys Haus abschließen können, doch Freitag ist nicht unser Geburtstag. Es ist unumgänglich, dass wir ihn heute feiern.« Sie wirft einen prüfenden Blick auf Billys Uhr an ihrem Handgelenk. »Ich gratuliere ihr um zwölf Minuten nach drei, denn da wurde Pony geboren. Und Pony gratuliert mir um vierzehn Minuten nach drei, denn da kam ich zur Welt.«

Harper legt die Hände um ihren Mund und ruft: »Herzlichen Glückwunsch, Tabitha!«

Fish starrt in die Ferne. Wasser und noch mehr Wasser. *Menschen sind verrückt*, denkt er. *Sogar Harper.*

Und dann, ungefähr neunzig Sekunden später, legt Fish den Kopf schief. Es ist schwach – womöglich bildet er es sich ein. Aber nein, es ist real – eine Stimme, nahezu identisch mit der, die er jeden Tag hört, bloß ein klein wenig anders. Es ist eine Nuance, die nur ein sehr aufmerksamer Hund wahrnimmt.

»Herzlichen Glückwunsch, Harper! Herzlichen Glückwunsch!«

Fish bellt.

# DANKSAGUNGEN

Ich bin Zwilling, allerdings kein eineiiger, sondern ein zweieiiger. Mein Zwillingsbruder heißt Eric Hilderbrand. Mir gab unsere Mutter den Namen Elin (»Ellen« ausgesprochen), buchstabierte ihn aber, womit sie siebenundvierzig Jahre lang Verwirrung stiftete, wegen unserer schwedischen Vorfahren auf diese ungewöhnliche Weise, aber auch, um eine perfekte Symmetrie zwischen unser beider Namen zu schaffen. Eric und ich standen uns immer sehr nahe, doch ich habe beschlossen, diesen Roman allen meinen Geschwistern zu widmen. Insgesamt sind wir fünf und seit 1976 Teil einer Familie. Nach Eric und mir kommt mein Stiefbruder Randall Osteen (»Randy«, »Rand«, »the Bean«), mit Sicherheit einer der großartigsten Typen auf der Welt trotz einiger früher Hinweise auf gewisse Störungen (er war Fan der Quebec Nordiques; er weigerte sich, Cranberrysauce zu essen, die aus einer eingedellten Dose stammte, und ich will gar nicht von den Überschuhen anfangen, die er bei der berüchtigten Ostereiersuche der Familie Hilderbrand trug). Rand ist meistens mein Komplize beim Jazzfest in New Orleans, also haben wir Geheimnisse vorm Rest der Familie. Auf Randy folgt meine Stiefschwester Heather Osteen Thorpe. Heather ist meine entschiedenste Fürsprecherin, mein lautester Cheerleader, meine beste Freundin für alle Tage. Haben wir uns als Enten verkleidet und im Souterrain Rollschuh-Shows veranstaltet? Ja. Habe ich sie zu Studentenpartys an der Johns Hopkins mitgenommen, als sie fünfzehn und Vorsitzende von SADD (»Schüler gegen destruktives Verhalten«) war? Ja. Egal, wie schlecht ich mich fühle, ich weiß, dass ich nie untergehen werde, weil ich Heather habe. Sie ist meine Boje und mein Licht. Am Ende der Reihe steht mein Bruder Douglas Hilderbrand, der Jüngste und Sensibelste von uns. Doug liest all meine Romane und ruft mich danach fast immer weinend an, weil er die emotionalen Gegebenheiten, über die ich schreibe, perfekt nachempfinden kann. Allerdings weint er auch bei bestimmten Dan-Fogelberg-Songs.

Ich hätte mir keine vier besseren Menschen aussuchen können, um meine Kindheitserinnerungen zu teilen: daran, wie wir Bassins für die Einsiedlerkrebse aushoben, Strandglas und Muschelschalen sammelten, uns um die Außendusche stritten, die »Reise nach Jerusalem« spielten, Wunschzettel an Santa schrieben, uns raffinierte Geschichten ausdachten, um nicht mit in die Kirche zu müssen, im Fernsehen *The Love Boat* sahen, im Auto »Hot Blooded« von Foreigner schmetterten – und Jahre später unsere erste Ohne-Eltern-allein-zu-Hause-Party veranstalteten (deren Einzelheiten noch mindestens ein Jahrzehnt im Dunkeln bleiben sollen, aber ich verrate so viel: Es gehörten im Küchenabfallzerkleinerer entsorgte Zigarren dazu). Als Erwachsene sind meine Geschwister nicht nur vorbildliche Mitbürger und meine engsten Freunde, sondern auch hervorragende Eltern – von insgesamt zehn Kindern. Wir haben unseren Kapitän verloren – unseren Vater –, als wir alle mitten in der Adoleszenz waren, doch keiner von uns ist vom Kurs abgekommen. Unsere Beziehung zueinander bildete ein stabiles, ebenes Fundament, auf dem wir unser jeweiliges Leben aufbauen konnten.

Ich hätte diesen Roman nie ohne die Großzügigkeit und Aufgeschlossenheit der Bewohner von Martha's Vineyard schreiben können. Besonders zu erwähnen ist Eric Blake, der Polizeichef von Oak Bluffs. Er beantwortete mir im Laufe von fünfzehn Monaten Hunderte Fragen; meine Dankesschuld ihm gegenüber ist unermesslich. Außerdem möchte ich Erica McCarron danken, Steve Caillhane,

Mark und Gwenn Snider, Liza May Cowan und allen Mitgliedern der Facebook-Gruppe »Islanders Talk«. Ich dachte, dass ich als Autorin aus Nantucket, die über Martha's Vineyard schreibt, vielleicht schief angesehen werden würde, aber nichts könnte der Wahrheit ferner liegen. In den letzten anderthalb Jahren habe ich eine ganz neue Liebe und Wertschätzung für Martha's Vineyard und all seine wunderbaren, großherzigen und aufmerksamen Bewohner entwickelt.

Ein dritter Schauplatz dieses Buches ist Beacon Hill in Boston. Ich verbringe jeden Herbst sechs Wochen in Beacon Hill und würde gern den Menschen danken, die dafür sorgen, dass ich mich dort zu Hause fühle: Paul Kosak und Anouk van der Boor, Julie Girschek, Michael Farina, Nina Castellion von E. R. Butler, Tom Kershaw vom Hampshire House, meiner Barre-Mitstreiterin Liz King, Jennifer Hill von Blackstone's und Rebecca, Laura und Brie von Crush. (Ich überarbeite in dieser Zeit meine Manuskripte … und tätige jede Menge Einkäufe.)

Wie ich schon sehr oft betont habe, ist meine Lektorin Reagan Arthur ein regelrechtes Genie. Sie leitet Little, Brown, die Firma, die mich verlegt, und findet trotzdem noch Zeit, Aufbereiterin meiner Träume zu sein und für Instagram Naturfotos zu machen. Meine Agenten Michael Carlisle und David Forrer widmen sich dem Glück und Wohlergehen von Elin Hilderbrand, der Schriftstellerin, und Elin Hilderbrand, der Person – und dafür liebe ich sie einfach; sie sind die hervorragendsten Vertreter ihres Fachs. Besondere Ehre gebührt meinen supereffizienten Pressefrauen Katharine Myers und Alyssa Persons sowie anderen wichtigen Mitarbeitern von Hachette: Peggy Freudenthal, Terry Adams, Craig Young, Matt Carlini, Andy LeCount und dem legendären Michael Pietsch.

Und dann ist da noch mein Heimteam. Es kommt mir albern vor, die Namen Jahr für Jahr zu wiederholen, aber ich kann nicht leben, schreiben oder lächeln ohne Rebecca Bartlett, Debbie Briggs, Wendy Hudson, Wendy Rouillard, Margie und Chuck Marino, Anne und Whitney Gifford, Richard Congdon, Elizabeth und Beau Almodobar, Evelyn und Matthew MacEachern, Heidi und Fred Holdgate, Norm und Jen Frazee, Jen und Steve Laredo, John und Martha Sargent, Dave und Laura Lombardi, Manda Riggs, David Rattner und Andrew Law, Shelly und Roy Weedon, Helaina Jones, MKF, die Timothy Fields, Groß und Klein, und Ginna, Paul und Christian Kogler. Auch das gesamte Personal des Nantucket Hotel verdient eine Erwähnung, weil es zweifellos mein zweites Zuhause ist und große Teile dieses Romans am dortigen Pool verfasst wurden.

Beth Boucher, du bekommst deine eigenen Zeilen: Ich hatte auch früher schon großartige Kindermädchen (Za, AV, Steph, Sarah, Erin), aber dein Job war wegen des schwierigen Alters meiner Kinder im letzten Sommer (sechzehn, vierzehn, zehn) viel anspruchsvoller als ihrer. Wer möchte schon einen Sechzehnjährigen im Auge behalten? Niemand! Einen Vierzehnjährigen? Absolut keiner! Vielen Dank, Beth. Du hast sie am Leben erhalten, für ihre Zufriedenheit gesorgt und dafür, dass sie beschäftigt waren. Sie haben dich mir vorgezogen – und das ist natürlich der Sinn an der Sache, wenn man ein Kindermädchen anheuert.

Lu Machiavelli: Sie sind die Blumenkasten-Expertin schlechthin! Ich kenne die Pflanzen in Eleanors Fenstern nicht einmal, aber sie klingen himmlisch!

Zu guter Letzt an meine Kinder Maxwell, Dawson und Shelby: Dies ist sowohl ein Dankeschön als auch eine Entschuldigung. Zwei Romane pro Jahr zu schreiben, erfordert Disziplin und Muße und ist keine leichte Aufgabe für eine Mutter von drei lebhaften Sprösslingen. Im vergangenen Jahr gab es fallengelassene Bälle, verpasste Spiele, Anfälle von Gereiztheit und Woche für Woche wiederholte Speisepläne (Dawson sagt gern: *Du kochst immer dieselben drei Gerichte!*). Aber bitte glaubt mir, dass ich mit jedem Wort, das ich schreibe, sowohl euch drei als auch die wunderschöne Insel ehre, auf der ihr aufwachst. Ich weiß mich aus vielen Gründen glücklich zu schätzen – am meisten jedoch dafür, dass ich drei intelligente, gesunde und bestens gedeihende Kinder wie euch habe.

# Elin Hilderbrand

Elin Hilderbrand hat ihre besten Ideen am Strand oder in den belebten Straßen von Boston. Sie hat drei Kinder und lebt mit ihrer Familie auf Nantucket, Massachusetts, wo auch ihre Geschichten spielen. Ihre Bücher stehen regelmäßig in den Top Ten der *New York Times*-Bestsellerliste.

Elin Hilderbrand im Goldmann Verlag:

Sommerhochzeit. Roman
Das Sommerversprechen. Roman
Das Licht des Sommers. Roman
Ein Stern am Sommerhimmel. Roman

*Die Winter-Street-Reihe*
Winterglanz. Roman
Inselwinter. Roman
Winterhochzeit. Roman

( Alle auch als E-Book erhältlich)

Um die ganze Welt des
GOLDMANN Verlages
kennenzulernen, besuchen Sie uns doch
im Internet unter:

# www.goldmann-verlag.de

*Dort können Sie*
nach weiteren interessanten Büchern **stöbern**,
Näheres über unsere **Autoren** erfahren,
in **Leseproben** blättern, alle **Termine** zu Lesungen und
Events finden und den **Newsletter** mit interessanten
Neuigkeiten, Gewinnspielen etc. abonnieren.

Ein *Gesamtverzeichnis* aller Goldmann Bücher finden
Sie dort ebenfalls.

Sehen Sie sich auch unsere *Videos* auf YouTube an und
werden Sie ein *Facebook*-Fan des Goldmann Verlags!

www.goldmann-verlag.de
www.facebook.com/goldmannverlag